Jenn Lyons vit à Atlanta, Géorgie et est passionnée par la mythologie, la linguistique et les sciences occultes. La saga du *Chœur des dragons*, dont voici la conclusion, a été saluée par la critique comme un événement et traduite dans plusieurs pays. Une adaptation en série télévisée est déjà prévue.

De la même autrice :

Le Chœur des dragons :
1. *Le Fléau des rois*
2. *Le Nom de Toutes Choses*
3. *La Mémoire des âmes*
4. *La Maison de Toujours*
5. *La Discorde des dieux*

CE LIVRE EST ÉGALEMENT DISPONIBLE
AU FORMAT NUMÉRIQUE

www.bragelonne.fr

Jenn Lyons

Le Fléau des rois

Le Chœur des dragons – 1

Traduit de l'anglais (États-Unis) par Louise Malagoli

Bragelonne

Titre original : *The Ruin of Kings*

Originellement publié par
Tor Books/Tom Doherty Associates, LLC, New York.

Carte :
D'après l'illustration originale de Jenn Lyons

ISBN : 979-10-281-2112-9

Bragelonne
60-62, rue d'Hauteville – 75010 Paris

E-mail : info@bragelonne.fr
Site Internet : www.bragelonne.fr

Pour David, qui m'a donné la première graine,
et pour Mike, qui m'a aidée à prendre soin
de cette petite plante pour en faire tout un monde.
Enfin, pour les trois pères de Kihrin : Steve, Katt et Patrick.
Il n'aurait pas été le même sans vous.

LE GRAND EMPIRE DE
Kirpis
Kazivar
Raenena
Les Pics Dragons
Lac Jora
Eamithon
Cité capitale
Khorvesh
Devors
Mer Galla
Zherias
La Désolation
La Gueule
Kishna-Farriga
LE MONDE CONNU

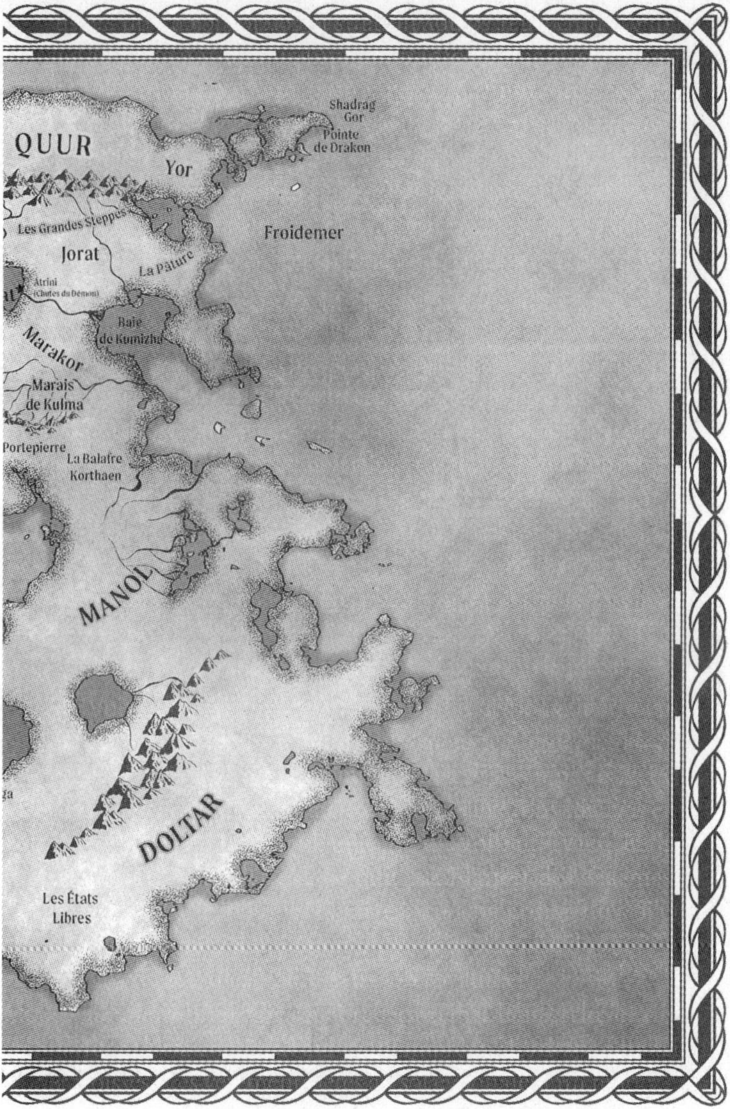
QUUR
Yor
Shadrag Gor
Pointe de Drakon
Les Grandes Steppes
Froidemer
Jorat
La Pâture
Átrini (Chutes du Démon)
Baie de Kunizha
Marakor
Marais de Kulma
Portepierre
La Balafre Korthaen
MANOL
DOLTAR
Les États Libres

Votre Majesté,

Vous trouverez ci-joint le compte-rendu détaillé des événements ayant conduit à l'incendie de la Cité capitale. La première section est basée en grande partie sur la retranscription d'une conversation entre deux individus situés au centre de cette affaire ; les autres sections sont le fruit de mon propre travail de reconstruction. Je me suis servi des récits de témoins oculaires chaque fois que c'était possible, et me suis efforcé de demeurer fidèle à l'esprit des événements lorsque j'étais contraint de m'en éloigner quelque peu. J'ai annoté le texte d'observations et d'analyses. J'espère que vous les jugerez utiles.

D'avance, j'implore votre pardon s'il m'arrive de vous donner des leçons sur des sujets que vous connaissez bien mieux que moi. Cependant, après mûre réflexion, il m'a paru plus sage d'écrire en supposant votre ignorance sur ces sujets, plutôt que l'inverse.

Je nourris l'espoir que, disposant d'une vision aussi complète que possible de l'enchaînement de ces événements, vous fassiez preuve de clémence à l'égard du Seigneur-Héritier ; les membres du Conseil qui l'accusent de haute trahison et demandent sa condamnation à mort ne sont certainement pas au fait de l'histoire dans son ensemble.

Votre serviteur,
Thurvishar D'Lorus

Première partie

Dialogue entre une geôlière et son prisonnier

— Raconte-moi une histoire.

Le monstre se laissa tomber près des barres de fer entourant la cellule de Kihrin. Elle posa une petite pierre d'aspect banal sur le sol, entre eux, et la poussa en avant.

Elle ne ressemblait pas à un monstre. Serre avait l'apparence d'une fille d'une vingtaine d'années, à la peau dorée comme les blés et aux cheveux bruns et soyeux. La plupart des hommes auraient donné leurs dents-yeux pour passer la soirée avec une telle créature. La plupart des hommes, cependant, ignoraient qu'elle avait le don de faire prendre à son corps des formes terrifiantes. Elle narguait ses victimes en adoptant l'apparence des proches qu'elle venait d'assassiner, puis elle les dévorait à leur tour. Lui confier la tâche de surveiller Kihrin revenait à nommer un requin gardien d'un aquarium.

— Tu plaisantes, sans doute, rétorqua Kihrin en levant la tête pour la dévisager.

Serre gratta le mortier du mur, derrière elle, d'un ongle noir et acéré.

— Je m'ennuie.

— Tu n'as qu'à te mettre au tricot. (Le jeune homme se leva et marcha jusqu'à la rangée de barres verticales.) Ou alors, pourquoi ne pas te rendre utile en m'aidant à m'échapper ?

Serre se pencha en avant.

— Ah, mon amour, tu sais que je ne peux pas faire ça. Mais cela fait si longtemps que nous n'avons pas discuté, tous les deux… Nous avons beaucoup à rattraper, et tout notre temps pour le faire, en attendant qu'ils soient prêts à revenir. Raconte-moi ce qui t'est arrivé. Cela fera passer le temps… jusqu'à ce que ton frère revienne t'assassiner.

— Non.

Il chercha un endroit où poser son regard, mais les murs étaient unis, sans fenêtres, sans distractions. La pièce n'était éclairée que par une lampe à lumagie, pendant à l'extérieur de la cellule. Kihrin ne pouvait l'utiliser pour déclencher un feu. Il aurait adoré enflammer sa couchette de paille… s'ils avaient pris la peine de lui en fournir une.

— Tu ne t'ennuies pas, toi ? insista Serre.

Kihrin s'interrompit dans sa quête d'un tunnel caché.

— Quand ils reviendront, ils m'offriront en sacrifice à un démon. Donc… non, je ne m'ennuie pas.

De nouveau, son regard balaya la pièce.

Il aurait pu utiliser la magie pour s'échapper. Il aurait pu changer le tenyé des barres ou des murs, afin de ramollir le métal ou de rendre la pierre aussi cassante que de l'herbe sèche. Il l'aurait pu… si Serre ne surveillait pas ses moindres faits et gestes. Pire encore : elle était capable de repérer toute pensée d'évasion à l'instant même où elle germait dans son esprit.

Et elle ne dormait jamais.

— Je mange, par contre, dit-elle en réponse à ses pensées, les yeux soudain brillants. Surtout quand je m'ennuie.

Il leva les yeux au ciel.

— Tu ne vas pas me tuer. Cet honneur revient à quelqu'un d'autre que toi.

— Je ne vois pas cela comme un meurtre. Ce serait plutôt comme si je te sauvais. Ta personnalité demeurerait en moi pour l'éternité, de même que…

— Arrête.

Serre fit la moue et se mit à examiner ostensiblement le bout de ses doigts griffus.

— De toute manière, reprit Kihrin, puisque tu lis dans mes pensées, tu n'as pas besoin que je te raconte ce qui s'est passé. Tu n'as qu'à prendre mes souvenirs… comme tu as pris tout le reste.

Elle se releva.

— Aucun intérêt. En plus, je ne t'ai pas tout pris. Je n'ai pas pris tous tes amis. Pas plus que tes parents. (Serre s'interrompit un instant.) Enfin, pas tes vrais parents.

Kihrin la dévisagea fixement.

Elle rit et s'adossa au mur.

— Tu préfères que je m'en aille ? Si tu ne me racontes pas d'histoire, je vais aller rendre visite à ton père et ta mère. Ils me distrairont, eux. Même si ma visite risque de ne pas beaucoup les amuser.

— Tu n'oserais pas.

— Qui m'arrêterait ? Ils se fichent bien de tes parents. La seule chose qui leur importe, ce sont leurs manigances, et ils n'ont pas besoin de tes parents pour ça.

— Tu n'oserais jamais…

— Mais si, grogna Serre d'une voix stridente et inhumaine. Joue avec moi, Prunelles, ou bien je reviendrai vêtue de la peau de ta mère, avec pour ceinture les intestins de ton père. Je rejouerai pour toi leurs derniers instants, encore et encore, jusqu'au retour de ton frère.

Kihrin se détourna, tremblant, et marcha jusqu'à l'autre bout de sa cellule. Il regarda le seau vide et la mince couverture poussée dans un coin. Il étudia les murs, le plafond, le sol. Il observa les barres de fer et le verrou.

Il alla jusqu'à s'examiner lui-même, pour le cas où ses geôliers auraient manqué quelque chose – n'importe quoi – lorsqu'ils lui avaient pris ses armes, ses outils de crochetage, la bague gravée, et ses talismans. Ils ne lui avaient laissé que le collier qui ne les intéressait pas… celui qui valait une fortune.

— Présenté de cette manière…, soupira Kihrin. Comment pourrais-je refuser ?

Serre joignit les mains devant son visage et applaudit d'un air enchanté.

— Merveilleux !

Puis elle lui lança la petite pierre qu'elle avait posée entre eux, quelques instants plus tôt.

Kihrin l'attrapa.

— Qu'est-ce que c'est ?

— Un caillou.

— Serre…

— C'est un caillou magique, précisa-t-elle. Ne me dis pas qu'un homme de ton statut ne croit pas aux cailloux magiques ?

Il examina de nouveau la pierre, les sourcils froncés.

— Quelqu'un a modifié le tenyé de ce caillou.

— Il est ma-gique ! insista-t-elle.

— Et qu'est-ce qu'il fait ?

— Il écoute. Puisque c'est toi qui racontes, c'est toi qui tiens la pierre. C'est la règle. (Elle sourit.) Commence par le début.

1

La vente aux esclaves

(Récit de Kihrin)

Lorsqu'ils m'ont amené jusqu'à l'estrade pour les enchères, j'ai balayé la foule du regard et je me suis dit : *Je vous tuerais tous, si j'avais un couteau.*

Et si je n'étais pas nu, ai-je ajouté.

Et menotté. Je ne m'étais jamais senti si vulnérable, et…

Quoi ? Tu ne penses pas qu'il s'agisse vraiment du début, Serre[1] *?*

Mais qu'est-ce que tu appelles « le début » ? Le début de qui ? Le mien ? Je ne m'en souviens pas très bien. Le tien ? Serre, tu es vieille de plusieurs milliers d'années, et tu as engrangé les souvenirs d'au moins autant de personnes. C'est toi qui voulais entendre cette histoire. Et tu vas y avoir droit, mais de la manière dont je l'ai décidé, et pas toi.

Recommençons.

La voix du commissaire-priseur résonna dans l'amphithéâtre.

---

1. Il semble que Serre ait dit la vérité quant à ce « caillou magique », car il recueille les paroles prononcées par la personne qui le porte. J'aurais pu reconstituer l'autre moitié de leur conversation, mais celle-ci m'a semblé suffisamment claire en contexte ; aussi me suis-je contenté de retranscrire les mots tels qu'ils me sont parvenus.

— Ce matin, notre lot numéro six est un spécimen remarquable. Quelle offre pour cet humain mâle doltari[1] ? Il a été formé à la musique et possède une très jolie voix. Seize ans seulement. Regardez-moi ces cheveux d'or, ces yeux bleus, ce beau visage. Il pourrait même avoir du sang de vané dans les veines ! Il s'intégrerait parfaitement à n'importe quelle maisonnée, mais il n'est pas châtré, alors ne l'achetez pas pour garder votre harem, mesdames et messieurs !

Le commissaire-priseur agita le doigt avec un sourire entendu. Quelques rires teintés d'ennui lui répondirent.

— Nous commençons à 10 000 ordes.

En entendant ce prix, plusieurs personnes laissèrent échapper des ricanements moqueurs.

C'était beaucoup trop.

Je n'étais pas particulièrement beau à voir, ce jour-là. Les vendeurs d'esclaves de Kishna-Farriga m'avaient lavé, mais en me frottant, ils n'avaient réussi qu'à faire ressortir les marques rouges et cruelles du fouet sur mon dos. À mes poignets, les bracelets de cuivre ne suffisaient pas à camoufler la morsure des chaînes que je portais depuis de longs mois. Les ampoules de ma cheville gauche étaient gonflées, infectées et purulentes. Couvert de bleus et de balafres, j'arborais tous les signes d'un esclave rebelle. Je frissonnais sous l'effet de la faim et d'une fièvre croissante. Je ne valais pas 10 000 ordes. Je n'en valais même pas 100.

Très franchement, je ne me serais pas acheté moi-même.

— Allons, allons, bonnes gens ! Je vois bien quelle allure il a, mais je vous promets qu'il s'agit d'un diamant brut. Il suffirait de le polir un peu pour qu'il se mette à briller.

---

1. Ayant connu des esclaves doltari, je ne peux qu'imaginer que le commissaire-priseur était aveugle. Cependant, peut-être les bons citoyens de Kishna-Farriga sont-ils passés maîtres dans l'art d'accepter les étiquettes apposées sur les esclaves sans poser de questions.

Et il ne vous causera aucun souci : voyez, j'ai son gaesh dans la main ! Personne pour acquérir, au prix de 10 000 ordes, le gaesh de ce jeune et séduisant esclave ?

Le commissaire-priseur leva le bras pour montrer une chaîne d'argent ternie, à laquelle pendait un objet qui scintillait en accrochant les rayons du soleil.

La foule ne pouvait en distinguer les détails, mais je savais ce qu'il brandissait : un faucon d'argent, noirci par les embruns. Un morceau de mon âme, emprisonné dans le métal. Mon gaesh.

Il avait raison : je ne causerais plus de problèmes. Plus jamais. Contrôler un esclave par le biais d'un gaesh était aussi efficace que cruel. Une sorcière avait invoqué un démon, et ce démon m'avait arraché une partie de mon âme, transférant son essence dans une babiole sans valeur, que le commissaire-priseur tenait à présent dans sa main. Quiconque portait ce maudit gaesh pourrait m'ordonner de faire tout ce qu'il désirait. N'importe quoi. Si je refusais d'exécuter ces ordres, ma récompense serait de mourir dans d'atroces souffrances. Je ferais tout ce que le porteur de mon gaesh me demanderait, même des choses répréhensibles, même des choses terribles.

Obéir, ou mourir. Je n'avais pas le choix.

Certes, mon corps ne valait pas grand-chose, mais à Kishna-Farriga, l'âme d'un homme est estimée à 10 000 ordes environ.

L'assemblée parut sortir de sa torpeur et poser sur moi un regard nouveau. Un adolescent fauteur de troubles, c'était une chose. Un adolescent qu'on pouvait soigner et parfumer, puis obliger à satisfaire le moindre caprice de son propriétaire, c'était une autre histoire. Je frémis, et cela n'avait rien à voir avec la brise tiède qui me picotait la peau.

C'était une belle journée pour une vente aux esclaves, pour qui en était friand. Il faisait chaud, le soleil brillait, et l'air était chargé de la puanteur des poissons fraîchement vidés. Des ombrelles de papier et des auvents de toile dissimulaient les enchérisseurs, qui se prélassaient sur des sièges rembourrés.

Kishna-Farriga était l'un des États Libres, des cités-États frontalières qui ne dépendaient pas de leurs voisins, comptant sur une atmosphère de tensions politiques fluctuantes[1] pour éviter de se soumettre à quelque joug que ce soit. Les pays qui ne souhaitaient pas entretenir de relations se servaient de Kishna-Farriga comme d'un entrepôt intermédiaire où transitaient leurs marchandises… lesquelles comprenaient parfois des esclaves tels que moi.

Personnellement, j'étais habitué aux marchés aux esclaves de l'Octogone de Quur, avec ses labyrinthes interminables d'appartements privés et de salles de ventes. Les fosses aux esclaves de Kishna-Farriga étaient bien moins élaborées. Elles ne comptaient qu'un seul amphithéâtre de pierre, à ciel ouvert, jouxtant le célèbre port. Au maximum, les gradins pouvaient accueillir trois mille personnes. Un esclave pouvait arriver en bateau, faire un tour dans les cellules situées sous l'amphithéâtre, puis repartir avec son propriétaire dans la même journée… le tout sans avoir pu chasser l'odeur de poisson mort de ses narines.

C'était tout à fait charmant.

Le commissaire-priseur reprit la parole.

—Qui pour 10 000 ?

Me sachant désormais docile, une femme aux vêtements de velours, dont on devinait aisément la qualité

---

1. J'ai entendu de nombreuses théories affirmant que les États Libres sont en fait le vassal d'une autre nation. Doltar pense donc que les États Libres sont alliés au Manol, et le Manol croit que les États Libres sont alliés à Zherias, et bien sûr, Quur pense que les États Libres sont tout simplement doltari, et doivent donc être protégés par le Manol. Si une guerre de grande ampleur devait éclater, je crains qu'elle ne se montre très dure envers cette population des États Libres, prise malgré elle en tenaille.

de « professionnelle », leva la main. Je grimaçai. Je n'avais aucune envie de retourner dans un bordel. Au fond de moi, je craignais que ce fût le cas. J'étais loin d'être laid, et peu de gens peuvent se permettre d'acquérir un esclave à gaesh sans moyen de rentabiliser leur achat.

— Dix mille. Très bien. Qui pour 15 000 ?

Un marchand riche et corpulent me lorgna avec avidité depuis le deuxième rang, et brandit un petit drapeau rouge pour signifier son intérêt. En vérité, ce drapeau avait à mes yeux des airs de signal d'alarme. Il ne vaudrait pas mieux lui appartenir qu'à la tenancière du bordel ; ce serait même pire, sans doute, et ce en dépit de mon prix.

— Quinze mille ? Qui pour 20 000 ?

Un homme du premier rang leva la main.

— Vingt mille. Très bien, seigneur Var[1].

Seigneur Var ? Où donc avais-je déjà entendu ce nom ?

Je laissai mon regard s'attarder sur l'homme. Il était d'apparence ordinaire : de taille et de poids moyens, banal mais agréable à regarder, avec une robe élégante sans être extravagante. Il avait les cheveux noirs et la peau olivâtre des Quuros vivant à l'ouest des Pics-Dragons ; toutefois, ses bottes étaient hautes et rigides, du style privilégié par les Quuros de l'Est. Peut-être était-il de Jorat, ou de Yor. De plus, il portait une chemise de style marakori, plutôt qu'une veste ample misha ou usigi d'Eamithon.

Pas d'épée.

Pas d'arme visible d'aucune sorte.

---

1. Il n'existe aucune preuve indiquant que Relos Var ait droit à un titre de noblesse ou à un ordre honorifique. Mais il est vrai qu'il n'existe presque aucune trace écrite de Relos Var, purement et simplement. La première mention de ce nom que j'aie pu déceler provient du livre *Histoire de la conquête de Raenena*, par Cilmar Shallrin, qui l'évoque à une seule occasion. Cet ouvrage ayant été publié il y a cinq cents ans, il est troublant d'imaginer qu'il puisse s'agir de la même personne.

Les seuls attributs remarquables que possédait le seigneur Var étaient son assurance, sa prestance, et le fait que le commissaire-priseur l'ait reconnu. Var ne semblait pas s'intéresser à moi. Son attention était fixée sur le commissaire-priseur ; il m'avait à peine accordé un regard. On l'aurait cru en train d'enchérir sur un lot d'assiettes en étain.

Je l'observai plus attentivement. Aucune protection, dissimulée ou non, ni même un poignard dans l'une de ses bottes de cuir mat. Et pourtant, il était assis au premier rang. Personne ne rôdait près de lui, bien que j'aie repéré de nombreux vide-goussets parmi la foule.

Je n'étais jamais allé à Kishna-Farriga auparavant, mais je n'avais pas besoin d'être né dans cette ville pour savoir que seul un imbécile entrerait dans cet amphithéâtre sans garde du corps.

Je secouai la tête. J'avais du mal à me concentrer, assailli par le bruit, les lumières aveuglantes et des vagues de froid que j'imaginais dues à la fièvre. L'une de mes plaies s'était infectée. Il faudrait faire quelque chose pour pallier rapidement cela, sans quoi le pauvre pigeon qui m'achèterait se retrouverait propriétaire du plus onéreux des presse-papiers.

Concentre-toi. Ignorant la foule, les enchères et la dure réalité de ma situation, j'écartai le Premier Voile de mes yeux et le regardai de nouveau.

J'ai toujours été doué pour voir derrière le Premier Voile. Autrefois, je pensais que ce talent m'arracherait aux quartiers pauvres de la Cité capitale, lorsque j'étais encore assez naïf pour croire qu'il n'existait pire sort que la pauvreté.

Il existe trois mondes qui se chevauchent, bien entendu, chacun gouverné par l'une des Sœurs : le monde des vivants, le monde de la magie, et le monde des morts[1]. Nous vivons dans le royaume de Taja, comme tous les mortels. Mais j'avais appris, depuis mon plus jeune âge, que mon talent pour regarder au-delà du Premier Voile, jusque dans le domaine magique de Tya, constituait un avantage de taille.

Seuls les dieux sont capables de voir derrière le Second Voile, même si j'imagine que nous finissons tous par le faire… lorsque nous partons pour l'autre côté, le royaume de Thaena : la Mort.

Mais ce que je veux dire, c'est que les mages portent toujours des talismans. Ils apposent sur ces breloques l'empreinte de leur propre aura, pour se protéger des sortilèges hostiles des autres magiciens. Les talismans peuvent prendre n'importe quelle forme. Les mages intelligents les soustraient aux regards en les déguisant en bijoux, en les cousant dans la doublure de leurs vêtements ou en les glissant sous leur robe. Ainsi, on peut les croiser sans se douter une seconde qu'ils sont magiciens…

… à moins d'être capable de voir derrière le Premier Voile, auquel cas l'aura décuplée par le talisman trahira toujours la profession de son propriétaire.

C'est comme cela que j'appris que Relos Var était un mage. Il ne portait aucun talisman visible, mais son aura était terrifiante. Je n'avais jamais vu d'empreinte aussi puissante auparavant, ni d'aura apposée avec autant de force, de violence et de netteté[2].

Même pas chez Cadavre, même pas chez Tyentso…

---

1. Tout cela est… inconcevable. Délétère. Le nombre impair, à lui tout seul, suffirait à nous alerter. Voilà ce qui arrive lorsqu'on ne fait pas l'effort de s'instruire correctement. Il n'y a que deux mondes, deux. La magie n'est pas un « royaume » : c'est un fleuve métaphysique séparant deux rives parallèles.

2. Ayant personnellement rencontré Relos Var à plus d'une occasion, notamment aux bains publics, je dois dire que je n'ai jamais, moi non plus, réussi à déterminer où cet homme cachait ses talismans, ni même s'il en portait. Relos Var possède le pouvoir et l'aura d'un mage porteur de très nombreux talismans, sans pour autant en arborer un seul.

Et non, ma jolie Serre, même pas chez toi.

Je ne me souvenais pas pourquoi le nom du seigneur Var me paraissait familier, mais j'aurais pu résumer cet homme en un seul mot : dangereux. Cependant, si j'avais de la chance…

À quoi bon me bercer d'illusions ? Je n'avais plus de chance. J'avais déplu à ma déesse – reine de la chance, bonne et mauvaise –, qui m'avait retiré sa faveur. Je n'osais même pas espérer que le seigneur Var me traiterait mieux que les autres. Quelle que soit la personne qui remporterait ma vente, je serais tout de même un esclave, et le resterais jusqu'au jour de ma mort. Un esclave ordinaire pouvait nourrir le fol espoir de s'échapper, ou bien de racheter sa liberté ; mais un esclave à gaesh ne peut s'enfuir, et personne ne voudra jamais le libérer. Il représente bien trop d'argent.

— Les enchères en sont à 20 000. Qui pour 25 000 ?

Le commissaire-priseur n'était plus très attentif, estimant l'affaire presque conclue. Avec 20 000, il s'en tirait très bien. Ce prix avait dépassé ses espérances.

— Vingt mille une fois, 20 000 deux fois. Vingt mille…

— Cinquante mille, lança une voix claire venue du haut des gradins.

Des murmures parcoururent la foule. Je tendis le cou pour voir qui avait renchéri. Le stade était grand, et je ne repérai pas tout de suite qui avait parlé. Enfin, je remarquai les individus vers qui toute l'assemblée s'était retournée : trois silhouettes assises, vêtues de robes noires à capuchon.

Le commissaire-priseur s'interrompit, surpris.

— La Confrérie Noire en offre 50 000. Qui pour 55 000 ?

L'homme qu'ils appelaient le seigneur Var parut agacé. Il hocha la tête à l'intention du commissaire-priseur.

— Cinquante-cinq mille. Qui pour 60 000 ?

Il semblait avoir été réveillé par cette bataille d'enchères inattendue.

L'une des trois silhouettes noires leva son fanion rouge.

— Soixante mille, reprit le commissaire-priseur en acquiesçant.

La moitié de la foule observait le seigneur Var, tandis que l'autre scrutait les silhouettes encapuchonnées. L'enchère s'était transformée en représentation sportive.

— Qui pour 75 000 ?

Var hocha de nouveau la tête.

— Soixante-quinze mille ; qui pour 100 000 ?

Le commissaire-priseur vit de nouveau se lever le fanion des silhouettes en noir.

— Cent pour la Confrérie. Qui pour 150 000 ?

Var opina.

— Cent cinquante, qui pour 200 ? (Le fanion se leva.) Deux cents, qui pour 250 ? (Var fronça les sourcils, mais agita brièvement les doigts.) Deux cent cinquante pour le seigneur Var. La Confrérie Noire m'en propose-t-elle 500 ?

C'était le cas.

L'envie de vomir me frappa soudainement, et ma fièvre n'en était pas la seule raison. Avait-on déjà vendu un esclave à tel prix ? Aucun usage ne justifiait un coût si élevé ; ni celui de musicien, ni celui de giton. À moins que…

Je plissai les yeux.

Je me demandai si, contre toute attente, ils savaient qui j'étais, et ce que j'avais sur moi. Je faillis porter la main au joyau qui pendait à mon cou. La Pierre des Entraves, elle, aurait pu se vendre à ce prix, à n'importe quel prix. Mais j'avais utilisé le seul sortilège que je connaissais pour cacher ce que je portais.

J'avais peut-être un gaesh, mais personne n'aurait pu m'ordonner de lui remettre quelque chose qu'il ignorait être en ma possession.

— La Confrérie Noire propose un demi-million. Qui pour 750 000 ?

La voix du commissaire-priseur s'érailla. Même lui semblait ébahi du prix qu'il annonçait.

Le seigneur Var hésita.

— Seigneur Var ? demanda l'homme.

Var grimaça et se tourna pour lancer un regard furieux aux trois silhouettes par-dessus son épaule.

— Oui, dit-il.

— Sept cent cinquante mille ordes pour le seigneur Var. Me propose-t-on un million ?

Les silhouettes en noir n'hésitèrent pas un instant.

Le seigneur Var jura tout haut.

— On m'offre un million d'ordes. Dernier avertissement. (Le commissaire-priseur marqua le silence de rigueur.) Adjugé à la Confrérie Noire pour un million d'ordes. Mesdames, messieurs, c'est un nouveau record !

L'extrémité de son grand bâton s'abattit sur le sol.

Je réprimai le désir de l'imiter.

2

La Maison Kazivar

(Récit de Serre)

… me rendre ça.

Hé oui, je t'ai repris la pierre. C'est à mon tour de raconter ton histoire, à présent.

Mais si, j'ai le droit. Pourquoi pas ? Ça m'amuse, et tu n'es pas en position de te plaindre. Puisque tu ne veux pas commencer par le début, je vais le faire à ta place. Il est inutile d'espérer me cacher la moindre partie de ton histoire. Tu ne peux protéger les souvenirs de personne, pas même les tiens. Donc, je vais raconter ton histoire, parce que je veux que tu te rappelles comment ça s'est passé, à travers les yeux de quelqu'un d'autre. À travers de nombreux yeux, en fait, et de nombreux points de vue ; car c'est exactement ce que je suis devenue. Personne ne peut rien y changer. Même pas toi, mon amour.

Arrête de lutter. Les barreaux sont plus solides que ton crâne.

Laisse-moi te raconter l'histoire d'un garçon appelé Vol.

Ah… Je savais bien que cela attirerait ton attention.

Comme tu le sais, son vrai nom était Kihrin[1], mais il aimait le nom « Vol », car il représentait à la fois son rêve et sa profession. Vol était un voleur : une espèce très

1. Il me semble extrêmement peu probable que son véritable nom soit Kihrin, mais sans la confirmation de sa mère biologique, il serait difficile d'en obtenir la certitude. Peut-être « Kihrin » est-il le résultat d'une faute d'orthographe.

particulière de cambrioleur, une Clé. Il adorait aller se percher, les doigts agrippés aux corniches les plus élevées, seul avec les oiseaux, ses pensées, et ses crimes. Il rêvait de voler, de liberté, et d'un monde où personne ne parviendrait jamais à l'enchaîner.

Ironique, au vu des circonstances.

Hélas, il est rare d'obtenir ce qu'on veut, n'est-ce pas ?

Il avait quinze ans : à Quur, il n'était donc pas encore considéré comme un adulte, et cependant trop vieux pour être qualifié d'enfant. Comme tous ceux qui se trouvent piégés entre deux mondes, il haïssait et désirait ardemment les deux. Il ne se voyait lui-même plus comme un enfant depuis ses douze ans, depuis que son professeur était mort et qu'il avait commencé à travailler comme l'une des Clés des Danseurs de l'Ombre[1].

Peut-être même Vol avait-il raison, car personne ne reste bien longtemps un enfant dans les quartiers pauvres du Cercle Inférieur. Et les pauvres gosses qui rejoignaient les gangs comme celui des Danseurs de l'Ombre grandissaient plus vite encore.

Les méthodes de Vol comportaient un défaut, une faille qui finirait par lui coûter cher.

Il était curieux.

Vol avait passé près d'une semaine à réfléchir au meilleur moyen de cambrioler la maison d'un riche marchand, dans le Quartier de Cuivre. Le propriétaire devait s'absenter deux

---

1. *« J'ai trouvé une sorcière dans la Cité aujourd'hui, une cambrioleuse ayant entrepris de piller un manoir à l'aide de ses talents occultes. Lorsque je l'ai interrogée, elle a affirmé être ce qu'elle appelait une "Clé". Je dois mener une enquête afin de déterminer si un groupe secret et organisé pratique illégalement la magie au nez et à la barbe de la Couronne. »* Journal de Kolban Simus, Garde, trouvé sous son oreiller après la découverte de son cadavre. L'enquête a conclu à un suicide.

semaines pour le mariage de sa plus jeune fille, offrant à Vol tout le temps dont il pouvait rêver pour explorer la maison vide[1].

Sauf que, lorsque Vol était arrivé, il avait découvert que quelqu'un d'autre l'avait précédé. Quelqu'un dont les desseins étaient bien différents des siens.

Si tu me demandais, aujourd'hui, s'il existe un acte spécifique, un seul événement qui aurait pu changer le cours de tout ce qui suivit, je te répondrais immanquablement ceci : c'est le jour où tu t'es introduit dans la Maison Kazivar, et que ta curiosité t'a convaincu de rester, alors qu'un homme plus sage aurait fui.

Mais tu ne l'as pas fait. Aussi, c'est cela que j'appelle le commencement.

Le jeune homme réprima un juron, s'immobilisa en équilibre sur le rebord de la fenêtre et examina la chambre faiblement éclairée. On n'entendait pas un bruit, à l'exception des hurlements qui résonnaient à l'intérieur de la demeure. Après un instant, Vol s'aperçut qu'il avait oublié de respirer. Il décida que c'était la peur qui faisait fourmiller le bout de ses doigts, et acheva de se glisser par l'étroite ouverture de la fenêtre de la villa.

Tout en entrant, il raccrocha son porte-plaques à sa ceinture. La plupart de ses plaques étaient en bois – bambou, acajou, cyprès, et même des essences exotiques telles que le pin et le chêne –, mais certains de ces petits rectangles étaient faits de verre, ou encore de céramique fabriquée à partir de l'argile locale. Les plaques servaient de repères,

1. Aidin Novirin, un marchand de moindre envergure associé aux Garde-Portes. Une fois revenu d'un voyage personnel, il a informé la Garde qu'il avait été cambriolé, mais que si quelque chose lui avait été dérobé, il n'avait pu déterminer quoi.

pour déterminer si une demeure était enchantée, si quelqu'un avait dépensé du métal afin que des Gardes ensorcellent les fenêtres et les portes pour éviter toute intrusion. Les Clés comme Vol ne pratiquaient pas elles-mêmes la magie, mais elles étaient capables de voir derrière le Premier Voile pour découvrir si une porte, un verrou ou un coffre était moins banal qu'il n'y paraissait. Pour un voleur, cette information pouvait faire la différence entre le triomphe et la fin, abrupte et terrible, de leur carrière criminelle.

Le cadre de la fenêtre était en teck, les vitres en verre dépoli. Rien que de très normal. Ni pièges ni enchantements.

Mais ces cris… ces cris qui s'élevaient dans la maison, eux, n'étaient pas normaux.

Quelqu'un, à l'intérieur, éprouvait une souffrance telle que même un voleur-Clé comme Vol n'en avait pas connu au fil de ses quinze années dans la rue.

Le jeune voleur referma la fenêtre derrière lui et laissa ses yeux s'accoutumer à la pénombre. Il se demanda qui on était en train de maltraiter. S'agissait-il de l'occupant habituel des lieux, le marchand… comment s'appelait-il, déjà ? Ou bien était-ce lui qui infligeait à autrui cet atroce châtiment, n'ayant feint de partir au nord, à Kazivar, que pour dissimuler proprement un goût honteux de la torture… ou pire ?

La chambre à coucher où avait pénétré Vol était vaste et intimidante. Elle était remplie des décorations ostentatoires, rehaussées de filigranes et de mosaïques, qui faisaient la renommée des artisans impériaux. Le lit massif était recouvert de draps en satin de coton, les murs et les divans ornés de tapisseries. D'élégantes figurines en bronze et en jade batifolaient sur les commodes.

Le mur nord s'ouvrait sur un gigantesque balcon, surplombant une cour intérieure couverte, située au cœur de la villa. Les cris provenaient du jardin en contrebas.

Vol se détendit en comprenant qu'il ne pouvait être vu depuis la cour. C'était important, car cette nuit-là, seul son père aveugle n'aurait pu y voir clair : les trois lunes étaient de sortie, ajoutant leur clarté à l'aurore aux tons mauves et rouges, ourlée d'un vert changeant, du Voile de Tya. C'était une nuit de sorcellerie. Une nuit pour lancer des charmes ou, au contraire, pour les esquiver ; car l'apparition du Voile de Tya dans le ciel signifiait qu'il était plus aisé de « voir » au-delà du Premier Voile, dans son royaume[1].

La chambre avait servi récemment. Des effluves de parfum flottaient dans l'air, ayant imprégné les draps défaits et froissés. Les vêtements jetés au sol évoquaient un rendez-vous clandestin ayant horriblement mal tourné.

Cela ne le regardait pas.

D'un œil expert, il repéra l'argent et les bijoux abandonnés sur une table de nuit. Il les rangea un à un dans sa poche de ceinture, tout en écoutant.

Des voix lui parvenaient.

— C'est très simple. Dites-nous simplement où se trouve la Pierre des Entraves, et vos souffrances prendront fin, exigea une voix masculine aussi douce que du velours.

Des sanglots entrecoupaient la voix qui lui répondit.

— Je… Oh, par la déesse ! Je vous l'ai dit… Je ne sais pas où elle est !

Vol se demanda s'il s'agissait d'une femme. Il plissa les yeux. S'ils étaient en train de maltraiter une femme… Il se reprit. C'en était peut-être une, et alors ? Il s'ordonna de ne pas agir en imbécile.

— La pierre a été vue pour la dernière fois lorsque la reine Khaeriel, qui l'avait en sa possession, est morte. Elle n'a jamais été retrouvée, intervint une voix différente, plus froide.

1. Oh ! Comme je regrette le manque d'instruction dont notre monde est affligé ! Tout cela n'est que pure superstition.

Sa servante s'est enfuie avec, mais elle ne détient plus la pierre. L'a-t-elle remise secrètement au nouveau roi ?

Un roi ? pensa Vol. *Une reine ?* Quur avait des princes et des princesses à foison, mais ni roi ni reine. Quur était le plus grand, le plus vaste, le plus formidable empire de tous les temps, passés et futurs. Quur avait un Empereur, immortel et aussi puissant qu'un dieu. Jamais il n'aurait toléré l'existence de « rois ».

— Je l'ignore ! Personne n'a vu Miyathreall depuis des années. Si elle est encore en vie, comment saurais-je où elle se trouve ?

Vol changea d'avis : la victime était un homme, mais sa voix était aiguë. Le voleur faillit oser jeter un coup d'œil en contrebas, se força à reculer. Il serait totalement insensé d'intervenir. Qui pouvait dire qui étaient ces hommes ? À les entendre, ils n'étaient pas le genre que quiconque aurait osé se mettre à dos.

— Nous prenez-vous pour des imbéciles ? Nous savons pour qui vous travaillez, gronda la première voix d'un ton lourd de colère. Nous vous avons offert de l'argent, et tout le pouvoir dont vous pouviez rêver. Vous n'avez pas voulu accepter notre générosité, mais vous finirez par tout nous dire. Nous avons la nuit devant nous…

Vol entendit un étrange gargouillis, puis les hurlements reprirent. Un frisson le parcourut, mais il secoua la tête et se remit à l'œuvre. Tout cela ne le regardait pas. Il n'était pas là pour faire acte de charité.

Il continua de regarder de l'autre côté du Premier Voile. Cela avait pour effet de brouiller sa vue ordinaire, en la constellant d'arcs-en-ciel et de lueurs scintillantes, comme s'il avait attrapé l'aurore pour la faire descendre du ciel. Il n'avait pas la faculté de tendre la main à travers cette barrière pour provoquer des changements, comme le faisaient les mages ; mais souvent, l'observation seule pouvait suffire.

Voir derrière le Premier Voile lui permettait de distinguer les différents matériaux avec une grande précision, y compris dans le noir. L'or avait une aura particulière ; l'argent, une autre ; le diamant, une autre encore. Les pierres précieuses brillaient comme si une lumière s'y reflétait, même dans l'obscurité. Une Clé pouvait entrer dans une pièce sombre et trouver aussitôt une unique pièce d'or cachée sous un oreiller, sans jamais faire d'erreur. C'était l'autre raison pour laquelle les voleurs de bas étage leur enviaient leurs talents. Rien ne l'empêchait de trébucher sur un tapis et de se rompre le cou, mais pour l'éviter, il lui suffisait de faire attention où il mettait les pieds.

Vol localisa l'éclat irisé d'une matière précieuse dans un coin sombre de la pièce. Quelques trésors y avaient été négligemment abandonnés : une dague en drussien, une bourse de plantes, une bague sertie d'un rubis gravé...

Vol découvrit aussi une grosse pierre mal dégrossie, verte, accrochée à une chaîne en argent. Une sorte de fil de fer argenté s'enroulait autour du joyau brut, mais sa vue lui indiqua que ce métal n'était pas de l'argent, et que la pierre n'était pas une émeraude. Surpris, le voleur regarda fixement le joyau vert, puis jeta un coup d'œil par-dessus son épaule, vers l'endroit où il savait que les trois hommes poursuivaient leur « conversation ». Il ne toucha pas à la bourse de plantes, mais ramassa le collier et la bague, et glissa la dague sous sa ceinture.

Et la voilà qui se manifestait de nouveau : la curiosité de Vol. Tout au long de ses années de cambriolages, malgré tous les bijoux qu'il avait dérobés, il n'avait jamais vu un collier comme celui-là... à une exception près.

Il extirpa l'autre bijou du col de sa chemise. La pierre qu'il portait, de couleur bleu indigo, ressemblait à un saphir sans en être un ; elle était cerclée d'un métal jaune qui pouvait passer pour de l'or, mais n'en était pas. Le faux saphir comme la fausse émeraude étaient bruts, non polis, avec des arêtes dures et des faces lisses. Leur couleur différenciait les deux colliers, mais en dehors de cela, ils étaient de style et d'aspect identiques.

Il ne parvint pas plus longtemps à réprimer sa curiosité.

Vol se rapprocha tout doucement de la balustrade en rampant sur le ventre, jusqu'à baisser les yeux vers le patio. Il laissa le Voile retomber sur son regard, et attendit que ses yeux s'accoutument au changement.

Deux des hommes étaient debout. Le troisième était assis, ligoté à une chaise. En posant les yeux sur lui, Vol se demanda s'il n'avait pas eu tort de le croire de sexe masculin, et même de le croire humain. La silhouette assise arborait une chevelure aux boucles serrées, qui ressemblaient à un amoncellement de sucre filé. Leur couleur était particulièrement inhabituelle : c'était un mauve pastel, rappelant les contours des nuages au crépuscule. Les traits de la victime étaient harmonieux et délicats, mais crispés de douleur et maculés de sang. Malgré tout, elle était d'une beauté déchirante.

Vol faillit crier en comprenant qu'il s'agissait d'un vané. Il n'en avait jamais vu auparavant.

Ses tortionnaires, en revanche, étaient on ne peut plus humains. Comparés au vané, ils paraissaient laids et crasseux. L'un avait une grâce de danseur, et des muscles puissants sous son habit de soie d'un bleu délavé. L'autre était vêtu d'une étrange robe noire au tissu pesant, qui tranchait avec sa peau insolite ; elle n'était pas d'un brun rayonnant de santé comme celle des Quuros ordinaires, mais pâle et marquée comme un parchemin gratté. Les deux hommes formaient une paire étonnante. À en croire les broderies sur sa poitrine et son pantalon, ainsi que la rapière sertie de joyaux à son côté, le premier homme était friand des richesses de ce monde, tandis que l'autre s'astreignait à une retenue ascétique[1].

Les cheveux se dressèrent sur la nuque de Vol tandis qu'il observait l'homme pâle : il y avait quelque chose de terrible en lui, quelque chose d'infâme, de malsain. Ce n'étaient pas ses yeux et ses cheveux noir corbeau, plutôt ordinaires ; non, c'était une donnée insaisissable. Vol avait l'impression de voir une créature morte qui marchait encore ; l'image d'un cadavre ayant l'apparence de la vie, sans en être réellement animé.

Vol les surnomma intérieurement Joli-Cœur et Cadavre[2], et décida que s'il ne devait jamais faire officiellement leur connaissance, il pourrait mourir heureux.

Il redoutait ce que sa vue allait lui révéler, mais après une seconde d'hésitation, il regarda de nouveau derrière le Premier Voile. Il grimaça. C'était pire que ce qu'il avait craint.

Les hommes étaient tous deux des mages. Ces auras intenses, lui avait enseigné Souris, étaient le signe caractéristique des magiciens, des hommes qu'il fallait éviter à tout prix. Joli-Cœur arborait de nombreux bijoux, dont tous auraient pu lui servir de talismans.

L'aura de Cadavre était similaire à son allure : c'était comme un trou creusé dans la lumière qui l'entourait.

Des fourmillements parcoururent la peau de Vol, et l'envie de s'enfuir en courant l'envahit brusquement.

Joli-Cœur empoigna un stylet et le plongea dans le ventre du vané. Le prisonnier s'arc-bouta et lutta contre ses liens,

1. L'observation est flatteuse, mais vous et moi sommes parfaitement conscients que son absence de vanité ne tenait en rien de la discipline monastique. Les dieux soient loués de nous avoir fourni des domestiques, sans quoi je serais sans doute mort de faim avant qu'il ne se souvînt que les enfants ont besoin d'être nourris et lavés régulièrement.

2. Sobriquets nettement préférables à leurs noms officiels, à mon humble avis.

poussant un cri de douleur si atroce que Vol hoqueta en réponse.

— Attendez, dit Cadavre.

Il fit signe à Joli-Cœur de s'écarter et arracha le stylet au corps du vané, qui s'affaissa en sanglotant éperdument.

Cadavre pencha la tête sur le côté, tendant l'oreille.

Vol se mit à réciter silencieusement le refrain qui lui avait sauvé la vie à plus d'une occasion : *Je ne suis pas là. Ni chair, ni bruit, ni présence. Je ne suis pas là. Ni chair, ni bruit, ni présence. Je ne suis pas là…*

— Je n'entends rien, déclara Joli-Cœur.

— Moi, j'ai entendu quelque chose. Êtes-vous certain que cette maison soit vide ? interrogea Cadavre.

Le jeune voleur tenta de se fondre de nouveau dans les ténèbres, de calmer sa respiration, de l'arrêter même ; de n'être rien d'audible, rien de visible. Comment Cadavre avait-il pu l'entendre au milieu des hurlements ? *Je ne suis pas là. Ni chair, ni bruit, ni présence…*

— Oui, j'en suis certain. Le propriétaire marie sa fille à un imbécile de chevalier, à Kazivar. Il ne reviendra pas avant deux semaines.

Cela parut suffire à contenter Cadavre, qui reporta son attention sur le vané.

— Je pense que celui-ci nous a dit tout ce qu'il savait. Il est temps de mettre en œuvre notre mesure de sécurité.

Joli-Cœur soupira.

— Est-ce impératif ?

— Oui.

— J'espérais que nous garderions notre nouvel ami sous le coude quelque part, et que je n'aurais pas à effectuer le rituel de sang une fois de plus. Serre ne peut pas être partout – ni imiter tout le monde – en même temps. Les gens vont se poser des questions si trop de membres de ma famille disparaissent sans explication.

— Eh bien, estimez-vous heureux d'avoir une grande famille à sacrifier. As-tu assez d'informations pour la trouver ? demanda Cadavre en se tournant vers un coin obscur du patio.

Un rire, atroce et cauchemardesque, résonna dans le crâne de Vol.

OH, OUI. JE L'AI VUE DANS SON ESPRIT[1].

Vol se mordit la lèvre pour ne pas crier. Cette voix n'avait pas parlé à voix haute ; elle s'était immiscée, avec violence, dans ses pensées.

Cette voix…

L'expression de Cadavre ne changea pas lorsqu'il tendit la main en direction du vané. Étonnamment, ce geste paraissait plus menaçant que les actes de torture perpétrés par Joli-Cœur. Un mince flot d'énergie s'échappa des yeux du vané, de son front, et de sa poitrine. Il flotta dans l'air et vint se rassembler en une boule luminescente de feu mauve pâle, dans la paume de Cadavre.

Lorsque la dernière particule de l'âme du vané fut arrachée à son corps, ses yeux s'écarquillèrent, puis s'immobilisèrent, aveugles.

Cadavre fourra quelque chose de dur et brillant – de l'améthyste – dans sa robe.

— Et le corps ? interrogea Joli-Cœur.

Son compagnon soupira et fit un dernier geste. Un grand bruit crépitant retentit, et cette fois, l'énergie jaillit des doigts de Cadavre, vers sa victime.

1. De quel esprit s'agit-il donc ? Il me semble très peu probable que le démon n'ait pas été conscient de la présence de Vol depuis son entrée dans la maison. Il est donc tout à fait possible qu'il ait extrait cette information, non pas de l'esprit du prisonnier, mais de celui de Kihrin.

Vol eut un haut-le-cœur en voyant la chair du vané couler, fondue, ne laissant derrière elle que des vêtements sanguinolents et un squelette étrangement propre.

L'immonde bouillie tournoya en suspension autour des ossements l'espace de quelques interminables secondes. Puis elle ruissela en direction des ténèbres et disparut tout entière dans la gueule gigantesque du démon qui sortait de l'obscurité.

— Merde ! jura Vol entre ses dents qui s'entrechoquaient follement.

Il sut aussitôt qu'il avait commis une erreur… et qu'elle lui serait sans doute fatale.

Cadavre leva les yeux vers le balcon.

— Il y a quelqu'un là-haut.

— Il va s'en occuper, affirma Joli-Cœur. Hé, toi ! Va chercher.

Vol abandonna tout espoir de rester discret, et se rua vers la fenêtre.

3

La Confrérie Noire

(Récit de Kihrin)

Je pourrais te demander comment tu sais ce que j'ai pensé cette nuit-là, mais... peu importe.

À mon tour ? Comme tu es magnanime, Serre[1].

Où en étais-je... Ah, oui.

Une fois les enchères terminées, malade et blessé comme je l'étais, je fus devancé dans la salle de vente par mes nouveaux propriétaires. Ils m'attendaient comme un trio de juges faisant face aux morts dans le Royaume de la Paix. Des ombres silencieuses, avec des capuches tombant si bas sur leur visage qu'ils auraient dû en être aveuglés.

La silhouette de droite était féminine ; grande pour une Quuro de l'Ouest, mais moyenne pour une Doltari ou une Quuro de l'Est. La personne située à gauche était grande, très grande. Il – ou elle – dominait tous les autres, mesurant au moins une tête de plus que le plus grand d'entre nous (qui se trouvait être moi). Celle du centre, qui paraissait bossue et très âgée, s'avança en claudiquant vers mon garde, un

1. On retrouve des caractéristiques récurrentes chez les personnes auxquelles se substitue Serre, au cours de ces dialogues. Elles appartiennent en général à l'une ou l'autre de ces catégories : les individus qu'elle a dévorés, et ceux auprès desquels elle a passé de longues périodes, comme Kihrin. Manifestement, elle s'est servie de ses facultés de télépathe pour apprendre quantité de secrets.

maître d'esclaves eunuque de Kishna-Farriga nommé Dethic. La silhouette voûtée tendit une main gantée de soie noire.

L'espace d'un moment, personne ne parla.

— Le gaesh, exigea la petite silhouette.

Je sursautai en entendant sa voix, si déformée qu'elle ne paraissait pas réelle. C'était le bruit sec de la glace fendant une montagne, le fracas des vagues contre des écueils tranchants.

Dans l'ensemble, cette voix ne me disait rien qui vaille.

Dethic déglutit.

— Oui, bien sûr. Mais… les règles de la maison… Vous comprenez… Le paiement doit être réglé en totalité avant le transfert de la marchandise.

— Oui, j'aimerais bien voir cela, intervint Relos Var en s'approchant du groupe. J'ai du mal à croire qu'ils puissent s'acquitter d'une telle somme.

La silhouette de gauche (la plus grande) glissa une main sous sa grande cape. Elle tira un collier d'un petit sac de velours et le brandit entre deux doigts. La valeur de la chaîne d'or n'était rien en comparaison des douze gemmes dont elle était ornée. Chacun de ces diamants taillés en poire était aussi large qu'un doigt, d'un bleu profond, avec une étoile blanche en son centre.

Mes vertiges s'accentuèrent. Un collier de larmes étoilées… Combien existait-il de pierres comme celles-ci dans le monde entier ? Douze diamants étoilés ! De même taille et de même couleur !

Dethic était ébahi.

— Des larmes étoilées ! Par les dieux… Elles sont inestimables[1].

— Le garçon aussi, rétorqua la voix tranchante.

— Vous avez battu tous les records des enchères.

Dethic jubilait à l'idée de la commission qu'il allait récolter.

Le seigneur Var reprit :

— Assurez-vous bien qu'il ne s'agisse pas de contrefaçons.

En l'entendant, la haute silhouette tourna vivement la tête vers le seigneur Var puis leva une main pour repousser son capuchon, dévoilant son visage.

J'aurais dû le deviner à sa taille : c'était un vané.

Je n'avais vu que quelques rares vané auparavant, et tous étaient des Kirpis aux couleurs de fleurs. Celui-ci était différent : on aurait cru voir un vané qui aurait un peu trop joué avec le feu. Sa peau était comme un champ recouvert de cendres sombres ; ses longs cheveux étaient noirs et mats, ses yeux des émeraudes ténébreuses. On retrouvait chez lui la joliesse caractéristique de sa race, mais c'était une créature faites d'angles et d'arêtes coupantes. Sa beauté était celle d'une lame de rasoir, et non celle d'une fleur.

Je ne pus déterminer son âge. Pour ce que j'en savais, il avait peut-être assisté à la fondation de l'Empire Quuro. Il ne semblait âgé que de quelques années de plus que moi, mais cela ne voulait rien dire. Les vané n'ont pas d'âge.

Il n'en avait sans doute pas fallu davantage à mes ancêtres quuros pour les haïr, et pour déloger les vané kirpis des terres

1. En dehors des Joyaux de Dana, l'une des rares ventes avérées d'une larme étoilée fut conclue par un officier de l'armée quuro à la retraite, du nom de Duvos. Étant parvenu par un moyen inconnu à s'en procurer une, il la céda à la Maison D'Kard en échange de la construction de ce qui est aujourd'hui le Palais Sileemkha, à Khorvesh. Si l'on se fonde sur ce précédent, la transaction qui nous occupe paraît tout à fait excessive : une seule larme étoilée aurait suffi à remplacer la somme d'un million d'ordes.

que nous avions décidé de nous approprier. Face aux forces d'invasion de l'Empereur Kandor, les vané kirpis avaient abandonné la lutte et fui leurs habitations sylvestres. Avec horreur, ils avaient vu Kirpis se transformer en une énième colonie quuro.

Mais bien sûr, celui-ci n'était pas un vané kirpi.

Au sud de Quur s'étendait l'autre royaume vané : le Manol. Les vané manols – comme des joyaux sombres face aux fleurs colorées que sont les Kirpis – ne s'étaient pas laissés vaincre si aisément. L'irrésistible essor de Quur avait été brutalement interrompu par la mort de l'Empereur Kandor, aux mains des vané manols. La fameuse épée quuro Urthaenriel – mieux connue sous le nom de « Tueuse de Dieux » – finit perdue quelque part dans la jungle, de même que toute une génération d'hommes quuros. Quur devait conquérir par la suite deux autres colonies, sous le règne d'Empereurs ultérieurs, mais ne croîtrait plus jamais avec la même vigueur qu'auparavant.

Les vané manols se remirent ensuite à nous ignorer ; nous ne représentions pas une menace à leurs yeux.

— Ces larmes étoilées sont authentiques, Relos Var. Mais vous ne me croyez tout de même pas assez stupide pour vous autoriser à les manipuler, si ? répliqua le vané manol en arquant un sourcil.

Un léger sourire apparut sur les lèvres du mage.

— Tous les espoirs sont permis.

— Toi. Examine ce collier.

Le vané manol me fourra le bijou et son sac dans les mains.

Dethic parut perplexe.

— Mais, monsieur…

— C'est bon, murmurai-je sans quitter des yeux le vané à la peau noire. Je sais estimer les joyaux.

J'allais mentir quant à la valeur du collier. J'étais quuro, et c'était un vané manol. Quoi qu'il veuille faire de moi, les choses ne tourneraient pas en ma faveur. Le fait qu'il m'achète avec un collier de diamants étoilés n'était pas seulement insolite ; c'était inquiétant. J'avais entendu parler de ce collier toute ma vie. À mes yeux, ces diamants étaient aussi célèbres que l'épée Urthaenriel, ou la Couronne et le Sceptre de Quur.

Soudain, je sus dans quel camp je me trouvais : ce dénommé Relos Var me semblait représenter le moindre de deux maux. Je soulevai le collier de diamants d'une main tremblante, faisant osciller les pierres afin qu'elles accrochent la lumière.

— Tu t'y connais en pierres précieuses ? Parfait. (L'expression de Dethic devint sombre et pensive.) Ne mens pas, surtout. Dis-moi la vérité. S'agit-il bien de larmes étoilées ?

Je réprimai un soupir. Tout aurait pu se terminer en un instant. J'aurais menti, affirmant que les pierres étaient fausses, et j'aurais pu tenter ma chance en partant avec Relos Var. Mais Dethic tenait dans sa main mon gaesh. Il détenait une partie de mon âme, emprisonnée dans cette babiole en métal. Cela m'obligeait à obéir à ses ordres explicites. Comme la plupart des esclaves à gaesh, j'étais soumis à un ensemble de règles valables en permanence ; j'avais interdiction de m'échapper, de tuer mon propriétaire, ou de désobéir à ses ordres (quoique cette dernière instruction paraisse quelque peu redondante). Je n'avais nulle obligation de devancer les désirs de mon propriétaire, ou de protéger ses intérêts. Toute faille pouvait être exploitée.

Toute cette triste histoire aurait pu brusquement prendre fin, si je n'avais reçu l'ordre exprès de dire la vérité.

J'observai de nouveau les diamants. Ils étaient parfaits, sans défaut, taillés de manière à réfracter la lumière, par des mains anciennes et précises. On aurait cru contempler une véritable étoile, emprisonnée au cœur du joyau.

J'ouvris le sac de velours. Tout le monde entendit la chaîne tomber à l'intérieur avec un cliquetis. Personne ne remarqua que mes bracelets de cuivre avaient disparu de mes poignets.

Je suis très doué pour dissimuler les choses.

— Elles sont vraies.

Je tendis le sac à Dethic, puis me grattai la nuque, tendant le bras aussi loin que me le permettaient mes entraves. Je profitai de ce geste pour accrocher le bijou volé à mon propre collier, le dissimulant sous mes cheveux.

Voilà. Tant que Dethic ne découvrait pas la supercherie, je venais d'être vendu à la Confrérie au prix de quelques bracelets de cuivre.

Non que je ne croie pas à la valeur de ma propre âme, mais je refusais d'être vendu sans m'enrichir un peu au passage.

Le seigneur Var s'adressa à mes nouveaux propriétaires.

— Mes chers membres de la Confrérie, nous avons toujours entretenu de bonnes relations. N'allez pas mettre en péril notre amitié pour un simple esclave.

Le vané, demeuré impassible, répondit :

— Vous n'avez rien à nous offrir.

Il lança ensuite à Dethic :

— Vous avez été payé. Remettez-nous le gaesh.

— Ne le lui donnez pas, ordonna Relos Var.

Dethic hésita.

Le vané manol déclara :

— Tout ceci ne vous concerne plus.

— Je veux le garçon, rétorqua Relos Var.

Le vané eut un rictus moqueur.

— Dans ce cas, peut-être devriez-vous commencer par le couvrir de cadeaux.

La tension entre les deux hommes était palpable. Je me demandai si la Confrérie Noire ne m'avait acheté que pour s'assurer que je ne tombe pas entre les mains de Relos Var. Cela semblait probable ; à moins qu'ils ne sachent qui j'étais vraiment, et que je portais la Pierre des Entraves autour du cou.

« À moins que… » C'était un « à moins que » affreusement plausible. Mes entrailles se nouèrent. La dernière chose dont j'avais besoin était de me retrouver au centre d'une intrigue de pouvoir. Par les dieux, pas la politique ! J'étais plus que lassé de la politique. Si seulement j'avais pu partir… Je n'osais pas parler de « m'échapper », même dans le secret de mon esprit. Le gaesh me punirait violemment si j'envisageais de m'enfuir.

Var reprit :

— Avez-vous la moindre idée de la personne à qui vous parlez ?

Le vané sourit.

— N'ai-je pas employé votre nom ?

— Dans ce cas, vous devriez savoir que votre insolence est déplacée.

Le vané haussa les épaules.

— Il n'est pas à vous, et il ne le sera jamais. Pourquoi ne vous remettez-vous pas en quête de vierges de Yor ? Il doit bien exister une jeunesse peu farouche, là-haut dans les montagnes, qui aurait échappé à l'attention de vos sbires.

Un son ressemblant à un frottement de granit s'éleva de la plus petite silhouette encapuchonnée ; il – ou elle, ou « ça » – riait.

D'un geste hésitant, Dethic tendit vers eux le médaillon en forme de faucon qui contenait un morceau de mon âme. Les deux hommes qui lui faisaient face regardèrent fixement le pendentif ; on aurait dit que l'un comme l'autre auraient été capables de l'arracher au marchand d'esclaves, faisant fi de la vente aux enchères.

— Vous venez de commettre une grave erreur, jeune vané, avertit Relos Var. Je me souviendrai de vous.

Le vané sourit, un rictus dur et sauvage.

— Ne m'appelez pas ainsi, je vous en prie. Entre ennemis mortels, les prénoms sont de rigueur.

— C'est ce que vous croyez être ? Mon ennemi mortel ? Téter les mamelles de Thaena a fait naître en vous l'envie d'une mort brève et sanglante ? (Cette idée semblait amuser Relos Var.) Dans ce cas, quel est votre nom ?

— Teraeth.

Les yeux du vané s'étaient mis à luire[1], et une satisfaction moqueuse se peignait sur son visage. J'ignorais pourquoi le vané haïssait à ce point son interlocuteur, mais il faisait montre d'une intensité peu commune. Je commençai à reculer, non pour m'échapper, mais simplement afin de m'éloigner d'eux.

— Teraeth ? répéta Relos Var. Vous n'avez pas le teint propre à cette lignée, à moins que… (Ses yeux s'écarquillèrent, triomphants.) Vous n'êtes pas seulement arrogant, vous êtes aussi stupide. Votre père Terindel n'est pas là pour vous sauver, petit vané, et vous n'êtes pas de taille à lutter contre moi.

— Terindel n'est pas là, intervint le vané à la voix terrible. Mais moi, si. Et je suis prête à protéger mon fils, magicien.

Le mage observa la petite silhouette, le front plissé de colère, et parut la reconnaître.

— Khaemezra… Malin. Très malin.

— Cela fait longtemps que nous ne nous sommes pas vus, Relos.

Ses paroles auraient pu paraître amicales, sans son ton d'une dureté de glace.

— Nous pourrions nous entraider, Grande Prêtresse. Nos objectifs ne sont pas si éloignés l'un de l'autre.

---

1. Nous présumons que l'expression est à prendre au sens figuré.

— Pauvre enfant, le croyez-vous vraiment ? Quelle idiotie… mais il est vrai que vous avez toujours confondu la mort et l'annihilation.

L'homme plissa les yeux. Son regard donnait l'impression qu'il allait se mettre à grogner.

— Vous, plus que quiconque, devriez être capable de comprendre l'inéluctable.

— Le vrai problème est peut-être que je le comprends mieux que vous.

Il était impossible pour Relos Var de croiser le regard de la vieille femme, qui n'avait pas rejeté son capuchon en arrière, mais je les imaginai néanmoins se dévisageant fixement. Relos Var semblait déterminé à faire s'affronter leurs deux volontés ; ses yeux ne quittaient pas la silhouette.

Il frémit et se détourna.

Un « tsss » se fit entendre sous le capuchon, dans le sillage d'un ricanement sec.

Relos Var reporta son attention sur Teraeth.

— Nous n'en avons pas fini, tous les deux.

— Je l'espère sincèrement.

Le vané esquissait un sourire de loup, dépourvu de peur.

Relos Var se tourna vers moi.

Son expression n'était pas celle à laquelle je m'attendais : on n'y lisait ni la frustration, ni la pitié, ni la concupiscence, ni même la résignation. La haine faisait flamboyer ses yeux sombres. La malfaisance brûlait en lui. Son regard ne promettait pas de me sauver, ne m'offrait aucune espérance. Quelle que puisse être la source de son désir de m'acheter, il recélait un noyau de malveillance.

Ce n'était pas mon ami.

— Je t'ai trouvé, à présent, me dit-il dans un murmure. J'ai vu la couleur de ton âme.

Une dizaine de répliques assassines voulurent s'échapper de mes lèvres, mais sous son regard torve elles se réfugièrent au fond de ma gorge.

Relos Var tourna les talons et sortit de la pièce.

Même parmi les membres de la Confrérie Noire, on sentit la tension diminuer à son départ, comme des nuages s'écartant pour dévoiler le soleil.

Les secondes s'égrenèrent lentement. Personne ne parlait.

Ce fut Teraeth qui brisa ce silence pesant. Il arracha le médaillon aux doigts tremblants de Dethic et ordonna :

— Retirez-lui tout cela.

— Je… Pardon ? Tout quoi ?

Dethic était immobile, le regard papillonnant et fixé sur la porte. Sur son visage horrifié, on pouvait lire la fascination morbide qu'on réserve au sillage d'un démon déchaîné.

Teraeth pinça l'épaule de l'eunuque.

— Ses fers, Dethic. Ses fers. Un esclave à gaesh n'a pas besoin d'être entravé.

Brusquement tiré de sa rêverie, Dethic balbutia :

— Quoi ? Ah, oui, pardon. Tout de suite.

Il fouilla dans sa poche de ceinture pour en tirer les clés et me délivra.

Je grimaçai en sentant tomber mes entraves. J'étais enchaîné depuis si longtemps que le simple fait d'en être débarrassé était également douloureux.

— Ce n'est pas après vous qu'en a Relos Var, Dethic. Évitez de croiser son chemin pendant un moment, et il ne tardera pas à vous oublier, conseilla Teraeth. Demandez à vos maîtres s'ils accepteraient de vous accorder un congé.

— Oui, oui, répondit Dethic. (Il paraissait encore sonné.) Je vais chercher votre carrosse.

Il faillit tomber en courant hors de la pièce.

Les trois membres de la Confrérie Noire reportèrent leur attention sur moi.

— Vous êtes qui, vous ? lançai-je.

Teraeth ricana.

— Tu n'as donc rien écouté ?

— J'ai entendu des noms. « La Confrérie Noire ». Cela ne signifie rien pour moi.

La troisième silhouette prit enfin la parole, d'une voix suave et féminine.

— Lorsqu'on se trouve à Quur et qu'on veut faire voler quelque chose, ou malmener quelqu'un, de nombreuses personnes peuvent être engagées à cet effet. Mais lorsqu'on souhaite que quelqu'un meure, discrètement et en silence, et qu'on veut s'assurer que sa mort soit définitive…

Elle n'acheva pas sa phrase.

J'étais faible et anxieux, mais je me sentais d'humeur à argumenter.

— Qu'elle soit ou non définitive, n'est-ce pas plutôt l'affaire des prêtres de Thaena ?

La vieille femme encapuchonnée tira sur sa robe à haut col, dévoilant une amulette : une pierre noire rectangulaire, encadrée de roses rouges et d'ivoire. Le symbole des disciples de Thaena.

Un frisson me parcourut. Certains ne considèrent pas le Second Voile comme un linceul diaphane, mais comme un mystérieux portail vers le royaume de Thaena. Une ultime porte qu'on ne franchit jamais pour entrer, seulement pour sortir ; un voyage dont la plupart ne Reviennent que pour recommencer le cycle depuis le début, en tant que nourrisson. L'Église de Thaena comptait un très petit nombre de fidèles dévoués, mais elle était universellement respectée. Les gens s'employaient soit à éviter d'attirer son attention, soit à implorer la faveur de sa maîtresse. *Faites Revenir mon bébé. Ramenez-moi ma famille. Rendez-moi les gens que j'aime.*

Ces prières demeurent vaines. Thaena est une déesse implacable.

Et Relos Var avait appelé Khaemezra la « Grande Prêtresse ».

— En effet, les prêtres – et les prêtresses – de Thaena ont un rôle à jouer dans ce domaine, expliqua Teraeth. Pour des raisons inconnues, la Dame Pâle n'accepte que rarement de faire Revenir ceux que nous avons emportés.

— Mais les prêtres de Thaena sont vêtus de blanc, pas de noir…

D'accord, je l'admets : en matière d'arguments, j'aurais pu mieux faire.

Teraeth ne me répondit que d'un rire froid.

Khaemezra se détourna de moi sans faire de commentaire et leva les bras. Elle agita les doigts vers l'extérieur et des rubans de lumière en jaillirent en tournoyant pour former un grand portail circulaire, constitué d'entrelacs complexes de magie luminescente. La lumière frémit, puis diminua. Par l'ouverture, je vis une terre jaune et biscornue, où des trous crachaient des geysers de vapeur, et dont le sol fangeux était tapissé d'un brouillard vicié.

J'attendis, mais Khaemezra ne franchit pas le portail. Teraeth s'avança, avant de se figer lorsqu'elle leva la main. La vieille femme égrena une dizaine de secondes sur ses doigts, puis agrippa l'air comme pour fermer un rideau. L'ouverture se flétrit, puis disparut.

Teraeth se tourna vers elle.

— Pourquoi n'utilisons-nous pas le portail ?

— Parce que c'est ce que Relos Var s'attend à nous voir faire. (Khaemezra s'adressa au troisième membre de la Confrérie.) Kalindra, une fois que nous serons partis, prends le carrosse et promène un peu les chiens de Relos Var, pour le cas où il déciderait de remettre en cause la transaction. Tu nous rejoindras plus tard.

La femme s'inclina.

— Comme vous voudrez, Mère.

À son tour, elle prit congé.

Le vané manol qui tenait mon gaesh, Teraeth, me balaya du regard. Ce qu'il vit ne le satisfaisait pas.

— On ne peut pas dire que tu passes inaperçu.

— Ça fait longtemps que vous ne vous êtes pas regardé dans un miroir ? rétorquai-je.

Il se renfrogna, puis dégrafa l'avant de sa robe. En dessous, il portait un pantalon noir et une tunique aux pans croisés en soie fine ; ce vêtement était presque – mais pas tout à fait – un misha quuro.

Teraeth me tendit sa robe.

— Peux-tu marcher, avec cette blessure à la cheville ?

— Si j'y suis obligé, oui.

En prononçant ces mots, je me sentais tout près de perdre l'équilibre.

Le vané lança à sa mère un regard exaspéré. La petite silhouette clopina jusqu'à moi et plaça sa main sur ma jambe.

La douleur et la fièvre s'évanouirent.

En un instant, ma plaie à la jambe et les marques du fouet sur mon dos furent guéries. De nombreuses égratignures et ecchymoses, que j'avais subies durant les trois mois de voyage de Quur à Kishna-Farriga, disparurent en même temps. Mon esprit s'éclaircit, et ma vision redevint normale.

— Je… Merci.

— Inutile de me remercier. Éclopé, tu ne nous servirais pas à grand-chose.

Je fronçai les sourcils.

— Où avez-vous trouvé ce collier ? Il n'a aucun jumeau…

Teraeth m'empoigna le bras.

— Je ne vais te l'expliquer qu'une seule fois. Cet homme, Relos Var, ne veut pas faire de toi un jouet pour son sérail, et il se fiche de savoir à qui tu appartiens. Il veut ta mort. Il est prêt à faire n'importe quoi – à tuer n'importe qui – pour l'obtenir. Rien que d'être à tes côtés met nos vies en danger.

— Pourquoi ? Je n'ai jamais vu cet homme auparavant. Je ne comprends pas !

— Et je n'ai pas le temps de t'en dire plus. Il va falloir que tu m'obéisses sans poser de questions.

— Vous avez mon gaesh à la main. Je n'ai pas d'autre choix que d'obéir.

Il me dévisagea un moment, comme s'il avait oublié le pouvoir du faucon argenté qu'il serrait dans sa main. Puis il fronça les sourcils.

— Bien. Allons-y.

4

Ventrebeurre

(Récit de Serre)

Les prémices de l'aube faisaient prendre au ciel une teinte d'améthyste et transformaient les derniers rubans du voile irisé de Tya en spectres à demi rêvés. La plupart des échoppes fermaient la nuit, mais pour le prêteur sur gages et receleur que les gens du coin surnommaient « Ventrebeurre[1] », l'heure n'avait aucune importance. Deux lanternes éclairaient sa boutique exiguë, et il tenait son bien le plus précieux – une lampe à huile remplie dans ce lieu sacré qu'est le Temple de la Lumière[2] – de la main droite. Ses pots de peinture à huile étaient éparpillés sur la vieille table en teck délabrée qui lui servait de bureau ; sa toile et ses pinceaux étaient posés sur son chevalet.

Lorsque Ventrebeurre peignait, il s'aventurait dans un monde de beauté et de lumière, loin de l'affreuse réalité du Cercle Inférieur. Il peignait de mémoire, et toute la nuit.

1. Tous les relevés de taxes ou d'honoraires payés à la Maison D'Erinwa désignent ce prêteur sur gages sous le nom de… « Ventrebeurre ». Je n'ai pu trouver la moindre trace d'une autre identité le concernant.

2. Le Temple de la Lumière est dédié aux Mystères Vishai, une foi que beaucoup jugent hétérodoxe, consacrée à une divinité solaire du nom de Selanol, laquelle meurt et est ressuscitée au fil des saisons. Il s'agit d'une religion particulièrement répandue à Eamithon, et qui fait figure de bizarrerie partout ailleurs.

C'était la nuit que ses clients lui rendaient visite, de toute façon.

Ventrebeurre venait à peine de ranger sa peinture lorsque retentit la clochette de la porte d'entrée. Vol apparut, avec l'air d'être poursuivi par toute une armée de Gardes. Ventrebeurre fronça les sourcils.

Il n'avait jamais vu le garçon dans un tel état de terreur.

Vol entra dans la boutique, regarda derrière lui, et ferma la porte en tremblant. Il ne s'arrêta que pour caresser la tête d'une statuette en bronze qu'on aurait pu prendre pour le frère jumeau de Ventrebeurre : c'était le gros Tavris, dieu des marchands et du profit. C'était un geste réflexe, censé porter chance.

— Tu as la Garde aux trousses, mon garçon ? lança Ventrebeurre.

Vol dévisagea le prêteur sur gages, stupéfait, puis émit un rire nerveux.

— Non… Non, pas du tout.

— Tu es sûr ? Tu es blanc comme un linge et on jugerait que tu as les chiens de l'Enfer aux fesses. (Ventrebeurre se renfrogna.) Tu ne vas pas attirer des ennuis à ma boutique, hein, ?

Vol balaya du regard l'échoppe remplie d'étranges bibelots, d'artefacts retrouvés, de boîtes à bijoux, d'armes, de vêtements et de meubles. Voyant qu'aucun client ne s'y trouvait, il s'avança jusqu'au bureau de Ventrebeurre. À mi-chemin, son humeur changea. Entre la vieille sirène sculptée volée sur un bateau pirate zheria et la commode en argent khorvesh de seconde main, la peur de Vol se mua en colère. Lorsqu'il eut atteint le fond de la boutique, il était furieux.

— Ventrebeurre, je te jure que si tu as essayé de me rouler, je vais te suspendre au plafond avec tous les boyaux qui remplissent ta panse…

— Holà, mon garçon ! Qu'est-ce qui te prend ? Jamais je ne m'aviserais de te chercher des noises !

Ventrebeurre leva une main en signe de reddition. Il posa son autre main sur l'arbalète qu'il conservait sous sa table pour les négociations « délicates », par précaution.

Vol bougea les siennes, les passa vivement sur ses manches, et fut soudain armé de poignards jumeaux.

— Ce que je dis, c'est que tu as parlé à quelqu'un d'autre de la Maison Kazivar. Quelqu'un d'autre est arrivé avant moi.

Ventrebeurre lorgna les poignards.

— Range ça, Vol. On s'est plutôt bien arrangés jusqu'ici, non ? Le casse chez Kazivar était à toi. Et je tenais le tuyau de source sûre…

— Quelle source ? Qui t'a parlé de cette maison ?

— Je ne peux pas te le dire ! C'est une bonne source. Quelqu'un à qui je fais confiance. Qui ne m'a jamais fait défaut. Et puis pourquoi j'irais te livrer à quelqu'un d'autre ? Je n'en tirerais aucun profit. En plus de ça, je sais bien ce que les Danseurs de l'Ombre feraient s'ils me soupçonnaient d'être un mouchard.

Vol s'assombrit, mais il baissa ses armes.

— Il y avait déjà quelqu'un quand je suis arrivé, répéta-t-il.

— Des Danseurs de l'Ombre ?

— Je…

Vol se mordit la lèvre. Il tira sur les plaques accrochées à sa ceinture et se mit à les tripoter. Il passa les doigts sur les échantillons de cyprès, de teck, de bancoulier et de bambou, qui cliquetèrent les uns contre les autres.

— Non. Ils n'étaient pas des nôtres.

— Qui, alors ?

— Je ne sais pas. Ils étaient en train de tuer quelqu'un, mais je n'ai pas vu à quoi ils ressemblaient.

— Sûr ? Tu étais aussi blanc que les murs de la cité quand tu es arrivé.

Et drôlement secoué, pour quelqu'un qui n'a rien vu, ajouta Ventrebeurre en son for intérieur.

Vol haussa les épaules.

— Les hurlements étaient horribles. Je n'ai pas voulu aller voir d'où ils venaient, exactement.

Le marchand pencha la tête.

— Si tu n'as rien vu et rien pris, qu'est-ce que tu fous là ? Je tiens pas un refuge pour orphelins, que je sache. Et même si c'était le cas, tu t'es déjà trouvé un paternel.

Vol sourit et rangea son porte-plaques.

— Oh, je n'ai pas dit que je n'avais rien rapporté. Souris m'a bien entraîné.

Il tira un petit sac de sa ceinture et le fit tinter.

— Brave petit, se réjouit le receleur. Amène-moi ça et laisse-moi sentir le poids du métal.

Vol contourna le bureau, posa les yeux sur le chevalet et la toile qui s'y trouvait et émit un sifflement bas. Il posa le petit sac sur la table.

Ventrebeurre sourit face à la réaction du garçon.

— Tu l'aimes bien ?

Le prêteur sur gages fut surpris de voir ses joues se teinter de rose.

— Ouais. Elle… Ben… Elle est chouette.

— C'est pour le *Salon du Voile Brisé*. Il n'est pas fini. Il va me falloir encore au moins une séance avec la nouvelle. Comment elle s'appelle ? Miria, quelque chose comme ça…

— Morea, rectifia Vol en observant fixement le portrait.

— C'est ça, acquiesça Ventrebeurre. Jolie gamine.

— Ouais.

Vol continua de la regarder comme s'il n'avait jamais vu une paire de loches de sa vie. Ce qui aurait somme toute été très étonnant.

Ventrebeurre ricana et sortit une loupe de diamantaire de sa robe tachée. C'était mieux que le butin habituel de Vol, bien mieux. La bague au rubis gravé à elle toute seule pouvait rapporter plusieurs milliers de trônes, à condition de trouver le bon acheteur.

— Pas mal. Je te donne 400 calices pour le tout.

— Quatre cents ? Seulement ? rétorqua Vol d'un air sceptique.

— C'est un bon prix.

C'était un très mauvais prix, en réalité, et Ventrebeurre le savait ; mais c'était mieux et plus sûr que Vol ne pourrait en obtenir ailleurs.

— J'ai toujours été réglo avec toi, non ?

Vol arqua un sourcil.

— C'est un rubis, Ventrebeurre.

Bon sang… Il fallait vraiment qu'il arrête de prendre le garçon pour un de ces péquenauds incapables de différencier un rubis d'un morceau de quartz rose. Vol était une Clé. Et comme feu le professeur de Vol – Souris – l'avait un jour expliqué à Ventrebeurre, chaque substance qui soit au monde avait une aura distincte de toutes les autres. Une Clé pouvait utiliser sa vue pour déterminer si une pièce était en plomb peint ou en or, et la pureté de ce dernier le cas échéant. Si un certain gamin des rues avait été assez malin pour conserver des échantillons, il pouvait aussi utiliser ses talents pour identifier le type de pierre précieuse qu'il avait dérobée[1]. Pourquoi fallait-il que ce garçon soit aussi futé ? Cela n'arrangeait jamais les affaires de Ventrebeurre.

— Ce n'est pas un rubis, c'est un spinelle, corrigea-t-il. Et il est presque tiède au toucher.

Vol jura et se détourna à demi.

---

1. Il est sous-entendu ici que les Danseurs de l'Ombre se donnent la peine de former les individus talentueux qu'ils dénichent, mais ne vont pas jusqu'à apprendre à leurs élèves à mémoriser les signatures tenyé. Ils en savent juste assez pour être utiles, et rien de plus.

— Taja ! Il passe pur, Ventrebeurre. Corbeau a une boucle d'oreille en rubis, une vraie, alors n'essaie pas de me rouler dans la farine.

Ventrebeurre se frotta le menton en observant Vol. Il était grand, plus grand que quiconque que Ventrebeurre connaissait, et il n'avait pas fini de grandir. Plus beau que tous les gens qu'on croisait en dehors des maisons de velours, aussi. Son apparence semblait vouloir clamer au monde entier son ascendance étrangère. Bien sûr, Vol teignait ses cheveux en noir – soit parce qu'il pensait ainsi ressembler davantage à un oiseau, soit parce qu'il nourrissait le fol espoir de se fondre dans la masse –, mais Ventrebeurre trouvait cela ridicule. Le plus drôle demeurait qu'en dépit de son allure, Vol avait le chic pour disparaître sans laisser de trace, pour peu que l'observateur ne fasse pas attention à lui. Ventrebeurre n'avait jamais compris comment un garçon qui détonnait à ce point pouvait être aussi foutrement doué pour passer inaperçu.

Peut-être y avait-il des gens qui étaient nés pour devenir des voleurs.

— Pardon de me mêler de ce qui ne me regarde pas, mais…, reprit Ventrebeurre en changeant de sujet. Tu travailles avec moi depuis que Souris a cassé sa pipe, donc quoi… trois ans ?

Vol haussa les épaules.

— Et alors ?

— Alors, ce qui fait que beaucoup de gamins se font prendre, c'est qu'ils dépensent l'argent trop vite. Même les Gardes sont assez malins pour comprendre que quelque chose cloche quand un garnement trop jeune pour faire son service se met à écumer la Ville-Velours. Mais pas toi. Tu ne dépenses jamais un sou, donc la Garde et les chasseurs de sorcières ne viennent jamais voir de ton côté. D'après mes calculs, tu as un vrai pactole planqué quelque part.

Qu'est-ce qu'un garçon de ton âge peut bien vouloir faire d'une telle somme d'argent, hein ? Tu espères te tirer d'ici ?

Vol croisa les bras sur sa poitrine et ne répondit pas.

Ventrebeurre agita une main devant son visage.

— Très bien, laisse tomber. C'est pas mes oignons, de toute façon.

— Ce n'est pas pour moi.

Ventrebeurre considéra Vol un moment. Il s'était bien douté que l'argent n'était pas pour lui. Les membres des Danseurs de l'Ombre n'étaient pas censés connaître leurs noms respectifs, mais même dans une cité où se pressaient un million d'habitants durant la saison sèche, les résidents d'un même quartier finissaient forcément par se croiser. Ventrebeurre, qui allait chercher des modèles pour ses tableaux dans les maisons de velours avoisinantes, les connaissait presque toutes. Il savait que le vrai prénom de Vol était Kihrin. Il savait que son père adoptif était un musicien aveugle nommé Surdyeh, qui parvenait à vivoter en se produisant au *Salon du Voile Brisé*. Et il savait que Vol voulait cet argent non pour lui-même, mais pour que Surdyeh puisse prendre sa retraite et profiter d'une vie qui ne serait pas rythmée par les spectacles incessants, faisant souffrir ses doigts perclus d'arthrite. Lorsqu'il y pensait un peu trop, Ventrebeurre en devenait presque sentimental.

Parfois, il avait envie de faire preuve d'indulgence envers le gamin. Mais il n'allait jamais jusqu'à céder à cette impulsion.

— D'accord. Très bien, très bien. Je vois. Tu es un bon gars, Vol. Ne laisse pas les gens te dire le contraire juste parce que ta mère n'était pas du coin. Je t'envoie le paiement par la voie habituelle ?

— Attends… On ne s'est pas mis d'accord sur le prix. Et il y a autre chose que j'aimerais te montrer…

La clochette de la porte d'entrée retentit et quelqu'un pénétra dans la boutique. Ventrebeurre, voyant de qui il s'agissait, émit un grognement.

Une voix s'éleva à l'autre bout de l'échoppe, et un adolescent s'avança crânement.

— Merde alors, si c'est pas mon garçon de velours préféré. Tu proposes tes faveurs contre du métal, Vol ? J'ai une lance qui aurait bien besoin d'être astiquée.

Il empoigna son entrejambe, pour le cas où Vol n'aurait pas compris le sous-entendu.

Vol ne tourna pas la tête pour saluer le nouveau venu, mais Ventrebeurre vit ses jointures blanchir à l'endroit où il serrait le bord de la table.

Vol lança :

— Ventrebeurre, la prochaine fois que Princesse a des chatons, tu voudras que je t'en amène un ou deux ? Ta boutique a l'air d'être infestée par les rats.

La clochette tinta de nouveau, et plusieurs autres jeunes entrèrent à la suite du premier.

— Les gars, rappelez-vous où vous êtes. Pas de bagarre, avertit Ventrebeurre à la cantonade.

— Oh, je blaguais, c'est tout. Hein, Vol ?

Le chef des nouveaux venus était une brute endurcie et burinée, de quelques années de plus que Vol. Ventrebeurre en avait vu cent autres comme lui au fil de sa carrière : des tyrans et des sadiques, qui pensaient que faire partie des Danseurs de l'Ombre leur permettait de commettre n'importe quel crime en toute impunité. Tôt ou tard, la plupart s'apercevaient du contraire, parfois derrière les barreaux. D'autres, jamais. Le caïd approcha sa main gauche du dos de Vol.

Il n'avait pas de main droite.

— Touche-moi, Furet, et tu perds ta seconde main, lança Vol.

Il avait ressorti ses poignards de ses manches.

— Combien de fois je vais devoir te le dire ? Je m'appelle Faris !

Mais il retira sa main.

Vol ne sourit pas.

— Que veux-tu… Pour moi, tu resteras toujours une fouine.

— Pas de bagarre ! cria Ventrebeurre tandis que les deux adolescents levaient leurs armes. Rappelez-vous où vous êtes !

Faris et Vol se connaissaient de longue date. Le pire, c'était qu'ils avaient été amis, autrefois. Quelque chose avait envenimé cette amitié, la transformant en une haine viscérale, mais Ventrebeurre ignorait les détails de l'affaire. Peut-être était-ce simplement une histoire de jalousie : Vol, en grandissant, était devenu très beau et avait été sélectionné pour être formé en tant que Clé, contrairement à Faris. Des rumeurs plus graves circulaient, prétendant que tout cela était lié à Souris, et à sa mort. Des rumeurs auxquelles Ventrebeurre n'avait pas très envie de croire.

Faris rit et leva sa main valide ainsi que son moignon.

— Ouais, ouais. Pas de bagarre. On est là pour affaires. On a raflé pas mal de métal à des marchands qu'un de mes gars a drogués, là-bas, au *Tonneau Debout*.

Vol lui décocha un regard noir.

— Tant mieux pour toi. Fais ce que tu as à faire et casse-toi, d'accord ?

Faris eut un rictus moqueur :

— Les dames d'abord.

— C'est bon, j'ai fini. (Vol regarda Ventrebeurre.) Comme d'habitude, ça ira.

Le garçon se tourna pour partir, mais après avoir fait deux pas il s'arrêta, la main à la ceinture et l'air furieux.

Ventrebeurre regarda Faris ; il tenait entre ses doigts la bourse de Vol, un sourire mauvais fendant sa peau tannée.

— Regardez donc ce que le garçon de velours a laissé tomber !

— Rends-moi ça, le Rat !

— PAS DE BAGARRE !

L'un des sbires de Faris s'interposa entre lui et Vol. La brute s'esclaffa et ouvrit la petite bourse. Le porte-plaques de Vol en tomba, ainsi qu'une pierre verte cerclée d'argent.

— Oooh… voyez-vous ça, un joli collier. Tu le gardes pour ton prochain amoureux ? le nargua Faris en brandissant la pierre verte au-dessus de sa tête.

Vol donna un coup de pied dans l'entrejambe du sous-fifre et le poussa hors de son chemin. Un autre adolescent tira un énorme gourdin de sous sa cape sallí, et s'avança pour prendre la place du premier.

Ventrebeurre décida qu'il en avait assez.

— Arrrgh ! cria le porteur du gourdin lorsqu'un carreau d'arbalète vint se ficher dans son bras.

Tout le monde se figea.

— Par les burnes de Bertok ! cria Faris à Ventrebeurre. Tu lui as tiré dessus !

— J'AI DIT PAS DE BAGARRE ! vociféra Ventrebeurre une fois de plus, en agitant l'arbalète au-dessus de sa tête comme un drapeau.

Faris regarda Vol.

— C'est lui qui a commencé.

— J'étais ici à vous regarder, espèce de coupe-jarret attardé. Tu détrousserais un Danseur de l'Ombre ? T'es complètement cinglé ?

— Je blaguais…

— Mon bras ! Mon bras ! gémissait le garçon au sol.

— Oh, arrête de chouiner, rétorqua Ventrebeurre. Je n'ai rien touché d'important. Maintenant, va vite te faire soigner dans une maison bleue, avant de devoir expliquer comment tu t'es blessé.

Faris grogna et pressa son doigt sur le torse de Vol, comme s'il s'agissait d'une arme beaucoup plus dangereuse.

— Tu ferais mieux de surveiller tes arrières, Vol. Je me suis fait des amis. Des gens importants. Ne crois pas que j'aie oublié ce que tu as fait.

— Pas plus que moi, la Fouine, répliqua Vol. (Il plia deux doigts pour inviter Faris à s'approcher.) Fourreau n'est pas aussi aimable que les Gardes. Il ne se contentera pas de te couper la main pour avoir volé un Danseur de l'Ombre. Rends-moi mes affaires.

Le caïd grogna et jeta pierre et porte-plaques sur la table. Faris laissa ensuite tomber au sol la bourse de cuir, et la piétina en sortant avec ses amis.

Ventrebeurre ne prononça pas un mot. Il rechargea son arbalète et la replaça sous son bureau. Puis il remarqua le collier. Il tendit vers la pierre une main tremblante, osant à peine respirer, ne voulant pas croire à sa bonne fortune.

— Laaka des océans, Vol… Où tu as trouvé ça ?

Il leva le joyau vert, y laissant jouer la lumière pour le faire étinceler.

Vol ramassa sa bourse et récupéra son porte-plaques.

— Tu sais où.

— Ah bon ?

— Ouais. C'était l'autre chose dont je voulais te parler. Dommage que le Rat l'ait vue. Elle a l'air de valoir cher.

Ventrebeurre approuva :

— Très cher.

L'adolescent se mordilla la lèvre.

— Tu penses pouvoir l'écouler ?

Ventrebeurre sourit :

— Si je peux l'écouler ? Je veux, oui ! Ça, mon garçon, *ça*, c'est une pierre tsali, un joyau vané magique. La seule chose que tu pourrais faire de mieux, c'est rapporter une larme étoilée… mais personne n'aurait assez de métal dans ses coffres pour te l'acheter, de toute façon.

— Ah ? Corbeau a eu tout un collier de larmes étoilées, dans le temps.

Ventrebeurre ricana.

— Tu devrais pourtant savoir qu'il ne faut pas écouter les contes de dieux-rois de Corbeau. Elle te ferait croire qu'elle est la reine oubliée de Kirpis si tu lui en laissais l'occasion. (Il agita la main.) Quoi qu'il en soit, ça vaut mieux qu'une larme étoilée. Parce que cette pierre-là, je peux la vendre.

— Le truc autour, ce n'est pas de l'argent. J'ai vérifié, admit Vol. Je ne reconnais pas ce métal.

— Du platine, à mon avis, répondit Ventrebeurre. On n'en voit pas souvent, par ici. Il faut un Homme Rouge pour faire un feu assez chaud qui fasse fondre le minerai. Exactement comme le drussien. Très cher, et ce n'est que la partie métallique. La pierre, elle…

— Ce n'est pas une émeraude. Tout comme le métal, c'est un matériau que je n'ai jamais rencontré avant.

— Mon garçon, si tu étais arrivé ici en me disant que tu avais identifié cette pierre, j'aurais su sans l'ombre d'un doute qu'elle était fausse. J'ai toujours eu l'intuition que les pierres tsali étaient introuvables en dehors des terres vané, mais je ne suis pas une Clé comme toi. La plupart des gens pensent simplement qu'il s'agit de diamants[1]. C'est aussi dur que le diamant, en tout cas[2].

— Des diamants ? De cette taille ?

Vol paraissait impressionné.

— Oui, oui. Et il y a des collectionneurs, dans le Cercle Supérieur, qui accepteraient non seulement de payer cher

1. Ce ne sont pas des diamants.

2. Plus dur encore.

pour ce joyau… mais aussi de le faire sans demander d'où il vient.

Le sourire de Ventrebeurre s'évanouit quelques instants lorsqu'il s'aperçut de sa propre bêtise. Il avait montré au garçon son excitation ; il lui avait révélé que la pierre n'était pas une vulgaire breloque, bonne à parer une catin.

— Cela dit, ces gemmes sont bien distinctes et peuvent être retrouvées. Chacune d'entre elles est unique et porteuse de toute une histoire. Je vais devoir être très prudent.

— Comment peut-on les retrouver ?

Le sourire amusé et le sourcil arqué de Vol indiquèrent à Ventrebeurre qu'il avait laissé passer sa chance d'acquérir le bijou pour une bouchée de pain.

— Eh bien… On dit que chaque gemme est magique. Qu'elles possèdent leur propre aura, leurs marques. Je suis surpris que tu ne t'en sois pas aperçu tout seul.

Vol cilla et parut faire un pas en arrière, sans pour autant avoir bougé.

— Je n'ai pas dû y faire attention.

— Enfin bon, les vané n'apprécient pas que nous autres mortels détenions leurs gemmes, et je n'ai pas la moindre envie de leur demander comment ils les reconnaissent. (Le receleur prit intérieurement sa décision.) Je te donne 2 000 pour le tout. La pierre tsali, et le reste.

Vol sembla faire ses propres calculs.

— J'en veux 5 000… trônes.

— Hein ? Tu es malade, ou quoi ?

— Tu vas vendre cette pierre, tu sais déjà à qui, et tu en tireras dix fois plus.

— Hmph ! Deux mille cinq cents, mais seulement parce que je sais que tu ne vas pas dépenser cet argent en vin et en putes.

— Trois mille, et je ne parlerai pas de cette vente à Fourreau.

Ventrebeurre s'esclaffa.

— Tu te débrouilles de mieux en mieux, toi. Très bien, l'affaire est conclue. J'enverrai le paiement par la voie habituelle. (Le receleur marqua une pause et se pencha.) Ou alors… Je te donne 6 000 pour le tout si tu me vends les deux.

Vol dévisagea Ventrebeurre.

— Quoi ?

— Oh, allez, mon gars. Je te connais depuis que tu n'es qu'une petite tête blonde, un poussin doré que Corbeau promenait partout avec elle, comme pour agiter un seau de poissons devant les requins. Tu crois que je n'aurais pas remarqué un gamin comme toi avec une pierre tsali autour du cou ? J'ai proposé à ta Corbeau de me la vendre. Elle m'a dit qu'elle ne lui appartenait pas. Tu imagines ? Corbeau, refusant une occasion de se faire du métal ? Mais tu es assez grand pour faire tes choix tout seul maintenant, pas vrai ?

Vol serra les dents.

— Je ne… Elle n'est pas à vendre.

— Je sais ce que tu essaies de faire pour aider ton paternel. Je te donne 5 000 pour le diamant vert, et 5 000 autres pour le bleu cerclé d'or que tu portes. C'est assez d'argent pour permettre à ton père de se tirer d'ici, et avec un chouette pactole par-dessus le marché.

Vol porta sa main à son cou, tâtant quelque chose sous le tissu de sa chemise.

— Pourquoi payer si cher ?

— Ces pierres vané sont rares, et à moins que je me trompe, celle que tu portes est très ancienne. Quinze mille. Tu n'auras pas de meilleure offre, de personne, nulle part. Allez, une babiole venue d'une mère qui t'a laissé tomber n'a pas plus de valeur que l'opportunité de quitter ce trou à rats, si ?

L'adolescent le dévisagea fixement. Quelque chose dans ce regard mit Ventrebeurre mal à l'aise. Il y avait dans ses yeux une lueur qui n'était pas naturelle, pas saine. Cela lui donnait l'impression d'être minuscule et insignifiant.

Il se demanda si, peut-être, les rumeurs disaient vrai.

— Mon collier n'est pas à vendre, répéta Vol. Cinq mille trônes pour le reste. Paie-moi par la voie habituelle.

Sans un mot de plus, il disparut.

Ventrebeurre jura et le suivit du regard, irrité de s'être laissé embobiner par le jeune homme. Enfin, il soupira et se mit à recouvrir son tableau avant de fermer boutique. Bientôt, il fredonnait à mi-voix.

Il avait une pierre tsali vané, et un acheteur. Oh oui ! Il avait un acheteur. Il connaissait un homme qui avait retourné toute la capitale à la recherche de tous les articles d'orfèvrerie vané imaginables, et pour qui l'argent n'avait pas d'importance. Il serait intéressé par l'offre de Ventrebeurre.

Très intéressé, même.

5

Départ de Kishna-Farriga

(Récit de Kihrin)

À l'extérieur de l'hôtel des ventes, un carrosse attendait, posé au beau milieu de la rue telle une calebasse pourrie. Comme pour parfaire la ressemblance, il était laqué de noir et veiné de métal assorti. De longues franges ébène pendaient du sous-châssis, comme une jupe. Une silhouette en robe noire – Kalindra, peut-être – était assise à l'avant, et tenait les rênes de quatre chevaux d'une taille impressionnante.

Ils étaient noirs, eux aussi.

— Vous ne vous lassez jamais de cette couleur ? demandai-je.

— Entre, ordonna Teraeth.

Il m'était impossible de résister. Je me hissai à l'intérieur du carrosse. Teraeth aida sa mère à me suivre, avant de nous rejoindre dans le véhicule.

— Je croyais que l'autre femme devait...

— Ce que tu penses n'intéresse personne, coupa Teraeth.

Le rouge me monta aux joues.

Six mois plus tôt, j'aurais fait ou dit quelque chose. Je l'aurais égratigné un peu, verbalement ou physiquement. Mais il y a six mois... ou même seulement quinze jours... Bah ! Je voyais le faucon argenté et sa chaîne enroulée autour de son poignet. Il pouvait dire tout ce qu'il voulait, et m'ordonner tout ce qu'il voulait tant qu'il tenait mon gaesh.

À ma grande surprise, il ouvrit en deux le plancher du carrosse et y déroula une échelle de corde.

— Descends, exigea-t-il.

Je ne protestai pas. La trappe ne menait pas dans la rue, comme je m'y attendais. En réalité, la voiture avait été placée au-dessus d'une ouverture menant à un réseau d'égouts ancien, toutefois encore en activité. Le petit tunnel descendait à la verticale, et sa paroi était pourvue d'une échelle. Cette bouche d'égouts béante constituait une issue inespérée.

Seuls les bruits de pieds et de mains sur les échelons, au-dessus de ma tête, m'indiquaient que Teraeth me suivait. Quelqu'un referma l'ouverture, puis j'entendis le claquement saccadé des sabots lorsque le cocher en noir fit s'éloigner l'attelage.

Je n'ai aucune idée du temps que nous passâmes à descendre cette échelle, ni de la direction empruntée une fois en bas. Mes yeux s'adaptèrent peu à peu aux ténèbres presque insondables des tunnels, mais pendant un long moment, mon seul sens en état de marche fut l'odorat. La puanteur me donnait des haut-le-cœur. Regarder derrière le Premier Voile ne m'aurait été d'aucun secours. Les auras floues de ma double vue ne m'auraient pas empêché de trébucher sur une branche gorgée d'eau et de m'étaler dans la fange en décomposition qui s'écoulait lentement à nos pieds.

D'un tapotement sur le flanc, Teraeth m'indiquait quand je devais tourner.

Le conduit s'élargit jusqu'à ce que je puisse me redresser entièrement. Là, du lichen émettait une lueur phosphorescente, projetant des reflets subtils sur les parois par ailleurs répugnantes. La lumière n'aurait pas été suffisante pour lire, mais elle me permettait de m'orienter.

J'aurais donné n'importe quoi pour une torche, même fumante et de mauvaise facture.

Enfin, au détour d'un tournant, je découvris la lumière du jour. Une bouche d'égout se découpait au bout du tunnel. L'odeur de l'eau salée et du poisson pourri – les délicieux effluves du port – se mêlèrent à la puanteur des égouts.

Teraeth me passa devant et empoigna la large grille de métal. Il délogea les barreaux sans les lâcher, évitant ainsi de produire un fracas malvenu. C'est à cet instant que je m'aperçus que sa mère, Khaemezra, nous accompagnait toujours. Teraeth nous fit signe de le suivre.

Nous débouchâmes dans une ruelle voisine du port. Personne ne nous remarqua. Les quelques regards qui s'égaraient dans notre direction ne paraissaient pas considérer notre petit groupe comme particulièrement insolite.

Khaemezra avait, à son tour, repoussé son capuchon. J'avais déjà vu Teraeth mais je découvrais pour la première fois la frêle « Mère » de la Confrérie Noire.

Son apparence me surprit, car j'avais toujours cru que les vané n'avaient pas d'âge.

Khaemezra était si voûtée et racornie par le temps qu'elle n'était pas plus grande qu'une femme quuro. Si son fils Teraeth avait la couleur de l'encre, elle ressemblait plutôt au parchemin sur lequel cette encre avait été versée. Sa peau d'une blancheur d'os semblait tirée sur son visage jusqu'à en devenir presque diaphane. Ses cheveux fins, pâles et poudrés, laissaient apparaître son cuir chevelu criblé de taches. Ses yeux couleur de vif-argent – sans iris et sans blancs apparents – me firent penser à ceux d'un démon. Je n'aurais su dire si elle avait été d'une quelconque beauté dans sa jeunesse : elle était si ridée qu'il était impossible de s'en rendre compte.

Je réprimai l'envie de lui demander si elle vivait dans une chaumière au fond d'une forêt obscure, et si elle préférait les côtelettes ou les cuisses des petits enfants qu'elle faisait rôtir. Si elle m'avait dit qu'elle était l'épouse acariâtre de Cherthog nommée Suless, déesse de la fourberie et de l'hiver, je l'aurais crue sans hésiter.

Khaemezra surprit mon regard et m'adressa un sourire édenté et grotesque. Elle cligna de l'œil, et en un instant, elle ne fut plus une vané, mais une vieille poissonnière revêche. Elle n'était pas la seule à s'être transformée : Teraeth n'était plus un vané, lui non plus, mais un Quuro basané, au visage balafré et au corps fourbu par le travail.

Je me demandai à quoi je ressemblais, car j'étais sûr que l'illusion m'avait recouvert, moi aussi.

Teraeth et la vieille femme se regardèrent comme pour échanger des paroles silencieuses. Teraeth soupira et me prit par le bras.

— Allons-y.

Sa voix révélait la faille de l'illusion, et je priai pour que personne ne remarque qu'elle était issue d'un point situé bien au-dessus de sa « tête ».

— Où allons-nous ? interrogeai-je.

Il m'adressa un regard courroucé.

— Nous ne sommes pas encore hors de danger.

Le vané se mit à traverser le gros de la foule. Au bout de quelques pas, je m'aperçus que la vieille femme, Khaemezra, ne nous avait pas suivis. L'ayant perdue de vue, j'eus envie de demander si elle allait nous accompagner, mais pour cela, il aurait fallu que je m'adresse à Teraeth.

Jusqu'ici, cela ne m'avait pas beaucoup réussi.

Le vané m'entraînait entre les badauds à une vitesse étourdissante. Mon sens de l'orientation se troubla, jusqu'à ce que je ne sois plus conscient que d'une chose : nous nous dirigions vers l'un des bateaux. Teraeth me fit monter une passerelle, où nous dépassâmes des marins et une file d'esclaves enchaînés. Je refoulai le désir de m'en prendre au marchand qui les menait à bord du vaisseau. Je n'avais pas d'arme, de toute façon.

Puis j'entendis une voix familière demander :

— Que puis-je faire pour vous ?

Je me retournai, empli d'une colère mêlée de surprise.

C'était le capitaine Juval. J'étais de retour sur le *Malheur*, le vaisseau transporteur d'esclaves qui m'avait amené de Quur à Kishna-Farriga. C'était le capitaine Juval lui-même qui avait ordonné qu'on emprisonne mon âme. Les Quuros pouvaient être réduits en esclavage, en général pour rembourser leurs dettes ou les punir de leurs crimes, mais ces esclaves-là n'étaient pas censés être vendus en dehors des frontières de l'Empire. Jamais les Quuros n'étaient emmenés au sud pour être vendus à Kishna-Farriga. Les Quuros n'allaient jamais au sud[1].

J'étais inconscient lorsque j'avais été vendu à Juval et que nous avions quitté Quur. Je n'avais pas appris pourquoi Juval avait enfreint la loi quuro pour m'acquérir, ni combien il m'avait payé. Je soupçonnais Juval de n'avoir rien payé du tout, et d'avoir même récolté du métal pour me mettre aux galères et me tuer au travail. S'il n'avait pas réussi cet exploit, il s'y était du moins employé avec enthousiasme.

Lui et moi n'étions pas très bons amis.

Mais les yeux du capitaine glissèrent sur moi sans me reconnaître.

Teraeth s'inclina devant lui.

— Merci, capitaine. On m'a dit que c'était à vous qu'il fallait s'adresser pour partir rapidement à destination de Zherias.

Occupé à superviser l'embarquement de sa nouvelle cargaison, le capitaine Juval n'adressa qu'un bref regard au vané déguisé.

1. « Aller au sud » est une expression quuro signifiant « mourir ». Je présume que cette locution doit dater du funeste voyage de l'Empereur Kandor vers le sud, dans l'intention de conquérir le Manol.

— Combien de personnes ?

— Trois, répondit Teraeth. Ma famille. Ma mère est de santé fragile. On m'a dit que les sources de Saolo'oa, à Kolaque, pourraient peut-être…

— C'est 200 ordes la cabine. (Juval était toujours plus absorbé par son chargement que par leur conversation.) Vous pouvez être aussi nombreux que vous voulez dedans. Les repas, c'est 20 ordes de plus par personne pour toute la traversée.

— Deux cents ordes ? Mais c'est du vol !

Je m'éloignai tandis qu'ils négociaient le prix, et trouvai un coin tranquille du vaisseau, à l'écart des marins. Personne ne me reconnut, ni ne m'adressa même un regard. J'imagine que je devais m'en estimer heureux.

Je n'arrivais pas à croire que j'étais de retour à bord du *Malheur*. Tu parles d'une malchance…

Non, ce n'était pas de la malchance.

Je ne pensai pas un instant qu'il puisse s'agir d'un accident. C'était un « hasard » délibéré. Manipulé. Cela sentait l'influence de Taja à plein nez.

Ma déesse. Taja. J'aurais pu être un fidèle de Tya, ou de Thaena, ou de n'importe laquelle des nombreuses divinités pour lesquelles l'Empire de Quur était réputé. Mais non, il avait fallu que je vénère la déesse imprévisible, cruelle et volage du hasard. J'avais toujours cru qu'elle faisait pencher la balance en ma faveur, mais cette présomption me paraissait à présent terriblement naïve.

Je me sentis soudain paralysé par un affreux pressentiment.

Fermant les yeux, j'inspirai l'air nauséabond du port, rassemblant mes forces. Si quiconque me reconnaissait, si Teraeth ou la vieille femme me posait la moindre question sur le *Malheur* ou son équipage, j'étais mort. Juval ne voulait pas que je révèle comment j'étais devenu esclave : c'était précisément pour cela qu'il m'avait imposé un gaesh. Le spectre des chaînes qui enserraient mon âme – ce gaesh qui permettait à mes propriétaires de contrôler mes moindres faits et gestes – flottait au-dessus de ma tête, prêt à frapper.

J'agrippai la pierre tsali qui pendait à mon cou. Je connaissais juste assez de magie pour dissimuler mon bien le plus précieux (d'accord, d'accord… le deuxième), qui sans cela serait offert à tous les regards. Peut-être Relos Var ne s'était-il pas laissé duper par cette illusion qui – présumai-je – demeurait rudimentaire[1]. Peut-être était-ce pour cela qu'il avait été si déterminé à m'acheter. Je savais que cette satanée pierre avait de la valeur ; plus encore que les larmes étoilées que je venais de voler. Et je ne savais que trop bien jusqu'où certains hommes pouvaient aller dans l'intention de posséder la Pierre des Entraves (un nom que je trouvais d'ailleurs de moins en moins amusant, à présent que mon âme était elle-même retenue prisonnière).

Et comme je l'avais deviné, personne ne m'avait fouillé lorsque j'étais parti avec la Confrérie. J'étais nu, après tout.

Je soupirai et enfouis la main sous mes cheveux, pour libérer le collier de diamants que j'avais accroché à la chaîne de ma pierre tsali. Les larmes étoilées n'étaient pas magiques : j'étais désormais en mesure de l'affirmer. Elles étaient seulement rares et précieuses, dignes du trésor d'un monarque.

Si je ne me trompais pas quant à la provenance du collier, c'était justement de là qu'elles venaient. Il s'agissait des joyaux du trésor du plus puissant Empire qui soit au monde, volés dans l'antre d'un dragon, offerts à une déesse, et, enfin,

1. C'est une erreur courante. En réalité, le premier sortilège que l'on apprend peut être très sophistiqué. Ne pas avoir conscience de ses limites peut représenter un avantage de taille.

utilisés pour payer une putain, achetant ce qui dut être la nuit de plaisir la plus coûteuse de tous les temps.

Cette même putain, devenue maquerelle, qui m'avait élevé.

Peut-être qu'une fois rentré à la Cité capitale, je lui donnerais le collier une deuxième fois. Ola trouverait cela hilarant. Avec une fortune en larmes étoilées, elle pourrait libérer tous les esclaves du *Salon du Voile Brisé*, et puis… je ne sais pas. Peut-être Ola aurait-elle alors les moyens de les payer, s'ils voulaient continuer à exercer le même métier.

Je refusais de penser au fait qu'Ola était probablement morte, de même que beaucoup d'autres gens que j'aimais. Même l'idée que Thurvishar D'Lorus était sans doute mort me rendait triste, alors même qu'il était responsable des maux qui m'affligeaient[1].

Je tentai de ne pas penser à tout cela… En vain.

Je fis rebondir le collier dans ma paume en songeant à d'autres colliers, notamment celui que Teraeth portait enroulé autour du poignet. C'était drôle qu'il ne porte pas mon gaesh autour du cou. Mon grand-père, Therin, ne l'avait pas fait non plus : il portait également le gaesh de Dame Miya comme un bracelet. C'était comme si les deux hommes avaient voulu maintenir à distance l'atrocité de leurs actes, en donnant à l'amulette de contrôle l'allure d'un accessoire temporaire.

Je me demandai quand Dethic regarderait à l'intérieur du petit sac de velours, et qu'il s'apercevrait qu'il m'avait vendu pour une poignée de bracelets de cuivre… bracelets qui, à l'origine, lui appartenaient. Il avait sans doute déjà découvert le pot aux roses, mais avec toutes les précautions déployées

---

1. Je ne suis bien évidemment pas mort. Je réfute également l'idée que sa situation me soit imputable. Je n'ai été tout au plus qu'un auxiliaire.

par Teraeth pour éviter que nous ne soyons suivis, l'hôtel des ventes n'avait que peu de chances de nous retrouver.

Peut-être son erreur coûterait-elle la vie à Dethic. Je souris à cette idée. Je savais que je faisais preuve d'hypocrisie : j'avais connu des gens qui traitaient avec les esclavagistes, à Quur, mais ils n'étaient pas alors mes propriétaires. Dethic, si : il pouvait bien pourrir.

La robe noire de Teraeth constituait mon unique vêtement, aussi enfilai-je le collier de larmes étoilées par-dessus le premier, espérant que le haut col et les illusions de Khaemezra m'épargneraient de le voir découvert. Je passerais le voyage à étudier les gemmes jusqu'à pouvoir les ajouter à la liste des matériaux que je savais dissimuler… et en attendant, je m'assurerais de rester hors de vue.

Lorsque je les rejoignis, Teraeth et Juval terminaient les négociations. Khaemezra se tenait au côté de son fils. Le capitaine reçut son paiement, et l'un des marins nous guida jusqu'à une petite cabine pourvue de quatre lits superposés, où nous pourrions dormir (en théorie[1]) durant la traversée.

Moins d'une demi-heure après notre embarquement, le vaisseau de transport d'esclaves qu'on appelait le *Malheur* leva l'ancre et commença son voyage.

---

1. Les lits, à bord de la plupart des vaisseaux de transport d'esclaves de Zherias, peuvent accueillir confortablement toute personne de moins d'1 mètre 57. Pour rappel, le Quuro moyen mesure 1 mètre 67, le Zheria moyen 1 mètre 72, et le vané moyen 1 mètre 87. Par conséquent, à la question « Qui donc se satisferait de telles conditions de voyage ? », la réponse est « Personne ». Ce détail ne fait que mettre en relief la propension des marchands d'esclaves zherias à exploiter jusqu'au dernier centimètre de place disponible, même aux dépens des passagers ayant payé leur voyage.

6

Le père de l'oiseau

(Récit de Serre)

Trente-cinq pas de la fontaine au centre de la cour fleurie jusqu'aux marches du fond. Deux marches, puis un couloir. La porte de gauche était celle d'Ola, celle de droite menait à un nouvel escalier. Dix pas de plus, tourner légèrement, encore dix pas, puis une porte.

Surdyeh connaissait le chemin par cœur, ce qui était commode, puisqu'il ne l'avait jamais vu.

Le musicien aveugle ouvrit la porte, se renfrogna et soupira. Son fils ronflait…

Ça te dérange, Kihrin ?

Oh, que c'est triste… Tu as dû comprendre que Surdyeh faisait partie de ma collection de souvenirs. Toi aussi, à un degré moindre.

Tu l'ignorais ? Ah.

Eh bien, tu le sais à présent, mon mignon. Surdyeh fait véritablement partie de moi. Il désire si ardemment te protéger. L'amour d'un père est si puissant…

Tu es adorable quand tu es en colère.

Je disais donc :

Son fils adoptif ronflait encore, endormi sur l'un des lits de camp qu'on était parvenu à loger dans ce débarras transformé en chambre à coucher. Leurs conditions de vie n'étaient pas si difficiles quand Kihrin n'était encore qu'un gosse, mais depuis, le garçon avait beaucoup grandi. À présent, il y avait à peine assez de place pour deux.

C'est mieux que rien, quand même, pensa Surdyeh. *Mieux que d'être à la rue.*

Si seulement il avait pu faire comprendre ça à son ingrat de fils.

Malheureusement, il avait l'impression que son fils savait très bien ce qu'il en était. Surdyeh faisait de son mieux pour lui faire croire que la maquerelle pouvait leur retirer sa faveur à tout moment, mais c'était une menace en l'air. Mme Ola ne les expulserait jamais. Il aurait préféré, malgré tout, qu'Ola ne lui sabote pas le travail en permanence. Ce garçon avait besoin qu'on lui inculque un peu de respect, de temps en temps.

Surdyeh s'arracha à sa rêverie assez longtemps pour faire claquer le bout de sa canne contre le derrière de son fils.

— Kihrin, lève-toi ! Tu as oublié de te réveiller.

Son fils grogna et se retourna.

— Ce n'est pas encore l'heure !

Cette fois, Surdyeh frappa de sa canne le petit lit de bambou.

— Debout ! Debout ! Tu as déjà oublié ? Nous avons un concert chez Landril Attuleema, ce soir. Et Mme Ola veut que nous mettions sa nouvelle danseuse au travail. On a du pain sur la planche, et toi, tu ne t'es pas couché de la nuit, pas vrai ? Petit bon à rien, qu'est-ce que je me tue à te répéter sur les voleurs, hein ?

Son fils s'assit.

— Papa…

— Si je n'étais pas aveugle, je te battrais jusqu'à ce que tu ne puisses plus t'asseoir. Mon père à moi n'aurait jamais toléré un tel comportement. Tu es musicien, pas tire-laine.

Le lit grinça lorsque Kihrin en bondit.

— C'est toi, le musicien. Moi, je ne suis qu'une voix.

Son ton trahissait son amertume. Ces derniers temps, ce sentiment revenait souvent chez Kihrin. C'était si un gentil garçon, auparavant… Quelle erreur Surdyeh avait-il pu commettre ?

— Si tu étudiais bien tes leçons…

— Mais je m'entraîne ! Je ne suis pas bon, c'est tout.

Surdyeh se rembrunit.

— Tu appelles ça s'entraîner ? Tu passes plus de temps à profiter des filles de velours d'Ola et à rôder de toit en toit qu'à apprendre tes accords. Tu pourrais être bon. Tu pourrais faire partie des meilleurs, si tu en avais le désir. Quand j'avais quinze ans, je restais toute la nuit dans le noir, à répéter mes doigtés. Je m'entraînais tous les jours.

Kihrin marmonna dans sa barbe :

— Quand tu avais quinze ans, tu étais déjà aveugle.

— Qu'est-ce que tu as dit ? (Surdyeh resserra la main sur sa canne.) Bon sang, mon garçon… Un de ces jours, tu vas te faire repérer par la Garde, et ça sera fini, tu ne crois pas ? Si tu as de la chance, ils te prendront une main ; si tu n'en as pas, ils te vendront comme esclave. Je ne serai pas toujours là pour te protéger.

— Me protéger ? (Kihrin émit un ricanement.) Papa, tu sais que je t'adore, mais tu ne me protèges pas. Tu n'en serais pas capable.

Surdyeh entendit de nouveaux bruissements de tissu : Kihrin attrapait son pagne, son agolé, sa cape sallí et ses sandales.

— Je te protège plus que tu ne le crois. Plus que tu ne pourrais l'imaginer.

Surdyeh secoua la tête.

Son fils se dirigea vers la porte.

— Il faut qu'on y aille, non ?

Surdyeh aurait eu bien des choses à ajouter. Mais parmi ces choses, beaucoup avaient déjà été dites, et les autres ne pourraient jamais l'être. Il n'était pas assez idiot pour penser que son fils l'écouterait, de toute façon. Ola était la seule personne à qui il accordait son attention, désormais ; et ce, uniquement parce qu'elle lui disait ce qu'il avait envie d'entendre. Surdyeh en avait assez d'être le seul à lui dire ce qu'il avait *besoin* d'entendre. Il en avait assez de se disputer avec lui, de représenter le seul semblant de conscience dans cet océan de péché.

Plus que six mois. Six mois, et Kihrin aurait seize ans. Alors, ce serait terminé ; Surdyeh saurait s'il était parvenu ou non à l'éduquer correctement.

L'Empire tout entier le saurait[1].

—Active-toi un peu. On ne peut pas être en retard.

Surdyeh ramassa sa canne et en donna quelques coups dans les côtes de son fils.

—Arrête de rêvasser !

Kihrin chanta son couplet en bafouillant. La foule de la grande salle lança des huées, quoique l'assemblée se soit dispersée lorsqu'ils avaient compris qu'il ne s'agissait que d'une répétition.

La plupart des clients n'étaient pas des mécènes en puissance, de toute façon.

—Recommençons, dit Surdyeh. Toutes mes excuses, mademoiselle Morea. On jurerait que mon fils n'a jamais vu de jolie fille auparavant.

—Papa !

1. Je ne peux que m'interroger : que pensait voir advenir Surdyeh, le jour du seizième anniversaire de Kihrin ? Plus troublant encore : et si tout s'était déroulé exactement comme Surdyeh l'avait prévu ?

Surdyeh n'avait pas besoin de ses yeux pour savoir que son fils rougissait, ou que Morea en était la cause. Il s'agissait de la nouvelle danseuse du *Salon du Voile Brisé*, qui était aussi la nouvelle esclave d'Ola. Elle le resterait jusqu'à avoir gagné assez de métal, par son travail, pour rembourser son propre prix. Pour gagner sa liberté, elle devait non seulement devenir une danseuse accomplie, mais aussi une putain demandée.

Surdyeh s'en souciait fort peu, mais à la manière dont se conduisait Kihrin, il ne pouvait qu'imaginer que Morea était plus belle qu'une déesse. En tout cas, son fils n'avait pas l'habitude de se couvrir ainsi de ridicule devant les autres filles.

Morea attrapa une serviette posée au bord de la scène et s'essuya le visage.

— Nous avons déjà répété le tout deux fois. Encore une, et on fait une pause ?

— Ça me va, mademoiselle Morea, répondit Surdyeh en calant une fois de plus sa harpe entre ses jambes. Du moment qu'un certain jeune homme arrive à garder ses satanés yeux dans ses satanées orbites, et à se concentrer sur son satané travail.

Il n'entendit pas la réponse de Kihrin, mais il n'avait aucun mal à l'imaginer.

— Arrête de faire la grimace, dit-il en lui donnant un nouveau coup dans les côtes.

— Comment… ?

Kihrin secoua la tête, grinça des dents et s'obligea à sourire.

Surdyeh reprit le morceau depuis le début. Morea lui avait demandé de jouer le Maevanos. Si Morea venait d'une maison aisée, le Maevanos était sans doute ce qu'elle avait de mieux à proposer. Elle n'avait pas pu avoir le temps d'apprendre un chant plus osé.

L'histoire du Maevanos était assez simple. Une jeune femme est vendue comme esclave par son propre mari, qui désire sa sœur cadette. Maltraitée par le marchand d'esclaves qui en fait l'acquisition, elle est rachetée par un Grand Seigneur du Cercle Supérieur. Le seigneur tombe amoureux d'elle, mais le sort s'acharne : une maison rivale assassine son nouveau maître. Loyale jusqu'au bout, la jeune esclave se donne la mort afin de rejoindre son seigneur de l'autre côté du Second Voile. Son dévouement émeut la déesse de la mort, Thaena, qui permet au couple de regagner le royaume des vivants, et s'empare en remplacement de l'époux infidèle. Le seigneur affranchit la jeune femme, puis l'épouse, et tous ceux qui le méritent vivent heureux pour l'éternité[1].

La danse du Maevanos avait été écrite pour une femme, mais la voix qui l'accompagnait était masculine. L'histoire était racontée par les hommes que rencontrait la jeune femme, plutôt que par l'héroïne elle-même. Les scènes où intervenaient le seigneur et le marchand d'esclaves étaient provocantes, et c'était pourquoi Morea avait suggéré ce numéro en guise de compromis.

Surdyeh détestait cette danse, pour toutes les raisons qui faisaient qu'elle aurait sans doute beaucoup de succès dans un bordel. Mais le choix ne lui appartenait pas.

---

1. Il existe de nombreuses variations du Maevanos, mais toutes se fondent sur la même histoire initiale : le héros meurt, voyage jusqu'en Enfer, est jugé par Thaena, et obtient la permission de Revenir à la vie. *L'Archétype du dieu mourant*, par Qhadri Silorma, exploite en détail cette thématique, allant jusqu'à bâtir une théorie selon laquelle Thaena n'est qu'une étape d'un cycle de réincarnation spirituelle essentielle à tous les êtres vivants. Taja, Tya et Thaena régneraient sur trois royaumes voisins constituant la trame de la réalité. Ceux-ci correspondent à trois états métaphysiques : l'état physique, l'état magique et l'état de mort. L'ouvrage de Silorma est presque unanimement haï par les disciples de la déesse de la vie, Galava, qui n'apprécient guère de se voir écartés au profit de cette trinité de déesses.

La foule était plus importante qu'au début du morceau : les clients du soir affluaient peu à peu. Des sifflements et des applaudissements ponctuèrent le salut final de la danseuse. La voix de Kihrin s'éteignit doucement. Surdyeh laissa résonner les dernières notes de sa harpe double, ses doigts coiffés de plectres flottant juste au-dessus des cordes.

Surdyeh sentit la sueur de Morea et entendit cliqueter les perles lorsque ses cheveux retombèrent sur ses épaules. Ignorant les cris égrillards de la foule, elle regagna sa chaise.

— Que faites-vous ici ? lui demanda-t-elle.

Surdyeh tourna la tête dans sa direction.

— Une répétition, mademoiselle Morea…

— Vous êtes exceptionnellement doué, déclara-t-elle. Tous les bordels de la Ville-Velours possèdent-ils des musiciens de votre calibre ? Vous êtes meilleur que quiconque ait jamais joué pour mon ancien maître. Combien Mme Ola vous paie-t-elle ?

— Mon père vous paraît si bon que ça ?

Kihrin se déplaçait si discrètement que même Surdyeh ne l'avait pas entendu approcher.

Surdyeh résista à l'envie de pester contre les dieux. La dernière chose dont il avait besoin, c'était que Kihrin se demande pourquoi Surdyeh jouait dans les arrière-salles de la Ville-Velours, alors qu'il aurait pu se produire devant un parterre de têtes couronnées.

— Hé, toi, la belle, laisse donc ces larbins, appela une voix rocailleuse. J'aimerais qu'on se retrouve un peu seuls, tous les deux.

Surdyeh entendit des pas pesants ; le nouveau venu était un homme de forte carrure.

Morea hoqueta et fit un pas en arrière.

— Vous ne voyez pas qu'elle est fatiguée ? Laissez-la tranquille.

La tentative d'intimidation de Kihrin aurait été bien plus efficace s'il avait eu quelques années et un paquet de kilos en plus. À l'heure actuelle, on le prenait encore trop souvent lui-même pour un garçon de velours. Surdyeh ne pensait pas que le client prête grande attention à l'intervention de son fils.

Surdyeh mit sa harpe de côté et tendit sa propre cape sallí, ornée de rubans, en direction de Morea.

— Madame, votre vêtement.

Tandis que Morea s'habillait, Surdyeh modifia la trame du sortilège qui gouvernait l'acoustique de la pièce, de manière que le videur du *Voile* – Roarin – entende clairement leur conversation. L'homme qui convoitait Morea était peut-être imposant, mais Roarin avait en lui du sang de morgage, qui lui avait conféré des bras hérissés d'épines venimeuses. Surdyeh savait d'expérience à quel point il pouvait être intimidant.

— Mon argent vaut bien celui d'un autre ! protesta l'homme.

Une autre voix lui répondit :

— Hé, c'est mon tour !

— Merveilleux, vous êtes deux, maintenant, soupira Kihrin. Mademoiselle Morea, vous ne prenez pas de clients à l'heure actuelle, je me trompe ?

Les perles de ses cheveux s'entrechoquèrent lorsqu'elle secoua la tête.

— Non.

— Eh bien voilà, messieurs. Elle n'est pas disponible pour l'instant. Du balai !

Seul quelqu'un qui connaissait bien Kihrin aurait remarqué que la peur faisait trembler sa voix. Les deux hommes devaient décidément être très impressionnants.

— Par les burnes de Bertok ! Tu n'as pas d'ordres à me donner.

L'homme s'approcha dangereusement.

Même depuis la scène, Surdyeh sentait son haleine empuantie d'alcool. Le musicien resserra les doigts sur sa canne, pour le cas où il serait forcé d'intervenir.

— Qu'est-ce qui se passe ici ? interrogea Roarin.

Le silence tomba sur la petite assemblée des clients les plus proches de la scène.

— Je… heu… Je voudrais réserver un tête-à-tête avec la jeune demoiselle… heu… monsieur.

— Kradnith, j'étais là avant toi !

— Bien sûr, mes chers messieurs, bien sûr, reprit Roarin. Mais ceci n'est qu'une danseuse. Une jolie petite traînée, c'est vrai, mais pas bonne à baiser. Trop fourbue. Venez avec moi. Mme Ola va vous montrer de vraies femmes ! Elles vont vous presser comme des citrons !

Il abattit ses grosses mains sur les épaules des deux hommes et les conduisit vers une autre partie du bordel.

Surdyeh souffla et se retourna pour ranger sa harpe.

— Il y a des jours où je déteste vraiment ce travail.

— Ça va, mademoiselle Morea ? demanda Kihrin.

La jeune femme grogna et s'étira le cou.

— Je n'arrive pas à croire… (Elle ne termina pas sa phrase.) C'est gentil à vous de m'avoir défendue. (Puis son souffle se bloqua dans sa gorge.) Vous avez les yeux bleus.

Le cœur de Surdyeh faillit s'arrêter de battre.

Non. Surtout pas ça.

— Je ne les porte que pour les grandes occasions, répliqua Kihrin.

Surdyeh devina que son fils souriait. Bien sûr qu'il souriait. Kihrin détestait que les gens remarquent la couleur de ses yeux, mais à présent il s'agissait d'une jolie fille, dont il rêvait justement qu'elle le remarque.

Surdyeh fouilla dans sa mémoire. D'où Ola avait-elle dit que la nouvelle était originaire ? Pas d'une Maison Royale.

Surdyeh avait interdit à Ola d'acheter tout esclave provenant d'une Maison Royale. Trop risqué.

Morea dit à Kihrin :

— Je vais m'allonger dans la salle-jardin. Pourriez-vous m'apporter un jus de pommes de Jorat glacé ? Je meurs de soif.

— Nous partons, répondit Surdyeh. Nous avons un concert.

— Je vais aller vous chercher un jus de pomme avant de partir, assura Kihrin.

La jeune femme s'éclipsa hors de la pièce. L'endroit se vidait peu à peu, à mesure que les clients ayant assisté à la répétition se mettaient en quête de distractions d'un autre genre.

— Non, Kihrin, s'exclama Surdyeh. Nous n'avons pas le temps.

— Je ne serai pas long, Papa.

— Ce n'est pas à toi de jouer les héros et d'arriver en fanfare pour sauver les demoiselles. Laisse ça à Roarin.

Il savait qu'il passerait pour un vieux grincheux, mais il n'avait pas pu s'en empêcher.

— Elle a emporté ta cape, lui rappela Kihrin. Je vais la récupérer. Tu ne voudrais pas débarquer chez Landril sans arborer tes couleurs de Noceur, pas vrai ?

Surdyeh soupira. Malheureusement, le jeune homme avait raison : Surdyeh avait besoin de cette cape. C'était peut-être un prétexte, mais cela n'en demeurait pas moins vrai. Il saisit la main de son fils et la serra.

— Ne va pas te servir sans payer dans le bocal à confiseries. Nous devons rester dans les bonnes grâces d'Ola. C'est sa bonté qui nous garde de vivre dans la rue. Il y a une bonne dizaine de musiciens meilleurs que nous qui donneraient leurs dents-yeux pour se produire au *Salon du Voile Brisé*. N'oublie jamais cela.

Son fils retira sa main.

— C'est drôle, Morea n'a pas l'air d'accord avec toi.

— Ne fais pas la grimace devant moi, mon garçon. Tu vas faire venir des rides à ton visage, celui qu'Ola prétend si séduisant. (Sa voix se radoucit.) Nous devons être chez Landril à six cloches, alors tu as un peu de temps. Mais ne t'attarde pas trop.

Toute rancœur qu'aurait pu nourrir son fils s'évanouit face à cette victoire.

— Merci.

Kihrin gratifia son père d'une brève accolade et courut hors de la pièce.

Surdyeh resta immobile, fulminant.

Puis il demanda qu'on lui trouve Ola.

7

Le *Malheur*

(Récit de Kihrin)

... pas envie de tenir ce foutu caillou. Je ne veux plus parler de tout cela, Serre. Je ne me souviens même plus où j'en étais.

Ah oui. J'étais à bord du Malheur. *Merci mille fois.*

Bon...

Je ne me souviens pas bien des premières heures suivant mon retour à bord du vaisseau. Les marins firent leurs nœuds, hissèrent leurs voiles ; les hommes s'apostrophèrent, hurlèrent et larguèrent les amarres. Je ne leur accordai que très peu d'attention. J'attendais dans notre cabine.

Ou plutôt, je m'y cachais.

Je trouvai perturbant de voir des gens normaux entrer dans la cabine, tout en sachant que leur apparence était un leurre. Il m'était encore plus bizarre de savoir qu'ils m'avaient déguisé de la même manière ; si je me regardais dans un miroir, je n'y retrouverais pas mon vrai visage.

— Qu'est-ce que vous me voulez ? lançai-je à Khaemezra lorsqu'ils me rejoignirent. Ne me dites pas que c'est une coïncidence si vous m'avez payé avec un collier de larmes étoilées. Mon grand-père avait utilisé un collier identique pour acheter son esclave vané, Miya, auprès d'une « vieillarde vané ». Quelqu'un me l'a raconté, une fois que ma chère famille et moi nous sommes retrouvés. J'ai toujours cru que ce n'était qu'une fable, puisque les vieux vané n'existent pas. Mais vous êtes là… et vous êtes une vieillarde vané.

Elle haussa un sourcil.

Je m'éclaircis la gorge.

— Sans vouloir vous offenser.

— Aucun problème, répondit Khaemezra.

Elle avait l'air amusé, alors même que je l'avais traitée de vieillarde en la regardant dans les yeux. Deux fois.

— Est-ce que le fait que vous m'ayez acheté a quelque chose à voir avec mon grand-père ? demandai-je.

Elle m'observa d'un air bienveillant, mais ne répondit pas.

— Assez, déclara Teraeth. Il nous faudra voyager longtemps pour retourner jusqu'à Zherias. Trouve le capitaine, et demande-lui s'il a une sorcière des quatre vents. J'aimerais savoir dans combien de temps nous arriverons.

C'était ce que j'attendais… et que je redoutais. Un ordre de mon nouveau maître, en contradiction totale avec un ordre gaesh antérieur, provenant celui-là du capitaine Juval. Je connaissais déjà la réponse à la question de Teraeth : oui, Juval avait une sorcière des quatre vents. Mais parler d'elle, et parler de Juval, reviendrait à enfreindre les ordres qu'il m'avait donnés en m'imposant mon gaesh. Dès que je reviendrais voir Teraeth, celui-ci exigerait une réponse. Si je la lui donnais, le gaesh me tuerait pour avoir désobéi à l'ordre de Juval.

Mais si je ne prodiguais aucune réponse à Teraeth, le gaesh me tuerait aussi ; cette fois, pour avoir désobéi au vané.

Des pointes de douleur naquirent en moi ; j'avais hésité trop longtemps.

Je songeai que ma vie avait été brève et étrange. Peut-être Thaena rirait-elle lorsque je la lui raconterais, de l'autre côté du Second Voile.

— Le gaesh ne…

— Vas-y !

Je grinçai des dents. La douleur déferlait sur moi. Ma seule chance de survie était de parvenir à communiquer assez rapidement avec Teraeth pour qu'il contredise les instructions de Juval, ou encore qu'il modifie les siennes. Peut-être. Si Taja m'aimait encore.

— Les ordres de Juval…

La vieille femme se leva.

— Teraeth, vite !

— Juval… gaesh…

Les ordres s'abattaient sur moi comme des vagues, me noyant dans mon propre sang. Le gaesh me lacéra le corps, bouillonnant dans mes veines, me rongeant de l'intérieur, brûlant, insoutenable.

Je m'effondrai au sol, pris de convulsions.

8

Le marché de l'Ange

(Récit de Serre)

Morea hésita sur l'endroit où elle se mettrait en scène dans la salle-jardin. Sur ce divan ? Non, elle serait trop visible. Celui-là ? Oui, celui-là était préférable. Morea se défit de la cape sallí à rubans, la drapa sur un fauteuil et s'aspergea d'eau pour se rafraîchir. Elle fit courir sa main sur ses tresses et remit du parfum, étalant l'huile odorante sur son corps jusqu'à faire briller sa peau. Elle se hâta de gagner le divan choisi et s'y étendit, prenant l'air épuisé.

Ce n'était pas entièrement faux.

Quelques minutes plus tard, le fils du harpiste entrait dans le solarium, une chope à la main. Morea savait qu'il ne pouvait s'agir du véritable rejeton de Surdyeh. Surdyeh était peut-être un musicien exceptionnel, mais il était d'apparence très commune, tandis que son fils… Eh bien, son fils n'avait rien d'un enfant de paysan.

En la découvrant, l'adolescent s'immobilisa et la contempla fixement. Morea faillit sourire. Elle se demanda comment un enfant grandissant dans un bordel avait pu rester assez innocent pour s'émouvoir à la simple vue d'un corps dénudé. Tous les gosses de sérail qu'elle avait connus étaient blasés au plus haut point, indifférents aux manifestations de la sensualité.

— Votre boisson, mademoiselle Morea.

Kihrin lui tendit le jus de pomme.

Morea leva les yeux vers lui. C'était un ange, à n'en pas douter. Sa peau sombre avait des reflets dorés, tranchant avec le teint olivâtre de la plupart des Quuros. Ses cheveux noirs faisaient paraître sa carnation plus pâle qu'elle ne l'était réellement, tandis que sa peau faisait luire ses yeux bleus comme des saphirs de Kirpis. Ces yeux bleus… Morea fit claquer sa langue et sourit, en s'asseyant sur le divan pour accepter la chope.

— Pas « mademoiselle », voyons. Juste Morea. Mme Ola t'appelle Ange ?

Le jeune homme eut un petit sourire.

— Ola me donne beaucoup de noms. Je t'en prie, appelle-moi Kihrin.

— J'aurais juré que tu venais de Kirpis, si tes cheveux n'étaient pas de cette couleur. (Elle tendit la main pour les toucher.) Ils ressemblent à des plumes de corbeau. (Elle s'adossa aux coussins pour l'observer encore.) Mais tu ne viens pas de Kirpis, si ?

Il rit, en rougissant.

— Non, je suis né ici.

Le visage de Morea se plissa d'étonnement.

— Pourtant tu n'as pas l'air quuro du tout.

— Ah… (Il se dandina sur place.) Ma mère était doltari.

— Quoi ?

— Doltar est un pays au sud, tout au sud, bien au-delà de la Jungle Manol. Il fait froid, là-bas. Ils ont les yeux bleus et les cheveux bruns. Comme moi.

Elle résista à l'envie de lever les yeux au ciel.

— Je sais où se trouve Doltar.

De nouveau, elle leva la main pour effleurer ses cheveux. Il les teignait ; elle s'en rendait compte, à présent.

— Beaucoup d'esclaves sont emportés vers le nord, depuis Doltar. Mais tu ne ressembles pas à un Doltari.

Il fronça les sourcils.

— Ah bon ?

— Tous les esclaves doltari que j'ai connus étaient trapus, forts et corpulents, bâtis pour le travail. Ils avaient le nez large et les lèvres fines. Toi, tu es mince. Ton nez, ta bouche... Ils sont à l'opposé de ceux d'un Doltari.

Elle tenta de l'imaginer avec les cheveux bruns ; elle se le représenta habillé en bleu. Elle y parvint aisément et, malgré la chaleur étouffante qui régnait dans la pièce, elle frissonna.

— Tu as froid ? demanda le jeune homme.

Morea sourit.

— Non. Viens t'asseoir près de moi.

Kihrin se racla la gorge, l'air embarrassé.

— Il ne vaut mieux pas. C'est... heu... contraire à la règle.

— J'ai entendu Mme Ola parler de toi. Elle doit bien te laisser choisir avec qui tu as envie de passer ton temps, non ?

Ses joues roses virèrent au cramoisi.

— La règle ne vient pas d'Ola. Elle vient de moi. Je ne m'impose pas aux femmes du *Salon*. Ce ne serait pas bien, je pense.

— Mais tu ne t'imposes pas, puisque je te dis de venir, corrigea-t-elle. (Elle tapota le coussin à côté d'elle.) Viens t'asseoir. Laisse-moi brosser tes beaux cheveux. S'il te plaît...

— Je... (Il marcha jusqu'à la banquette.) J'imagine que pour quelques minutes, ce n'est pas bien grave.

— C'est un crime de laisser une si belle chevelure à l'abandon. Pourquoi portes-tu ton agolé autour du cou, comme ça ? Tu vas finir par t'étouffer.

Morea déroula la longue écharpe, qui tomba sur le divan. Elle s'empara d'une brosse qu'une autre esclave avait laissée là et s'en servit pour peigner les cheveux de Kihrin, démêlant tous les nœuds. Détachés, ses cheveux lui descendaient sous les épaules. La teinture noire ne les mettait pas en valeur. Elle découvrit des taches dorées, là où il avait omis de recouvrir certaines mèches, ou violettes aux endroits où la couleur se délavait. Lorsqu'elle eut fini de brosser sa chevelure, elle se mit à lui masser la tête, de ses mains douces et habiles. Ce faisant, elle s'approcha de lui, pressant ses seins contre son dos. La respiration de Kihrin s'accéléra. Morea sourit.

Kihrin paraissait peu sûr de lui.

— J'ai toujours trouvé mes cheveux bizarres.

— Des cheveux dorés ? Beaucoup de gens seraient prêts à tuer pour cela. On voit que tu ne travailles pas ici.

— Tu sais bien que si. Tu étais à la répétition, non ?

— Non, je veux dire que tu ne… Tu n'es pas un garçon de velours. J'ai connu des musiciens qui faisaient le même travail que les danseurs.

Kihrin se renfrogna et tourna la tête.

— Nous louons une des chambres du fond. Ola nous fait un prix parce qu'on joue pour les danseurs, mais c'est tout.

— Avec ta beauté, tu pourrais gagner beaucoup de métal.

— Ne le prends pas mal, mais je préfère gagner mon métal d'autres manières.

Morea sentit la peau de son dos frémir lorsqu'elle fit courir ses doigts sur son épaule.

— Tu es ogenra, alors ?

La magie de l'atmosphère se brisa. Kihrin se retourna pour la dévisager.

— Je t'ai dit que j'étais doltari. Qu'est-ce qui te fait croire que je suis un bâtard royal ?

Elle tenta de lui répondre d'un ton désinvolte, de donner l'impression que tout cela lui importait peu.

— Les yeux bleus sont l'une des marques divines. La seule autre personne que j'aie vue avec des yeux bleus, aussi bleus que les tiens, était d'ascendance royale, touchée par les dieux. Tu me rappelles cet homme, c'est pour cela que je me suis dit que vous deviez être parents.

La voix du jeune homme se fit glaciale.

— Je t'ai dit que je n'étais pas ogenra.

— Mais…

— Arrête.

— Tu en es vraiment sûr ? Parce que…

— Je ne suis pas ogenra.

— Mais si tu l'étais…

La colère déforma le visage de Kihrin.

— Ma mère était une Doltari qui m'a laissé pour mort sur les tas d'ordures de la décharge de Gallthis. Tu es contente ? Elle était trop bête pour savoir qu'elle pouvait acheter une dose pour 10 calices d'argent au Temple de Caless, ou dans n'importe quelle maison bleue, pour l'empêcher d'être enceinte. Donc, elle m'a abandonné à la naissance. Je ne suis *pas* un Ogenra. Certes, les yeux bleus sont l'une des marques des individus touchés par les dieux, mais il existe plein de gens avec des yeux de toutes les couleurs de l'arc-en-ciel. Tiens, les yeux de Surdyeh étaient verts avant qu'il ne devienne aveugle. Ça ne veut pas dire qu'il soit apparenté à la Maison Royale qui contrôle les Garde-Portes[1], simplement qu'il vient de Kirpis. Je n'ai jamais vu l'intérieur d'une demeure du Cercle Supérieur, et je n'en verrai jamais !

Morea tressaillit et eut un geste de recul. Sa colère… Caless !

Elle murmura :

— Mais… Tu lui ressembles tellement…

Elle se mit à pleurer.

Quelques secondes plus tard, il l'enlaçait, et se mettait à murmurer tout en lui caressant les cheveux.

---

1. Il ne me semble pas judicieux d'exclure l'idée que Surdyeh ait été formé par les Garde-Portes, quoiqu'il soit possible que les Noceurs se soient chargés de son éducation musicale. Il semble avoir connu des sorts n'appartenant pas au répertoire officiel des Noceurs. Disons simplement que je ne serais pas surpris d'apprendre l'existence de liens entre Surdyeh et les Garde-Portes, ou plutôt la Maison D'Aramarin.

— Oh, non… Je suis désolé… Je… Je ne voulais pas… C'était quelqu'un d'important pour toi ? Quelqu'un que tu aimais ?

Elle s'écarta.

— Non ! Je le déteste.

Le visage de Kihrin se ferma.

— Attends… je te rappelle quelqu'un que tu détestes ?

Morea essuya ses larmes. Les choses ne se passaient pas du tout comme elle l'aurait souhaité.

— Ce n'est pas ça. Je voulais juste…

— Quoi ? Qu'est-ce que tu voulais au point de faire des avances à quelqu'un qui te rappelle un homme que tu hais… Que tu hais si profondément que le simple fait de penser à lui te fait fondre en larmes ? Parce que je suis très curieux de l'apprendre, figure-toi.

Elle s'éloigna légèrement de lui sur le divan.

— Ce n'est pas ça !

— Explique-moi, alors.

— Si tu étais ogenra, tu aurais pu découvrir où les marchands de l'Octogone ont vendu ma sœur, Talea. Tu aurais pu demander une faveur auprès de ta famille, s'ils étaient nobles. J'étais sûre que tu étais ogenra. Tu portes même ses couleurs…

Elle désigna son torse.

Il effleura la pierre bleue cerclée d'or qui pendait à son cou.

— Ses couleurs. Je vois.

Il hocha la tête, le visage dur. Il n'y avait plus la moindre trace de tendresse dans son regard.

— Kihrin, je t'aime bien.

— Ah, vraiment !

— Oui ! Je ne savais pas à qui d'autre me fier.

— Tu aurais dû te fier à ta nouvelle maîtresse. Ola est amie avec la moitié des habitants de la ville, et elle fait chanter l'autre moitié. Elle aurait pu demander l'information que tu voulais auprès de l'Octogone. Elle pourrait sans doute racheter ta sœur, aussi. Mais Ola voudrait quelque chose en retour, et tu ne voulais pas ajouter à ta dette envers elle. Moi, en revanche… Tu pensais pouvoir me rouler pour pas un rond.

Morea eut soudain la gorge sèche.

— Je ne connais pas Mme Ola aussi bien que toi. Je n'ai jamais eu de maître qui ne me battrait pas pour avoir demandé un service comme celui-là. Mais toi… tu es gentil, et beau, et tu as tenu tête à ces brutes… Pourquoi me crois-tu plus fourbe que je ne le suis ?

L'expression de Kihrin ne se radoucit pas.

— Parce que tu vends quelque chose, et que tu me croyais tout prêt à l'acheter.

Morea voulut le gifler, mais il esquiva son coup. Il était rapide.

Ignorant l'agression, il se leva.

— Je vais poser la question à Ola. Elle a été esclave. Et elle connaît encore des gens dans le Cercle Supérieur. Quelqu'un lui dira ce qu'est devenue ta sœur.

Les yeux de Kihrin ne souriaient plus. Il ne la regardait plus comme un adolescent épris d'amour regarde l'objet de son désir.

Morea baissa les yeux. Elle détestait ce qu'elle ressentait, et elle détestait ce qui devait inévitablement s'en suivre.

— Que demandes-tu en échange ? interrogea-t-elle enfin.

Il attrapa la cape sallí de son père et la posa sur son avant-bras.

— Rien, répondit-il. Je sais que nous sommes à la capitale, mais ça ne veut pas dire que tout doive forcément s'acheter.

Kihrin s'inclina, en une révérence gracieuse digne d'un saltimbanque chevronné, et quitta la pièce sans un regard en arrière.

Kihrin entra d'un pas vif dans la grande salle du *Salon du Voile Brisé* et chercha son père du regard.

— Alors, comment ça s'est passé, mon petit Vol ? murmura la voix d'Ola derrière lui.

— Je préfère ne pas en parler.

Il n'aimait pas qu'elle l'appelle Vol au *Salon*. Lui ne l'appelait pas Corbeau ici, pas vrai ?

La femme imposante arqua un sourcil.

— La maison d'hier soir n'était pas gardée, quand même ?

Kihrin la dévisagea en clignant des yeux. Elle ne parlait pas de la répétition, mais du cambriolage de la Maison Kazivar.

— Ah ! Heu… non. Non, ça s'est très bien passé. Très, très bien. Jamais vu mieux.

La femme sourit et l'étreignit, lui ébouriffant les cheveux tout en l'emprisonnant dans ses bras.

— Ola…, se plaignit Kihrin, en une protestation qui tenait désormais du réflexe.

Il se redressa tandis que Roarin guidait Surdyeh vers eux.

— Je t'en parlerai plus tard. Il faut qu'on discute de quelque chose, glissa-t-il.

Surdyeh, les ayant rejoints, déclara :

— Nous devons nous dépêcher. Landril est un homme fortuné ; il serait malavisé de notre part d'arriver en retard au premier concert que nous donnons pour lui.

Kihrin ramassa la harpe dans son étui de toile.

— Désolé. J'ai eu un contretemps.

— Je veux bien le croire, renchérit Ola avec un clin d'œil.

Kihrin lui sourit sans la moindre gêne.

— Non, ce n'est pas ça. (Son expression se fit grave.) À ce sujet aussi, il faut qu'on parle.

La mère maquerelle pencha la tête de côté.

— Il y a une fille qui te fait tourner en bourrique ? Laquelle ?

— Morea, répliqua Surdyeh. Qui d'autre ?

— Papa, je suis capable de répondre moi-même…

Mme Ola pinça les lèvres.

— Ne sois pas trop dur avec elle, Prunelles. Son précédent maître l'a mise dans un sale état. Attends quelques mois que je l'apprivoise un peu. Pourquoi tu ne t'amuserais pas avec Jirya, plutôt ? Elle t'aime bien.

C'était vrai. Jirya avait un faible pour Kihrin, mais surtout parce que celui-ci profitait des après-midi dans la chambre de Jirya pour rattraper son sommeil en retard, après des nuits passées à arpenter les toits. Elle représentait aussi le parfait alibi. Bien sûr, c'était un alibi à destination de son père, Surdyeh, et non de la Garde. Surdyeh n'appréciait pas que Kihrin fréquente de près – du moins le croyait-il – les esclaves d'Ola… mais qu'il s'adonne au cambriolage lui plaisait encore moins.

— Non, ce n'est pas ce que…

Surdyeh secoua la tête.

— Tu le gâtes trop, Ola. On croirait que c'est un prince royal, à voir toutes les esclaves que tu mets à sa disposition.

C'était l'argument favori de Surdyeh, dernièrement, et il fit grimacer Kihrin encore plus qu'à l'ordinaire. Ola s'en aperçut, et haussa un sourcil. Kihrin secoua la tête en silence.

La maquerelle observa Kihrin un moment.

Puis elle éclata de rire et gratifia Surdyeh d'une pichenette sous le menton.

— Les hommes ont besoin de se faire de bons souvenirs durant leur jeunesse pour leur tenir chaud dans leur grand âge. N'essaie pas de me faire croire que tu n'en as pas, parce que je sais très bien que c'est faux, vieillard. Et toi, tu n'avais pas l'autorisation spéciale de la patronne. Allez, filez maintenant, avant d'être en retard.

Elle les poussa tous deux hors du bordel.

9

Âmes et gemmes

(Récit de Kihrin)

Je fus réveillé par la douleur et le tangage régulier du *Malheur* fendant les flots. J'avais été étendu dans l'un des minuscules lits superposés, de nouveau nu, la robe noire de Teraeth drapée sur moi en guise de couverture. Son propriétaire était adossé au mur de la cabine, le visage maussade. Sa mère était assise près de mon lit et pressait un linge humide sur mon visage.

— Aïe, gémis-je.

Khaemezra avait soigné mes blessures, mais j'avais mal partout ; c'était une douleur sourde et diffuse, semblable à celle d'un muscle déchiré.

— Tu seras heureux d'apprendre que tes jours ne sont pas en danger, m'informa Khaemezra.

La situation semblait l'amuser.

— Pour le moment, du moins, ajouta Teraeth. Qui sait ce que l'avenir te réserve, vu comme tu es doué pour t'attirer des ennuis.

— Ah oui, c'est vrai, je l'ai bien cherché, ironisai-je.

Je fis passer mes jambes hors du lit et enroulai la robe autour de mes hanches, quoiqu'il soit un peu tard pour faire preuve de pudeur. Je m'efforçai d'ignorer Teraeth et concentrai mon attention sur sa mère.

— Je devrais vous remercier de m'avoir sauvé de l'assaut du gaesh, mais je reviens à ma question préférée : qu'est-ce que vous me voulez ?

Elle sourit.

— J'ai une meilleure question : comment as-tu survécu au fait de désobéir à un gaesh, alors que personne n'en est capable ?

J'hésitai.

— Quoi ? Attendez… Je… (Je me raclai la gorge.) Je croyais que c'était vous qui étiez intervenue ?

Khaemezra secoua la tête.

— Oh, non.

— Alors, comment…

Je portai la main à ma gorge. Le collier de larmes étoilées n'y était plus ; ils avaient dû le récupérer lorsqu'ils m'avaient retiré ma robe. La Pierre des Entraves, cependant, pendait toujours à mon cou.

Elle remarqua mon geste.

— Oui, je soupçonne aussi la pierre d'en être responsable. Elle protège son porteur, bien qu'elle ne soit pas très efficace contre la douleur. Tu pourrais même finir par regretter de ne pas être mort.

Khaemezra poursuivit :

— C'est Juval qui t'a imposé ce gaesh, n'est-ce pas ?

Ah non ! Je n'allais pas me faire prendre au piège une deuxième fois.

— Ne soyez pas absurde.

Teraeth fronça les sourcils :

— Mais alors…

Khaemezra leva une main. Mon gaesh pendait entre ses doigts.

— Tu peux répondre en toute honnêteté, mon cher enfant. J'ai annulé les interdictions antérieures.

Teraeth avait dû lui donner le pendentif pendant que j'étais inconscient.

— Dans ce cas... Juval a demandé à quelqu'un d'invoquer un démon, et c'est ce démon qui m'a mis mon gaesh.

J'attendis un instant, mais je ne semblais pas sur le point de me mettre à convulser, aussi continuai-je à parler.

— Juval était furieux lorsqu'il s'est aperçu qu'on lui avait fait commettre à son insu des crimes impardonnables contre l'Empire Quuro. C'est vrai que quand on met un prince quuro aux galères, les conséquences se résument rarement à un sourire et à l'assurance que ce n'était qu'un fâcheux malentendu. Je l'ai convaincu que s'il me tuait, il ne ferait que faciliter la tâche à la flotte quuro, car les prêtres de Thaena la guideraient aisément jusqu'à son vaisseau. Il s'est dit que m'arracher mon âme résoudrait aussi bien le problème.

— L'âme n'est pas arrachée lorsqu'on reçoit un gaesh, rétorqua sèchement Teraeth.

— Oh, pardon ! répondis-je. Vous dites ça d'expérience ? Vous avez eu un gaesh ? Ou bien vous vous êtes contenté d'en mettre aux gens ? J'imagine que c'est la seconde solution, pas vrai ?

— La Confrérie Noire ne pratique pas l'esclavage.

Je ne pus m'empêcher de rire.

— Les braves marchands de Kishna-Farriga ne seraient sûrement pas d'accord. Ils vous avaient réservé des sièges, non ?

— Nous achetons les esclaves vané pour les libérer, pas pour leur mettre des gaesh, répliqua-t-il.

— Ah bon ? C'est peut-être ce que votre mère, ici présente, avait fait pour Miya ? Elle l'avait libérée ? Et comment financez-vous ce genre d'opération ? Avec de bonnes intentions ? Ou alors vous avez encore trois douzaines de larmes étoilées cachées quelque part chez vous ?

—Non, mais si tu veux continuer à les voler au fur et à mesure, nous pourrions trouver un arrangement.

—Taisez-vous, tous les deux. (La vieille femme fit claquer sa langue.) Teraeth, monte demander au capitaine dans combien de temps nous atteindrons Zherias.

Il me dévisagea encore un moment d'un air courroucé.

—Nous ne vendons pas d'esclaves, insista-t-il.

—Si vous le dites, maître, répondis-je.

—Teraeth, va.

Il hocha la tête à l'intention de sa mère, le visage sombre. Après un dernier regard noir dans ma direction, il quitta la cabine.

Je lançai un regard oblique à Khaemezra.

—Il est adopté, non ?

Le coin de sa bouche tressauta.

—Il a choisi de s'inspirer davantage de son père.

Sa réponse me prit de court. J'avais cru poser une question rhétorique. Il était évident que Teraeth n'était pas le fils biologique de Khaemezra. L'expression « le jour et la nuit » semblait avoir été inventée pour les décrire. Lui appartenait aux vané manols. Elle était une vané kirpi.

Du moins, c'est ce que je croyais. Une femme qui manipulait les illusions avec autant d'aisance pouvait adopter n'importe quelle apparence.

Je grimaçai, frottant mes paumes moites contre le tissu de ma robe.

—Je ne peux pas vous faire confiance. Je sais d'où proviennent ces larmes étoilées.

—Moi aussi. Du trésor du dragon Baelosh.

Je battis des paupières.

—Pardon ?

—Le trésor du dragon Baelosh, répéta-t-elle. Où elles furent volées par l'Empereur Simillion. Après son assassinat, les joyaux furent enfermés avec tous les autres artefacts les plus précieux au centre de l'Arène, dans la capitale quuro. Des siècles plus tard, l'Empereur Gendal donna le collier de larmes étoilées à une magnifique courtisane zheria, dont la beauté n'avait d'égale que le ciel constellé. Celle-ci s'en servit pour racheter sa liberté. Tandis que son ancien propriétaire, un homme nommé Therin, voyageait en quête d'aventure avec ses amis, il se servit du collier pour sauver la vie d'une femme vané qu'on était sur le point d'exécuter. Il proposa le bijou en échange du gaesh de cette femme, et accepta de jurer qu'elle ne reviendrait plus jamais au Manol. (Elle sourit.) C'est ainsi que ce collier est arrivé entre mes mains.

— Donc, vous ne niez pas avoir vendu Miya... (Je m'interrompis.) Exécutée ? Elle allait être... exécutée ?

— Nous appelons cela la Marche des Traîtres. Le condamné reçoit un gaesh, et il est forcé de partir seul dans la Balafre Korthaen. Cela ressemble à un exil, mais crois-moi, c'est une condamnation à mort. Pas de renaissance. Aucun espoir de Revenir.

— Et vous vous êtes dit : « Pourquoi ne pas se faire un peu de métal au passage ? »

Elle eut un petit rire.

— Je l'aurais vendue pour une poignée de perles de verre et une brindille cassée, si cela pouvait lui épargner de finir empalée sur une pique morgage tandis que des démons se repaissaient de son âme. J'étais là lorsqu'elle est née. Je l'ai vue grandir. La regarder mourir m'aurait brisé le cœur.

La douleur dans les yeux de Khaemezra semblait trop profonde pour ne pas être sincère.

— Vous... vous connaissez Dame Miya, alors ?

Dans mon esprit, leur relation était plutôt de nature... professionnelle. Après tout, on pouvait dire que Dethic le marchand d'esclaves, à Kishna-Farriga, me connaissait... mais je ne crois pas qu'il aurait été particulièrement ému à la pensée de ma mort.

Khaemezra ne répondit pas immédiatement. Elle se détourna pour regarder sur le côté, et je…

Je reconnus ce geste, ce regard. Je l'avais déjà vu, quoique les deux femmes soient d'apparences très disparates. Khaemezra ne ressemblait pas plus à Miya qu'à Teraeth, mais il y avait quelque chose de si proche dans leur façon de bouger que leur lien m'apparut aussitôt.

— Par les trônes, vous… (Je m'interrompis, bouche bée.) Vous êtes de la famille de Miya !

Elle cilla et se retourna vers moi.

— Tu es très observateur. Oui. C'était ma petite-fille.

Oh… Oh!

— Comment avez-vous pu faire une chose pareille ? Invoquer un démon et le regarder arracher un morceau de l'âme de votre petite-fille…

— Oh non… Je ne suis pas comme ton capitaine Juval. Je n'ai pas ordonné à un sous-fifre d'invoquer un démon, corrigea-t-elle. Je lui ai posé le gaesh moi-même. J'ai utilisé ceci.

Elle se pencha et tapota la Pierre des Entraves qui pendait à mon cou.

Je la regardai fixement, horrifié.

— Non, vous ne pouvez pas… C'est impossible…

— Tu croyais sans doute que ce bijou était une pierre tsali, à supposer que tu saches ce que c'est. Mais ce n'est pas le cas. (Elle eut un geste des mains vers l'extérieur, comme pour chasser des pensées malfaisantes.) Il existe huit Pierres Angulaires. Deux pierres pour chacune des quatre races fondatrices. Chacune est différente, et chacune possède un ensemble de pouvoirs distinct et terrible, destiné à usurper l'un des Huit Dieux. (Khaemezra eut un petit rire, grave et dépourvu de la moindre chaleur.) Au moins ont-ils échoué dans ce domaine. Je me réconforte comme je peux.

— Je ne comprends pas. Vous voulez dire que je pourrais utiliser cette pierre pour imposer un gaesh à d'autres personnes ? Mais j'ai moi-même un gaesh !

— Et alors ? Pour la Pierre des Entraves, le fait que ton âme soit entière ou divisée n'a pas d'importance. Tout ce qui compte, c'est qu'elle se trouve de ce côté-ci du Second Voile. Écoute-moi bien, car c'est très important : cette pierre scintillante qui repose sur ta poitrine représente un concept. Et ce concept, c'est l'esclavage. Tous les esclaves qui ont jamais rampé, lutté ou qui sont morts sous les coups de fouet nourrissent cette pierre, comme toute personne qui meurt nourrit Thaena. Tu portes une abomination autour du cou, qui envenime le monde par sa simple existence.

J'étais comme hébété, pris de vertiges. Les gens avaient déployé tant d'efforts pour me faire ôter ce fichu bijou. À cet instant, j'avais envie de l'enlever et de le jeter à travers la cabine ; je n'avais rien désiré à ce point de toute ma vie. Je portai la main au nœud sur ma nuque, les doigts rendus gourds par la panique.

— Et vous avez utilisé cette chose sur votre propre petite-fille ? Je veux qu'elle soit détruite. Je vais la casser, la broyer…

— Tu aurais aussi vite fait de tuer un dieu, mon cher enfant. Aucune arme en ta possession n'y suffirait. De plus, elle te protège. La Pierre des Entraves t'a sauvé la vie il y a seulement quelques minutes. Tes ennemis pensent qu'ils ne pourront te tuer tant que tu la porteras ; que le pouvoir de la gemme retournerait leur acte et les ferait mourir à ta place. Pourquoi penses-tu que je l'aie donnée à Miya ? Quant au fait que je l'ai utilisée sur elle, j'avais mes raisons. Contente-toi de cela.

Ses paroles m'arrêtèrent dans mon élan. Khaemezra avait raison, bien sûr. Le collier ne pouvait être pris par la force ; il devait être donné librement.

De plus, elle venait de me donner un ordre.

J'obligeai ma main à s'éloigner du joyau.

—C'est ça que veut Relos Var ? La Pierre des Entraves ?

Khaemezra soupira.

—Non. Je ne pense pas qu'il s'intéresse particulièrement à ce bijou. Ce qu'il désire, ce n'est pas un collier magique… C'est te détruire.

—Mais pourquoi veut-il me tuer ? Je ne l'ai jamais rencontré, et je ne lui ai rien fait.

Elle me sourit, d'un sourire de grand-mère.

—Mon cher enfant, je n'ai pas dit qu'il voulait te tuer.

—Mais vous avez dit…

Je m'arrêtai de parler, soudain glacé. En tant que prêtresse de la déesse de la mort, elle ne se permettrait aucune imprécision en matière de meurtre.

—Te tuer serait une erreur maladroite, qui te renverrait dans l'Au-delà, destiné à renaître ou à Revenir. (Elle tendit la main pour me tapoter le genou.) Il faut que tu comprennes que c'est uniquement par chance… (Elle m'adressa un hochement de tête appuyé.), uniquement par chance que nous avons entendu parler de cette vente. Une source a entendu Relos Var la mentionner, et nous a répété l'information sans comprendre son importance. Cependant, j'ignore comment Relos Var lui-même savait que tu serais là.

—Il a pu entendre parler de mon enlèvement. Je suis sûr que la moitié de Quur sait que j'ai disparu, à présent. (Je grimaçai.) Comment il savait qu'il me trouverait dans les fosses à esclaves de Kishna-Farriga, en revanche… Si Darzin savait où j'étais… (Je marquai une pause.) Darzin m'a déjà trouvé par le passé. Aurait-il pu ordonner à ce Relos Var d'aller me chercher, une fois qu'il avait découvert mon emplacement ?

Elle me regarda en battant des paupières, puis éclata d'un rire lugubre.

—Non.

— Mais…

— Darzin est peut-être le sous-fifre de Relos Var, mais l'inverse ne peut être vrai. Avant tout ceci, tu as rencontré de petits hommes, mus par de modestes ambitions. Mais Relos Var… Relos Var est une Puissance, l'une des plus redoutables qui soient au monde.

— Merci de me l'avoir dit. Je vais très bien dormir, ce soir. (Je déglutis.) Pourquoi moi, déjà ?

— Il y a une prophétie.

Je la dévisageai.

Elle fit de même.

Je blêmis et me détournai, en me promettant de ne plus essayer de soutenir le regard d'une Grande Prêtresse du culte de la mort.

— Je ne crois pas aux prophéties, affirmai-je.

— Moi non plus. Malheureusement, Relos Var semble les prendre très au sérieux, aussi suis-je obligée d'en faire autant. Et dans l'intervalle, j'aimerais te former et m'assurer que la prochaine fois que tu as des ennuis, tu seras mieux préparé. (Elle sourit.) Je vais considérer cela comme une faveur envers Miya.

— Non merci, j'ai déjà une…

J'aurais voulu dire « J'ai déjà une déesse ». Mais les mots ne voulaient pas quitter ma bouche.

Ses yeux s'étrécirent.

— Oui, Taja est ta protectrice. Mais en dépit de nos origines, être un adorateur de la déesse de la mort n'est pas nécessaire pour être admis au sein de notre ordre. Je veux un soldat, pas un prêtre ou un fanatique. La déesse de la chance ne s'offusquera pas que tu t'entraînes auprès de nous.

Je fermai les yeux et frissonnai.

— Je n'en ai rien à foutre, de ce que pense Taja à mon sujet.

Lorsque je rouvris les paupières, Khaemezra m'observait avec un mépris non dissimulé.

— Imbécile, murmura-t-elle.

C'était le même ton qu'elle avait employé pour s'adresser à Relos Var.

Je sentis mes joues s'échauffer.

— Vous ne savez pas ce que j'ai traversé…

— Pourquoi donc tous les hommes de ta famille sont-ils d'irrécupérables idiots ? Bornés ! Têtus comme des mules ! Si l'une des Sœurs décide de t'accorder sa grâce, crois-tu qu'il soit possible d'abandonner une déesse ? Que l'on puisse dire « Il m'est arrivé un malheur, je renie ma déesse pour toujours » ? Taja marche à ton côté, comme elle l'a toujours fait. Elle te protège et te console, et si tu ne le vois pas, ce n'est pas par sa faute.

Je levai les yeux au ciel.

— C'est exactement le discours que j'attendrais d'une prêtresse. C'est facile à dire lorsqu'on n'est pas là, lié par un gaesh, avec le sang séché d'une peau lacérée qui vous brûle encore le dos. Elle… Elle…

Je savais que je ne devais pas prononcer ces mots, mais mes blessures me faisaient souffrir. Ce qui m'était arrivé me faisait mal. Khaemezra avait peut-être soigné mes plaies physiques, mais les dégâts qu'avait subis mon âme étaient toujours là, cuisants comme une gangrène.

Je me penchai en avant et terminai ma phrase :

— Elle m'a trahi.

— Tu te trompes.

— La marine quuro m'avait retrouvé ! (Je désignai le vaisseau à bord duquel nous étions.) J'avais passé des mois prostré parmi les rameurs, en bas, priant pour que les marchands d'esclaves oublient ma présence, et puis les soldats sont arrivés. Ils me cherchaient. Et alors, que s'est-il passé ? Ils étaient incapables de me voir. La seule fois de ma vie où je ne voulais pas être invisible. J'ai vu le capitaine de la marine me regarder sans me voir, alors que j'étais la personne qu'il était venu chercher. Le seul péquin avec des cheveux blonds. C'est là que j'ai compris que ma déesse ne voulait pas que je sois sauvé.

— Bien sûr que non. Ton retour à Quur aurait été une catastrophe.

— Une catastrophe ?

Je tentai de conserver une voix neutre et mesurée malgré mon émotion.

Khaemezra m'observa, les yeux plissés, et je sus que j'avais échoué. Elle voyait ma colère avec autant de clarté que si j'étais brusquement sorti de mes gonds.

— Si tu retournes à Quur, tu mourras.

— Vous ne pouvez pas le savoir.

Elle leva un sourcil.

— Oh, mon enfant… Tu crois cela ?

— Oui. J'avais un plan. Il aurait marché. Au lieu de ça, les gens que j'aime sont probablement morts.

— Certains, oui. Ils auraient été bien plus nombreux à mourir si tu étais resté là-bas. Je le sais. Bien mieux que toi. (Je la regardai fixement.) Qu'as-tu dit, il y a cinq minutes à peine ? Que tu avais convaincu Juval qu'il n'était pas judicieux de te tuer ? Les morts n'ont pas de secrets pour la Dame Pâle.

— Oui, mais ce que j'ai dit à Juval était un mensonge. Les prêtres de la Dame ne me cherchaient pas… Mon grand-père a cessé d'être un prêtre de Thaena bien avant ma naissance.

— Il n'est pas le seul à pouvoir lui parler. (Elle marqua une pause, comme si elle avait décidé de changer de stratégie.) Je connais très bien Darzin D'Mon, celui que tu appelles « Joli-Cœur ». Sais-tu pourquoi ? (Elle n'attendit pas ma réponse.) Autrefois, il désirait rejoindre notre ordre. Il désirait entrer dans la Confrérie Noire, afin que la Dame de Mort le console des souffrances et des injustices dont il se croyait affligé. Elle l'a rejeté, ne l'estimant pas digne de ses faveurs ; et, comme un prétendant éconduit s'imposant de force à une dame qui ne l'aime pas, il a fait d'elle une obsession. Il se délecte de tuer, offrant chacune de ses victimes à une déesse qui n'en veut pas ; et chacune de ces vies innocentes est comme une rose pourrissant devant la porte de Thaena. Si tu avais pu réaliser ton fameux plan, il aurait ajouté une autre fleur à son macabre bouquet.

— Il n'empêche que vous n'en savez rien.

— Oh, que si. (Elle secoua la tête.) Au moins une fois par semaine, parfois plus, ton « Joli-Cœur » se rend au *Linceul*, dans la Ville-Velours. Puisque tu as grandi dans ce quartier de la Cité, je suppose que tu connais ce bordel et sa réputation ?

Un goût de cendre avait envahi ma bouche.

— Je sais ce qu'ils vendent, oui.

— Une fois par semaine, « Joli-Cœur » y fait une commande spéciale, très difficile à satisfaire, si bien qu'un prêtre de Caless doit intervenir pour s'assurer que les jeunes hommes soient d'apparence exotique, avec des cheveux dorés et des yeux bleus. Comme toi. C'est temporaire, mais l'illusion n'a pas besoin de durer plus de quelques heures. Aimerais-tu savoir ce que « Joli-Cœur » fait à ces garçons ? Combien de fleurs mutilées il a déposées devant la porte de la Dame ?

Je détournai le regard.

— Non.

Mais hélas, je n'avais aucun mal à l'imaginer. Les gitons et les putains du *Linceul* ne sont pas prêtés, mais vendus.

On ne loue pas quelque chose dont la finalité est d'être détruit.

Khaemezra se leva.

— S'il te plaît, réfléchis à ce que je t'ai dit. Nous ne sommes pas tes ennemis, et tu as grand besoin d'amis. Tôt ou tard, tu vas devoir faire confiance à quelqu'un.

Après son départ je restai immobile, le poing serré sur la Pierre des Entraves, et réfléchis aux options qui s'offraient à moi. Je n'avais aucun moyen de savoir ce qui était arrivé à ma vraie famille, si Ola vivait encore… Je n'avais aucun moyen d'apprendre ce que ceux que j'aimais avaient subi pendant que je naviguais, enchaîné, vers Kishna-Farriga, ni ce qui pourrait se produire tandis que j'étais sous le contrôle de la Confrérie Noire. Khaemezra avait parlé de m'entraîner. Peut-être le feraient-ils. Peut-être pas.

Mais surtout, je me demandai quelle était la proportion de vérité et de mensonges dans ce que je venais d'entendre, et s'il m'était possible de déceler la différence.

10

UN DÉMON DANS LA RUE

(Récit de Serre)

Le spectacle, les odeurs et les bruits de la ville assaillirent Kihrin dès l'instant où son père et lui quittèrent la pénombre confortable du *Voile Brisé*. Le soleil de la fin d'après-midi était une boule de feu cramoisie dans le ciel estival, chauffant les allées de pierre blanche de la Ville-Velours comme les parois d'un four.

Les rues étaient vides. Il faisait trop chaud pour le plaisir ou la boisson. Ceux qui avaient deux sous de jugeote s'étaient réfugiés sous un coin d'ombre quelconque. Des nuages effilochés semblaient narguer le ciel turquoise, mais il faudrait des mois avant qu'ils n'éclatent, libérant les torrents furieux de la mousson. En attendant, la Cité marinait dans son jus.

Kihrin, pour sa part, aimait la chaleur, et il préférait se déplacer lorsque la ville était presque déserte : au petit matin, avant l'aube, ou bien en fin d'après midi lorsquc tout le monde faisait la sieste. Dans le premier cas, cela limitait les risques que quelqu'un soit témoin de ses cambriolages ; dans le second, les rues vides facilitaient la marche de Surdyeh.

Ce dernier restait muet tandis qu'ils tournaient dans l'allée des Colporteurs, un raccourci vers la Croisée de Simillion[1] où leur client, Landril, possédait un manoir où il logeait ses maîtresses.

Kihrin savait que quelque chose tracassait son père, mais il ne pouvait qu'essayer de deviner quoi. Il était vrai que Surdyeh détestait que Kihrin passe – en apparence – son temps dans les boudoirs des filles de velours. Il ne cessait de répéter à Kihrin que les filles du *Salon du Voile Brisé* ne s'y trouvaient pas de leur plein gré. Surdyeh ne manquait jamais d'ajouter – avec un regard appuyé à Kihrin – que tout homme qui profiterait de leur situation pour prendre du plaisir ne méritait pas le nom d'homme.

Surdyeh était un hypocrite. Son père n'avait aucun scrupule à accepter le métal d'Ola ou à se produire pour les clients du bordel. Il se permettait de porter un jugement sur tous ces hommes, sans prendre en compte le fait que les filles et les garçons de velours avaient besoin de travailler pour gagner leur liberté. Et Ola était encore pire : elle avait beau rappeler qu'elle avait été esclave autrefois, elle ne se privait pas d'en acheter à son tour et de vendre leurs services à tous ceux qui voulaient bien lui remplir les poches de métal.

Et Ventrebeurre se demandait pourquoi Kihrin avait envie de partir…

Kihrin se renfrogna en se remémorant l'accusation de son père : Ola le gâterait comme s'il s'agissait d'un prince. Mais Kihrin ne pouvait être ogenra. C'était impossible. Il le savait, car il n'était pas d'apparence quuro ; donc, il ne ressemblait pas non plus à un quuro de haute naissance. Il le savait aussi parce que, si c'était le cas, quelqu'un – un ami, ou un ennemi de sa famille « royale » – aurait cherché à le retrouver.

---

1. Les gens la croient ainsi nommée car il s'agirait de l'endroit où Simillion tua le dieu-roi Ghauras. En réalité, ce nom commémore le lieu où le cadavre mutilé du premier Empereur, après son assassinat, fut exposé aux regards par la Cour des Gemmes, afin de servir de leçon à tous ceux qui voudraient les défier.

Mais surtout, c'était impossible car si Ola avait eu la moindre raison de le croire issu d'une Maison Royale, voilà des lustres qu'elle l'aurait ramené contre récompense. D'accord, elle avait aidé à l'élever ; elle lui avait peut-être appris tout ce qu'il savait en matière d'escroquerie ; elle l'avait peut-être présenté aux Danseurs de l'Ombre ; elle était peut-être ce qu'il avait de plus proche d'une mère… mais jamais il ne se risquerait à sous-estimer sa cupidité. La priorité numéro un d'Ola Nathera serait toujours Ola Nathera, et ceux qui l'oubliaient méritaient le sort qui leur était réservé.

Il aurait voulu être ogenra, néanmoins, ne serait-ce que pour aider Morea.

Kihrin grimaça en repensant à elle. Il regrettait que leur conversation se soit terminée ainsi. Il aurait voulu se montrer charmant et engageant. Au lieu de cela, il s'était retourné contre elle au premier signe que l'intérêt qu'elle lui portait n'était pas tout à fait innocent. Il s'était énervé, alors qu'il l'aimait bien. Beaucoup, même.

Elle le détestait, maintenant, à raison.

Il s'arracha brusquement à sa rêverie en sentant son père lâcher son bras. Il se retourna pour voir ce qui se passait. Un tire-laine assez bête pour tenter quelque chose, peut-être ? La tête tournée, il continua à marcher… et alla s'écraser contre un mur.

Un mur ? Au milieu de l'allée des Colporteurs ?

Kihrin entendit des exclamations stupéfaites en provenance des rares passants. Il posa les yeux sur le mur blanc qui venait d'apparaître devant lui. Ses pierres, arrondies par le temps, étaient teintées d'une mousse verdâtre. Kihrin l'observa fixement, ne comprenant pas comment un mur avait pu soudain se matérialiser au milieu de son raccourci. Et il puait, en plus : il sentait les algues, le soufre et les parties intimes mal lavées.

Une veine violacée palpitait à la surface d'une des pierres, pulsant à l'endroit où la roche se creusait en un petit trou rond. Puis le mur ondulait en rides successives.

Il leva les yeux. Il n'était pas face à un mur, mais à un ventre.

Celui d'un démon.

Il était gigantesque, deux fois plus grand que Kihrin lui-même. Sur l'abdomen du démon (qui était clairement mâle[1]), sa peau était blanche. Cette teinte se muait, le long de ses jambes énormes et musculeuses, en un jaune verdâtre et malsain. Ses bras étaient d'un rouge vif, moite et brillant, comme si la créature venait de les plonger jusqu'aux aisselles dans une cuve pleine de sang. La face du démon était fendue d'un large sourire, allant de l'une à l'autre de ses oreilles pointues. Ses yeux étaient deux fosses noires, sans cornées, et il n'avait pas de nez. Ses cheveux étaient longs et d'un blanc éclatant, mais les pointes avaient viré au cramoisi, comme si elles aussi avaient trempé dans un bain de sang. Une queue verte aux reflets pourpres, qui ressemblait à une version bien plus longue et souple de celle d'un crocodile, tressautait et frappait le pavé, comme animée d'une volonté propre.

Mais le plus important était que Kihrin le reconnaissait.

C'était le démon de la Maison Kazivar, celle qu'il avait cambriolée.

— Papa, sauve-toi !

Kihrin poussa son père par une porte ouverte.

Le démon baissa les yeux sur l'adolescent et sourit. Ses dents blanches étaient acérées, irrégulières, et beaucoup

---

1. Probablement pas. Les démons ne sont pas des créatures naturelles, quoiqu'ils aient la capacité d'adopter – pour un temps – des formes physiques. Par conséquent, les démons n'ont d'autre genre que celui qui leur est assigné ; il arrive aussi qu'ils en choisissent un, dans une optique purement utilitaire.

trop nombreuses : elles saillaient de sa bouche comme des asticots sortant d'une plaie.

SALUT À TOI, CONTREVENANT.

— Oh, Taja..., pria Kihrin dans un souffle.

Il fit glisser ses poignards dans ses mains, bien qu'il soit certain qu'ils ne lui serviraient à rien[1]. Il ne faisait aucun doute que Joli-Cœur avait lancé ce démon à ses trousses, que ce démon l'avait trouvé et que Kihrin allait mourir. Cette chose était assez énorme pour lui arracher la tête avec ses crocs.

SALUT À TOI, VOLEUR D'ÂMES.

Kihrin décida que son seul espoir était de s'enfuir. Il feinta sur la droite, esquiva sur la gauche, courut et courut encore. L'espace de quelques secondes, il crut qu'il réussirait peut-être à s'en tirer, mais il sentit alors un claquement sec contre ses chevilles. Baissant les yeux, il vit la queue d'un vert violacé s'enrouler autour de ses pieds et le soulever dans les airs.

Il fit alors ce que ferait n'importe qui si un démon le saisissait et s'apprêtait à le démembrer en pleine rue : il hurla à pleins poumons.

SALUT À TOI, PRINCE DES ÉPÉES.

— Lâche-moi ! Lâche-moi ! PUTAIN ! Lâche-moi !

Kihrin tenta de couper la queue à l'aide de son couteau mais, comme il l'avait deviné, il aurait aussi bien pu essayer d'ébrécher une brique avec un mouchoir de soie.

Le démon brandit le corps tout entier de Kihrin aussi facilement que ce dernier aurait soulevé un chaton et le maintint ainsi en suspension. Kihrin se retrouva face à face

---

1. Les démons sont, naturellement, des créatures méconnues ; et malgré toutes les recherches effectuées dans l'espoir d'élucider leurs mystères, nos connaissances demeurent criblées de lacunes. Le traité *La Clé inférieure de Grizzst* s'impose bien sûr comme une référence pour les débutants, mais *L'Invasion froide*, de Killus Vornigel, me semble offrir une perspective unique sur ces monstres et leurs interactions avec le monde physique.

avec le démon, bien trop près de sa gueule démesurée. Le tout ressemblait dangereusement à la pose qu'on pouvait prendre juste avant de gober un grain de raisin.

À l'instant même où Kihrin décidait qu'il n'avait rien à perdre en enfonçant une dague dans l'œil de la créature, cette dernière lui attrapa les deux bras qu'elle tendit de chaque côté, le rendant totalement impuissant.

Le démon rit, un son qui allait hanter les cauchemars de Kihrin pendant les mois qui suivraient. Le jeune homme était suspendu assez près de sa bouche pour voir qu'elle n'était pas vide, mais dotée d'une langue rouge ondulante, et grouillant de vers pâles. La puanteur était indescriptible : c'était un mélange de sang, d'abats et de fluides sexuels en décomposition, et Kihrin dut lutter pour ne pas vomir. Le démon le secoua par les pieds.

La pierre tsali de Kihrin glissa hors de sa cape et tomba sur son menton. Elle était froide.

LONGTEMPS, J'AI CHERCHÉ LE LION ; MAIS À PRÉSENT, J'AI TROUVÉ LE FAUCON.

La bouche du démon s'approcha, et Kihrin ferma les yeux pour ne pas voir ce qui allait se produire. Il se crispa, attendant la mort.

D'aucuns diraient peut-être que ce qui se passa alors était plus terrible que la mort. En tout cas, cela dura bien plus longtemps.

Il sentit la langue de la créature passer sur son visage, touchant sa joue, son collier, la pierre indigo. Au même moment, des pensées déferlèrent dans l'esprit de Kihrin.

***JE TE FAIS CETTE OFFRANDE, MON ROI : UN AVANT-GOÛT DE L'HORREUR, POUR AIGUISER

TON APPÉTIT EN VUE DU GRAND FESTIN DE LA SOUFFRANCE[1].***

Les images mentales se firent plus intenses : elles représentaient Kihrin avec son ancien professeur, Souris ; avec Morea, et avec de nombreux garçons et filles de la maison de velours. Kihrin se vit leur faire subir des choses… Des choses horribles, forcées. Le démon lui montra d'innombrables images de lui-même en tant que monstre cruel et sadique, un démon à l'apparence humaine qui se délectait de la douleur et de la peur de ceux qui l'entouraient. Il s'en nourrissait comme les crocodiles se nourrissent de tous les gens assez fous pour s'approcher du fleuve. Le démon plongea au plus profond de son esprit pour en extraire les souvenirs de toutes les personnes qu'il avait connues et aimées, puis il le montrait les taillant en pièces, les assassinant, les torturant ou les violant. Même dans le Quartier de Cuivre, même pour un garçon qui avait grandi dans la Ville-Velours, il y avait là des horreurs qu'il n'avait pas rencontrées et qu'il n'aurait jamais pu imaginer. Le démon déversa une à une ces atrocités dans la tête du jeune homme, jusqu'à ce qu'il les ait toutes vues.

Kihrin hurla, et hurla encore.

Il n'avait aucun moyen d'estimer le temps qu'il passa ainsi suspendu, tandis que le démon emplissait son esprit d'ignominie, en un flot interminable d'immondice et de perversion.

Cela dura trop longtemps, en tout cas.

Lorsque la voix de Kihrin faiblit et se déchira en sanglots haletants, la pression exercée sur son esprit cessa et il entendit des pas se rapprocher en courant. Il regarda au bout de

---

1. À comparer avec la prophétie suivante tirée d'*Une étude de la possession démoniaque à Quur* : « Gloire au Contrevenant ; Gloire au Voleur d'Âmes ; Gloire au Prince des Épées. Longtemps, nous chercherons le lion, Jusqu'à ce qu'enfin, nous trouvions le faucon, Notre roi nous délivrera de la ruine, Libérant nos âmes de leur éternelle souffrance. »

la rue. La peur le disputa au soulagement lorsqu'il découvrit les Gardes qui se hâtaient de les rejoindre, l'épée au clair.

Le démon rejeta la tête en arrière et rugit, d'un son qui faisait penser à un lion accompagné de mille chats hurlants. Il lâcha les bras de Kihrin et le laissa pendre au bout de sa queue. Puis il ramassa la harpe de Surdyeh.

—Non… !

Kihrin avait la gorge étranglée et douloureuse, et sa protestation fut à peine plus audible qu'un murmure.

Le démon sourit et abattit la harpe, dans son étui, sur le premier Garde arrivant à sa portée. L'instrument ne fracassa pas la tête du soldat ; celle-ci traversa la toile et les cordes, et le cadre de bois lui emprisonna les bras. Si le démon avait lâché la harpe à cet instant, l'homme aurait passé les minutes suivantes à se dépêtrer de cette cage de bois et de métal ; mais la créature n'en fit rien. D'un seul mouvement fluide, le monstre rapprocha l'homme qui se débattait. Le démon ouvrit encore plus grand sa gueule d'une taille inconcevable.

Kihrin tressaillit et détourna les yeux lorsque le démon arracha la tête du Garde avec les crocs, sans plus de difficulté que lui-même n'en aurait eue à mordre dans une mangue. Le sang du mort éclaboussa Kihrin et le corps tomba sur le pavé.

—Xaltorath. Tu n'es pas le bienvenu ici, lança une voix sonore.

Kihrin jugea cette déclaration parfaitement inutile, puisqu'elle ne servait qu'à énoncer une évidence. Il tourna la tête pour voir qui serait le prochain à mourir.

Son angle de vue n'était pas très fiable, puisqu'il se trouvait tête en bas, mais Kihrin n'eut pas l'impression que l'homme faisait partie de la Garde. Le nouveau venu était plus âgé – la quarantaine –, avec des cheveux et une barbe poivre et sel. Sa carrure était celle d'un ours ; il était presque aussi large que haut, tout en épaules, en muscles et en tendons saillants. Il avait l'air tout sauf ravi de voir un démon se balader en pleine rue.

Avec Kihrin, ça faisait deux.

Le jeune homme n'avait jamais été très attentif lorsque Surdyeh lui énumérait les différents rangs de l'armée quuro mais en tout cas, l'homme portait une armure. Sa cuirasse de métal poli étincelait dans la lueur orangée du soleil. Une véritable légion de Gardes et de soldats du rang se tenait immobile, en retrait derrière l'homme qui avait parlé.

Xaltorath gronda et se retourna brusquement vers lui. Kihrin se balança au bout de sa queue comme une lanterne à la saison des pluies.

MORTEL IMPUDENT, TU PRÉTENDS DONC ME DONNER DES ORDRES ? JE SUIS XALTORATH. JE SUIS LA RAGE DE LA BATAILLE, LE PÉCHÉ DE LUXURE. JE SUIS LE GÉMISSEMENT QUITTANT LES LÈVRES DES DAMNÉS.

La « voix » mentale du démon se mua en un hurlement assourdissant tandis qu'il grandissait, littéralement, se faisant plus immense et plus menaçant encore qu'auparavant[1]. Du sang, frais et humide, ruissela des coins de sa bouche, teintant d'écarlate son torse blanc.

---

1. Les démons ne sont en général pas limités à une forme unique, quoiqu'ils soient différents des métamorphes tels que Serre, capables de changer d'apparence avec une facilité déconcertante. Toutefois, une fois qu'un démon pénètre dans le monde physique, il semble qu'il conserve sa forme jusqu'à son départ. Cette forme peut être déterminée par le mage qui l'invoque ; on peut demander à ce que le démon adopte une forme « décente et agréable », ou bien lui ordonner de prendre une apparence « hideuse, de nature à terrifier ses ennemis ». *La Clé inférieure de Grizzst*, par exemple, recommande d'exiger une forme que le démon trouverait déplaisante, de manière à s'assurer que la créature est bien sous le contrôle de l'invocateur. (Je ne me fierais pas personnellement à cette méthode, car un démon est tout à fait capable de s'accommoder durant quelques heures d'une forme de gentil petit chien, si cela peut lui permettre de réduire son invocateur en chair à pâté par la suite.)

— Vas-y. Continue à parler.

Le soldat lança un regard à Kihrin, le temps d'un froncement de sourcils, paraissant prendre note de sa présence. Puis il reporta son attention sur le démon.

Étonnamment, la fureur du démon s'apaisa ; cependant, son rictus s'élargit.

JE TE CONNAIS.

— Oui, confirma le soldat. Nous nous sommes déjà rencontrés. Tu te cachais déjà derrière un enfant, à l'époque. Vas-tu faire de même aujourd'hui ?

CE GARÇON NE COMPTE PAS À TES YEUX, MAIS ELLE, ELLE ÉTAIT TOUT POUR TOI. Le démon ricana. ***SES CRIS ÉTAIENT SI DOUX À ENTENDRE.***

La main du soldat blanchit sur le pommeau de son épée mais il conserva un ton égal.

— Pourquoi t'en prendre à ce jeune homme ? Tu en as assez de torturer les petites filles ?

SA TERREUR EST AUSSI DÉLICIEUSE QUE LE NECTAR COULANT SUR LES CUISSES DE TA FILLE.

Un tic apparut sur le visage de l'homme. Il se mit à marcher en cercle autour du démon, sans détacher son regard de lui.

— Tu n'as pas été délivré de ta prison pour abuser des petits garçons. Que fais-tu ici, Xaltorath ?

Le démon prit un air contemplatif, comme s'il se remémorait le bon vieux temps en compagnie d'un ami qu'il n'aurait pas vu depuis des lustres.

***JE SUIS LÀ PARCE QUE J'Y SUIS CONTRAINT. JE SUIS LÀ PARCE QUE LES CHAÎNES ANCESTRALES EMPRISONNENT ENCORE LES MIENS. JE SERAI LÀ AUSSI LONGTEMPS QUE VOUS, MISÉRABLES IMBÉCILES, CONTINUEREZ À

M'INVOQUER, JUSQU'AU JOUR OÙ TOUS LES SERMENTS SERONT ROMPUS, LE JOUR OÙ TOUTES LES ÂMES SERONT LIBÉRÉES.*** Il sourit. ***CELA NE TARDERA PLUS.***

— Et quel misérable imbécile t'a invoqué, cette fois-ci ?

EH BIEN, C'EST LE… Le démon s'interrompit. ***POURQUOI PARLES-TU, AU LIEU DE COMBATTRE ?***

— Je ne vois pas d'objection à te laisser parler. Tu aimes cela plus que moi.

TU CHERCHES À ME DISTRAIRE !

— Non, gueule putride, je cherche à te retenir.

À ces mots, le soldat s'approcha, l'épée comme un flambeau reflétant les rayons aveuglants du soleil.

Xaltorath eut un large sourire, leva ses bras aux griffes mortelles pour attaquer… et cria lorsque Kihrin lui enfonça sa dague dans l'œil gauche jusqu'à la garde.

Kihrin ne vit pas le reste du combat. D'un coup de queue, Xaltorath l'envoya valser comme une poupée de chiffon. Il alla s'écraser contre le mur blanchi à la chaux d'une échoppe.

Après cela, tout devint flou.

Il entendit le rugissement tonitruant de Xaltorath, le fracas métallique des armes, les cris des hommes et le chant, grave et monotone, d'une voix de ténor. Tout cela lui parvenait de très loin.

Tremblant, Kihrin se leva. Ses yeux refusaient de voir clairement. Ses cheveux étaient humides et collants sous ses doigts. Le sang sur son visage était le sien. Il était de plus en plus chaud, également ; le saphir pendu à son cou était brûlant au toucher.

Il savait – vaguement, comme s'il s'agissait des problèmes de quelqu'un d'autre – qu'il était blessé, peut-être mortellement. Une partie de lui avait envie de dormir. Un autre voulait vomir. Le reste, en revanche… Le reste était empli d'une sorte de rage incandescente que Kihrin n'avait connue qu'une autre fois dans sa vie. Son désir de vengeance était si fort qu'il surpassait tous ses autres instincts. La colère lui donna la force de se lever, et de regagner en titubant l'intersection où il avait été attaqué.

Le soldat était toujours là, de même que de nombreux Gardes et un nouveau venu : un homme vêtu d'une cape sallí brune en patchwork. Il semblait aussi incongru qu'un voleur des Danseurs de l'Ombre au pot de retraite d'un Garde. Kihrin n'avait aucune idée de qui il pouvait s'agir, mais puisqu'il n'était ni un démon ni un Garde, il décida de l'ignorer jusqu'à ce qu'il devienne important.

Il n'y avait plus trace du démon, à l'exception des derniers reflets d'une lumière rouge surnaturelle, et une odeur de pourriture.

— Comment avez-vous pu arriver si vite ? demanda le grand soldat à l'homme à la cape tandis que Kihrin s'approchait d'un pas chancelant. Je viens à peine d'envoyer quelqu'un vous chercher.

— Taja nous a souri. L'un de mes agents m'a alerté… Par Tya, vous allez bien, jeune homme ?

Le nouveau venu se tourna vers Kihrin, qui les rejoignait.

Kihrin ne répondit pas. C'était une question stupide. Il n'irait plus jamais « bien ». Il observa l'individu en cape d'un œil incertain. Âgé d'une bonne vingtaine d'années, l'homme n'avait rien de notable ; néanmoins, sa peau noisette et ses pommettes hautes de Marakori lui conféraient un léger charme exotique. Ses yeux étaient sombres et ses cheveux raides auraient été désordonnés, sans le simple cercle de cuivre qui enserrait son front. Kihrin se demanda s'il faisait partie de la Guilde des Noceurs et s'il arrivait à trouver du travail avec une cape si élimée. Il ressemblait plus à un fermier qu'à un saltimbanque. Kihrin se dit qu'il était sans doute une sorte de valet ou de serviteur employé par le soldat.

— Il est mort ? demanda Kihrin en serrant les dents pour s'empêcher de basculer.

— Qoran, soutenez-le. Il va tomber, s'exclama l'homme en cape.

Le soldat s'approcha de Kihrin et posa une main sur son épaule. Kihrin s'écarta brusquement, en proie à d'affreux souvenirs.

— Ne me touchez pas !

Le soldat mit son épée au fourreau et leva les mains, en un geste qu'il espérait certainement rassurant.

— Fils, calmez-vous…

— Ne m'appelez pas « fils », siffla Kihrin. Il est mort ?

Les deux hommes le dévisagèrent, surpris. Le soldat lança un regard à la bouillie sanguinolente qui avait été l'un des Gardes, les morceaux brisés d'une harpe à doubles cordes entourant son torse.

— Oui, très, répondit-il.

— Qoran, il parle du démon, corrigea l'homme à la cape.

Ses yeux toujours plissés s'attardèrent sur Kihrin, comme s'il lui rappelait quelqu'un dont il avait du mal à se souvenir.

— Non, Xaltorath n'est pas mort. Cependant, vous avez tout de même aidé à le renvoyer en Enfer pour un temps.

Le soldat fit un pas en avant sans tenter de toucher Kihrin une deuxième fois.

— Nous avons besoin de savoir ce que Xaltorath vous a dit, jeune homme. Chaque détail, chaque mot pourrait être d'une importance capitale. De quoi vous souvenez-vous ? Que vous voulait-il ? Pourquoi vous a-t-il laissé en vie ?

— Il a détruit ma lame.

Kihrin vit son arme gisant au milieu de la rue, tordue et déformée comme si quelqu'un l'avait ramenée dans le feu de la forge, puis l'avait laissée là. *Détruit ma lame. Détruit mon âme.* Il rit tout haut de cette rime, puis se tut. Bêtement, il ne pensait qu'à une chose : la colère de Landril Attuleema lorsqu'ils ne se présenteraient pas pour effectuer le concert promis.

Le soldat n'était pas aussi amusé que lui.

— Par Argas, reprenez-la, votre lame ! Vous avez une idée du nombre de personnes qui mourront si un imbécile d'invocateur déclenche une nouvelle Marche Infernale ? Lorsque des princes démons sortent de l'Enfer, ils ne se contentent pas de faire la fête. Ils invoquent d'autres démons ! Répondez à mes questions, petit.

Le soldat tendit la main pour l'attraper, mais laissa retomber son bras à la dernière seconde.

Kihrin eut tout de même un mouvement de recul. Il serra les lèvres, l'air buté. Il sentit quelque chose céder en lui, un instinct de prudence qui aurait pu le dissuader de dire quelque chose de stupide à cet homme… Cet homme qui pourrait le faire jeter dans une fosse rien qu'en claquant des doigts. Kihrin se redressa de toute sa taille, sans chanceler, sans basculer et sans vomir, bien que l'envie de faire toutes ces choses demeure tapie en lui, en embuscade.

— Ce monstre a détruit la harpe de mon père. Comment on est censés gagner notre vie ? Comment on est censés manger ? Cela n'a peut-être aucune importance pour vous, mais pour moi, si[1].

— Général, attendez.

L'homme à la cape leva une main et fixa Kihrin du regard.

— C'était la harpe de votre père ? Vous êtes le fils de Surdyeh ?

Kihrin aurait voulu continuer à crier mais cette question, posée d'une voix douce, étouffa sa colère.

---

1. On se demande parfois si Kihrin avait oublié tout l'argent qu'il avait économisé, ou s'il s'abandonnait totalement à son rôle, celui de l'apprenti d'un musicien. Je suppose que la meilleure manière d'éviter de dépenser cet argent était d'oublier son existence.

— Comment savez-vous… (Il battit des paupières.) Vous connaissez mon père ?

— En effet. (Nostalgie et douleurs enfouies parurent lutter dans le regard de l'homme.) Nous étions amis, autrefois.

Il examina Kihrin, l'expression indéchiffrable.

— Mais d'ailleurs… mon père ! Où est-il ? Il était là…

Kihrin n'avait pas revu Surdyeh depuis qu'il l'avait poussé par une porte ouverte. Il n'avait pas été blessé… si ? Kihrin imagina son père adossé contre une alcôve quelconque, laissant la vie le quitter et ruisseler dans le caniveau, sans que personne ne lui accorde un instant d'attention. Il se retourna vers le soldat, ou plutôt le général, qui semblait détenir l'autorité nécessaire pour lui venir en aide.

— Il faut que vous le retrouviez. Il est aveugle. Il n'a pas pu aller bien loin.

Le général le dévisagea, aussi dur et froid que le drussien. Puis il claqua des doigts et fit un geste à l'intention d'un soldat.

— Capitaine Jarith, ordonnez à vos hommes de fouiller le quartier. On recherche un homme aveugle, tentant peut-être de se cacher, nommé Surdyeh. Veuillez l'escorter jusqu'ici avec la plus grande courtoisie. Nous devons le ramener à son fils.

Le jeune soldat salua.

— Bien, mon général. Tout de suite.

— Merci, dit Kihrin. Merci.

Il ferma les yeux, soulagé.

Fermer les yeux était une erreur. La colère qui le maintenait en éveil reflua. Son monde bascula, et les ténèbres l'enveloppèrent.

— Vite…, entendit-il le général s'écrier.

Kihrin aurait aimé se concentrer sur ce qui allait se passer ensuite, mais il était trop occupé à s'évanouir.

11

L'approche de l'orage

(Récit de Kihrin)

Je finis par monter sur le pont. Notre cabine me donnait l'impression d'être enfermé dans une caisse en bois : la chambre réservée aux passagers, sur le *Malheur*, était plus petite qu'un cabinet d'aisances. Elle pouvait accueillir quatre personnes… en théorie.

J'étais d'humeur à chercher le responsable de cette « théorie » et à lui cogner la tête contre le garde-fou.

Le *Malheur*, un imposant vaisseau de construction zheria, emmenait des esclaves achetés à Kishna-Farriga et à Zherias jusqu'à Quur, où les braves citoyens de l'Empire les achetaient pour une kyrielle d'usages, tous déplorables. Le navire était doté du nombre habituel de mâts et de voiles, et d'une rangée de rameurs dans la cale, afin d'accélérer sa course lorsque les vents n'étaient pas favorables, ou bien de naviguer dans les ports où le passage était délicat.

Je ne me souviens que trop bien de l'endroit où exerçaient les rameurs sur le *Malheur*, même à l'heure actuelle.

Les soutes réservées aux esclaves étaient divisées en plusieurs niveaux ou « entreponts », par d'épaisses grilles de fer. Dans ces quartiers, où se trouvait la plus grande partie des esclaves, les plafonds étaient si bas qu'une femme de petite taille ne pouvait se tenir debout. Par comparaison, les entreponts donnaient à notre cabine l'allure d'une résidence de luxe.

La soute ne contenait plus que des marchandises inanimées (thé maridon, sucre, tonneaux d'eau-de-vie de sasabim, poterie d'Eamithon) lorsque le *Malheur* m'avait emmené à Kishna-Farriga pour y être vendu comme esclave, mais ce n'était plus le cas. Le capitaine Juval n'était resté au port que le temps nécessaire pour déposer sa cargaison et récupérer la nouvelle livraison de victimes. Il avait sans doute prévu d'en acheter d'autres à Zherias[1], avant de traverser la mer Galla pour regagner Quur. Je me demandai combien de fois il avait effectué ce voyage, combien de vies il avait achetées et vendues.

Je prenais un malin plaisir à me placer aux endroits où le capitaine pouvait me voir. Regarder ses yeux me glisser dessus sans me reconnaître m'aidait à dompter l'envie – qui me prenait de temps en temps – de lui sectionner la colonne vertébrale d'un coup de poignard. Juval était d'ailleurs de fort méchante humeur, et ne cessait de grogner ou de réprimander les membres d'équipage qui l'approchaient.

Peut-être lui avait-on rapporté à quel prix j'avais été acheté. Il avait été si pressé de se débarrasser de moi qu'il avait accepté un paiement immédiat, au lieu de rester à Kishna-Farriga pour recevoir un pourcentage de la vente. Juval ignorait qu'en réalité, il s'en était mieux sorti que ses acheteurs.

Teraeth était assis sur l'une des grilles au-dessus des soutes aux esclaves, les doigts serrés sur les barreaux de fer,

1. Il y a cent vingt-cinq ans de cela, le roi de Zherias, Shogu, tenta d'abolir l'esclavage, qui constitue traditionnellement l'un des piliers de l'économie zheria (avec la piraterie et le mercantilisme). Il survécut moins de cinq jours à sa déclaration, et son fils aîné, Sinka, s'empressa de légaliser de nouveau cette pratique.

et regardait à l'intérieur. Les marins évitaient de s'approcher de lui.

Cela ne m'étonnait pas. Il avait beau avoir l'apparence et la voix d'un Quuro, l'illusion qui l'enveloppait ne pouvait masquer son aura menaçante.

Teraeth leva les yeux et surprit mon regard.

Nous nous observâmes quelques instants. Puis il me fit signe d'approcher.

J'évitai de regarder dans la soute.

— Je suis désolé de vous avoir traité de trafiquant d'esclaves. Khaemezra m'a expliqué ce que vous faisiez, et…

— Regarde.

Il désigna l'autre côté de la grille.

Je ne ressentis pas l'obligation d'obéir à son ordre, ce qui me rappela que sa mère détenait mon gaesh.

— Je sais à quoi ressemblent les esclaves, merci. Je voulais juste vous dire…

— Regarde, bon sang ! (Il tendit la main pour attraper le coin de ma robe et me tira pour m'abaisser à son niveau.) C'est ce que tu es.

Je repoussai ses doigts.

— Vous n'avez pas besoin de me rappeler que je suis un esclave.

— C'est comme cela que tu l'as compris ? (Il ricana sèchement, dans un murmure.) Eux, ils se fichent bien que tu sois esclave. Regarde-les. Regarde-les bien. Tu les vois ? Des hommes, des femmes, des enfants. Certains ne survivront pas à la fin de la traversée. D'autres seront trop vite initiés, dans la violence, à leur nouvelle vie de concubinage. Ils viennent d'une dizaine de nations différentes, et parfois de villages si petits qu'ils ignoraient l'existence d'une « nation ». La plupart d'entre eux ne parlent pas le guarem, ni aucune langue de ta connaissance. Ils donneraient volontiers leurs âmes pour être à ta place, trop précieux pour être jeté dans une cellule comme des quartiers de viande faisandée. Au lieu de cela, ils mourront de faim, ou de dysenterie, ou bien ils manqueront d'air durant une tempête. Regarde-les. Il n'y a pas d'espoir dans leurs yeux. Ils n'ont même pas la force de pleurer ou de demander pourquoi on leur a fait subir tout cela. Ils ne peuvent que murmurer cette question, comme un fou hurle la même phrase encore et encore, de plus en plus bas, jusqu'à ce que seul le silence demeure…

J'émis un bref sanglot et repoussai sa main plus fort.

— Je n'ai pas besoin de…

— Tu es quuro. Ceci est ton héritage. C'est le cadeau que vous faites au monde : une suite de vaisseaux de douleur, traversant les mers pour assouvir votre soif de luxure et de cruauté, et votre désir de conquérir tout ce qui vous entoure. Tu n'as pas le droit de détourner les yeux de ton héritage. C'est ce que le mage Grizzst a créé lorsqu'il a enchaîné les démons. C'est ce que votre Empereur Simillion a apporté au monde lorsqu'il a pris la Couronne et le Sceptre. C'est le mode de vie pour lequel Atrin Kandor a donné la sienne.

Je m'assis sur la grille, hébété.

— Combien d'esclaves as-tu connus ? Combien en as-tu considéré comme allant de soi, comme l'une des facettes immuables de la vie à Quur ?

Teraeth agrippa mieux les barreaux.

— Tu as demandé qui nous étions. Moi, je vais te dire ce que nous ne sommes pas. Nous ne sommes pas des gens capables de ça.

Il y eut un long silence. Enfin, je chuchotai :

— Cela ne veut pas dire que ce que vous faites est juste.

— Non, mais chaque fois que je prends une vie, je restitue celle d'autres personnes. Lorsque je rencontrerai Thaena dans l'Au-delà, j'aurai la tête haute et la conscience tranquille.

— Je ne peux rien faire pour libérer ces gens.

— C'est vrai si tu en es persuadé. Mais crois-moi… C'est vrai uniquement parce que tu en es persuadé.

Je contemplai la mer. Des mouettes nous avaient suivis depuis Kishna-Farriga. Elles nous accompagneraient encore sur quelques kilomètres, avant de décider que les reliefs de nourriture n'étaient pas assez copieux. Le vent salé m'emplit les narines et le gréement grinça à mes oreilles. En écoutant attentivement, je distinguais tout juste des pleurs étouffés. Le vaisseau ne sentait rien d'autre que le bois, le sel et le goudron. Les odeurs les plus terribles viendraient plus tard.

Je réfléchis longuement, trouvant ironique de recevoir une leçon de liberté de la part de l'assassin qui m'avait acheté.

— Juval s'est servi du chat à neuf queues sur toi, non ? demanda Teraeth après un silence.

— Il avait des questions à me poser. Quand j'ai refusé d'y répondre, il s'est légèrement énervé.

— Tu veux que je le tue ?

Je lançai au vané un regard de côté.

— Vous n'avez pas peur que cela retarde notre arrivée à Zherias ?

— Son second a l'air plutôt compétent.

Cette idée me fit frémir. Si j'avais encore eu des cauchemars, le second Dellon les aurait hantés.

— Dellon est pire que Juval. Bien pire.

Teraeth m'étudia. Sa mâchoire se contracta et il détourna le regard.

— Je m'en souviendrai.

— En plus, si vous commencez à décimer son équipage, Tyentso en fera une affaire personnelle. Même vous, vous risquez d'avoir affaire à elle.

— Tyentso ?

— La sorcière des mers qui exerce sur ce vaisseau. Vous vouliez savoir si le capitaine en avait une, vous vous souvenez ? La réponse est oui. Elle est aussi dure que le drussien.

C'est elle qui m'a mis mon gaesh. Je ne l'ai pas encore revue, mais elle ne doit pas être loin. Elle passe le plus clair de son temps seule. Comme un ermite dans sa caverne, sauf que sa caverne se trouve sur un bateau.

Teraeth sourit, d'une manière qui me rappela un tigre humant l'air en quête d'une proie.

— Si ma mère a pu se mesurer à Relos Var, je ne crois pas qu'une sorcière de protection pose véritablement problème.

Il déplia puis replia ses doigts sur les barreaux de fer.

— Fais-moi voir le vaisseau, dit-il après une pause. Je veux bien connaître le plan de l'endroit, pour quand ça tournera mal.

— Pourquoi ? Vous pensez qu'il va se passer quelque chose ?

— Je pense que Relos Var t'a abandonné trop facilement. (Il se détourna vers l'océan.) Ça ne correspond pas à sa réputation.

— Donc il va faire un nouvel essai ?

Je n'avais pas besoin de poser cette question. Je savais que Teraeth avait raison. Relos Var n'en avait pas fini avec moi.

— Il faudrait qu'il découvre où nous sommes. Ma mère nous protège tous les deux contre la divination, et tu as toujours été immunisé contre les tentatives de te trouver par la magie. Personne n'arrivera jusqu'à toi par ce biais.

Je me renfrognai.

— Pourtant, c'est déjà arrivé.

— Pas facilement.

— Ils ont dû invoquer un prince démon pour y parvenir, alors oui… Normalement, ça devrait aller. À moins que Var sache faire ce genre de choses.

— À ce qu'on dit, il se défend.

Teraeth semblait nerveux, et le voir ainsi m'alarma à mon tour. S'il devait y avoir du grabuge, le dernier endroit où je voulais me trouver était piégé sur un vaisseau de marchand d'esclaves, à plus de mille kilomètres du rivage.

Et comme Taja l'avait décidé, c'est précisément là que les problèmes nous rattrapèrent.

12

Derrière le Voile

(Récit de Serre)

Morea se versa un verre d'eau du pichet placé sur sa table de nuit, s'en gargarisa quelques instants et la recracha. Elle répéta le processus jusqu'à ce que le goût aigre qui lui restait en bouche ait disparu.

La petite pièce était à peine meublée, si l'on exceptait les tapisseries, les sculptures obscènes, les mosaïques de Caless et les plats aux formes priapiques déposés en offrande par ses amants. Il y avait un lit, une table de nuit et une armoire. Sur la table de nuit étaient disposés un pichet, des chopes en céramique et une bassine pour la toilette. L'armoire contenait les quelques vêtements qu'Ola lui avait donnés.

Dans le lit se trouvait un marchand ivre nommé… Hallith ? Elle ne s'en souvenait pas bien. Il était trop soûl pour lui faire grand-chose, et l'odeur de son haleine chargée d'alcool lui avait donné des haut-le-cœur. Elle lui avait susurré des mots doux, l'avait caressé et prié pour qu'il se contente d'une fellation.

Heureusement, ce fut le cas.

Il n'était pas facile pour Morea de s'habituer à un endroit comme celui-ci. Elle savait que comparée à beaucoup d'autres, elle n'était pas à plaindre. Cependant, elle se rappelait encore un temps où une chambre de cette taille aurait été trop exiguë pour lui servir de cabinet d'aisances. Le baron Mataris n'était ni beau, ni aimable, ni même jeune… mais il était riche, et il se montrait assez bon envers ses esclaves pour que Morea garde de lui un plaisant souvenir. Si elle et sa sœur n'avaient pas été heureuses, au moins étaient-elles bien soignées ; et les hommes et les femmes à qui le baron Mataris offrait leurs services étaient adeptes de bains quotidiens.

Contrairement à certains. Son regard se posa sur son client, qui ronflait déjà.

Mme Ola lui avait dit que les soirs où Morea ne dansait pas, elle pouvait s'attendre à récolter 2 ou 3 trônes de pourboires. La maquerelle, quoique rien ne l'y oblige, autorisait ses employés à conserver cette partie de leurs gains. Cela signifiait que si Morea économisait jusqu'au moindre trône, la moindre chance, le moindre calice, elle aurait peut-être assez d'argent pour acheter sa liberté dans cinq ans. Cinq ans de tout cela. Cinq ans à accepter tous ceux qui voulaient d'elle, à s'allonger sur le matelas pour accueillir les grognements et les coups de reins de marins avinés, de mineurs, de marchands, ou de quiconque se montrait assez généreux envers Ola Nathera.

Morea n'avait qu'une consolation : la possibilité que tout ceci finisse par s'arrêter. Ola lui accordait le droit de racheter sa liberté. Le baron Mataris ne l'avait jamais fait.

Sa nouvelle propriétaire était une énigme pour Morea. Cette femme était une légende. Une dizaine de rumeurs couraient sur ses origines, et il était probable qu'aucune ne soit vraie. Ola n'arborait pas les voiles que la plupart des Zherias portaient en dehors de leur île ; par conséquent, chacun pouvait constater qu'elle avait été, autrefois, d'une beauté flamboyante. Sa peau était aussi noire que la nuit, ses yeux telles les profondeurs océanes, ses cheveux aux boucles douces élégamment retenus en chignon. Oui, c'était une grande beauté… ou du moins avant que le temps et le goût des sucreries n'aient arrondi ses angles.

Morea avait déjà entendu de nombreuses histoires au cours de son bref séjour au *Voile Brisé*. On disait qu'Ola Nathera avait été une princesse zheria, et qu'elle avait fui un mariage malheureux. Qu'Ola était en réalité une sorcière redoutée, bannie de son pays pour avoir ensorcelé le roi. Mais la légende préférée de Morea voulait qu'Ola ait été elle-même une jeune esclave, qui avait gagné sa liberté et sa fortune en une seule nuit, passée – sans le vouloir – dans le lit de l'Empereur. Sa beauté avait si bien charmé le souverain qu'il lui avait offert un collier de diamants d'une inconcevable rareté : des larmes étoilées. Avec ce trésor, elle avait remboursé son maître, acheté une maison de velours – le *Salon du Voile Brisé* – et n'avait plus couché avec un homme de toute son existence.

Morea ne savait que penser du collier et de l'Empereur, mais elle était sûre que la fin était vraie. Ola posait sur elle le même regard que la plupart des hommes. Et d'après les échanges qu'avait eus Morea avec ses congénères, lorsque Ola employait les services de ses propres esclaves, ce n'était pas des garçons qu'elle faisait venir dans son lit.

Halith… ? Harith ? Halis ? Quel que soit son nom, l'individu ronfla, se retourna, plaça son bras au-dessus de sa tête et se mit à baver dans sa barbe. Il s'agissait de son premier client de l'après-midi et elle se demanda s'il était venu pour assouvir ses pulsions ou simplement échapper à la chaleur. Morea l'examina un moment puis décida qu'elle avait désespérément besoin de prendre l'air.

Elle quitta le boudoir et émergea dans la cour. La chaleur s'apparentait à un monstre palpable, une bête qui traquait et dévorait tous ceux qui croisaient son chemin. La brise filtrait à peine par l'ouverture de la cour centrale ; c'était comme si l'air avait été mis à griller au-dessus des braises. Le ciel turquoise semblait narguer Morea en accentuant l'ardeur rougeoyante du soleil.

L'entrée des serviteurs à l'arrière du *Salon* s'ouvrit brusquement, et Morea entendit la voix du vieux musicien – Surdyeh – s'élever avec colère.

— Attention ! Ne trébuche pas sur la troisième marche.

— Papa, ça va, ne t'inquiète pas…

Morea se figea lorsque les deux hommes lui apparurent. Un soldat soutenait Kihrin, tandis que deux autres guidaient le harpiste aveugle. En dépit de ses protestations, le jeune homme semblait très mal en point. Le sang séché avait emmêlé et collé ses cheveux noirs. Sa cape sallí était maculée d'écarlate. D'autres taches purulentes complétaient le tableau, lui donnant l'apparence d'un homme grièvement blessé. Son père semblait indemne, mais son expression pleine de rage, de frustration et d'inquiétude était visible même de l'autre bout de la cour.

Morea courut à l'intérieur chercher Mme Ola et elles trouvèrent deux des soldats raides comme des piquets, au garde-à-vous. Le troisième, celui qui avait soutenu Kihrin, s'entretenait avec le musicien aveugle.

— Je vous l'ai dit, rétorquait sèchement Surdyeh. Nous vous remercions de votre courtoisie, mais nous allons nous débrouiller. Nous n'avons pas besoin qu'on nous fasse la charité.

— Papa, essaie de rester poli…

Le soldat, un grand et bel homme brun, sourit comme s'il trouvait touchante l'indignation du vieil homme.

— Prunelles… (Mme Ola traversa en courant le patio. Elle enlaça Kihrin et l'étreignit.) Mon bébé !

— Hmm hmm, fit Kihrin, la voix étouffée par la poitrine d'Ola.

Il lutta pour échapper à son étreinte. Ola s'écarta, posant les mains sur les épaules de Kihrin en un geste protecteur.

— Qu'avez-vous fait à mon cher ange ? demanda-t-elle.

Le soldat écarta les mains d'un air impuissant.

— Moi ? Rien du tout, madame. Votre, heu… votre ange a croisé le chemin d'un démon.

Elle le dévisagea, stupéfaite, puis regarda Kihrin.

— C'est Faris qui t'a…

— Non, Ola, reprit Surdyeh. Pas un démon au sens figuré. Un vrai démon.

— Hein ?

Le vieil homme secoua la tête.

— Ce satané monstre attendait au beau milieu de la rue, Ola. Je n'ai jamais rien entendu de pareil. Si je n'avais pas senti son odeur, je lui serais peut-être rentré dedans de plein fouet. Je l'ai entendu tuer l'un des Gardes. Nous avons eu de la chance de nous en tirer vivants.

Kihrin lança à Surdyeh un regard si venimeux que Morea tressaillit.

— L'un de nous lui est effectivement rentré dedans.

— Au moins, il ne t'a pas tué, mon garçon, répondit Surdyeh d'un air contrit.

— C'est une petite faveur qu'il m'a faite, dit Kihrin.

Un frisson visible le parcourut. Il fit un geste en direction du soldat.

— Madame Ola, voici le capitaine Jarith.

Jarith prit la main d'Ola et la baisa avec un sourire charmeur. Il devait avoir dix-neuf ou vingt ans, et semblait trop jeune pour être capitaine de quoi que ce soit.

— Enchanté, vraiment, mademoiselle Nathera. Mon père m'a raconté bien des choses à votre sujet.

Le visage affable d'Ola Nathera se figea.

— Ah ? fit-elle, méfiante.

Le capitaine, lui, sourit plus fort.

— Mais oui ! Il disait toujours que vous étiez la plus belle courtisane qui ait jamais foulé le sol du Cercle Supérieur, et qu'un jour, un millier d'hommes ont fait la queue rien que pour avoir l'honneur d'être ignorés par vous. (Il marqua une pause et fit un clin d'œil à la maquerelle.) Bien entendu, il ne parle jamais de cela lorsque Mère est susceptible de l'entendre.

Elle éclata d'un rire franc et sonore.

— Ah ! Eh bien, ce sont les joies de la jeunesse, n'est-ce pas ? Vous devriez passer nous voir, un de ces jours. Je vous trouverais quelqu'un de très bien. (Elle se retourna, avisa Morea et la désigna.) Celle-ci est nouvelle. N'est-elle pas ravissante ?

Le capitaine sourit et haussa les épaules.

— Toutes mes excuses, mademoiselle Nathera…

— Ola ! Appelez-moi Ola, beau brun.

Amusé, il reprit :

— Ola, donc. Ne le prenez pas mal, mais j'ai peur que le genre de femme qui a ma préférence ne tende pas à se retrouver dans un bordel. (Son regard balaya néanmoins le corps de Morea.) Mais il est vrai que vous êtes ravissante. Vous n'êtes pas entraînée au maniement de l'épée, par hasard ?

Il l'avait questionnée directement, et sans respecter les codes. Rien, dans son attitude, n'indiquait qu'il soit conscient de manquer à l'étiquette régissant les relations avec les esclaves. Peut-être savait-il qu'Ola n'oserait pas le remettre à sa place.

Morea déglutit et secoua la tête. Le capitaine soupira.

— Dommage.

Il épousseta son uniforme et se tourna vers Kihrin, dont le regard d'admiration reconnaissante commençait à se durcir dangereusement.

— L'invitation vaut toujours. Si vous êtes intéressé, passez à la Maison de la Lame Rouge, à huit cloches. C'est dans le Quartier de Rubis, à deux rues de la Grande Forge. Je ferai passer le mot aux Gardes.

— Inutile d'attendre sa visite, grogna Surdyeh.

— Je viendrai, affirma Kihrin avec un regard noir à son père.

— Qu'est-ce que cela signifie ? interrogea Ola.

— Le devoir m'attend, s'excusa le capitaine Jarith. Un plaisir de vous avoir rencontrés, Ola, mademoiselle, Surdyeh, Kihrin. (Il pencha la tête en direction de ce dernier.) Vous vous êtes bien débrouillé, là-bas. Si d'aventure vous cherchiez du travail, nous sommes toujours à la recherche de soldats ayant vos réflexes. On a fait pire comme début, pour un soldat, que d'arriver avec une recommandation de courage décernée par un général.

— Merci, mais, hum…

Kihrin grimaça et regarda son père.

— Je comprends. Oh, avant que je parte… Comment s'appelait la jeune esclave ?

Kihrin se tourna vers Morea, se mordilla la lèvre puis sourit.

— Le nom de ta sœur, Morea ?

Le cœur de la jeune fille se mit à battre la chamade et elle porta sa main à sa bouche.

— Talea…

Kihrin se retourna vers le capitaine, qui déclara :

— J'ai quelques amis à l'Octogone. Je vais essayer de me renseigner.

— Merci, capitaine.

Jarith hocha la tête et prit congé, suivi de ses soldats.

Mme Ola attendit qu'ils aient disparu puis se retourna vers Surdyeh et Kihrin.

— Par tous les dieux ! Qu'est-ce qui se passe donc ?

— Qoran Milligreest, le Premier Général du Grand et Saint Empire de Quur, commença Surdyeh d'une voix irritée et moqueuse, vient d'inviter la prunelle de nos yeux à lui rendre visite chez lui ! (Il inspira profondément.) Il veut remplacer ma harpe, que le démon a détruite… Officiellement, du moins.

Le ton de Surdyeh indiquait qu'il n'y croyait pas un seul instant. Il pensait que dès que son fils poserait un pied dans la demeure de ce général, cent Gardes armés de piques et d'arbalètes s'avanceraient aussitôt pour l'encercler.

— Le général Milligreest ?

Ola écarquilla les yeux, éberluée.

— Ola, tu ne veux pas essayer de lui faire entendre raison ? (Kihrin désigna son père du pouce.) Le général m'a sauvé la vie. Ce démon m'aurait tué s'il n'était pas intervenu. Puis il a ordonné à son valet de me soigner, et il est même prêt à remplacer la harpe de Surdyeh par l'une des siennes. Il veut sans doute nous commander un concert. Qu'est-ce qu'il y a de mal à ça ? Par Taja ! Papa me répète depuis des années d'essayer de nouer des liens avec des gens importants – « ne laisse jamais une opportunité s'envoler, mon garçon » – et le jour où ça arrive enfin, il ne veut pas que j'y aille !

— Nous n'avons pas besoin qu'on nous fasse la charité.

— Ce n'est pas de la charité, bon sang… C'est une récompense. J'ai aidé à combattre un démon. Je lui ai planté un couteau dans l'œil ! Allez… Son valet a dit être un vieil ami à toi.

Surdyeh parut perplexe, puis agacé, et enfin furibond.

— Quel valet ? Je n'ai vu personne là-bas en qui je puisse avoir confiance.

Ola inspira. Son regard passa de Kihrin à Surdyeh, avant de revenir à Kihrin. Elle respirait par le nez – à petits souffles courts. Sa bouche s'était faite dure et mince, et derrière son dos, là où seule Morea pouvait le voir, elle avait lentement agrippé le tissu de sa jupe jusqu'à en faire un nœud compact, serrant si fort le poing que Morea distinguait le blanc de ses jointures sous sa peau noire.

D'abord, Morea crut qu'elle était terrifiée, mais elle ne tarda pas à changer d'avis. Morea avait été esclave la plus grande partie de sa vie, vendue avec sa sœur par une mère qui n'était plus en mesure de les nourrir après le départ de leur père. Comme la plupart des gens qui grandissent esclaves, elle était douée pour analyser les émotions de ses maîtres. C'était une question de survie.

Non, Ola Nathera n'avait pas peur. Elle était furieuse.

Ola sourit, comme pour consoler un enfant qui se serait cogné le genou.

— Mon chéri ?

Kihrin posa sur elle des yeux bleus soupçonneux.

— Ne fais pas attention à ton père. Il a eu peur, c'est tout. Ça se comprend : tu as failli te faire tuer ! Regarde-toi, Prunelles. C'est ton sang, tout ça ?

Le jeune homme tritura l'étoffe de sa cape sallí.

— Le plus gros, non. Et pour ce qui l'était, ils ont soigné mes blessures.

— Eh bien, ce n'est pas étonnant que tu sois un peu secoué.

Le vieil homme intervint.

— Ola, s'il te plaît…

— Chut, mon cher, l'avertit-elle. Laisse Mama Ola s'occuper de tout. (Elle fit un geste en direction de Kihrin.) C'est dans cet état que tu vas aller voir le général ? Couvert de sang et de boue, et habillé comme un rat d'égout sous ta cape en lambeaux ? Avec des vêtements abîmés et l'air de quelqu'un qui vient d'émerger d'un dépotoir ?

— Je…

Kihrin s'agita, mal à l'aise.

— C'est bien ce que je me disais. (Ola sourit. Morea la vit se radoucir, prenant le rôle d'une mère attentive.) Ce n'est pas rien ce qui t'est arrivé, Prunelles. Il faut que tu prennes soin de toi. (Elle fit volte-face puis s'immobilisa.) Qu'est-ce que tu fais encore là, ma fille ? Et qu'est-ce que c'est que cette histoire de sœur ?

— J'ai cru que…

— Peu importe. Tu peux emmener Kihrin dans ma salle de bains privée et lui faire sa toilette.

Morea se mordit la lèvre, les yeux sur Kihrin. Celui-ci évita de croiser son regard.

— J'ai un client…, dit-elle en montrant son boudoir.

— Ne t'occupe pas de ça. J'en fais mon affaire. Pas d'autres clients pour aujourd'hui. Mon ange a besoin d'être un peu ravigoté, et c'est ce que je te charge de faire. De le ravigoter.

Kihrin leva les yeux.

— Merci, Ola, mais ça va aller. Je sais où se trouve la salle d'eau. Je n'ai pas besoin d'aide pour prendre un bain.

— Qui a dit que tu avais besoin d'aide ? Mon poulet, quand on a besoin d'aide pour prendre un bain, cela n'a plus aucun intérêt. Je n'ai jamais rencontré quelqu'un qui n'aimait pas se faire frotter le dos par une jeune personne gracieuse et consentante[1]. Allez, filez tous les deux. Je vais dire à ton père d'arrêter de grogner et puis je te ferai préparer un bon repas.

Tendre et attentive, elle respirait la sollicitude.

Morea regarda Kihrin scruter Ola un moment, puis il dévoila ses dents blanches en un sourire éclatant qui aurait suffi à faire fondre les glaciers des Pics-Dragons.

— Oui, tu as sûrement raison, Ola. Merci.

Il se redressa prestement et se dirigea vers l'arrière de la bâtisse. À mi-chemin, il se retourna vers Morea.

— Tu viens ?

Elle regarda Kihrin, puis Ola. La maquerelle lui sourit, en balayant l'air d'un revers de doigts.

---

1. « Consentante » est un terme discutable, étant donné la qualité d'esclave de Morea.

Morea suivit Kihrin, mais il ne l'avait pas attendue. Il avait déjà ouvert la porte, et la lui tenait lorsqu'elle le rejoignit.

Son sourire s'évanouit dès l'instant où il repoussa le battant. Il s'y adossa et ferma les yeux comme s'il était fatigué ou qu'il souffrait.

— Quelque chose ne va pas ? s'inquiéta Morea avant de se mordre la lèvre. Oh ! Je suis idiote. Évidemment que ça ne va pas.

Il ouvrit les yeux et lui sourit. C'était une parodie de sourire : il y avait trop de douleur dans ses yeux.

— Ouais, finit-il par acquiescer en se redressant. Tu crois que j'en ai fait trop, avec mon numéro du gamin qui gobe tout ce que lui raconte sa maman ?

— Je ne suis pas sûre… Peut-être un peu, à la fin.

— C'est ce que je me suis dit moi aussi. Espérons qu'elle soit trop soucieuse pour s'en rendre compte.

— Kihrin, qu'est-ce qui t'arrive ? Que s'est-il passé ?

Il leva une main comme pour se protéger de cette question.

— Je vais t'expliquer. Je te le promets. Donne-moi juste une minute.

Il traversa la pièce.

— Comme tu voudras, mais…

La voix de Morea mourut tandis qu'elle le suivait du regard. Bouche bée, elle contempla l'intérieur de l'appartement.

Le vestibule d'Ola était assez grand pour y caser six ou sept boudoirs de bordel. Des fresques colorées représentant une jungle verdoyante, des oiseaux et un ciel immense décoraient les murs. On y voyait des animaux que Morea reconnut, ainsi que des créatures serpentines dont elle avait seulement entendu parler dans des fables. Des tapis rayés aux couleurs vives et aux motifs exotiques couvraient le sol, tissés de grenat et d'émeraude, d'améthyste et de saphir, de rubis et de bandes d'or étincelantes. Des sequins, cousus entre les fils, les faisaient scintiller comme des bijoux à la lumière. Des coffres sculptés en bois sombre servaient de tables où s'épanouissaient des vases pleins de plumes de paon. Des lanternes en verre teinté et en feuilles de mica pendaient au plafond, de même que des cristaux, des clochettes et de délicates breloques en verre. Des masques de toutes sortes y étaient également suspendus : en papier, en terre cuite, en bois sculpté, en pierre, en tissu et en métal.

Un corbeau empaillé était perché sur une fausse branche d'arbre semblant sortir du mur, au-dessus d'un chaudron plein de brindilles, de branchettes et d'os. Un lourd parfum d'épices – myrrhe, rose et cannelle – flottait dans l'air, entêtant. À l'opposé de la porte par laquelle ils étaient entrés, un rideau de perles de jade voilait l'accès à la pièce suivante.

Une grande table trônait au centre du vestibule sur une peau de jaguar. Ses trois pieds évoquaient des corbeaux tentant de s'envoler, chacun retenu par un python qui lui enserrait le corps. Une plaque de verre recouvrait la surface de la table. Il y reposait un petit sac de soie semblant contenir un objet carré, ainsi qu'un miroir d'obsidienne noire et un plateau de cuir à bord étroit dont les nantis se servaient pour jouer aux dés. Deux chaises étaient disposées de part et d'autre de la table, mais en dehors de cela il n'était pas aisé de trouver où s'asseoir dans cette pièce. Il n'y avait ni fauteuil, ni divan, ni lit. Ce n'était pas un lieu destiné aux rendez-vous amoureux.

Elle avait envie d'en apprendre davantage sur cet endroit auprès de Kihrin : à quoi il servait, pourquoi il était ainsi décoré… Mais après un bref regard elle estima que ses questions pouvaient attendre.

Kihrin se dirigea vers une commode et en sortit une cruche en terre cuite. Il la rapporta ainsi que deux coupes jusqu'à la table, avant de s'asseoir et d'enfouir sa tête dans ses mains. Morea s'aperçut que son corps était parcouru de tremblements. Elle s'efforça de lui sourire.

— Kihrin… Est-ce que tu veux qu'on… ? Si cela peut te réconforter, je serais heureuse de…

— Non ! (Kihrin releva la tête.) Non. Je t'en prie. Je ne… Je ne peux pas…

Elle fronça les sourcils. Une partie d'elle se sentait blessée de ce rejet, mais c'était de lui-même que Kihrin semblait avoir honte. Il tremblait encore, au bord des larmes. Morea connaissait bien ces symptômes. Elle lui versa un verre de vin et prit la liberté de boire à son tour.

— Est-ce qu'il y a quelqu'un à qui tu pourrais parler de ce qui s'est passé ?

— Ola… Mais je ne peux pas lui dire. Elle ne comprendrait pas…

— Peut-être que si. Cela dit, il est évident qu'elle est comme une mère pour toi, et ce n'est pas le genre de personne qu'il te faut maintenant. Tu as besoin d'un ami, pas d'un parent.

Il s'assombrit, prit son verre de vin et but avidement.

— Je n'en ai pas vraiment. À part peut-être… mais il s'est avéré que c'étaient tous des amis de Faris. On ne se voit plus.

— Tu devrais parler à quelqu'un. Cela semble être le genre de blessure qui empoisonne l'âme, si on n'y fait pas attention. Continue à l'ignorer et tu finiras par te convaincre que ce qui s'est passé était ta faute, que tu méritais d'être traité de cette manière…

Il leva sur elle de grands yeux terrifiés.

— Et si c'était effectivement ma faute ? Par les dieux, comment ai-je pu être assez stupide pour croire que je pourrais échapper à un démon… Je suis vraiment le roi des imbéciles. Ces mages vont le réinvoquer, s'apercevoir qu'il ne m'a pas tué et le renvoyer pour qu'il finisse le travail. Oh, Taja me vienne en aide, et si c'était ici qu'il me trouvait, la prochaine fois ? Au *Voile* ?

— Attends. Je croyais que c'était un accident ? Un monstre que vous aviez rencontré par hasard dans la rue ?

— Non. Il me traquait. Il me cherchait. Il va revenir, Morea. J'en suis certain.

— Dans ce cas, tu dois faire quelque chose, décida la jeune fille en luttant contre sa propre peur. Pourquoi ton père refuse-t-il que tu revoies le Premier Général ?

— Je ne sais pas. Ça n'a aucun sens. Il y avait un autre homme, là-bas, qui a dit être un ami de mon père. Mais quand je me suis réveillé, il avait disparu. Peut-être… (Kihrin se renfrogna.) J'imagine que le fait qu'ils aient été amis ne veut pas dire grand-chose. Faris et moi étions amis, avant, et regarde ce que ça a donné.

— Comment s'appelait-il ?

Kihrin eut l'air désarmé.

— Il ne l'a pas précisé. Et tu as entendu mon père. Il a affirmé qu'il ne connaissait aucune de ces personnes.

— Mais tout de même, si le Premier Général a combattu ce démon, il ne prendrait pas le danger à la légère, tu ne crois pas ? J'ai entendu parler de lui. Mon ancien maître disait que les Milligreest étaient des soldats au service de l'Empire depuis sa création, ou presque.

Kihrin grimaça.

— Xaltorath – le démon – le connaissait, Morea. Assez bien pour s'amuser à le provoquer pendant le combat. (Il frissonna.) Je crois qu'il a assassiné l'une des filles de Milligreest.

— Alors tu peux être sûr que Milligreest ne refusera pas de t'écouter. Demande-lui de t'aider.

Il baissa la tête.

— Je ne suis pas habitué à voir les Gardes comme des gens susceptibles de m'aider.

— Ce ne sont pas des Gardes, Kihrin. Ce sont des soldats de l'armée. Et l'armée prend très au sérieux le danger que posent les démons.

— Je… Je n'y avais pas réfléchi.

— Tu as de la chance de m'avoir pour te remettre les idées en place.

Elle rit et il l'imita, doucement.

Puis ses yeux se voilèrent face à ceux de Morea ; il frémit et se détourna.

— Ce n'est pas ta faute, assura-t-elle. C'est la faute des mages qui ont invoqué cette créature. La faute de ce démon. Tu n'as rien fait… (Elle leva la main en voyant qu'il s'apprêtait à l'interrompre.) Quoi que tu aies pu faire, tu ne méritais pas cela.

Kihrin saisit sa coupe de vin d'une main hésitante.

— À t'entendre, on croirait qu'il m'a violé.

Morea battit des paupières.

— Ce n'est pas le cas ? J'ai cru que…

Kihrin tressaillit et faillit lâcher sa coupe. Il la reposa sur la table d'un geste gauche, puis releva ses jambes sur la chaise pour les entourer de ses bras, la tête posée sur les genoux. Il resta ainsi prostré, à frissonner.

Morea tendit une main vers lui.

— Ne me touche pas, intima-t-il d'une voix étouffée. Je t'en prie. C'est dangereux.

— Je ne vais pas te faire de mal.

Il leva sur elle des yeux humides.

— Morea, je n'ai pas dit que c'était dangereux pour moi.

Elle s'adossa au dossier de sa chaise, surprise.

— Raconte-moi, demanda-t-elle enfin. Dis-moi ce qui s'est passé.

— Il m'a… (Kihrin inspira profondément, ferma les yeux et recommença.) Il m'a mis des pensées dans la tête. Des pensées horribles. Des souvenirs. Certains étaient les miens, mais déformés. D'autres ne m'appartenaient pas du tout. Personne ne m'a fait du mal. C'est moi qui en faisais à tous les autres. À des gens que je connais, et des gens que je n'ai jamais rencontrés de ma vie. Je leur faisais des choses. Je les tuais, et pire que ça encore. Et j'aimais ça. (Sa voix était enrouée par l'horreur.) Ces pensées sont encore là. Les souvenirs me hantent. Je ne peux pas… Je ne me fais pas confiance.

— Non, protesta Morea. Non. C'est ça, le mensonge. Il t'a manipulé. Ce n'est pas toi, tout ça. Tu es quelqu'un de bien. Tu ne prendrais jamais plaisir à tout ça.

Le rire de Kihrin ressembla à un sanglot.

— Morea, tu ne me connais que depuis quelques semaines, et nous n'avions échangé que deux ou trois regards jusqu'à cet après-midi. Tu as déjà oublié ma réaction de tout à l'heure ? Tu me crois vraiment incapable d'être mauvais ? D'être mesquin ?

Elle détourna le regard.

— Et si ce n'était pas un mensonge ? Et si mes réactions étaient bien les miennes… si je prenais plaisir à faire du mal aux gens ? S'il n'avait fait que me montrer qui je suis réellement ?

— Non, maintint-elle. Quelqu'un d'aussi cruel ne m'aurait pas demandé de ne pas le toucher… pour me protéger. J'ai connu des hommes véritablement mauvais. Des hommes qui n'aiment rien tant que d'entendre crier leurs victimes. Ils ne ressentent pas de remords face à la souffrance qu'ils provoquent. Ils ne se demandent pas avec angoisse s'ils sont ou non des gens bien. Le démon n'essayait pas de te montrer qui tu étais vraiment. Il voulait te faire souffrir.

Et qu'est-ce qui pourrait être plus douloureux, à long terme, que ce qu'il t'a fait subir?

Il lui adressa un faible sourire.

— J'espère que tu as raison.

Morea examina le verre de vin.

— Tu as dit qu'il t'avait montré en train de faire des choses ignobles à des gens que tu n'as jamais rencontrés?

Il hocha la tête.

— Oui. Mais il y avait une fille…

Il fronça les sourcils, et ne finit pas sa phrase.

— Je suis désolée…

— Ce n'est pas ce que tu crois. (Kihrin secoua la tête.) Elle n'était sans doute pas réelle. Elle avait l'air tellement bizarre… Je ne crois pas qu'elle soit humaine.

— Comment était-elle?

— Elle avait les cheveux roux, dit-il après un silence teinté de malaise. Pas teints au henné, comme les tiens. Ses cheveux étaient soit noirs, soit couleur de sang selon l'angle de vue, et elle n'en avait qu'une seule bande qui courait de son front à sa nuque. Ses yeux étaient comme des flammes, pleins d'un scintillement rouge et orange. Et sa peau était bizarre. Son corps était en grande partie normal, mais ses mains et ses pieds étaient d'un noir profond, comme si elle portait des gants et des bas.

Quelque chose d'étrange changea l'attitude de Kihrin tandis qu'il parlait de cette fille fantôme; ses yeux se firent comme lointains. Il perdit de sa tension, paraissant évacuer une partie de l'horreur qui avait fait de lui un prisonnier frémissant. Il ne sembla pas le remarquer.

Morea fronça les sourcils. Qu'est-ce que ce démon avait fait à l'esprit de ce pauvre garçon?

— À en juger par les cheveux, je dirais qu'elle ressemble à une fille de Jorat, déclara Morea. Mon ancien maître a acheté une esclave de cette colonie, un jour. Tout le monde le lui avait déconseillé : ils ne font pas de bons esclaves. Les vieux sangs – ceux dont les ancêtres remontent jusqu'au dieu-roi de Jorat – ne sont plus vraiment humains. Il y a quelque chose en eux de sauvage, d'indomptable, que nul ne peut briser[1].

— Qu'est-ce qui lui est arrivé ?

— Elle a égorgé mon maître avec ses dents avant de se donner la mort. La fille de mon maître ne souhaitait pas posséder de sérail, c'est pourquoi elle nous a vendus. C'est ainsi que ma sœur et moi avons été séparées.

— Je suis désolé.

— Maintenant, tu sauras qu'il ne faut jamais acheter un esclave jorat. (Morea se pencha en avant.) Elle est jolie, cette Jorate que le démon t'a montrée ?

Son expression se troubla un instant, puis il sourit.

— Pas aussi jolie que toi.

— Tu mens. Ça se voit.

— Jalouse ?

Il essayait de plaisanter, avec assez peu de succès.

— J'ai le droit, non ? Donc, elle est très belle…

— Peut-être un peu, admit-il en fuyant son regard.

— Ah ! Et dire que cet après-midi encore, c'est moi qui te faisais rougir.

Il eut l'air penaud et Morea se gourmanda de l'avoir taquiné alors qu'il avait subi de telles atrocités ce jour-là.

— C'est une sorte de jeu ? demanda-t-elle pour changer de sujet, désignant le carré dans son sac de soie et le plateau à dés.

---

1. La civilisation jorate, et plus particulièrement leur noblesse touchée par les dieux, ont survécu en grande partie parce que leur race avait été créée pour être les serviteurs des centaures qui régnaient sur la région. Lorsque Quur l'envahit, les Jorats s'empressèrent de s'allier à l'Empire pour renverser le dieu-roi Khorsal. Les Jorats offrirent volontiers leurs fils et leurs filles aux soldats quuros, à qui l'on avait accordé des terres dans la nouvelle colonie. Tout cela finit par donner la colonie jorate actuelle. Les étrangers y sont fort mal vus, de même que la magie, qui avait permis leur asservissement initial.

— Pas du tout. Ce sont des cartes du destin. C'est Ola qui s'en sert.

Il s'empara du sac et en tira un paquet de cartes. Il retourna la première carte et lui montra un dessin délicat représentant un ange aux cheveux argentés, jetant une pièce en l'air : Taja, déesse de la chance.

— Je ne comprends pas.

— Ola ne vend pas que du sexe, ici.

Il mélangea les cartes d'une main, les manipulant agilement.

— Tu t'y connais.

— Ola est meilleure que moi. C'est elle qui m'a appris. (Il marqua une pause.) Ce n'était pas vrai, tu sais. Quand elle a dit qu'elle me laisserait aller voir le général. Elle y est aussi opposée que mon père. Je la connais trop bien. (Il lui présenta les cartes, disposées en éventail, face cachée.) Choisis une carte. Ne me dis pas laquelle.

Elle sourit et tira une carte.

— C'est vrai qu'elle avait l'air contrariée.

— Aussi furieuse que le vieux Nemesan[1]. Et j'ignore pourquoi. Mais elle, je la connais. J'étais son apprenti quand j'étais enfant, quand même. Elle ne m'interdirait jamais de faire quelque chose, pas sérieusement. Elle se contenterait de piper les dés… Tu as pioché la Dame Pâle.

Morea rit et retourna sa carte, révélant Thaena.

— Comment tu as fait ?

— J'ai pipé les dés.

Kihrin mélangea de nouveau les cartes et les tira, les disposant cette fois en croix, une carte à chaque coin pour former un grand carré. Il commença à les retourner et son

1. En parlant de vieux dieux-rois disparus… mais il est inutile que je vous fasse une leçon d'histoire sur le dieu-roi de Laregrane, n'est-ce pas ? Le cours le concernant est obligatoire à l'Académie depuis deux siècles.

visage s'assombrit de plus en plus. Elle examina les dessins avec intérêt, mais elle n'était pas assez renseignée sur les cartes du destin pour les interpréter.

— C'est bien ? s'enquit-elle enfin.

Kihrin contempla les cartes, le visage impassible.

— Tu sais quoi ? Je crois que c'est le pire tirage que j'aie jamais vu. Par une journée comme celle-ci, ça ne devrait pas me surprendre.

— Mais qu'est-ce que ça dit ?

— Oh, les trucs habituels. Mort, deuil, douleur, souffrance, asservissement et désespoir. (Il se mit à ramasser les cartes.) Et même pas de chouette récompense à la fin. Seulement ça. (Il brandit la carte du milieu : elle représentait un rectangle entièrement noir.) L'abîme glacé de l'Enfer. Merveilleux. (Il ricana et replaça les cartes dans leur sachet.) Je me souviens maintenant pourquoi je déteste ça.

Il remplit sa coupe de vin, se leva et rangea la cruche dans l'armoire.

Morea examinait toujours le sac de cartes, pensive.

— Comment Ola va-t-elle piper les dés, à ton avis ?

Kihrin baissa les yeux sur son breuvage.

— Nous n'allons pas tarder à savoir si j'ai raison. Viens. La salle de bains d'Ola est derrière ce rideau. Autant en finir au plus vite.

13

Le mage déterminé

(Récit de Kihrin)

Je sautai sur la balustrade et m'empêchai de tomber à l'eau en m'agrippant au gréement.

— Ce sont des baleines ? Je n'en ai jamais vu avant.

— Ah, ça ? (Teraeth jeta au-dessus du garde-fou un regard plein d'ennui.) Ce n'est rien, seulement plusieurs dizaines d'éléphants bleus sans pattes de presque vingt mètres qui font leur petite nage. Ne t'occupe pas d'elles.

— Je n'en ai jamais vu autant !

— Il semble que tu n'en aies jamais vu du tout. Ce n'est donc pas très significatif.

Je contemplai l'étendue de l'océan, observant ces longues formes élégantes qui fendaient la surface, s'élançaient dans les airs et retombaient en projetant des gerbes d'eau. Au bout de quelques minutes, je cessai de sourire.

— Elles caracolent autant, d'habitude ?

— On dit qu'elles sautent, rectifia-t-il.

— Et le sang ? ajoutai-je. C'est normal, aussi ?

— Quoi ?

Teraeth se retourna. Je pointai du doigt le sillage du vaisseau, où les baleines s'ébattaient frénétiquement. Un ruban rouge sombre se déployait dans l'eau d'un bleu tropical. Les baleines nageaient à toute allure, paniquées, luttant pour rattraper le *Malheur* et le dépasser.

Elles essayaient de s'échapper.

Le vané s'agenouilla sur le pont et posa ses deux mains sur les planches de bois. Il pencha la tête de côté et ferma les yeux.

— Qu'est-ce que vous faites ?

— J'écoute. (Il rouvrit les yeux.) Malédiction… Va chercher ma mère. Les baleines sont en train de hurler.

— Hurler ? Mais qu'est-ce qui…

Ma voix s'éteignit. Un tentacule s'enroula autour d'une des baleines et l'attira sous les vagues. L'eau qui l'entourait se teinta d'un rouge plus vif.

J'entrepris d'obéir à l'ordre de Teraeth. Certes, il ne portait plus mon gaesh, mais pour cette fois j'étais disposé à faire une exception. Sa mère était intime avec la déesse de la mort en personne ; elle pouvait se révéler fort utile dans ce genre de situation. Puis je m'immobilisai, car un deuxième problème venait de se manifester.

— Tyentso se dirige droit sur nous.

J'étais piégé entre la sorcière d'un côté et le monstre qui rôdait dans les profondeurs de l'océan de l'autre.

— Je me fiche de savoir si elle veut m'inviter à danser, elle attendra…

Teraeth leva les yeux et s'interrompit.

La sorcière du vaisseau marchait en direction de la poupe, le capitaine Juval dans son sillage. Les marins se dispersaient sur leur chemin. Ce n'était pas la présence du capitaine qui les faisait bondir en arrière comme s'ils étaient sur le point de toucher un cadavre pestiféré.

Certaines femmes attirent les regards par leur allure. Lorsque les hommes regardaient Tyentso, ce n'était pas avec admiration ou concupiscence, mais avec stupeur, car ils ne pouvaient croire que les dieux puissent se montrer si ingrats. C'était une femme sombre et maigre, à l'allure d'épouvantail, vêtue d'une robe informe constituée de haillons superposés et de grosse toile tachée. Ses yeux étaient durs et hautains et elle se tenait très droite, comme une noble dame susceptible d'ordonner la mort de quiconque lui déplaisait. Son amas de cheveux emmêlés, jamais lavés, avait une couleur de sable souillé et de bois blanchi par le sel ; son nez et son menton étaient si pointus qu'on aurait pu les aiguiser sur une meule ; ses lèvres fines rappelaient une coupure de rasoir en travers de son visage.

Il aurait été impossible d'identifier ses talismans, non parce qu'elle les cachait mais parce qu'elle en possédait trop. Des os, du varech séché, des coquillages et des becs d'oiseaux pendaient de son bâton de pin tordu et délavé par la mer. Des débris similaires surnageaient également dans la masse broussailleuse de ses cheveux. Son bâton produisait un cliquetis lorsqu'elle marchait, comme pour intimer à ceux qu'elle croisait de s'écarter de son chemin.

Ce qu'ils faisaient, s'ils étaient malins.

Non, elle ne rayonnait pas de beauté. L'aura qu'elle dégageait n'évoquait que la peur. Elle s'était emparée de la crainte superstitieuse qui habitait les gens à l'évocation d'une sorcière et la portait tel un diadème. Nul n'aurait pu, en la voyant, douter de sa vocation, ni du fait qu'elle soit capable – et ravie – de distribuer des malédictions à tout être qui s'opposerait à elle.

Le second du capitaine, Dellon, aimait à brandir la menace d'une nuit dans son lit pour garantir la docilité de l'équipage.

Je l'aimais bien.

Oui, c'était elle qui avait invoqué le succube qui m'avait mis mon gaesh, mais elle avait agi sur les ordres de Juval. Elle avait été ma seule et unique alliée à bord du *Malheur*. Ce n'était que grâce à ses sortilèges que j'avais survécu à l'attention que me portait Dellon. Lorsqu'elle n'était pas occupée à autre chose, elle passait le voyage enfermée à l'écart des autres. Là, elle étudiait ses grimoires et lançait la myriade de charmes mineurs visant à protéger le vaisseau du danger, ou à le prévoir.

C'est pourquoi la voir s'approcher d'une démarche décidée, ses yeux couleur d'orage scrutant durement l'océan ensanglanté, me mettait si mal à l'aise. Elle n'aurait pas quitté sa cabine – ou pire, entraîné le capitaine à sa suite – si la situation n'était pas aussi catastrophique que je le supposais.

En me voyant, elle s'arrêta net.

— Alors ça, par Tya… Qu'est-ce que tu fais ici, toi ?

— Ne faites pas attention à eux, déclara le capitaine. Ce sont des passagers. Ils ont le droit de monter sur le pont, du moment qu'ils ne dérangent pas l'équipage. Vous deux… (Il nous désigna, Teraeth et moi.) Fichez-moi le camp. Nous avons à faire.

Tyentso, ne lui prêtant pas attention, continua de me scruter. Je compris soudain qu'elle attendait une réponse.

Taja ! pensai-je. *L'illusion ne fonctionne pas sur elle. Elle m'a reconnu.*

— Je…

Que pouvais-je dire ? Comment lui répondre alors que le capitaine Juval se trouvait devant moi ?

— Peu importe. On verra ça plus tard.

D'un geste de la main, la sorcière écarta toute réponse de ma part et s'avança jusqu'à la barre. Elle blêmit en découvrant les flots mêlés de sang.

Tyentso brandit son bâton dans les airs et parla une langue qui remua quelque chose au fin fond de mon esprit, quelque chose que j'étais à deux doigts de comprendre, sans toutefois y parvenir. Elle agita sa main libre et je perçus plus que je ne vis les motifs délicats qu'elle dessinait dans le vide. Des écheveaux complexes de mathématiques et de glyphes arcaniques flottèrent sous mes paupières avant de jaillir, dans une implosion et un grand souffle d'air, de l'arrière du bateau. Des faisceaux d'énergie s'incurvèrent avant de s'enfoncer sous les flots, en dizaines... non, en centaines de minuscules pulsations, chacune faisant s'élever un jet d'écume.

Teraeth me rejoignit devant le garde-fou et nous observâmes tous deux l'océan. Pendant un long moment, rien ne se passa. Tous les marins que comptait le vaisseau retenaient leur respiration. Puis l'eau qui entourait les baleines parut bouillonner et se moucheta de nouvelles silhouettes. Ces taches argentées, plus petites, convergèrent vers les traces de sang qui s'éloignaient peu à peu, tandis que le *Malheur* poursuivait sa route. Un autre tentacule surgit de l'eau, et on aurait dit que le vaisseau entier lâchait un hoquet de surprise. Des centaines de traînées blanches s'élancèrent entre les vagues, en direction de la monstrueuse créature.

— Des dauphins..., murmura Teraeth.

Tyentso déclama :

— Or donc, ainsi anéantirai-je cette créature !

Ses paroles s'accompagnèrent d'un geste théâtral à destination de son public.

Il y eut un soupir de soulagement collectif et la tension reflua. Le second, Dellon, se mit à aboyer sur les hommes afin qu'ils se remettent au travail.

Seuls Teraeth, le capitaine et moi vîmes que l'expression de Tyentso démentait sa promesse. Elle abaissa les bras et regarda Juval.

— Nous avons gagné du temps, indiqua-t-elle. Rien de plus. C'est une Fille de Laaka que nous venons d'apercevoir, et non une créature mortelle[1].

---

1. Il existe de nombreuses races créées par les dieux-rois pour leur servir de serviteurs, à l'époque de leur hégémonie. Certaines, comme les centaures de Jorat ou les géants des neiges de Yor, se sont éteintes, ou presque. Les Filles de Laaka, elles, ont au contraire prospéré, en partie parce que Laaka les avait pourvues d'une très forte résistance à la magie, mais surtout parce que leur milieu de prédilection – les profondeurs sous-marines – se trouve à l'écart du domaine des hommes.

J'eus soudain mal au cœur. En tant que fils de ménestrel, je connaissais les chansons et les histoires évoquant les grandes krakens, filles maudites de la déesse des océans. Ces créatures étaient immortelles, et les pires ennemies de tous les animaux marins assez grands pour les intéresser, y compris les bateaux. J'avais préféré croire qu'il ne s'agissait que de créatures imaginaires.

— On va la semer, affirma Juval. Une fois qu'elle en aura fini avec vos petits caniches aquatiques, on sera loin.

— Malheureusement, fit remarquer Khaemezra, cela ne fonctionnerait que si les baleines étaient véritablement la proie qu'elle recherche.

Le capitaine Juval parut agacé par cette interruption. Il ne vit pas les yeux de Tyentso s'écarquiller en découvrant la mère de Teraeth, ni sa main qui blanchissait sur son bâton. Les yeux gris de Tyentso se posèrent sur Teraeth puis sur moi, avant de revenir à la Mère de la Confrérie Noire.

Elle nous voyait tous tels que nous étions. Pas d'illusions qui vaillent.

— Coques de sang ! jura le capitaine. Qu'est-ce que c'est que ces passagers, à la fin ? Vous n'avez rien à faire ici. Maintenant, retournez dans votre fichue cabine et laissez les problèmes à ceux qui savent comment les résoudre.

Les autres et moi échangeâmes des regards. Je ressentis une forme de compassion inattendue à l'égard du capitaine. J'avais eu si peur de lui, naguère. Il avait été furieux contre moi, et sa colère l'avait poussé à me faire subir de terribles sévices. C'était un homme imposant, plein d'une violence latente qui n'avait jamais été feinte. Mais désormais… il n'avait plus d'importance. Il avait été pour ainsi dire congédié ; seulement, il ne l'avait pas encore compris. Tyentso et Khaemezra allaient décider de qui dirigerait les opérations. Le capitaine trafiquant d'esclaves n'avait plus aucun pouvoir sur sa destinée.

— Juval, ce ne sont pas des passagers ordinaires. Vous feriez mieux de me laisser m'en occuper.

Le ton employé par Tyentso était celui d'une reine, et il ne laissait pas place au débat.

— Sorcière… !

— Vous devez me faire confiance, siffla Tyentso. Nous ne sommes pas encore sortis d'affaire.

J'observai la bataille qui se jouait sous les flots. Bien que le vaisseau s'éloigne rapidement de la zone où étaient apparus les baleines et leur agresseur, je voyais des formes bouger dans la mer, et parfois sauter à la surface. Partout, les longs tentacules ondulaient, s'élevaient au-dessus des vagues puis s'abattaient avec fracas. La créature à qui ils appartenaient devait être colossale.

J'éprouvai de la peine pour les dauphins. Je ne pensais pas que Tyentso leur avait poliment demandé de donner leurs vies pour combattre cette chose et qu'ils s'étaient portés volontaires.

Tyentso se tourna vers Khaemezra.

— Que vouliez-vous dire lorsque vous avez parlé d'une cible ?

— C'était le vaisseau qu'elle voulait, expliqua la vané. C'est par la bonne fortune de Taja qu'elle a croisé le chemin de son mets préféré, nous avertissant ainsi de son approche.

— Elle est à votre poursuite.

La sorcière aux cheveux broussailleux plissa les yeux. Puis elle se tourna vers moi.

— Non. C'est toi que recherche la Fille de Laaka.

— Moi ? Je n'ai rien fait. C'est eux qui ont mis le mage en colère. (Je pointai Teraeth et Khaemezra du doigt.) Il n'a pas apprécié d'être battu aux enchères.

Juval nous adressa un regard mécontent.

— C'est à cause de vous, tout ça ? J'ai bien envie de tous vous jeter par-dessus bord, et de laisser ce foutu monstre marin vous dévorer.

— Ce serait vraiment stupide, siffla Teraeth.

Son corps tout entier s'était tendu. Il semblait passer mentalement son doigt sur la lame de ses couteaux.

— Assez ! s'exclama Khaemezra. Peu importe la raison de la traque, ou la cible de la kraken. Ce qui importe, c'est qu'elle ait été appelée. J'ai sous-estimé la détermination du mage responsable. J'étais certaine que le portail l'enverrait sur une fausse piste.

— Je vais devoir la détruire, déclara Tyentso.

Je fus surpris de la voir sourire. Je ne me souvenais pas de l'avoir déjà vue le faire par le passé. Elle ajouta :

— Je n'ai encore jamais tué de kraken.

— Ne sont-elles pas immunisées contre la magie ? C'est ce que racontent les histoires, non ?

Tyentso m'adressa un rictus sardonique.

— Les chasseurs de sorcières aussi, mais j'ai appris il y a bien longtemps que tout le monde a besoin de respirer de l'air, de marcher sur la terre ou bien de nager dans l'eau. Ces éléments m'appartiennent. Voyons si notre kraken apprécie le contact de l'acide.

Elle repoussa ses manches sur ses bras.

— Non, rétorqua Khaemezra. Vous ne pouvez pas faire cela.

— Oh, je vous assure que si.

Tyentso leva les mains.

— Vous ne devriez pas le faire, si vous préférez. Ce serait une erreur catastrophique.

L'air méprisant, la sorcière répliqua :

— Si vous avez une meilleure idée pour nous débarrasser de cette saloperie, je vous écoute.

Khaemezra soupira, exaspérée.

— Le mage qui l'envoie ignorait quel navire nous avions emprunté pour quitter le port. Il n'a pas appelé une seule Fille de Laaka : il en a assigné une à chaque vaisseau qui quittait Kishna-Farriga. Il me sait capable de tuer une kraken. C'est précisément ce qu'il souhaite. Et il attend patiemment, comme une grosse et grasse araignée, relié à chaque monstre par un mince ruban de magie, que le bon fil se casse… indiquant quelle kraken n'a pas survécu à sa traque. Il sait qu'au bout de ce fil, il trouvera sa proie. Qu'il nous retrouvera.

Tyentso dévisagea Khaemezra.

Juval se renfrogna.

— Je ne comprends pas. Plus d'une dizaine de navires ont quitté le port…

— Et il a invoqué une dizaine de krakens, une pour chaque vaisseau, compléta Khaemezra.

Tyentso secoua la tête.

— Que Tya me bénisse. Relos Var… Il ne peut s'agir que de lui.

— Vous le connaissez ? demandai-je, étonné.

— Oh, bien sûr. Il venait rendre visite à mon défunt mari, autrefois, pour boire une tasse de thé et faire un sacrifice humain. Nous étions des gens bigrement importants, après tout. (Sarcastique, Tyentso esquissa une révérence pompeuse. Puis sa voix se mua en un grondement éraillé.) C'est tout de même le plus puissant magicien qui soit au monde, quasiment un dieu. Si notre emplacement est tout ce qu'il attend pour frapper, alors elle a raison. Hors de question que nous éliminions ce monstre.

Je me tournai vers Khaemezra.

— Mais il devrait tout de même vous affronter. Manifestement, il ne pense pas pouvoir vous battre. Vous lui avez fait baisser les yeux. Il a peur de vous.

Tyentso cessa de bouger. Par l'Enfer, on aurait même dit qu'elle avait cessé de respirer. Elle regardait Khaemezra comme s'il s'agissait d'un cobra prêt à attaquer.

— Vous…

— Nous n'avons pas le temps, la coupa Teraeth. La kraken est de nouveau à notre poursuite.

Le vané manol surveillait à la fois le capitaine et le monstre marin.

— Vous êtes douée, dit Tyentso à la Mère. Je n'aurais même pas deviné que vous étiez magicienne.

Khaemezra esquissa un sourire maternel.

— J'ai de longues années d'entraînement derrière moi, mon enfant.

— Aidez-moi, la supplia Tyentso. Nous pourrions le faire ensemble.

— Je ne peux pas. Il y a des règles, et des conséquences. Si moi, l'une des personnes qui ont édicté ces règles, je les enfreignais parce qu'elles se révèlent gênantes, je ne gagnerais cette bataille que pour perdre la guerre. Je ne souhaite pas revenir au chaos de l'ancien temps, avant la Concorde[1]. Me comprenez-vous, mon enfant ?

— Non. Non, moi je ne comprends rien du tout. Il y a un monstre marin qui se rapproche du bateau, m'écriai-je. Quelqu'un s'en souvient ? Dur à tuer, énorme, tout plein de bras ? Avec un très très gros appétit ?

Khaemezra eut l'air irrité.

---

1. La Concorde Céleste, peut-être ? Nous ne savons que très peu de chose à ce sujet, si ce n'est qu'il s'agissait d'un accord solennel conclu entre les Huit Immortels et certains dieux-rois. Ils avaient décidé qu'il était plus sage de ne pas faire de vagues et de promettre de bien se tenir, plutôt que d'être traqués et abattus par l'Empereur… à l'aide de l'arme qu'il réservait à cet usage, Urthaenriel. Il devait donc s'agir d'une sorte de traité détaillant le comportement à adopter. Et par la suite, les dieux de la Concorde ne régnèrent plus physiquement sur la terre, ce qui était chose courante auparavant, durant l'Ère des dieux-rois.

— Mais enfin mon garçon, je ne peux rien faire. Si je tue cette créature, Relos Var fondra sur nous en quelques minutes. Et il ne sera pas seul. Il aura une armée d'ombre et de ténèbres à ses côtés, des démons tout droit sortis de l'abîme glacé. En te sauvant du monstre, nous perdrions tout. Au moins, si tu es tué par la kraken, tu garderas ton âme. Tu pourras Revenir…

Je me sentis faiblir. Piégé entre les griffes d'un démon pour l'éternité…

Non, tout sauf ça.

Même la mort valait mieux que ça.

— Par les dieux des profondeurs, vous n'êtes pas en train de dire que vous laisseriez cette chose détruire mon vaisseau ? s'indigna Juval.

— Nous pourrions changer de cap, proposa Teraeth. Faire voile vers le nord.

— Vous êtes fou ? protesta Juval. Ce n'est pas pour rien que tous les navires qui font ce voyage font un détour pour contourner Zherias. Quand on essaie de couper par le Détroit, on arrive tout droit dans la Gueule.

— Il existe un moyen sûr de traverser la Gueule, contra Teraeth. Je le connais.

— Ça suffit ! l'admonesta sèchement Khaemezra.

— Dégueulis de baleine, commenta Juval. Je suis zheria, et je ne peux pas traverser la Gueule. Personne n'en est capable.

Teraeth l'ignora et reporta son attention sur Tyentso.

— Il est possible de traverser la Gueule, mais il faudra que je tienne la barre. Vos hommes devront obéir à mes ordres sans hésiter ni poser de questions. On dit que vous êtes une sorcière, mais ce que vous venez de faire m'évoque bien autre chose. Avez-vous été formée ou êtes-vous autodidacte ?

— Un peu des deux, admit Tyentso. J'ai eu d'excellents professeurs particuliers. (Elle regarda les vagues par-dessus son épaule.) Je peux retourner les courants contre elle et pousser les vents dans notre direction. Cela devrait nous permettre d'atteindre le Détroit avant qu'elle ne nous rattrape. Elle n'osera pas pénétrer dans la Gueule.

Elle s'interrompit et regarda Juval.

— Je me demandais quand quelqu'un allait se rappeler qui commande ce satané vaisseau, grogna-t-il. Vous êtes tous cinglés ou quoi ?

— Sinon, nous pourrions rester ici et nous faire tailler en pièces, dis-je avec un grand sourire. C'est à vous de voir, Juju.

Il me dévisagea et ses yeux s'agrandirent lorsqu'il me reconnut enfin.

— Je connais cette voix. Petit morveux… Qu'est-ce que tu fais sur mon bateau ?

— Je profite de votre hospitalité légendaire, bien sûr, ripostai-je en souriant de plus belle. Faites-moi confiance, vous vous en sortez bien mieux que si nous n'étions pas montés à bord de votre bateau. Tyentso aurait tué la Fille, et vous auriez dû affronter Relos Var tout seuls. Oh, et vous n'auriez même pas pu prétendre ne pas me connaître quand il aurait commencé à vous poser les questions qui fâchent.

— Capitaine…, insista Teraeth.

L'urgence de la situation faisait vibrer sa voix.

Juval fronça les sourcils.

— Ça va, j'ai compris… Cap sur le nord.

14

Histoires du soir

(Récit de Serre)

Lorsque Ola glissa un regard dans sa salle d'eau à travers le rideau de perles vertes, elle y vit Kihrin débarrassé de ses vêtements sales et déchirés, confortablement installé dans sa baignoire en cuivre. La lueur des lanternes faisait scintiller les particules de poussière et étinceler la surface de l'eau, que le savon, les huiles parfumées et le sang avaient teintée d'un rose laiteux. Kihrin avait frotté sa peau bronzée jusqu'à la rendre écarlate, appuyant si fort avec l'éponge de mer qu'il s'était même écorché par endroits. Son cou était plus rouge encore que le reste, faisant ressortir le bleu de sa pierre tsali.

Son fils était en pleine conversation avec la nouvelle danseuse. À sa surprise, la fille était encore habillée. Elle ne l'avait pas du tout aidé à se laver, ce qu'Ola trouva étrange, vu la façon dont Kihrin en pinçait pour elle.

Ola se rembrunit, ses pensées troublées par les sombres souvenirs d'une jeunesse gâchée. Elle recomposa son expression, se redressa et inspira profondément. Et entra dans la pièce avec toute la prestance d'une artiste de cirque éduquée chez les Noceurs.

— Voici donc le festin de mon pauvre chéri.

Elle s'empara d'une petite table pliante qu'elle installa près de la baignoire.

Kihrin rit à la vue du plateau.

— Tu ne crois pas que c'est un peu copieux ?

La maquerelle sourit.

— J'ai apporté une part de tous les plats préparés aujourd'hui à la cuisine. (Elle désigna le plateau comme un serveur présentant le menu.) Nous avons donc de la chèvre pimentée avec du voracresson frais haché, du mouton sauce lido enroulé et grillé dans sa traditionnelle feuille de bananier, du poisson jaune mariné au nakari et à la mangue, des bâtonnets frits de bezevo, du riz à la noix de coco, des cœurs de palmier et de la margose avec du chocolat.

Puis, comme si elle l'avait oublié, elle ajouta :

— Et un peu de mon vin de raisin de Kirpis. Ça te détendra.

Morea lança à Ola un regard stupéfait, aussi la maquerelle précisa-t-elle :

— Je sais, je sais... Je le garde en général pour les rituels[1], mais quand il s'agit de se détendre, j'ai toujours préféré les vins de raisin aux vins de riz ou de noix de coco qu'on fait ici.

Kihrin s'adossa à la paroi de la baignoire. La lumière de la fenêtre dansait dans ses yeux.

— Je ne mange même pas si bien que ça le jour de mon anniversaire, Ola.

Elle s'esclaffa.

— Ce serait peut-être le cas si tu croisais plus souvent des démons. Tu devrais goûter le poisson jaune. La poudre de nakari vient de Valasi, pas d'Irando.

Ola décocha un regard entendu à Morea ; la jeune fille rougit et se détourna. Tout le monde savait que la poudre

1. Les citoyens des colonies de Kirpis et de Kazivar aiment à répéter que seul le vin à base de raisin mérite de porter le nom de « vin ». La présence de l'Académie à Kirpis signifie que des générations de mages en sont revenues avec le goût du vin de raisin, et l'originalité de le préférer à tout autre pour les rituels. Ola, bien que n'ayant jamais fréquenté l'Académie, dut acquérir cette habitude lorsqu'elle vivait dans le Cercle Supérieur.

de nakari était fabriquée à base d'aphrodisiaques[1]. C'était bien pour cela qu'elle était à la carte du *Salon du Voile Brisé.*

Ola taquinait la jeune fille pour amuser Kihrin, mais celui-ci ne lança pas même un regard à Morea lorsque Ola mentionna Valasi. Elle se rembrunit. Certes, Surdyeh avait paru bouleversé, mais pour la première fois Ola se demanda à quel point ce qui s'était passé était grave.

Kihrin prit la coupe sur le plateau, la porta à ses lèvres quelques instants, puis la reposa. Il saisit quelques bâtonnets frits de bezevo – de longues baguettes coupées dans une racine au goût sucré, puis plongées dans l'huile bouillante – et se laissa de nouveau aller en arrière.

— Raconte-moi le jour où tu m'as trouvé, Ola.

Ola battit des paupières, prise de court. Pourquoi donc voulait-il qu'elle lui raconte cette histoire-là ? Et pourquoi à cet instant précis ? Elle émit un petit rire.

— Tu la connais déjà, cette histoire.

Le jeune garçon sourit tout en mangeant.

— Morea ne l'a pas encore entendue, elle.

— Tu veux me faire jouer les conteuses ? À un moment pareil ?

Kihrin posa sa coupe sur le sol, du côté opposé à celui où se tenait Ola. Il lança un regard lourd de sens à Morea.

— Je t'ai toujours entendue dire que les moments comme celui-ci sont les meilleurs pour raconter les histoires. Ça porte chance, tu te souviens ?

En surprenant ce regard, Ola comprit tout. Elle savait que Kihrin aimait bien cette fille, mais elle ignorait qu'il l'aimait à ce point-là. Et pourtant, le voilà qui – bien qu'envoûté – refrénait

1. Et de poisons. L'état d'excitation et de fébrilité qui fait la réputation de la poudre nakari peut être obtenu par l'ingestion de champignons vénéneux, d'aconit et de thorax de scarabée dragon cramoisi. En petites quantités, ces substances sont inoffensives, mais il me semble prudent de se procurer la poudre nakari chez un marchand de confiance.

ses ardeurs pour la première fois de sa vie. Une fille comme Morea n'avait sans doute jamais connu un homme qui la traitait avec sollicitude ou se donnait la peine de lui faire la cour. Il essayait de l'impressionner et, par conséquent, il la laissait venir à lui à son rythme. Ola adressa à son fils adoptif un sourire plein de chaleur et d'affection.

— « Morea ne l'a pas encore entendue », répéta-t-elle d'un ton moqueur. Et elle n'a pas besoin de l'entendre, figure-toi ! (Elle regarda Morea, dont les yeux étaient incertains et pleins de nuages.) Qu'en dis-tu, ma fille ? Tu as besoin qu'on te raconte une histoire pendant que tu lui donnes un bain ? Et d'ailleurs, pourquoi est-ce que tu n'es pas en train de le laver, bon sang de bois ?

— Parce que je lui ai dit de ne pas le faire, intervint Kihrin. (Il montra le plateau chargé de nourriture.) Morea, c'est trop pour moi. Mange quelque chose.

— Prunelles…

— Allez, Ola, raconte-nous une histoire. Parle-moi de ma mère. (Il marqua une pause.) Ou sinon, je pourrais m'en charger…

— Tu ne saurais pas le faire correctement. Tu n'étais pas là.

— Ah si, corrigea Kihrin. Je ne m'en souviens peut-être pas, mais une chose est sûre : j'étais là.

— Tu es une incorrigible petite vermine. Je ne sais même pas ce qui m'a pris le jour où je t'ai ramassé dans ce Parc.

— Raconte-moi quand même, insista Kihrin. Même si je ne me brosse pas les cheveux, et que je n'obéis pas…

— Et que tu ne fais pas tes corvées…, ajouta Ola en gonflant les joues.

— Et que je ne suis jamais debout et habillé à la première cloche, renchérit-il.

— Et que tu es un voleur, accusa-t-elle.

— Et que je bois trop, confessa-t-il.

— Et que tu es bien trop jeune pour courir à ce point les jupons…, lança-t-elle d'une voix de plus en plus sonore.

— Et que je suis un insupportable fardeau pour mon pauvre père !

Ils crièrent cette dernière phrase à l'unisson, puis éclatèrent d'un rire si tonitruant que Kihrin finit par se pencher en avant, pris d'une quinte de toux. Ola lui tapa dans le dos pour lui épargner de s'étouffer. Enfin, Kihrin souleva sa coupe de vin et en but plusieurs longues gorgées, haletant, avant que sa toux ne s'apaise.

Morea, elle aussi, avait mis sa main devant sa bouche. Elle semblait lutter pour ne pas rire.

— Très bien, céda Ola. Je vais vous le raconter.

À Morea, elle précisa :

— Il aura seize ans au Nouvel An, et ça fera seize ans au Nouvel An que l'ancien Empereur de Quur est mort.

— Comment s'appelait-il ? demanda Kihrin avec un clin d'œil à Morea.

Celle-ci avait l'air aussi décontenancée qu'un agneau comprenant que les tigres n'avaient pas l'intention de le dévorer.

— Gendal, répondit Ola. Tu veux que je raconte l'histoire, oui ou non ? (Elle rajusta son agolé pour appuyer ses propos.) Oui, c'était il y a seize ans, et Gendal venait d'être assassiné. Nous savions que c'était un meurtre, ma chère, parce que c'est la seule chose dont un Empereur de Quur peut mourir.

— Aucun risque de mort accidentelle ? interrogea Kihrin.

Il appuya sa tête contre la paroi de cuivre de la baignoire, souriant.

— Pas même s'il trébuche sur un caillou et tombe dans les Chutes du Démon, déclara Ola d'un ton péremptoire.

— Il ne peut pas attraper la vérole ? demanda Kihrin.

— Il y est immunisé, répondit Ola.

— Est-ce qu'il pourrait manger un aliment empoisonné et survivre ? demanda Morea.

Elle se mordillait la lèvre, mais on y devinait aussi un soupçon de sourire.

— Tu as tout compris, ma fille. Oui, il le pourrait. Même le lotus noir du Manol ne saurait lui faire de mal, assura fermement Ola.

— Et quand il vieillit ? lança Kihrin d'un ton faussement sceptique.

— Dès l'instant où l'Empereur pose la Grande Couronne de Quur sur son front… (Ola leva un seul doigt et le brandit vers le ciel.)… il devient immortel. Il ne vieillit plus, il ne peut tomber malade. Non, la seule manière dont l'Empereur peut mourir, c'est par la violence. L'assassinat.

— Alors comment avez-vous su qu'il était mort ? demanda Kihrin.

Il entreprit de se frotter à l'éponge d'une main, tenant sa coupe de vin dans l'autre.

— Nous le savions car à l'intérieur de l'Arène – là où se tient l'épreuve, derrière la grande barrière invisible qui l'entoure – une intense lumière s'est mise à briller. C'était la lumière de la Couronne et du Sceptre de Quur. Ils retournent dans l'Arène lorsque le cœur de leur propriétaire a cessé de battre. Et là, ils attendent l'homme qui aura l'audace de s'emparer d'eux de nouveau. Tu peux me croire, mon enfant, quand je te dis que les gens ne perdirent pas de temps à répandre la nouvelle de la mort de l'Empereur. L'heure était venue de choisir un nouveau souverain. Tout le monde vint assister au spectacle.

— Tout le monde ?

— Oh oui, confirma Ola d'un hochement de tête. Tout le monde. Les riches, les pauvres, les vieux, les jeunes, les hommes libres, les esclaves, les citoyens et les étrangers, tous affluèrent au Parc ce jour-là. Il y a des gens qui voient s'écouler toute leur existence sans assister au choix d'un nouvel Empereur. Gendal lui-même avait vécu deux siècles. L'opportunité d'être témoin du Choix se présente une fois tout au plus dans une vie, et personne ne voulait la manquer… encore moins ceux qui espéraient devenir le nouvel Empereur. (Elle sourit à ce souvenir.) Ah, je regrette que vous n'ayez pu voir cela, mes agneaux. On pouvait à peine tous se tenir debout dans le Parc de l'Arène, et à peine respirer ! En la circonstance, il n'y avait plus de titres, plus de rangs. Les roturiers côtoyaient les Grands Seigneurs. Des maîtres de guilde se retrouvèrent entourés de brigands. Les filles de velours se faisaient lutiner par des prêtres du Quartier d'Ivoire ! On coupa plus de bourses ce jour-là que jamais auparavant, ni jamais depuis. (Elle marqua une pause dramatique.) Mais des crimes bien pires que le vol à la tire furent commis.

— Lesquels ?

Kihrin haussa un sourcil à l'intention de Morea, comme s'il pensait qu'elle connaissait peut-être la réponse. Morea sourit et leva les mains.

— D'aucuns diraient que l'épreuve elle-même en était un, expliqua Ola. Depuis des milliers d'années, le Grand Empire choisit son souverain suprême d'une seule et unique manière : par une bataille sanglante. On abaissa le mur invisible qui enserrait l'Arène, et tous ces hommes se précipitèrent pour s'emparer de la Couronne et du Sceptre… et tuer quiconque chercherait à les obtenir avant eux. Je regardai les plus grands et les plus brillants mages de l'époque s'évanouir en nuages de fumée colorée, ce jour-là. Vous pouvez me croire quand je vous dis qu'avec un peu de magie, la chair humaine peut produire en se consumant toutes les couleurs qui vous passent par la tête, et aussi quelques-unes qui n'y passent pas. Le sol de l'Arène était une vraie marmite : il fondait, il bouillait, il coulait, il crachait de la vapeur. Et de ce creuset naquit notre Empereur.

— Alors, qui a gagné ? demanda Morea.

Ola resta un moment interdite, comprenant que la jeune esclave ignorait réellement la réponse à sa question. Ah… Mais pourquoi une esclave des sens aurait-elle eu besoin de connaître le nom de l'Empereur ? D'ailleurs, elle ne savait sans doute ni lire ni écrire. Tous les maîtres n'étaient pas aussi larges d'esprit que l'avait été celui d'Ola, Therin. La maquerelle frémit et poursuivit son histoire.

— À la grande honte de la noblesse, ce fut un roturier qui l'emporta. Un paysan de Marakor nommé Sandus. Mais quiconque remporte le Grand Tournoi est sacré Empereur, quelle qu'ait pu être sa condition, aussi Sandus devint-il notre souverain. Il l'est encore de nos jours. Lorsqu'il émergea enfin de l'Arène, la foule rugit si fort qu'on n'entendit plus rien. Et c'est à cet instant, ma fille, que j'ai trouvé Kihrin.

— Oui, je confirme, lança le garçon en jouant avec l'eau du bain.

— C'est sa mère que j'ai vue en premier. Je l'ai remarquée dans la foule. (La voix d'Ola se fit soudain triste et vibrante.) C'était une beauté extraordinaire, avec une peau dorée comme les blés et des cheveux châtains, épais et lustrés. Ses yeux étaient aussi doux et purs que ceux d'un faon. Elle était si gracieuse qu'on aurait juré voir une princesse, dans son bel agolé de satin ivoire. Elle portait un paquet dans les bras, pas plus grand qu'un fagot de bois de chauffage.

Morea regarda Kihrin. Les sourcils froncés, le jeune homme scrutait l'eau laiteuse comme s'il s'agissait d'un miroir de divination. Il ne disait rien.

Elle se retourna vers Ola.

— Et alors, que s'est-il passé ?

— J'ai vu un homme se ruer sur elle, poser ses mains sur son cou et l'étouffer. Elle n'avait nulle part où s'enfuir, tu comprends ? Et je ne pouvais pas la rejoindre, car j'étais écrasée par la foule au point de ne pouvoir bouger. Malgré tout, elle a fait preuve d'un grand courage et s'est défendue vaillamment… même si cela n'a pas changé grand-chose, au bout du compte.

— Personne n'a essayé de l'aider ? demanda Kihrin.

Cette fois il s'était exprimé en un murmure amer.

— Nous sommes à Quur, pas vrai ? Personne n'a levé le petit doigt pour aider cette dame. Je l'ai vue s'effondrer à l'instant même où la clameur s'élevait pour congratuler le nouvel Empereur, couvrant ses cris. Et lorsque je suis enfin parvenue à atteindre l'endroit où elle était tombée, son assassin avait disparu. Je n'ai trouvé que son corps inerte et mon petit trésor, le bébé qu'elle portait. Lorsque je l'ai soulevé, j'ai découvert, à ma grande surprise, qu'il était vivant. Il était encore couvert du sang de sa naissance, et il était clair que le petit Kihrin était venu au monde ce jour-là. Par conséquent, si je l'avais laissé afin que quelqu'un d'autre le recueille, il serait certainement mort. (Elle termina son histoire avec un sourire espiègle.) Kihrin est mon seul et unique acte de charité, ce qui veut dire que ce qu'on dit sur la vertu est vrai.

Kihrin étouffa un bâillement.

— Qu'est-ce qu'on dit sur la vertu, Mama Ola ?

— Qu'elle n'est jamais récompensée !

Elle le cingla d'un coup de serviette en gloussant. Il l'aspergea en retour de l'eau du bain. Morea s'écarta vivement pour ne pas être éclaboussée et observa Ola puis Kihrin, l'air songeur.

— Alors… Tu es vraiment ogenra, finalement ?

— Foutaises ! Balivernes ! s'écria Ola d'un ton outré. Qu'est-ce que c'est que ces sornettes ?

Morea se tassa face à la colère subite de la maquerelle.

— Je ne voulais pas…

— Ce n'est qu'une histoire, Morea, fit observer Kihrin. Un conte de dieux-rois. Dans le quartier, il y a mille orphelins. Dix mille, même. Et si tu nous faisais boire un peu trop, chacun de nous finirait par avouer qu'il rêve d'être un prince oublié et d'avoir un passé romanesque jalonné de trahisons et de tragédies. La vérité, c'est ce que je t'ai dit tout à l'heure : Surdyeh m'a trouvé à la décharge. J'ai été abandonné par une mère qui ne voulait pas de moi.

Il haussa les épaules comme si cela n'avait pas d'importance.

Morea garderait toujours en elle une pointe d'incertitude, cependant. Ola savait que c'était précisément le but de Kihrin… et c'était bien pour cela qu'Ola avait accepté de se prêter au jeu. Elle ricana.

— Tu m'imagines appelant un gamin « Kihrin », en plus ? C'est Surdyeh qui a choisi ce nom quand il l'a adopté.

— Le capitaine Jarith a dit que c'était un nom d'origine kirpi, ajouta Kihrin d'une voix ensommeillée.

— Tiens donc ! Vous avez fait ami-ami, tous les deux ?

Une nuance menaçante perçait dans la voix d'Ola. Elle n'aimait ni les Gardes ni les soldats, mais elle appréciait encore moins – moins que tout – les fils des hommes qui l'avaient connue alors qu'elle était encore une courtisane.

— Il n'est pas désagréable, pour un soldat. Pas sûr qu'il reste si aimable s'il savait ce que je fais dans la vie…

Kihrin ferma les yeux et se mit à glisser dans la baignoire, répandant dans l'eau ce qu'il lui restait de vin, comme du sang frais.

— Vite, ma fille, attrape-lui les bras. Ne le laisse pas s'enfoncer dans l'eau, ordonna Ola.

Morea, habituée à obéir, se saisit de Kihrin. Ola tira le jeune homme nu hors de la baignoire, rappelant à la danseuse qu'elle était plus charpentée que la plupart des hommes quuros, et plus grande encore que Kihrin.

— Vous… Vous…

Morea clignait des yeux, choquée.

— Détends-toi, mon enfant. Il n'est pas empoisonné, juste légèrement drogué.

Elle le souleva.

— Allez, maintenant, aide-moi à le mettre au lit.

Morea s'exécuta et borda le jeune homme dans le grand lit bourré de coton habituellement réservé à Ola.

La maquerelle retourna dans la salle d'eau et rapporta le plateau de nourriture qu'elle posa sur une petite table. Elle se mit à manger avec appétit et fit signe à Morea de l'imiter.

— Je n'ai jamais prétendu être la mère de ce garçon, expliqua Ola, mais je suis sa mère de toutes les façons qui comptent. Je l'aime comme s'il était à moi. Comme s'il avait grandi dans mon propre ventre. Et je suis fière de lui. Aussi fière que puisse l'être une mère de son fils. Je ne veux pas qu'il lui arrive quoi que ce soit. Je le protégerai, même si je suis forcée de le protéger de lui-même.

— Je ne comprends pas.

— Je ne m'attendais pas à ce que tu comprennes. Disons juste qu'il est têtu. Il tient ça de moi. Oh, il peut paraître inconstant parfois, mais ce n'est pas ce qu'il est au fond de lui. En vérité, une fois qu'il s'est mis quelque chose dans la tête, il ne lâche plus jamais. Il continuera à tourner autour, à l'attaquer de toutes parts jusqu'à l'avoir à l'usure, comme les vents peuvent détruire une montagne. Mais bon sang, je regrette que son père ne soit pas plus malin que ça. On ne peut pas dire à un garçon comme Kihrin de refuser une invitation chez le Premier Général et s'attendre à ce qu'il obéisse. Démons ! Non… Surdyeh a réussi à rendre la chose absolument irrésistible[1]… S'entendre dire qu'il ne doit pas y aller ne fait que l'encourager dans cette voie. (Ola enroula un morceau de poisson dans une galette de

1. Serais-je paranoïaque si je m'imaginais que c'était précisément son objectif ?

pain sag et se mit à le mâchonner.) Hmm... La sauce est bonne, aujourd'hui.

— Et ce serait grave... qu'il aille voir le Premier Général ?

Ola s'arrêta tout net de mâcher et décocha à la jeune fille un regard furieux.

— Oui, ce serait grave, et je ne vais pas t'expliquer pourquoi. Tu vas devoir me faire confiance ; je sais ce que je dis. Il ne doit pas y aller.

Son expression se radoucit légèrement et elle ajouta :

— Il va dormir ce soir très profondément, et il fera des rêves torrides grâce à ce que je lui ai donné. Demain matin, il se réveillera avec toi dans les bras, et il croira que c'est uniquement par sa faute qu'il a manqué son rendez-vous avec le général. Et tout ira pour le mieux.

Morea ne répondit pas, mais elle semblait sceptique.

— Il t'aime bien, reprit Ola. Donc, tu peux m'aider. Tu auras une belle récompense, si tu le fais.

— Quel genre de récompense ?

— Mon petit a des économies. Ne me demande pas d'où il les tient. Ne t'occupe pas de ça. M'est avis qu'il a un bon petit pécule caché chez les prêtres de Tavris, là-haut, dans le Quartier d'Ivoire. Il a l'intention d'acheter à son père une taverne à Eamithon, dans un coin paisible où il pourrait prendre sa retraite. Les gens sont sympathiques, là-bas. J'ai trouvé la taverne idéale, il y a quelque temps, et j'ai décidé de l'acheter. Kihrin ne le sait pas, en revanche. Donc je me disais que demain, j'allais lui permettre de me racheter cette taverne pas cher, et que je l'y enverrais avec son père et les esclaves de son choix pour qu'elles y travaillent comme serveuses ou quelque chose du genre.

Ils n'aiment pas beaucoup l'esclavage, à Eamithon[1], alors il ne faudrait pas bien longtemps pour que tu te retrouves libre. Tu serais payée – et honnêtement – pour ton travail, et avec un garçon aussi mordu de toi qu'il est possible de l'être.

— Que dois-je faire ?

— Rien que tu n'aies pas envie de faire. J'ai bien vu comment tu le regardais, va. Contente-toi de le distraire et de le dissuader de vouloir côtoyer le gratin. On n'est rien, nous autres, pour les gens comme ça. Ils nous dévorent et nous recrachent aussi facilement que des œunoisettes.

Morea acquiesça.

— Naturellement, je vais vous aider.

— Bien ! Très bien. Maintenant retire-moi ces frusques et va te blottir tout contre mon gars, histoire qu'il n'ait pas les idées trop claires au réveil.

Ola essuya ses doigts gras sur son agolé et se leva, puis se dirigea vers le lit où était couché Kihrin. Elle l'observa, le regard hanté.

— J'ai fait une erreur, murmura-t-elle.

— Maîtresse, vous avez dit quelque chose ?

Ola faillit sourire.

— J'ai dit… Oh, par les Voiles, peu importe. Quand on a mon âge, ma fille, on regarde sa vie et on n'est pas toujours content de ce qu'on voit. J'ai fait des choses dont je ne suis pas fière, mais j'avais toujours une bonne raison de les faire.

---

1. Eamithon bénéficie de curieuses exceptions à la loi quuro, en vertu du fait que, de toutes les colonies de l'Empire, celle-ci (sous le règne de la déesse-reine Dana) est la seule à avoir rejoint l'Empire de son plein gré, avec la coopération totale de sa souveraine. Officiellement, l'esclavage est légal à Eamithon, mais puisque aucun de ses habitants ne semble l'avoir compris, les esclaves amenés dans cette colonie ont pour habitude de « disparaître » et d'être retrouvés ensuite dans des hameaux reculés, dont les villageois affirment que ces personnes y ont toujours résidé. Il s'exerce également une énorme pression sur toute personne venant s'installer à Eamithon pour qu'elle libère ses esclaves.

Pour survivre, essentiellement. J'essayais juste d'avancer, de me protéger, comme tous les autres peigne-cul du Cercle Inférieur. Rien que des chacals, ici, qui attendent le moindre faux pas pour te sauter dessus. (Puis elle éclata d'un rire froid et cynique.) Finalement, ce n'est pas très différent du Cercle Supérieur, pas vrai ?

Son expression redevint sérieuse et elle ajouta :

— De ma vie, je n'ai presque jamais agi par pure malice ou par rancœur. Je ne l'ai fait qu'une fois. Une seule. Et cet acte est revenu me chercher. Je sens son souffle sur ma nuque…

Ola Nathera ferma les yeux, un instant seulement.

— On peut avoir quelqu'un sous les yeux toute sa vie, sans jamais le voir. Mais Qoran… Ce foutu général… Ces foutus yeux ! Les gars Milligreest n'ont jamais été aveugles. Il saura exactement qui se trouve devant lui, si tant est qu'il ne l'ait déjà compris.

Après une pause, Ola agita la main en direction du lit.

— Bon, tu y vas ? Monte là-dedans et prends bien soin de mon garçon.

Morea hocha la tête sans commenter et ôta son agolé. Ola l'observa puis émit un grognement.

— Au moins, il a bon goût, dit-elle. Ça aussi, il le tient sûrement de moi.

Sans un mot de plus, elle se détourna et partit.

Quelques secondes plus tard, Morea entendit le son de la porte d'entrée qui s'ouvrait et se refermait.

La danseuse se dirigea vers le vestibule sur la pointe des pieds et fouilla la pièce du regard pour s'assurer qu'elle était vide et qu'Ola était bien sortie.

— Elle n'est plus là, dit la voix de Kihrin derrière elle. Cette femme pèse quasiment cent trente kilos. Elle a de nombreux talents, mais la discrétion n'en fait pas partie.

Kihrin s'était levé. La lueur des bougies ourlait sa silhouette de reflets roses et dorés. À contre-jour, il avait une allure surnaturelle, irréelle ; remarquable, mais étrange. Il paraissait trop beau pour être humain.

Morea ramassa ses propres vêtements.

— Tu as changé ta coupe, c'est ça ? Tu savais qu'elle allait droguer le vin.

— Je n'aurais pas pu le faire sans ton aide. Tu as merveilleusement bien détourné son attention. Mais oui… C'était plutôt prévisible. Elle a l'habitude d'utiliser des feuilles de riscoria, et le vin de raisin n'a pas son pareil pour en masquer le goût. Elle en donne aux gens quand elle veut qu'ils se réveillent dans une situation compromettante, avec le vague souvenir de s'être adonnés à des actes sulfureux la nuit précédente.

Il paraissait déçu.

— Reste avec moi, dit Morea. Ne t'en va pas.

Kihrin secoua la tête.

— Il faut que j'y aille.

— Tu as entendu ce qu'elle a dit ? Ça a l'air bien, Eamithon, non ?

Il la regarda d'un air surpris.

— Il faut que je mette le général en garde contre ce démon. En plus, le capitaine Jarith m'a dit qu'il me rejoindrait ce soir pour me donner des nouvelles de ta sœur.

Elle eut l'impression d'avoir reçu une gifle en plein visage.

— Oh.

L'expression du jeune homme s'adoucit, devenant presque tendre.

— Je vais aller voir le général Milligreest, accepter sa récompense et lui parler du démon, puis trouver le capitaine Jarith et revenir ici. Ola ne saura jamais que je suis parti et demain matin, on lui fera croire que tout s'est passé comme elle l'avait prévu. Elle est toujours plus facile à gérer quand elle croit avoir obtenu ce qu'elle voulait.

Kihrin se mit à fouiner de-ci de-là, explorant les armoires et les commodes. Il dénicha un pantalon kef bouffant et un gilet assorti puis des sandales, le tout dans des couleurs vives et joyeuses.

— Espérons que tout ça m'aille encore. Ils étaient un peu trop larges pour la dernière fête du Nouvel An, mais j'ai grandi depuis.

Morea l'aida à s'habiller et à se coiffer, arrangeant sa tenue par petits gestes nerveux. Elle prit soin de ne pas le toucher, malgré le tremblement de ses doigts et la sensation que la poudre de nakari commençait à faire effet. Elle avait envie de le toucher, de l'enlacer et de le remercier à l'aide de ce qu'elle pensait être son seul atout… mais elle n'en fit rien. Au lieu de cela, elle l'habilla et le regarda partir par une fenêtre du fond de l'appartement.

Elle s'employa ensuite à rembourrer le lit de manière qu'il semble accueillir deux personnes et non une seule.

15

La Gueule de Zherias

(Récit de Kihrin)

Le répertoire de Surdyeh avait toujours compté des histoires de marins, essentielles lorsqu'on se produisait dans un port tel que la capitale. Je ne connaissais que trop bien les contes de la Désolation, cette zone – hérissée de récifs et parsemée d'îles aux contours déchiquetés, de bancs de sable et d'eaux dormantes – qui avalait les vaisseaux comme les sorcières yoranes avalent les petits enfants. Du côté nord, une mer d'huile dépourvue de vents et de courants empêchait les vaisseaux de repartir. En approchant par le sud, on était confronté à des courants contraires, des vagues géantes et des écueils sur lesquels les navires venaient se briser.

On racontait parfois que les vané avaient créé la Désolation afin de tenir les vaisseaux quuros à l'écart de leurs côtes. D'autres affirmaient que la mort d'un dieu oublié en était responsable. La Désolation perturbait les lignes commerciales et faisait naître la panique dans le cœur des marins les plus chevronnés. Les Filles de Laaka, les krakens, étaient tout droit sorties d'un conte de dieux-rois, et on pouvait naviguer toute sa vie sans en croiser une seule. La Désolation, elle, était un danger certain et tangible, toujours prête à piéger les imprudents. J'avais entendu parler de pirates zherias qui l'utilisaient comme refuge, mais ces rumeurs faisaient rire la plupart des gens. Toute personne assez dérangée pour s'y aventurer finirait inévitablement par s'ajouter au nombre de ses victimes.

Quoi qu'il en soit, nous n'étions même pas certains de parvenir jusqu'à la Désolation. Du côté quuro, au nord, cette zone représentait un danger immédiat; mais nous arrivions par le sud. Avant d'atteindre les brumes, nous devions affronter la Gueule zheria, le résultat d'un fort courant méridional qui venait heurter les roches de l'archipel. Sans issue, le courant se retournait sur lui-même et formait une poche d'eau tourbillonnante, capable d'envoyer les vaisseaux se fracasser contre les récifs invisibles de la Désolation. La Gueule se présenterait à nous bien avant les eaux mortes qui s'étendaient par-delà les courants.

Teraeth espérait que la kraken jugerait la traversée de la Gueule trop difficile et ferait demi-tour.

À mon sens, l'assassin se montrait bien naïf.

Durant cette partie du voyage, je ne grognai pas en entendant les cris de Magoq, le maître des rameurs, qui fouettait les esclaves afin qu'ils accélèrent la cadence. Même poussés par un vent puissant, nous avions besoin de plus de vitesse. Tyentso manipulait les courants afin de ralentir notre poursuivante, mais en regardant derrière nous à l'aide de ma double vue, je distinguais le contour luminescent et fantomatique du monstre… et celui-ci se rapprochait peu à peu.

Nous voyageâmes durant trois jours sans parvenir à semer la créature. Je savais – au fond de mon cœur comme dans mes tripes – que si elle nous rattrapait, elle tuerait tous ceux qui se trouvaient à bord, hommes libres comme esclaves. Et si certains parvenaient à survivre, ils se noieraient, finiraient dévorés par les requins ou engloutis par la Gueule. Déjà, l'eau qui entourait le navire se faisait de plus en plus houleuse. Pire encore : le vaisseau commençait à dévier, à se détourner de la trajectoire sur laquelle soufflaient les vents invoqués par Tyentso.

Il serait poétique d'ajouter que la journée était maussade et orageuse, or en réalité le ciel était magnifiquement dégagé. Même la mer qui s'agitait de plus en plus autour du vaisseau était d'un bleu intense. Ce n'était pas un jour pour mourir ; mais d'un autre côté, Surdyeh ne m'avait jamais raconté d'histoire où Thaena, déesse de la mort, se préoccupait du temps qu'il faisait.

Pour la première fois depuis des mois, j'envisageai sérieusement de prier.

Je remarquai Khaemezra qui se tenait face à la balustrade et parlait à Tyentso. Celle-ci paraissait plus blême et terrifiée que je ne l'aurais jamais cru possible. Elle n'avait pas bronché à l'idée d'invoquer un démon, mais à présent… Si la kraken ne nous tuait pas, la Gueule s'en chargerait, et elle semblait bien au fait des réalités de notre situation. Khaemezra, à l'inverse, était aussi calme que si elle était attablée dans un restaurant, à attendre sa deuxième tasse de thé.

— Mesdames, pourrais-je vous parler un moment ?

Khaemezra me sourit mais Tyentso eut un ricanement moqueur.

— Je suis une « dame », maintenant ? Ravie de constater que tu n'as pas perdu ton sens de l'humour.

Je lui adressai une révérence extravagante. Heureusement, elle était à la recherche de n'importe quel prétexte pouvant la distraire de nos mésaventures, aussi s'esclaffa-t-elle au lieu de me transformer en poisson. Quoiqu'il pourrait être commode d'être un poisson, lorsque la kraken nous rattraperait.

Un petit, de préférence.

Je montrai du doigt notre poursuivante.

— Elle ne perd pas un pouce de terrain malgré la vitesse à laquelle nous avançons, et j'ai l'impression qu'elle se joue de nous. Elle attaquera avant que nous ayons pu atteindre la Gueule.

Les traits de Tyentso se déformèrent.

— Trop tard, répondit-elle.

— Non, je pense que… Quoi ?

— Nous avons pénétré dans la Gueule il y a déjà plusieurs heures, murmura Khaemezra. Le pourtour est assez calme, donc l'équipage ne l'a pas encore compris. Notre seule chance de nous en sortir est d'aborder les crocs dans le bon ordre, de contourner la Gorge et de nous engager très précisément dans le passage navigable, sans réveiller le Vieil Homme.

— Vous pouvez répéter ça de manière compréhensible ?

Elle siffla d'un air agacé.

— Le tourbillon central s'appelle la Gorge. Mais il existe aussi des remous, de petits courants qui s'éloignent en spirale du vortex principal. Nous les appelons les crocs. La plupart des vaisseaux sont détruits par les crocs avant même d'avoir approché la Gorge.

— Et le Vieil Homme, qu'est-ce que c'est ?

— Il y a des choses pires que les krakens au fond de ces eaux.

Khaemezra pencha la tête en me scrutant de ses étranges yeux bleu-vert. En les détaillant je songeai qu'ils étaient de la couleur du ciel, puis décidai que non : plutôt de la couleur de la mer. Puis j'eus la pensée insolite que les yeux de la vieille vané n'étaient qu'un miroir reflétant la lumière de l'océan et du firmament ; que dans une maison, sous terre ou la nuit, les yeux de Khaemezra seraient parfaitement incolores.

Quoi qu'il en soit, ils me donnaient la chair de poule.

— Que pouvons-nous faire ? Si ce vaisseau fait naufrage, les esclaves se noieront.

Tyentso leva les yeux au ciel.

— Pense déjà à sauver ta propre peau. Dans la Gueule, même un Zheria se noierait[1]. Si le vaisseau est détruit, tout le monde mourra.

Je gardai les yeux rivés sur Khaemezra.

— Je ne crois pas, non. Si vous ne vouliez pas que Teraeth révèle l'existence du passage, vous auriez pu le faire taire. Nous nous rendons exactement là où vous vouliez nous emmener.

La vieille femme sourit.

— Malin, cet enfant. Tu te demandes si c'est vraiment Relos Var qui a envoyé la kraken à notre poursuite, ou si c'est moi qui l'ai appelée. Si tout ceci n'était qu'une ruse pour convaincre le capitaine de changer de cap sans discuter et nous emmener directement là où nous voulons aller. Si je vais sacrifier tous ces gens afin de voyager plus vite, et sans risque d'être retrouvés.

Je déglutis. Elle avait égrené toutes mes pensées.

— Mais… vous ne pouvez pas… Si nous perdons le vaisseau… ! s'exclama Tyentso.

Sa voix se faisait de plus en plus forte, mais Khaemezra fit un geste et la sorcière se tut. Je n'aurais su dire si c'était l'effet d'un sortilège ou simplement de l'intimidation. Le regard de Khaemezra restait posé sur moi et j'avais du mal à le soutenir.

— Alors ? chuchotai-je enfin. Vous allez les laisser mourir ?

— Qu'en penses-tu ? répliqua-t-elle.

---

1. « C'est comme essayer de noyer un Zheria » est une expression populaire évoquant un exploit impossible à réaliser. La locution semble dater de l'une des nombreuses guerres de Quur contre les pirates, lorsqu'on voyait fréquemment les Zherias sauter dans l'océan, abandonnant leur vaisseau, plutôt que de combattre la puissante flotte quuro. Ils réapparaissaient ensuite sains et saufs sur la côte zheria, bien que leurs vaisseaux se trouvent parfois à des kilomètres du littoral.

Je songeai à ce que je savais de Thaena. Je me remémorai l'expression de Teraeth lorsqu'il regardait les esclaves dans la soute. Je me souvins de l'inquiétude de Khaemezra, lorsque le gaesh avait failli me tuer. Dans mon esprit, les disciples d'une déesse de la mort auraient dû être insensibles et sans cœur, or ils étaient plus difficiles à cerner que je ne l'aurais cru.

— Non, je ne crois pas que vous soyez prête à les laisser mourir, répondis-je enfin. Mais ça ne veut pas dire que vous n'avez pas fait venir la kraken. Vous le feriez, si vous pensiez que ça vous permettrait de libérer ces esclaves.

— Alors maintenant, les krakens sont des armes d'émancipation ? (Le coin de sa bouche se souleva.) Je dois avouer que c'est la première fois que j'entends cela. Mais non, ce n'était pas moi, et je pense que Relos Var est responsable. Tu peux choisir de ne pas me croire, mais cela demeure la vérité.

— Ça nous ramène donc à trois possibilités : être tués par la kraken, dévorés par la Gueule ou nous fracasser sur les rochers de la Désolation.

— Tu as oublié le Vieil Homme, fit remarquer Tyentso. Elle n'a pas encore expliqué ce que c'était.

— Vous feriez mieux de prier pour que je n'aie pas besoin de le faire. (La vané se tourna vers moi.) Tu veux te rendre utile ? Surveille les arrières de mon fils. Quand les choses tourneront mal, quelqu'un va vouloir faire quelque chose d'idiot. Teraeth aura besoin de rester concentré.

— Est-ce que vous ne seriez pas plus qualifiée pour ça ? Je n'ai même pas d'arme.

— Tyentso et moi canaliserons nos énergies de manière que le vaisseau reste intact, alors qu'il sera soumis à des forces supérieures à celles qu'il est conçu pour supporter, expliqua Khaemezra. Tu n'as peut-être pas encore maîtrisé tous les talents qui coulent dans tes veines mais tu es expert dans l'art de passer inaperçu. Je te suggère d'en faire la clé de tous tes objectifs. (Elle me mit un poignard dans la main.) Et maintenant, tu es un homme armé d'un couteau. Malheur à l'Empire.

Lorsque je fis volte-face pour m'éloigner, mes yeux se posèrent sur l'océan et je fronçai les sourcils. Khaemezra, voyant mon expression, se tourna à son tour.

— Cela commence, dit-elle.

Tyentso émit un son aigu et se dirigea vers l'escalier. Khaemezra la retint par le bras.

— Sois forte, ma fille, lui conseilla-t-elle. Aujourd'hui, je suis à ton côté.

Puis elle me lança :

— Va-t'en pendant que c'est encore possible.

Nous naviguions sur la bordure de ce qui ressemblait à une grande flaque d'huile. L'eau parfaitement lisse étincelait comme du verre, et s'étendait sur près de cent mètres. Tout semblait sûr et paisible.

Puis un bruit sourd emplit l'air. Le centre de la flaque explosa en une immense colonne d'eau et de vapeur bouillonnante. Lorsque l'eau retomba, elle se creusa comme si elle allait s'écouler dans les profondeurs du monde. Quelques secondes plus tard, nous avions devant nous cent mètres d'un maelström tournoyant, un tourbillon d'eau salée qui ruisselait vers des ténèbres insondables.

Nous voguions en marge du gouffre, comme en équilibre sur le bord d'une falaise. Le vaisseau pencha dangereusement mais resta en place ; par quelle magie, je l'ignore… Hum. Maintenant que j'y pense, je suis certain de savoir par quelle magie il parvenait à ne pas chavirer. Le *Malheur* voyageait plus vite que ne pouvaient le justifier les voiles ou les rames, lancé à une allure inouïe.

L'équipage n'aurait pu manquer ce spectacle. Les marins restèrent silencieux un moment ; puis leurs cris, leurs appels et même leurs ordres furent noyés par le mugissement du tourbillon.

Je regardai autour de moi. Personne n'était encore rendu fou par la panique, et Teraeth n'avait pas besoin de moi pour le moment. Il faudrait un certain temps pour que le chaos se mue en un délire collectif… sans doute lorsque les marins comprendraient que ceci n'était qu'un petit « croc », et non la Gorge elle-même.

Il y avait un détail dont je voulais m'occuper avant tout.

16

La récompense du général

(Récit de Serre)

Kihrin ne prit pas le temps de dire au revoir à Surdyeh, quoique ses pensées demeurent avec son père au fil des rues tortueuses qui menaient au Cercle Supérieur. En d'autres circonstances, le musicien aurait débordé de conseils prétendument précieux quant à la façon dont il fallait se comporter auprès de la noblesse. En d'autres circonstances, il lui aurait infligé d'interminables sermons sur l'étiquette, mû par son désir permanent d'assurer la carrière de chanteur de son fils. Kihrin avait toujours trouvé cela très hypocrite, puisque Surdyeh savait parfaitement que le succès de son fils au sein de la Guilde des Noceurs dépendait d'un talent magique que le vieil homme refusait de lui laisser développer en toute légalité[1].

Et cette fois, le seul conseil que lui avait prodigué Surdyeh était « N'y va pas ».

Kihrin ne songea pas un seul instant que les raisons qui poussaient Surdyeh et Ola à désapprouver cette visite puissent être légitimes. À ses yeux, c'était une opportunité à ne pas manquer : celle d'impressionner Morea, de gagner une récompense enfin due à son propre mérite et non à celui

1. Puisqu'il n'a jamais été diplômé, cela signifie qu'en théorie, Kihrin est une sorcière ; ou, plus précisément, un sorcier.

de son père, et de se débarrasser d'un démon qui – il en était sûr – n'avait pas cessé de le traquer. Une occasion d'échapper à la Ville-Velours et au Cercle Inférieur pour toujours.

De plus, il était curieux.

La nuit avait rafraîchi l'air surchauffé par les rayons ardents de l'été quuro. Le scintillement irisé du Voile de Tya et la douce lueur des trois lunes illuminaient le ciel. Les ombres chancelaient sur les pavés blanchis à la chaux, tels des ivrognes craignant plus de rentrer chez eux et d'affronter leurs épouses que de s'évanouir dans une ruelle. La nuit, les rues de la Ville-Velours étaient plus fréquentées que le jour ; c'était un quartier de plaisir, après tout, et il accueillait des clients qui ne désiraient pas être reconnus. Des capes sallí défilaient en silence, les capuchons relevés, comme un flot de spectres terreux effectuant leur ronde : de la maison au bordel, du bordel à la maison.

Les pas de Kihrin ralentirent lorsqu'il gravit le grand Escalier des Rêves. Il n'était jamais passé par là auparavant. Il n'en avait pas eu besoin. Les très rares fois où Surdyeh l'avait emmené dans le Quartier d'Ivoire (ou plus tard, lorsque Kihrin s'y était rendu seul), ils étaient toujours entrés par la Porte des Prières. Le grand escalier de marbre, lui, avec sa succession de virages en épingles à cheveux, était l'unique chemin d'accès public au labyrinthe de haies taillées, de domaines, de villas et de palais où résidait l'élite de Quur. Arrivé à mi-hauteur, Kihrin comprit que cette longue et pénible ascension constituait un outil d'intimidation. Les nobles se déplaçaient en litière ou en carrosse et empruntaient des portes privées. Seuls les roturiers gravissaient cet escalier. Lorsqu'ils parvenaient au sommet, ils étaient à bout de souffle et emplis d'humilité.

Il se raidit lorsque les Gardes, en haut de l'escalier, le reconnurent ; ils paraissaient attendre son arrivée, exactement comme l'avait promis le capitaine Jarith. Ils dépêchèrent une escorte afin de le guider jusqu'au domaine Milligreest, éliminant tout risque qu'il « se perde ». En temps normal, il n'aurait guère apprécié d'être ainsi surveillé, mais cette fois il leur en fut reconnaissant. Sans cela, il serait arrivé en retard ou n'aurait peut-être jamais trouvé le lieu du rendez-vous. Au contraire des Gardes auxquels Kihrin était habitué, ceux-ci étaient polis, nets et professionnels, et le garçon ne savait trop comment réagir.

Le domaine Milligreest se trouvait dans le Quartier de Rubis, que Kihrin put identifier car toutes les lumagies qui éclairaient le trottoir (des lumagies ! en pleine rue !) étaient rouges. Il en savait assez sur les Maisons Royales pour savoir que les Hommes Rouges – la Guilde des Métallurgistes – prêtaient allégeance à la Maison locale. Il n'en savait pas assez pour se souvenir de son nom[1].

Il n'ignorait pas que les Maisons Royales de la Cour des Gemmes étaient touchées par les dieux, qu'elles seules avaient reçu la bénédiction divine. Ces douze Maisons pouvaient bien sûr être identifiées par une suite d'emblèmes héraldiques sans intérêt, mais il était aussi possible de les reconnaître grâce aux couleurs des gemmes qui les représentaient.

Il savait que la marque de la Maison D'Jorax arborait les couleurs de l'arc-en-ciel, que leur famille royale avait des yeux d'opale et qu'ils contrôlaient les Noceurs. Surdyeh leur réglait tous les ans une taxe de guilde afin d'en être membre et d'avoir l'autorisation de travailler. Kihrin savait aussi que la Maison D'Evelin était associée à l'améthyste, car D'Evelin régnait sur les Collectionneurs, à qui Ventrebeurre payait sa taxe de guilde. La plupart des gens supposaient que l'organisation criminelle des Danseurs de l'Ombre était en réalité pilotée par les Collectionneurs.

1. La Maison D'Talus.

Kihrin savait que beaucoup de guildes – la majorité, peut-être – tenaient leurs ordres d'une Maison Royale, mais il n'avait jamais retenu lesquelles.

Le noble aux yeux bleus que Morea avait cru être un parent de Kihrin appartenait certainement à l'une de ces familles. Toutefois, le garçon ne parvenait pas à se souvenir à quelle Maison le scélérat devait allégeance. Bleu… Le bleu signifiait-il qu'il était médiqueur ? Kihrin n'avait aucune idée de l'identité de la famille royale qui contrôlait les maisons bleues, où l'on pouvait recevoir des soins en échange de métal.

Pour la première fois de sa vie, il se demanda pourquoi son père – qui lui recommandait avec tant de fougue de s'instruire et d'étudier « s'il voulait jouer un jour devant des gens importants » – avait à ce point négligé son éducation dans ce domaine.

17

Le réveil du Vieil Homme

(Récit de Kihrin)

Nous contournâmes le croc à toute allure. Le vaisseau était penché selon un angle qu'il n'était pas conçu pour endurer, et lancé à une vitesse qu'il n'aurait pas dû pouvoir supporter. Peut-être un vaisseau de guerre au profil élégant en aurait-il été capable, mais le *Malheur* était un navire de transport d'esclaves, lourd et peu maniable. Il grinça et je me demandai s'il allait se briser avant que nous ayons atteint les véritables dangers, malgré toute l'aide que lui prodiguait la magie de Tyentso et de Khaemezra. Nous fîmes deux fois le tour du tourbillon avant qu'il ne daigne nous recracher. Les planches et le mât hurlèrent lorsqu'un autre croc se forma à bâbord, nous entraînant dans la direction opposée comme un cavalier faisant pivoter son cheval.

Je heurtai le second du capitaine Juval, Dellon, en traversant le pont. Marcher sur un bateau qui s'agitait comme une fille de velours au lit n'était pas chose facile. Ce n'était pas ma faute si j'avais eu un accès de maladresse en passant près de lui, si ?

— Sacredieux, morveux ! pesta Dellon.

— Désolé, glissai-je.

— Imbécile de gamin… Va t'accrocher à quelque chose !

Dellon se hissa sur la dunette du vaisseau. Je souris en le regardant s'éloigner et fis discrètement rebondir dans ma paume les clés des soutes aux esclaves.

Peut-être allions-nous mourir, mais il n'était pas question que je laisse tous ces gens périr emprisonnés dans leurs cages comme des poissons dans un filet.

Ce croc-ci n'était pas plus praticable que le premier, mais nous avancions plus vite qu'auparavant et le *Malheur* n'appréciait pas beaucoup l'expérience. Le pont rua sous mes pieds. Le mât se mit à se tordre.

— Je t'en prie, Taja, maintiens-le en un seul morceau, marmonnai-je. Et fais en sorte que Dellon ne regarde pas de ce côté.

Je m'agenouillai sur le pont. De mes mains glacées, je déverrouillai l'énorme cadenas de fer qui fermait la trappe grillagée.

Le reste fut facile. L'équipage du *Malheur* était absorbé par la fureur du maelström. Aucun d'entre eux n'avait le temps de prêter attention à un adolescent qui parcourait la soute en ouvrant les cages. Le bruit de notre course folle sur la crête du tourbillon étouffa les réactions des esclaves libérés. Certains me dévisagèrent, incrédules. Hélas, bon nombre d'entre eux s'écartèrent précipitamment de la porte comme s'ils soupçonnaient qu'il s'agissait d'un piège quelconque. Je leur hurlai de sortir mais je doute qu'ils m'aient compris, si tant est qu'ils aient pu m'entendre par-dessus les grincements assourdissants du *Malheur*.

La véritable difficulté résidait non pas dans la soute aux esclaves, mais dans la cale des rameurs. Tous les esclaves qui s'y trouvaient étaient enchaînés à leur banc. Un par un. L'équipage avait remisé les rames et replié les voiles ; tout cela aurait gêné les virages serrés que devait effectuer le *Malheur* pour se maintenir à flot. Cependant, ils avaient laissé les esclaves à leur place. Lorsque j'avais eu le privilège de séjourner pendant des mois dans la plaisante cale à rames, je n'avais quitté mon banc qu'à la fin, lorsqu'ils m'en avaient tiré pour m'interroger, me fouetter et me mettre mon gaesh.

Je frissonnai de froid dans l'étroit passage menant à la cale. La lourde porte de fer grinça lorsque je l'ouvris. À l'intérieur, les esclaves étaient agrippés à leurs rames dans la pénombre. Ils ne savaient rien des dangers qui les attendaient... hormis la certitude d'être promis à un sort terrible.

Je fus surpris de voir Magoq, le maître des rameurs qui fouettait et maltraitait avec tant d'enthousiasme tout esclave qui ne ramait pas assez vite, prostré en position fœtale dans un coin de la cale. Le colosse, en pleurs, tremblait comme une feuille.

Je m'étais promis de tuer Magoq. J'étais déterminé à le faire. Mais je ne pus me convaincre d'achever cet homme qui se cramponnait à ses genoux et semblait sur le point de se faire dessus tant il était terrorisé. Sans lui prêter davantage d'attention, je délivrai les esclaves de leurs bancs. Le vent mugissait au-dehors ou peut-être avancions-nous à une allure vertigineuse, ou bien les deux, et il m'était très difficile de ne pas tomber. Les rameurs enchaînés peinaient eux aussi à se tenir debout. D'autres glissaient dans la fange qui recouvrait le sol après des mois passés à ramer dans les entrailles du vaisseau. Nous n'échangeâmes pas un seul mot. Cela n'aurait servi à rien, de toute façon : les bourrasques furieuses emportaient toute tentative de conversation.

En finissant de délivrer les esclaves, je m'aperçus que le froid que je ressentais n'était dû ni à la peur ni au vent. D'un geste nerveux, je portai la main à la Pierre des Entraves. J'eus l'impression de toucher un glaçon. L'un des hommes me fit un signe rapide, m'avertissant juste avant que Dellon n'abatte son sabre à l'endroit où je me tenais une seconde plus tôt.

Dellon me cria quelque chose que je ne compris pas. Il n'était pas content ; ça, c'était clair.

Il assena une deuxième fois son sabre dans ma direction et, au même instant, le vaisseau tangua violemment. La pièce s'assombrit lorsque quelque chose d'énorme passa devant les hublots. Le sabre de Dellon manqua de loin sa cible et vint se planter dans l'un des bancs en bois. J'entendis un grand fracas, une cavalcade et – quoique j'aie du mal à en être sûr – des hurlements.

La chose s'écarta des hublots et un rai de lumière éclaira la pièce. Je vis que l'un des rameurs avait ramassé ses chaînes pour les enrouler autour de la gorge de Dellon.

C'est ironique. Au contraire de leurs jambes, atrophiées par l'immobilité, les membres supérieurs des rameurs possédaient une force considérable. Les esclaves « permanents » du *Malheur* ne portaient pas Dellon dans leur cœur. Ils le haïssaient plus encore que Magoq.

Je ne m'attardai pas assez longtemps pour découvrir le sort qu'ils lui réservaient. J'avais reconnu la forme qui avait brièvement masqué les hublots, et je savais que nous étions en très mauvaise posture.

C'était un tentacule.

En remontant au pas de course sur le pont, je remarquai que les tentacules qui avaient enserré le *Malheur* n'étaient pas pourvus de ventouses. Pas une seule. À la place, ils étaient hérissés de dents. Des pointes incurvées, aiguës et cruelles, d'os ou de chitine ou que sais-je ; en tout cas, elles étaient tranchantes comme des rasoirs, capables de fendre le bois comme autant de haches khorechalit. Si je prends la peine de mentionner ce détail, c'est parce que – comme l'auraient fait des haches – ces tentacules portèrent un coup dur à la structure du vaisseau, en s'enroulant autour de sa coque et de son mât.

En d'autres circonstances, je suis sûr que les marins se seraient attaqués aux tentacules à l'aide de leurs épées et de leurs harpons. Mais ce jour-là, ils s'agrippèrent aux garde-fous et se lamentèrent pitoyablement. Le vaisseau pencha dangereusement. Je levai les yeux, pensant que nous devions passer tout près d'un croc particulièrement redoutable.

Mais non : c'était la Gorge.

Le vaisseau bascula si fortement que la moitié du ciel s'emplit d'un vortex tourbillonnant. Le maelström était large de près de deux kilomètres et se terminait par un gouffre sans fond, menant sans doute tout droit vers les ténèbres de l'Enfer.

— Oh, Taja, murmurai-je.

Nous tournions beaucoup trop vite, et il semblait qu'à chaque seconde nous étions sur le point de chavirer et d'être propulsés dans l'abîme. Le vent me cinglait comme s'il avait l'intention de m'y envoyer personnellement.

Je me hissai lentement sur le pont principal en m'agrippant aux cordes. Teraeth se tenait en équilibre contre la barre, un pied posé sur l'axe principal, l'autre tournant la roue. Il avait une main derrière le dos et l'autre en l'air, levant ses doigts un à un. Il n'avait pas l'air plus perturbé par le vent ou le tourbillon qu'un poisson n'est dérangé par les vagues.

Il commençait à m'agacer.

— Je ne sais pas si vous avez remarqué, hurlai-je par-dessus le vacarme, mais une kraken s'est accrochée à l'arrière du vaisseau !

Il hocha la tête.

— Elle nous accompagne. Elle sait que le maelström la tuerait. Elle pense que sa seule chance de survivre est de se cramponner à nous.

— Elle « sait » ? Elle « *pense* » ?

— Bien sûr. C'est la fille d'une déesse !

— Oui, je faisais tout mon possible pour l'oublier.

Je regardai autour de moi. Le capitaine Juval était plaqué au mur de l'escalier qui descendait vers les quartiers de l'équipage. J'eus l'impression qu'il priait.

— On va s'en sortir ? demandai-je.

— Trois, compta-t-il en levant un doigt de plus.

— Il doit bien y avoir quelque chose de plus à faire... Si on arrive à échapper à ce tourbillon, la kraken va nous tailler en pièces !

— Chante.

— *Quoi ?* m'égosillai-je.

— Le commissaire-priseur a dit que tu étais musicien ! hurla Teraeth. Alors chante ! Chante comme si ta vie en dépendait !

— Mais à quoi ça va servir ?

— Quatre !

Teraeth leva un autre doigt.

Le vaisseau tournait de plus en plus vite et de plus en plus haut sur le pourtour du tourbillon. Au bout d'un moment celui-ci finirait par nous rejeter vers l'extérieur. Cela aurait dû me rassurer, mais je savais que les récifs de la Désolation nous attendaient au nord. Si notre sortie n'était pas manœuvrée à la perfection, nous serions réduits en miettes.

— Pourquoi vous voulez que je chante ?

— Ça réveillera le Vieil Homme.

— Je croyais qu'il fallait l'éviter à tout prix ?

— Il y a toujours une chance pour que tu l'amuses. Alors chante, allez !

— Personne ne m'entend ! Je hurle, et même moi je ne m'entends presque pas !

— Lui, il t'entendra. CHANTE ! (Teraeth brandit son poing tout entier.) CINQ !

J'avais chanté en d'étranges circonstances, au *Voile Brisé*, mais c'était plutôt en contraste avec des scènes de débauche, pas avec la menace d'une mort imminente. Et la pierre que je portais au cou était désormais chaude, brûlante même.

Je choisis la première chanson qui me vint à l'esprit, car c'était l'une des dernières que j'avais interprétées en public. Cela me fit drôle de la réciter sans la harpe Valathea pour m'accompagner.

Écoutez donc l'histoire
De quatre braves frères
Rouge, jaune, violet et indigo,
Qui possédaient alors
Les terres et les mers
Rouge, jaune, violet et indigo…

— Parfait ! cria Teraeth. Continue à chanter ! Six ! ON Y VA !

Comme en réponse à l'ordre de Teraeth, la Gueule projeta le *Malheur* loin de son gouffre central. Je n'avais jamais bougé à une vitesse si inconcevable, si étourdissante et écœurante, de toute ma vie. Nous jaillîmes hors de la Gueule si vite que j'en eus la nausée. Dès que nous eûmes quitté le tourbillon, j'entendis brailler les marins ; la kraken s'était mise à bouger.

Ils virent un jour les voiles
D'une si belle dame
Rouge, jaune, violet et indigo
Que chacun déclara
Qu'il en ferait sa femme
Rouge, jaune, violet et indigo…

Nous nous élançâmes en direction de la Désolation, manquant à un cheveu de nous faire lacérer par les récifs. Malheureusement, nous filions tout droit en direction d'une petite île rocheuse qui semblait assez large et dure pour produire le même résultat.

L'île ouvrit les yeux.

Mon souffle se bloqua dans ma gorge à ce spectacle. Teraeth chuchota d'un ton furieux :

— Continue à chanter !

Ravalant ma peur, je repris ma chanson.

Vous n'aurez pas sa main !
Crièrent les uns aux autres,
Rouge, jaune, violet et indigo
Et chacun répondit :
Jamais elle ne sera vôtre !
Rouge, jaune, violet et indigo…

— Par les dieux, entendis-je Juval dire en remontant sur le pont. Qu'avez-vous… ? C'est… Il faut faire demi-tour.

— C'est impossible, assura Teraeth. Si nous fuyons, le Vieil Homme nous poursuivra. Il aime bien que sa proie essaie de lui échapper.

Tandis que je chantais, l'île s'ouvrit et s'ébroua pour chasser la poussière accumulée durant ses années de sommeil. Sa tête, longue et sinueuse, était une masse de muscles et de tendons qui saillaient et se mouvaient sous une peau écailleuse, terne et marbrée. Ses ailes, une fois déployées, semblaient recouvrir le ciel.

— Je préfère tenter d'affronter la kraken ! hurla Juval. Elle, on peut la battre. Là, c'est vers un sacredieux de *dragon* que vous êtes en train de nous emmener !

Et il avait raison.

Le dragon était noir comme la suie ou des cendres de charbon. Entre ses écailles, une lueur pulsait subtilement, comme s'il y couvait une fournaise que sa peau peinait à contenir.

Ses yeux brûlaient plus vivement que n'aurait pu le faire une forge.

Aucune des histoires que j'avais entendues sur les dragons – qui les disaient immenses, féroces et mortellement dangereux – ne rendait justice à la réalité. Cette créature aurait pu décimer une armée. Ce n'était pas un péquin à cheval avec une lance qui aurait pu se mesurer à elle.

Ils hissèrent leurs drapeaux
Pour se faire la guerre
Rouge, jaune, violet et indigo
La bataille fit rage,
Le sang baigna la terre
Rouge, jaune, violet et indigo
Et la guerre finie,
Laissa les mères en pleurs
Rouge, jaune, violet et indigo…

— Reculez, capitaine, ou vous mourrez avant de savoir si nous allons réussir.

La voix de Teraeth était calme et pleine de menace.

Je ne les regardai pas. Qu'aurais-je pu faire ? Je continuai à chanter. Je les entendais se disputer derrière moi, et plus loin encore je percevais les cris des marins qui combattaient la kraken. C'était une cacophonie d'une ampleur inconcevable, et je peinais à croire que le dragon puisse différencier tous ces bruits disparates.

Le monstre ouvrit sa gueule. D'abord je n'entendis rien, puis le tonnerre rugissant me fit chanceler. Des vaguelettes ridèrent la surface de l'eau, des rochers se fendirent et se détachèrent des îles environnantes et le bois du *Malheur* vibra en réponse. Des nuages coururent à travers le ciel comme pour tenter d'échapper à la créature. Des vapeurs d'un jaune de soufre se déversaient de sa gueule. Le monstre avait les yeux fixés sur le *Malheur* qui s'approchait toujours de lui à vive allure, et je ne pus me défaire de la certitude terrible que c'était moi qu'il regardait.

Des hurlements de plus en plus forts s'élevèrent derrière moi, et quelqu'un cria :

— Bon sang ! Elle est montée sur le vaisseau !

Il fallait vraiment que je sois absorbé par le dragon pour n'avoir pas tourné la tête à ce moment-là. Je ne pensais qu'à lui. On ne peut pas éluder une telle créature. Soit elle disparaîtrait, soit elle vous détruirait.

Teraeth, lui, dut tourner la tête, et Juval pensa sans doute que c'était le moment d'agir. J'ignore sincèrement ce qui lui passa par la tête.

J'imagine que c'était la panique qui l'animait.

J'entendis des pas, un grognement, le sifflement du métal ; puis, une seconde plus tard, le bruit atroce et caractéristique du sang qui jaillit en gargouillant d'une gorge tranchée.

— Imbécile, marmonna Teraeth.

La belle vint alors marcher
Sur ce champ de sang et de peur
Rouge, jaune, violet et indigo
Je ne veux pas de vous, dit-elle
Vous avez trahi mon amour
Rouge, jaune, violet et indigo…

La lamentation du dragon changea alors, passant sur une autre note. Je sentis son chant à la surface de ma peau, son écho dans mes oreilles, sa vibration jusque dans mes os. C'était un choc physique, une extase tangible.

Il chantait.

Le dragon chantait avec moi.

Elle s'envola dans les cieux
Et s'y trouve encore à ce jour
Rouge, jaune, violet et indigo...

Derrière moi, le vacarme continuait. La kraken faisait tomber les hommes sur le pont en essayant d'éventrer la soute. Il y eut un énorme craquement, comme si un géant coupait du bois pour sa cheminée.

Et quand la nuit est claire
On voit encore danser ses voiles...

— Thaena ! hurla Teraeth avant de bondir.

Il me plaqua au sol et le mât vint s'écraser là où je me tenais un instant plus tôt. Et, puisque je n'ai encore jamais réussi à chanter tout en ayant le souffle coupé, je m'interrompis.

Cela ne plut pas du tout au dragon.

Il s'élança dans les airs, hurlant d'une rage à nous rompre les tympans, ouvrant ses ailes gigantesques sous les rayons ardents du soleil. L'immense créature franchit la distance qui la séparait du vaisseau en moins de trois secondes. J'avais sous-estimé sa taille. Il aurait pu tenir dans la Grande Arène de la Cité capitale, mais seulement s'il s'était roulé en boule à la manière d'un chat.

Le Vieil Homme plana au-dessus de nos têtes et son ombre caressa le bateau comme une cape de soie. Il sentait le soufre et la cendre, une odeur brûlante de fournaise et de fer en fusion. En passant, il tendit paresseusement une serre et cueillit la kraken encore accrochée au vaisseau. De gros morceaux de bois s'envolèrent avec elle. Le dragon projeta la Fille de Laaka dans les airs comme une boule de ficelle et cracha sur elle un flot de cendre incandescente[1].

Je suis sûr que vous avez entendu des histoires où les dragons crachaient du feu, mais croyez-moi lorsque je vous dis que ce qu'il fit était pire. Ce n'était pas le feu comme on le trouve dans une cuisine ou dans une forge, celui qui apparaît lorsqu'on frotte deux bâtons l'un contre l'autre, ni même les flammes magiques invoquées par les mages. C'était toutes les cendres d'une fournaise, ou même de mille fournaises, chauffées à blanc, jusqu'à pouvoir fondre le fer… et expulsées avec la force d'un typhon. La chaleur faisait fondre, la cendre lacérait et le nuage brûlant ne laissait pas un souffle d'air pour respirer.

Elle n'avait aucune chance de survie.

Le dragon dévora la masse de chair tordue et carbonisée avant qu'elle ait pu retomber dans la mer.

Puis il décrivit une boucle et reporta son attention sur nous.

Teraeth se leva. Je l'imitai. Le vaisseau se mit à pencher, et pire : Khaemezra et Tyentso montèrent sur le pont. Je ne pensais pas que les deux magiciennes se montreraient à moins que la situation ne soit vraiment désespérée et que le dragon soit devenu un problème plus important que de maintenir le navire à flot.

— Oh, dieux. Relos Var, murmurai-je. Relos Var va venir, maintenant.

— Nous ne sommes pas loin de l'île. Si nous arrivons à l'atteindre, nous serons en sécurité. Elle est consacrée

---

1. D'après les témoins de l'éruption du mont Daynis, tout au sud de Khorvesh, la plupart des morts ne furent pas dues à la lave ou aux rochers géants qui jaillirent du volcan, mais à une vague de gaz très chauds et de débris qui se déversa comme de l'eau de la montagne, engloutissant des villes entières sur son passage.

à Thaena ; il n'osera pas venir jusqu'à l'un des sièges de son pouvoir.

— Et si je me remettais à chanter, ça aiderait ?

— Probablement pas. Espérons seulement que tu l'aies mis de bonne humeur.

— Que se passera-t-il s'il l'est ?

— Il s'envolera.

— Et s'il est de mauvaise humeur ?

— Il nous réduira tous en cendres pour nous punir de l'avoir réveillé pendant sa sieste.

Je regardai autour de moi.

— S'il veut nous achever, il ferait mieux de se dépêcher. Le vaisseau est en train de couler.

La kraken avait emporté avec elle des morceaux de la coque et l'eau s'infiltrait dans le navire.

Teraeth arracha son regard au dragon qui s'approchait et regarda la partie du *Malheur* qui commençait à sombrer.

— Oh, par l'Enfer…

— **Je le veux.**

La voix du dragon était puissante et sonore mais elle n'avait rien d'animal. Il ne s'exprimait pas avec des sifflements reptiliens, comme je l'aurais imaginé, mais dans un bruit rocheux, élémentaire, imitant la parole.

— **Donnez-le-moi et je sauverai votre vaisseau.**

— Oui, mais vous promettez de me nourrir tous les jours et de bien vous occuper de moi ? marmottai-je.

— Il t'aime bien. C'est une bonne nouvelle, fit remarquer Teraeth.

— Oui, je me sens très aimé, en effet. (Je me tournai vers l'arrière du vaisseau.) Taja, j'espère que ces gens savent nager…

Je me penchai pour garder l'équilibre.

Le corps de Juval se mit à glisser lentement le long des planches. Tyentso manqua d'être entraînée à son tour.

Teraeth l'attrapa par le bras et la pressa contre lui pour la retenir. Elle le regarda d'un drôle d'air mais ne protesta pas.

— Tu ne peux pas le prendre. Il est important pour moi, déclara Khaemezra.

Je la dévisageai, puis observai de nouveau le dragon. Sa voix…

— Je ne lui ferai pas de mal, Mère.

— J'ai dit non.

Je regardai Teraeth et articulai silencieusement :

— Mère ?

Sa bouche tressauta.

— Tout le monde l'appelle ainsi, déclara-t-il.

Je secouai la tête. Ce n'était pas juste une façon de parler. Pas avec cette voix. Je n'avais jamais entendu de voix comme celle de Khaemezra… avant d'entendre parler un dragon.

— Donnez-le-moi, ou je…

Mais leur marchandage avait duré trop longtemps. Le *Malheur* avait trop souffert de notre fuite. Un second craquement, bien plus fort, résonna au centre du bateau, qui se fendit et s'ouvrit en deux. La moitié inférieure disparut dans l'océan. L'autre partie retomba en arrière et s'abattit sur les flots. L'espace d'un instant, j'eus l'impression de ne rien peser ; le pont s'était dérobé sous moi.

L'eau afflua au-dessus de ma tête. Les sons disparurent, puis revinrent sous la forme d'un mugissement sourd. Tandis que le vaisseau sombrait, la force colossale du courant me tira vers le bas, m'emprisonnant dans l'eau malgré mes efforts pour nager vers la surface. J'avais beau faire de mon mieux pour me propulser vers le haut, la lumière s'éloignait, de plus en plus faible et diffuse.

L'eau s'avéra moins froide que je ne l'aurais cru, mais peut-être n'était-ce dû qu'à la chaleur émanant de la pierre autour de mon cou.

Mon corps se souleva lorsqu'une griffe gigantesque plongea dans la mer. D'énormes serres formèrent une cage autour de moi. Les dernières choses dont je me souvins furent une odeur piquante de foudre et d'eau salée, et l'œil immense d'un grand dragon noir, les écailles couvertes de varech dégoulinant, qui m'observait. Ce dont je me souviens plus clairement que tout le reste, c'est que cet œil n'avait pas l'éclat jaune de ceux du Vieil Homme ; il était bleu. Ou peut-être vert.

Ou peut-être n'avait-il pas de couleur, hormis celles qui s'y reflétaient.

18

Les renseignements de Jarith

(Récit de Serre)

Une épée en métal vermeil ouvragé ornait les solides portes en fer forgé du domaine Milligreest. Une vaste pelouse, d'un vert immaculé, bordait des cours dédiées à l'escrime, des écuries, et un manège. Les fleurs n'apparaissaient que sous forme de plates-bandes étroites et rases, dont on ne pouvait craindre qu'elles fassent trébucher un garde ou dissimulent un intrus. Des palmiers s'élevaient le long de l'allée principale, comme des soldats au garde-à-vous. La grande maison était d'une sobriété étonnante : c'était un bâtiment à deux étages en plâtre uni, d'un rouge orangé, au toit crénelé et pourvu d'une tour à chaque coin. Elle ressemblait plus à une forteresse qu'à un palais : elle ne comptait aucune véritable fenêtre, et une seule imposante porte d'entrée. Par les dieux, elle était même percée de meurtrières…

Son escorte le laissa aux mains d'un nouveau groupe de soldats qui l'accompagnèrent jusqu'à la grande porte, où ils le confièrent à d'autres militaires. Ces derniers le firent traverser la bâtisse, puis ressortir dans une cour intérieure ornée de fontaines et d'orangers en fleur.

Après lui avoir ordonné d'attendre, ils le laissèrent seul.

La cour se trouvait au cœur de la demeure ; tous les niveaux s'ouvraient sur ce patio, par des balcons dans les étages et de hautes arches au rez-de-chaussée. Les chaises et les tables de roseau tressé, au centre du patio, constituaient un lieu propice aux réunions informelles. Le mur le plus proche de la porte d'entrée était plat et dépourvu de fenêtres, mais quelqu'un – il y a bien longtemps – avait peint une fresque sophistiquée sur la surface de plâtre.

Kihrin essuya ses mains moites sur son pantalon multicolore et détailla la fresque en patientant. Il s'agissait d'une scène épique, représentant des soldats quuros combattant les vané manols, qui leur répliquaient au moyen d'arcs et de magie. Kihrin fut surpris de constater que les Quuros perdaient. Et « perdre » était sans doute un terme trop doux. On aurait plutôt dû parler de massacre.

— *Le Fléau de Kandor*, dit une voix féminine. Peint par la grande Felicia Nacinte[1] à la demande de Laris Milligreest IV. N'est-il pas magnifique ?

Kihrin se retourna, puis leva la tête. Une fille de son âge l'observait depuis le balcon du premier étage.

Elle était vêtue d'une tenue de garçon d'écurie : un pantalon kef taché de couleur ocre et une veste courte coupée au-dessus de la taille et serrée par des lacets, qui avait dû être une fine toile de lin d'une blancheur parfaite avant qu'elle aille se rouler dans la boue. Ses longs cheveux noirs étaient retenus en nattes jumelles par des rubans d'or sombre, légèrement plus clairs que ses yeux d'un brun limpide. Son visage portait des traces de terre et, malgré l'ecchymose récente qui marquait l'une de ses joues, elle était ravissante. De l'avis semi-professionnel de Kihrin, elle ne ferait qu'embellir en grandissant. Dans quelques années, elle saurait convaincre un homme de s'asseoir et de faire le beau

1. Le chef-d'œuvre de Felicia Nacinte, *Le Viol de Thoris*, a malheureusement été détruit depuis, mais certains de ses autres tableaux, en particulier *La Déroute des morgages*, *Les Prétendants de la fille du duc* et *Une rose pour Thaena*, sont exposés au palais ducal de Khorvesh. Je vous recommande chaudement d'aller les admirer si vous en avez un jour l'occasion.

aussi vite qu'elle était capable – du moins le supposait-il – de tirer le sabre incurvé qui pendait à sa ceinture.

— Très impressionnant, acquiesça Kihrin. À condition d'aimer les scènes de bataille.

— C'est ce qu'il y a de mieux. Et puis, ce n'est pas qu'une scène de bataille. C'est l'événement le plus important de toute l'histoire de ma famille. Saviez-vous que nous descendions de l'Empereur Atrin Kandor ?

Il regarda de nouveau le tableau. En effet, on y voyait Kandor, ou du moins un personnage en armure lourde et portant une couronne. L'Empereur avait reçu une flèche noire en pleine poitrine, et il était en train de laisser tomber une grande épée flamboyante. Urthaenriel, le Fléau des Rois.

— Je l'ignorais. (Il se retourna vers elle.) N'a-t-il pas causé la mort de presque tous les habitants de la colonie khorvesh ?

— C'était il y a très longtemps. (Elle se pencha sur la balustrade.) Est-ce que votre père sait que vous êtes habillé comme un saltimbanque ?

— Oui. Est-ce que votre mère sait qu'elle ne devrait pas vous tresser les cheveux comme ça ? Les gens pourraient vous prendre pour une fille.

Elle éclata de rire.

— Vous êtes plus insolent que je ne l'aurais cru. Retrouvez-moi sur le terrain d'entraînement et je vous montrerai à quel point je peux me montrer féminine. Je vous donnerai une raclée à vous déchirer le pantalon.

Kihrin n'était pas vraiment d'humeur à conter fleurette, mais il ne pouvait laisser passer une occasion pareille.

— Faites attention. Je risquerais d'aimer ça.

Elle rougit à ces mots ; cependant, sa réaction était dénuée de réelle gêne et le rire ne quitta pas ses yeux.

— Si vous n'aimiez pas cela, je dirais que nous ne nous y sommes pas pris correctement, riposta-t-elle après une infime hésitation.

On aurait dit qu'elle venait à peine de découvrir le concept du badinage et qu'elle n'avait pas eu le temps d'apprendre toutes ses répliques. Elle soupira.

— Malédiction… Père ne serait pas d'accord. Ce ne serait pas convenable.

— J'ignore pourquoi, mais je n'ai pas l'impression que vous vous limitiez à ce qui est convenable. Pas dans cette tenue.

— Elédore, n'étiez-vous pas censée vous exercer ? s'enquit le capitaine Jarith en entrant dans la cour par une porte latérale.

La jeune femme grimaça et poussa un long soupir de martyre-née.

— J'étais juste…

— Allez, Dory.

— Oui, Jarith, marmonna-t-elle en se retournant pour partir.

Elle s'arrêta cependant pour lancer un clin d'œil à Kihrin, avant de disparaître.

Jarith secoua la tête.

— Vous avez de la chance que je sois venu vous sauver. Si j'étais arrivé un quart d'heure plus tard, elle vous aurait emmené sur le terrain d'entraînement et vous ferait parier sur des coups d'épée contre vos vêtements.

Kihrin eut un sourire malicieux.

— La plupart des hommes seraient ravis de perdre, dans cette situation.

— Oui, mais je doute que le Premier Général soit ravi de trouver un fils de ménestrel du Cercle Inférieur en train de s'adonner à l'escrime avec le fruit de ses entrailles. Ce serait encore plus dangereux pour vous qu'un tête-à-tête avec un prince démon.

La bouche de Kihrin s'était faite aussi sèche que le Désert.

— C'était la fille du Premier Général ?

— Oui, en effet. Alors n'allez pas vous faire des idées. En ce qui me concerne, on n'en est pas encore au point où je devrai me battre – littéralement – pour repousser les demandes en mariage, mais cela ne devrait pas tarder. Je crois que quand je me marierai, je choisirai une femme du commun, rien que pour entendre les hurlements de rage de toutes les mères nobles qui cherchaient à m'attraper comme des pêcheurs à la ligne.

Kihrin se sentit stupide.

— Vous êtes un Milligreest, vous aussi ?

— Vous croyez que j'aurais été nommé capitaine à mon âge, si ce n'était pas le cas ? Le népotisme a encore de beaux jours devant lui, dans la capitale de notre grande nation, déclara le capitaine avec une amertume surprenante.

— Crotte. (Kihrin fit la grimace.) J'ai vraiment mis les pieds dans le plat, hein ?

— À ce stade, je parlerais même d'une marmite. (Malgré ses paroles, Jarith sourit.) J'avoue qu'elle était habillée comme un garçon d'écurie. Je devrais interpréter comme un compliment le fait que vous parveniez à la trouver jolie dans cet état de saleté. Ça vaut mieux que les hommes qui ne veulent d'elle que pour profiter de l'influence de son père. (Le capitaine Jarith esquissa un geste large, désignant l'ensemble du manoir.) Ma famille est dans une situation un peu étrange. Nous ne sommes pas de sang royal, mais nous sommes si nombreux à avoir occupé des postes importants – Voix du Conseil, généraux, et j'en passe – que cela revient presque au même. Ceux qui briguent le pouvoir nous font la cour, en dépit de nos bizarreries de Khorvesh.

Kihrin fit passer son poids d'un pied sur l'autre, mal à l'aise.

— Qu'y a-t-il ? lui demanda Jarith.

— Pourquoi est-ce que vous me racontez tout cela ?

Jarith se mordilla la lèvre.

— Vous avez fait preuve de courage face au démon, et de nouveau quand vous m'avez demandé de rechercher cette jeune esclave. J'imagine que je n'ai pas envie que vous pensiez trop de mal de nous.

— Pourquoi penserais-je du mal de vous ? (Kihrin se tut un instant.) La sœur de Morea… Talea… Vous avez trouvé quelque chose ?

— Je suis vraiment désolé.

Kihrin serra les dents et détourna le regard.

— Elle est morte ?

— Si elle ne l'est pas, cela revient au même. Elle a été vendue à un homme qui compte la torture parmi ses activités favorites. Ses esclaves ne connaissent jamais de fin heureuse.

— Je pourrais la racheter.

— Vous n'avez pas assez d'argent.

— Vous n'en savez rien.

Kihrin croisa les bras sur sa poitrine et fournit un effort considérable pour ne pas révéler à quoi il passait ses nuits.

Jarith soupira.

— Si, je le sais. Parce que la quantité d'argent que vous possédez ou non n'a pas d'importance. Ce ne serait pas suffisant. Vous pourriez être un prince royal : cela ne changerait rien. Darzin D'Mon est le genre d'homme qui vous inviterait à lui rendre visite avec la promesse de vous restituer l'esclave, puis qui la torturerait à mort sous vos yeux, rien que pour profiter de votre réaction. Il adore briser les gens. J'ai honte de savoir que c'est le même sang qui coule dans nos veines.

— Que voulez-vous dire ?

— C'est mon cousin. (Jarith Milligreest baissa la tête.) Notre famille n'est pas sans orgueil, et notre histoire… (Il désigna à son tour la fresque peinte.) Nous avons vécu et nous sommes morts au service de l'Empire. Il souille l'honneur de ma famille, mais au moins il ne porte pas le nom de Milligreest. Malheureusement, je ne peux pas l'obliger à libérer une esclave dont il est légalement propriétaire. S'il désire la tuer, la loi le lui permet.

— Ce n'est pas juste. Il pourrait l'assassiner, et vous ne feriez rien ?

— Du point de vue de la loi, ce n'est pas une personne ; par conséquent, ce ne serait pas un meurtre. (Jarith secoua la tête.) Je suis désolé. Si son propriétaire avait été n'importe qui d'autre, j'aurais pu me servir du nom de mon père pour faire pression sur lui. Mais dans cette situation, si je m'enquiers de son sort, elle mourra. Mon cousin éprouve pour moi autant d'affection que j'en ai pour lui. Il le ferait pour me blesser.

Kihrin ferma les yeux et serra les poings, tentant de chasser de sa bouche le goût de la bile et de la haine. Il leva la tête vers la fresque, vers les corps tordus et sans vie des soldats quuros, mourant en pions dans un jeu qu'ils ne comprenaient pas, et auquel ils n'avaient certainement pas voulu participer. Cela ne les avait pas sauvés.

Jarith lui donna une claque sur l'épaule.

— Venez. Nous avons une bibliothèque fournie et de l'eau-de-vie de gingembre bien corsée. Après une telle journée, je pense que vous en avez besoin. Je vous laisserai attendre là-bas que mon père soit prêt à s'entretenir avec vous.

Kihrin laissa Jarith le conduire à l'intérieur.

19

Une déesse en rêve

(Récit de Kihrin)

Je m'éveillai seul, allongé sur une natte, dans une grotte où résonnait le bruit de l'eau gouttant sur la pierre…

Non, attends.

Je vais trop vite. Il faut que je parle du rêve. Enfin, je ne crois pas qu'il s'agisse d'un rêve. En principe je ne rêve plus, à présent. Pas depuis que j'ai eu un gaesh. Mes nuits sont noires, emplies de néant depuis l'instant où je ferme les yeux jusqu'à ce que je les rouvre au matin.

Donc ça ne pouvait pas être un rêve. Pas vraiment.

Mais entre le moment où j'ai failli me noyer et celui où je me suis réveillé, j'ai vécu quelque chose qui ressemblait à un rêve.

Ce qui est certain, c'est que ce n'était pas une hallucination.

Quelque chose rugit à mes oreilles, un bruit cadencé, avançant et reculant au rythme furieux de mon cœur. L'espace d'un instant, je crus que c'était bien lui qui produisait ce son. Je souris, car cela signifiait que mon cœur battait encore. J'étais vivant.

Croyez-moi : comprendre qu'on est encore en vie alors qu'on devrait en toute logique être mort est un plaisir dont il est impossible de se lasser.

Puis je me souvins du dragon. J'ouvris les yeux, crachai quelques grains de sable et regardai autour de moi. J'étais couché sur une plage, à plat ventre, et j'entendais dans mon dos le fracas assourdissant des vagues heurtant la roche et le rivage. Le sable sous mes doigts était étrange : noir, fin et scintillant comme de la poudre d'onyx. Au loin je distinguai des rochers sur la mer, d'épaisses brumes blanches ainsi qu'une jungle d'un vert éclatant à l'autre extrémité de la plage. La jungle semblait grimper sur les versants d'une montagne, dont le sommet était couronné de nuages.

La plage paraissait déserte, à l'exception de moi-même. Mais je changeai rapidement d'avis : une petite fille marchait dans l'écume blanche des vagues.

L'enfant semblait âgée tout au plus de six ans. Sa petite robe marakori, qu'elle avait retroussée, traîna dans l'eau lorsqu'elle se baissa pour examiner des cailloux. Ses cheveux argentés formaient un nuage de boucles serrées qui étincelait au soleil.

— Bonjour ?

Je tentai de me lever et découvris avec plaisir que j'en étais capable.

Je ne me souvenais pas d'avoir vu quelqu'un qui lui ressemblait sur le bateau. Elle paraissait humaine. Enfin, presque… Ses cheveux aux reflets métalliques évoquaient d'autres origines.

En marchant dans sa direction, je remarquai quelque chose. La marée était en train de refluer, mais alors qu'elle aurait dû s'arrêter et repartir vers la plage, elle poursuivit sa retraite. L'océan tout entier semblait avoir décidé de s'éloigner autant que possible de cette île. La petite fille poussa un cri de plaisir lorsque l'eau, en se retirant, révéla des bassins, des coquillages et des poissons qui s'agitaient, déboussolés.

— Non… Quelque chose ne va pas, marmottai-je.

Qu'est-ce qui ne va pas ?

Des histoires sur l'océan. Des contes entendus sur les genoux de Surdyeh, des fables parlant de vagues mortelles…

— Sauve-toi, vite !

— Les petits poissons ! s'écria la petite fille en les montrant du doigt.

— NON ! Éloigne-toi de l'eau !

Je courus vers elle. Nous étions trop proches de l'océan, beaucoup trop proches.

Alors que je la soulevais dans mes bras, l'eau se mit à monter, formant un mur. Ce mur s'éleva de plus en plus haut et je ne pus que le regarder faire, sachant qu'il était trop tard. Je n'avais aucune chance d'atteindre un abri avant que le raz-de-marée s'abatte sur nous.

La vague était gigantesque et ténébreuse, formée des eaux les plus obscures des abysses sous-marins. Son ombre recouvrit la plage, et elle s'éleva si haut qu'elle cacha le soleil. Je fermai les yeux et me détournai.

Et je restai là. Force fut de constater que je n'avais pas été emporté, et que je n'étais pas mort.

Croyez-moi, ce n'est pas que je n'étais pas reconnaissant… Juste surpris.

Je levai de nouveau les yeux. L'eau était comme suspendue, parfaitement immobile et figée. Sans grandir ni diminuer, la vague restait voûtée au-dessus de la terre, comme un fléau qui avait changé d'avis à la dernière minute et n'avait pas encore décidé qui il voulait anéantir, en fin de compte.

La petite fille tira la langue à l'intention du raz-de-marée et émit un bruit grossier.

— Ça va ? (Je regardai l'enfant, puis la vague.) Pourquoi est-ce qu'elle ne tombe pas ?

Elle me serra soudain dans ses bras et plaqua un baiser mouillé sur ma joue. Elle avait un parfum sucré, évoquant un gâteau à la vanille nageant dans de la crème fouettée.

— Mais si, elle tombe ! Gros bêta. Elle tombe trop lentement pour que tu le voies. Elle tombe depuis trèèèès longtemps.

La petite fille se trémoussa, comme un chat qui veut qu'on le repose. Je la libérai et elle se remit à sautiller sur le sable humide, lançant des « oh ! » et des « ah ! » face aux étoiles de mer déconcertées.

— Je ne… (Je secouai la tête.) Je ne comprends pas.

— Ce n'est pas grave. Ça fait longtemps, dans ton cas, et tu ne t'en souviens plus. C'est dur de voir quelque chose de très grand ou de très vieux. La plupart des gens ne le voient pas du tout ; ils ne voient rien avant la chute finale. Et ça, ça arrive vite. Très vite. Et puis… (Elle se mit à jeter des poignées de sable.) Tout est emporté.

— Quand est-ce que cela arrivera ?

— Ça ne va plus tarder. (Elle se baissa et ramassa un coquillage.) Une spirale marine. C'est joli. Il n'y en a pas deux pareilles. C'est le hasard qui leur donne leur forme. Les vagues, le sable, le soleil, le vent.

— Qui es-tu, déjà ?

La petite fille sourit.

— Tu sais bien.

Je déglutis et regardai autour de moi. C'était une très belle journée, et la brume flottant au-dessus de la mer lui conférait une fraîcheur agréable. L'air avait une saveur pure, douce et salée, qui manquait toujours aux grandes villes portuaires telles que la Cité capitale ou Kishna-Farriga. Au-dessus de nos têtes, les mouettes poussaient des cris, surexcitées à la vue des poissons découverts. Tout ce qui m'entourait semblait réel, à condition d'ignorer l'énorme raz-de-marée qui me surplombait.

Je serrai les dents et me tournai de nouveau vers la petite fille.

— Pourquoi ?

Si elle était bien celle que je pensais, alors je n'avais pas besoin d'en dire plus. Ma déesse n'avait pas besoin de précisions.

— Les questions les plus courtes ont les réponses les plus longues. C'est drôle, non ?

— Donne-moi au moins la version courte.

— Il y a une guerre. C'est une très vieille guerre, très violente, et nous devons à tout prix la gagner.

— Une guerre ? Contre qui ? (Je l'aurais su si Quur était en guerre depuis si longtemps.) Tu ne parles pas des vané, si ?

— Non, je parle des démons.

— Les démons ? Mais… (Je cillai, surpris.) Les dieux ont gagné cette guerre-là. Nous avons gagné cette guerre. C'est bien pour cela que les démons sont obligés de nous obéir quand nous les invoquons.

C'était étrange de parler de tout cela comme si ça ne datait que de quelques années, ou même d'une seule génération. S'il y avait bien eu une guerre contre les démons, elle était si ancienne et lointaine qu'elle était presque une légende, désormais.

Mais je songeai à Xaltorath. Je songeai à un Empereur qui existait principalement afin de bannir les démons, ou d'intervenir quand un démon parvenait à rassembler assez de ses congénères pour produire une redoutable Marche Infernale. Les gens de Marakor et de Jorat n'auraient sans doute pas été étonnés d'apprendre que nous étions toujours en guerre contre les démons.

Elle m'adressa un regard plein de pitié.

— Non, nous n'avons pas gagné. Tout le monde a perdu. Ce n'était pas la fin de la guerre ; seulement une trêve, un armistice, permettant aux deux camps de rentrer chez eux et de se remettre de blessures si terribles qu'il nous a fallu des millénaires pour reprendre notre souffle. (Elle soupira.)

Et à présent, nous sommes prêts à tout recommencer… sauf que, cette fois, nous n'avons plus nulle part où nous réfugier.

Je croisai les bras et contemplai la mer.

— Qu'est-ce que j'ai à voir là-dedans, moi ?

— Les grandes vagues commencent par une simple vaguelette. Les avalanches, par un seul caillou.

Mon souffle se bloqua dans ma poitrine.

— Je suis… je suis ton caillou ?

— Oui. Et de plus, tu t'es porté volontaire.

Je restai muet un instant, fouillant dans ma mémoire au cas où, subitement, je me souviendrais de l'avoir fait. Était-ce vrai ? Je finis par répondre :

— Je ne me rappelle pas m'être porté volontaire.

— Bien sûr que non. Tu n'étais pas encore né.

— Pas encore né… ! (Je m'empêchai de hausser la voix.) Et si je ne veux pas être ton « caillou » ? Tu es la déesse de la chance. Tu n'as pas des serviteurs pour t'apporter ton repas ou supprimer tes ennemis ? Je ne veux pas être ton héros. Ces histoires-là ne finissent jamais bien. Le valeureux paysan tue le monstre et remporte la main de la princesse, mais se rend compte ensuite qu'il est marié à une harpie pourrie-gâtée qui le considère comme un moins-que-rien. Ou alors, il est tellement épris de sa propre gloire qu'il augmente les impôts pour se faire construire des effigies en or massif, pendant que son peuple meurt de faim. Les élus – comme l'Empereur Kandor – finissent morts, à pourrir dans la Jungle Manol, hérissés de flèches vané. Non, merci.

La petite fille jeta le coquillage par-dessus son épaule. Il alla se briser contre un rocher.

— Dans ce cas, va-t'en.

Sa voix ne ressemblait plus à celle d'une enfant, mais ce n'était déjà plus le cas depuis un moment.

Je tournai sur moi-même et étendis les bras pour désigner la plage, l'île et l'océan.

— M'en aller ? Tu plaisantes ?

— Pas du tout. Ils vont faire venir un bateau. Tu pourrais filer discrètement. (La petite fille sourit, le regard triste.) Tu me crois capable de ne pas te laisser le choix ?

— Tu ne l'as pas fait, jusqu'ici.

— Ah, parce que je contrôle tes décisions ? C'est moi qui t'ai forcé à libérer les esclaves du *Malheur* ? Comme c'est intéressant. Je n'avais aucune idée du pouvoir que j'avais sur toi. (Elle se baissa pour ramasser un autre coquillage.) Tu peux choisir de ne pas me croire si tu le souhaites, mais oui, tu peux t'en aller. Si tu veux. Va acheter l'auberge, boire de la bière, t'amuser avec des filles de salle. Abandonne tous ces gens. Peut-être échapperas-tu à tes ennemis si tu laisses tomber tes amis.

Irrité, je donnai un coup de pied dans des cailloux.

— Ça, c'est un coup bas, maugréai-je.

— La vérité attaque rarement de face. (La petite fille me rejoignit et leva vers moi ses grands yeux violets.) Je t'ai choisi par sentimentalisme, par nostalgie, mais pas parce que tu étais indispensable. Je pourrais en choisir un autre. Va-t'en, si tu préfères. Les histoires de Surdyeh diraient que c'est un présent que je t'offre. Toi, tu appelles cela une malédiction. Je vais te dire quelque chose que moins d'un « héros » sur mille comprendra jamais : les deux sont vrais, et cela ne changera jamais. La chance et la malchance. La joie et la douleur. Elles seront toujours là. Cela n'ira pas mieux en me suivant. Un héros qui n'a jamais traversé d'épreuves n'est pas un héros… C'est un enfant gâté.

— Alors qu'est-ce que c'est, tout ça ? Un exercice pour me forger le caractère ?

— Et qu'est-ce que la vie, d'après toi ? Tout le monde récolte son lot de souffrances, qu'ils décident de me suivre ou non.

— Ah bon ? Pourtant, ce n'est qu'une fois que je me suis détourné de toi que ma vie s'est mise à partir en vrille.

— Non. (Elle secoua la tête.) Le problème, c'est ton attitude. Regarde autour de toi. Es-tu l'esclave sexuel à gaesh d'un marchand baveux ? Le musicien castré d'un seigneur de Kishna-Farriga ? La propriété – assez brève, sans doute – de notre cher Relos Var ? Devenir esclave t'a sauvé la vie. Tu étais convaincu que tu étais maudit, alors c'est tout ce que tu as vu. Tu as tourné le dos à la bonne fortune, aux coups de chance qui se sont présentés sur ton chemin.

— Et Miya, alors ?

— Elle n'a pas besoin d'être sauvée. (Elle mit sa main dans la mienne. Elle était petite et tiède.) Quoi qu'il arrive, quelles que soient les chaînes que tu portes, c'est toi qui décides si tu es libre. Toi et personne d'autre.

— Pardon, mais je crois que mon gaesh n'est pas tout à fait d'accord.

Elle leva les yeux au ciel.

— Ton gaesh n'a pas d'importance. Tu seras toujours libre de tes réactions vis-à-vis du monde. Si tu es encore libre d'agir, même si c'est pour décider de mourir en refusant d'obéir à ton gaesh, alors tu es libre. Les possibilités qui s'offrent à toi ne sont peut-être pas très nombreuses, mais tu es encore capable de choisir.

— Qu'essaies-tu de me dire ? Que je devrais arrêter de me plaindre ?

Elle sourit.

— Oui.

— Ah. C'est noté. (Je m'accroupis et observai les coquillages, puis levai les yeux vers la vague sombre.) Est-ce que je peux vraiment partir loin de tout ça ? Commencer une nouvelle vie ?

Elle pressa mes doigts dans les siens.

— Non.

— Mais tu viens de dire que…

— Tu peux partir. Je ne t'ai pas menti. Tu peux faire ce choix. Mais les choix sont rarement des créatures toutes propres, sans nœuds et sans complications. Ce n'est pas parce que tu décides de t'enfuir que tes ennemis ne te poursuivront pas, ou qu'ils penseront que tu n'as aucune raison de gêner leurs projets.

— Mais pourquoi est-ce que j'ai des ennemis ? m'écriai-je. J'ai seize ans. Le seul ennemi que je me suis fait, c'est Faris. De quel droit est-ce que tous les autres veulent ma mort ?

Elle me sourit presque. Presque, mais pas tout à fait.

— Tu as remarqué que tu étais à deux doigts de me dire que c'était affreusement injuste ?

— Parce que ça l'est ! rétorquai-je.

— Très bien. Je vais dire à Relos Var et aux autres d'arrêter de te harceler. Je suis sûre qu'il m'écoutera ; nous sommes si bons amis, après tout.

— Tu es une déesse.

— Et lui, c'est le grand prêtre du seul être dans l'univers qui me fait me réveiller en hurlant au beau milieu de la nuit. Donc, les deux s'annulent.

J'aurais aimé être sûr qu'elle me taquinait. Je voulais qu'elle sourie, qu'elle penche la tête et qu'elle m'observe avec une lueur malicieuse dans ses yeux violets, m'indiquant qu'elle ne faisait que plaisanter. Mais ce ne fut pas le cas. Son regard se vida, laissant couler toute sa gaieté et son espièglerie dans les ténèbres. Il ne resta plus qu'un abîme hanté. Ce n'était pas une expression que j'aurais aimé surprendre chez une femme que j'aimais ; voir une telle horreur se refléter dans les yeux de ma déesse me fit l'effet d'un coup de poing dans le ventre.

Ma déesse.

Eh bien, après tout…

Je suppose qu'elle m'avait pardonné. Je suppose que j'en avais fait de même pour elle.

Je ramassai des coquillages et les retournai dans mes mains. Pendant un moment, le silence régna.

— Je ne veux pas être un pion, déclarai-je.

— Tant mieux. C'est une guerre, pas une partie d'échecs.

— Qu'attends-tu de moi ?

Elle expira longuement.

— Ce monde est en train de mourir, Kihrin.

— Mourir ? Qu'est-ce que…

— Le soleil devrait être jaune, et il ne l'est pas. Le ciel devrait être bleu, et il ne l'est pas. Je suis assez vieille pour me rappeler l'époque où notre soleil n'était pas énorme et orangé. L'époque où nous n'avions pas besoin du Voile de Tya pour arrêter les radiations[1]. Ce monde est mourant, et nous faisons notre possible pour le sauver, mais nous n'aurons bientôt plus rien à sacrifier. Bientôt, le jour viendra où nous ne pourrons rien donner de plus, et la fin sera alors toute proche ; et ce ne sera pas un grand brasier, mais un froid terrible et une obscurité perpétuelle. (Elle se leva et regarda le raz-de-marée en suspension.) Si nous continuons dans cette voie comme nous l'avons toujours fait, nous perdrons. Nous ne ferions que retarder l'inévitable. Tout le monde perdra la guerre. Tout le monde.

— Et tu veux que moi, j'y change quelque chose ?

Cette fois, ma voix s'étrangla.

---

1. De quelles radiations est-il question ? Je paierais cher pour pouvoir demander à Taja d'en dire davantage sur ce point ; à supposer bien sûr que ce rêve constitue réellement un entretien avec la déesse en personne (et, pour être clair, c'est effectivement mon opinion). Néanmoins, en accord avec ces affirmations, je n'ai pu trouver aucune mention d'un phénomène céleste apparenté au Voile de Tya avant l'Ère des dieux-rois. Et avant cette période, les poètes évoquant les motifs du soleil et du ciel faisaient bel et bien la part belle aux couleurs jaune et bleue pour les qualifier.

— Tu es mon atout secret, Kihrin. La carte cachée dans ma manche. Je te fais confiance pour faire ce que tu sais faire de mieux : trouver le chemin que personne n'avait vu, entrer par la porte que personne n'a songé à verrouiller. Trouve un autre moyen.

Je m'assis sur le sable humide.

— Je ne sais pas comment m'y prendre.

Elle s'accroupit et m'enlaça.

— Tu vas trouver. Je crois en toi.

J'eus un rire amer.

— Ce n'est pas du jeu, ça, Taj. Comment pourrais-je dire non à ça ?

— Je n'ai pas l'habitude de respecter les règles, avoua-t-elle en entortillant une mèche argentée autour de son doigt. Mais à ce que je sache, toi non plus.

— Pas dans mes bons jours. (Je montrai la vague.) Et pour ça, qu'est-ce qu'on fait ?

— Ici ? Rien. Ce n'est qu'un rêve, et cette vague est une métaphore. (Elle leva vers moi ses grands yeux.) Tôt ou tard, tout finit par tomber : les vagues, les empires, les races, et même les dieux.

Le raz-de-marée se mit à bouger.

— Taja ! criai-je.

La petite fille me serra dans ses bras.

— Ne t'inquiète pas, Kihrin. Je ne t'abandonnerai pas.

La vague noire s'abattit sur nous, apportant la nuit dans son sillage.

20

Valathea

(Récit de Serre)

Un grand feu flambait dans la cheminée au bout de la bibliothèque des Milligreest. La nuit n'était pas fraîche, aussi l'atmosphère de la pièce semblait-elle plus propice à faire cuire du pain qu'à respirer. Jarith quitta Kihrin en lui faisant deux promesses : celle de lui trouver le Premier Général et d'envoyer un serviteur éteindre le feu.

Des panneaux en bois de différentes couleurs, s'entrelaçant selon des motifs complexes, recouvraient les murs et le plafond de la grande bibliothèque. Les livres variés avaient l'aspect usé et corné des ouvrages qu'on consulte régulièrement. Kihrin ne put s'empêcher d'éprouver un certain respect pour la famille : il avait cambriolé bien des demeures où la « bibliothèque » ne servait qu'à donner du travail aux servantes qui l'époussetaient.

Avant de se servir un verre ou d'aller voir si le Premier Général nourrissait une fascination particulière pour les romans érotiques morgages, Kihrin décida que le feu ne pouvait plus durer. Il contourna un gros fauteuil en cuir qui faisait face au brasier. Même lui trouvait l'atmosphère étouffante, et il avait une capacité à tolérer la chaleur qui confinait à la magie.

Alors qu'il s'emparait d'un tisonnier, il entendit quelqu'un se racler la gorge derrière lui. Il rougit, embarrassé de s'apercevoir qu'une personne se trouvait déjà dans la pièce; l'individu, assis dans le fauteuil, n'était pas visible depuis l'entrée.

—Je suis désolé, messire, je ne vous avais pas…

En se retournant, Kihrin s'interrompit. Ce n'était pas le général, pas plus qu'un autre membre de la famille Milligreest.

Joli-Cœur était assis là, plongé dans un livre. L'un des deux tortionnaires du vané.

—Merde!

Kihrin lâcha le tisonnier et se mit à courir.

La porte s'ouvrit lorsqu'il l'atteignit. La silhouette imposante du Premier Général bloquait la seule issue.

—Je vous en prie, je…

Kihrin tenta de contourner le soldat.

—Que se passe-t-il, ici? demanda le Premier Général d'un ton sévère.

La voix de Joli-Cœur, que Kihrin aurait reconnue entre mille, lui répondit avec désinvolture depuis l'autre côté de la pièce:

—Je n'en ai aucune idée. D'ordinaire, les gens passent un minimum de cinq minutes en ma présence avant de s'enfuir en hurlant. Je crois bien que je viens de battre mon record.

Le Premier Général regarda Kihrin d'un air irrité.

—Calmez-vous, mon garçon. Personne ne va vous faire de mal, ici. Jarith m'a dit que vous m'attendiez. Que faites-vous donc ici, Seigneur-Héritier? lança-t-il à Joli-Cœur.

Kihrin tenta de reprendre son sang-froid.

—Je suis désolé, monsieur. Il m'a fait sursauter. Je croyais que la pièce était vide. Je suis navré. Vraiment navré. Je… je vais m'en aller.

Le général rit doucement.

—Je ne peux pas vous reprocher d'être un peu nerveux après votre rencontre avec le démon, mais le Seigneur-Héritier

D'Mon est tout à fait humain, quoique semble suggérer son nom de famille.

— Plaît-il ? demanda Joli-Cœur.

Kihrin déglutit et coula un regard prudent vers l'homme, qui s'était levé et marchait dans leur direction. Ses cheveux châtain foncé tombaient en une série d'ondulations parfaitement régulières jusqu'à ses épaules. Tout comme à la Maison Kazivar, il était vêtu comme un prince, d'un misha de soie bleue brodée et d'un kef de velours de la même teinte. Son pantalon était rentré dans de longues bottes noires de cavalier. Son agolé s'ornait d'une broderie représentant un faucon, scintillant de saphirs et de lapis-lazulis, survolant un soleil doré.

Non, se corrigea Kihrin. Joli-Cœur n'était pas vêtu comme un prince. C'était un prince. De la Maison D'Mon.

Le cœur de Kihrin s'arrêta un instant de battre.

Le général Milligreest pinça les lèvres.

— J'avais invité le Grand Seigneur Therin à dîner avec moi ce soir ; pas vous, Darzin.

Joli-Cœur s'inclina.

— Je vous prie de m'excuser, Premier Général, mais mon père ne pouvait malheureusement être présent. Je crois qu'il avait rendez-vous avec un homme ayant réussi à mettre la main sur une pierre tsali vané, et vous savez à quel point sa collection lui tient à cœur.

À mesure qu'il parlait, son regard glissa distraitement vers Kihrin.

Celui-ci serra les poings et tenta de ralentir les battements affolés de son cœur. Oh, non… L'acheteur de Ventrebeurre. Ventrebeurre lui avait dit qu'il connaissait un collectionneur intéressé. Si le receleur parlait, ils sauraient qui avait cambriolé la villa. Ils sauraient où le trouver. *Il faut que je parte. Il faut que je parte tout de suite. Oh, merde. Je suis mort…* Il fit de son mieux pour se calmer.

—Ah… oui, je m'en souviens.

—Que disiez-vous ? Il était question d'un démon ? interrogea Joli-Cœur d'un ton innocent.

—Vous avez dû en entendre parler, grogna le Premier Général.

—Oh, non. Je suis terriblement mal informé quant aux événements importants qui se produisent dans l'Empire.

Kihrin eut soudain envie de lacérer avec un poignard ce visage arrogant.

Le général Milligreest plissa les yeux.

—Ce jeune homme, Kihrin, a été attaqué par le prince démon Xaltorath plus tôt dans la journée. J'ai perdu un bon soldat avant que l'Empereur arrive pour le bannir. Nous ne sommes pas encore parvenus à localiser l'invocateur.

—Quoi ? Pourquoi un prince démon s'attaquerait-il à un enfant ?

Darzin détailla Kihrin sans masquer son étonnement.

Le garçon était sidéré : la surprise de Darzin D'Mon paraissait sincère ; elle ne ressemblait pas à une émotion feinte destinée à tromper le général.

Darzin n'avait-il donc pas envoyé le démon attaquer Kihrin ?

—L'enquête est en cours. Xaltorath a pu agir par caprice. Il est parfois fantasque dans ses cruautés. Nous essayons toujours de retrouver les individus responsables de son invocation.

—J'imagine que le mage a été dévoré. N'est-il pas excessivement difficile de garder le contrôle d'une telle invocation ?

Ce n'est pas à moi qu'il faut le demander.

Le général Milligreest regarda l'aristocrate avec un dégoût non dissimulé.

Kihrin se rapprocha subrepticement de la porte. S'il arrivait à s'éclipser sans bruit, peut-être oublieraient-ils son existence. Il ne s'attendait pas à cela. Il avait envie de dire au général qu'il avait vu Darzin D'Mon et Cadavre tuer un vané et invoquer un démon, mais le général connaissait Darzin personnellement. Assez bien pour l'inviter à dîner. Milligreest n'allait pas croire aux accusations de Kihrin.

Il n'y avait rien à faire. Il pouvait aller acheter une harpe, n'importe laquelle, prétendre qu'il s'agissait d'un cadeau et la donner à Surdyeh. Ola avait raison. Il ferait parvenir un mot à Jarith ; il lui révélerait ce qui s'était passé, une fois qu'il serait très loin. Silencieusement, il entonna son refrain habituel : *Ni chair, ni bruit, ni présence. Je ne suis pas là…*

— C'est une chance que l'Empereur soit arrivé. Sinon, les choses auraient pu sacrément dégénérer, n'est-ce pas ?

— Protéger l'Empire est la mission de Sandus, Darzin. Jamais il ne manquerait de réagir à la présence d'un prince démon en liberté.

— Il faudra que je garde cela en tête. Mon fils sera certainement soulagé de l'apprendre.

Le général balaya la pièce du regard d'un air écœuré.

— Par la forge d'Argas ! On se croirait dans un four, ici.

Darzin haussa les épaules :

— J'aime la chaleur. Alors, pourquoi donc avez-vous amené cet enfant ici ? Jarith a fini par vous décevoir définitivement, et vous avez décidé de recourir à l'adoption ?

— Très drôle. Il… (Le général regarda autour de lui, puis recula dans le couloir.) Kihrin ? Où allez-vous ?

Kihrin, qui déambulait d'un air décontracté, s'arrêta et se retourna, étouffant un soupir.

— Oh, je suis désolé, Votre Seigneurie. J'ai pensé que vous préféreriez peut-être vous entretenir en privé avec le prince.

— Ne soyez pas ridicule. Revenez. Plus vite nous nous acquitterons de tout cela, plus vite nous pourrons vous libérer.

— Oui, monsieur.

Kihrin revint se placer au côté du général.

— Très impressionnant, commenta Joli-Cœur. Je n'avais même pas remarqué votre départ.

Kihrin gardait les yeux fixés au sol.

— Oui, messire.

— Un garçon comme vous pourrait mener une belle carrière, avec un tel don pour la discrétion.

— Je n'ai aucune idée de ce que vous voulez dire, messire.

— Non, bien sûr que non. « Kihrin », c'est ça ?

— Oui, messire.

Il avait envisagé de mentir, mais le Premier Général connaissait déjà son nom.

— Darzin, si vous voulez bien attendre d'avoir quitté ces murs pour recruter des gens doués pour enfreindre la loi… Jeune homme, suivez-moi : je vais vous donner votre récompense.

Qoran Milligreest s'engagea dans le couloir du pas d'un homme habitué à ce qu'on lui obéisse sans poser de questions.

Kihrin hésita un instant avant de le suivre, comprenant que Darzin allait les accompagner. Chacun de ses pas lui donnait l'impression de marcher sur des charbons ardents ; il devait forcer son corps à avancer, malgré la pulsion impérieuse qui lui hurlait de prendre ses jambes à son cou. Il prendrait la harpe, puis il partirait. Darzin ignorait que Kihrin était le voleur qui avait assisté à l'invocation de Xaltorath.

Kihrin se dit que tout allait bien. Il se le répéta un certain nombre de fois.

Chemin faisant, Darzin sifflota un air guilleret, jusqu'à ce que le général lui décoche un regard exaspéré.

Enfin, Milligreest parvint face à une double porte sculptée, qu'il déverrouilla à l'aide d'une lourde clé de cuivre. Le général ouvrit en grand les deux battants.

Plusieurs harpes étaient appuyées contre le mur opposé à la porte ; certaines étaient aussi grandes que des hommes.

Kihrin fronça les sourcils en voyant que le général ne les couvrait pas pour les conserver ; au moins la pièce ne possédait pas de fenêtre laissant entrer la lumière du soleil, qui aurait pu déformer le bois des instruments et gâter leur son.

Milligreest désigna les harpes du menton.

— Choisissez-en une qui vous plaît et jouez-moi quelque chose.

Kihrin se tourna vers lui.

— Je vous demande pardon, monsieur ?

Milligreest le regarda d'un air sévère :

— Qu'est-ce que vous ne comprenez pas ? Je veux vous entendre jouer quelque chose. Le démon a détruit votre harpe et vous méritez qu'elle soit remplacée, mais je n'ai pas l'intention d'offrir l'une des miennes à quelqu'un qui ne sait pas s'en servir, c'est clair ?

Darzin eut un sourire moqueur.

Kihrin voulut répliquer que l'instrument était celui de son père, et non le sien. Puis il se souvint que le général était son unique bouclier contre Joli-Cœur, « Darzin », si c'était bien ainsi qu'on l'appelait. Il ne pouvait pas se permettre de le contrarier. L'adolescent traversa la pièce. Il ne traînerait pas à faire son choix. Il jetterait son dévolu sur une harpe dont le général n'aurait aucun mal à se séparer, la moins chère de la collection, puis il courrait retrouver Surdyeh.

Chacun des instruments était une œuvre d'art, magnifiquement réalisée ; mais la plupart étaient trop sophistiqués, incrustés de bois et de métaux rares et sertis de pierres précieuses. Il s'agissait de harpes décoratives, et non d'instruments de musique. S'il vendait l'une d'entre elles, il serait arrêté pour vol.

Seule une des harpes avait l'air de coûter moins cher que la recette annuelle du *Voile Brisé* : une très petite harpe à doubles cordes, posée dans un recoin. Il se tourna vers Qoran Milligreest pour obtenir son aval.

Le Premier Général hocha la tête.

Kihrin prit place sur un tabouret et posa la harpe sur ses genoux. Elle était d'un style désuet ; il grogna en s'apercevant que les cordes étaient en argent, et non en soie. Il n'était pas sûr de parvenir à en jouer, car ses ongles étaient coupés court : les harpes à corde de soie se jouaient avec le bout des doigts et non les ongles. Il pinça une corde pour déterminer s'il devait demander qu'on lui fournisse des plectres. À sa grande surprise, une note pure et claire résonna dans la pièce.

Il joua un arpège et ne put s'empêcher de sourire en entendant le rire de la harpe. Les notes étaient si belles, si cristallines ! Qui ne serait pas passé pour un virtuose, en jouant d'un tel instrument ?

— Jouez donc, ne restez pas là à lui baver dessus ! le réprimanda le général, non sans bienveillance. Évidemment, vous avez trouvé le joyau de ma collection.

Kihrin leva les yeux, éberlué.

— Celle-ci ?

— C'est une antiquité. J'ai dans l'idée que c'était à elle que pensait Sandus.

— L'Empereur ? s'exclama le Seigneur-Héritier Darzin. C'est l'Empereur qui vous a ordonné de donner l'une de vos harpes à ce garçon ?

— L'Empereur a été impressionné. Kihrin s'est montré très courageux.

Les doigts du garçon s'immobilisèrent sur les cordes. Il ne comprenait pas.

— Qu'y a-t-il, jeune homme ?

— Général, je ne me souviens pas d'avoir rencontré l'Empereur.

Il plissa le front. Il s'était cogné la tête très fort, lorsque le démon l'avait projeté. Ce n'était pas parce qu'il ne se rappelait pas avoir vu l'Empereur que ce n'était pas arrivé.

Le général lui sourit gentiment.

— Vous vous souvenez de l'homme avec le sallí brun ?

— C'était lui, l'Empereur Sandus ? s'écria Kihrin.

Darzin ricana.

— Il porte peut-être la couronne, mais il demeure un paysan. Je me demande s'il est à jour de ses cotisations pour pratique de la magie ?

— Assez, rugit le général. Votre père est peut-être l'un de mes plus vieux amis, cela ne signifie pas que je doive tolérer votre insolence.

Darzin dévisagea le général. Sa mâchoire se crispa. Il pencha la tête dans sa direction.

— Mes plus sincères excuses, Premier Général.

Rien, dans le ton de sa voix, n'évoquait la sincérité, ni d'ailleurs les excuses.

— Mais… ce n'est pas possible, protesta Kihrin. Cet homme a dit qu'il était ami avec mon père. Mon père ne connaît pas l'Empereur[1].

Darzin cilla. Les yeux écarquillés, il se tourna vers Kihrin et l'observa fixement. Passant outre aux leçons de Surdyeh, Kihrin soutint le regard du Seigneur-Héritier.

Pourquoi fut-il surpris que Darzin ait les yeux bleus ? Rétrospectivement, c'était une évidence.

« Tu lui ressembles, avait dit Morea. *Tu portes même ses couleurs… »*

Combien d'aristocrates avaient les yeux bleus, marqués par les dieux ? Combien d'entre eux prenaient plaisir à tuer et fréquentaient des démons ?

Kihrin le regarda trop longtemps. Darzin finit par froncer les sourcils, étonné.

— Vous avez les yeux bleus…, murmura doucement Darzin, scrutant Kihrin comme pour mémoriser ses traits.

---

1. Cette affirmation me semble fausse à tous les points de vue possibles et imaginables.

L'expression de quelqu'un qui vient de comprendre quelque chose se peignit sur son visage. Il esquissa un sourire cruel et passa sa langue sur ses lèvres.

— Et dire que je croyais que Taja ne m'aimait pas.

Le garçon resserra ses mains sur la harpe. Darzin eut un petit rire.

Les hurlements de Xaltorath n'avaient pas fait naître en Kihrin un tel sentiment de panique.

— Notre vue vous amuserait-elle, Darzin ?

Le Seigneur-Héritier réprima son hilarité et adressa au général Milligreest un regard embarrassé.

— Oh ! Non, pas du tout. Toutes mes excuses. Je me suis simplement rappelé la chute d'une plaisanterie particulièrement drôle. Ce jeune homme était sur le point de nous jouer un morceau, il me semble ?

Le général l'examina encore un moment puis se retourna vers Kihrin.

— Allez-y, jouez quelque chose.

Kihrin avait la nausée. Il comprit avec horreur qu'Ola et Surdyeh avaient eu tous les deux raison. Il n'aurait pas dû venir. Joli-Cœur avait les yeux bleus.

Kihrin pencha la tête sur la harpe et l'accorda nerveusement en essayant de s'empêcher de trembler. Il lutta pour se souvenir d'un morceau à jouer, n'importe lequel.

Surdyeh disait souvent que Kihrin n'était pas un véritable musicien. Ces paroles le blessaient chaque fois qu'il les entendait, mais c'était parce qu'il savait qu'elles étaient vraies. Il n'avait aucune motivation. Lorsqu'il était enfant, Kihrin avait toujours des choses plus importantes à faire que de s'asseoir dans une pièce sombre pour répéter ses doigtés. Et à présent qu'il grandissait, beaucoup de distractions – majoritairement féminines – venaient le détourner de ses leçons. En tant que harpiste, il n'était pas mauvais, mais il n'était pas amoureux de la musique.

Lorsque sa voix avait mué, il s'était aperçu qu'il pouvait s'en servir pour divertir les autres, et cela lui avait suffi.

Immobile, il tenta de se souvenir des vieilles chansons que lui avait fait mémoriser son père. Il resta un instant figé, craignant de les avoir oubliées, mais après quelques accords hésitants il se mit à jouer avec plus d'assurance.

Même s'il avait pincé une série de cordes au hasard, cela n'aurait pas eu d'importance. La harpe ne l'aurait pas laissé mal jouer. La pièce s'envola, ses pensées hantées par les démons et les princes s'envolèrent ; il ne restait plus que des notes de musique qui flottaient, argentines, autour de lui, dansant dans les airs. Le temps d'un morceau, il oublia tous ses soucis.

La musique s'éteignit. Kihrin dut réprimer l'envie de continuer à jouer, bien que le bout de ses doigts lui fasse mal d'avoir tant pincé les cordes d'argent, plus dures que la soie. Il leva les yeux et vit Milligreest qui contemplait un mur. Son regard était difficile à déchiffrer ; on n'y lisait que la douleur et une sorte de mélancolie pensive, profondément enfouie. Les yeux de Darzin étaient clos et sa bouche entrouverte ; le prince s'ébroua, comme pour chasser un rêve.

— Hum… Vous vous montrerez digne d'elle, je pense. Elle vous aime bien, déclara le général. Elle s'appelle Valathea.

— Valathea ?

La réponse de Kihrin sonna comme une question.

— Les harpes particulières, comme les épées particulières, portent des noms. C'est une harpe vané. Dans leur langue, son nom signifie « chagrin[1] ». Elle n'a jamais quitté la famille Milligreest jusqu'à aujourd'hui, alors vous en prendrez bien soin.

---

1. La traduction la plus fidèle de « Valathea » serait « ce chagrin exquis qu'on éprouve après avoir compris les grandes vérités ». Il s'agit d'un prénom féminin chez les vané kirpis, actuellement passé de mode.

Sa dernière phrase avait l'intensité d'un ordre.

— C'est promis, Premier Général.

Kihrin recouvrit la harpe. Pendant un moment, il oublia les dangers qui le guettaient. Elle était incroyable ; c'était la plus belle harpe qu'il ait jamais entendue. Surdyeh serait content. Comment pourrait-il rester fâché contre Kihrin, après ça ? Si son fils parvenait à en jouer aussi bien, Surdyeh n'en tirerait-il pas une musique plus merveilleuse encore[1] ?

— Puis-je prendre congé ?

— Bien sûr. Allez montrer votre récompense à votre père.

Kihrin s'enfuit aussi vite que le lui permettait son chargement.

Après son départ, la pièce resta silencieuse. Puis Darzin prit la parole :

— Premier Général. Si vous voulez bien m'excuser également…

— Allons, Darzin ! Ne désiriez-vous pas dîner avec moi ? Je ne voudrais pour rien au monde vous décevoir.

— Naturellement… Je suis honoré, mais, hum… Des affaires urgentes m'appellent. Je suis sûr que vous comprenez.

— Absolument pas. Vous avez dit être venu en remplacement de votre père. Quelles affaires pourraient-elles vous détourner de cette tâche ?

Darzin se rembrunit.

---

1. Je doute que ce soit le cas. « Notrin Milligreest m'a permis d'examiner la harpe Valathea, qui d'après la légende familiale remonte à l'époque d'Elana Kandor, veuve du célèbre Empereur de Quur Atrin Kandor. On racontait que la harpe ne jouait qu'en mode mineur, indépendamment de la compétence ou de l'intention de l'interprète. Je souhaitais mettre ces dires à l'épreuve, et Notrin y consentit. La harpe est en très bon état, ayant été admirablement bien conservée ; et pourtant, comme je l'avais prévu, je ne pus rien tirer de l'instrument qui ne semble avoir été composé pour des funérailles. Lorsque je lui demandai comment un tel prodige avait été accompli, Notrin haussa les épaules et m'informa que ce n'était pas l'œuvre d'un génie, mais que Valathea ne jouait gaiement que pour ceux qu'elle aimait. » – *Une étude de l'enchantement*, par Darvok Hin Lora.

— J'ai supposé que vous aviez convié mon père afin de lui montrer cet enfant. Et j'apprécie votre geste : il est manifestement l'un des nôtres. Je sais que vous n'apprécieriez que modérément de dîner en ma compagnie. Aussi, pourquoi n'irais-je pas dès maintenant annoncer à mon père que vous avez trouvé l'un des descendants perdus de notre Maison ?

— Voyez cela comme une occasion inespérée de m'impressionner. Et vous allez devoir y parvenir, si vous voulez un jour me convaincre que votre fils et ma fille ne sont pas assez proches parents pour nous décourager de les marier.

Le Seigneur-Héritier grinça des dents, vaincu.

— Volontiers. (D'un geste, il désigna les harpes.) Il ne vous aura pas échappé que ce garçon a été élevé dans la rue. Il vendra votre harpe bien-aimée à la première occasion. Ce soir même, peut-être.

— Non, il n'en fera rien. J'ai vu son expression. Il préférerait mourir. (Le Premier Général haussa les épaules.) Par ailleurs, ce n'est pas ma décision. L'Empereur s'intéresse à ce garçon. Je ne voudrais pas être la personne qui lui ferait le moindre mal.

Darzin D'Mon eut l'air de quelqu'un qui vient d'avaler une gorgée de bile.

— Non. Non, moi non plus.

21

L'Île d'Ynisthana

(Récit de Kihrin)

Je m'éveillai seul, allongé sur une natte, dans une grotte où résonnait le bruit de l'eau gouttant sur la pierre. Je me souvenais de mon rêve avec une netteté inhabituelle, sans doute parce que c'était le premier que je faisais depuis que le démon invoqué par Tyentso m'avait arraché une partie de mon âme.

Était-ce une hallucination faisant suite à ma quasi-noyade, ou venais-je réellement de discuter en tête à tête avec la déesse de la chance en personne ? Le rêve m'avait semblé irréel, mais pas plus que ne l'avaient été les événements de la semaine passée. Avais-je vraiment survécu à la traversée de la Gueule et à l'attaque d'une Fille de Laaka ? Avais-je chanté en duo avec un dragon ?

Un vrai dragon. J'eus l'impression d'être immortel.

Mais oui, songeai-je, *et maintenant tu es l'esclave à gaesh d'une vieille vané qui est peut-être également un dragon, piégé avec son fils sanguinaire sur une île quelque part dans la Désolation. S'ils t'ont gardé en vie parce qu'ils avaient quelque chose en tête, ça risque de ne pas te plaire.*

Taja avait dit que j'avais besoin de changer d'attitude.

Je ris tout haut.

Allongé, je prêtai l'oreille aux sons qui m'entouraient : les gouttes d'eau qui tombaient avec régularité et les cris lointains des mouettes. Je ne perçus ni signes de présence humaine, ni le souffle bruyant d'un dragon, aussi m'assis-je pour observer la grotte.

Quelques meubles incongrus décoraient l'endroit : la natte de roseau sur laquelle j'étais couché, un grand coffre, une table, deux chaises. De petites lanternes, accrochées en haut des parois, éclairaient la grotte. Celle-ci était vaste, mais pas assez pour accueillir le dragon que j'avais entrevu. Les murs de pierre noire, lisse et brillante, donnaient l'impression d'avoir fondu et de s'être solidifiés à plusieurs reprises.

L'air était chaud et humide sur ma peau nue : la robe rêche de la Confrérie Noire avait disparu. Je paniquai et portai ma main à la Pierre des Entraves. Mais elle était toujours là.

Je fouillai dans le coffre et y trouvai un pantalon large (je vous laisse une chance de deviner sa couleur), une paire de sandales en roseau tressé, une petite brosse à cheveux en argent et une barrette assortie. Il n'y avait pas de chemise, mais le kef et les sandales étaient à ma taille. Je m'échinai pendant quelques minutes à faire passer la brosse dans ma chevelure pleine de nœuds, puis l'écartai de mon visage à l'aide de la barrette.

La grotte se terminait par une série de plis rocheux évoquant des anneaux, qui laissaient entrer un peu de lumière. Je marchai jusqu'à la sortie, et malgré mon amour des hauteurs je ressentis une pointe de vertige.

La caverne débouchait sur le versant d'une falaise, non loin du sommet. L'ouverture était si haut perchée que je surplombais les cimes des arbres de la jungle, qui s'étendait en contrebas. Un brouillard diaphane voilait le feuillage et s'épaississait au loin jusqu'à former un mur de blancheur : les brumes de la Désolation. Les cris des oiseaux et des singes, ainsi que d'autres sons que je n'aurais su identifier, résonnaient dans le lointain. Il n'y avait personne en vue : ni humain, ni vané, ni qui que ce soit d'autre.

Je me penchai vers l'extérieur. Un entrelacs de lianes grimpait sur la paroi. Les lianes dessinaient une sorte de toile d'araignée, qui menait non seulement à cette grotte, mais à des centaines d'autres cavités. Un réseau d'escaliers et de ponts d'allure périlleuse, en planches de bois et lianes séchées, permettait de descendre des hauteurs jusqu'au pied de la falaise. Aucune de ces rampes ne parvenait jusqu'à ma grotte, mais s'ils avaient voulu me piéger, ils avaient mal calculé leur coup. La plupart des lianes semblaient robustes, et aussi commodes que des échelles pour un cambrioleur tel que moi. Rien ne m'empêchait de m'échapper.

Sauf le gaesh.

Sauf… Je me figeai. Pourrais-je m'échapper ? Ils devaient avoir des vaisseaux à leur disposition, sans quoi Teraeth n'aurait pas eu besoin de connaître le moyen de traverser les récifs. Taja avait dit qu'ils en feraient venir un autre. Je pourrais m'infiltrer discrètement dans le port qu'ils utilisaient, me cacher à bord d'un bateau…

J'attendis que la douleur du gaesh déferle sur moi.

Rien.

Les paroles de Khaemezra me revinrent, en un murmure presque audible : *« J'ai annulé les interdictions antérieures. »*

Puis, celles de Taja : *« Tu peux t'en aller. Si tu veux. »*

Je me mordis la lèvre pour m'empêcher de sautiller de joie.

Je descendis le long de la falaise. Lorsque j'atteignis le sol, la jungle me parut soudain oppressante. Un épais brouillard m'empêchait de voir où j'allais. Je n'étais pas totalement aveugle, cependant : je distinguais un chemin qu'avaient dessiné de nombreux pas, une bande de pierre polie qui serpentait le long de la falaise et disparaissait dans les brumes. Il n'y avait personne alentour, ni d'autres bruits que ceux que m'adressait la jungle.

Je me trouvais sur une île. Cette forêt ne pouvait servir de refuge à un citadin tel que moi. Quels que soient ceux qui me gardaient prisonnier (la Confrérie Noire, ou un dragon… noir), ils en avaient manifestement conscience, c'est pourquoi ils n'avaient pas pris la peine de me faire surveiller. Les vêtements et les meubles me donnaient à penser que j'étais encore aux mains de la Confrérie Noire. Cela irait. Une fois que j'en saurais davantage sur l'île qui m'entourait, je mettrais en place mon évasion.

Sifflotant joyeusement, je m'engageai sur le chemin.

22

Un faucon doré

(Récit de Serre)

Morea bondit du lit lorsque Kihrin franchit la porte en courant. Il portait à l'épaule un imposant paquet triangulaire et il haletait, essoufflé.

— Tu es blessé ? (Morea se hâta de le rejoindre.) Ola ne t'a pas vu, si ?

Kihrin posa le paquet au sol.

— Morea, il faut que tu caches ça.

— Qu'est-ce qu'il y a ? Que s'est-il passé ?

Elle ramassa son agolé pour couvrir son corps, mais il ne prêtait aucune attention à sa nudité.

— Je dois partir. Je n'ai pas le temps de t'expliquer.

— Qu'est-ce que…

Elle tendit la main pour le toucher, s'aperçut de son erreur et posa plutôt la main sur le triangle enveloppé de toile.

— C'est la harpe ? Tu as vu le général ?

Kihrin secoua la tête.

— Oui. Je veux dire, non. Il était là. Ton noble, il était là.

— Mon noble ? Mais je…

— Celui qui a les yeux bleus. Darzin D'Mon. Je l'ai vu. (Le désespoir envahit les yeux de Kihrin.) Il m'a vu. Dieux ! Il m'a vu. C'est lui qui avait dû m'envoyer le démon. Je sais qu'il lui avait demandé de m'attaquer, mais alors pourquoi a-t-il paru si étonné d'apprendre qu'il lui avait obéi ? Est-ce qu'il jouait la comédie ? Ils cherchaient quelque chose…

Kihrin se frotta les tempes. Morea hoqueta.

— Attends… C'est Darzin qui avait envoyé le démon ? Oh, non !

— Il faut que tu ailles chercher mon père et Ola et que tu les fasses partir d'ici. Nous devons quitter la ville. Ce soir. Surdyeh doit être à l'étage. Trouve-le.

— Que veux-tu que je leur dise ?

— Dis à Ola que j'ai vu un faucon doré. D'accord ? C'est un message codé qui veut dire…

Kihrin s'arrêta au beau milieu de sa phrase.

— Qui veut dire quoi ?

Kihrin ne répondit pas. Il donnait l'impression d'avoir reçu un coup de poignard.

— Kihrin, qu'est-ce que ça veut dire ? insista Morea.

Il battit des paupières, puis la regarda.

— Ça veut dire qu'on est en danger. Un danger si sérieux qu'on est obligé de se cacher.

— Oh. (Elle marqua une pause.) C'est bizarre, non ? Qu'Ola se serve de ces mots-là comme message ? Tu sais que le symbole de la Maison D'Mon est un faucon doré ?

Il ferma les yeux.

— Ola, qu'as-tu fait ? marmotta-t-il. Quelqu'un m'a piégé. La personne qui a parlé à Ventrebeurre de la Maison Kazivar devait savoir… Taja, dans quoi m'entraînes-tu ?

Morea se mordilla la lèvre.

— Qu'est-ce que tu vas faire ?

— Je vais voir si nous avons encore le temps d'effacer nos traces.

Kihrin ressortit en courant.

L'échoppe de Ventrebeurre paraissait trop calme.

Kihrin s'y glissa par l'entrée de derrière, ravalant la bile qui lui montait à la gorge. La porte n'était pas fermée à clé, mais ce n'était pas inhabituel. Que pouvait donc craindre un receleur des Danseurs de l'Ombre ? Personne, dans le Cercle Inférieur, n'était assez stupide pour s'en prendre à un membre des Danseurs.

Les nobles ne respectaient peut-être pas ces règles-là, en revanche. Kihrin était à peu près sûr que Joli-Cœur et Cadavre n'en avaient que faire.

Il tira ses dagues en traversant à pas de loup la pièce encombrée. Quelques secondes plus tard, il perçut l'odeur métallique du sang. Le meurtre était trop récent pour que le corps ait pu se décomposer dans l'air tiède de la nuit. Le jeune voleur grinça des dents. Il continua à avancer, malgré sa crainte de ce qu'il allait trouver.

Trop tard.

L'assassin de Ventrebeurre avait laissé son corps s'affaisser en travers de la table où le receleur menait ses transactions. Des mouches voletaient au-dessus de son cadavre sanguinolent. Sa chair était criblée d'une dizaine de coups de couteau : de longues et cruelles entailles, en travers de sa gorge, le long de son ventre… Quelques égratignures, sur ses bras, indiquaient qu'il avait essayé de repousser son agresseur, mais il n'avait pas résisté longtemps. Le tueur avait abandonné derrière lui les armes du crime : deux poignards, enfoncés jusqu'à la garde dans le torse de Ventrebeurre.

L'arbalète du receleur était toujours posée à sa place, sous la table. Elle n'avait pas servi.

Kihrin avait déjà vu des cadavres par le passé, mais il eut du mal à ne pas vomir. Cette fois, c'était quelqu'un qu'il connaissait.

Puis il fouilla la pièce aussi méticuleusement que possible. Il regarda même dans le coffre-fort secret, dont Ventrebeurre ignorait qu'il connaissait son existence. La pierre tsali couleur d'émeraude qu'il avait volée ne s'y trouvait pas.

Ventrebeurre savait où vivait Kihrin. Il savait où le trouver, où trouver Ola et Surdyeh. Kihrin espéra que Joli-Cœur et Cadavre avaient récupéré leur satané collier d'émeraude ; mais s'ils ne voulaient laisser aucun témoin en vie, et qu'ils n'avaient aucun scrupule à abîmer d'autres personnes au passage…

— Papa !

Le jeune voleur se remit à courir.

23

Cérémonie matinale

(Récit de Kihrin)

Je contemplai le paysage qui m'était apparu au tournant du chemin.

Celui-ci serpentait hors de la jungle brumeuse pour escalader le versant de la montagne au centre de l'île. Il était désormais pavé, quoique les blocs de pierre se soient soulevés et déformés par endroits. Personne n'aurait pu s'approcher à moins de cent cinquante mètres de cette route étroite et sinueuse sans être vu. Il n'y avait pas d'abri, nulle part où se cacher ; il n'y avait que la roche, sombre et désolée. La route s'arrêtait devant un temple.

Du moins, je supposai qu'il s'agissait d'un temple.

Aucun panneau ne l'indiquait, évidemment ; mais en général, lorsque j'émerge d'un tournant pour découvrir un gigantesque cobra sculpté dans un monolithe de basalte noir, avec une queue reposant sur les marches d'un antique escalier et une double porte s'ouvrant sur les ténèbres… je prends la liberté d'appeler cela un temple.

Mais un temple consacré à quoi, ou plutôt, à qui ? Je n'en avais aucune idée. Bien que les seuls vrais dieux soient au nombre de huit, Quur demeure le pays aux mille dieux[1].

1. Ce nombre est exagéré. Il n'existe tout au plus que plusieurs centaines de divinités. Deux fois plus, peut-être, si l'on compte les dieux-rois décédés.

Il devait bien y avoir un dieu serpent, mais j'ignorais son nom, tout comme j'ignorais quels dieux vénéraient les vané manols. Thaena était-elle associée aux serpents ? Pas à Quur, mais qui savait quelle forme prenait son culte au-delà de nos frontières ?

Tandis que je réfléchissais, j'entendis des tambours en provenance du temple.

Je haussai les épaules. Bah, pourquoi pas ? Si les fidèles étaient distraits par leurs rituels religieux, cela pourrait constituer l'opportunité dont j'avais besoin. Je ne voyais pas de gardes, mais pourquoi y en aurait-il, puisqu'ils étaient trop isolés pour risquer une invasion ? Tout le monde se trouvait probablement à l'intérieur du temple.

Bon, je l'avoue… J'étais curieux, voilà !

M'approcher du temple se révéla être un étrange exercice de résistance au sentiment de vulnérabilité. Je ne voyais aucune cachette où me réfugier, aucun moyen de me tapir dans l'ombre pour avancer discrètement. Les sandales que j'avais empruntées claquaient sur la pierre dure, malgré mes efforts pour en étouffer le bruit. Je finis par les retirer et les porter par leurs lanières.

À mesure que je m'approchais, l'âge vénérable du temple m'apparaissait de plus en plus évident. Les contours des blocs de pierre étaient effrités et leur surface craquelée, comme s'ils avaient été chauffés puis rafraîchis brusquement. Le monument était bien plus grand que je ne l'avais cru de prime abord. Je ne pouvais me défaire de l'impression qu'il était sur le point de s'effondrer, et qu'à tout moment d'innombrables tonnes de pierre dégringoleraient vers moi…

Je frémis. Les vané n'avaient pas pu construire un bâtiment pareil, si ? Toute cette pierre et toute cette terre, lourdes et oppressantes, n'avaient rien à voir avec la beauté éthérée de

Dame Miya, ni même avec les ombres vives et tranchantes de Teraeth. Cet endroit semblait… plus vieux.

Était-ce seulement possible[1] ?

Je me glissai entre les larges battants de la porte sans rencontrer âme qui vive. L'atmosphère du temple était lourde et humide, et malgré la distance qui le séparait de la plage, l'odeur qui y flottait était celle de l'océan, accompagnée d'un léger parfum douceâtre de pourriture. Le son des tambours s'était fait plus fort. Je le sentais vibrer dans la plante des pieds. Au bout d'un moment, mes yeux s'adaptèrent à l'obscurité et je pus y voir plus clair.

Le motif ophidien se poursuivait à l'intérieur. Des reptiles de pierre s'enroulaient autour des piliers et formaient des arches, sculptées comme des bas-reliefs, au-dessus des portes. Même les pavés sous mes pieds étaient taillés en forme d'écailles. La moiteur du temple donnait à la pierre un aspect brillant, presque huileux. J'aperçus aussi des statues : des femmes dont la chevelure était constituée de petits serpents, des hommes à tête de cobra, musculeux et couverts d'écailles, et des pythons enroulés affublés de visages humains. Ils me rappelèrent les histoires que me racontait Surdyeh lorsque j'étais enfant, et je réprimai un frisson. Des monstres, j'étais entouré de monstres.

Au moins, ceux-ci étaient en pierre.

Je suivis le son des tambours, plus prudemment, cette fois. J'étais désormais convaincu que je ne tarderais pas à tomber nez à nez avec toute la Confrérie Noire, et j'ignorais ce qui se passerait le moment venu. Que dit-on au groupe d'assassins fanatiques qui nous ont sauvé d'une mort certaine ? « Merci

1. Non. Mais certains types d'architecture peuvent sembler plus anciens, simplement parce qu'ils sont plus primitifs. À dire vrai, de nombreuses reliques sont issues d'époques plus récentes que les vané.

beaucoup ! Vous voulez bien m'indiquer comment repartir sur le continent, maintenant ? »

Descendant dans les tréfonds du temple, le tunnel humide finit par s'évaser, et je me retrouvai à l'entrée d'une vaste salle. De nombreuses personnes s'y étaient rassemblées, enveloppées par les mêmes robes noires volumineuses que Teraeth et Khaemezra portaient à Kishna-Farriga. Je me glissai discrètement à l'intérieur, laissant mes années d'entraînement – comme mes talents innés – étouffer le bruit de mes pas.

L'air tiède paraissait déplacé, en comparaison avec la fraîcheur de l'île qui nous entourait. Des ouvertures percées dans le sol crachaient un flot continu de vapeur dans la grande salle, qui se mêlait aux fumées d'encens et à l'odeur du sang sur l'autel. Cet autel… Je dus serrer les lèvres pour m'empêcher d'émettre un hoquet de surprise.

Derrière l'autel s'élevait une statue d'un style très différent du reste du temple. Elle était presque aussi haute que la salle elle-même ; aussi, bien que située à l'autre extrémité de la pièce, donnait-elle l'impression de pouvoir m'atteindre rien qu'en tendant la main. Comme tout le reste elle était taillée dans une pierre noire, mais seule cette statue m'évoquait, par endroits, les finitions délicates de l'artisanat vané. Dans chaque main elle tenait un serpent, qui s'arquait en arrière pour se prosterner devant elle ou bien pour l'attaquer. J'étais sincèrement incapable de déterminer si elle caressait les reptiles ou si elle les étranglait. Sa robe de pierre était intégralement recouverte de feuille d'or. Au cou et à la taille, la déesse portait un collier et une ceinture constitués de crânes. Des roses de fer décoraient ses cheveux et sa robe. L'air marin les avait fait rouiller, leur donnant la couleur du sang.

Je déglutis nerveusement. Je la connaissais. Qui pourrait ignorer son nom ? Il s'agit de Thaena[1]. La Dame Pâle. La Reine du Tréfonds. La déesse de la mort. Teraeth avait affirmé que la Confrérie Noire servait Thaena, et j'en avais à présent la confirmation.

Je fronçai les sourcils en l'observant. Je ne savais pas quel rôle elle avait joué dans tout cela, mais j'avais l'intuition qu'elle avait été tout aussi présente que Taja. Puis je frissonnai. Peut-être était-ce moi qui l'avais appelée, et non l'inverse. Peut-être lorsque je me trouvais à bord du *Malheur*, la première fois, avant que Tyentso ne me mette mon gaesh. Ou peut-être à la capitale, lorsque j'avais imploré Thaena…

Je grinçai des dents, et refusai d'y penser plus longtemps.

L'estrade où trônait l'autel n'était pas inoccupée. Deux hommes y étaient penchés sur d'énormes tambours, martelant la pulsation qui faisait vibrer la roche. De plus, deux silhouettes familières faisaient face à l'autel. Khaemezra était vêtue d'une petite montagne de velours noir brodé, comme si la chaleur ambiante ne la concernait pas. Teraeth, qui se tenait auprès de sa mère, était la seule personne de l'assemblée à porter une autre couleur que le noir. Son pantalon était vert sombre, et luisait d'un reflet argenté. De longues lanières de soie, dans les tons verts et dorés, cascadaient sur son torse et le long de ses bras. J'étais trop éloigné pour distinguer les détails de sa tenue, mais même à cette distance elle avait quelque chose de sauvage, de féroce.

---

1. Bien que sa popularité atteigne des sommets à Khorvesh, Thaena est vénérée dans toutes les colonies de l'Empire et hors de ses frontières, généralement par le biais d'offrandes propitiatoires destinées à détourner son attention de sa propre personne.

Khaemezra ouvrit les bras en grand, imitant la posture de Thaena. Les tambours se turent.

Elle s'immobilisa quelques instants, théâtrale, puis elle ouvrit la bouche et dit…

En fait, je n'ai aucune idée de ce qu'elle dit.

Je n'avais jamais rien entendu de semblable, sans parler d'y comprendre quoi que ce soit. Ce n'était pas du vané. Les mots coulaient et sifflaient, tout en consonnes chuintantes et en grognements gutturaux. Combinées à une voix qui semblait moins provenir d'une créature mortelle que d'un être élémentaire (un dragon, par exemple), ces sonorités avaient de quoi impressionner n'importe qui.

Je m'aperçus alors d'autre chose. Cet endroit était doté d'une acoustique phénoménale. On aurait cru que la vieille femme se trouvait juste à côté de moi : ses murmures grinçants se propageaient avec une clarté parfaite aux quatre coins du temple. La pièce était, de ce point de vue, supérieure à toutes les salles de concert que j'aie jamais visitées à la capitale. La cérémonie – le rituel ? le sermon ? qui sait… – dura plusieurs minutes. Je trouvai son discours sinistre et inquiétant, bien que je n'en aie pas compris un traître mot.

Lorsqu'elle eut terminé, elle baissa les bras. Teraeth se pencha sous l'autel et en tira un calice large et peu profond. Il le remplit dans un bassin d'eau trouble situé non loin de là et y ajouta une longue larme d'un liquide sorti d'une carafe rouge. Teraeth empoigna alors une dague noire à la lame ondulée. Il s'en servit pour entailler son propre bras, et laissa le sang goutter dans le calice.

Sa mère parla de nouveau et, un par un, les fidèles s'approchèrent de l'autel. Chacun prononça quelques mots, souvent en chuchotant. La plupart d'entre eux parlaient la même langue sifflante que Khaemezra, mais j'entendis parfois des paroles aux sonorités familières.

Puis ils buvaient une gorgée du calice de Teraeth, ce que je trouvai assez répugnant, étant donné que l'un des ingrédients était son propre sang. Chaque fois, ils restaient un moment immobiles. Rien ne se produisait, et Teraeth leur faisait signe de repartir. La tension habitant ceux qui attendaient leur tour était presque palpable, de même que le soulagement de ceux qui regagnaient les rangs de l'assemblée.

Une fois que tout le monde fut revenu à sa place, Khaemezra ouvrit grand les bras et déclama un charabia d'une puissance intimidante. Un silence s'ensuivit. Personne ne bougeait.

Teraeth s'avança et posa la main sur la dague. Parmi la foule, quelqu'un lâcha un hoquet de surprise.

— Pas toi, s'exclama Khaemezra, apparemment étonnée.

Teraeth secoua la tête.

— Si, moi.

— Ce n'est pas ton tour.

— Il a failli mourir à cause de moi. Je dois le faire.

Ils s'affrontèrent du regard, jusqu'à ce que Khaemezra se saisisse du poignard que tenait son fils. Elle le retourna puis le lui rendit, la poignée vers Teraeth.

— Ainsi soit-il.

Elle alla se placer à l'écart, comme pour se distancier de ce qui allait suivre.

Teraeth brandit la lame en l'air, au-dessus de sa tête, et hurla quelque chose dans cette langue inconnue. Les tambours se remirent à battre à un rythme furieux et les membres de l'assemblée battirent du pied en cadence. Teraeth, à la base de la statue, commença à bouger les bras et les jambes. Ses mouvements étaient si étranges et saccadés qu'il me fallut un moment pour comprendre qu'il dansait. Ce n'était pas une danse provocante, destinée à éveiller le désir ; elle était puissante, sauvage et pleine de colère. Le rythme des tambours s'intensifia et les battements de mon cœur l'accompagnèrent.

Teraeth tourbillonnait et maniait la dague autour de son corps à une telle vitesse que je m'attendais presque à le voir s'effondrer en morceaux.

Puis il se figea. Se tourna face à l'assemblée et leva la tête en direction de sa déesse. Les tambours s'arrêtèrent.

Il leva un bras et, d'un geste gracieux et fluide, il plongea la lame dans son propre cœur.

— Putain ! m'écriai-je.

Bien que l'acoustique de la pièce ait atténué le son de ma voix, tous m'entendirent.

Plusieurs choses se produisirent au même instant. D'abord, Teraeth s'écroula, le torse cramoisi. Deuxièmement, plusieurs centaines de personnes en robes noires à capuchon se tournèrent dans ma direction. Troisièmement, les deux préposés aux tambours levèrent la tête, ce qui – de par leur anatomie – eut pour effet de faire tomber leurs propres capuches, révélant leurs faces.

Leurs faces de serpents, pour être tout à fait exact.

Ils ressemblaient comme deux gouttes d'eau aux statues que j'avais vues dans le couloir, à la différence qu'ils n'étaient pas inanimés. Ils se redressèrent.

Je paniquai et m'enfuis. C'est ce qui me paraissait le plus sensé, au vu des circonstances.

24

La serre du faucon

(Récit de Serre)

Au moment où Kihrin se ruait dans la cour du *Salon du Voile Brisé*, Ola ouvrait la porte de ses appartements. Elle avait une arbalète à la main, et une expression soucieuse sur le visage.

— Ola, où est Morea ?

— Oh ! J'ai failli avoir une crise cardiaque. J'allais te demander la même chose, mon poulet. J'ai entendu crier, et pas de plaisir. Où est passée ta chérie ? Et toi, qu'est-ce que tu fais hors du lit ?

Le poing vissé sur la hanche, elle lui adressa un regard indigné.

— Pas le temps d'en discuter. Elle n'était pas à l'intérieur ?

— Pas que je sache, non. Alors, que se passe-t-il ?

— Donne-moi ton arbalète.

Il regarda l'escalier menant à sa propre chambre et se demanda avec angoisse si Morea avait pu arriver jusque-là.

— Explique-moi d'abord ce qui se passe, Prunelles.

— Est-ce que le nom de Darzin D'Mon te dit quelque chose ?

Le visage d'Ola vira au gris. Elle pressa l'arbalète contre sa poitrine comme s'il s'agissait d'une poupée.

— Bon sang, Ola… Tu aurais dû me dire la vérité.

— Ce n'est pas ce que tu crois !

— Il a tué Ventrebeurre, chuchota Kihrin. Il va venir ici. Tu comprends ? Ses hommes sont peut-être déjà là.

— Oh, ma déesse, jura-t-elle à mi-voix.

— Prends Roarin et Lesver et sauve-toi. N'emporte rien avec toi, ça prendrait trop de temps. Contente-toi de partir d'ici. Tu sais où aller.

— Qu'est-ce que tu vas faire ?

Kihrin inspira profondément, se préparant à affronter le pire.

— Je vais prendre ta seconde arbalète et m'assurer que les autres sont sains et saufs.

Il la contourna et se glissa dans ses appartements avant qu'elle puisse l'arrêter.

Le vestibule était tel qu'il s'en souvenait, luxueux et exotique. Les masques prenaient des airs menaçants dans la pénombre. La harpe était posée près de la porte, exactement comme il l'avait laissée, encore dans son étui de toile. Morea n'était nulle part en vue.

Il marcha jusqu'à une commode, dont il sortit la seconde arbalète et un carquois plein de carreaux.

Il était bon arbalétrier, un avantage pour un cambrioleur. C'était une arme utile pour lancer des grappins et du matériel d'escalade, ou parfois pour faire taire les chiens de garde. Il ne s'en était jamais servi pour tirer sur quelqu'un, mais il était à peu près sûr que la technique employée était la même.

Il remonta le cranequin de son arbalète. En y plaçant un carreau, il entendit un bruit. C'était un son discret, un frottement de cuir contre le carrelage. Peut-être s'agissait-il de Morea, dans la chambre, qui faisait toujours semblant de dormir. Peut-être.

Mais Kihrin n'y croyait pas.

Il se dirigea vers le rideau de perles de jade, les écarta et entra dans la chambre.

Cette chambre, elle aussi, semblait identique à l'ordinaire. Le Voile de Tya filtrait par la fenêtre, projetant sur le lit des lueurs turquoise, roses et mauves. Il fronça les sourcils. On devinait deux silhouettes humaines sous les draps.

Son estomac se noua. Ce détail n'aurait pas pu échapper à Ola. Elle serait forcément allée voir ce qu'il en était.

La gorge de Kihrin se serra et devint pâteuse à mesure qu'il s'approchait du lit. Il repoussa les couvertures.

Morea et Surdyeh y étaient tous les deux allongés.

Ils avaient été méticuleusement disposés, les mains croisées sur le cœur, les yeux fermés comme pour dormir. Cela ne faisait que mettre en évidence leurs gorges tranchées : de profondes entailles leur barraient le cou, exactement semblables aux blessures qui avaient tué Ventrebeurre. Le matelas, sous leurs corps, était noirci par le sang.

Ils étaient morts.

Il les observa fixement. *Non, non, c'est impossible.* Ce qu'il voyait ne pouvait être la réalité. Elle était vivante. Ils étaient tous les deux vivants. Son père était vivant. Il n'avait fait que courir chez Ventrebeurre et revenir. Ils étaient vivants !

Kihrin porta une main à son cou. La pierre qui s'y trouvait était froide comme la glace.

À la différence de Ventrebeurre, ni Surdyeh ni Morea n'avaient été torturés. C'était inutile. Leurs assassins n'avaient eu qu'à attendre pour retrouver leur proie… Et ils attendaient encore.

Kihrin n'avait pas besoin de voir au-delà du Premier Voile pour révéler la présence des hommes embusqués dans la chambre : il les sentait.

Un homme sortit des ombres et abattit son énorme massue. Kihrin fit un saut en arrière, évitant à un cheveu le coup qui lui aurait fracassé le crâne. Étrangement calme, il calcula ses chances de s'en sortir : il y avait quatre ennemis. Ils portaient des armures et leurs armes étaient dégainées.

L'un d'eux vint se placer derrière lui pour l'empêcher de s'enfuir.

Kihrin leva son arbalète et visa la brute postée devant le rideau de jade. Il n'avait droit qu'à un seul essai.

L'homme reçut le carreau en pleine poitrine ; le coup était mortel. Cela aurait suffi s'il avait été seul, mais l'assassin avait trois compagnons. Ces derniers n'avaient pas l'air assez idiots pour laisser à Kihrin le temps de recharger son arme. Les tueurs restants s'approchèrent de lui, certains de l'issue du combat.

Kihrin n'avait connu qu'une seule situation plus critique que celle-ci… et elle remontait à plus tôt dans la journée, lorsqu'il était entre les griffes du prince démon Xaltorath.

Mais le Premier Général n'allait pas venir le sauver, cette fois-ci.

Il retourna vivement l'une de ses dagues et la lança sur le cordon qui retenait le ciel de lit, en tissu brodé de perles, qu'Ola avait suspendu au plafond. Le poignard atteignit sa cible et trancha net le cordon.

Plusieurs dizaines de mètres de satin tombèrent brusquement dans la pièce à la manière d'un filet.

Les hommes étaient armés de massues et de gourdins. Ils n'avaient rien à portée de main qui leur permette de trancher l'étoffe pour s'en extirper. Peut-être avaient-ils des dagues cachées dans leurs bottes, mais ils avaient été trop surpris pour les tirer à temps. Les hommes jurèrent tout en luttant pour se libérer.

Kihrin sauta en arrière et rechargea son arme. Ses carreaux transpercèrent deux des trois hommes avant qu'ils s'extraient des plis du tissu. Puis Kihrin se hissa sur une poutre du plafond. Il rechargea de nouveau l'arbalète. Son cœur était comme engourdi. Aucune émotion n'animait le regard du jeune homme lorsqu'il dévisagea le dernier assassin – désormais libre de ses mouvements – et qu'il vit ses yeux s'écarquiller de terreur. L'homme se rua vers la sortie. Kihrin lui tira un carreau dans le dos.

Le silence s'abattit sur la pièce.

Kihrin resta perché là, sur sa poutre, le dos voûté. Il avait été facile de tuer ces hommes, plus facile que prendre la vie d'autrui n'aurait dû l'être. Cela lui parut injuste. Une voix venue du fond de son esprit, parfaitement froide et détachée, lui souffla que le choc l'empêchait de ressentir la moindre émotion. Si sa rencontre avec Xaltorath n'avait pas suffi à enfermer son âme dans un étau de glace, la découverte du cadavre assassiné de son père s'en était chargée.

Ne s'était-il vraiment écoulé que quelques heures depuis l'attaque du démon dans la rue ? Des années avaient passé. Il avait vieilli de plusieurs décennies.

Kihrin rechargea son arbalète. Il regarda l'un des hommes, les armes tombées au sol, puis le lit couvert de satin. Les soldats ne portaient pas d'armes tranchantes. *Ce n'est pas eux qui ont fait ça*, pensa-t-il. Il devait partir, et vite. Ola… Il ne voulait pas réfléchir à ce que tout cela signifiait. Il descendit de la poutre, s'arrêta un instant pour donner un coup de pied à une silhouette qui bougeait encore et ramasser une massue, puis il traversa le rideau pour regagner le vestibule.

Il s'arrêta net.

Toutes les bougies d'Ola étaient allumées.

Une femme était couchée sur la table de verre, les seins et le bassin pressés contre la surface lisse. Ses bras dépassaient sur les côtés d'une manière qui lui rappela Princesse, la chatte du bordel, lorsqu'elle venait d'attraper une souris et qu'elle était contente d'elle. La femme avait décroché le corbeau empaillé d'Ola et elle l'observait, le nez tout contre son bec.

Elle avait la peau couleur de miel et de longs cheveux bruns et soyeux. La lueur des bougies faisait jouer des reflets roses sur son corps svelte. Pour tout vêtement, elle portait des lanières de cuir noir qui s'entrecroisaient sur ses seins, son ventre et autour de ses hanches. Ces sangles n'avaient pas pour fonction de la protéger ni de soustraire son anatomie aux regards. D'après ce qu'il pouvait voir, elle ne portait pas d'arme ; et il voyait pour ainsi dire tout son corps.

Elle aurait pu être sublime, sans la démence qui emplissait ses yeux sombres.

Il faillit lui dire qu'elle s'était trompée de bordel et qu'elle ferait mieux d'aller au bout de la rue, aux *Marques Pourpres*, si elle était amatrice de relations tumultueuses. Cependant, la remarque insolente mourut avant d'avoir franchi ses lèvres. Ce n'était pas un partenaire sexuel qu'elle cherchait.

C'était lui.

—Oh, tu as tout à fait raison, mon bel ange, ronronna-t-elle d'une voix mielleuse. Je suis là pour toi. Tu es mon adorable petite noix de coco, et je vais t'ouvrir en deux pour recueillir ta pulpe.

Elle sourit en bondissant sur ses pieds, avec une telle légèreté que la plaque de verre ne pencha même pas. Lorsqu'elle se tenait debout, ses sangles dissimulaient encore moins son corps. Elle jeta le corbeau à terre.

Il déglutit avec effort.

—J'ai parlé tout haut ?

—Non, Prunelles. (Elle sourit.) Pas du tout.

—C'est bien ce que je pensais.

Son cœur tambourinait dans sa poitrine. *Un autre démon. Oh, Taja… Pas un autre démon…*

—Ah, mais je ne suis pas un démon, mon cœur. Les démons n'ont pas de véritable corps. Moi, si.

—Arrête de lire dans mes pensées !

Elle le gratifia d'un sourire attendri.

—Allons, allons, ne dis pas de bêtises. Bravo pour ce que tu as fait, d'ailleurs. (Du menton, elle désigna le rideau de jade.) La plupart des gens deviennent fous en voyant que ceux qu'ils aiment ont été assassinés. Si tu étais resté paralysé, ou que tu t'étais enfui en hurlant, l'un d'eux t'aurait assommé comme un petit veau. Tu aurais dû les achever, bien sûr. L'un de ces hommes est encore en vie.

— Ça alors, je suis distrait. Je vais aller réparer mon erreur.

— Non, je ne crois pas, mon chou.

Elle se passa la langue sur les lèvres en regardant Kihrin, toujours souriante, et se tapotant la hanche d'un de ses ongles. Ceux-ci étaient longs et pointus, peints en rouge sombre ou en noir. Ils avaient l'air humides.

Kihrin regarda autour de lui.

— D'autres gros bras sont en route ?

— Il n'y a que moi, répondit-elle.

— Que toi… Qui es-tu, d'ailleurs ?

— C'est gentil de me le demander. Je m'appelle Serre, et c'est moi qui vais avoir l'honneur de t'assassiner ce soir. Tu devrais être fier, tu sais. On ne me confie que les gens importants.

— Merci, sans façon.

Kihrin leva son arbalète et tira, en priant pour que lire dans ses pensées ne lui permette pas d'esquiver le coup.

Ce ne fut pas le cas. Le carreau alla se ficher dans sa poitrine. Elle chancela.

Il n'y eut pas de sang. Elle lui sourit à la manière d'une amante, tout en extrayant le carreau de son corps. La plaie se referma aussitôt, sans laisser la moindre trace de blessure.

Kihrin l'observa, incrédule.

— Je veux que tu saches que j'ai passé une très mauvaise journée, dit-il.

Il jeta son arbalète et leva sa massue.

Elle hocha la tête, souriant toujours.

— Ne te fais pas de mouron, mon beau. Ce sera bientôt fini. (Elle jeta le carreau derrière elle et s'avança vers Kihrin.)

Ça ne doit pas être ta vraie couleur de cheveux, mais tu es vraiment mignon. Je me demande ce qui te rend si important.

— Promets-moi de ne pas me tuer, et je te l'expliquerai. En mangeant un morceau, peut-être ?

Elle l'examina comme un aigle regarderait un écureuil.

— Je suis navrée, mais j'ai déjà un musicien aveugle et une danseuse de prévus pour le dîner. Ne t'inquiète pas, je te garde pour le dessert. Tu as l'air délicieux.

Le sang reflua du visage de Kihrin.

— Tu es une métamorphe[1].

Elle battit des mains, comme une enfant ravie d'avoir reçu un compliment.

— Je vois que tu as bien écouté les histoires qu'on te racontait quand tu étais petit.

Son corps changea alors, très brièvement ; et l'espace d'une seconde, il vit devant lui le reflet de sa propre apparence, avant qu'elle ne redevienne une belle jeune femme.

— Ce n'était qu'une petite improvisation, bien sûr, précisa-t-elle. Je ne maîtriserai véritablement ton apparence qu'après m'être rempli l'estomac.

— Oh, déesse…

— Les dieux ne peuvent rien pour toi, trésor. (Calmement, elle s'avança vers lui. Il recula.) Crois-moi, je le sais. J'étais extrêmement pieuse, avant. Mais quand j'ai vraiment eu besoin de ma déesse, où était-elle ? Certainement pas dans la Cité, en tout cas.

---

1. Pour des raisons qui m'appartiennent, je dois avouer que je suis fasciné par les métamorphes. Nous ne savons que très peu de chose à leur sujet, en bonne partie parce qu'ils sont difficiles à trouver ; ce qui n'est pas étonnant, s'agissant d'une race capable de changer de forme et de couleur. La plupart des érudits les considèrent simplement comme les vestiges des expériences d'un dieu-roi devenu fou, ce qui pourrait fort bien être vrai, car ils ne vieillissent pas et ne se reproduisent pas au sens traditionnel du terme. Les métamorphes n'éprouvant pas le besoin de nous éclairer, nous n'apprendrons peut-être jamais le secret de leurs origines.

— Qu'as-tu fait à Ola ?

— Elle est dans un des boudoirs, occupée à baiser une jolie catin. (La métamorphe baissa la voix pour affecter un murmure de théâtre.) Elle n'a aucune idée de ce qui est en train de se passer.

— Mais j'ai vu Ola… (Kihrin ouvrit de grands yeux.) C'était toi ? Tu m'as laissé entrer ici, sachant ce que j'allais trouver ?

— Que veux-tu que je te dise, mon chéri… J'aime jouer avec ma nourriture. Je voulais voir comment tu prendrais la nouvelle. C'était plutôt savoureux, d'ailleurs. Maintenant, au lieu de trois cerveaux, je vais en déguster sept, et tous les ajouter à ma collection. Heureusement qu'il m'est impossible de trop manger.

— Je pourrais te payer.

— Oh, c'est gentil… Mais je ne fais pas ça pour l'argent. (Elle sourit.) J'ai hâte de voir la tête que fera Ola lorsqu'elle entrera ici et qu'elle découvrira ce que je t'ai fait. Je l'ai bien mérité, après avoir rongé mon frein pendant toutes ces années… Je crois que je vais la torturer à mort. Lentement. Oh, oui, ce sera une soirée mémorable, que je vais savourer pendant de nombreux siècles.

Kihrin plissa le front.

— Tu… Attends… C'est à cause d'Ola, tout ça ? J'ai cru que… Darzin D'Mon…

Serre marqua un temps d'arrêt, et ses traits se froncèrent légèrement.

— Ah oui, tu as déjà parlé de lui, tout à l'heure. Comment as-tu dit que tu t'appelais, déjà ?

— Je ne l'ai pas dit.

— Kihrin ? dit-elle en penchant la tête sur le côté.

— Sors de mes pensées !

Il recula de nouveau.

— Kihrin. (Elle avait répété son nom, mais l'avait prononcé différemment[1].) La couleur des cheveux n'est pas la même… (Ses yeux s'écarquillèrent.) Elle t'a gardé ? Ola t'a gardé, ici ?

Ses yeux coururent le long de son corps, dans un sens puis dans l'autre, comme devant une œuvre d'art rarissime.

— Je n'arrive pas à croire… Ça alors ! Qu'elle est rusée, la salope…

Lorsque son regard revint au visage de Kihrin, elle lui adressa un sourire chaleureux.

— Tu as un collier. La Pierre des Entraves. Oh, le nom importe peu. Tu n'as sans doute aucune idée de son véritable nom. Pour toi, ce n'est qu'une pierre bleue cerclée d'or. Tu devais déjà l'avoir lorsque Ola t'a trouvé, au Parc de l'Arène[2].

— Mais Ola ne m'a pas trouvé dans le Parc…

Elle rit.

— Oh, que si. Oh… que… si. J'y étais. J'étais là, j'avais les mains serrées autour du cou de cette insupportable petite putain…

Elle tendit les mains vers l'avant, comme si ses souvenirs lui apparaissaient en chair et en os. Son corps entier changea de nouveau, prenant la forme d'un homme que Kihrin ne reconnut pas, avant de revenir une fois encore à son apparence initiale. Elle ferma les yeux un instant et frémit.

— Désolée. Parfois, il ressort sans crier gare. Ce salaud pense que, parce qu'il m'a tuée, il a droit à un traitement de faveur, apparemment.

---

1. Cela nous indique de manière quasi certaine que son nom est une variation de « Kihrin » ; ou plutôt, que « Kihrin » n'est qu'une manière erronée de prononcer son véritable nom.

2. Bien que la population ait pris l'habitude d'appeler la bande de terre ceignant l'Arène Impériale « le Parc de l'Arène », elle n'a jamais porté officiellement ce nom. D'autres surnoms lui sont communément attribués, parmi lesquels « la Terre de Sang » et bien sûr, l'un des plus populaires : « le Champ du Massacre ».

Il n'arriverait jamais à lui échapper. Il resserra les doigts sur sa massue.

Serre leva une main vers lui.

— Et dire que j'étais sur le point de te tuer ! (Elle partit d'un rire hystérique.) Oh, là là ! Ç'aurait été… oh. On l'a échappé belle. (Elle sourit et s'éventa d'une main.) Ce n'est pas passé loin. Et dire que j'ai failli faire la même erreur que mon assassin. Crois-moi : il ne faut *jamais* tuer la personne qui porte la Pierre des Entraves. C'est toujours une catastrophe.

Des deux mains, elle fit le geste de tout balayer devant elle.

Kihrin se figea.

— Attends… Tu es en train de dire que tu ne veux plus me tuer ?

— Oh non, mon chéri ! Ce serait une très mauvaise idée. Crois-moi, c'est la dernière chose que tu voudrais que je fasse.

Kihrin resta interloqué.

— Heu… Oui, en effet. En ce qui concerne mon assassinat, mes positions n'ont pas changé au cours des cinq dernières minutes. (Il secoua la tête.) Merveilleux. Non seulement j'ai affaire à une métamorphe, mais elle est aussi complètement folle. N'est-ce pas formidable ?

— Oh, mon chéri, j'ai tellement de choses à te dire. Je t'ai enfin retrouvé !

Son regard vint alors se poser quelque part derrière Kihrin et son visage se tordit, devenant un masque hurlant de haine.

— *Non, imbécile !*

Kihrin regarda derrière lui, juste à temps pour voir l'un des assassins, debout dans l'ouverture au rideau de jade. Il était mortellement blessé, mais, dans un sursaut d'héroïsme, il tentait une dernière fois de mener à bien sa mission.

L'homme avait lui aussi une arbalète, et il la pointait droit sur Kihrin.

Kihrin fit un bond de côté et se plaqua au sol. Il crut d'abord qu'il avait réussi son esquive, mais ce n'était que l'effet du choc. Quelque chose le frappa lourdement à la poitrine ; il eut l'impression de recevoir un coup donné avec un oreiller bourré de roseau. Kihrin tituba vers l'arrière, puis le monde bascula, s'approchant de lui en diagonale. Il n'arrivait plus à respirer. Lorsqu'il lutta pour aspirer une goulée d'air, la souffrance l'envahit brusquement. Kihrin comprit qu'il n'était pas du tout aussi chanceux qu'il aimait à le dire. La pierre pendue à son cou était froide, si froide qu'il avait l'impression qu'elle le brûlait.

Tandis qu'il tombait, sans comprendre qu'il avait un carreau d'arbalète planté dans la poitrine, Kihrin remarqua quelque chose d'étrange. C'était lui qui avait été attaqué, mais c'était son agresseur qui hurlait. Et l'homme avait une très bonne raison de s'époumoner : une masse de tentacules, hérissés de griffes acérées, avait entrepris de le tailler en pièces. Le sang et les tripes éclaboussèrent copieusement les magnifiques tapisseries d'Ola.

Tout en observant la scène, Kihrin perçut de l'agitation, le bruit d'une porte qui s'ouvrait, et d'autres voix. Mais tout cela ne l'intéressait plus vraiment. Le monde s'obscurcit peu à peu.

Un visage emplit son champ de vision ; c'était un visage familier, mais dont la vue ne lui était pas agréable. Joli-Cœur – Darzin D'Mon – l'observa sans cacher son inquiétude.

— Je suis arrivé juste à temps.

Serre s'écria :

— Je ne savais pas…

— Ce n'est pas ta faute, Serre. S'il meurt, je ne t'en tiendrai pas pour responsable.

— Il ne va pas mourir, l'entendit-il répondre avant de s'évanouir de douleur. Je n'en ai pas encore fini avec lui.

25

Dans la jungle

(Récit de Kihrin)

Tandis que je courais, j'entendis crier derrière moi. Quelqu'un m'appela par mon nom. Je n'y prêtai pas attention. Je dévalai les marches à toute allure et m'enfonçai dans la jungle. Sous la canopée, la lumière était moins vive ; l'air était chargé de brume et d'un parfum fétide de terre et d'orchidées. Je continuai à courir, sautant par-dessus les lianes, les racines et les fougères d'un vert humide. Je courus jusqu'à en avoir le souffle coupé et des points de côté.

Je n'avais pas l'impression qu'ils me suivaient. En tendant l'oreille, je ne discernai rien d'autre que les bruits de la forêt.

Puis j'entendis quelque chose bouger dans les fourrés.

Je m'arrêtai. Il y eut un nouveau bruissement. Lentement, je me baissai pour ramasser un morceau de bois pourri.

Un bruit grave et guttural s'éleva à ma droite. Cela ressemblait au ronronnement d'un chat, en plus lent. Un instant plus tard, un lézard sortit sa tête de la végétation. Il était d'un vert doré, et sa tête – étonnamment haut placée, par rapport au sol – ressemblait plus à celle des crocodiles du fleuve Senlay qu'à un lézard des jardins. Lorsque la créature s'approcha, je m'aperçus qu'il s'agissait en fait d'un reptile dressé sur ses pattes arrière. Il ouvrit la gueule en un sourire qui découvrit une rangée de dents acérées. Il me contempla de ses yeux sombres et intelligents, qui me firent penser à ceux d'un perroquet. À l'épaule, il mesurait un peu moins d'un mètre.

Un autre ronronnement lui répondit, dans mon dos, cette fois.

Ils étaient deux.

Je levai les bras et agitai mon bâton, en criant :

— Yaaah !

Le reptile qui me faisait face baissa la tête et siffla avant d'émettre un petit cliquetis. Il se mit à tourner autour de moi.

Je mis la main sur ma pierre tsali. Elle n'était ni chaude ni froide.

Allons bon. Qu'est-ce que cela signifiait ?

J'observai le lézard, puis un arbre. Le lézard paraissait bien campé sur ses pattes, mais j'aurais parié qu'il n'était pas très doué pour l'escalade. La créature suivit mon regard et s'avança légèrement, pour venir se placer entre moi et le vieil arbre au tronc immense.

Je me résolus à partir en courant. Avec un cri saccadé, il s'élança à ma poursuite. Voyant qu'il gagnait du terrain, j'attrapai une liane qui pendait en travers du chemin, me propulsai en hauteur et me retournai. J'atterris littéralement sur le bout de la queue du reptile et me remis à courir dans l'autre direction. Alors qu'il se retournait et que je me ruais vers le grand arbre, cinq autres monstres jaillirent des fourrés et se précipitèrent sur moi. Je bondis, attrapai une autre liane et me hissai assez haut pour m'accrocher du pied à une branche. L'un des monstres sauta et claqua des mâchoires, passant à deux doigts d'attraper mes cheveux entre ses dents. Je parvins à saisir la branche et à me hisser hors de portée de la bande de lézards. Ils levèrent les yeux vers moi et cliquetèrent de plus belle ; ce son semblait constituer l'équivalent, pour eux, d'un grognement. L'un d'eux tenta de grimper à l'arbre, mais ses pattes griffues n'étaient pas assez musclées et il glissa aussitôt jusqu'au sol, impuissant.

J'entendis alors un vrombissement.

Un homme-serpent, semblable à ceux que j'avais aperçus dans le temple, se tenait dans une zone où la végétation se faisait plus rare. Il tenait une longue chaîne de métal munie d'un poids à son extrémité et la faisait tourner au-dessus de sa tête, de plus en plus vite.

— Merde, pestai-je en empoignant une liane.

J'aurais juré que le salopard avait souri lorsqu'il lâcha la chaîne.

Je me déportai sur le côté. La chaîne me manqua, mais mon triomphe fut de courte durée. Ce n'était pas moi qu'il visait, mais la branche sur laquelle je m'étais réfugié. Le bois se fendit dans un craquement, déchiqueté par le métal. Je fis passer mon poids sur la liane que j'avais attrapée. Celle-ci se cassa.

Merci, Taja.

Je tombai au sol. Avant que j'aie pu faire un mouvement, l'un des lézards avait posé une patte sur mon torse, baissé la tête jusqu'à frôler la mienne et émis un cliquetis désapprobateur. Plusieurs autres hommes-serpents apparurent, armés de lances qu'ils pointaient tous dans ma direction. Heureusement, ils se contentèrent de me menacer et de m'adresser des sifflements.

Je poussai une longue expiration.

La premier homme-serpent, celui qui avait lancé la chaîne, lança quelques paroles dures et chuintantes, dans la langue qu'avait employée Khaemezra un peu plus tôt. Tous les lézards de chasse reculèrent, sauf un. Puis l'homme-serpent ajouta quelque chose, et un mélange de réponses sifflantes et de rires lui répondit. Un rire humain s'éleva également. Je me tordis le cou pour mieux voir, et le lézard siffla de nouveau.

— Szzarus dit qu'il demandera à son draconide de te laisser tranquille, si tu promets de ne pas te comporter comme un singe, déclara une voix féminine.

Les rangs des hommes-serpents s'écartèrent et une femme s'approcha de moi.

Elle n'était pas vané mais humaine, dotée d'un teint qui devait se situer entre le brun olivâtre des Quuros et le noir d'ébène des Zherias. Ses cheveux sombres étaient séparés en longues mèches emmêlées, dont les nœuds étaient décorés d'anneaux de cuivre, de crânes et de roses. Elle portait une veste à lacets ajustée constituée de plusieurs pièces de cuirs différents, un pagne et des bottes hautes, par-dessus une sorte de chemisier long en maille vert et brun qui devait constituer un excellent camouflage au cœur de la jungle. Sous les mailles, je distinguai des tatouages noirs, aussi fins que de la dentelle. Elle arborait deux dagues à la ceinture, une épée incurvée et une version plus courte de la longue chaîne utilisée par l'homme-lézard.

Elle semblait également pourvue d'une assurance à toute épreuve.

— Vas-tu bien te tenir, maintenant ?

Elle pencha la tête et me jaugea d'une manière qui me rappela les lézards de chasse.

— Est-ce que j'ai le choix ?

— Bien sûr. Je pourrais te ramener à Mère enchaîné. (Elle tapota sa ceinture.) Il y a des hommes qui en redemanderaient.

— Ce n'est pas mon cas, rétorquai-je en lui lançant un regard noir.

J'avais la sensation de l'avoir déjà vue.

— Ça ne m'étonne pas, même si je dois avouer que tu es plutôt charmant quand tu ne portes que des chaînes pour tout vêtement.

Mes yeux s'écarquillèrent.

— Tu étais avec Khaemezra et Teraeth, à Kishna-Farriga !

— En effet. (Elle sourit.) Je suis Kalindra. Mère m'a demandé de garder un œil sur toi. Elle craignait que tu fasses quelque chose de stupide, après avoir assisté au Maevanos.

— Le Maev… (Je m'interrompis.) Le Maevanos est une danse érotique, pas un sacrifice humain[1].

Elle eut un ricanement moqueur et fit un geste de la main. Deux hommes-serpents m'attrapèrent et me relevèrent.

— Il n'y a que les Quuros pour reprendre l'un des rituels les plus sacrés du culte de Thaena et en faire un numéro pour salons de velours. (Elle darda sur moi un regard courroucé.) Il s'agit de la démonstration de confiance la plus profonde et la plus sacrée que nous puissions adresser à notre Dame. Nous implorons son pardon et sa bénédiction dans son propre royaume, où son pouvoir est absolu et où aucune tromperie n'est possible. Si le fidèle se repent sincèrement, elle lui permet de Revenir. Il est alors purifié et lavé de ses péchés.

— Et s'il ne se repent pas sincèrement ?

— Alors, il meurt.

— Quel dommage. Je commençais à peine à apprécier Teraeth.

— Vraiment ?

— Non, bien sûr que non. C'est un abruti.

Kalindra sourit.

— Veux-tu que je lui fasse passer le message, lorsqu'il Reviendra ?

— Si ça t'amuse.

Les hommes-serpents semblèrent considérer que la situation était de nouveau sous contrôle. La plupart d'entre eux s'enfoncèrent de nouveau dans la jungle, accompagnés de leurs lézards apprivoisés. Le plus grand adressa

1. Je dois admettre que j'étais persuadé, moi aussi, qu'il s'agissait d'une danse érotique. Je comprends, à présent, pourquoi un prêtre de Thaena était sorti en trombe lorsque nous y avions assisté à la fête de l'hiver, il y a deux ans de cela. Quelqu'un devrait en avertir la Guilde des Noceurs.

quelques sifflements à Kalindra avant de les rejoindre. Je le soupçonnai de continuer à rôder non loin de là, au cas où.

— Qu'a-t-il dit ? interrogeai-je.

— Il a dit « Fais attention. Ce singe a l'air inoffensif, mais il bouge vite quand il veut ». Je crois que Szzarus t'aime bien.

— Tout le monde m'aime bien. Relos Var vous le confirmerait. (Je me frottai les bras en regardant autour de moi.) Est-ce que vous me retenez prisonnier, ici ?

Elle pencha la tête et m'observa.

— Tu te trouves sur une île tropicale, à des centaines de kilomètres du village le plus proche. Combien de temps peux-tu nager sans te fatiguer ?

— Donc, je suis prisonnier.

Kalindra haussa les épaules.

— Si tu veux, oui. Je ne peux pas changer les réalités géographiques de la région pour te faire plaisir. Moi non plus, je ne peux pas partir facilement. Parfois, les choses qui nous protègent sont les mêmes qui limitent nos libertés.

— Je n'aime pas ça.

— Oh, alors dans ce cas ça change tout. (Elle leva les yeux au ciel.) Ah non, c'est vrai. Ça ne change rien !

— Donc il faut que j'arrête de me plaindre ?

— C'est toi qui le dis. (Son regard était rieur et j'avoue que j'eus du mal à demeurer indigné.) Allons faire un tour. On a le temps de te donner quelques explications avant que Teraeth Revienne d'entre les morts.

26

Dures retrouvailles

(Récit de Serre)

Quelqu'un tambourina à la porte.

— Maudits soient-ils. Fichez-moi la paix ! cria Ola.

— Ola, Ola ! Venez vite, appela la voix de Morea, claire et sonore, de l'autre côté du battant.

— Allons bon…

Ola sortit du lit et revêtit un peignoir, ignorant les protestations de la femme qu'elle bousculait au passage. Elle gagna la porte d'un pas lourd et l'ouvrit brusquement.

— Qu'est-ce qu'il y a, ma fille ? Tu as intérêt à ce que ce soit important !

— Il… Il est… Oh, déesse… Il…

— Calme-toi, mon enfant. Calme-toi. Que s'est-il passé ?

— C'est Kihrin ! (D'un doigt tremblant, Morea désigna la direction des appartements d'Ola.) Il a disparu !

— Kihrin ? Où donc ce garnement est-il… (Les sourcils d'Ola se rejoignirent.) Oh, par l'Enfer. Le général. S'il a…

Sans un mot de plus, Ola attrapa Morea par le bras et la poussa autant qu'elle la traîna jusqu'à ses quartiers.

Ola entra d'un pas décidé et s'arrêta en voyant les bougies, les meubles renversés, et la bouillie sanguinolente qui, très certainement, avait dû un jour être une personne. Le mur faisant face à la porte, ainsi que le rideau de perles de jade, étaient couverts de sang. Quelqu'un avait été assassiné dans cette pièce. Récemment, et de façon particulièrement infâme. Elle refoula sa nausée. Ce n'était pas Kihrin. Cela ne pouvait pas être lui. Mais qui, alors ?

— Morea, que s'est-il passé…

Elle se tourna juste à temps pour recevoir un coup de poing dans la mâchoire, qui l'envoya s'écraser contre une commode.

Morea examina ses phalanges.

— Encore en retard. Tu arrives toujours trop tard, Ola. Je n'ai jamais vraiment réussi à te le pardonner. Et crois-moi, j'ai vraiment essayé.

— Morea ?

Ola essuya le sang qui lui maculait le visage et regarda fixement la danseuse, hébétée.

— Pas exactement, non.

La silhouette de Morea se mit à onduler sous les yeux d'Ola, jusqu'à prendre la forme d'une femme à la peau de miel et aux magnifiques cheveux bruns.

— Lily ? (Ola secoua la tête.) Lyrilyn ? Non, c'est impossible ! Je t'ai vue…

— Mourir ? (Serre sourit.) Oh oui, je suis morte. Et pourtant… me voilà. Laisse-moi t'expliquer. Oh non, j'ai mieux : laisse-moi te montrer.

Ola tenta de s'enfuir, mais Serre la rejoignit en quelques secondes. Elle plaqua Ola contre le mur, emprisonnant ses mains dans les siennes. Bien que son adversaire soit plus petite qu'elle, et d'apparence plus frêle, Ola ne put se libérer. Serre pressa sa bouche contre la sienne, en un affreux baiser qui aspira jusqu'aux dernières forces du corps d'Ola.

Ola regarda la femme qui l'avait attaquée, et tressaillit. Le visage qui l'embrassait changea. Ce n'était plus celui en forme de cœur de Lyrilyn, aussi doux qu'une fleur, mais une Zheria à la peau noire, sauvage et indomptée. C'était son propre visage ; celui qu'Ola portait vingt ans plus tôt, avant que l'âge et les plaisirs ne viennent lui dérober son allure. C'était le visage dont elle se souvenait encore, et qui ressurgissait dans son esprit lorsqu'elle contemplait son reflet dans un miroir ou qu'elle repensait au « bon vieux temps ».

Ola tenta de se libérer, mais la poigne qui la retenait était aussi dure que l'acier. Elle voulut crier, mais le baiser du monstre était comme un étau qui l'écrasait.

Un flot torrentiel de souvenirs, de pensées, d'émotions et de péchés déferla sur elle, et Ola s'y noya. Elle ressentit une atroce sensation de viol et de honte, comme si tous les secrets que recélait son âme avaient été arrachés aux coins les plus sombres de son esprit et jetés sur le trottoir. Elle sentait ce monstre, qui portait son visage, fouiller dans ses pensées.

Puis la sensation cessa. Ola fut lâchée, soulevée dans les airs et projetée. Elle atterrit comme un coussin trop rembourré sur un divan. Ola gémit et voulut s'éloigner en rampant, mais des mains puissantes l'attrapèrent par les cheveux et la tournèrent sur le dos. La silhouette qui se tenait au-dessus d'elle était de nouveau Lyrilyn.

Son ennemie sourit.

— Tu vois ?

— Tu es métamorphe ? murmura Ola.

Elle avait entendu parler de ces créatures, par de sombres rumeurs chuchotées dans des repaires plus sombres encore. Des individus qui volaient l'apparence d'un être cher pour traquer leurs victimes. Des démons de chair qui vendaient leurs services au plus offrant, en tant qu'espions et en tant qu'assassins.

Serre lui fit un clin d'œil.

— Ce n'est pas ainsi que nous nous désignons, mais l'idée est là.

— Ça ne peut pas être vrai. Lyrilyn était humaine…

— Oui, c'est vrai, chère amante. Je l'étais, autrefois. Mais tu es arrivée en retard, rugit Serre.

Elle s'accroupit près d'Ola, l'attrapa par les cheveux et la hissa sur ses pieds. Elle la traîna ensuite jusqu'à une chaise et l'obligea à s'y asseoir.

— Maintenant, je suis ce que la Pierre des Entraves a fait de moi, une chose que tu as participé à créer. Mais tu as raison. Ça ne peut pas être vrai. C'est juste un affreux cauchemar, où Lyrilyn revient pour te rappeler tes vieux péchés. Tu sais… La fois où tu n'as rien fait, où tu es restée les bras ballants, à regarder ce monstre assassiner ta bien-aimée Lyrilyn.

La peur étouffait Ola. C'était pire qu'un cauchemar, pire que tout ce qu'elle aurait pu imaginer.

— Pitié… Je suis désolée. Je suis désolée…

— Je te pardonne, dit Serre.

Ola battit des paupières.

— C'est vrai ?

— Hé oui ! Heureusement, je portais la Pierre des Entraves… Quelle chance, n'est-ce pas ? Taja doit vraiment m'aimer, tu ne crois pas ? Donc, quand le métamorphe m'a assassinée, j'ai échangé mon corps avec celui de mon meurtrier, ce qui a fait de moi… (Elle posa une main sur sa poitrine.) Une métamorphe. J'avoue qu'il m'a fallu un moment pour m'y habituer. C'est répugnant, un métamorphe. Tu n'imagines même pas.

La peur, dans les yeux d'Ola, se mua en terreur.

— Qu'aurais-je pu faire ? chuchota-t-elle. Ça s'est passé tellement vite. Je ne savais pas…

Ola hurla lorsque Serre la frappa au visage, plusieurs fois.

C'est avec une expression égale et même sereine que Serre montra à Ola le sang qui tachait ses doigts. Elle essuya sa main sur la joue d'Ola. Puis Serre lécha le sang sur sa peau. Ola tenta de secouer la tête, de se débattre, de bouger… mais la métamorphe l'immobilisait totalement.

Serre reprit, du ton de la conversation :

— Tu savais, Ola. Tu l'as toujours su, mais tu étais trop occupée à te protéger toi pour te soucier de quelqu'un d'autre, et surtout de moi. Tu te souviens des promesses que nous nous étions faites, le soir, dans nos lits ? Le grand amour, l'éternité ? Mais quand tu as eu les moyens de racheter ta liberté, as-tu eu une seule pensée pour moi ? Non. Tu m'as laissée croupir où j'étais.

Ola secoua la tête.

— Ton maître n'était pas Therin ; sinon, j'aurais eu une chance d'y arriver. Mais c'était Pedron, ce dégénéré de Pedron. Jamais je n'aurais pu obtenir qu'il te libère.

L'expression de Serre se fit compréhensive, pleine de compassion.

— C'est ça que tu te répètes pour réussir à dormir la nuit, ma belle ? J'ai été si naïve… Ce n'est pas une fois que je t'ai accordé ma confiance, mais deux. Je t'aimais. Et où étais-tu, lorsque j'ai eu besoin de toi ?

Ola se passa la langue sur les lèvres, nerveuse.

— Je n'ai pas…

— Tu m'as beaucoup déçue, ma douce. Énormément déçue.

Ola gémit.

— Tu es folle.

Serre regarda l'autre femme comme si elle venait de dire quelque chose de très profond.

— Tu sais, je me le suis souvent demandé moi-même. Suis-je folle ? Il est possible que ce qui m'est arrivé m'ait fait perdre l'esprit.

Elle sourit et haussa les épaules, comme résignée à ne jamais pouvoir apporter de réponse à cette question.

— Bien sûr, absorber d'un seul coup cinq mille trois cent soixante-douze vies distinctes en l'espace de quelques minutes suffirait à embrouiller légèrement les facultés mentales de n'importe qui.

Serre sourit.

— Tu…, balbutia Ola. Tu as tué tous ces gens ?

— Moi ? (Serre éclata de rire.) Non, bien sûr que non. Je ne suis responsable que de sept cent trente-huit, personnellement. Oups ! Sept cent quarante et un. J'ai complètement oublié d'ajouter ceux qui ne datent que de cette nuit. (Elle dessina de petits symboles dans l'air, comme pour faire une addition sur un tableau noir.) Le métamorphe qui m'a tuée, en revanche… eh bien, il était très vieux. (Elle se retourna vers Ola et s'accroupit à côté de sa chaise.) Tu sais que j'étais vané, autrefois ? (Elle caressa sa hanche.) Pas moi, Lyrilyn ; je suis née dans le Quartier de Cuivre. Ce corps, je veux dire, a commencé sa vie en tant que vané. Je n'aurais jamais cru cela. J'avais toujours supposé que les métamorphes étaient des sortes de démons, mais pas du tout : ce sont des sortes de vané. Tu crois que Miya trouverait cette plaisanterie amusante ?

— Je t'en prie, murmura Ola. Kihrin ? Où est-il ? Que lui as-tu fait ?

— Il est en sécurité. Les meilleurs guérisseurs de l'Empire vont s'occuper de lui.

— Oh, non… Pas eux…

— Oh, si. Eux ! Tout est arrangé. Darzin s'en occupe. (Serre pouffa face à l'expression d'Ola.) Je travaille pour Darzin, à présent. C'est amusant, non ? (Elle plaça ses mains en coupe autour de sa bouche, et murmura comme une actrice de théâtre.) Il n'a aucune idée que j'ai été Lyrilyn.

Ola voulut lui expliquer, lui faire entendre raison. Lyrilyn… Après toutes ces années…

— Je t'en supplie. Son père…

— Oh, ne t'inquiète pas, va. Kihrin survivra. Surdyeh et ta nouvelle danseuse, en revanche… un peu moins.

— Oh, par la déesse…

Serre hocha la tête et la gratifia d'une tape affectueuse sur la joue.

— Oui, tout à fait. C'est ce que je disais toujours, autrefois. Que la déesse ne nous éprouverait jamais au-delà de nos forces. (Elle pencha la tête, songeuse.) Donc, ça doit vouloir dire que je suis saine d'esprit, finalement. Hmm ? (De nouveau, elle haussa les épaules.) Bonne, mauvaise, folle, saine d'esprit… Ça n'a pas d'importance. Je vais te révéler un grand secret, Ola. En souvenir du bon vieux temps.

Serre lui fit un clin d'œil.

— Oui ? demanda Ola d'un ton hésitant.

Elle savait reconnaître un piège lorsqu'elle en voyait un.

Serre se pencha près d'elle. Elle s'approcha jusqu'à ce que sa bouche frôle presque l'oreille d'Ola, et murmura :

— Au bout du compte, vous avez tous le même goût de mouton.

Ola ferma les yeux, frissonnante.

Serre se redressa, hilare.

— Je n'ai jamais voulu te causer du tort, Lily. Il faut que tu me croies.

Raisonner avec Lyrilyn était sa seule chance de s'en sortir. Si elle arrivait à convaincre Lily de la laisser partir…

Serre acquiesça, conciliante.

— Malgré l'ardeur avec laquelle j'ai rêvé de t'étrangler lentement, ma chère et sombre beauté, je vois que c'est la vérité. Tu n'avais pas l'intention de me causer du tort. Mais tu l'as fait. Et ce n'est rien comparé à ce que tu allais faire à ce petit bébé.

Ola sentit sa gorge se serrer.

— Non, protesta-t-elle. Ce n'est pas vrai. Je l'ai élevé comme si c'était mon enfant.

Serre plissa les yeux. Au même instant, Ola s'élança, dépassant la métamorphe pour gagner la porte. Serre attrapa Ola par le cou et la souleva dans les airs. Sa proie émit des gargouillis désespérés, luttant pour respirer. Enfin, Serre la lâcha. Elle s'effondra au sol, secouée de sanglots.

— Ola, Ola, Ola… (Serre la contourna, et posa un pied sur le dos de la matrone pour la clouer au sol.) Il vaut mieux ne pas mentir à quelqu'un qui lit dans tes pensées, ma chère. Tu sais pourquoi je ne t'ai pas cherchée, après ce qui s'est passé ?

— Non, gémit Ola d'une voix à peine audible, secouée par les pleurs.

Serre se pencha vers elle.

— Je ne t'ai pas cherchée parce que je *savais* que tu ne serais pas assez stupide pour rester dans la Cité. Tu avais une chose à faire. *Une seule*. Pas un seul instant je n'ai imaginé que tu laisserais Kihrin grandir dans ce trou à rats.

Serre ponctua sa dernière phrase d'un coup de pied rageur dans le flanc d'Ola.

Celle-ci se recroquevilla. Entre ses sanglots, elle parvint à rassembler assez de forces pour se relever.

— Si tu lis dans les pensées, alors tu sais que je ne mens pas. Kihrin aurait-il été en sécurité, dans la famille de sa mère ? Avec un oncle qui avait essayé de tuer sa mère, et dont on pouvait être sûr qu'il agirait de même avec lui ? Surdyeh a dit que la pierre ne laisserait personne le retrouver. Qu'il était en sécurité, ici. Plus que partout ailleurs.

— Surdyeh ? C'est Surdyeh qui a dit ça ? (Serre regarda par-dessus son épaule, en direction de la chambre.) Je ne crois pas avoir eu le plaisir de faire sa connaissance avant de le tuer. Tu as rencontré ce « Surdyeh » ici, dans le Cercle Inférieur ?

Ola ferma les yeux, et le chagrin menaça de l'engloutir tout entière. À la manière désinvolte dont Lyrilyn évoquait sa mort, Ola sut qu'elle l'avait vraiment assassiné. Surdyeh était mort.

— Oui, il… il travaillait pour moi.

Serre fronça légèrement les sourcils.

— Et tu lui faisais confiance ? Assez pour lui parler de la Pierre des Entraves ? Depuis quand es-tu si stupide ?

Les paroles de Serre lui firent l'effet d'une gifle, d'un violent rappel de sa propre paranoïa.

— Il…

Ola prit une inspiration mêlée de sanglots, et une nouvelle expression se peignit sur son visage : la confusion. Pourquoi avait-elle fait confiance à Surdyeh ? Cela semblait ridicule, à présent. Son front se plissa. Elle se concentra de toutes ses forces, luttant pour se souvenir où et quand elle l'avait rencontré pour la première fois.

— Nous étions amis… Il ne m'aurait jamais trahie…

Sa voix s'éteignit, et elle se figea de nouveau, décontenancée. Il ne l'aurait jamais trahie ? À quel moment, dans sa vie, avait-elle jamais cru que quelqu'un pouvait être sûr de ne pas être trahi par un autre ?

— Ah ! commenta Serre. Je sais que vous n'étiez pas amants. Et tu n'as pas pu le connaître avant d'avoir été propriétaire du *Salon*. Cependant, tu lui faisais confiance. Ça ne te paraît pas bizarre ? Toi, qui n'as jamais fait confiance à personne de toute ta vie ?

Ola déglutit, se détournant à demi. Comment s'étaient-ils rencontrés ?

— C'était tellement logique… Garder Kihrin ici… C'était le dernier endroit où les gens iraient le chercher… C'était si facile de parler à Surdyeh…

— Il avait raison, mais le fait que tu l'aies cru… Ça, c'est intéressant, tu ne crois pas ? (Serre sourit et la gratifia d'une pichenette sous le menton.) Ma jolie, tu n'as pas compris ? Quelqu'un t'a lancé un sort !

Ola sentit son sang se glacer. Elle regarda Serre, les yeux écarquillés.

— Je ne savais pas…

— Oh, c'est une certitude, ma chérie.

Serre l'entoura de ses bras et aida la Zheria tremblante à se mettre debout, les mains soudées comme des menottes pour l'empêcher de s'enfuir ou de s'effondrer.

— Je sais. Tu te sens violée. Utilisée. Crois-moi, je sais exactement ce que tu ressens. Mais tu devrais lui être reconnaissante. D'après moi, tu devrais allumer un cierge à la mémoire de Surdyeh dès que tu en auras l'occasion ; parce que grâce à cet enchantement, je ne vais pas te tuer tout de suite. C'est gentil de ma part, non ?

Les lèvres d'Ola tremblèrent.

— Je ne savais pas qu'il était magicien.

Serre lui tapota la joue et Ola eut la chair de poule en s'apercevant que la métamorphe la serrait toujours dans ses bras.

— Oh, ce n'est pas comme si tu avais eu la moindre raison de t'en douter. Et les aveugles ont plus à gagner que les autres en apprenant à voir au-delà du Premier Voile. Alors, c'est intéressant, tu ne trouves pas ? Surdyeh s'est soigneusement assuré que tu ne partirais pas d'ici, mais pourquoi ? Quelles étaient ses intentions ? Et qui tirait les ficelles ? Je meurs d'envie de l'apprendre.

— Gendal. (Ce nom franchit ses lèvres avant même qu'elle le comprenne.) Je l'ai rencontré le soir où j'ai rencontré Gendal.

Elle frémit.

Serre ouvrit de grands yeux.

— L'ancien Empereur ? Ce Gendal-là ? C'est de lui que tu parles ?

— Oui, l'Empereur. Mais Lily, c'était des années avant que tu t'enfuies avec le bébé. (Le choc fit retomber Ola sur sa chaise, et cette fois, Serre ne tenta pas de la retenir.) Si c'était un coup monté, comment l'Empereur aurait-il pu le prévoir si longtemps à l'avance ?

— Oh, je l'ignore, mais j'ai l'intention de le découvrir. Le garçon ne sait rien, pas vrai ? Tu ne lui as jamais parlé de sa merveilleuse famille.

Ola secoua la tête. Serre haussa les épaules.

— Il a eu tort de te faire confiance. (Elle étudia ses ongles.) La confiance, c'est pour les faibles. En tout cas, tu ne reverras jamais Kihrin, c'est compris ?

Ola n'eut aucun mal à le comprendre. Elle était même d'accord. Si Serre la ramenait au Palais Bleu, un seul sort pourrait lui être réservé : un long séjour auprès d'un de leurs meilleurs tortionnaires, jusqu'à ce qu'ils daignent enfin lui permettre de mourir.

— Oui…

Serre fit claquer sa langue.

— Oui… qui ?

Ola vit les mains de Serre se transformer en appendices griffus, et elle frémit de terreur.

Elle regarda la métamorphe qui, jadis, avait été son grand amour, la femme avec qui elle rêvait de s'enfuir pour vivre libres à jamais. Aucun de ses rêves ne s'était terminé ainsi.

— Oui… maîtresse.

Elle sanglota de honte.

— Tu es une bonne petite chienne. (Serre arracha Ola à sa chaise.) Et n'oublie pas : si tu ne fais pas exactement ce que je te dis, je ne prendrai pas la peine de t'assommer avant de te dévorer vivante.

27

SŒUR KALINDRA

(Récit de Kihrin)

— Je sais que nos cérémonials peuvent sembler un peu excessifs, mais nous sommes des gens plutôt sympathiques, une fois qu'on nous connaît.

Kalindra avait cueilli une fleur dans la jungle et en détachait distraitement les pétales de ses ongles tout en marchant.

— « Un peu excessifs » ? C'est comme ça que tu qualifierais un sacrifice humain à la déesse de la mort ? Pas dérangeant, pas terrifiant… juste « un peu excessif » ?

— Teraeth n'est pas humain.

Je levai les yeux au ciel.

— Tu pinailles.

Je ne prêtai pas attention au chemin que nous empruntions. Je savais seulement que nous marchions dans la jungle.

Elle sourit et détourna le regard.

— Tu dois avoir des questions à me poser.

— J'ai un millier de questions. Mais je ne suis pas sûr que tu puisses y répondre.

Elle jeta la fleur en lambeaux sur le bord du chemin.

— Essaie, et on verra.

J'énumérai les questions sur le bout de mes doigts.

— Où sommes-nous ? Qui détient mon gaesh ? Est-ce que Thaena en personne se balade vraiment dans cette île, ou est-ce que Relos Var risque de me poursuivre jusqu'ici ? Qui sont ces hommes-serpents ? Que va-t-il arriver au reste de l'équipage du *Malheur* ? Khaemezra est-elle un dragon, elle aussi ? Et si c'est le cas, est-ce que ça veut dire que Teraeth l'est également ?

Kalindra s'éclaircit la gorge.

— Quand tu as dit que tu avais mille questions, je pensais que c'était une façon de parler.

— Oh, ce n'était qu'un échauffement. Attends que je commence vraiment à les enchaîner.

Elle rit et continua à marcher.

— Je ne sais pas qui détient ton gaesh. Mère, sans doute. Tu devrais lui poser la question. Nous nous trouvons actuellement sur l'île d'Ynisthana, le siège principal du pouvoir de Thaena, ce qui signifie que Relos Var n'y mettra pas les pieds s'il tient à la vie. Les hommes-serpents s'appellent les Thriss, et ils vivent ici depuis des centaines d'années. Ai-je oublié quelque chose ?

— L'équipage du *Malheur*, lui rappelai-je. Et si « Mère » est un dragon.

Elle resta muette un instant, contemplant le brouillard environnant.

— L'équipage aura le choix : ils peuvent nous rejoindre, ou regagner Zherias par le prochain vaisseau. Il ne leur sera fait aucun mal : les seuls sacrifices que nous pratiquons sont volontaires. Khaemezra n'est pas un dragon… Mais la magie est une chose merveilleuse, non ? C'est la magicienne la plus puissante que j'aie jamais vue. Assez pour se transformer en dragon. (Kalindra sourit.) Ce qui fait que Teraeth est exactement conforme à ce qu'il te semble être : insupportablement beau gosse.

Elle me fit un clin d'œil, puis quitta la piste principale pour s'engager sur un sentier, étroit et tortueux mais aplani par les pas.

Je m'abstins de commenter mais levai les yeux au ciel en courant pour rester à son niveau. Je ne trouvais pas Teraeth « beau gosse ». Insupportable ? Oui. Beau gosse ? Non.

Certainement pas.

— Revenons au fait que l'île soit le sanctuaire personnel de Thaena. Si je reste, est-ce que je vais me retrouver nez à nez avec la déesse de la mort en personne ? Comment est-ce que tout ça fonctionne ? Est-il plus poli de baisser les yeux ? Suis-je censé m'incliner devant elle, si je la croise au détour d'un sentier ?

Kalindra s'arrêta et me dévisagea comme si j'étais un casse-tête insoluble… ou que je lui tapais tout bonnement sur les nerfs. Puis elle se remit à marcher.

— Hé, tu avais dit que tu répondrais à mes questions, me plaignis-je en la rejoignant de nouveau. Ne t'arrête pas sous prétexte qu'elles sont stupides.

Elle écarta les longues feuilles vertes d'une des plantes qui nous entouraient et je découvris de l'autre côté une petite clairière. L'air était chargé d'une odeur de cendre et de soufre, ainsi que d'un parfum musqué. Celui-ci émanait des mares d'eau bouillonnante qui émaillaient le sol rocailleux. Ces bassins fumants, de forme ovale, communiquaient entre eux et s'enfonçaient profondément dans la roche noire. J'eus l'impression qu'ils avaient été délibérément élargis et creusés pour parvenir à ce résultat.

Elle s'approcha de l'un des bassins et m'attendit.

— Alors, comment ça fonctionne ?

Elle arqua un sourcil.

— Le bain ? On se lave dedans.

— Non, je veux dire, le fait qu'une déesse puisse se balader à ciel ouvert. L'idée d'un dieu possédant un endroit sacré où il peut se manifester physiquement… (Je secouai la tête.) Je n'ai jamais entendu parler de ça, et je suis fils de ménestrel. Connaître ces histoires-là fait un peu partie de mon travail.

— Eh bien, peut-être que tu ne sais pas tout, finalement. Essaie de ne pas t'évanouir à cette idée.

Kalindra ramassa un bâton et traça trois lignes sur le sol.

— Le monde est divisé en trois plans d'existence : la vie, la magie et la mort.

— Et deux Voiles les séparent. Ça, je le sais.

Elle acquiesça.

— Et la plupart des gens pensent que les vivants sont ici… (Elle désigna le premier trait.) Et que les morts sont là. (Elle montra le troisième trait.) Cette zone, au milieu, est le royaume de la magie ; c'est donc aussi le royaume des dieux, pas vrai ?

Je plissai les yeux.

— C'est une question piège ?

— En quelque sorte. Parce que ce n'est pas vrai, pas vrai du tout. Oui, les dieux sont capables de voir tous les royaumes à la fois – c'est en partie ce qui fait d'eux des dieux – mais les divinités sont également dotées de véritables corps. Ces corps existent toujours dans le monde des vivants. Ce sont des avatars, qui marchent, parlent et font tout ce que font les êtres vivants. La plupart des gens ne rencontrent jamais l'avatar d'un dieu, et si cela leur arrivait ils n'en sauraient absolument rien[1]. (Elle désigna la première ligne et la creusa de nouveau.) Avant de devenir le domaine de Thaena, cette île était le sanctuaire du dieu-roi Ynis, qui aimait tant les serpents et les reptiles qu'il transforma ses disciples humains, créant les Thriss. Ynis se croyait en sécurité, ici. Il pensait

1. J'ai rencontré la déesse-sorcière Suless lorsque j'ai rendu visite au duc Kaen, à Yor. C'est une femme extrêmement désagréable. Ah, et surtout, ne mangez aucun gâteau de sa confection. Faites-moi confiance.

que personne ne pourrait jamais l'atteindre, ni perturber ses projets.

Elle cassa sa brindille et en jeta les morceaux au loin, puis frotta la terre pour effacer ses dessins.

— C'est tout le danger que représente un sanctuaire, et c'est pour cela que les dieux les plus rusés ne révèlent pas l'emplacement des leurs. L'avatar d'un dieu peut se manifester dans son propre sanctuaire, mais c'est cette force qui les rend vulnérables. La seule manière de tuer un dieu est de tuer son avatar. Ynis est mort lorsque l'Empereur Simillion est venu lui rendre visite ici, armé de l'épée Urthaenriel[1]. Pour Thaena, c'est différent, cependant. (Kalindra tendit les mains en direction de la jungle.) Elle est toujours là, et pourtant, tu ne la rencontreras jamais, à moins que tu décides de rejoindre notre ordre et que tu effectues la danse du Maevanos.

Je plissai les yeux et finis par comprendre. Je ne pus réprimer un petit cri d'étonnement.

— Parce que pour elle c'est l'inverse, c'est ça ? Son corps, son avatar, ne se trouve pas dans le royaume des vivants… Elle « vit » dans le troisième royaume, dans l'Au-delà. (Je cillai.) Est-ce qu'elle peut mourir ?

— Non, répondit-elle sans la moindre trace de doute ni d'hésitation.

Kalindra était très croyante, ce qui ne signifiait pas pour autant qu'elle se trompait. Elle remarqua mon expression et ajouta :

1. Urthaenriel, aussi connue sous le nom de Fléau des Rois, l'Éclipse, l'Épée de l'Empereur, Tueuse de Dieux, Brûle-cartes, Saetya, Tyasaeth, Vishabas, Guerrecœur, Soleillombre, la Pourfendeuse et Zinkarox. Tous ces noms ont été attribués par différents peuples à l'épée de l'Empereur de Quur, l'un des plus grands artefacts qui soient au monde. Dans les écoles, on enseigne que l'épée fut forgée par Grizzst le Dément pour l'Empereur Simillion, à la requête de Khored le Destructeur, mais je m'avoue sceptique.

— Mais ne t'inquiète pas. Si Relos Var osait tenter quelque chose sur cette île, Thaena se déplacerait en personne pour l'affronter. Ce n'est pas parce qu'elle vit généralement dans le Royaume de la Paix qu'elle est incapable de se manifester ici.

Un frisson me parcourut.

— Donc, si Thaena est la seule chose qui se dresse entre moi et Relos Var… je ne peux pas quitter l'île, n'est-ce pas ?

J'eus soudain mal au cœur. Le souvenir des paroles de Taja, qui m'assurait que je pouvais partir si je le souhaitais, avait un goût de cendre.

Kalindra parut compatissante.

— Je suis sûre que Relos Var finira par t'oublier un jour.

— Je ne sais même pas en quoi tout ça est censé me concerner.

Kalindra plongea ses yeux bruns dans les miens.

— Il y a une prophétie. (Elle marqua une pause.) Je t'assure que c'est vrai. Arrête de rire !

Je pouffai de plus belle.

— Une prophétie… C'est vrai que Khaemezra me l'avait dit… Mais je croyais qu'elle plaisantait. C'est forcément une blague ! Si je suis là, c'est à cause d'une prophétie ? Encore un délire paranoïaque de Caerowan, des histoires de Devorans ? C'est pour ça que Relos Var voulait m'acheter ? Parce qu'un ermite déséquilibré a décidé que j'allais sauver le monde ou quelque chose du genre ?

Son sourire se fit cruel.

— C'est une prophétie d'un autre type.

Elle déboucla sa ceinture et posa son épée, sa chaîne et ses dagues en un petit tas bien net, près d'une pile de linges blancs qui ressemblaient à des serviettes. Apparemment, cet endroit servait vraiment de bains publics aux membres de la Confrérie Noire.

— De quel type de prophétie s'agit-il, alors ?

Elle délaça son corsage.

— Ces sources minérales sont très efficaces contre les muscles endoloris et les blessures. Les tiennes sont presque guéries, mais un petit bain ne te ferait pas de mal.

— Tu n'as pas répondu à ma question.

Je l'observai retirer son corsage. Elle ne fit aucun effort pour se soustraire à mon regard en se dénudant. Les bains ne semblaient pas prévus pour séparer les hommes et les femmes.

Ma colère reflua. Tout à coup, j'avais du mal à me concentrer.

— Ah, pardon. Tu m'as posé une question ? lança-t-elle.

Sa jupe fendue rejoignit son corsage, suivie de ses bracelets et de son chemisier de maille. Son corps était ferme et musclé. Lorsqu'elle se baissa pour ôter ses bottes, je découvris sur son dos des cicatrices entrecroisées, caractéristiques des esclaves désobéissants. Mes yeux suivirent les lignes de ses épreuves : les balafres sur ses poignets et ses chevilles, la marque au fer rouge à l'arrière de sa cuisse. De vieilles blessures, des cicatrices presque effacées. Si elle avait été l'esclave de quelqu'un, ce n'était pas récent.

— J'ai oublié.

Je la scrutai. Elle n'était pas belle au sens traditionnel. Son visage était trop long, son nez trop asymétrique. Elle n'était pas assez douce, assez fraîche, selon les critères de beauté quuro… Kalindra était dure, féroce, sauvage. Elle avait une beauté qui n'appartenait qu'à elle.

Elle surprit mon regard et s'esclaffa, d'un rire doux et rauque.

— Les bains ne sont pas publics, là d'où tu viens ? Tu as déjà dû voir une femme nue auparavant.

— Pas comme toi.

Elle amorça une réponse, une repartie vive et cinglante, mais sa voix s'éteignit en me regardant. Nous nous observâmes mutuellement pendant un moment. Vous savez ce que c'est, non ? On regarde quelqu'un… Cela peut être dans un contexte tout à fait respectable, ou pas... Mais on rencontre son regard, et toutes les petites protections, tous les murs qu'on érige pour se maintenir à distance les uns des autres, cèdent sans crier gare. On s'examine un peu trop longtemps et on en découvre trop, on est traversé d'un brusque frisson quand on s'aperçoit à quel point on désire cette personne et qu'elle nous désire elle aussi. Elle fit un pas vers moi et porta sa main à mon visage.

Je savais ce qui allait suivre. J'en avais très envie, mais une dizaine d'images ignobles s'imposèrent à mon esprit. Le « don » de Xaltorath.

Je me détournai. J'avais envie d'elle, c'était vrai, mais je ne me faisais pas confiance.

Les mains tremblantes, je fis glisser sur mes hanches la ceinture de mon pantalon de toile et l'écartai d'un coup de pied. Je plongeai dans le bassin comme un lapin fuyant un loup, sans me soucier de la chaleur des sources minérales ni de la douleur qu'elle pouvait m'occasionner.

Peut-être avais-je envie de souffrir.

— Tu sais ce que je préfère, ici, à Ynisthana ?

Avec un clapotis, Kalindra entra dans l'eau.

Sa voix me paraissait plus lointaine que je ne l'aurais cru. J'ouvris les yeux. Kalindra avait choisi un autre bassin, distinct du mien. Contrairement à moi, elle avait pris le temps d'attraper des serviettes, du savon et des éponges.

— Non, quoi ? répondis-je.

— On a le droit de dire non.

Si les mots étaient des poignards, les siens auraient dessiné de longues et profondes entailles. Je sentis s'envoler une tension dont je n'étais même pas conscient et éprouvai une vague de désorientation. Qu'elle était puissante, cette idée...

Je me trouvais dans un endroit où j'avais le droit de dire non.

J'expirai longuement et m'accrochai au pourtour du bassin de pierre, comme si je risquais de me noyer. Je me hissai de manière à poser mes bras sur le rebord de schiste noir et croisai mes mains sous mon menton. Je songeai à toutes les raisons pour lesquelles Kalindra mentait peut-être : Khaemezra détenait toujours mon gaesh, après tout. Je repensai aussi aux arguments de Taja quant à la liberté inhérente aux gaesh. Je pouvais encore dire non. Même à un ordre du gaesh, je pouvais dire non.

Je tendis la main et effleurai celle de Kalindra alors qu'elle s'apprêtait à attraper une serviette.

— Je n'ai pas vraiment envie de dire non, confessai-je. C'est juste que je ne sais pas comment dire oui.

Kalindra eut un sourire radieux. Elle me prit la main.

— Alors continue à dire non, pour l'instant, jusqu'à ce que tu finisses par comprendre comment dire oui. Et ce jour-là… (Elle m'embrassa le bout des doigts, avec lenteur et tendresse, comme si ma main était un objet fragile et précieux.)… viens me trouver.

Je frémis encore, mais de plaisir, cette fois. Il y avait quelque chose, dans la façon douce et posée dont se mouvait Kalindra, qui semblait pouvoir vaincre les souvenirs vénéneux de Xaltorath.

Puis elle plaça une éponge dans ma main.

— Maintenant, lave-toi, petit singe. Nous allons être en retard à la fête.

28

Les meilleurs guérisseurs

(Récit de Serre)

De grands poids lui lestaient les paupières et quelqu'un s'était assis sur sa poitrine. Kihrin voulut respirer, mais c'était difficile. Il était cloué sur place. Il ne pouvait pas bouger. Il ne pouvait pas…

Il aspira une grande goulée d'air en ouvrant les yeux. Il était allongé, le corps enveloppé de douceur, un oreiller sous la tête. Il scruta le ciel de lit en soie bleutée, décoré en filigrane, où jouaient les rayons du soleil matinal. L'air était empli d'un doux parfum de jasmin et de lilas.

Le poids sur sa poitrine n'était ni un homme, ni une femme, ni un buffle d'eau : ce qui l'avait immobilisé était un simple drap de soie.

Kihrin s'assit dans le lit. Il était si faible qu'il se remémora la fois où, enfant, il avait attrapé la fièvre rouge et où la maladie l'avait tant fatigué que le moindre geste représentait un exploit. Un large bandage blanc était enroulé autour de son torse. Il leva une main et tâta la surface lisse, cerclée de métal, de la gemme qu'il portait au cou. Elle était toujours là.

— Oh, il est réveillé ! Maître Lorgrin, il est réveillé ! dit une voix féminine.

Une jeune femme apparut entre les rideaux de soie du lit à baldaquin. Elle portait une robe bleue qui ressemblait davantage à de la lingerie qu'à un véritable vêtement et qui accentuait les contours de son corps plus qu'il ne les cachait.

— Je...

Sa langue lui bloqua la gorge. Il avait soif, il avait faim, mais il était aussi pris de nausées.

Une autre voix s'éleva, masculine, celle-là.

— Soutenez-le. Il faut qu'il boive ça.

Kihrin leva les yeux et découvrit un vieil homme vêtu du bleu des médiqueurs. Kihrin n'eut pas la force de le repousser lorsqu'il pressa une coupe contre ses lèvres.

— Allons, mon enfant. Il faut que vous buviez, lui conseilla le vieil homme. Je sais que vous avez soif. Je vous promets que vous n'allez pas vomir. Il faut me faire confiance.

Ce n'était pas de l'eau ni l'un des alcools que Kihrin connaissait, mais c'était délicieux ; après avoir avalé la première gorgée, il but de bon cœur. Lorsqu'il eut fini, la femme le laissa s'allonger de nouveau contre ses oreillers.

Kihrin dormit.

Plus tard, à la faveur des brefs instants où il reprenait conscience et où la lumière était suffisante, il examina ce qui l'entourait. Il était toujours couché dans un lit imposant à baldaquin de soie décorée, et aux draps de soie également. Cette matière était trop chère pour servir à autre chose qu'à confectionner des vêtements, même pour les nobles les plus fortunés. C'était une marchandise si précieuse, à Quur, qu'elle se vendait, au poids, aussi cher que l'or. Utiliser des draps de soie revenait à répandre de la poudre d'or dans une écurie.

La chambre, très spacieuse, était la plus luxueuse et plus tape-à-l'œil que Kihrin ait jamais vue. Des statuettes dorées et des vases en porcelaine fine, chargés de fleurs bleues fraîches d'allure exotique, couvraient toutes les surfaces susceptibles de les accueillir. Un chandelier d'or à pampilles de saphir était suspendu au plafond. Les murs étaient tapissés de carreaux bleu foncé, veinés d'or. Une semaine plus tôt, il aurait peut-être apprécié son séjour ; ou du moins il en aurait profité pour étudier les mesures de protection en vue d'un futur cambriolage nocturne.

À présent, cette pièce le remplissait d'angoisse.

Il ne connaissait qu'un seul noble obsédé par la couleur bleue et susceptible de s'intéresser à lui. Dans ses moments de lucidité, Kihrin se demanda pourquoi il n'était pas enchaîné, pourquoi il n'était pas mort, pourquoi ses seuls gardiens étaient des médiqueurs et de jolies esclaves plutôt que des hommes armés d'épées. Cela n'avait aucun sens, et ses questions restaient sans réponse.

Le matin suivant, le médiqueur le réveilla.

— Vous vous souvenez de moi ? interrogea le guérisseur. Je suis Maître Lorgrin. Pourquoi n'essaieriez-vous pas de vous asseoir tout seul, aujourd'hui ?

Kihrin s'exécuta, grimaçant lorsqu'une douleur lui traversa la poitrine.

— Je croyais que les bouchers dans votre genre étaient capables de guérir les blessures des gens rien qu'en claquant des doigts. Mais peut-être êtes-vous payé à l'heure ?

— Vous êtes assez en forme pour faire de l'esprit, à ce que je vois. C'est bon signe.

Le vieil homme fit descendre les bandages qui lui enserraient le torse et posa sa main sur son pectoral gauche.

— Vous avez reçu un carreau d'arbalète en plein cœur. Elle vous a complètement déchiqueté l'oreillette droite et l'aorte. J'ai dû employer la magie pour que votre sang continue à circuler pendant que je réparais les dégâts. (Il lui décocha un regard sévère.) Croyez-moi, il valait mieux ne pas précipiter un tel processus, ou vous auriez fini par avoir une crise cardiaque et tomber raide mort avant vos dix-huit ans.

Kihrin examina sa peau au niveau du cœur. On n'y distinguait même pas la moindre cicatrice.

— Heu… Merci ?

— Je ne fais que mon devoir, répliqua le vieil homme avec une gentillesse un peu bourrue. Cela m'ennuie de l'admettre, mais celui que vous devriez remercier, c'est plutôt Darzin. Les dieux doivent vraiment vous apprécier, parce que j'étais prêt à parier beaucoup de métal qu'il n'avait jamais écouté mes leçons sur la façon de stabiliser une blessure au cœur. Et pourtant, vous êtes là.

— Darzin… (Kihrin tressaillit.) Où suis-je ?

Le médiqueur sourit.

— Au palais D'Mon. J'imagine que vous ne serez pas surpris si je vous dis qu'il se trouve dans le Quartier de Saphir du Cercle Supérieur, si ?

— Pourquoi… Pourquoi est-ce que je suis là ?

— J'imagine que votre père a eu pour votre mère une forme d'affection assez spéciale, et vous voilà. (Il remit en place ses bandages.) Votre cœur a presque recouvré ses fonctions normales. M'est avis que vous serez debout en un rien de temps, mais je vous recommande fortement d'éviter toute activité physique intense pendant au moins une semaine. Du repos, beaucoup de repos. C'est un ordre.

— Non, je veux dire…

Kihrin voulut inspirer profondément, sentit la douleur poindre et se ravisa.

— Qu'est-ce que je fais ici, dans cette pièce, et pas dans un cachot ? Et est-ce que Joli… Je veux dire, le Seigneur-Héritier… a amené d'autres personnes pour les faire soigner ? Un vieil homme ? Une belle femme aux cheveux tressés ?

— Non, je suis navré, mais s'il a amené qui que ce soit d'autre il ne me l'a pas dit… Et s'ils étaient blessés, il l'aurait fait. (Le médiqueur l'observa d'un air curieux.) Mais…

Un cachot ? Pourquoi, par Galava, voudriez-vous que Darzin D'Mon vous fasse enfermer au cachot, messire ?

La gorge de Kihrin se serra.

— Comment m'avez-vous appelé ?

Le vieil homme eut l'air penaud.

— Ah, pardon. Je ne suis pas doué pour les termes honorifiques. Je ne les utilise pas assez. Therin me le reproche constamment. Cela finira sûrement par me faire tuer, quand Darzin lui succédera. Mais pour être tout à fait honnête, lorsqu'on a mis au monde autant de bébés D'Mon que moi, il est parfois difficile de se souvenir qu'ils ont grandi, et qu'ils n'ont même plus besoin de porter des couches.

Kihrin sentit son cœur battre de plus en plus follement.

— Je ne suis pas un seigneur.

— Je suis désolé, mon garçon. Je ne sais pas ce que Darzin vous a dit et ce n'est pas à moi de vous en parler. Il attend l'opportunité de s'entretenir avec vous : je suis sûr qu'il vous expliquera tout.

Kihrin remonta ses genoux contre sa poitrine et entoura ses jambes de ses bras.

— Je ne veux pas lui parler. Ses assassins ont tué mon père.

Le vieux guérisseur grimaça.

— Kihrin… C'est bien ainsi qu'on vous appelle ? Je suis désolé de ce qui est arrivé à l'homme qui vous a élevé. De toute évidence vous étiez proches, et cela doit être très difficile à vivre. Je m'apprête à vous dire quelque chose qui va aussi vous faire de la peine, alors si vous préférez que je me taise, dites-le-moi. Je m'arrêterai de jacasser, et je vous laisserai tranquille.

— Vous pouvez dire ce que vous voulez. Ça ne signifie pas que je vous croirai.

— Cela me paraît raisonnable, admit le guérisseur. Il faut que vous compreniez une chose : cet homme vous a peut-être élevé, mais ce n'était pas votre père. Votre père, le vrai, est ici et il est vivant. Si on vous a affirmé que vous aviez été abandonné, ou adopté, trouvé dans un chou, ou que sais-je encore… c'est un mensonge. Vous avez été enlevé. Voler un bébé de sang royal, Kihrin, est un crime puni de mort. Ce qu'a fait Darzin peut vous sembler terrible, mais en tant que D'Mon, exécuter vos ravisseurs relevait de son droit le plus strict. Personne ne lui reprocherait son geste. Par malchance, vous avez été blessé au cours de l'attaque, mais heureusement vous vous en êtes sorti, et tout ira bien à présent.

— Taja ! Non… Ce n'est pas vrai. Ce n'est pas du tout ce qui s'est passé. Ses soldats se fichaient bien de qui j'étais. Il ne leur a pas donné l'ordre de me sauver. Il allait tous nous tuer.

Le cœur fraîchement raccommodé de Kihrin lui semblait à deux doigts d'éclater. Il pressa sa tête contre ses genoux. *Non ! Je ne peux pas… Je ne peux pas être ogenra. C'est faux. Je ne peux pas découvrir que je suis vraiment ogenra, pas alors que Morea vient de mourir.*

Il se souvint de toutes les choses que ne lui laissait pas faire Surdyeh, toutes les manières dont le vieux harpiste le tenait à l'écart des autres et le décourageait de s'inscrire officiellement chez les Noceurs. Il sentit le doute s'insinuer en lui comme un ver répugnant. Surdyeh savait. Il savait…

Ola aussi. Ils avaient tous les deux essayé de l'avertir, à leur manière, de ce qui risquait de se passer s'il revoyait le Premier Général. Maintenant ils étaient morts tous les deux. Serre avait dit qu'elle allait tuer Ola et, sachant ce qu'elle était, Kihrin ne pensait pas qu'Ola ait eu la moindre chance de s'en tirer. Elle était déjà morte… Depuis des jours, sans doute.

Il se mit à trembler et sursauta en sentant la main de Lorgrin sur son épaule.

— C'est assez d'émotions pour aujourd'hui. Je vais dire au Seigneur-Héritier qu'il devra attendre jusqu'à demain pour prendre le petit déjeuner avec vous. Vous devriez vous reposer. Vous allez avoir besoin de toutes vos forces.

Kihrin s'efforça de dormir toute la journée, ainsi que la suivante, mais Lorgrin voyait clair dans son jeu. À l'aube, le vieux guérisseur ouvrit les rideaux qui masquaient les fenêtres.

— Mon prochain tour sera de faire apparaître cinq litres d'eau juste au-dessus de votre tête. Et ne croyez pas que j'en sois incapable : le sort qui permet de faire apparaître de l'eau propre sur commande est l'un des plus utiles qu'on m'ait enseignés à l'Académie.

Kihrin s'extirpa du lit et darda sur Lorgrin un regard de reproche.

— Et maintenant ?

Le guérisseur frappa dans ses mains. Aussitôt une dizaine d'hommes et de femmes vêtus de simples pagnes ou de robes légères entrèrent dans la pièce, portant des piles de linge, des brosses, des miroirs, des bols, des flacons, des barrettes et des chaussures.

— Deux options s'offrent à vous, messire, annonça Lorgrin. Vous pouvez montrer que vous n'êtes qu'à six mois de la majorité et accompagner ces braves gens jusqu'aux bains, où ils vous laveront, vous habilleront et vous rendront digne de rencontrer vos semblables. Ou alors vous pouvez pleurnicher, protester et taper du pied comme un enfant de cinq ans. Auquel cas je me verrai forcé de vous pincer un nerf, provoquant non seulement une grande douleur mais aussi une incapacité à effectuer le moindre mouvement. Puis je demanderai aux gardes de vous porter, et vous serez lavé et habillé tout de même, quoique de manière passablement plus humiliante. Je vous laisse donc le choix.

— Il faut le dire vite, maugréa Kihrin en croisant les bras sur sa poitrine. Vous n'avez pas besoin de me menacer. Je me suis bien tenu, jusqu'ici.

— En effet, messire. Mais je n'ai pas atteint l'âge que j'ai aujourd'hui en me comportant comme un imbécile, surtout pas lorsqu'il s'agit d'un D'Mon. Vous êtes aussi ombrageux que Khored en personne, tous jusqu'au dernier. (Lorgrin se dirigea vers la fenêtre.) Venez par ici un instant. Je veux vous montrer quelque chose.

De mauvaise grâce, adressant des regards furieux aux serviteurs comme au médiqueur, Kihrin le rejoignit à la fenêtre. Il contempla la vue, d'abord d'un air maussade ; puis, comprenant ce qu'il avait sous les yeux, il resta bouche bée.

Devant lui s'étendait un palais aux toits de tuile bleue, et aux murs, tours et flèches en lapis-lazuli qui se rejoignaient pour former des vérandas, des cours et des pavillons. Ses yeux ne trouvèrent nulle part où se poser qui ne soit bleu, d'une nuance ou d'une autre ; ou bien de plusieurs couleurs à dominante bleue. Chaque bâtiment, chaque section du domaine offrait une profusion exquise d'arches gracieuses, de fenêtres en cristal et de pierre finement sculptée. Il savait que les palais royaux étaient très grands, mais la réalité dépassait son imagination. Toute la Ville-Velours aurait pu tenir dans cette enceinte. *Ce n'est pas un palais… C'est une ville.*

Puis ses instincts de Danseur de l'Ombre reprirent le dessus et il se mit à compter les gardes. L'architecture du palais semblait laissée au hasard, or il n'en était rien : il ne trouva pas un seul endroit qui ne soit étroitement surveillé par un garde, sur les remparts comme dans les allées. Les murs semblaient faciles à escalader mais dépourvus d'angles morts.

— Nous nous trouvons dans la Cour Privée, expliqua Lorgrin. Elle est réservée à la famille ainsi qu'à un nombre restreint de serviteurs et d'esclaves. Elle compte trois cents pièces, environ cinq cents gardes et possède son propre hôpital, son théâtre, et ses jardins. Et puisqu'il s'agit de la résidence de la famille D'Mon, personne n'y entre ni n'en sort sans être vu, inspecté et inscrit au registre. Si par miracle vous parveniez à en sortir, il faudrait encore que vous traversiez au moins deux autres parties du palais rien que pour atteindre la rue. Ensuite, vous vous trouveriez face aux Gardes postés devant les passages menant au Cercle Inférieur.

— Donc… vous me conseillez de ne pas faire l'idiot ?

— Ah ! Ce garçon a de l'avenir. Continuez à réfléchir de cette manière et il se pourrait que vous restiez en vie.

Kihrin balaya le palais des yeux.

— Je ne veux pas être ici.

— Vous êtes un drôle de gosse. La plupart des garçons de votre âge donneraient leurs bijoux de famille pour avoir le droit d'entrer dans cet endroit.

Kihrin se tourna vers le médiqueur.

— J'aurai seize ans au Nouvel An.

— Je sais.

— Ils ne pourront plus me forcer à rester, après. Je serai adulte.

Le vieil homme soupira.

— Beaucoup de choses peuvent changer, en six mois. En attendant, Darzin a hâte de s'entretenir avec vous, et le Seigneur-Héritier n'est pas connu pour sa patience. Donc si vous voulez bien permettre à ces gens de faire ce pour quoi ils sont payés… Ainsi, Darzin n'aura pas d'excuse pour les faire fouetter.

Kihrin tressaillit, choqué, et se tourna pour considérer les domestiques. Ils avaient tous le regard rivé au sol carrelé. Il aurait été facile de les confondre avec des statues.

— Je n'ai pas besoin de dix personnes pour me donner un bain. Je viens d'en prendre un.

Le docteur s'esclaffa.

— Pour vous croire, il faudrait être dépourvu d'odorat. (Il se tourna vers les serviteurs.) Dame Miya m'a dit avoir ordonné que le Bain de Pétales soit réservé à son usage, aujourd'hui. Arrangez-lui les cheveux, voulez-vous ? Cet enfant ressemble à l'apprenti d'une sorcière. Prévenez Valrazi quand vous aurez fini, et il enverra quelqu'un le chercher.

Un serviteur s'inclina.

— Oui, Maître Lorgrin. Tout de suite.

L'homme se retourna et claqua des doigts. Une jeune femme s'avança à petits pas, présentant un peignoir de lin bleu à Kihrin.

Lorgrin se tourna une dernière fois vers l'adolescent.

— Si vous avez besoin de quoi que ce soit, je suis à l'hôpital. Demandez à quelqu'un de vous y emmener. J'ai arrêté d'essayer d'indiquer son emplacement aux gens depuis l'époque où le Grand Seigneur Therin commençait à marcher. Et Kihrin, si vous avez des douleurs thoraciques… exigez qu'on me trouve et qu'on m'emmène immédiatement jusqu'à vous. Ne laissez personne vous convaincre que c'est une fausse alerte. Compris ?

Kihrin hocha la tête. Il ne savait pas quelles insanités sortiraient de sa bouche s'il se risquait à parler.

29

Le Retour de Teraeth

(Récit de Kihrin)

La Confrérie Noire était effectivement occupée à festoyer lorsque Kalindra et moi revînmes de notre bain. De la nourriture et des boissons avaient été préparées en abondance. Je reconnus des réfugiés du *Malheur*, mais la plupart des esclaves nouvellement libérés se remettaient encore des épreuves traversées. Je ne vis pas Tyentso, et m'inquiétai pour elle. Si la Confrérie détestait à ce point l'esclavage, elle ne devait pas figurer parmi leur liste d'invités de marque. Qu'allaient-ils donc faire d'elle ?

Les membres reptiliens de la Confrérie s'étaient rassemblés près de grands feux à ciel ouvert qui les protégeaient de l'air froid de la nuit. Les vané les avaient imités, mais dans leur cas cela ressemblait à un choix plus qu'à une nécessité. La plupart des vané étaient manols, avec des teints bleu nuit, vert forêt, rouge rubis et sombres comme l'améthyste ; mais la présence de quelques vané kirpis, aux nuances pastel, produisait un contraste saisissant. Ils faisaient circuler des flûtes pleines de liqueurs de fruits pétillantes et de vins dorés tout en riant et conversant. Tout le monde était assis, allongé sur des coussins de sol en soie ou sur des méridiennes.

Il s'agissait d'une assemblée particulièrement sensuelle. Rares étaient ceux qui se contentaient de parler alors qu'ils pouvaient discuter tout en se touchant ; et puisqu'ils se touchaient, pourquoi ne pas s'embrasser ? J'avais grandi dans un bordel et pourtant, je me sentais comme un poisson hors de l'eau.

Je regardai deux femmes manols s'embrasser pendant quelques minutes avant de m'apercevoir que ni l'une ni l'autre n'étaient des femmes.

Peut-être était-ce parce qu'ils étaient tous si beaux. Ou peut-être parce qu'à Quur régnait une sorte d'hypocrisie vis-à-vis des relations entre personnes du même genre, qui n'était manifestement pas partagée par la Confrérie Noire. Bien sûr, certains hommes préféraient les hommes, même à Quur : mais tout se déroulait avec beaucoup de discrétion. Les garçons de velours restaient poliment à l'intérieur du sérail ou du bordel afin que les visiteurs puissent entretenir l'illusion qu'ils venaient y chercher la compagnie d'une femme. Aucun homme quuro n'aurait osé avouer publiquement qu'il aimait les hommes. Personne ne semblait s'en soucier, ici ; à vrai dire, ils n'avaient pas l'air de le remarquer.

J'avais rougi. Kalindra s'amusa de ma réaction.

— Nous sommes en général d'humeur festive, après un Maevanos. La plupart d'entre nous trouvent le fait de regarder la Mort en face plutôt grisant… et même très excitant.

Elle me tendit un verre de vin chaud.

— Ils n'étaient pas en danger pendant la cérémonie, si ?

— Tu as vu la Coupe ?

À la façon dont elle prononça ce mot, j'en devinai la majuscule.

— Teraeth la remplit de poison, au cours du rituel.

J'arrêtai mon propre verre à un cheveu de mes lèvres. Je songeai à Darzin, à ses réceptions et à d'autres coupes empoisonnées. Mes yeux restèrent fixés sur Kalindra.

— Si le fidèle a le cœur pur, le poison n'a aucun effet. Sinon…

Elle haussa les épaules.

— Vous avez l'air friands de ce genre de pratiques, fis-je remarquer.

— Cela permet d'éviter tout débat, acquiesça Kalindra. Nous sommes frères et sœurs, liés les uns aux autres dans la vie comme dans la mort ; chacun de nous est choisi, encore et encore, par notre déesse. Nous nous faisons confiance car nous savons – au contraire de ceux qui n'ont que la foi pour se rassurer – que nous sommes aimés. Nous n'avons pas peur de la Mort, car nous connaissons sa caresse. Libérés de cette angoisse, nous trouvons la joie dans notre vie et dans tout ce qu'elle contient.

— Mais alors, pourquoi la Confrérie Noire effraie-t-elle à ce point les gens ?

— Parce que, répondit Teraeth en s'approchant dans notre dos, il n'y a rien de plus terrifiant qu'un homme qui ne craint pas la Mort, et qui est prêt à mourir pour supprimer quelqu'un d'autre.

— En d'autres mots, nous sommes des tueurs à gages, compléta Kalindra.

Je lançai à Teraeth un regard irrité. Il avait changé de vêtements et portait désormais un pantalon de soie vert d'eau et une chemise aux pans croisés, constellée de coquillages dorés. Autour du cou, il arborait une pointe de flèche noire ébréchée, au milieu de plusieurs rangs de dents de requins, noires également[1]. Sa chemise s'ouvrait sur sa poitrine, et quoique la lueur dansante des flammes ne permette pas d'y voir très clair, sa peau, au niveau du cœur, paraissait rosée, tout juste cicatrisée.

---

1. Les vané manols dans leur ensemble sont réputés pour leurs talents d'archers, mais surtout pour l'usage qu'ils font de pointes de flèche en ébène empoisonnées. Les pointes ayant provoqué la mort d'ennemis importants sont souvent conservées, comme des souvenirs, par l'archer qui a tiré la flèche.

Il était si beau que j'avais envie de le frapper, simplement pour qu'il y ait quelque chose, chez lui, qui ne soit plus parfait.

— Depuis combien de temps attendez-vous là, que je dise quelque chose qui vous permette de faire votre petite entrée ?

Il m'adressa un sourire éclatant de blancheur.

— Pas très longtemps, en réalité.

— Ce n'est pas poli d'écouter les conversations des autres.

— Tu peux l'ajouter à la liste de mes péchés. (Il se tourna vers Kalindra.) C'était bien, avec lui ?

Je battis des paupières, sidéré.

Kalindra éclata de rire.

— Ah, Teraeth… Ne sois pas vulgaire.

Une bouffée de colère monta en moi. Tout cela n'était donc qu'une plaisanterie ? Un pari entre amis, aux dépens du petit nouveau ? Ce n'était sans doute qu'un moyen de plus de me manipuler, de découvrir en moi de nouvelles faiblesses.

Et je ne m'étais pas fait prier pour les leur montrer. Je me sentis terriblement idiot.

— Qu'est-ce qu'il y a de vulgaire à cela ? (Teraeth rit.) Peut-être voulais-je simplement avoir ton avis, avant de tenter ma chance à mon tour.

Il me fit un clin d'œil, sans doute pour m'indiquer qu'il plaisantait. Il remarqua alors mon expression.

Je ne trouvais pas ça drôle. Et le pire fut atteint lorsqu'il bougea et que je surpris l'éclat argenté de mon gaesh, accroché à son poignet. Il avait dû reprendre le faucon d'argent terni à Khaemezra.

S'il décidait qu'il avait envie de me prendre, je ne pourrais rien faire, absolument rien, pour l'en empêcher.

On n'avait pas toujours le droit de dire non, finalement.

— Excuse-moi, Kalindra, mais voudrais-tu nous laisser un moment ? Il faut que je parle à Kihrin en privé.

— Bien sûr. Je dois finir ma ronde, de toute façon. On se voit plus tard, Kihrin. Ne fais pas de bêtises.

Elle me sourit avant de disparaître dans la jungle.

— Viens, dit Teraeth. Allons nous asseoir près du feu.

Je m'exécutai à contrecœur. Je m'assis aussi loin de lui que me le permettait l'expression « nous asseoir ». Au moins, j'avais chaud.

Je désignai la breloque qui contenait mon gaesh.

— Ce bijou m'appartient.

Il détacha la chaîne argentée de son poignet et me la tendit. Le médaillon se balança au bout de ses doigts.

— Tu as tout à fait raison. Mère m'a chargé de te le remettre.

Je déglutis, observant le collier comme si je n'arrivais pas à croire à son existence. Au bout d'un long moment je m'en saisis. Mes doigts tremblèrent lorsque je l'attachai autour de mon cou. Je sentis une pointe de chaleur et d'énergie émaner du métal. Je pris une longue inspiration ; j'avais l'impression de respirer librement pour la première fois depuis des semaines.

Je ne dis pas « merci ».

Nous restâmes muets pendant plusieurs minutes. Le silence s'éternisant, je me tournai vers Teraeth et vis qu'il avait les yeux plongés dans les flammes. À dire vrai, en le voyant, on aurait cru voir un homme plongé dans une longue et spectaculaire bouderie.

Sauf qu'il souriait. Les coins de sa bouche étaient presque imperceptiblement relevés, mais cela suffisait à rendre son visage non pas sévère, mais heureux. Il avait les yeux dans le vague.

— Comment s'appelle-t-elle ?

L'attention de Teraeth revint brusquement à moi.

— Qu'as-tu dit ?

— Comment s'appelle-t-elle ? Vous… Tu ressembles à un petit chiot épris d'amour. (Je haussai un sourcil.) C'est Tyentso ? Je suis sûr que c'est elle. Elle est un petit peu vieille pour toi, mais ce n'est pas moi qui te le reprocherai. Par contre, je dois te prévenir qu'elle ne semble se passionner que pour les livres. Si tu te déguises en collection de tomes de l'*Encyclopédie de Grizzst* – première édition –, tu seras sûr de la séduire.

Il rit.

— Ce n'est pas quelqu'un que tu connais. Je pensais à ma femme.

— Hein ? Tu… tu es marié ?

— Plus maintenant. Je l'étais dans ma vie précédente. (Il agita la main, balayant d'office le torrent de questions qui me montaient aux lèvres.) Je sais, je sais. Personne n'est censé se rappeler la vie qu'il a menée avant de se réincarner. J'ai eu de la chance, c'est tout. Et toi ? Pourquoi donc n'as-tu pas couché avec Kalindra ?

Je croisai les bras sur ma poitrine.

— Tu changes de sujet.

— Exactement.

— Que je l'aie fait ou non, ça ne te regarde pas. Et comment sais-tu ce qui s'est passé ? Tu nous épiais ?

— À la manière dont tu me réponds, voilà comment je le sais. Et je ne vous ai pas épiés. Je connais Kalindra, c'est tout.

— Il n'empêche que ça ne te regarde pas.

— Cela me regarde un peu. Kalindra et moi sommes amants.

Je plissai les yeux. S'il avait voulu dire que Kalindra était la « femme » qui occupait ses pensées un peu plus tôt, il l'aurait fait.

— Eh bien, il ne s'est rien passé. Et puis, ce n'est pas comme si elle t'appartenait.

— Elle n'appartient à personne. Cela fait partie de son charme. (Teraeth me coula un regard oblique.) Je te conseille de t'en souvenir lorsqu'elle te quittera, un jour. Et ce jour finira forcément par arriver.

Je levai les yeux au ciel.

— Il ne s'est rien passé !

— Oui, tu l'as déjà dit. Tu ne craignais pas de t'attirer des problèmes si tu couchais avec elle, j'espère ? Parce que, crois-moi, tout cela n'a aucune importance, ici.

Il refusait d'écouter ce que je lui disais, aussi changeai-je de stratégie.

— Kalindra dit que Relos Var s'intéresse à moi à cause d'une prophétie. C'est vrai ?

— Tu changes de sujet.

— Exactement.

Il se pencha en arrière, s'appuyant sur ses coudes.

— Que veux-tu que je te dise ? C'est vrai. Il y a une prophétie. Non, pour être exact, il y a un millier de prophéties. Elles regroupent les discours passionnés d'un millier de personnes, possédées par des démons, et des ordres entiers d'érudits ont passé des siècles à essayer d'en tirer quelque chose de cohérent. Relos Var et son seigneur, le duc Kaen de Yor, pensent que les prophéties évoquent la fin des temps, un grand cataclysme et l'ascension d'un homme incroyablement malfaisant. Ce « Guerrier de l'Enfer » conquerra le Manol, dépouillera les vané de leur immortalité, tuera l'Empereur, détruira l'Empire de Quur et libérera les démons. Dans sa main droite, il tiendra Urthaenriel, et de la gauche il broiera le monde pour le remodeler selon ses désirs. (Teraeth but une gorgée de vin.) Sans doute en éliminant les anciens dieux pour les remplacer, comme le veut la tradition.

— Il a l'air charmant, ce monsieur. (J'eus soudain la gorge sèche.) C'est donc une prophétie de ce genre-là…

Je repensai à mon rêve de Taja et à la vague noire qu'elle m'avait montrée. « *Tout finit par tomber.* »

— Tout à fait.

— Et qui c'est, l'enfoiré de la prophétie ? Relos Var ?

— Le duc Kaen semble penser qu'il est lui-même, pour reprendre ton expression, « l'enfoiré de la prophétie ». Et puisque Relos Var est son plus fidèle serviteur, il déploie beaucoup d'efforts pour que les projets de Kaen deviennent réalité. Leur principal objectif est de trouver Urthaenriel. Après tout, lorsqu'on souhaite devenir le tyran d'une prophétie qui tuera tous les dieux, il est sans doute impératif de se procurer la seule arme qui ait jamais accompli cet exploit.

— Et moi, qu'est-ce que je viens faire là-dedans ? Je ne sais même pas où se trouve Urthaenriel. Relos Var ne devrait-il pas poser la question à l'Empereur Sandus ?

Teraeth sourit.

— On en revient toujours à toi, hein ? Il ne t'est jamais venu à l'esprit que cela pourrait être moi qui suis concerné ? (Il posa une main sur son torse.) Je préfère penser que c'est moi.

Je lui frappai l'épaule.

— D'accord. C'est toi qui es au centre de tout ça. Enflure, va. Alors où est Urthaenriel, puisque tu es si bien renseigné ?

— La dernière fois que je l'ai vue… elle était tombée sur le sol de la Jungle Manol, mais je présume qu'un Empereur quuro a dû la récupérer depuis… ce qui veut dire qu'elle est sans doute enfermée à double tour dans l'un des coffres-forts au milieu de l'Arène du Champ du Massacre, hors de portée de Kaen, de Relos Var et de tout autre individu qui voudrait s'en emparer. Les dieux soient loués.

— Bien, répliquai-je. (En toute sincérité, cette idée me mettait du baume au cœur.) Mais tout de même, j'aimerais bien savoir pourquoi Relos Var me déteste à ce point.

— Je ne ferais pas ce genre de souhait, si j'étais toi. Quelqu'un pourrait décider de l'exaucer.

Je vidai d'un trait ma coupe de vin chaud et la reposai.

— Il n'y a pas pire malédiction qu'un souhait exaucé, hein ? Mais malgré tout, je voudrais quand même le savoir.

Je commençai à me lever. Teraeth m'effleura le dos de la main.

— Hé... Reste avec moi, ce soir. Je sais que tu as vécu des choses très dures, et tout ça ne doit vraiment pas être facile. Je te dois des excuses. Laisse-moi l'occasion de me racheter. Je te promets que je sais me montrer très attentionné.

Je me figeai. J'étais paralysé, exactement comme avec Kalindra. Les images créées par Xaltorath me frappèrent avec une telle violence que je dus ravaler une nausée. Je retirai vivement ma main.

Teraeth battit des paupières, puis ce salaud eut l'audace de prendre l'air blessé.

— Je ne voulais pas t'offenser.

Je me frottai le poignet, regardant autour de moi pour éviter son regard. Je n'étais pas la seule personne, autour des feux, qu'on invitait à prendre un peu de bon temps ; en revanche, je semblais avoir été le seul à refuser. Il ne s'écoulerait pas longtemps – quelques minutes, quelques secondes peut-être – avant que la fête ne dégénère en quelque chose qui me plongerait dans l'embarras. Je n'étais toujours pas prêt. Pas avec Teraeth. Surtout pas avec Teraeth.

— Ce n'est pas toi. C'est...

Je ne parvins pas à décrire ce que je ressentais. De la honte ? De l'angoisse ?

Teraeth étudia mon visage.

— J'ai tué Juval trop vite.

— Non, ce n'est pas...

J'inspirai profondément. Je n'avais pas envie de m'expliquer. Je n'avais pas envie d'en parler au milieu de tous ces gens et de ce qu'ils faisaient. Je ne voulais plus jamais reparler de Xaltorath. Teraeth ressentirait-il de la compassion à mon égard ? De la pitié ? Il voudrait sans doute tenter de régler le problème, mais c'était impossible.

Je m'écartai.

— Tu sais où se trouve Tyentso ? Je peux la voir ?

— Pourquoi pas ? Elle a décliné mon invitation, elle aussi. (Il désigna l'un des chemins qui s'enfonçaient dans la jungle.) Tu la trouveras sur la plage.

Je m'enfuis aussi vite que mes jambes me le permettaient.

30

Réunion de famille

(Récit de Serre)

Le Bain de Pétales était la plus grande salle d'eau que Kihrin ait jamais vue. Il avait été forcé de crier pour que les préposés à sa toilette – manifestement habitués à effectuer toutes sortes de tâches qui n'étaient pas directement liées à l'hygiène – arrêtent de le tripoter inlassablement. Enfin, la femme qui les dirigeait eut un reniflement excédé et congédia tous les autres. Elle se mit alors à le manipuler avec toute la délicatesse d'une harengère frappant sa lessive sur les rochers. Ses gestes n'avaient absolument rien de suggestif (il avait plus l'impression d'être passé à tabac que d'être massé), et c'est ce qui les lui rendit supportables. Ses serviteurs vinrent ensuite lui verser sur la tête un produit qui fit dégorger la teinture de ses cheveux. Puis ils en coupèrent les pointes, les tressèrent et les écartèrent de son visage à l'aide d'épingles en forme de faucon aux yeux de saphir. Il fut peigné, parfumé et habillé de vêtements luxueux, à tel point qu'il se mit à trembler, songeant que Darzin le réservait peut-être à un usage plus abominable encore qu'il ne l'avait imaginé.

Valrazi, le capitaine de la garde privée, fit son apparition peu de temps après, accompagné d'une dizaine de soldats armés. C'était l'un de ces hommes qui, bien que physiquement très petits, avaient le comportement de quelqu'un de très grand. Il semblait plutôt compétent, et Kihrin jugea qu'il valait mieux éviter de le contrarier sans raison valable. Il le suivit donc sans faire d'histoires.

Son escorte et lui parcoururent de longues allées bordées de gracieuses colonnades. Ils se trouvaient toujours dans la Cour Privée, estima Kihrin. Enfin, ils débouchèrent sur un jardin soigneusement taillé, pourvu de grands arbres et de magnifiques haies fleuries, qui encadrait un long bassin. Une bonne dizaine de femmes nues, toutes jeunes et attirantes (et aux couleurs aussi variées que les fleurs du jardin) s'amusaient dans l'eau. Dans une alcôve, non loin de là, des musiciens jouaient une ballade sur une harpe double et un sarode.

Kihrin se demanda s'ils faisaient partie de la Guilde des Noceurs.

L'allée pavée sur laquelle ils s'étaient engagés formait une croix devant la piscine. À cet endroit se trouvait une table couverte d'une nappe bleue, sur laquelle on avait disposé des couverts et tout le nécessaire pour prendre le petit déjeuner. Un serviteur en habits bleu vif attendait sur le côté avec un petit chariot de service. Il y avait deux chaises : Darzin avait choisi le siège qui offrait la meilleure vue sur le bassin.

Kihrin posa sur lui un regard haineux. Il carra les épaules et s'approcha. Darzin leva les yeux et adressa un sourire à la droite de Kihrin.

— Merci de me l'avoir amené, capitaine. Vous pouvez disposer.

— Oui, Votre Altesse. Je vous en prie.

Kihrin entendit le militaire tourner les talons et s'éloigner.

— Kihrin, quel plaisir de vous voir en pleine forme. Asseyez-vous près de moi. Profitez de la table et de la vue. Vous devez avoir faim.

Kihrin ignora son invitation.

— Qu'est-ce que vous me voulez ?

— Pour le moment, je veux que vous petit-déjeuniez. (Darzin désigna l'autre chaise.) Je suis content que vous vous sentiez mieux. J'ai cru que nous allions vous perdre, l'autre jour.

— Peut-être auriez-vous mieux fait de ne pas m'envoyer d'assassins.

Darzin s'esclaffa et engloutit une tomate cerise.

— Qu'avez-vous fait d'Ola ?

Le prince soupira et se pencha en arrière, le regard songeur.

— Nous allons avoir des années de formation à rattraper. L'une des premières leçons qu'il vous faudra retenir, c'est d'éviter de poser ce genre de question. Cela permet aux autres de savoir à qui vous tenez. Et tenir aux gens donne du pouvoir à toute personne susceptible d'utiliser ceux que vous aimez contre vous.

— C'est pour ça que vous avez tué mon père ?

— Ce n'était pas votre père, corrigea Darzin.

— C'était le seul père que j'aie jamais connu, et vous l'avez fait assassiner.

— Grossière erreur, commenta Darzin en haussant les épaules.

On aurait cru qu'il faisait référence à un problème de comptabilité.

— Une erreur ? Votre tueuse démente lui a tranché la gorge. Vous appelez ça une erreur ?

— Absolument. Une terrible erreur. Si j'avais compris à temps qui vous étiez, je l'aurais gardé en vie dans nos cachots pour m'assurer de votre bonne conduite. Il m'aurait été très utile. J'ai même essayé de persuader les prêtres de Thaena de le faire Revenir, mais il ne devait plus rester beaucoup de grains dans son sablier : ils ont dit que son heure était arrivée.

— Et la fille ? demanda Kihrin.

Darzin parut perplexe.

— La fille ?

— Vous avez dit que les prêtres de Thaena ne l'avaient pas fait Revenir parce que c'était son heure, mais la fille qui a été tuée en même temps que lui ? Ils ont dit que c'était son heure, à elle aussi ?

— Oui, j'en ai peur, répondit Darzin d'une voix suave.

Kihrin savait qu'il mentait. Darzin n'avait que faire d'une esclave morte. Il n'avait pas demandé qu'on la fasse Revenir. Il n'y avait même pas pensé.

Tandis que Kihrin fulminait, Darzin se servit une tasse de café, y ajouta du lait de coco et le remua.

— C'est dommage, pour tous les deux. Je m'aperçois que j'aurais beaucoup de questions à leur poser, de même que j'en aurai pour Ola Nathera lorsque nous l'aurons retrouvée.

— Mais… (Kihrin regarda autour de lui et s'aperçut qu'aucun des domestiques n'était assez proche pour les entendre.) Votre tueuse a dit qu'elle allait l'éliminer.

Darzin secoua la tête.

— Je crains que toute l'agitation autour de vous ne l'ait alertée. Elle s'est enfuie. (Darzin sourit.) Mais c'est presque une bonne nouvelle, car certains de mes serviteurs se montrent parfois un peu trop empressés à bien faire, et j'ai besoin de réponses. Je veux savoir quel rôle a joué Surdyeh dans tout cela, et qui le payait ; car quelqu'un l'a fait, c'est certain. Je pense savoir à quoi m'en tenir concernant Ola : elle a été l'une des esclaves favorites de mon père pendant de longues années et elle était très proche de votre mère, avant qu'Ola rachète sa propre liberté. Il me paraît logique que lorsque Lily s'est enfuie avec vous, Ola soit la première personne à qui elle ait demandé asile. Il semble qu'elle ait eu tort.

— Lily ?

— Hmm, oui. Lily. Votre mère, Lyrilyn. C'était une femme exceptionnelle. Je l'aimais profondément.

L'air se glaça dans les poumons de Kihrin. Il secoua la tête.

— Non. Certainement pas. Merde… Non. Pas vous ! N'importe qui, mais pas vous !

— Je vous prie de parler poliment, mon fils.

— Vous n'êtes pas mon père !

— Oh, que si, assura Darzin. Je suis bien votre père. Je ne prends pas votre réaction comme une offense personnelle, vous savez. Moi-même, je ne porte pas mon père dans mon cœur ; et à ce que je sais, la haine que vouait Therin à son propre père était d'ordre légendaire. En fait, on pourrait presque dire que votre inimitié ne fait que perpétuer une tradition familiale.

— C'est n'importe quoi !

— Tout cela doit être assez choquant, je veux bien l'admettre. Vous devriez vous asseoir et manger quelque chose. Vous n'avez pas faim ?

Kihrin darda sur Darzin un regard furieux. Au même moment, une vague de fatigue déferla sur lui. Il prit conscience que, malgré les soins de Lorgrin et tout ce qu'ils avaient pu lui faire pendant qu'il était inconscient, il était tenaillé par une faim dévorante. Pour la première fois, il regarda la nourriture disposée sur la table. Du filet de bœuf mariné, d'abord. Puis des tomates cerises dans un bouillon d'herbes et d'épices, et un feuilleté où l'on apercevait des morceaux de viande et du fromage blanc. Des galettes de pain sag, recouvertes d'une pâte épaisse qu'il ne reconnut pas. Il contempla cet étalage et tenta d'ignorer la salive qui emplissait sa bouche.

— Allez-y, insista Darzin. Mangez. (Il soupira, exaspéré.) Si j'avais voulu vous tuer, j'aurais pu agir pendant vos cinq jours de convalescence.

Darzin détacha un morceau de pain sag et mangea quelques bouchées de chaque plat. Il but une gorgée d'eau dans chaque coupe de cristal et fit passer le tout d'une lampée de café.

— Voilà. Si le repas est empoisonné, nous mourrons tous les deux. Mangez donc.

Kihrin s'assit et se nourrit très vite, sans prendre garde à ses manières. Tout était succulent. Il garda les yeux fixés sur Darzin tout en mangeant, comme si le noble était un serpent, capable de le mordre s'il se détournait de lui ne serait-ce qu'une seconde.

Lorsque Kihrin ne put plus rien avaler, il repoussa le plateau et se pencha en avant sur sa chaise, les bras appuyés sur la table, le doigt frôlant un couteau à viande bien aiguisé. Il regardait toujours fixement Darzin, les yeux lançant des éclairs.

— Laissez-moi vous raconter une histoire, Kihrin, commença l'héritier de la Maison D'Mon.

Le jeune homme s'assombrit de plus belle.

— Lorsque j'étais à peine sorti de l'enfance, je suis tombé amoureux d'une des esclaves de mon grand-oncle Pedron, Lyrilyn. Elle était d'une beauté à couper le souffle. Il n'est pas défendu d'avoir des liaisons avec les esclaves, loin de là, mais ce n'était pas la mienne. Je franchis la limite. C'était une période particulièrement chaotique. Je ne pensais pas que quiconque s'en apercevrait ou y trouverait à redire ; après tout, ce n'est pas comme si mon père risquait d'hériter du titre. Cependant, c'est précisément ce que Therin réussit à faire. Il devint Grand Seigneur, ce qui faisait de moi le Seigneur-Héritier. Mon père décida que Lyrilyn était une source de déshonneur pour notre famille. La manière la plus commode d'éviter le déshonneur est d'éliminer sa source. Lyrilyn, qui était un peu plus subtile que moi dans ce domaine, comprit que sa vie était en danger.

Darzin s'interrompit pour remplir de nouveau sa tasse de café.

— Que s'est-il passé ? demanda enfin Kihrin, sans parvenir à étouffer le sentiment de peur qui lui nouait l'estomac.

— Elle s'est enfuie, expliqua Darzin. Ce n'est qu'ensuite qu'elle s'est aperçue qu'elle était enceinte. Lyrilyn m'a fait prévenir, mais lorsque je l'ai retrouvée il était déjà trop tard. Elle avait été étranglée dans le Parc de l'Arène, au moment de l'ascension de l'Empereur Sandus. Le bébé n'a jamais été retrouvé. C'était il y a quinze ans. Vous avez bien quinze ans, n'est-ce pas ?

— C'est impossible…

— Kihrin, reprit Darzin. J'étais persuadé que Lyrilyn avait perdu son enfant. Mais elle avait sur elle une preuve de mon amour, un collier vané très particulier. Celui-ci nous était cher, car il reprenait les couleurs de notre Maison : une gemme bleue cerclée d'or. Je n'en étais pas sûr lorsque nous nous sommes rencontrés, chez Qoran. Vous auriez pu n'être qu'un garçon de velours ayant payé les prêtres du Temple de Caless pour qu'ils changent la couleur de ses yeux. Toutefois, lorsque je vous ai trouvé dans ce bordel et que j'ai vu le collier, j'ai su que vous étiez l'enfant disparu de Lyrilyn… et le mien.

— Pourquoi ne pas avoir simplement récupéré votre maudite pierre ? Pourquoi ne pas vous être contenté de la prendre et de me tuer ?

— Ce collier n'était rien d'autre qu'un symbole de mon amour, petit. Vous êtes mon fils. C'est vous qui êtes important à mes yeux.

— Je ne vous crois pas.

— J'ai l'impression qu'une partie de vous me croit, Kihrin. Pourquoi n'avez-vous pas dit au général Milligreest que c'était moi qui avais invoqué Xaltorath ?

Kihrin, devenu blême, l'observa fixement. Il savait…

Darzin sourit à son fils.

— Oui, je sais pertinemment que c'est vous qui avez cambriolé la maison d'un marchand du Quartier de Cuivre, et que par conséquent vous savez que j'ai invoqué ce démon. Au fait, qui vous avait indiqué que la demeure serait vide ?

Kihrin déglutit, un goût amer dans la bouche.

— Ventrebeurre. Je ne sais pas qui le lui avait dit. Il n'a pas voulu me le révéler.

— Hmm, fit Darzin, le front plissé. Cette petite aventure est jalonnée d'erreurs stupides, semble-t-il… C'est bien dommage que quelqu'un l'ait tué trop vite.

— C'est vous qui l'avez tué…

— Quelle drôle de coïncidence, vous ne trouvez pas ? Qu'on vous ait suggéré de cambrioler la maison où nous tenions justement notre petite séance de questions-réponses ?

Kihrin ne put retenir un reniflement dégoûté. Darzin sourit.

— C'est aussi mon avis. Quelqu'un nous a tendu un piège, à tous les deux. Je me demande si c'était un ennemi ou un ami ?

— Qui savait que vous alliez… faire ça ?

Le Seigneur-Héritier se rembrunit.

— C'est bien ce que j'aimerais savoir. Je suis reconnaissant qu'on m'ait aiguillé dans la bonne direction, bien entendu – sans cela, nous ne vous aurions sans doute jamais retrouvé, pour être honnête –, mais j'aimerais en apprendre davantage sur mon mystérieux bienfaiteur avant de lui accorder mon vote au bal du Nouvel An[1].

Kihrin plongea les yeux dans sa tasse. Magnifiquement réalisée, elle n'était pas en or massif, mais en porcelaine diaphane, son contour soigneusement doré. Le café était

---

1. À l'entendre, on croirait que le Seigneur-Héritier est habilité à participer à la sélection des Voix du Conseil. C'était aller un peu vite en besogne que de s'exprimer ainsi.

fort, très noir, et Kihrin comme paralysé. Il était assis là à bavarder, littéralement, avec l'homme qui avait commandité les meurtres de Surdyeh, de Morea et de Ventrebeurre. L'homme ayant invoqué le démon qui avait violé son esprit. Darzin lui parlait, de sa voix mélodieuse, avec son visage séduisant et ses beaux atours, comme si Kihrin était un vieil ami, comme s'il… faisait partie de sa famille.

Il posa la tasse avant de la briser entre ses doigts.

— Vous n'êtes pas mon père, marmonna-t-il.

— Mon fils, je vous ai déjà dit…

— Non. Je refuse, putain. *Vous n'êtes pas mon père!* hurla-t-il.

La musique s'arrêta. Les jeunes femmes dans la piscine cessèrent leurs jeux.

Les yeux de Darzin se firent froids. On aurait dit qu'ils ne reflétaient plus la lumière, qu'ils étaient dépourvus de toute expression… qu'ils étaient morts.

— Je n'aime pas beaucoup ce langage.

Kihrin ne répondit pas, les lèvres serrées.

— J'ai essayé de me montrer conciliant, murmura Darzin. J'ai essayé d'être gentil. Surtout, n'oubliez pas que j'ai tenté la manière douce. Mais il semble que vous ayez une préférence pour la manière forte, et je ne demande qu'à vous satisfaire.

Darzin se tourna légèrement et claqua des doigts pour attirer l'attention de quelqu'un. Ses yeux se braquèrent de nouveau sur Kihrin.

— Que vous me croyiez ou pas n'a aucune importance. Il existe une manière très simple de déterminer, par la magie, si le sang de la Maison D'Mon coule dans vos veines. Nous sommes l'une des Maisons touchées par les dieux, après tout, l'une des huit Maisons Royales initiales et authentiques. Pendant que vous dormiez, une Voix du Conseil nous a rendu visite… et mon père, le Grand Seigneur, a été témoin de cette vérification. Ses résultats sont irréfutables, et s'accompagnent d'obligations légales.

— Formidable. Transmettez mes salutations au Conseil, mais il n'est pas question que je reste ici.

Kihrin se leva pour partir.

— Au contraire, mon fils, je peux vous garantir que vous allez rester ici jusqu'à la fin de vos jours.

Il fit un geste et des gardes apparurent devant Kihrin.

Cette fois, ils n'étaient pas seuls. Ils amenaient avec eux une femme vêtue de haillons qu'ils jetèrent au sol. Kihrin ne la connaissait pas, mais il ne pouvait que constater qu'elle souffrait. C'était une esclave enchaînée, et elle pouvait à peine bouger. Elle supplia les gardes, implora leur pitié. Ils l'ignorèrent.

— Puisqu'il est de rigueur que vos premiers contacts avec notre Maison soient mémorables, mon fils, je trouve indispensable que vous voyiez comment nous traitons les esclaves nouvellement acquis… un peu comme vous l'auriez été, si une bizarrerie du sort n'en avait décidé autrement. (Darzin fit un autre geste et un homme à forte carrure, armé d'un fouet, s'avança.) Voyez-vous, lorsqu'un esclave nous parvient, et qu'il est encore un peu… mal équarri, si je puis dire, il est généralement nécessaire de le mater. De le « raffiner », en quelque sorte. Regardez.

L'un des gardes déchira le peu de tissu qui couvrait encore le dos de la femme. Les autres s'écartèrent et l'homme abattit violemment son fouet. Kihrin ne vit pas l'arme frapper, mais il entendit un claquement sonore et distingua un trait de sang sur la peau de l'esclave.

Elle hurla. Il tressaillit.

— L'astuce, expliqua Darzin d'un air détaché, consiste à les fouetter suffisamment pour qu'ils comprennent leur place dans la maisonnée et que leur volonté se trouve définitivement brisée, mais de s'arrêter avant que le saignement ne les tue. En principe…

— Arrêtez !

Darzin poursuivit comme s'il n'avait pas entendu l'interruption de Kihrin.

— … se maintenir à la frontière entre la souffrance et la mort est un art délicat. Puisque nous possédons le Collège des Médiqueurs, nous avons un avantage. S'assurer qu'une personne survivra à ses blessures n'est pas lui rendre service, lorsqu'on est aussi celui qui les lui inflige.

Le fouet s'abattit à plusieurs reprises durant le discours de Darzin. Chaque fois, la femme hurlait et Kihrin tressaillait au même instant. D'Mon remarqua sa réaction et sourit.

— Vous comprenez que votre refus de coopérer pourrait avoir de très fâcheuses répercussions ? Non pas pour vous, bien sûr. Je ne vous ferai jamais le moindre mal : vous êtes tout ce qu'il me reste de ma chère Lyrilyn. Mais il faudra bien que je passe ma colère sur quelqu'un, n'est-ce pas ?

Il fit signe au gardien d'esclaves d'accélérer le rythme de ses coups de fouet. Le dos de la femme était couvert de zébrures sanglantes et ses cris se faisaient de plus en plus faibles. Kihrin regarda autour de lui et vit que l'un des guérisseurs des D'Mon attendait non loin de là, prenant soin de conserver un visage parfaitement impassible. Kihrin comprit que lorsque la femme serait à bout de forces, le guérisseur la soignerait… puis qu'ils recommenceraient à la torturer.

— Taja…, murmura Kihrin. S'il te plaît, fais que cela s'arrête.

— Dites « je vous en prie, Père, arrêtez » et je me laisserai peut-être convaincre.

Darzin se pencha vers l'avant, les yeux fixés sur le dos ensanglanté de l'esclave. Une expression avide se peignait sur son visage.

Kihrin empoigna la cafetière dorée et jeta son contenu sur Darzin. Lorsque le noble se baissa pour esquiver le liquide, Kihrin attrapa le couteau à viande et bondit vers l'homme au fouet. Le gardien d'esclaves leva les yeux, surpris, mais ne fut pas assez rapide pour éviter de recevoir le pied de Kihrin à l'entrejambe, ni les coups de poignard qui lui succédèrent. Le fouet tomba au sol, suivi, une demi-seconde plus tard, par le corps du gardien.

Darzin atteignit Kihrin alors que le cadavre n'avait pas encore touché le sol. L'adolescent sentit quelque chose se serrer comme un python autour de son poignet, l'obligeant à laisser tomber son couteau. Ainsi maintenu, Kihrin n'avait aucun moyen d'éviter le coup de genou de Darzin. Celui-ci le heurta au flanc, si fort que le monde se mit à tourner autour de lui. Il lança un vif coup de coude, mais Darzin s'y déroba.

— Petit imbécile, cracha son assaillant en lui assenant un coup de poing au visage. Je vois que vous aussi, vous avez besoin d'être maté.

Lorsque Kihrin tituba, étourdi par le coup, Darzin le saisit par les cheveux et lui plaqua la tête contre la table.

— Maintenez-le, ordonna-t-il à ses gardes.

Des mains calleuses immobilisèrent Kihrin. Il lutta pour leur échapper, en vain.

— Allez vous faire foutre ! cria-t-il.

— Qu'est-ce que je viens de vous dire sur les grossièretés ? lui reprocha Darzin. Vous êtes un prince. Vous devez apprendre à vous exprimer avec plus d'élégance qu'un rat d'égout.

— Allez en Enfer. Vous avez tué mon père.

Kihrin entendit le tissu de son misha se déchirer et comprit que Darzin venait de découvrir son dos.

— C'est faux, répliqua Darzin en ramassant le fouet tombé au sol. Mais vous me faites regretter de ne l'avoir pas fait. Je me demande combien de temps vous saignerez, avant de comprendre où est votre place ?

Le fouet claqua. L'espace d'une seconde, Kihrin ne sentit rien, puis une douleur brûlante lui lacéra le dos. Il grinça des dents pour s'empêcher de hurler.

Darzin s'esclaffa face à cette réaction.

— Alors, où en étions-nous ? Ah oui, vous alliez dire « je vous en prie, Père, arrêtez ». Voulez-vous commencer ?

Le fouet s'abattit de nouveau, et cette fois Kihrin hurla.

— Que faites-vous, Seigneur-Héritier D'Mon ?

Une voix de femme résonna, brûlante d'autorité, dans le jardin.

Le noble se figea.

— Miya. Je ne m'attendais pas à vous voir ici.

Kihrin leva les yeux vers l'endroit d'où provenait la voix et eut un hoquet de stupeur.

Une vané kirpi[1] se tenait à l'entrée du petit parc.

À la différence de l'autre vané, celui qu'il avait vu à la Maison Kazivar, cette femme n'était pas écrasée de douleur ; personne ne la torturait. Sa beauté était extraordinaire. Sa peau était d'un brun clair rehaussé de reflets d'or, ses yeux aussi bleus que des saphirs. Ses cheveux, à la racine, étaient du même bleu que les poteries vernissées de Kirpis, mais s'assombrissaient ensuite de plus en plus ; et là où ils caressaient ses mollets, ils atteignaient la couleur de ses yeux. Elle rayonnait. Sa lumière donnait aux jardins un air maussade, et le ciel semblait gris.

Elle porte les couleurs de la Maison, songea Kihrin, et il se demanda si ces teintes pouvaient être naturelles[2].

---

1. Il arrive, à l'occasion, que circulent des rumeurs selon lesquelles des vané kirpis vivraient encore dans leur région d'origine, en dépit de la diaspora et de l'exil ayant suivi la conquête quuro. Cependant, je n'ai jamais pu trouver la moindre preuve de leur véracité.

2. Si l'on veut être précis, les couleurs des vané ne sont jamais « naturelles » ; cependant, c'est une interrogation compréhensible, de la part de quelqu'un qui ignore le caractère changeant de l'apparence des vané.

— Je suis venue pour escorter votre fils retrouvé jusqu'à ses appartements, mais j'ai l'impression que d'après vous, il n'y aura pas lieu de l'y installer. Dois-je ordonner aux gardes de lui préparer plutôt une cellule dans les cachots ?

Sa voix était empreinte de sarcasme, plus cinglante que le fouet.

Darzin se racla la gorge.

— Il s'avère que ce garçon est assez soupe au lait.

— N'a-t-il pas le sang de la Maison D'Mon dans les veines ?

Le regard de la vané glissa sur les jardins avec mécontentement, avant de se poser sur l'esclave frissonnante et sur le cadavre du gardien. Les sourcils froncés, elle observa le médiqueur, penché sur le corps.

— Cet homme est-il gravement blessé ?

Pendant un instant, Darzin parut perplexe, puis il émit un ricanement.

— Oh, cela dépend de l'idée qu'on se fait de la gravité. Il a été mortellement blessé, dirons-nous. Ce jeune homme est très doué pour tuer.

Il fit signe aux gardes de s'écarter de Kihrin, qui se leva, les yeux brûlant encore d'une flamme meurtrière.

— Tel père, tel fils, commenta la vané.

Darzin rit.

— Bien vu. Et dire que je pensais que vous autres vané étiez entièrement dépourvus d'humour.

— Bien au contraire, Seigneur-Héritier. Puis-je escorter ce jeune homme jusqu'à ses appartements ?

— Dans un instant. (Darzin se retourna vers Kihrin et le frappa au visage, l'envoyant rouler au sol.) Pour avoir éclaboussé ma chemise de café.

— Dommage que ça n'ait été que la chemise. Merde ! jura Kihrin en se massant la joue.

— Cessez d'être grossier. (Darzin sourit.) Je vous aime bien, petit. Vous avez une vraie flamme de D'Mon dans le cœur.

— Vous avez de drôles de manières de montrer votre affection.

— On me l'a déjà dit. Oh, et une dernière chose…

Darzin tira l'épée dorée pendue à son côté et se dirigea vers l'esclave, encore prostrée au sol et secouée de sanglots.

— Non !

Kihrin voulut s'élancer après lui, mais cette fois les gardes étaient prêts à l'intercepter.

L'esclave en pleurs ne comprit même pas ce qui lui arrivait. L'épée de Darzin entra dans son dos et ressortit de son buste. Elle poussa un cri bref et s'effondra à côté du corps du gardien.

Darzin se retourna vers Kihrin avec un sourire cruel.

— Tuer un garde de notre Maison est puni de mort. Et puisque je ne peux vous tuer, je suis tout de même contraint de faire en sorte que quelqu'un paie pour vos crimes, n'est-ce pas ?

— Espèce de fils de pute ! hurla Kihrin.

— C'est plutôt vous qui méritez ce surnom, mon fils, s'amusa Darzin. Souvenez-vous simplement qu'à chaque caprice, je m'assurerai de faire mourir un innocent. J'ai l'intuition que votre santé mentale s'épuisera plus vite que ma réserve d'esclaves.

Kihrin fulmina en silence, les yeux rivés à ceux de Darzin.

— Je vous le laisse, Miya. Peut-être parviendrez-vous à inculquer à mon cher enfant le sens des bonnes manières.

— C'était précisément l'intention de votre père, Seigneur-Héritier.

Un éclair d'agacement passa sur le visage de Darzin.

— Évidemment.

Miya se tourna vers Kihrin.

— Désirez-vous marcher ? Ou préférez-vous que les gardes nous accompagnent pour vous porter ?

Kihrin repoussa brusquement les mains des soldats.

— Je préfère marcher. Du moment que cela m'éloigne de ce monstre.

— Comme vous voudrez. Suivez-moi.

31

Tyentso et la plage

(Récit de Kihrin)

Je trouvai Tyentso assise sur une falaise surplombant l'océan. Le vent faisait voler ses cheveux couleur sable, masquant son visage. Elle avait invoqué une série de lumagies pour illuminer le chemin menant du campement à la plage ; cependant, elle-même était seule dans l'obscurité et contemplait la mer sans l'ombre d'un sourire.

Je suis à peu près sûr qu'elle ne se remémorait pas avec tendresse une vie antérieure, elle.

Elle me vit gravir les marches menant jusqu'à son point d'observation et arqua un sourcil face à la bouteille de vin coincée sous mon bras, et les deux coupes en céramique dans mon autre main.

— Comment as-tu fait pour obtenir des vêtements qui ne soient pas noirs ? Qui faut-il soudoyer ? l'interrogeai-je.

Tyentso baissa les yeux sur sa robe blanche.

— Les novices ne sont pas autorisés à porter du noir.

Je cillai, étonné.

— Tu vas les rejoindre ?

— J'envisage de le faire, oui. Je n'ai pas beaucoup d'autres perspectives d'avenir. Néanmoins, si quelqu'un se présente en affirmant que je suis une reine disparue, je compte sur toi pour me prévenir.

Elle tapota le sol à côté d'elle, m'invitant à m'asseoir.

— Peut-être que je devrais t'imiter. Il faudrait juste que je fasse en sorte de rater tous mes examens. (Je nous servis deux coupes de vin, lui en tendis une.) Ça ne te dérange pas d'avoir de la compagnie ?

Tyentso parut perplexe.

— Pourquoi est-ce que tu n'es pas là-bas, à patauger dans le stupre ? J'aurais juré que c'était exactement le genre d'activité qui te plairait.

— Ne va pas t'imaginer trop de choses sur moi. Et toi, pourquoi est-ce que tu n'y es pas ? Ça ne te changerait pas, après des années de marins puants et mal dégrossis ?

Elle ricana.

— Oh, non. Il n'y avait pas un seul homme sur le *Malheur* que j'aurais accepté de toucher, sauf pour l'écarter de mon chemin, et c'était réciproque. (Elle étudia le vin dans sa coupe.) L'honnêteté m'oblige à avouer que nos nouveaux amis vané m'intimident. Ils sont tous si…

— Beaux ?

— Voilà. Beaucoup trop beaux. (Tyentso plissa le nez comme si elle humait une odeur désagréable.) J'aurais l'impression que… Eh bien, qu'ils ont pitié de l'horrible vieille sorcière. Je doute de me trouver un jour d'humeur à me faire baiser par compassion, mais si ça m'arrive, fais-moi le plaisir de glisser de l'arsenic dans mon thé.

— Tu n'es pas…

Je m'interrompis lorsqu'elle me décocha un regard noir. Le regard de Tyentso pouvait tailler un homme en pièces à plus de vingt pas, et le transformer aussi en crapaud, pour la forme.

— Pas de charité avec moi, garnement. Figure-toi que la maison où j'ai grandi était équipée de miroirs.

Je regardai par-dessus mon épaule, repensant aux Thriss qui participaient à la fête.

— D'accord, mais je ne crois pas que ça ait la moindre importance pour eux.

— Foutaises. Ça en a pour tout le monde.

— Je ne sais pas. Quand Teraeth t'a serrée dans ses bras, au moment où le vaisseau a commencé à sombrer, tu as eu l'impression qu'il te trouvait trop affreuse pour poser les mains sur toi ? Ou alors, j'ai mal vu la façon dont vous vous regardiez, tous les deux ?

Tyentso vida sa coupe et la remplit de nouveau.

— Par les dieux, tu as vu ça ? Ce foutu vané m'a attrapée comme s'il voulait sauver l'amour de sa vie. J'ai cru que peut-être, il avait du mal à rencontrer des femmes, mais c'était avant que nous arrivions sur cette île et que je découvre toutes ces nymphettes.

Je songeai à Kalindra. Et même… à moi.

— Il n'a pas les mêmes exigences que tout le monde, j'ai l'impression.

— Ce qui est bien quand on a mon physique, c'est que lorsqu'une belle plante essaie de m'attirer dans son lit je n'ai pas besoin de me demander si on cherche à obtenir quelque chose de moi. La réponse est oui. (Elle plia les jambes sous sa robe et s'appuya sur un bras.) Mais toi, ils seraient contents de t'avoir, là-bas. Tu n'es pas désagréable à regarder. Tu devrais aller t'amuser.

— Eh bien, je tiens à signaler que je suis complexé. Timide et complexé. Et puis, je ne suis pas prêt pour ce genre de relations. Je veux dire, si je couche avec toute la Confrérie Noire, je sais que ce sera gênant de me réveiller à côté d'eux le lendemain matin. Est-ce qu'ils auront encore du respect pour moi ? Et s'ils veulent me présenter à leur mère ? (Je m'interrompis un instant.) Oh, zut. J'ai déjà rencontré leur Mère.

Tyentso ricana.

— Je suis sûre qu'ils te jetteraient le lendemain matin et ne se donneraient plus jamais la peine de t'écrire.

— Ça, ça me conviendrait bien. (Je souris.) Personnellement, j'aurais peur qu'ils deviennent envahissants quand je leur dirais que j'ai envie de fréquenter d'autres sectes.

Tyentso ne put s'empêcher de rire franchement, cette fois.

— Reviens à Quur avec moi, lui dis-je.

Elle faillit s'étouffer avec son vin.

— Hein ?

Je me penchai vers elle.

— Je veux retourner à Quur. J'ai de la famille là-bas, des amis, des gens qui comptent sur moi. Je suis de la Maison D'Mon, Ty. Je peux te protéger des gens qui t'ont obligée à t'exiler. Le seul problème, c'est qu'il y a des gens dangereux auxquels je devrai faire face une fois que je serai revenu. Il y a un mage, surtout… Je ne connais pas son nom. Je l'ai toujours appelé « Cadavre ». Il est puissant. Je l'ai vu faire fondre la peau de quelqu'un d'un simple geste de la main.

— Charmant. On croirait entendre parler de mon défunt mari.

Cette fois, c'est moi qui sursautai.

— S'il te plaît, dis-moi que tu ne fais pas référence à Teraeth dans une vie antérieure.

Elle m'adressa un regard interloqué.

— Quelle idée abominable ! Je préfère penser que Thaena a jeté l'âme de mon mari dans un puits sans fond et qu'elle est partie sans se retourner.

— Bien. Je préférais demander.

— Quoi qu'il en soit, c'est gentil à toi de vouloir m'aider à laver ma réputation, garnement, mais je ne peux pas retourner à Quur. Je suis recherchée pour trahison, sorcellerie et tous les crimes que le Grand Conseil a réussi à inventer, exhumer ou exagérer. La Maison D'Mon ne peut pas me protéger de tout cela. Si je retourne à Quur, il vaudrait mieux que je me sente très à l'aise avec ma propre mortalité, parce que je n'aurai plus qu'à compter les minutes avant de partir les pieds devant.

— Trahison ? Vraiment ?

Elle haussa les épaules.

— Ce n'est pas vrai. C'est même tout le contraire. Je les ai sauvés, tous ces enfoirés, et c'est comme ça qu'on m'a remerciée. Je ne prétends pas avoir mené une vie irréprochable, mais pour autant que je sache, ma principale erreur à leurs yeux était de faire autant de magie sans une queue entre les jambes.

Je toussai.

— Je n'ai jamais vraiment compris pourquoi il était si grave que les femmes pratiquent la magie, j'avoue.

— Arrête de me faire les yeux doux, gamin. Tu n'as pas la carrure pour une femme telle que moi.

— C'était sincère. Je n'ai jamais compris pourquoi. Si les Maisons Royales éduquaient les filles, ils compteraient deux fois plus de magiciens dans leurs rangs en seulement quelques années. Plus de mages, plus de profits. C'est évident, non[1] ?

— Penses-tu, Kihrin, si nous les femmes nous amusions à lancer des sorts en veux-tu en voilà, la civilisation tout entière s'écroulerait… Ensuite nous ne tarderions pas à exiger d'hériter, de posséder des biens, de décider de qui nous épousons… Qui resterait à la maison pour faire les enfants ? Qui supporterait que notre mari nous batte ou entretienne une dizaine de maîtresses ? Fais attention à ce que tu racontes. Bientôt, tu me diras que les Quuros ne devraient pas posséder d'esclaves.

Je me trémoussai, mal à l'aise.

---

1. On pourrait arguer que la rareté des ressources sur lesquelles elles possèdent un monopole profite aux Maisons Royales. Mais la demande étant considérablement plus importante que l'offre, le raisonnement de Kihrin n'est pas dénué de mérite, d'un point de vue strictement économique.

— Ah. Oui. Je parle sans réfléchir. De toute évidence, j'ai déjà passé trop de temps sur cette île.

— Et puis, tout le monde sait que les femmes n'ont pas les facultés mentales et la volonté nécessaires pour être de bonnes magiciennes. Nous sommes les esclaves de nos désirs, soumises à nos pulsions charnelles[1]. Il va sans dire qu'aucune femme ne pourrait devenir un véritable mage…

Je lui lançai un regard exaspéré.

— J'ai compris, Tyentso !

Elle haussa les épaules.

— C'est un sujet sensible.

— Oui. Heureusement que tu n'es pas rancunière.

Je me baissai lorsqu'elle fit mine de me lancer un caillou.

— Quur n'était pas comme ça, avant. (Tyentso lança son galet au loin, une expression amère sur son visage sombre.) Quatre des Huit Immortels sont des hommes, quatre des femmes. Leurs genres s'équilibrent mutuellement. Tya elle-même est une déesse ! Et les vieilles histoires regorgent de reines et d'héroïnes… C'est après le dieu-roi Ghauras et sa garce, Caless, que les femmes n'ont plus été bonnes qu'à servir de putains. Personnellement, je pense que Ghauras avait quelque chose à compenser.

Elle leva son petit doigt et le remua d'un air suggestif.

— Tu devrais enseigner à l'Académie, lui lançai-je avec un sourire en coin.

— Oh, oui. Parce qu'ils meurent d'envie de me revoir, j'en suis sûre.

Je haussai un sourcil.

---

1. La définition du mot « sorcière » est l'une des plus controversées que compte la langue guarem. Selon l'Académie d'Alavel, une sorcière, ou un sorcier, désigne « tout adepte de la magie qui la pratique sans autorisation officielle des Maisons Royales ». Mais puisque les femmes ne reçoivent jamais d'autorisation et n'ont pas le droit d'étudier à l'Académie, le terme est employé presque exclusivement sous sa forme féminine.

— Ils t'ont déjà vue ? Comment tu as fait, tu t'es déguisée en garçon ?

— Non. Mon père adoptif faisait partie des doyens, répondit-elle.

— Tu plaisantes !

Elle parut étonnée de ma réaction.

— Oh non, j'ai grandi à l'Académie. Je me glissais hors de ma chambre, la nuit, pour m'introduire dans la bibliothèque et lire jusqu'au matin. (La nostalgie se peignit sur son visage.) Ah, comme j'aimais cette bibliothèque. En toute honnêteté, le plus difficile à supporter quand je vivais sur le vaisseau, c'était de ne pas avoir assez de place pour une vraie bibliothèque.

— Aïe ! Pas étonnant que le Grand Conseil te déteste à ce point. Tu as lu des livres[1], m'exclamai-je d'un ton dramatique.

— Et j'ai écouté attentivement les cours. Les dieux nous viennent en aide ! (Elle m'adressa un regard critique par-dessus sa coupe de vin.) Tu n'as pas l'intention de rester, alors ?

— Ils ne sont pas désagréables, mais « assassin » n'a jamais fait partie de mes choix de carrière.

— Je ne crois pas qu'ils le soient vraiment.

— Mais si. Ils me l'ont dit. Enfin, ils ont parlé de « tueurs à gages », mais ça revient au même.

— Je pense que c'est une couverture. Ou du moins, ça l'était ; à présent le secret est éventé. Une guilde d'assassins. C'est intimidant mais pas trop ; cela fait partie du jeu, pas vrai ? C'est une autre charmante facette de la culture quuro : on permet au plus offrant de tuer pour lui la personne qui les importune cette semaine-là. Le fait qu'ils soient en grande partie vané ? C'est de l'esbroufe. Ça leur confère une

1. Et elle n'est considérée comme une sorcière que par son absence d'autorisation officielle. Ce doit être terriblement agaçant.

aura d'exotisme. Cela leur donne l'air dangereux et excitant. Aucune famille royale de Quur ne les considérerait comme une menace, tant que ce sont eux qui les emploient.

— S'ils ne sont pas assassins, que sont-ils, alors ?

— Je l'ignore, mais ils travaillent sous l'autorité immédiate de Thaena, à la différence de ses prêtres ordinaires. Si ça ne te fait pas peur, ne serait-ce qu'un petit peu, c'est que tu n'es pas très perspicace. Thaena a toujours adhéré de façon très stricte aux lois régissant les interactions entre dieux et mortels. Cela signifie que soit ces gens mentent quand ils disent être les disciples de Thaena – et le Retour de Teraeth contredit cette éventualité – soit elle vient de décider qu'enfreindre ces lois était devenu impératif. Il y a de quoi être terrifié.

— Ma mère disait toujours que si on doit mentir, mieux vaut attendre d'avoir une très bonne raison.

— Exactement. J'aimerais bien savoir à quelle catastrophe ils se préparent.

Je soupirai et bus une gorgée de vin.

— Apparemment, il y a une prophétie.

— Laquelle ? Les Prophéties devoranes ? Les Parchemins du Destin[1] ? Les Sentences de Sephis ?

— Tu connais les prophéties ?

Je me redressai, plein d'espoir. Contrairement à Khaemezra, Tyentso n'avait aucune raison de refuser de me répondre clairement.

— Le Magistère Tyrinthal donnait un cours de six mois pour étudiants avancés[2]. Il ne savait pas que j'y assistais, mais bon… Tu sais ce que c'est. (Elle haussa les épaules.) Mon

1. Je soupçonne les Parchemins du Destin de n'être qu'un astucieux canular, imaginé par quelqu'un afin de brouiller les pistes… ou simplement de s'attirer la fascination dont beaucoup font preuve à l'égard des prophéties.

2. Il donne encore ce cours, et ce dernier est toujours formidablement ennuyeux. Le seul avantage est que se répéter mentalement ses discours est l'un des remèdes les plus radicaux que je connaisse à l'insomnie.

défunt époux était littéralement obsédé par ce sujet. Si une comptine pour enfants pouvait être déformée de manière à faire référence à une prophétie, il possédait une copie du texte. (Elle marqua un bref silence.) Plusieurs copies, s'il existait des variations régionales ou linguistiques. (Ses yeux se perdirent dans le vague, dérivant vers le lointain.) Ce n'est pas le genre de choses dont on se mêle à la légère, garnement. Ces prophéties sont dangereuses ; tu n'as pas envie de connaître les gens qui s'y intéressent, crois-moi. Et surtout, par l'Enfer, tu ne veux pas qu'eux-mêmes te connaissent.

Je me rembrunis.

— Trop tard.

Tyentso parut surprise un instant, puis elle émit un petit ricanement et leva les yeux au ciel.

— L'espace d'une seconde, j'ai complètement oublié comment nous avions atterri sur cette île. Oui, tu as raison. Il est bien trop tard. (Elle se laissa aller en arrière et but longuement.) Bon sang… C'est une sacrée histoire, mais en ce moment tu as de plus gros problèmes encore.

— Oui, Relos Var… Mais je peux m'échapper de cette île sans qu'il s'aperçoive que je suis parti. Je suis doué pour passer inaperçu.

— Ce n'est pas à Relos Var que je pensais, dit Tyentso. (Elle avait une drôle de voix.) Retourne vite au campement, Kihrin. Tout de suite.

— Quoi ? Pourquoi…

Le vent se leva et fit pencher l'herbe qui poussait sur la falaise, amenant avec lui une odeur de métal en fusion et de roche brûlée.

Le Vieil Homme se posa devant nous.

32

Dame Miya

(Récit de Serre)

La vané guida Kihrin jusqu'à un bâtiment de trois étages, niché au milieu de plusieurs autres grandes maisons. Rien n'indiquait qu'il s'agisse d'une maison bleue, à l'exception des hommes en robes de médiqueurs qui y entraient et en sortaient. Tous semblaient connaître Miya. Ils s'écartaient de son chemin, lui adressaient des révérences respectueuses, et lui donnaient du « Dame Miya ». Personne ne demanda si Kihrin avait besoin de soins, ni comment il avait été blessé, jusqu'à ce qu'ils croisent par hasard le chemin de Maître Lorgrin.

Le guérisseur grimaça.

— Je vois que ces belles retrouvailles se sont déroulées aussi bien qu'on pouvait l'imaginer.

La désapprobation se peignit sur le visage de Dame Miya.

— En effet.

— Je suppose que vous préférez vous en occuper vous-même. L'officine est libre.

Du pouce, il indiqua une porte derrière lui.

Elle acquiesça.

— Merci, Maître Lorgrin.

Celui-ci émit un « hmm » d'assentiment, puis secoua la tête en regardant passer Kihrin.

Dans la pièce, de petits tiroirs creusés dans les murs recouvraient intégralement les parois. L'air était empli d'un étrange parfum aromatique. Plusieurs tables étaient disposées au centre, couvertes de balances, de mortiers, de pilons et d'énormes livres ouverts sur des dessins de plantes.

—Asseyez-vous, intima-t-elle d'une voix sévère.

Kihrin obéit. Maussade et dépité, il regarda la femme vané ouvrir des tiroirs pour en tirer des bouteilles, des flacons et des bouquets d'herbes diverses.

Elle posa rudement les ingrédients sur la table, faisant bondir tout ce qui s'y trouvait.

—Qu'est-ce que je vous ai fait ? lança Kihrin. Vous êtes fâchée que j'aie tué le garde ? Ou que j'aie renversé du café sur votre Seigneur-Héritier vénéré ?

Elle ramassa un lourd mortier de pierre avec son pilon et le posa brusquement sur la table devant lui.

—Voilà pour vous : armoise, gerbe-d'or, sang de varius, carella et lotus blanc.

—Non merci, je sors de table.

Ses lèvres se pincèrent.

—Il vaut mieux éviter que vos plaies ne s'infectent, et vous ignorez de quelles maladies cette femme pouvait être porteuse. Vos blessures ont très certainement été contaminées par son sang encore présent sur le fouet. Ne voulez-vous pas réaliser un onguent pour votre dos ?

—Très drôle. Je ne sais pas comment faire.

—Ah ? Vraiment ? (Sa voix était empreinte de sarcasme.) Pourtant, je suis sûre que vous voulez guérir. Alors, soignez-vous !

—Je vous dis que je ne sais pas comment faire !

Il se leva.

—Ah ! s'exclama-t-elle.

Elle croisa les bras sur sa poitrine, comme si elle venait de remporter le débat.

Kihrin battit des paupières.

— « Ah » ? Comment ça, « ah » ?

— Vouloir quelque chose ne suffit pas. Le talent et le désir ne servent à rien sans la compétence et l'entraînement.

Kihrin darda sur elle un regard agacé.

— C'est une énigme, c'est ça ?

— Tout ceci n'est pas un jeu, jeune homme. Je suis en train de vous prouver quelque chose. L'avez-vous compris ?

— Puisque apparemment je suis un imbécile, pourquoi ne pas me l'expliquer ?

Elle reprit son mortier.

— Ce que je veux dire, c'est que vous n'êtes pas assez entraîné pour vous mesurer à un homme comme Darzin D'Mon ; par conséquent, le provoquer revient à entrer dans la tanière d'un tigre après vous être barbouillé de sang frais. Vous désirez peut-être tuer Darzin, mais le vouloir ne suffit pas.

— Il a tué mon père ! Il a tué Morea…

— Et alors ? Cela vous rend-il capable de le vaincre ? Pensez-vous que la chance vous sourira parce que votre cause est juste et que votre cœur est assoiffé de vengeance ? Vous l'avez dit vous-même : c'est un monstre. On ne tue pas un monstre avec de bonnes intentions.

— Il faudra bien qu'il dorme un jour.

Dame Miya soupira.

— Bonté divine… Malgré votre jeune âge, seriez-vous donc un assassin de métier ? Un membre de la Confrérie Noire ? Ou peut-être nous parvenez-vous très soigneusement déguisé, afin que nul ne s'aperçoive que vous êtes en réalité Nikali Milligreest, connu dans tout l'Empire comme le meilleur duelliste de tous les temps ?

Kihrin détourna la tête. La peur et la haine qui subsistaient après sa rencontre avec Darzin commencèrent à refluer, le laissant faible et tremblant.

— Il me met tellement en colère, murmura Kihrin.

— Moi aussi, acquiesça Miya. Mais vous devez apprendre à vous contrôler. Vous ne survivrez pas longtemps dans cette Maison, si vous continuez à agir en imbécile. (Elle ajouta les ingrédients au bol, mesurant les portions d'une main habile.) Darzin a en lui assez de colère pour deux. Si vous le provoquez, il réagira avec toute la rage et la cruauté dont il est capable… et c'est un art dans lequel il est passé maître. Cette Maison est affligée d'assez de problèmes comme cela ; veuillez ne pas le pousser à faire quelque chose que nous regretterons tous.

— Le provoquer ? Je n'ai rien…

— Allez crier votre innocence à quelqu'un qui n'a pas entendu toute votre conversation, coupa-t-elle d'un ton franc. Je connais Darzin depuis vingt ans de plus que vous, et je peux vous garantir qu'il disait la vérité : il s'est comporté avec toute la courtoisie dont il est capable, ce matin. Le fait qu'il fasse preuve de compassion envers vous était une injure que vous n'avez pu supporter, et par conséquent vous avez perdu votre sang-froid. C'est alors qu'il a perdu le sien. Et pour cette raison, deux personnes sont mortes.

— N'essayez pas de me faire porter le chapeau. Si vous écoutiez depuis le début, vous auriez pu intervenir plus tôt. Cette femme serait encore en vie.

Elle haussa un sourcil.

— Et quelle raison aurais-je invoquée pour empêcher un D'Mon de faire fouetter une esclave ? Vous concernant, je pouvais agir. Je n'aurais rien pu faire pour sauver cette jeune fille.

— Vous autres vané, vous êtes censés connaître la magie. Vous auriez pu…

— Je ne peux permettre qu'on fasse le moindre mal à un D'Mon, s'il m'appartient de l'empêcher sans perdre moi-même la vie.

Elle ramassa le pilon et se mit à écraser les herbes et les fleurs.

Kihrin écarquilla les yeux.

— Vous avez un gaesh.

— Bien sûr que j'ai un gaesh. Je ne serais pas ici si le choix m'appartenait. Je suis le sénéchal du Grand Seigneur, et la plus importante des domestiques du palais. Je suis aussi l'esclave à gaesh du Grand Seigneur. Darzin était en train de vous maltraiter, c'est pourquoi j'ai pu intervenir.

— Vous avez pu intervenir ? Mais vous… (Il se rassit.) De toute façon, je ne suis pas un D'Mon. Je suis tout au plus un Ogenra.

Elle lui adressa un regard surpris.

— Qui vous a dit que vous étiez ogenra ?

— Eh bien, je… (Il battit des paupières.) C'est obligé. Il a dit que ma mère était une esclave. Que voulez-vous que je sois d'autre ?

— Darzin affirme avoir épousé Lyrilyn. Il a même pu produire des documents qui le prouvent, ainsi que des témoins. Vous n'êtes pas ogenra. Vous êtes, en toute légalité, le fils premier-né de Darzin D'Mon, deuxième dans l'ordre de succession à la tête de la Maison.

Il l'observa fixement tandis que le sang refluait de son visage.

— Il a… quoi ?

Cette information refusait de s'ancrer dans son esprit. Il ne comprenait pas. Il avait toujours rêvé d'être un Ogenra, comme tous les orphelins du Cercle Inférieur, mais ses fantasmes s'étaient arrêtés là. Il n'avait jamais osé imaginer qu'il puisse réellement appartenir à une famille royale. Et voilà qu'on lui annonçait qu'il était prince ? Et qu'il pouvait hériter un jour du titre de Grand Seigneur ?

Son univers entier venait de basculer.

Miya ne tint pas compte de sa stupéfaction.

— En réalité, cela n'aurait pas eu grande importance. Je sais qu'il est communément admis que les Ogenra sont les enfants illégitimes des familles nobles, mais la réalité est plus complexe. N'importe quel enfant, même un bâtard, peut être membre d'une Maison s'il est officiellement reconnu… et c'est votre cas.

— C'est vraiment mon père ? demanda-t-il dans un murmure.

Elle détourna le regard :

— Je ne pourrais le dire[1]. Quoi qu'il en soit, c'est ce qu'il affirme. Et le Grand Seigneur Therin s'est empressé de relayer publiquement ces déclarations… Il était fort mécontent de savoir que Galen, le fils de Darzin, pourrait un jour hériter du titre.

— Par les dieux, pourquoi ?

— Diriger une Maison Royale requiert une certaine dureté de tempérament. Galen est un gentil garçon. Je pense que d'après le Grand Seigneur Therin, la Maison ne pourrait prospérer sous le règne d'un « gentil garçon ».

— Mais je ne suis qu'un vulgaire gamin des rues, un rebut de la Ville-Velours !

Elle posa le mortier et se tourna vers Kihrin, rivant sur lui ses yeux bleus pleins de colère.

— Ne vous avisez plus de vous désigner en ces termes. Je vous l'interdis. Vous êtes Kihrin D'Mon, Prince Royal et deuxième dans l'ordre de succession à la tête de la Maison D'Mon. Vous descendez de cent générations de mages, parmi lesquels trois ont été Empereurs. Vous êtes un noble.

1. La formulation est intéressante. Je suis d'avis qu'il faut l'interpréter au sens propre : Miya connaissait la vérité, mais elle avait reçu l'ordre de n'en rien dire. Questionner quelqu'un à qui l'on a imposé un gaesh s'apparente en quelque sorte à une conversation avec un démon… et pour les mêmes raisons.

Né pour régner[1]. Vous n'êtes pas un rebut, et vous ne le serez *jamais*.

— Mais non, c'est… c'est impossible. C'est une sorte de jeu. Cet homme est maléfique.

— Le mal et la vérité ne sont pas des concepts incompatibles. Laissez-moi vous le prouver : cela va piquer.

Il sentit quelque chose d'humide dans son dos, suivi d'une douleur vive qu'il identifia comme la sensation de l'alcool sur une plaie ouverte.

Kihrin hoqueta de surprise.

— Aïe ! Par les mamelles de Thaena…

— Attention à ce que vous dites !

— Les coups de fouet étaient moins douloureux !

— Ah ? Darzin doit avoir perdu en vigueur. Mais il vaut mieux souffrir un peu maintenant que d'être affligé d'une infection par la suite.

Elle appliqua la mixture végétale sur les zébrures. Les herbes étaient fraîches et apaisantes, et – une fois la brûlure passée – assez agréables.

Il sentit ses doigts sur sa peau, et l'entendit dire quelque chose qu'il ne comprit pas, dans une langue douce et chantante. Une tiédeur exquise se répandit dans son dos.

— Vous n'auriez pas pu utiliser la magie pour tout guérir d'un coup ?

— Si, admit-elle. Mais cela aurait pu mener à des complications. (Elle contourna Kihrin, approcha une chaise et s'y assit.) Que savez-vous de la magie ? Pouvez-vous voir au-delà du Premier Voile, pour commencer ?

Il hocha la tête :

— Oui. J'ai l'impression que j'en ai toujours été capable. Comment le saviez-vous ?

---

1. Dame Miya a parlé trop vite, dans ce cas ; car en principe, les membres des familles royales de Quur n'ont pas le droit de « régner ».

— Je n'en étais pas sûre. Mais vous êtes un D'Mon : cela semblait être une bonne hypothèse. Et les talismans ? Avez-vous appris ce dont il s'agissait, comment les fabriquer ?

Il déglutit et secoua la tête.

— Les magiciens les utilisent. Je sais vérifier si quelqu'un en porte… ne serait-ce que pour savoir si je dois faire mon possible pour éviter cette personne.

— Je suis sûre que c'était plus sage lorsque vous viviez dans la Ville-Velours, mais à présent, vous allez devoir apprendre à en créer vous-même. (Elle se mit à ranger les herbes.) Disons donc que ceci est votre première leçon. Connaissez-vous les bases matérielles de la magie ?

— Oui, répondit-il en hochant la tête. Aucun objet ne peut être affecté par la magie, à moins que le magicien qui lance le sort ne connaisse la nature véritable de la matière qui constitue cet objet.

— Très bien. Vous avez donc été instruit dans ce domaine ? demanda-t-elle, surprise.

— Quelqu'un m'a appris des choses, mais, heu… elle est morte.

— Je suis très chagrinée de l'apprendre.

— Merci.

Il ne savait pas vraiment quoi ajouter. Après un silence, elle demanda :

— Qu'y a-t-il d'autre ?

Kihrin cilla sans comprendre.

— D'autre ?

— Oui, que pouvez-vous me dire d'autre au sujet des bases matérielles de la magie ?

— Je… (Il fronça les sourcils.) Heu, lorsqu'on connaît la véritable nature d'un objet, on peut agir dessus ?

— Reformuler votre première réponse n'en constitue pas une nouvelle.

Il réprima l'envie de lever les bras au ciel d'un air excédé.

— Je ne sais pas. Les objets différents ont des auras différentes. De même que les personnes. Quand on met deux personnes côte à côte, on voit que leurs auras ne sont pas les mêmes. Le fer a une aura différente du cuivre, qui diffère à son tour d'une pièce en bois peinte pour ressembler au cuivre.

— Donc, si l'on prend en compte cette affirmation, qu'est-ce qu'un talisman ?

Kihrin lutta pour trouver une réponse correcte à cette question. Comment aurait-il su ce qui constituait un talisman ? Tout ce qu'il savait à ce sujet, c'était qu'ils reflétaient l'aura de la personne qui les portait. C'était comme un tampon qu'on appliquerait plusieurs fois sur du papier, en le décalant très légèrement d'une fois sur l'autre. Il plissa les yeux.

— Attendez… Un talisman a forcément une aura différente de sa nature, n'est-ce pas ? Si c'est une pièce, un bijou ou quoi que ce soit dans ce genre, l'aura n'est pas celle du métal ou de la matière dont il était fait à l'origine… mais celle de la personne qui le porte. Comment est-ce possible, d'ailleurs ?

— On peut changer l'aura d'un objet et la remplacer par une autre, expliqua Miya.

Sa voix était douce et teintée de fierté, indiquant que la réponse de Kihrin lui avait plu.

— Et si on ne la change que très peu, l'objet ressemble encore à une pièce ou à un bijou, de la même manière qu'un miroir peut vous montrer votre image sans pour autant être vous.

Il l'observa, les sourcils froncés.

— Pourquoi ? Pourquoi fait-on cela ?

— Parce que si je tentais d'altérer votre aura afin de vous faire du mal et que vous portiez quatre talismans, alors je serais obligée de modifier votre aura cinq fois en tout au lieu d'une seule. Cela constitue donc une protection, voyez-vous, contre les autres magiciens. (Miya leva un doigt.) Mais tout a un prix. Chacun des talismans que vous portez affecte votre propre pouvoir, et votre capacité à modifier les auras des autres. Un chasseur de sorcières n'est autre qu'un mage qui porte autant de talismans qu'il est capable d'en entretenir. Ce faisant, il se rend totalement insensible à la magie… mais il est incapable de lancer le moindre sort.

— Donc, tout est dans l'équilibre ?

Elle hocha la tête.

— Tout à fait. Et les lois des talismans s'appliquent aussi bien aux attaques qu'aux soins. Si vous ne pouvez pas changer l'aura de quelqu'un, vous ne pourrez pas non plus le soigner.

— J'aimerais bien, dit-il avec une expression mélancolique. Apprendre à soigner les gens, je veux dire. C'est le genre de talent que j'aimerais bien avoir.

Elle étudia son visage un instant puis acquiesça.

— D'accord.

Elle se dirigea vers l'autre extrémité de la table et en revint chargée d'un énorme livre. Elle le tendit au jeune homme, qui l'ouvrit. Il contenait page après page de dessins réalisés avec la plus grande minutie représentant le corps humain, sous forme de parties séparées, mais aussi dans son ensemble[1].

— Vous voulez que je le lise ?

— Je veux que vous l'appreniez par cœur.

— Par cœur ? répéta-t-il d'une voix soudain montée dans les aigus.

— Je suis disposée à vous instruire à votre rythme, mais vous devez disposer d'une base de connaissances à développer. On ne peut pas réparer quelque chose sans comprendre en quoi il est endommagé, et on ne peut pas savoir cela si on ignore comment il devrait fonctionner. Donc, oui : par cœur.

---

1. S'il me fallait le deviner, je dirais qu'il s'agit de *L'Anatomie du corps humain* de Sarin D'Mon, dont il me semble qu'il constitue toujours l'entrée en matière proposée aux étudiants débutants.

Lorsque vous aurez fini, nous passerons à la chimie du corps humain et à la composition de ses cellules.

— Pardon ?

— Vous verrez bien.

Souriant toujours, Miya reprit le mortier d'herbes écrasées et transvasa ce qui restait de la mixture dans un petit bocal de verre.

— Appliquez cela sur toutes les zones endolories, comme votre joue. Lorsque vous n'en aurez plus, adressez-vous à moi ou à tout autre médiqueur de la Maison et nous vous réapprovisionnerons.

— Merci, c'est gent… (Il s'interrompit.) Pourquoi aurais-je besoin d'en garder une réserve permanente ?

Son expression se fit triste.

— C'est nécessaire pour le fils de Darzin, Galen. Et lui, c'est un bon garçon.

Kihrin lui adressa un regard sidéré.

— Merveilleux, murmura-t-il. C'est merveilleux. Est-ce qu'il bat aussi son épouse ? Je suppose que la mère de Galen n'est pas une esclave.

— Je ne crois pas que vous ayez besoin de moi pour connaître la réponse.

Il soupira. L'espace d'un bref moment, tandis qu'il parlait avec Miya de l'apprentissage de la magie, il avait oublié où il se trouvait.

— Non, j'imagine que je le sais déjà. Bien sûr qu'il bat sa femme, et puis il l'envoie ici, pour qu'on la lui remette bien vite sur pied. N'est-ce pas formidable d'avoir tous les guérisseurs à son service ? On peut se permettre de faire presque tout ce qu'on veut.

Elle parut sur le point de parler, puis s'arrêta et secoua la tête.

— Venez, Votre Altesse. Il est temps que je vous montre vos appartements.

33

Ce qui était dû au dragon

(Récit de Kihrin)

Chaque fois que j'ai vu le Vieil Homme, je me suis souvenu à quel point les dragons étaient immenses. Les artistes ne les représentent jamais correctement. Je pense que c'est parce qu'ils ressentent le besoin irrépressible de peindre quelqu'un pour les affronter – un chevalier, un magicien, que sais-je – et que, pour être assez grand, le personnage doit être représenté à une échelle bien supérieure à celle du dragon. Imaginez la plus grande créature qu'il vous soit possible de visualiser… Le Vieil Homme était plus grand.

Il est difficile de ne pas se retrouver paralysé, cloué au sol par sa propre stupeur.

Il atterrit sur une île volcanique rouge, constituée de roche en fusion, située au large d'Ynisthana. Toutefois, il était si énorme que j'étais sûr qu'il pourrait tendre une griffe et nous couper en deux sans fournir le moindre effort. Il ressemblait moins à un être vivant qu'à un monument à la gloire de l'incontrôlable. Lorsque ses pattes touchèrent l'îlot, un geyser de lave s'éleva dans les airs, comme si le sol lui-même réagissait à sa présence par une langue de feu.

— **Je suis venu prendre ce qui m'est dû**, déclara le Vieil Homme.

Tyentso lâcha un juron qui aurait fait rougir Mme Ola et me poussa derrière elle.

— Hé… ! commençai-je à protester.

— **Ne cache pas la voix dorée. Il est à moi**, gronda le Vieil Homme.

— Personne n'a dit que vous pouviez le prendre. Bien au contraire.

— **Ça m'est égal**, déclara le Vieil Homme.

— Kihrin, sauve-toi !

Je me souvins de l'avertissement de Teraeth : s'enfuir ne faisait qu'exciter la convoitise du Vieil Homme.

— Je ne crois pas que…

Le dragon fondit sur nous.

Je me mis à courir.

Tyentso fit un mouvement, et un mur de verre durci au feu s'éleva brusquement de la plage, large de plus de six mètres et assez imposant pour me cacher l'horizon. Le verre devint aussitôt écarlate, puis blanc. La température atteignit celle d'un four lorsque le vent se mit à souffler de plus belle. Le mur frémit lorsque le dragon vint s'y jeter, de l'autre côté… puis il explosa dans notre direction.

Je fis un bond de côté et un énorme bloc de verre en fusion atterrit près de moi.

Soudain, le silence se fit. Je me retournai.

Le dragon flottait dans les airs, comme figé. Sa silhouette se découpait sur le ciel. De la lave dégoulinait de ses griffes et tombait en sifflant dans la mer.

Tyentso se releva. Une partie de sa robe s'était consumée et l'un de ses bras portait des marques de brûlures, mais par miracle elle était encore en vie.

Khaemezra s'avança sur la falaise.

J'ignore si elle nous épiait ou si elle surveillait le dragon, mais elle avait dû se trouver à proximité. La vieille femme semblait moins voûtée, moins frêle qu'elle ne l'avait été durant le voyage, comme si cette île l'avait revigorée. Elle paraissait plus grande, plus droite, plus jeune.

— J'ai été très claire, Sharanakal. Tu ne peux pas le prendre.

Sa voix rocailleuse résonnait avec une clarté parfaite sur les vagues et le sable.

— **Relâche-moi ! Relâche-moi tout de suite, Mère !**

D'un bras fin et ridé, elle désigna la mer.

— Alors va-t'en et ne reviens plus.

Le dragon frémit. Il s'ébroua, chassant sa paralysie comme un chien chasse l'eau de son pelage, puis battit des ailes et s'éleva haut dans le ciel.

Il me regarda. Du moins, je crois que c'était moi qu'il regardait.

Puis le Vieil Homme s'éloigna.

Pendant quelques instants, tendus et interminables, personne ne parla. N'y tenant plus, je pris la parole.

— Comment peut-on tuer une telle créature ?

— On ne peut pas, répondit Khaemezra. Autant essayer de tuer une montagne.

Tyentso effleura son bras blessé et grimaça en tâtant les contours de sa brûlure.

— Vous l'avez appelé… Sharanakal. S'agit-il de son vrai nom ?

— Oui, répondit Khaemezra. (Elle rassembla ses jupes et se tourna vers moi.) Es-tu blessé ?

— Non, ça va. (Je regardai Tyentso.) « Sharanakal » ? Pourquoi ai-je l'impression que je devrais connaître ce nom-là ?

— Parce que tu es fils de ménestrel, je suppose. Sharanakal n'est peut-être pas aussi célèbre que Baelosh ou Morios, mais il n'existe que huit dragons dans le monde entier, répondit Tyentso. Et tu as réussi à devenir l'obsession de l'un d'eux. Quel veinard, ce gosse !

Mon cœur battait la chamade. J'avais des vertiges, et ce n'était pas seulement dû à toutes les coupes de vin que j'avais englouties. Je me sentais impuissant, vulnérable, pris au piège. Et je n'avais pas du tout l'impression d'être un veinard.

Une fois réveillé sur cette île, constatant que le Vieil Homme n'était pas en train de se servir de moi comme d'un cure-dents, j'avais décidé que le danger était passé. Le Vieil Homme m'avait laissé partir. J'étais en sécurité. Hors de portée de Relos Var ? Sans doute pas. Mais hors de portée du dragon, au moins. Il y avait toute une secte qui vivait sur cette île sans être dérangée par cette espèce rare, alors je devais bien être hors de danger, non ?

Non.

Khaemezra n'avait pas l'air de compatir à mes malheurs.

— Jeune homme, comment donc avez-vous pu penser que réveiller Sharanakal était une bonne idée ?

Je serrai les dents.

— C'était l'idée de Teraeth.

— Oui, cela ressemble bien à une suggestion de mon fils.

— Inutile de chercher un coupable. Sa chansonnette nous a sauvé la vie à tous sur le vaisseau, dit sèchement Tyentso. (Elle agita une main en direction de Khaemezra.) Sauf vous, bien sûr, qui n'avez jamais été réellement en danger. Vous n'avez pas le droit de vous plaindre, la Mère Je-ne-peux-pas-intervenir.

— Est-ce qu'il va partir ? interrogeai-je.

Dans la nuit immobile, avec le bruit des vagues s'écrasant derrière nous et les insectes de la jungle qui n'osaient pas émettre le moindre son, ma voix paraissait minuscule.

Khaemezra me dévisagea.

— Au bout d'un moment, oui. Quand il se lassera.

— Combien de temps cela prendra-t-il ?

Khaemezra ne répondit pas. Enfin, Tyentso fit un geste vague de la main.

— Dix ou vingt ans. Plus, peut-être. Et tu n'arriveras pas à échapper à la vigilance d'un dragon, garnement. Il te retrouvera[1].

Je ne me souviens pas avoir décidé de m'asseoir. Et soudain je fus assis, comme si mes jambes en avaient eu assez d'attendre que je fasse le bon choix.

Je ne relevai les yeux qu'en entendant Tyentso dire :

— J'ai pris ma décision. Je voudrais rejoindre la Confrérie.

Khaemezra l'examina attentivement.

— Vous n'en étiez pas sûre, tout à l'heure.

— Ah, mais il faut vraiment que quelqu'un apprenne la magie à ce garnement. Ne serait-ce que quelques sorts de protection contre le feu, ce ne serait pas du luxe. Quelque chose me dit qu'il va en avoir besoin.

Je me penchai en avant.

— Attends… La magie ? Tu vas m'enseigner la magie ?

— Il faut bien que quelqu'un le fasse, rétorqua Tyentso. Si Mère m'y autorise. (Elle haussa un sourcil.) Vous m'y autorisez ?

Khaemezra laissa échapper un petit ricanement, mais étonnamment ce son semblait plus affectueux que moqueur.

— Oui, on peut dire cela.

— Je suis coincé ici, murmurai-je.

— Pour l'instant, rectifia Khaemezra. Si j'ai appris quelque chose au fil des ans, c'est que rien ne dure éternellement. Dans l'intervalle, que veux-tu faire ?

— Je veux partir, répondis-je en haussant la voix.

— Je sais, mais les problèmes ne sont que des opportunités pourvues d'épines, insista-t-elle. Profitons de ton séjour

1. On raconte que le dragon Baelosh avait juré à l'Empereur Simillion qu'il le traquerait et le tuerait, après avoir fait « une courte sieste ». Cette sieste dura vingt-cinq ans, et lorsque Baelosh se réveilla, Simillion était mort.

ici pour mieux te préparer à affronter ces problèmes. Que veux-tu faire ?

J'avais du mal à dépasser l'étape « Je suis coincé ici » de la conversation. Je n'arrivais à penser qu'aux barreaux invisibles qui m'enfermaient dans ma cage insulaire, un gigantesque dragon cracheur de feu en guise de geôlier. Taja avait dit que je pouvais partir, mais elle ne m'avait pas dévoilé ce qu'il m'en coûterait. J'étais pris au piège.

Tyentso posa une main sur mon épaule.

— Peut-être voudrais-tu envoyer un message à ta famille ?

Je cillai et reportai mon attention sur les deux femmes.

— C'est possible ? Vous pouvez dire à Dame Miya que je suis vivant ?

— Oui. C'est tout ?

J'inspirai profondément, luttant toujours pour me calmer.

— Est-ce qu'il y a quelqu'un sur cette île qui sait bien se battre à l'épée ? J'étais en train d'apprendre et j'aimerais bien continuer.

— Les épées ne servent pas à grand-chose contre les dragons, fit remarquer Khaemezra.

Cependant, j'étais redevenu assez alerte pour m'apercevoir qu'elle n'avait pas dit non.

— Je sais. L'épée, c'est pour tuer Darzin.

Khaemezra sourit.

— Dans ce cas, je crois connaître l'homme qu'il te faut.

34

Promesses

(Récit de Serre)

La poignée de la porte bougea.

— Laissez-moi ! cria Kihrin.

La porte s'ouvrit de trois centimètres avant d'être bloquée par la chaise que Kihrin avait coincée sous la poignée.

La voix de Dame Miya s'éleva :

— Voyons, Kihrin. Tout ceci est ridicule et ne fait que vous desservir. Pourquoi vous cachez-vous dans votre chambre ?

— Je ne veux pas vous voir, tous autant que vous êtes ! rétorqua-t-il.

Kihrin était allongé sur son lit aux draps froissés, dans des vêtements qui ne l'étaient pas moins. Il ne s'était pas changé, ni n'avait fourni de réels efforts pour rester propre depuis que Miya l'avait guidé jusqu'à ses appartements.

De prime abord, l'endroit l'avait impressionné. Dame Miya ne l'avait pas ramené dans la pièce où il s'était éveillé, la première fois, mais dans la section réservée à la famille. C'était là, dans l'Aile des Princes, que vivaient le Grand Seigneur, ses fils et tous leurs héritiers directs. Les pièces qui constituaient les nouveaux appartements de Kihrin ressemblaient elles-mêmes à un petit palais : c'était une profusion sublime de plantes et de murs sertis de pierreries, si bien qu'on se serait cru aussi bien dans un jardin que dans une maison. Au centre de ces pièces trônait un lit magnifique, formé à partir des troncs entrelacés de quatre arbres vivants.

Puis Kihrin décela le piège.

Les grillages ouvragés qui fermaient les balcons étaient en fer doré à l'or fin. Les plantes grimpantes, constellées de fleurs, recélaient de cruelles épines. La porte principale se fermait de l'extérieur, de même que celle qui menait de chez lui aux appartements adjacents.

Le précédent occupant, qui qu'il soit, avait lui aussi été un prisonnier.

C'est alors que l'énormité de sa situation s'imposa à lui. Darzin pouvait tout faire. Il pouvait le tuer, le mutiler, le vendre comme esclave ; tout serait parfaitement légal. Les parents jouissaient d'un pouvoir absolu sur leurs enfants. Aux yeux de la loi, Kihrin était l'enfant de Darzin. Surdyeh ne pouvait rien faire, parce qu'il était mort. Ola… Ola était sans doute morte, elle aussi.

Il n'arrivait pas à fermer les yeux sans voir la gorge tranchée de Morea, sans entendre les éclats de rire d'un démon. Ses cauchemars l'empêchaient de dormir.

Un avant-goût de l'horreur, pour aiguiser son appétit en vue du grand festin de la souffrance.

Kihrin avait improvisé une barricade à l'aide d'une chaise et s'était couché sur son lit pour bouder. Il s'y trouvait – et boudait – depuis plusieurs jours.

Si, si, tu boudais. Ne m'interromps pas, Kihrin.

Je disais donc que lorsque Dame Miya demanda à Kihrin de lui ouvrir la porte, celui-ci refusa, tempêta et supposa qu'elle s'en irait.

Un raclement lui fit lever les yeux. La chaise se délogea de son emplacement, sous la poignée, et glissa sur le côté. Personne n'y avait touché. La porte s'ouvrit alors en grand, révélant Dame Miya, les bras croisés et le regard empli de fureur. Kihrin se redressa brusquement sur son lit, médusé.

— J'aurais dû le comprendre quand vous m'avez soigné, dit-il. Vous êtes une sorcière, c'est ça ?

Dame Miya entra dans la pièce et la porte se referma en claquant derrière elle ; de nouveau, elle ne l'avait pas touchée.

— Savez-vous ce qu'est une sorcière ?

Kihrin grinça des dents.

— Évidemment. Une sorcière, c'est quelqu'un qui n'a pas été autorisé à pratiquer la magie par les sacro-saintes Maisons Royales.

— Et croyez-vous que je n'aie pas reçu l'autorisation d'une Maison Royale ?

Le regard de Kihrin se durcit. Il haussa les épaules et appuya sa tête contre un tronc d'arbre, posant sa cheville sur son genou.

— Je suppose que ça signifie que c'est vous qui lui avez appris à invoquer des démons ?

Dame Miya resta muette un instant.

— Je vous demande pardon ? Appris à qui ?

— À Darzin. (Il eut un petit ricanement.) « Darzin D'Mon discute avec d'ignobles démons ». Il y a de quoi écrire une chanson paillarde là-dessus.

La vané s'approcha de lui d'un pas vif et fronça les sourcils devant les draps sales et ses vêtements fripés. Kihrin ne s'était même pas donné la peine d'enlever la chemise que Darzin avait déchirée pour le fouetter, plusieurs jours auparavant.

— Pourquoi pensez-vous qu'il ait invoqué un démon ?

— Parce que je l'ai vu faire. Enfin, certes, je ne l'ai pas vraiment vu faire… mais je suis sûr qu'il l'a fait. D'ailleurs, il a avoué. Je ne serais pas là si je n'avais pas essayé de cambrioler la maison où il l'a invoqué. (Kihrin se massa les tempes.) Taja ! Si je m'étais tout simplement enfui… Cela n'avait rien à voir avec moi, en plus, et maintenant… (Il secoua la tête.) Ils sont morts. Je n'arrive pas à croire qu'ils sont morts.

Il quitta le lit, furieux et agité, et s'éloigna d'elle.

— Qu'est-ce que ça peut vous faire, de toute façon ? Vous ne me connaissez pas, et vous vous fichez bien de moi. Je ne suis qu'un D'Mon de plus, et ce n'est pas par choix que vous servez cette famille. C'est mon « père » qui vous a dit de me surveiller ? Mon « grand-père » ?

— Non, dit-elle d'une voix douce. Lyrilyn était ma suivante.

Surpris, Kihrin se retourna.

— Pas dès le début, précisa Miya. Lyrilyn était l'une des esclaves du harem du Grand Seigneur Pedron, un fou qui faillit anéantir cette Maison. Lorsque Therin tua Pedron et devint le nouveau Grand Seigneur, il me permit de choisir qui deviendrait ma domestique. Je choisis Lyrilyn.

Sa gorge se serrait de plus en plus, mais il parvint à articuler sa question.

— Alors vous connaissiez ma mère ?

Elle s'assit au bord du lit et lui fit signe de la rejoindre.

— Il y a tant de choses… (Elle inspira profondément.) Tant de choses que je ne peux pas dire… Des choses dont le gaesh ne m'autorise pas à parler. Je peux vous dire ceci : tout le temps que j'ai connu Lyrilyn, elle n'a jamais été enceinte.

— Quoi ? Attendez, mais je croyais que…

Kihrin déglutit. Il se sentait faible et peinait à garder son équilibre. Il se rappela qu'il n'avait rien mangé depuis bien longtemps.

— Darzin affirme que Lyrilyn était votre mère, mais vous devez vous souvenir qu'il n'hésite pas à mentir pour servir son ambition dévorante. Il ne faut pas lui faire confiance.

— Inutile de me le rappeler, assura Kihrin, le visage sombre. Donc, vous dites que ce n'était pas ma mère ? Mais alors qui était-ce ?

Miya commença à parler, puis secoua la tête.

— Je ne peux pas vous le dire. Et bien que ce ne soit pas la réponse que vous souhaitiez entendre, sachez que cette information n'est pas capitale pour le moment. Ce que vous me rapportez concernant l'invocation d'un démon, en revanche, l'est bel et bien. Je vous en prie, parlez-moi de ce monstre.

Il eut envie de hurler. Il eut envie d'exiger des réponses. Au lieu de cela, il se frotta les bras et tenta de ne pas penser à son estomac qui gargouillait. Cela lui rappela qu'il portait une chemise en lambeaux. En essayant de se retenir de rougir, il se dirigea vers l'armoire.

— Il a dit s'appeler Xaltorath.

— Qu'Ompher me guide…, souffla Miya. Ce n'est pas un démon mineur…

— Seul l'Empereur Sandus est parvenu à le bannir.

Il tira de l'armoire une chemise si richement brodée qu'il lui aurait fallu un an de cambriolages pour l'acheter. Il la remit en place et en sortit une autre : elle était encore pire. Il eut la sensation que tous les vêtements seraient du même acabit, aussi en saisit-il une au hasard, qu'il enfila.

— Mais c'est Darzin qui l'a invoqué. Il cherchait quelque chose du nom de Pierre des Entraves.

Un silence lui répondit.

Kihrin se retourna vers elle. Elle était toujours assise au bord du lit, les yeux rivés au mur, une expression indéchiffrable sur le visage.

— J'ai dit quelque chose que je n'aurais pas dû ? s'enquit-il.

Miya posa sur lui des yeux aussi bleus que les siens, aussi bleus que ceux de Darzin ; mais elle était vané, alors qu'eux étaient tous deux humains. La magie avait dû leur conférer cette couleur… mais il songea que c'était vrai aussi pour la famille D'Mon, avec leurs yeux touchés par les dieux.

— Qu'y a-t-il ? insista Kihrin.

— Vous portez la Pierre des Entraves, dit Miya d'une voix égale. La gemme que vous avez autour du cou *est* la Pierre des Entraves.

Il porta vivement la main à sa pierre tsali.

— Quoi ? Comment ?

Elle baissa les yeux et regarda ses mains.

— C'est moi. J'ai donné le collier à Lyrilyn. Elle a dû avoir la présence d'esprit de vous le mettre autour du cou. (Elle sourit tristement.) Ma douce colombe. Loyale, jusqu'au bout.

— Je ne comprends pas, dit-il. Si je porte cette pierre dont Darzin veut s'emparer à tout prix, pourquoi ne me l'a-t-il pas prise ? J'ai été cloué au lit pendant une semaine, le temps que Maître Lorgrin soigne mon cœur.

— La Pierre des Entraves ne peut être retirée que par celui qui la porte. Darzin ne peut vous la voler. Elle ne peut être donnée que librement. C'est ainsi que je l'ai transmise à Lyrilyn, et j'imagine que c'est ainsi qu'elle vous l'a donnée. Elle a donc tenu parole sur ce point au moins. Elle vous a protégé, même si elle n'a pas réussi à vous emmener jusqu'au Manol.

Elle ferma les yeux et retint son souffle un moment, comme si elle s'attendait à ressentir une grande douleur, puis les rouvrit et poussa une longue expiration.

Kihrin avait l'impression d'être redevenu un enfant débordant de questions.

— Pourquoi m'aurait-elle emmené dans la Jungle Manol ? Je ne suis pas vané…

Sa voix mourut sur ses lèvres.

Ce n'était pas l'attention maternelle que lui prodiguait Miya qui l'avait trahie, car Kihrin avait grandi auprès d'Ola. Il était habitué à ce qu'une femme qui n'était pas sa mère biologique le traite de cette manière. Non : il comprit grâce à ses années passées dans le Cercle Inférieur, et avec les Danseurs de l'Ombre, en compagnie de gens qui ne se souciaient pas les uns des autres… à moins d'en tirer profit. Même si Lyrilyn avait été la plus proche amie de Miya, Kihrin ne pensait pas que la vané se serait séparée d'une telle merveille pour en faire cadeau à sa suivante. Ventrebeurre était prêt à payer 15 000 trônes pour ce collier… Ventrebeurre, l'homme qui n'aurait pas offert un prix décent à Tavris en personne si le dieu s'était présenté pour lui vendre un trésor de dragon.

Non, il ne pensait pas que Miya ferait une chose pareille pour l'enfant nouveau-né de Lyrilyn.

Mais pour son propre enfant… ?

Elle était si belle, si sauvage, si différente de tout ce qu'il pouvait y avoir de trivial et d'humain… Mais si elle avait été sa mère, il n'aurait pas hérité que de ses yeux. Ses cheveux, avec leur dégradé de bleu, auraient représenté un legs plus flagrant. Les yeux seuls ne prouvaient rien. Tout le monde, dans la Maison D'Mon, avait les yeux bleus, de même que tous les membres de la Maison D'Aramarin avaient les yeux verts.

Il ne réussit pas à demander : « Êtes-vous ma mère ? »

Miya prit sa main dans la sienne.

— Vous n'êtes pas un vané à part entière, mais vous avez du sang de vané dans les veines, puisque vous appartenez à la famille D'Mon. Vous pourriez demander asile à mon peuple. (Elle lui serra les doigts.) Kihrin, ce qui s'est passé au *Salon du Voile Brisé* n'était pas votre faute.

Il ouvrit la bouche pour protester mais elle reprit :

— Si Darzin a bien invoqué Xaltorath, ce n'était que dans une intention : découvrir où vous vous trouviez. Un démon d'une telle envergure est capable de localiser quelqu'un qui se cache par magie, même une magie aussi puissante que celle de la Pierre des Entraves. Que vous ayez été poussé vers Darzin par le hasard ou le destin, le résultat aurait été le même ; Xaltorath aurait retrouvé ce après quoi il avait été lancé. Je ne crois pas que Darzin aurait eu le désir ou la patience de garder votre père en vie, et susceptible de lui causer des ennuis. C'est à Darzin que revient la faute, et à personne d'autre. Pas même vous.

— Mais Darzin ne me cherchait pas personnellement. Me trouver l'a pris par surprise. Il ne s'attendait pas à ce que Xaltorath m'attaque.

Les coins de la bouche de Miya se relevèrent presque imperceptiblement.

— Voilà qui est réconfortant. Il n'est pas encore omniscient. Donc, le démon avait reçu l'ordre de retrouver la pierre en elle-même. Je me demande dans quelle intention Darzin désire s'en emparer.

— Je l'ignore. Rien de bien.

Darzin avait donc menti depuis le début. Il n'était pas allé voir les prêtres de Thaena pour faire Revenir Surdyeh, il n'avait pas donné la Pierre des Entraves à Lyrilyn, et Darzin n'avait sans doute pas aimé ni épousé la prétendue « mère » de Kihrin.

Miya se pencha et déposa un baiser au sommet de sa tête.

— Mangez quelque chose, prenez un bain et sortez de votre chambre. Le Grand Seigneur vous a assigné des précepteurs et il faut que vous appreniez les subtilités de l'étiquette.

Kihrin replia ses jambes contre sa poitrine.

— Je ne peux pas.

— Pourquoi ?

— Parce que ça… (Il frissonna.) Ça me donnerait l'impression de laisser gagner cet enfoiré.

— Darzin ?

— Oui.

L'espace d'un instant, il envisagea de parler aussi de Cadavre à Dame Miya, mais il jugea préférable de garder le secret encore quelque temps. S'il avait raison – et que Cadavre était le Grand Seigneur –, alors elle était à ses ordres, de toute façon.

— Écoutez-moi bien, murmura Dame Miya. Pleurez ceux que vous avez perdus. Gardez-les dans votre cœur, et ne les oubliez jamais. Ne faites confiance à aucun d'entre nous, dans cette maison de douleur. Mais si vous voulez qu'ils ne soient pas morts en vain, si vous voulez un jour réussir à vous venger de Darzin, vous ne devez pas rester cloîtré ici. Vous devez reprendre tout ce que vous avez appris dans le Cercle Inférieur, dans la Ville-Velours, et utiliser ces compétences pour interagir avec ceux qui vous entourent et rester en vie. Je vous en prie. Vous pouvez me croire quand je vous dis que ni votre mère, ni votre père ne voudraient que vous laissiez le chagrin ruiner votre vie.

— Mon père…, dit-il en détournant le regard.

— Le musicien qui vous a élevé. Qui d'autre a d'importance ? (Elle sourit.) Que voudrait-il que vous fassiez ?

Le visage de Kihrin s'assombrit, mais cette expression fut de courte durée. Un instant plus tard il s'essuya les yeux et sourit à la femme vané.

— Vous avez raison, Dame Miya. Je vais faire ce que Surdyeh voudrait que je fasse.

— Souhaitez-vous que je demande aux serviteurs de vous apporter votre dîner ? proposa Dame Miya après un silence.

— Absolument, répondit-il d'un air déterminé.

Il ferait ce que Surdyeh voulait qu'il fasse depuis le début : s'enfuir et se cacher à la première occasion.

35

Drapeaux rouges

(Récit de Kihrin)

Six mois s'écoulèrent. Le professeur que m'avait promis Khaemezra…

Quoi ?

C'est une plaisanterie ? Avec tous les secrets que je connais sur la Confrérie Noire, c'est ça que tu veux absolument savoir ?

Très bien. Oui, Kalindra et moi sommes devenus amants. Non, je n'entrerai pas dans les détails. C'est toi qui as absorbé un millier d'esprits, Serre. Tu devrais être au courant de ces choses-là.

Je disais donc qu'au bout de six mois, le professeur que m'avait promis Khaemezra n'avait toujours pas fait son apparition. J'apprenais à manier différentes sortes d'armes auprès de Szzarus et la magie auprès de Tyentso, lorsqu'elle avait un peu de temps à me consacrer. Ses cours étaient brefs, non parce qu'elle n'avait pas envie de m'enseigner la magie, mais parce que j'étais incapable d'apprendre quoi que ce soit. En dépit de mon don d'invisibilité et le fait que je puisse voir de l'autre côté du Premier Voile, je me révélai inapte à toute autre forme de magie[1]. Tyentso en rejetait la

1. Il s'agit d'un problème répandu. La vaste majorité des membres des guildes ne connaissent qu'un seul sort, non parce qu'ils ne souhaitent pas en apprendre d'autres, mais parce qu'ils n'en ont pas les capacités.

faute sur les Danseurs de l'Ombre, qui avaient abandonné ma formation après la mort de Souris, et les maudissait avec ardeur à la fin de chaque leçon inutile.

L'îlot de roche volcanique incandescente, au large d'Ynisthana, se mua peu à peu en île conique, qui s'étalait de quelques mètres chaque fois que le Vieil Homme s'y posait, c'est-à-dire très souvent.

Je restais à l'écart de la plage.

Incapable de progresser dans mon apprentissage de la magie dont j'avais besoin pour m'échapper, je me consacrai pleinement à mon entraînement martial. Je travaillais jusqu'à l'épuisement durant la journée puis me dépensais d'une autre manière, avec Kalindra, pendant la nuit. Patiemment, nous déjouâmes les effets tenaces de l'assaut de Xaltorath tandis que les mois s'enchaînaient à un rythme effréné.

Teraeth avait raison sur un point, cependant : Kalindra finit par me quitter.

Je me souviens bien de ce matin-là. Je me trouvais à mi-hauteur du volcan d'Ynisthana, un cône parfait de basalte noir, émergeant des brumes jusqu'à son cratère en forme de cuvette. Nous n'avions pas encore abandonné la jungle pour emprunter les sentiers étroits qui serpentaient sur le versant.

J'étais en train de m'approcher en tapinois de Teraeth et j'avais l'impression, pour la première fois depuis des mois, que j'allais peut-être réussir à le surprendre. Il était très doué en matière de furtivité, mais j'étais meilleur. Je l'observai préparer un piège pour ses camarades assassins, sans utiliser rien d'autre que quelques branches et des lianes, et un sentiment de satisfaction m'envahit. J'étais armé d'une matraque et je me répétais mon petit chant d'invisibilité tout en approchant. Il n'avait aucune idée qu'il était sur le point d'être éliminé du jeu.

La Confrérie Noire s'entraînait souvent au moyen de jeux et d'épreuves, élaborés par Khaemezra ou d'autres chefs. Bien que je ne manque jamais de leur rappeler que je n'étais pas l'un de leurs novices, ils m'invitaient toujours à y participer. Notre tâche, ce jour-là, était d'une simplicité enfantine : il fallait atteindre le sommet du volcan, voler le drapeau qu'y avait planté Khaemezra et le rapporter au temple.

Il n'y avait pas d'autres règles. Si je l'avais voulu, j'aurais pu attendre qu'un élève atteigne le sommet pour l'attaquer par surprise et lui arracher le drapeau. J'aurais aussi pu, si je parvenais à atteindre le drapeau en premier, le remplacer par une imitation. Les stratagèmes étaient légion. Presque tout était permis.

J'avais donc décidé de surprendre Teraeth, dont j'étais sûr qu'il serait mon concurrent le plus redoutable. Lorsque je fus assez près de lui pour sentir son parfum, j'abattis ma matraque, qui fendit l'air et…

… traversa l'emplacement intangible d'une illusion.

— Et merde…

Mais il était trop tard.

Pendant que je m'étais efforcé de prendre Teraeth au dépourvu, il en avait fait de même pour moi.

Je me déportai de côté juste au moment où le pied de Teraeth atteignait l'endroit où se trouvait ma tête un instant plus tôt. J'étais indigné. Puis la Pierre des Entraves devint froide.

Donc, ce n'était pas un jeu.

En théorie, la Confrérie n'était pas censée m'infliger des dommages mortels. Je portais la Pierre des Entraves, qui infligerait des représailles déplaisantes – quoique très floues – à quiconque parviendrait à m'éliminer. Mais pour Teraeth, retenir ses coups était plus facile à dire qu'à faire : il avait la mauvaise habitude d'oublier qu'il ne frappait pas pour tuer.

Que voulez-vous ? Je ne crois pas qu'il s'agisse d'une rancœur personnelle. Simplement, les membres de la

Confrérie sont formés au meurtre. Une fois que cet instinct est ancré dans les habitudes de quelqu'un, il est difficile de s'en débarrasser.

Je tentai de lui agripper la jambe lorsqu'elle passa près de moi pour le déséquilibrer, mais il était trop rapide. Il continua à tournoyer et j'eus à peine le temps de comprendre ce qui m'arrivait avant que son autre pied m'atteigne en plein visage.

Je m'écroulai.

Cependant, je n'avais pas perdu connaissance. Lorsqu'il s'approcha, je l'attrapai par la chemise, le tirai sur le côté et lui envoyai mon poing dans la mâchoire.

Il tapota le côté de mon cou du plat de sa dague froide.

— Ralentis, siffla-t-il, et rends-toi.

Je baissai les yeux sur la lame. Elle semblait bien aiguisée. Je pouvais aussi compter sur le fait qu'elle était empoisonnée.

— Si tu as l'intention de me trancher la gorge, fais-le, qu'on en finisse.

Teraeth eut un reniflement dédaigneux, mais la pierre reprit une température normale. Je lui avais sans doute rappelé qu'il s'apprêtait à faire quelque chose de très imprudent. Il s'écarta de moi, rangeant son couteau à sa ceinture.

— D'accord. On va faire ça à ta manière. (Il ramassa une longue liane.) Tu préfères être attaché ou inconsc…

Je courais déjà le long du sentier.

Derrière moi, j'entendis le rire de Teraeth puis ses pas, rapides et de plus en plus proches.

Le volcan, une fois passée l'orée de la jungle, était nu et aride. Je ne connaissais pas son nom, à moins qu'il ne s'appelle tout simplement « Ynisthana ». On pouvait trouver une sorte de beauté à ce roc désolé, où ne poussait rien d'autre que des taches de mousse et de lichen et dont la silhouette se découpait sur le ciel turquoise. L'air était chargé de l'odeur du soufre, portée par les fumées qui s'échappaient du cratère. La roche, sous mes pieds, vibrait de la chaleur des feux couvant sous la surface. À mesure que je grimpais, la température augmentait ; et lorsque je me mis à haleter, ce n'était pas que d'épuisement.

Je regrettai que Tyentso n'ait pas pu m'apprendre à me protéger du feu.

Lorsque je gagnai le sommet, j'y trouvai le drapeau rouge, à découvert, coincé sous un rocher.

Teraeth se trouvait juste derrière moi. Dès que j'atteignis le rebord du cratère, je sautai sur le plus gros rocher en vue et me drapai de nouveau d'invisibilité.

— Non ! pesta le vané.

Sa main se referma sur l'endroit où je me tenais à l'instant précédent. Il s'immobilisa et examina le sol.

Il cherchait le moindre caillou déplacé qui pourrait trahir ma position.

Je souris. Il y avait quelque chose de sauvage chez Teraeth, lorsqu'il chassait. Il me rappelait l'un des draconides de l'île, entièrement concentrés sur leur proie.

C'est alors que j'aperçus le vaisseau.

Le volcan culminait à plusieurs centaines de mètres au-dessus du sol, ce qui permettait de voir très loin depuis sa cime, surtout si le ciel était dégagé. Cette journée-là était fraîche et ensoleillée, si bien qu'on distinguait aisément les nombreuses îles de la chaîne dont Ynisthana n'était qu'un maillon.

— Teraeth, il y a un vaisseau, là-bas.

Il pivota vivement vers le son de ma voix.

— Tu ne vas pas réussir à me distraire si faci…

Je me rendis visible et sautai du rocher, le doigt pointé.

— Regarde !

Teraeth suivit la ligne de mon bras, le regard toujours méfiant. Il pensait sans doute que j'essayais de le berner.

Mais il y avait bien un vaisseau, un navire aux voiles noires qui contournait l'île et se dirigeait vers le port principal depuis la direction opposée à la Gueule.

— Et alors ? (Teraeth se pencha et ramassa le drapeau rouge.) C'est un vaisseau de ravitaillement. Ça n'a rien d'intéressant. Laisse-le donc… Nous avons une épreuve à terminer.

Je le gratifiai d'un regard suggérant qu'il avait sans doute perdu la raison. Beaucoup de gens, sur cette île, attendaient ce vaisseau de ravitaillement depuis des mois. Si elle n'avait pas rejoint la Confrérie, Tyentso aurait pu partir avec ce bateau, regagner Zherias pour trouver un autre travail. La plupart des survivants du *Malheur* embarqueraient sans doute sur ce navire.

Sans la menace du Vieil Homme, j'en aurais fait autant.

Je redescendis de la montagne en courant, même si en toute franchise il aurait mieux valu parler d'une glissade contrôlée.

D'autres avaient déjà remarqué le vaisseau ou avaient été avertis de son arrivée prochaine. En m'engageant sur le chemin qui menait au port, je reconnus l'une des silhouettes qui m'avaient précédé, au loin : Kalindra.

Elle se dirigeait également vers le port. Mais contrairement à moi elle avait un sac sur l'épaule. Elle n'était pas vêtue de la robe noire de la Confrérie, mais d'une simple tenue de voyage agrémentée du voile à motifs des Zherias, qui se portait comme un fichu. Ce n'est qu'à cet instant que je compris qu'elle était métisse, qu'elle avait sans nul doute du sang de Zheria dans les veines. Kalindra était plus claire de teint qu'Ola, mais pas de beaucoup. Ses cheveux aux tresses emmêlées auraient dû me l'indiquer plus tôt.

Mais elle partait.

— Kalindra ! m'époumonai-je.

Elle fit volte-face pour me regarder, plaça une main sur son front comme pour se protéger des rayons du soleil et se détourna. Et se remit à marcher en direction de la baie.

— Laisse-la partir, conseilla Teraeth. Tu savais que ce jour finirait par arriver.

Je sursautai. Il m'avait donc suivi, finalement.

— Qu'est-ce qui se passe ? demandai-je. Elle s'en va ?

— Beaucoup de gens s'en vont, répondit-il. D'autres arrivent. C'est comme ça.

— D'accord, mais pourquoi ne pas me dire au revoir ? Quand reviendra-t-elle ?

— Elle ne reviendra pas.

Je restai immobile, les yeux rivés sur lui, la bouche sèche. Mes mains, pendant à mes côtés, se serraient en poings silencieux, se rouvraient et recommençaient. Je n'arrivais pas à appréhender ce qu'il me disait. Je n'aimais pas être sur cette île. Je n'aimais pas en être prisonnier, et, pour être franc, je n'avais pas vraiment abandonné l'idée que Khaemezra contrôlait le Vieil Homme ; que le dragon était sa manière de s'assurer que je restais là, et que je faisais ce qu'on me disait de faire. J'en connais un rayon dans le domaine de l'escroquerie, après tout.

Kalindra rendait tout cela supportable. Kalindra était ce qui m'empêchait de devenir fou. Avec elle, je n'étais plus prisonnier de ce que m'avait fait subir Xaltorath. Avec elle, je me sentais normal.

Elle ne pouvait pas partir. C'était hors de question.

— Quoi ? lâchai-je enfin.

Il ne rencontra pas mon regard.

— Elle ne reviendra pas. Sa nouvelle mission va durer très longtemps.

Je savais à quoi étaient payés les membres de la Confrérie Noire.

— Qui est-ce qu'elle doit tuer ?

— Ce n'est pas ce genre de mission-là. Et de toute façon, cela ne te regarde pas.

Je fis un pas vers lui.

— Pardon ? Ça ne me regarde pas ?

Les lèvres de Teraeth se retroussèrent en un rictus.

— Quoi, c'est une phrase trop simple pour vous, Votre Altesse ? Il s'agit des affaires de la Confrérie. Tu as eu l'opportunité de nous rejoindre et tu as refusé. Le simple fait que je te révèle tout cela est une faveur de ma part.

— Je ne me souviens pas avoir entendu ta mère dire que je devais vous rejoindre. Et par ailleurs, aurais-tu oublié que Kalindra était l'un de mes professeurs ?

Le regard de Teraeth devint venimeux.

— Il semble qu'elle ait pris des libertés avec le programme.

Mon ventre se noua.

— Quoi ?

Teraeth resta muet un instant.

— C'est... Oublie cela. Mes mots ont dépassé ma pensée.

— Non. Explique-toi. Des libertés ? Que veux-tu dire par là ?

— Cela n'a pas d'importance. Je ne me réjouis pas de son départ. Ton nouveau professeur arrive par le même bateau. C'est lui qui va reprendre ton entraînement, comme Mère te l'a promis.

Il commença à s'éloigner. Je courus au-devant de lui pour lui couper la route.

— Non. Je ne te laisserai pas me tourner le dos, Teraeth. Elle prenait des libertés ? Tu veux dire qu'on l'a envoyée ailleurs parce que nous étions amants ? Tout le monde couche avec tout le monde sur cette île, et souvent en groupe. Je choisis une femme, je lui reste fidèle, et elle se fait punir ? (Je le pointai de l'index.) C'est ton œuvre, peut-être ?

Il s'arrêta net de marcher.

— Mon œuvre ?

— Je me demande juste si tu l'as chassée d'ici parce que tu étais jaloux de moi, ou parce que tu étais jaloux d'elle ?

Il frémit. L'incrédulité et la fureur se lisaient aisément dans son regard.

— Espèce de petit salaud arrogant.

— Explique-moi que j'ai tort, alors.

Le visage fermé, il s'avança vers moi.

— Tu sais déjà que tu as tort. Kalindra est mon amie et je tiens à elle, mais je ne suis pas amoureux d'elle ni elle de moi. On ne s'était rien promis. Quant à toi… (Ses yeux se plissèrent.) Ne m'insulte pas en sous-entendant que la seule manière dont je serais le bienvenu dans ton lit serait d'écarter tous mes rivaux. Tu es peut-être trop inhibé par ta chère masculinité de Quuro pour avouer que tu me désircs, mais c'est ton problème, pas le mien. (Il haussa une épaule.) De toute façon, la mission de Kalindra n'a rien à voir avec moi. Mère a jugé qu'elle risquait de tomber amoureuse de toi et donc qu'il serait préférable qu'elle s'en aille, avant que votre relation progresse jusqu'au point de non-retour.

— Kalindra…

Je me mis à dévaler la pente en direction du port.

J'entendis un bruit derrière moi, puis quelque chose de lourd s'écrasa dans mon dos. Je roulai sur le côté et découvris que Teraeth s'était jeté sur moi. Il m'assena ensuite un coup de poing en plein visage qui me donna l'impression d'avoir été frappé avec un gourdin. Je me tournai à demi et tentai de lui attraper un bras, espérant le déséquilibrer suffisamment pour réussir à me relever. Il leva son bras hors de ma portée, s'arc-bouta et m'agrippa le poignet de telle manière que s'il tirait assez fort, mon bras ne pourrait que se casser ou se disloquer. Ses jambes immobilisaient les miennes et il n'aurait eu qu'à soulever son genou pour que je ne puisse rien faire d'autre que vomir pendant un bon moment.

— Elle n'est pas pour toi, martela Teraeth. (Son visage n'était qu'à quelques centimètres du mien.) Tu l'aimes bien, elle te rassure, mais tu n'es pas amoureux d'elle. Tu ne le seras jamais. La laisser s'attacher véritablement à toi est un acte de pure cruauté.

— Tu n'en sais rien !

Je tentai de me libérer, mais Teraeth connaissait des techniques dont mes professeurs n'avaient fait qu'évoquer l'existence supposée.

— Je sais que ce n'est pas une Jorate aux cheveux de sang et aux yeux de flamme.

Je cessai de me débattre.

— Qu'est-ce que tu as dit ?

— Une Jorate, répéta Teraeth d'une voix chargée d'émotion. Avec des cheveux couleur de nuit ou de crépuscule selon l'angle, portés en bande au milieu du crâne, à la façon des Jorats touchés par les dieux. Avec une peau parfaite d'un brun rougeâtre et des mains et des pieds noirs comme le charbon. Ses yeux sont des rubis reflétant un feu de joie, où scintillent toutes les couleurs du brasier. Ses lèvres sont comme des baies mûres et sucrées…

Je ne pus cacher ma stupeur et ma consternation. Comment le savait-il ? Comment avait-il entendu parler d'elle ? Les deux seuls individus qui connaissaient son existence étaient le démon qui avait présenté son image à mon esprit, et Morea. Il était possible que la métamorphe qui avait assassiné et dévoré Morea le sache également, mais cela signifiait…

— Laisse-moi !

Je le repoussai de nouveau, et cette fois il n'insista pas.

Il se laissa aller sur le côté et roula dans l'herbe, pour finir avec une jambe croisée par-dessus l'autre et la tête appuyée sur son bras. Je me levai, aspirant des goulées d'air saccadées.

— Je n'ai pas parlé d'elle à Kalindra. Je n'ai parlé d'elle à personne sur cette île. Tu vas me dire comment tu connais son existence, et tout de suite.

Sans me répondre, il poursuivit sa description.

— Elle a un parfum capiteux de pomme, de musc et de fumée, et quand elle te sourit, tu as l'impression de regarder un petit morceau de soleil…

Je grognai :

— Dis-le-moi, bon sang…

— On pourrait la croire animée d'un tempérament de feu, mais au contraire, toute cette flamme n'a fait que la tempérer…

J'attrapai Teraeth par la chemise, le tirai jusqu'à ce qu'il se redresse à demi et le poussai jusqu'à l'arbre le plus proche.

— Tu l'as vue. Tu sais qui elle est. Dis-moi. Dis-le-moi tout de suite !

Teraeth sourit.

— Mais je croyais que tu voulais passer le restant de tes jours avec Kalindra ?

Je l'observai fixement.

Au même instant, je sentis réellement sa présence. Je sentis sa transpiration, sa silhouette pressée contre moi, le peu d'espace qui séparait nos deux corps. J'avais voulu le menacer, l'intimider, mais ses mains s'étaient posées avec douceur sur mes hanches.

Ce n'était pas la peur qui brillait dans ses yeux verts.

Je le lâchai et m'écartai de lui. L'embarras me fit monter le rouge aux joues. Je me sentais déchiré entre toutes les émotions : la honte, le désir et la colère envers Teraeth, qui avait – une fois de plus – raison. Dès qu'il avait commencé à décrire la Jorate, j'avais cessé de penser à Kalindra, et pourtant… je connaissais Kalindra. Elle était réelle. Elle me rendait heureux. Je ne voulais pas qu'elle parte. Je ne voulais surtout pas qu'elle s'en aille… mais je ne souhaitais pas non plus oublier la fille que m'avait fait imaginer Xaltorath.

Teraeth rajusta sa tunique.

— C'est bien ce que je pensais.

— Comment l'as-tu su ? Comment as-tu découvert l'existence de la Jorate, Teraeth ?

Un éclair de compassion presque imperceptible traversa ses traits. Il est possible que je l'aie simplement imaginé.

— Le vaisseau ne va pas tarder à partir. Rends-toi au port pour accueillir ton nouveau professeur.

Je n'avais pas l'intention de me laisser distraire si facilement.

— Je jure par tous les dieux que je ne te ferai plus jamais confiance si tu ne me réponds pas.

Les statues ophidiennes qui peuplaient l'entrée du temple m'auraient paru montrer davantage d'émotion que lui, à cet instant. Très légèrement, il frémit.

— Ce choix t'appartient, mais je ne ferais pas ce genre de serment à la légère, si j'étais toi.

— Va en Enfer ! Il n'y a que deux êtres au monde à connaître l'existence de cette fille. L'un est un démon, et l'autre une métamorphe. Comment suis-je censé croire en ta bonne foi ?

Teraeth avait l'air plus en colère que je ne l'avais jamais vu auparavant. Pas seulement fâché mais blessé. Il pencha la tête de côté et m'observa comme s'il se demandait laquelle de plusieurs centaines de techniques il vaudrait mieux utiliser pour m'exécuter séance tenante.

— Je suis un assassin. Il faudrait être fou pour me faire confiancc.

Il se leva et reprit le chemin du lieu de l'entraînement, le drapeau rouge à la main.

36

Premier essai

(Récit de Serre)

Tous les espoirs d'évasion de Kihrin s'envolèrent à sa première tentative.

Il planifia sa fuite durant une journée entière après la révélation de son nouveau statut. S'il restait chez les D'Mon, il représenterait un danger pour tous ceux qui l'entouraient. S'il s'échappait, Darzin n'aurait plus de raison de torturer les autres. Le meilleur moyen de mettre un terme à cette situation était de disparaître.

Le plan de Kihrin était simple : sortir par la grande porte. Les serviteurs de la famille D'Mon avaient l'habitude, profondément ancrée, d'obéir à quiconque prononçait un ordre. En ajoutant à cela son talent pour ne pas être vu, il était sûr de pouvoir quitter l'enceinte du palais sans difficulté.

Ce matin-là, il demanda aux serviteurs de le revêtir des plus beaux habits que comptait sa garde-robe, empocha quelques objets de valeur et se dirigea vers les écuries de la Cour Privée.

Il s'éclaircit la gorge pour attirer l'attention d'un portier et lui adressa un signe de tête, affichant une expression désinvolte.

— J'ai besoin d'un carrosse, déclara-t-il sans s'expliquer davantage.

— Tout de suite, messire.

Le laquais adressa un signe à un coursier, qui entra à la hâte dans l'écurie.

Kihrin poussa un soupir de soulagement. L'homme ne connaissait pas son nom. Il n'avait pas pour instruction d'empêcher « le jeune homme aux cheveux blonds » de sortir. Kihrin n'aurait plus qu'à descendre jusqu'au rivage, se débarrasser du carrosse et contacter les Danseurs de l'Ombre. Une fois qu'il serait en lieu sûr, il retrouverait Ola et ils s'enfuiraient tous les deux.

Darzin n'aurait pas le temps d'invoquer un autre démon.

Kihrin attendit que les garçons d'écurie lui préparent un cheval et un carrosse. Pendant que ces interminables secondes s'égrenaient, les immenses portes en fer forgé de la Cour Privée s'ouvrirent et un autre véhicule s'y engagea.

Taja ! N'ayons l'air de rien. Je ne fais rien d'interdit. (Il cacha ses mains tremblantes derrière son dos.) *Et par pitié, fais que ce soit n'importe qui, sauf Darzin.*

Le carrosse s'arrêta au bas des marches. Le portier se précipita pour aider la passagère à en descendre ; c'était une femme entre deux âges, portant un corset turquoise richement brodé et un agolé couvert de diamants. Ces joyaux, à eux seuls, auraient fait d'elle le centre de l'attention partout. Ils ne pouvaient, en revanche, dissimuler le fait que sa silhouette n'était plus celle d'une jeune fille. La couleur de sa robe faisait ressortir ses cheveux d'un roux vermillon et ceux-ci attiraient le regard sur son visage, où se trouvait assez de maquillage pour replâtrer les murs du Cercle Supérieur. Sa figure demeurait tordue de dégoût, quel que soit l'endroit où se posait son regard.

Et celui-ci finit par atterrir sur Kihrin.

— Que fait-il là ? demanda-t-elle sèchement au laquais, ignorant le jeune homme.

— Sa Seigneurie attendait qu'on finisse de lui préparer un carrosse, madame. Soyez la bienvenue chez vous, Votre Seigneurie, ajouta l'homme en s'inclinant.

— « Sa Seigneurie » ?

Un éventail d'ivoire s'abattit sur le visage du portier et disparut presque aussitôt dans les replis caverneux de son sac à main.

— Imbécile ! (Elle darda sur Kihrin un regard ouvertement hostile.) Un carrosse ? Et où donc alliez-vous, mon garçon ?

Le garçon inspira, ravalant son angoisse.

— Madame, j'allais chercher un présent qu'on m'a fait. Le seigneur Darzin a pensé que ce serait une bonne idée.

— Le seigneur Darzin ? Un présent ? (La dame renifla d'un air hautain.) Quelqu'un vous aura offert un nouveau ruban pour vos jolis cheveux blonds ?

Elle l'empoigna par les cheveux et le tira jusqu'à lui faire face.

— Aïe ! Bon sang ! Arrêtez…

Il lutta pour se dégager, mais s'en révéla incapable à moins de se montrer violent.

— Je vais vous en donner, des rubans ! Venez.

Sans lâcher ses cheveux, elle entra dans la demeure, lançant au laquais :

— Allez chercher les paquets dans mon carrosse et montez-les dans ma chambre. Surtout ne les abîmez pas, ou je vous ferai arracher les dents pour les rembourser.

Une fois qu'ils furent entrés de quelques mètres dans la maison, Kihrin s'arrêta net, attrapa ses propres mèches et les tira dans l'autre sens.

— Par les dieux ! Laissez-moi, espèce de vieille folle !

Elle lâcha ses cheveux et lui adressa un regard excédé.

— Je ne devrais pas vous obéir, mais vous avez eu la chance de faire l'idiot alors que j'étais de bonne humeur. (Elle retira ses gants et les laissa tomber au beau milieu de l'entrée.) Suivez-moi sans faire d'histoire et je n'aurai pas besoin de demander aux gardes de vous traîner pieds et poings liés.

Kihrin braqua sur elle des yeux emplis de colère.

— J'allais juste chercher…

— Vous essayiez de vous échapper, corrigea-t-elle. Voilà quinze ans que je vis dans cette maison. Croyez-moi, je sais repérer ces choses-là. (Semblant se souvenir tout à coup de quelque chose, elle lui tendit le dos de sa main.) Comme je suis impolie ! Je ne me suis pas présentée. Je suis Alshena D'Mon. En d'autres termes, votre belle-mère.

— Toutes mes condoléances, murmura-t-il en lui baisant la main.

À sa grande surprise, elle pouffa. Puis elle reprit son sérieux, tira l'éventail d'ivoire de son sac à main et l'ouvrit en grand, avant de l'agiter énergiquement pour se rafraîchir. Puis elle présenta son bras droit à Kihrin.

— Allons, mon enfant. Promenons-nous un moment. Je vais vous expliquer pourquoi ce que vous avez fait était stupide, et comment cela aurait aisément pu provoquer votre mort. Puis nous évoquerons les précautions qu'il vous faudra prendre à l'avenir pour éviter d'agir en imbécile. Du moins, si vous en êtes capable. (Elle sourit.) Cela pourrait bien vous sauver la vie.

37

Le nouveau professeur

(Récit de Kihrin)

Assis sur un amas de roche volcanique, je regardai la goélette jeter l'ancre dans la petite baie. Nous nous trouvions à l'opposé de l'îlot où le Vieil Homme était en train de se bâtir un nouveau siège montagneux, ce qui devait rassurer grandement toutes les personnes présentes.

Un nombre réduit de membres de la Confrérie s'étaient rassemblés sur les plages de sable noir pour souhaiter la bienvenue au vaisseau et aider ceux qui s'apprêtaient à embarquer. Kalindra en faisait partie. Je suis sûr qu'elle savait que je l'observais, mais elle ne tourna pas une seule fois la tête.

L'équipage du vaisseau fit descendre une barque à l'eau et ses occupants ramèrent jusqu'au rivage. Un humain de haute stature sortit de la barque, portant plusieurs paquets et avec une expression renfrognée que je n'eus aucun mal à distinguer, même à plus de trente mètres de distance. D'autres barques leur succédèrent. Kalindra ainsi que les autres fidèles envoyés dans des contrées lointaines les empruntèrent pour rejoindre le navire. Une demi-heure plus tard, il ne restait plus sur la plage que quelques membres de la Confrérie qui n'avaient pas fini de récupérer la cargaison du vaisseau, et l'unique nouvel arrivant.

L'homme était vêtu simplement, exception faite de ses bottes qui paraissaient coûteuses. Il s'agissait des cuissardes quuros qu'affectionnaient les duellistes et les cavaliers. Il était chauve, et plus grand que la majorité des Quuros ; il avait plutôt la taille d'un vané. Il me parut familier.

Immobile, le nouveau venu balaya du regard la plage et l'île, avec une expression qu'on aurait pu donner en exemple pour illustrer la réticence et le déplaisir. Son regard glissa sur moi et s'arrêta net.

Je n'avais pas envie de bouger, aussi restai-je assis, attendant que le nouvel arrivant traverse la plage pour me rejoindre. Je lui rendis son regard avec froideur. J'avais encore dans la bouche le goût amer du départ de Kalindra, et les élancements dans ma joue me rappelaient le coup de poing de Teraeth.

Sérieusement, ce garçon avait un crochet de gladiateur morgage.

— Ah, c'est donc vous qui avez causé tout ce tapage, déclara l'inconnu en atteignant le sommet du monticule rocheux.

Je fronçai les sourcils, me souvenant de l'endroit où je l'avais déjà aperçu.

— Je vous connais. Vous êtes le tavernier du *Champ du Massacre*, celui dont la fille est mignonne.

Il arqua un sourcil.

— Je ne vous connais pas. Vous ne seriez pas un garçon de velours du *Salon du Voile Brisé* ?

Je rougis de colère, pas seulement sous le sous-entendu mais parce que cet homme était censé devenir mon professeur. Je me sentais doublement trahi. Ce n'était pas un maître spadassin. Comment cela aurait-il été possible ? Il avait l'air de passer plus de temps à nettoyer son comptoir, bavarder avec ses clients et goûter ses propres liqueurs qu'à s'exercer aux subtilités de l'escrime.

Darzin n'aurait eu aucun mal à le tailler en pièces.

— Non.

— Dans ce cas, peut-être ne suis-je pas venu pour vous enseigner la meilleure manière de servir du vin de gingembre. (Il me tendit la main pour m'aider à me relever.) Appelez-moi Doc.

Ignorant sa main, je me redressai seul et époussetai mes vêtements.

— Laissez-moi deviner : les gens viennent vous voir et vous leur dites « Qu'est-ce que je vous sers, Voise ? ».

— Ah, très bonne, celle-là ! Il faudrait que j'en fasse faire un panneau pour le comptoir…

— Vous n'avez pas choisi n'importe quelle île comme destination de vacances. La vue est jolie, mais les femmes risquent de vous tuer.

Doc eut un rire sans joie.

— Je vois que rien n'a changé. (Lorsqu'il leva les yeux sur la montagne, son expression se fit grave.) Où est-elle ?

Il ne pouvait s'agir de Tyentso.

— Khaemezra ?

— Oui.

— Je ne sais pas. Et franchement, ça m'est égal, pour le moment. Même si… (Je grinçai des dents et me mis en route.) Il se trouve que j'ai deux mots à lui dire. Bref, suivez-moi. Je vais vous mener à Teraeth. Lui sait où elle est, en général.

J'avais fait quelques pas sur le chemin lorsque je m'aperçus que Doc ne me suivait pas. Je jetai un regard en arrière et vis qu'il n'avait pas bougé et qu'il m'observait, tétanisé.

— Qu'est-ce que j'ai dit ?

— Qui est Teraeth ?

Je battis des paupières.

— Vous faites partie de la Confrérie Noire, non ?

Doc releva le menton.

— Je n'ai jamais dit ça.

— Vous en savez assez sur eux pour savoir qui est Khaemezra. Pourquoi est-ce que vous ne connaîtriez pas son fils ?

Doc tressaillit comme si je l'avais giflé. Il ferma les yeux une seconde et serra les poings. Puis il parut se souvenir de respirer ; ses doigts se détendirent et il rouvrit les yeux.

— Vous devez vous tromper. Tout le monde l'appelle Mère.

— Sauf que, dans ce cas précis, c'est vraiment sa mère. Pourquoi est-ce qu'on dirait qu'elle vient de tuer votre chaton préféré ?

— Je suis surpris, c'est tout. Quel âge a-t-il ?

— Khaemezra m'a dit qu'il avait à peu près mon âge, donc entre quinze et vingt ans, sans doute. Il se comporte comme s'il était aussi vieux qu'Ompher, et deux fois plus sage.

— Emmenez-moi le voir.

Je le dévisageai, éberlué. Il ressemblait à Monsieur Tout-le-monde, vous comprenez. Il n'y avait rien de spécial chez lui, abstraction faite de sa taille. Il avait même une petite bedaine. Il ne ressemblait pas à un grand chef, à un héros. Son apparence était en tous points conforme à l'idée qu'on se ferait d'un tavernier.

Mais le Grand Seigneur Therin lui-même n'aurait pu donner d'ordre avec plus d'autorité. Qui que soit ce Doc, c'était un homme habitué à ce qu'on lui obéisse. Sa voix avait claqué avec la violence d'un fouet clouté.

À dire vrai, il me rappelait Teraeth. Il ne lui ressemblait pas… mais d'un autre côté, Teraeth non plus, tout au long du voyage qui nous avait amenés de Kishna-Farriga.

Les vané manols sont extrêmement doués en matière d'illusions.

J'étais tenté de jeter un œil de l'autre côté du Premier Voile, mais je n'avais pas le temps de m'attarder.

Il se mit à gravir, derrière moi, le chemin menant à la falaise. En temps normal, on s'attendrait à ce que la personne qui vous suit ait l'air d'un serviteur ; mais à la façon dont il se conduisait, on aurait dit que j'étais sa garde d'honneur. Ses mouvements étaient fluides et gracieux, comme ceux d'un danseur qui aurait passé tant d'années à répéter ses pas qu'ils ressortaient au moindre de ses gestes. Je supposai que cet homme, d'âge et d'apparence moyens, n'était pas un mauvais espion : il savait se donner l'air ordinaire.

Relos Var aussi.

Lorsque j'atteignis la corniche menant aux appartements de Teraeth, je vis celui-ci assis en tailleur sur le sol, plongé dans un livre qui semblait avoir été lu et relu. Je ne fus pas surpris de voir qu'il avait sorti une bouteille de vin vané et qu'il en avait déjà bu plusieurs verres. Il n'eut pas l'air content de me voir. C'était réciproque.

Teraeth haussa un sourcil en découvrant Doc.

— Vous devez être le Quuro que nous attendions.

Doc ne répondit pas mais passa un long moment à examiner Teraeth. À l'expression soucieuse de son visage, je compris que ce qu'il voyait ne le réjouissait pas.

— Dis, Teraeth, tu sais où est Khaemezra ? Il faut que je lui parle.

— Moi aussi, renchérit Doc. Allez chercher votre mère.

Il s'était exprimé d'un ton sec et condescendant. Teraeth reposa son verre.

— Je n'ai pas à obéir à vos ordres.

Sans demander de permission, Doc prit place dans l'une des chaises de roseau tressé.

— Elle est sans doute au temple, et si mes souvenirs sont bons il y fait toujours une touffeur insupportable, même pour un vané manol. Il vaudrait mieux que votre mère vienne nous rejoindre ici.

Je lui jetai un regard oblique.

— Vous êtes déjà allé au temple ? Je croyais que vous ne faisiez pas partie de la Confrérie Noire ?

— Dois-je comprendre que vous-même l'avez déjà visité ? Vous êtes donc un membre de la Confrérie Noire ? me décocha-t-il en réponse.

— Je ne suis pas votre serviteur, lança Teraeth de la voix la plus hargneuse que je l'aie jamais entendu adopter. Et la Grande Prêtresse n'a pas pour habitude de faire des allées et venues pour satisfaire aux caprices de n'importe qui. Elle n'est pas…

— Laissez-la donc en décider, coupa Doc. Par ailleurs, je ne vous demande pas votre avis. Je vous ai donné un ordre.

— Vous n'avez pas d'ordres à me donner !

— Je viens de le faire.

— Elle a tué des gens qui ne s'étaient pas montrés aussi insolents que vous, menaça Teraeth.

— Et pourtant, je suis encore là, rétorqua Doc avec un sourire froid.

— Avez-vous la moindre idée…

— La moindre idée d'à qui je m'adresse ? Teraeth. Votre père était un fou et un imbécile, et le fait que vous ayez pris son nom plutôt que celui de votre mère signifie que vous êtes également un fou et un imbécile. (Doc se tut un instant.) Ou bien faisiez-vous référence à qui vous êtes… vraiment ? Parce que cela aussi, je le sais. Mais vous êtes tout de même un fou. Et un imbécile.

L'expression de Teraeth ne changea pas. Je ne vis pas même un muscle tressauter sur son visage. Cependant, je sus avec certitude que Teraeth venait d'inscrire le nom de Doc sur une liste très restreinte, dont il mettait un point d'honneur à rayer les noms un à un.

Le vané tourna brusquement les talons et s'éloigna de la caverne.

Doc soupira, s'enfonça sur sa chaise et inspira profondément. Je pense qu'il s'était attendu à ce que Teraeth l'attaque. Je ne fus pas sûr de savoir s'il était déçu ou soulagé que ce ne soit pas le cas.

— Charmant, ce gosse, commenta Doc.

— Juste une question : on vous a déjà dit que vous étiez un sacré connard ?

Il ouvrit de grands yeux prétendument étonnés puis éclata de rire.

— Oui. J'ai besoin d'un verre.

Il s'empara de la bouteille de Teraeth.

— Je n'y toucherais pas, si j'étais vous.

Doc sourit.

— Je prends note de votre mise en garde.

Il déboucha la bouteille et en engloutit une lampée à rendre ivre mort un éléphant. Il resta immobile, les yeux fermés, le corps crispé, sans même respirer. Puis il prit une longue inspiration et me regarda.

— Vous avez une drôle d'expression. Allez-y, posez-moi votre question.

Je haussai les épaules.

— Sur le chemin de cette grotte, vous avez prétendu ne pas savoir qui était Teraeth. L'échange auquel je viens d'assister m'indique que, peut-être, ce n'était pas tout à fait sincère.

— Je ne l'ai jamais rencontré. Ça ne veut pas dire que je ne sache pas de quel genre de personne il s'agit. Il est jeune.

Doc reposa la bouteille et s'adossa à sa chaise. Le col de sa chemise s'ouvrit, révélant une pierre tsali autour de son cou : un joyau vert cerclé d'or.

— Et puisque c'est un vané, cela le rend arrogant, narcissique et insupportable. Dans quelques centaines d'années, il finira par devenir quelque chose qui ressemblera à une vraie personne, mais puisque vous et moi n'avons pas le luxe d'attendre jusque-là, j'avoue qu'il ne me revient pas vraiment.

— Oh, arrêtez. La tête que vous avez faite quand j'ai prononcé son nom…

— Les vané ont des règles bien précises pour ce qui est des noms donnés aux enfants, m'interrompit Doc. C'est tout.

— Que voulez-vous dire ?

Je me penchai en avant. Relos Var, lui aussi, avait eu une vive réaction en apprenant le nom de Teraeth et avait parlé de son père, mais personne ne m'avait vraiment expliqué pourquoi. L'opinion de cet homme concernant le père de Teraeth semblait encore moins flatteuse que celle de Relos Var.

— Vous êtes un peu fouineur, pas vrai ? riposta Doc.

— C'est mon principal trait de caractère. Et en parlant de ça, que faites-vous ici ? Vous n'allez pas me dire que vous vous êtes déplacé depuis la Cité rien que pour discuter avec Khaemezra ?

Doc parut surpris.

— Elle ne vous l'a pas dit ? Je suis venu… (Il s'arrêta et eut un petit rire.) C'est une longue histoire, mon garçon.

— J'ai du temps devant moi.

— Pas assez, c'est impossible. Disons simplement qu'il y a bien longtemps, moi et mon neveu écumions les rues de la capitale avec un prêtre de Thaena débutant et un gamin de Marakor à peine sorti de sa ferme, qui était tout juste parvenu à obtenir le titre de magicien. (Il sourit, les yeux dans le vague.) C'était le bon temps.

— Et… c'est censé me dire quelque chose, tout ça ?

Doc haussa les épaules.

— C'est juste que ce modeste prêtre de Thaena a fini par s'appeler le Grand Seigneur Therin de la Maison D'Mon, le jeune fermier aux joues rouges est devenu l'Empereur Sandus, et mon neveu Qoran est parvenu, à la sueur de son front, à obtenir le titre de Premier Général. Quant à moi… j'ai ouvert un troquet.

— Donc, vous êtes un peu le raté de la bande.

— Je n'avais rien à prouver à personne.

— Doc, quel plaisir de te revoir, déclara Khaemezra en atteignant l'entrée de la caverne.

Je n'avais entendu personne grimper à l'échelle. Son fils et elle étaient sortis de nulle part.

— Vous êtes arrivés en volant, ou quoi ? murmurai-je à Teraeth.

Le vané me décocha un regard noir, comme pour me rappeler que nous étions fâchés.

Je ne l'avais pas oublié.

— Comment vas-tu ? ajouta Khaemezra.

Elle franchit la distance qui les séparait et se pencha pour l'embrasser sur la joue. Elle semblait sincèrement heureuse de le voir et lui souriait avec chaleur.

— Ça va, j'évite les ennuis, Khae, répondit Doc en se levant.

— Vraiment ? Après toutes ces années, tu as fini par comprendre comment faire ? répliqua la vané, les yeux pétillants de malice.

— Oui. L'astuce, c'est de rester très, très loin de toi.

Le sourire de Khaemezra se figea brusquement, et s'évanouit. D'une seule phrase, Doc avait rouvert une blessure, et celle-ci se lisait aisément sur son visage. Lorsqu'elle fut remise de son émotion, elle désigna Teraeth d'un geste un peu trop désinvolte.

— Voici mon fils, Teraeth.

— J'ai cru le comprendre.

— Je vois que tu as déjà rencontré ton nouvel élève, Kihrin, poursuivit-elle.

— Mère Khaemezra, dis-je. Il faut que nous reparlions de tout cela. Vous avez manqué à notre accord. Vous m'aviez promis un maître duelliste, pas un tavernier. (Je lançai un bref regard à Doc.) Sans vouloir vous offenser.

Aucun des deux ne m'accorda la moindre attention. Ils me rappelèrent des chats qui s'affrontaient du regard. Ce fut Doc qui détourna les yeux le premier, se tournant vers Teraeth.

— Est-ce qu'il te donne entière satisfaction ?

— Au moins, il obéit aux ordres, rétorqua Khaemezra.

— Profites-en, ça ne va pas durer.

Teraeth se racla la gorge. Étonnamment, il n'avait pas l'air ravi de voir que sa prédiction, quant à l'humeur de Khaemezra, était en train de se réaliser. Il posa une main sur mon bras.

— Kihrin, on a besoin de nous, en bas.

Je lui retirai vivement mon bras.

— Il faut que je parle à Khaemezra.

— Non, déclara celle-ci. Tu vas suivre mon fils.

— Oui, renchérit Doc. Khae et moi avons beaucoup de choses à nous dire. Kihrin, on se voit sur le terrain d'entraînement à l'aube. Considère que tes autres cours de combat armé sont annulés à partir de maintenant.

Je restai immobile un moment, mais ni Khaemezra ni Doc ne prêtaient plus attention à moi. L'air sombre, je me mis à descendre l'échelle.

38

Le Grand Seigneur

(Récit de Serre)

— Je ne peux pas reprocher à Miya de ne pas vous l'avoir dit, déclara Alshena D'Mon tandis que nous traversions le palais. Elle est adorable à sa manière, mais elle n'est pas plus endurcie qu'une génisse de trois jours. Je suis sûre qu'elle n'imagine même pas qu'il puisse exister des dangers hors de cette enceinte.

— Je suis au courant des dangers de la capitale, rétorqua sèchement Kihrin.

— Je n'en doute pas. Darzin m'a dit qu'il vous avait trouvé dans un bordel.

Elle renifla avec répugnance à cette idée. Kihrin soupira. Il en avait assez d'expliquer qu'il ne travaillait pas lui-même comme prostitué au *Salon du Voile Brisé*.

— Voyez-vous, c'est très simple. Nous sommes la Maison D'Mon, l'une des douze familles qui régnaient jadis sur l'Empire. Mais les règnes de ce type ne sont plus autorisés, et aucun des descendants directs d'une famille royale ne peut édicter de loi. Dorénavant, au lieu de diriger l'Empire politiquement, nous contrôlons son économie, ce qui est encore mieux. Nous possédons tout l'argent sans être affligés d'ennuyeuses responsabilités. Chaque Maison contrôle une section de l'industrie, un monopole spécifique au sein duquel nous délivrons des certificats et établissons des règles. Comme vous l'avez sans doute déjà compris, la Maison D'Mon contrôle la médecine et les soins. Toutes les sages-femmes, tous les apothicaires et tous les médiqueurs que compte l'Empire nous versent une redevance[1]. Et c'est très bien ainsi : tôt ou tard, tout le monde a besoin d'un médecin, et notre Maison fournit un service d'une importance capitale. Malheureusement, toutes les Maisons fournissent des services essentiels, aussi se joue-t-il en permanence une sorte de concours consistant à déterminer qui occupe quelle place dans la hiérarchie. À chacune de nos douze Maisons correspond un rang au sein du classement, et ce classement est extrêmement important. Si important que les gens meurent et sont prêts à tuer pour lui.

— Pour un classement.

Elle leva les yeux au ciel.

— Nous sommes actuellement la quatrième de douze familles royales. Ce qui signifie qu'il existe trois Maisons au-dessus de nous que nous rêvons de détruire, et huit Maisons en dessous qui éprouvent le même sentiment à notre égard. Il ne serait pas erroné d'affirmer que les Maisons Royales sont en permanence en situation de guerre latente.

Kihrin battit des paupières, incrédule.

— Pour un classement ?

Alshena soupira.

— Oui, pour un classement. Ce classement est d'une importance cruciale, petit benêt. Les Maisons ne gouvernent pas l'Empire, mais nous élisons les personnes qui le font, et le nombre de votes que nous sommes autorisés à distribuer est basé sur notre place au classement. Par conséquent, ce dernier détermine qui devient une Voix, et c'est parmi l'ensemble des Voix que les membres du Conseil sont sélectionnés.

---

1. Ce n'est pas tout à fait vrai. La pratique illégale de la médecine est assez répandue, en particulier à Yor, à Marakor et à Jorat.

Le nombre de Voix que nous élisons joue sur les accords que les autres Maisons sont prêtes à conclure avec nous en échange de notre aide. Le classement fait la différence entre vivre dans un palais comme celui-ci et mourir transpercé par la fléchette d'un assassin.

Elle chassa une poussière invisible de son agolé tandis qu'ils marchaient.

— Maintenant que vous savez tout cela, pouvez-vous me dire en quoi ce que vous essayiez de faire était extrêmement stupide ?

Kihrin fronça les sourcils.

— Parce que cela aurait terni l'image de la Maison ?

Alshena pinça les lèvres.

— Oh ! Bonne réponse. C'est exactement ce que Darzin ou Therin auraient voulu vous entendre dire.

De son éventail d'ivoire, elle lui cingla le bout des doigts.

— Aïe !

Il grimaça et agita la main.

— Non, imbécile, c'est une très mauvaise réponse. Ce que vous faisiez était stupide parce que toutes les Maisons possèdent des espions. Nous passons notre temps à nous épier mutuellement. Les espions espionnent les espions. C'est une industrie florissante. (Elle ponctua sa propre plaisanterie d'un rictus ironique.) Certains de ces espions travaillent également comme assassins. Officieusement, bien entendu. Aucune Maison ne voudrait qu'un prêtre de Thaena puisse informer le Conseil que le dernier fils décédé de la Maison D'Talus a été tué sur les ordres d'un membre de la Maison Untel. Surtout, n'oubliez jamais que les morts savent parler, dans cette ville. Bien qu'ils ne mentent jamais, ils ne sont pas non plus capables de révéler des informations qu'ils n'ont jamais apprises. Quoi qu'il en soit, si quelqu'un s'amusait à baisser sa garde et à présenter une « opportunité » juteuse, il est évident que quelqu'un d'autre en profiterait immédiatement. Certains membres d'une Maison ne revêtent qu'un rôle très secondaire au sein de la famille ; ils n'ont donc pas d'importance, et personne ne leur prête attention. Il va de soi que le fils premier-né du Seigneur-Héritier n'est pas de ceux-là. (Elle se pencha et lui pinça fortement la joue.) Vous avez été idiot, parce que vous vous baladiez affublé des couleurs de la Maison en criant « Venez m'assassiner ! » à qui voulait l'entendre.

Ils tournèrent pour s'engager dans le couloir de la tour sud, en direction des appartements de Kihrin. Sur toute la longueur d'un corridor, ni l'un ni l'autre ne parla.

— Je vois, dit enfin Kihrin.

Il se tourna pour faire face à l'aristocrate.

— Puis-je vous poser une question, Dame Alshena ?

— Vous pouvez essayer. Je ne vous garantis pas d'y répondre, répliqua-t-elle avec un nouveau rictus ironique.

— Eh bien…, reprit-il. La mère de l'ex-héritier aurait eu beaucoup à gagner en s'abstenant de dire quoi que ce soit et en me laissant me jeter dans la gueule du loup. Pourquoi m'avez-vous arrêté ?

Elle marqua une pause devant la double porte voisine de la sienne, resta muette un moment puis se mit à rire.

— Si je pensais voir un jour Galen hériter du millième de la fortune de la Maison D'Mon, je vous aurais poussé moi-même dans ce carrosse. J'essaie simplement de conserver la faveur du Grand Seigneur. (Elle désigna du menton la haute porte de bois.) Eh bien, nous y voilà.

Kihrin fronça les sourcils.

— Ce n'est pas la porte de ma chambre.

Alshena le regarda de haut.

— Et j'en suis tout à fait consciente, je peux vous l'assurer.

Elle frappa.

Un instant plus tard, un « Entrez ! » étouffé leur parvint, et Alshena ouvrit la porte.

De l'autre côté se trouvait une pièce exiguë, par comparaison avec le reste du palais. On n'y voyait aucune décoration, aucun des bibelots caractéristiques de la Maison D'Mon. Un bureau d'acajou, couvert de livres et de papiers, trônait un peu à l'écart du centre de la pièce. Une carte de l'Empire recouvrait le sol. Une petite bibliothèque, dans un coin, contenait une collection de livres écornés, et une porte percée dans la même paroi menait aux autres pièces. Sur le mur situé face au bureau était suspendu un portrait de taille moyenne, représentant une femme aux cheveux sombres, vêtue d'une robe d'un bleu profond.

Un homme était assis dans un fauteuil derrière le bureau. Il ne leva pas les yeux lorsque la porte s'ouvrit. La première impression de Kihrin fut qu'Alshena l'avait emmené voir le magicien de la famille. C'était l'aura qui émanait de lui avec ses cheveux châtains aux reflets dorés, coupés court pour ne pas le gêner. Les manches de sa chemise de lin avaient été trop souvent utilisées pour éponger l'encre de ses écrits. Il était fin, le visage séduisant, qui aurait semblé trop doux en l'absence de sa moustache et sa barbe bien entretenues. Kihrin lui aurait donné entre trente et quarante ans en raison des fils argentés qui lui striaient les tempes. Il aurait pu croire qu'il s'agissait du frère aîné de Darzin ; sauf que celui-ci n'aurait pas été le Seigneur-Héritier, le cas échéant.

Alshena lui fit la révérence.

— Je l'ai trouvé en train d'essayer de quitter le domaine, seigneur Therin. J'ai pensé que vous aimeriez lui dire quelques mots.

Le Grand Seigneur ? Kihrin regarda autour de lui pour s'assurer qu'un vieil homme n'était pas caché derrière une tenture. Ils voulaient lui faire croire que cet homme était le Grand Seigneur ? Avait-il utilisé la magie pour se donner l'air si jeune ?

Kihrin darda sur sa belle-mère un regard soupçonneux, mais elle ne semblait pas vouloir s'expliquer davantage.

L'homme assis au bureau leva la tête et les examina tous les deux. Un choc ébranla Kihrin lorsque le regard de l'homme le balaya : les yeux du Grand Seigneur Therin étaient vifs, calculateurs et d'un bleu vif très particulier. En dépit de sa carrure étroite et de son apparence juvénile, il était doté d'une présence qui le faisait paraître plus grand. Il rappela à Kihrin le général Milligreest.

Mais surtout, il ne ressemblait pas du tout à Cadavre. Kihrin fronça les sourcils. Lorsque Darzin avait dit que son père devait rencontrer Ventrebeurre, Kihrin avait supposé qu'il s'agissait de l'autre personne présente durant l'invocation du démon. Si Cadavre n'était pas le père de Joli-Cœur, alors qui était-il ?

Therin D'Mon posa sa plume.

— Merci, Alshena. Ce sera tout.

Alshena s'inclina de nouveau puis s'effaça, refermant la porte derrière elle.

Therin observa Kihrin pendant plusieurs secondes, l'esquisse presque imperceptible d'un sourire moqueur sur ses lèvres.

— Un garde mort et une tentative d'évasion, en à peine une semaine. Je dois m'avouer surpris qu'il vous ait fallu si longtemps pour chercher à vous enfuir.

Kihrin serra et desserra les poings.

— J'étais en deuil, déclara-t-il.

— Oui, bien entendu. Veuillez vous asseoir, Kihrin.

Il obéit.

Au moins m'a-t-il appelé par mon nom, pas « petit ».

Le silence s'éternisa. Therin reprit sa plume et se remit à écrire. Lorsqu'il eut fini, il épongea l'encre, rangea ses outils et plaça la feuille dans un tiroir. Enfin, il se leva et regarda par la fenêtre.

— Ce serait une erreur, déclara-t-il en contemplant le Palais Bleu, de considérer la Maison D'Mon comme une famille. Nous n'en sommes pas une. Le fait que les hommes et les femmes qui la dirigent soient liés par le sang ou le mariage n'a pas d'importance. Nous sommes une société, une corporation réunissant des compétences et des talents, avec pour unique fonction de fournir un service coûtant le moins d'argent possible tout en se faisant payer le plus possible. Nous sommes une entreprise. Toutes les Maisons Royales en sont, et ceux qui prétendent le contraire ne font que raconter des contes de dieux-rois à la populace. Savoir qui vos parents étaient vraiment ne m'intéresse pas, pas plus que la véracité des dires de Darzin. Vous êtes touché par les dieux et vous avez du talent ; par conséquent, vous êtes un outil, un investissement. Tant que je penserai que vous êtes un bon placement, votre séjour ici pourrait même vous être agréable. Me suis-je bien fait comprendre ?

— Oui, messire… mais Darzin a menti. Je ne suis pas touché par les dieux.

Therin faillit sourire.

— Vous vous trompez, fils. Vous l'êtes. Cette information n'est pas sujette à débat. Que Darzin soit ou non votre père, l'un de vos aïeux, au fil des quatre dernières générations, était un membre de cette Maison. Il existe une marque qui s'appose sur chacun de nous, une marque que l'on peut détecter. J'ai vérifié sa présence moi-même, deux fois. C'est la seule partie des affirmations de Darzin dont je ne doute pas un seul instant : notre sang coule dans vos veines.

— Donc, je pourrais tout de même être ogenra ?

Le Grand Seigneur renifla dédaigneusement.

— Savez-vous ce qu'est un Ogenra ?

— Je croyais le savoir, mais Miya a dit…

— Dame Miya.

Kihrin sursauta.

— Pardon ?

— Appelez-la « Dame Miya ».

Kihrin rougit d'embarras. Il refoula l'envie de se redresser et d'ajuster ses vêtements, comme si Surdyeh venait de le réprimander.

— Oui, monsieur, dit-il. Dame Miya m'a dit que les Ogenras n'étaient pas toujours illégitimes.

Therin hocha la tête.

— En effet. Tous les enfants de mon grand-père étaient illégitimes : il aimait à forcer ses esclaves. Un Ogenra n'est tout au plus qu'un individu relié par le sang à une Maison et qui n'a pas été officiellement présenté aux dieux. Les Ogenra ne peuvent ni hériter, ni porter le nom de la Maison, ni même arborer nos couleurs ou vivre sur nos terres tant qu'un pacte n'a pas été conclu… mais puisqu'ils ne sont pas membres de la Maison, ils peuvent devenir Voix ; ils peuvent faire partie du Conseil. Ils ont la possibilité de faire quelque chose qui nous est interdit : régner.

— Alshena m'a parlé de tout cela, mais je n'ai pas compris. Je pensais que vous régniez, au contraire.

— Nous avons de l'influence. Ce n'est pas la même chose.

— Donc, en principe, je suis ogenra tant que vous ne m'aurez pas présenté ?

— Vous avez été présenté pendant que vous étiez inconscient, rectifia Therin. C'est un événement officiel et irrévocable. Darzin a fait des déclarations publiques sur lesquelles il serait difficile de revenir, en particulier parce qu'il a décidé de présenter des documents prouvant que vous n'étiez pas un bâtard. C'était d'ailleurs nécessaire : son épouse, Alshena, appartient à la Maison D'Aramarin, et ils auraient profité du moindre prétexte pour s'opposer au fait qu'un bâtard devienne héritier à la place du fils légitime de leur fille.

Kihrin ne savait pas quoi répondre à tout cela. Il examina le bois du bureau et se demanda s'il pourrait se permettre de regarder furtivement derrière le Premier Voile. Il pouvait d'ores et déjà supposer que Therin était magicien, lui aussi. Les médiqueurs les plus coûteux soignaient par la magie.

— Vous ne pensez pas qu'il soit votre père, n'est-ce pas ? interrogea Therin.

Kihrin resta muet quelques instants. Enfin, il répondit :

— Non.

— Pourquoi ? s'enquit son interlocuteur d'une voix étrangement compatissante. Simplement par instinct ? L'idée qu'il puisse être votre géniteur vous est insoutenable ? Nombreux sont les gens qui peinent à supporter leurs parents, jeune homme. Cela n'a rien d'exceptionnel. Je haïssais mon père de tout mon être, et je sais que Darzin n'éprouve aucune affection pour moi ; ce sentiment est d'ailleurs réciproque.

Kihrin secoua la tête.

— Non, c'est simplement qu'il n'a rien à y gagner.

— Rien à y gagner ?

— Non, seigneur. À quoi lui sert de me désigner comme son fils ? Il n'était pas obligé de me reconnaître, lorsque nous nous sommes rencontrés dans la maison du Premier Général. Il aurait pu se contenter de m'ignorer. Mais il a envoyé des assassins pour me tuer ; puis, suivant une raison inconnue… il a changé d'avis, et il a décidé de me sauver. Je devrais être mort. Il voulait me faire assassiner. Sauf qu'au lieu de cela, je suis devenu son fils disparu. (Kihrin secoua la tête.) D'après ce qu'on m'a dit, vous y compris, personne ici ne fait quoi que ce soit à moins d'avoir quelque chose à y gagner. Même si j'étais réellement son fils, quel intérêt aurait-il à l'admettre ? Il a déjà un héritier. Il se met les D'Aramarin à dos en écartant Galen. Il est évident que ce n'est pas par sentimentalisme. Cela signifie qu'il a une autre idée derrière la tête.

Kihrin envisagea de mentionner la Pierre des Entraves mais repoussa cette pensée. Il ignorait s'il pouvait se fier à cet homme, et quoique son entrée dans le monde de la noblesse soit encore récente, il savait depuis bien longtemps qu'il était préférable de ne pas révéler toutes ses cartes d'un coup.

Therin se rassit.

— Je ne connais pas non plus les motivations de Darzin, et ce n'est pas pour me réjouir. Il aurait pu vous désigner comme ogenra, ce que personne n'aurait remis en doute. Au lieu de cela, il vous place juste en dessous de lui dans l'ordre de succession à la tête de la Maison. Un cynique dirait que la seule chose empêchant certains individus de faire tuer Darzin est la pensée de qui hériterait de la Maison après sa mort. (Therin se pencha en avant.) Mais parfois, nous sommes contraints de jouer les cartes qui composent notre main.

— Pardon ?

Kihrin fut ébranlé par l'analogie employée par Therin, si proche de celle qu'il venait de faire en pensée.

— Même si vous pouviez prouver que Darzin a falsifié ses preuves, je vous ai déjà accepté au sein de la Maison ; par conséquent, cela ne servirait tout au plus qu'à ternir notre image. Et vous ne pouvez pas retourner dans le Cercle Inférieur. Vous savez ce que les Danseurs de l'Ombre font à ceux qui tuent l'un des leurs.

Kihrin faillit bondir de sa chaise.

— Quoi ? Mais je n'ai tué personne…

— Un prêteur sur gages appartenant à la Guilde des Collectionneurs, affublé du surnom charmant – et, j'imagine, mérité – de « Ventrebeurre », a été retrouvé mort avec deux poignards dans le corps. Les vôtres. Un coupe-jarret du nom de Faris jure à qui veut l'entendre qu'il a assisté à une bagarre entre vous deux au sujet d'un collier volé. S'ils vous croisaient, je pense que les Danseurs de l'Ombre préféreraient frapper sans attendre, et renoncer à mener l'enquête.

Heureusement, il est peu probable que les Danseurs de l'Ombre aient l'idée d'aller chercher Vol dans le Cercle Supérieur.

— Qu'avez-vous dit ? s'exclama Kihrin.

Il se leva. Seul un immense effort de sang-froid lui permit de ne pas quitter la pièce en courant.

Therin sourit.

— Votre nom de rue. Pour la plupart des gens, vous étiez un chanteur, l'assistant d'un musicien aveugle nommé Surdyeh, à présent décédé. Vos origines étaient inconnues, mais tout le monde supposait – de façon assez risible – que vous proveniez d'une région au sud du Manol, Doltar. Cela semble indiquer que les vané sont si rares que les gens ont oublié à quoi ils ressemblaient. Vous avez été recruté au sein des Danseurs de l'Ombre par Ola Nathera, dite Corbeau, qui s'est d'abord servie de vous comme appât afin de réaliser – avec succès – un grand nombre d'escroqueries. Enfin, quelqu'un s'aperçut que vous aviez trouvé le moyen de détecter la magie, et que vous aviez appris votre premier sortilège…

— Je ne connais pas de sort, protesta Kihrin. Je vois à travers le Voile, mais c'est tout…

Therin balaya sa remarque d'un revers de main.

— Ce petit tour que vous faites pour ne pas être vu… Ce n'est pas simplement par la force de votre volonté que vous passiez inaperçu auprès des gardes. Nous appelons les apprentis magiciens autodidactes les « sorcières », mais je vais vous révéler un petit secret : nous avons presque tous appris notre premier sort avant de commencer notre formation officielle. Tous ceux qui étudient la magie possèdent un don de sorcière – leur premier sort, leur première carte – qui leur ouvre l'accès à tous les autres[1]. La plupart des individus qui présentent ces talents spontanés ne développent jamais leurs facultés au-delà de ce premier sort… mais si Souris avait vécu plus longtemps, elle vous aurait prodigué un entraînement plus avancé. Vous étiez trop doué pour rester à l'état d'herbe folle. Les sorts qu'apprennent les Clés sont tous très spécifiques, bien sûr : ils consistent à ouvrir toutes sortes de verrous, à reconnaître les signatures tenyé des matériaux communément employés pour fabriquer les portes et les coffres, à déjouer les protections élaborées par les Gardes… Ce genre de choses.

Kihrin cilla et détourna le regard. Le monde ne cessait de basculer de façon incontrôlable. La pièce était devenue étouffante. Quelques secondes plus tôt, s'évader semblait encore possible.

À présent, ça ne l'était plus.

Il ferma les yeux un moment, luttant contre un sentiment de désespoir.

— Je croyais que les Éboueurs contrôlaient les Danseurs de l'Ombre.

— Tout le monde en est persuadé, y compris – c'est amusant – les Éboueurs eux-mêmes… quoiqu'il serait sage de votre part de prendre l'habitude d'utiliser leur véritable nom : la Maison D'Evelin. (Il sourit.) J'ai pris la tête des Danseurs de l'Ombre il y a plus de vingt ans. Une folie de jeunesse.

— Alors c'est comme ça qu'il l'a su, marmonna Kihrin.

— Pardon ?

---

1. C'est faux. Par définition, le don de sorcière implique que le talent ait précédé la compétence, que l'enfant découvre un pouvoir avant d'apprendre les lois qui régissent ce pouvoir, parmi lesquelles certaines auraient pu en l'occurrence l'empêcher de développer ce talent. Néanmoins, et tout particulièrement lorsque l'enfant est un membre d'une famille royale, il est tout à fait possible que son éducation formelle débute alors qu'il n'a pas eu l'opportunité de développer un don de ce type.

— Votre fils. C'est pour cela qu'il m'a trouvé si facilement. C'est un Danseur de l'Ombre. Vous êtes tous des Danseurs de l'Ombre[1]. (Il pesta.) Taja ! Depuis toutes ces années, je travaille pour vous.

— Croyez-moi, votre embarras n'est rien, comparé au mien. Je vous ai cherché pendant de longues années, et vous vous trouviez là, sous mon nez, en évidence. Ola Nathera était mon esclave. Elle avait été libérée bien avant votre naissance, aussi ne l'avais-je jamais soupçonnée de posséder la moindre information vous concernant.

Il soupira.

— Où est-elle ? demanda Kihrin, l'estomac toujours en vrac.

— Personne ne semble le savoir. Ola a disparu la nuit où Surdyeh a été tué. Je pense qu'elle s'est enfuie. Elle a toujours été dotée d'un puissant instinct de conservation. Elle était assez intelligente pour comprendre que nous aurions d'importantes questions à lui poser, ayant découvert qu'elle vous avait caché. Il lui était impossible de feindre l'ignorance.

— Vous me cherchez depuis des années ?

L'expression de Therin était indéchiffrable.

— Oui.

Kihrin eut la nausée. À présent, il comprenait pourquoi Ola était si vigoureusement opposée à ce qu'il rende visite au général, pourquoi elle était prête à le droguer pour l'éviter. Ce qu'il ne comprenait pas, c'est pourquoi elle lui avait menti. Prévoyait-elle de l'utiliser pour faire du chantage aux D'Mon ?

1. Le fait que la Maison D'Mon contrôle les Danseurs de l'Ombre n'est pas, en soi, illégal ; ce qui l'est, ce sont les activités quotidiennes desdits Danseurs de l'Ombre. Néanmoins, si cette information devait être révélée au grand jour, elle provoquerait un scandale d'une ampleur phénoménale.

Il aurait aimé croire que son seul objectif était de le protéger d'une famille qu'elle ne connaissait apparemment que trop bien.

— Était-ce une affaire personnelle qui vous opposait à Faris ? Une amitié qui avait mal tourné ?

Kihrin détourna le regard.

— Non. (Il grinça des dents.) Lui et ses amis ont assassiné Souris, mais je ne pouvais rien faire pour le prouver. Ç'aurait été ma parole contre la leur.

— Je croyais qu'elle avait été tuée au cours d'un cambriolage, commenta Therin.

— Appelez ça comme vous voulez.

Therin parut digérer ces informations.

— Donc, je présume que le petit accident dont Faris a été victime il y a quelques années… au cours duquel les Gardes lui ont coupé une main… n'était pas réellement un accident.

— J'espérais qu'il finirait forçat dans les mines, répliqua Kihrin.

En dire davantage équivaudrait à avouer avoir tendu un piège à un autre Danseur de l'Ombre.

Le coin de la bouche de Therin tressauta.

— Quelque chose me dit que vous n'allez pas avoir de mal à vous intégrer, ici.

Un silence empreint de malaise tomba sur la pièce.

— Ce n'était pas la peine de le tuer, l'accusa enfin Kihrin.

Il avait parlé dans un murmure, mais sa voix était emplie de colère. Si Therin D'Mon était le chef des Danseurs de l'Ombre, il aurait pu ordonner à Ventrebeurre de lui dire ce qu'il souhaitait savoir. Cette mort-là, au moins, n'était pas nécessaire.

Le Grand Seigneur leva les yeux, surpris.

— De tuer qui ? Surdyeh ? Je ne l'ai pas tué.

— Ventrebeurre. Ce n'était pas la peine de le faire assassiner. (Kihrin riva son regard sur le Grand Seigneur.) Vous avez fait venir Ventrebeurre pour lui acheter la pierre tsali qu'il avait à vendre. Le soir même, il était mort et la pierre tsali avait disparu. Vous voulez me faire croire que vous n'y êtes pour rien ?

Le Grand Seigneur l'observa fixement.

— Si j'avais su qu'il avait une pierre tsali à vendre, alors oui, nous nous serions vus. Mais je ne l'aurais pas tué ensuite. (Therin soupira.) C'était un excellent receleur.

— Dans ce cas, qui l'a fait ?

— L'un des agents de Darzin. (Du bout des doigts, Therin tapota le bord de son bureau.) Je pense que mon fils l'a fait tuer pour couvrir un autre meurtre dont il est responsable. Ce qui m'ennuie, c'est que j'ignore pourquoi il avait commis ce meurtre initial.

— Darzin a-t-il besoin d'une raison pour tuer ?

Therin haussa une épaule.

— Tout le monde a des raisons d'agir, même si elles ne sont pas évidentes à première vue. Et comme vous l'avez si éloquemment expliqué, nous ne faisons jamais rien à moins d'avoir quelque chose à y gagner.

— Qu'attendez-vous de moi ? Même si Darzin ne porte pas d'arme, je suis incapable de le battre.

— Vous semblez indispensable à ses projets. Je voudrais que vous découvriez de quoi il retourne. Si j'ai raison, il se pourrait que cela nécessite de l'éliminer. Je ne vous confierai pas cette tâche. Le moment venu, je m'occuperai personnellement de mon fils. Si les risques vous paraissent considérables, songez que si vous me rapportez les preuves que je recherche, vous deviendrez Seigneur-Héritier. Et je m'assurerai que ni Faris, ni aucun autre Danseur de l'Ombre ne s'attaque plus jamais à vous.

Kihrin le scruta d'un œil sceptique. *D'accord*, pensa-t-il. *Vous vous « occuperez » de lui. Mais il peut invoquer un prince démon. Allez-vous vous en « occuper » aussi ?* Cependant, il garda le silence. Therin lui inspirait un peu plus de confiance que Darzin… cependant cela ne voulait pas dire grand-chose.

Therin s'empara d'une nouvelle feuille de papier et saisit une nouvelle plume de corbeau.

— Darzin m'a appris que le Premier Général vous avait offert Valathea. C'est un privilège exceptionnel.

— Vous connaissez son existence ?

— Bien sûr. J'ai même entendu quelqu'un en jouer. J'ai été contrarié de découvrir qu'elle n'était plus en votre possession.

— Elle est en lieu sûr, riposta Kihrin d'un ton maussade.

— Bien sûr qu'elle est en lieu sûr. Elle se trouve dans votre chambre. Je vous suggère d'y faire plus attention, à l'avenir. Maintenant, filez… Et essayez de ne pas vous exercer avec trop d'enthousiasme. Votre chambre est adjacente à la mienne.

39

En quête de musique

(Récit de Kihrin)

Au lieu de regagner mes quartiers, je me dirigeai vers le village des Thriss, en quête de Szzarus.

— Singe ! me salua Szzarus en langue thriss.

L'essentiel de ses paroles m'était incompréhensible, mais j'avais fini par mémoriser ce mot.

— Szzarus, répondis-je. Je sais que ton peuple possède des tambours. Je me demandais si vous aviez d'autres instruments ? J'ai aperçu quelques hautbois… Vous avez quelque chose avec des cordes ?

Il tira vivement la langue, goûtant l'air, avant de dire quelque chose qui ressemblait à une question.

— Tu sais… Des cordes ?

Je fis mine de gratter un instrument. Je n'osais pas espérer trouver une harpe, mais peut-être quelqu'un, au village, possédait-il quelque chose qui ressemble à un luth.

Il émit un son d'assentiment et me fit signe de le suivre.

Le village était petit et bien ordonné, peuplé de Thriss qui vivaient sur cette île en raison de leur dévotion envers Thaena. J'avais cru comprendre qu'il s'agissait d'une sorte de retraite monastique pour le peuple de Szzarus ; aussi n'y avait-il pas d'enfants. Une fois qu'un Thriss estimait avoir séjourné assez longtemps dans cet endroit, il regagnait sa maison, sur une autre île ou dans les jungles de Zherias. Certains, à l'image de Szzarus, ne partaient jamais.

Il me fit entrer dans l'une de leurs huttes de torchis. À l'intérieur, soigneusement rangés dans un recoin, je trouvai plusieurs instruments de percussion, presque aussi grands que ceux dont on jouait dans le temple : des cymbales, un tambourin, une impressionnante collection de crécelles et un instrument à long manche terminé par un bol court et profond, garni d'une pique. Il désigna ce dernier objet.

Je le ramassai avec soin. Il n'avait que trois cordes, et en me voyant les pincer Szzarus me tendit un archet de bois pourvu d'une mèche en soie. La mèche était bien trop lâche pour servir à frotter les cordes, et ainsi produire un son par vibration. Je ne savais pas si l'archet était cassé, ou s'il devait être manié d'une façon qui m'était inconnue. Szzarus me montra de nouveau l'instrument à long manche.

Je soupirai et lui rendis le tout.

— Désolé, mon gars, mais je ne crois pas pouvoir en jouer. En tout cas, pas sans professeur.

Szzarus haussa les épaules et suspendit l'archet à l'une des chevilles d'accordage de l'instrument.

— Quel genre d'instrument recherches-tu ? demanda la voix de Teraeth.

Je parvins à m'empêcher de faire un bond. Il avait dû utiliser la magie pour s'approcher autant sans que je m'en aperçoive.

— Que fais-tu ici ? (Je lui adressai un regard furieux.) Nous n'avons rien à nous dire.

Il s'appuya d'un bras contre l'entrée de la hutte.

— J'essaie juste de t'aider.

— Non, pas du tout, rétorquai-je. Qu'est-ce que ça veut dire ? Parce que je ne t'ai pas suivi comme me l'ordonnait Khaemezra, c'est toi qui m'as suivi jusqu'ici ? Je n'ai pas besoin de compagnie, alors tu peux aller te faire voir.

Teraeth se contenta de sourire et dit quelque chose à Szzarus. Je n'y compris pas grand-chose, quoiqu'il ait employé le mot « singe ». Szzarus répondit dans un rire et quitta la pièce.

— Qu'est-ce que tu lui as dit ?

— La vérité : que tu n'avais pas besoin de son aide. (Teraeth se redressa.) Shorissa a un luth, et Lonorin une cithare. Figure-toi que Lonorin te trouve adorable, alors si tu le lui demandais je suis sûr qu'elle serait ravie de te la prêter. Tu vois ? Je t'aide.

— Non, tu es un connard.

— Je ne crois pas que les deux soient incompatibles. Et l'un ou l'autre sont préférables à ce que toi, tu fais, c'est-à-dire se conduire comme un enfant.

— Je ne…

J'inspirai profondément, retins mon souffle en comptant jusqu'à trois puis expirai avec un sifflement que n'aurait pas renié un Thriss.

— Je me conduisais en adulte. J'affrontais avec maturité les difficultés de ma situation. Et ensuite, qu'est-il arrivé ? D'abord, ta mère a fait partir Kalindra. Puis, au lieu du maître duelliste qu'elle m'avait promis, Khaemezra m'impose ce « Doc ». Je pense que tu seras d'accord avec moi si je dis qu'il n'a pas un charme à me faire traverser le Senlay pour le sauver des crocodiles.

Teraeth ne rit pas, mais il esquissa ce soupçon de sourire qui, chez lui, revenait presque à la même chose.

— Il m'a remis à ma place, non ? Je pensais que tu lui en serais reconnaissant.

Je reniflai.

— Peut-être que je préfère ne pas avoir de concurrence.

— Laisse-moi donc t'aider.

J'émis un rire amer.

— M'aider ? Je ne vous fais pas confiance, à toi et Khaemezra. Tyentso est la seule personne, ici, qui se soit montrée honnête avec moi. C'est drôle, quand on sait que c'est la sorcière qui m'a mis mon gaesh, hein ?

J'examinai les instruments. Je n'arriverais jamais à en jouer sans de longues heures d'entraînement.

— Peut-être que Szzarus accepterait de me donner des cours.

Je voulus le contourner. Il me bloqua le passage.

— Teraeth, écarte-toi de mon chemin.

— Je l'ai rencontrée dans l'Au-delà, dit-il.

Sa réponse me surprit à tel point que je ne parvins d'abord pas à la replacer dans son contexte.

Puis je compris qu'il parlait de la Jorate.

Les yeux perdus dans le lointain, il baissa le bras et entra dans la hutte. J'étais libre de partir, à présent… si je le voulais.

— C'était pendant un Maevanos. J'étais dans l'Au-delà, et… elle aussi.

— Elle est morte, alors. C'est ça ?

L'angoisse me serra la gorge. Je frémis et poussai un long soupir. C'était de la folie. Je le savais. J'étais complètement obsédé par une femme que je n'avais jamais rencontrée, et que je n'étais même pas sûr d'apprécier si je la voyais un jour. J'avais rationnellement conscience que c'était insensé.

Mais cela ne changeait rien à mes sentiments.

Teraeth leva les mains en signe de reddition.

— Pour être exact, moi aussi, j'étais mort, à ce moment-là. Tous les gens qui passent dans l'Au-delà ne sont pas en route pour le Royaume de la Paix. (Il semblait choisir ses mots avec beaucoup de soin.) Mais non, je n'ai pas l'impression qu'elle l'était. Certains êtres sont capables de survivre tout en voyageant dans ces contrées, à volonté. Si j'étais du genre à faire des paris, je miserais sur cette explication.

— Tu parles des démons ? Mais elle ne peut pas être…

L'amertume m'envahit la bouche. Si, elle pouvait en être un. C'était Xaltorath qui me l'avait montrée, après tout. Cependant, je rejetai cette idée. Xaltorath – de même que tous les démons dont j'aie jamais entendu parler – était horrible, monstrueux. Les démons n'étaient pas beaux[1].

— Les démons peuvent aller et venir librement dans l'Au-delà, mais c'est aussi le cas des dieux, reprit Teraeth.

— Ce n'est pas une déesse, répondis-je comme par automatisme.

— Ah, parce que tu le saurais, sinon ? Tu es expert en la matière ?

— En tout cas, ça explique que tu l'aies rencontrée, mais ça ne me dit pas comment tu savais qu'elle était importante à mes yeux.

Il détourna le regard.

— Cela fait partie des questions que tu ferais sans doute mieux de ne pas poser. Tu n'aimerais pas la réponse.

— Teraeth…

— Je pourrais faire une longue tirade sur la réincarnation, le destin et le fait que certaines âmes soient liées par-delà la vie et la mort. Ou alors, je pourrais te rappeler que tu as passé de nombreuses nuits avec mon ancienne compagne et que tu parles dans ton sommeil. (Teraeth écarta les mains.) Choisis la réponse qui te dérange le moins.

Mon ventre se noua.

— Kalindra te l'a dit.

— Kalindra me l'a dit, oui, acquiesça-t-il. J'ai reconnu sa description. Écoute, je sais que nous ne t'avons pas donné beaucoup de raisons de nous accorder ta confiance…

1. Cela n'est dû qu'au fait que les démons semblent préférer se faire craindre de nous, et non se faire désirer. Rien n'interdit à un démon de se rendre beau, s'il le souhaite.

— J'avoue que la fois où tu m'as dit qu'il faudrait être fou pour le faire n'a pas vraiment aidé.

Il sourit.

— Ma mère… (Il s'interrompit et regarda ses mains.) Khaemezra n'a jamais été très douée pour expliquer les choses. Tu la considères comme une prêtresse, mais au fond de son cœur, c'est un soldat, un général. Son instinct lui dicte de ne transmettre que les informations qui sont strictement nécessaires. Je sais à quel point ça peut être frustrant. Avant, je n'arrivais pas à l'accepter. J'exigeais des réponses. J'étais si décidé à me rebeller contre elle que…

Teraeth se tut et posa de nouveau sur le mur ce même regard lointain.

— Que quoi ? Finis ta phrase. Je veux savoir ce que tu as fait.

— J'ai failli provoquer notre perte à tous, révéla-t-il enfin. (Il semblait revenu à l'instant présent.) Ne te montre pas aussi idiot que moi. Nous voulons t'apporter notre aide. Laisse-nous faire.

— Même si l'aide provient d'un patron de bistrot ? rétorquai-je.

Ce qui est fou, avec la colère – en particulier la colère qu'on pense justifiée –, c'est qu'elle provoque une dépendance. Je n'avais pas envie de l'abandonner. Je ne voulais pas me calmer. Je désirais être furieux, tandis que Teraeth, lui, faisait preuve de compassion et de discernement. Irrationnellement, cela ne faisait qu'attiser ma colère.

Il secoua la tête.

— Qui qu'il soit, je suis à peu près certain que ce n'est pas qu'un patron de bistrot, ou il ne se serait jamais permis de parler à Khaemezra de cette manière.

Je réfléchis un instant.

— Ou à toi. Qu'est-ce qui s'est passé, avec ton père ?

— Ça ne te regarde pas.

Il avait répondu par instinct et par habitude, et son expression s'était fermée. Mais il ne modéra pas ses paroles, pas plus qu'il ne les corrigea.

Je serrai les lèvres. Si on ne venait pas de traverser tout cela, peut-être sa réponse ne m'aurait-elle pas dérangé. Cela me regardait-il vraiment ? Mais on m'avait trop longtemps laissé dans l'ignorance, j'avais trop souvent été le dernier informé. Ils savaient tout sur moi, et moi rien sur eux. C'était devenu insoutenable.

— Tu as raison, répliquai-je. Ça ne me regarde pas. Mais tu vas me le dire quand même. Tu vas me le dire parce que tu veux être mon ami, et tu veux que je sache que je peux faire appel à toi quand j'ai besoin d'aide. Ne te conduis pas comme ta mère.

Son regard ne lâchait plus le mien.

Il leva les bras en l'air et s'éloigna, mais seulement de quelques pas, puis il se retourna.

— Bon. Toi, ton nom de famille est D'Mon parce que le nom de famille de ton père est D'Mon, c'est bien ça ?

— Réponds à cette foutue quest…

— Je vais le faire. Laisse-moi finir.

Je hochai la tête.

— D'accord, vas-y.

— Eh bien… Pour nous, les vané, c'est la même chose. Seulement, nous choisissons un parent, et le nom de famille de cette personne devient la première syllabe de notre nom. Il n'y a pas beaucoup de vané, donc pour nous, la lignée n'est pas un sujet à part qu'on n'aborderait que de temps en temps. Mon nom commence par « Ter », car le nom de mon père commence par « Ter », le nom de sa grand-mère aussi, et… ainsi de suite. Cela n'a rien de mystérieux. Lorsqu'on entend le nom d'un vané, on se représente assez facilement de quelle famille il est issu.

—Attends. Attends… Tu es en train de me dire que tu ne t'appelles pas Teraeth, en fait ? Tu t'appelles… « Aeth » ? « Raeth » ? Qu'est-ce que c'est que cette histoire ?

— C'est pour ça que je ne voulais pas en parler. (Il se pinça l'arête du nez.) Je m'appelle Teraeth. C'est mon nom de famille et mon prénom. Ils ne sont jamais séparés. Avant de savoir qui était mon père, j'avais pris le préfixe de ma mère, Khae. Après l'avoir découvert, j'en ai changé. J'ai pris son nom, non pas pour l'honorer, mais pour ne pas oublier ses péchés.

Là, cela devenait intrigant, et je ne pus dissimuler mon intérêt.

— Ses péchés ? C'est pour ça que Doc a réagi comme si je venais de mettre le feu à sa taverne, quand j'ai prononcé ton nom ?

— C'est vrai ?

— Oh que oui.

— Qui est le vané le plus célèbre que tu connaisses, et dont le nom commence par « Ter » ?

— Je ne connais pas beaucoup de vané…

— Je te promets que lui, tu en as entendu parler.

Je réfléchis une minute. Puis je me remémorai les histoires entendues sur les genoux de Surdyeh.

—Attends… Le prince Terindel ? Terindel le Noir ? Celui qui obligeait les indigènes de Kirpis à faire des sacrifices humains ? Il y a une chanson sur lui. D'ailleurs, je crois qu'il y a aussi une pièce de théâtre…

Teraeth rit tristement.

— Terindel n'obligeait personne à faire des sacrifices humains. C'est juste une histoire que je… Peu importe. C'est à Kirpis que l'on trouve les plus grands gisements d'ariala et de drussien de tout le continent. Ils appartenaient aux vané kirpis, et Quur avait besoin de ces mines pour financer leur guerre contre les dieux-rois. Atrin Kandor a inventé un prétexte pour leur voler leurs terres. C'est aussi simple que cela. Et maintenant… Maintenant, Terindel est mon père.

— Et tu as choisi son nom de famille plutôt que celui de Khaemezra ?

— Comme je l'ai dit, je ne voulais rien oublier. (Il secoua la tête.) Et les gens pensent que Thaena n'a pas le sens de l'humour. (Il s'éclaircit la gorge et s'approcha des instruments de musique.) De quoi est-ce que tu jouais, avant ?

— De la harpe, répondis-je en fronçant les sourcils face à son brusque changement de sujet. Mais apparemment les marchands d'esclaves n'ont pas jugé bon de me la laisser.

Teraeth vint de nouveau se placer devant moi.

— Si tu veux une harpe, nous pourrions toujours en faire venir une de Zherias.

— Merci, mais je n'ai pas envie d'attendre six mois qu'arrive le prochain vaisseau.

Il sourit.

— Cela ne prendrait pas six mois. Une heure ou deux, peut-être.

Je me figeai et plissai les yeux.

— Quoi ?

— Ynisthana se situe au cœur d'un réseau très ancien de portails magiques, assez semblable à celui dont est pourvu Quur – même si le nôtre est beaucoup plus petit. L'un des passages mène d'ici à Zherias. Ce n'est pas quelque chose que nous aimons à crier sur les toits, et nous ne l'utilisons pas souvent, pour des raisons de sécurité. Mais pour toi… (Il haussa les épaules.) Je suis sûr que Khaemezra voudrait bien faire une exception.

Je croisai les bras.

— Tu es vraiment en train de me dire que depuis tout ce temps, Khaemezra avait la possibilité de me faire quitter cette île ?

Teraeth se crispa, sentant probablement que j'étais sur le point de perdre de nouveau mon sang-froid.

— Oui, mais pas à n'importe quel prix. Il faudrait peut-être quelques jours au Vieil Homme pour se rendre compte de ton absence, mais quand il comprendrait enfin, il risquerait d'exploser… littéralement. Si nous avions de la chance, il ne ferait que provoquer l'éruption du volcan au centre de l'île… mais il est très probable qu'il se mettrait à attaquer des villes à Zherias et au bord du continent. Il irait peut-être même vers le sud, jusqu'à Kishna-Farriga. Des milliers de personnes mourraient. Et ensuite, il se mettrait à ta recherche. Il connaît ton aura, et il vole.

Ma bouche s'assécha.

— Quelqu'un devrait faire quelque chose à son sujet.

— Si tu veux te porter volontaire, n'hésite pas.

J'ignorai sa remarque, pour des raisons évidentes.

— Donc, vous pouvez partir quand vous voulez. Tous les autres peuvent partir n'importe quand. Il n'y a que moi qui suis prisonnier.

Il pencha la tête de côté.

— Hum… C'est vrai. Donc, c'est bien toi qui es au centre de tout ça.

Je fermai les yeux, inspirai profondément et fournis un gros effort pour ne pas le frapper. Il riposterait, et ma joue me faisait encore mal depuis l'autre fois.

Je le frôlai et me dirigeai vers la sortie.

— Que veux-tu faire avec cette harpe, au fait ? demanda Teraeth.

— Ça ne te regarde pas, rétorquai-je sèchement.

Et je m'éloignai, en quête de quelqu'un qui accepterait d'aller m'en chercher une à Zherias.

40

Interlude dans un abattoir

(Récit de Serre)

Alshena D'Mon descendit le long escalier qui menait de la Cour des Princes à l'aile est du palais. Elle tapotait son éventail contre le mur tout en marchant, le long des tapisseries et des lambris sculptés, sur un rythme saccadé, plein d'excitation.

Les serviteurs et les esclaves se dispersaient à la hâte en la voyant approcher.

Alshena emprunta ensuite un autre escalier, bien différent : peu fréquenté, paisible et poussiéreux. En bas des marches, elle se trouva face à un mur nu, sans peinture, et elle pressa sa main sur le ciment d'une façon bien précise. Si elle s'était trompée, elle en serait morte ; mais cela n'inquiétait pas l'aristocrate. Elle connaissait si bien l'enchaînement de pressions qu'elle aurait pu l'effectuer dans son sommeil… si elle avait eu pour habitude de dormir.

La matrone rousse de la Maison D'Mon se mit à fredonner une chanson de marins obscène en s'enfonçant dans le passage sombre qui venait d'apparaître. Il menait à une succession de longs boyaux tortueux, que Therin D'Mon lui-même n'avait pas utilisés depuis plus d'une décennie. Enfin, le tunnel s'ouvrit sur une pièce mal éclairée.

Lorsque Alshena y entra, un homme sur sa gauche poussa un hurlement. Son corps enchaîné s'arc-bouta sur la table de bois aux pieds courts et il se mit à vomir un sang noir, éclaboussant son propre corps ainsi que le sol. La bile à l'odeur malsaine forma une flaque qui s'agrandit lentement, tandis que l'homme cessait de convulser et se figeait, un rictus grotesque sur le visage.

Alshena souleva le bas de son agolé et enjamba les salissures.

— C'était beaucoup trop, mon cœur, commenta-t-elle.

À ces paroles, la silhouette obscure adossée au mur s'avança, et Darzin D'Mon apparut à la lumière. Il soupira.

— Je le sais bien, ma belle. Je n'arrive décidément pas à équilibrer la formule.

Il parut déçu, puis releva brusquement la tête pour darder sur Alshena un regard de reproche.

— Par les dieux, es-tu obligée de prendre son apparence ? Tu sais bien que j'ai cette garce en horreur.

— Peut-être n'aurais-tu pas dû l'épouser, dans ce cas, répliqua-t-elle. Tu es conscient qu'elle ne s'attifait de cette manière que pour te contrarier ? En réalité, elle est très jolie.

— En réalité, elle est très morte, rectifia-t-il.

Elle se baissa et toucha le liquide noir qui suintait du cadavre. Elle le huma rapidement, fronça le nez de dégoût et essuya ses doigts sur les vêtements du mort.

— Pouah… Es-tu obligé de les empoisonner ? Cela gâche le goût.

Darzin soupira.

— Je ne l'ai pas tué pour satisfaire ton appétit, Serre. Par ailleurs, si je t'ai ordonné de tuer ma femme, c'est précisément pour ne plus avoir à poser les yeux sur elle.

— D'accord, d'accord. J'ai un nouveau mets à te faire goûter, de toute façon, susurra-t-elle.

À ces mots, sa silhouette ondula puis se mit à changer. Lorsqu'elle baissa les bras, Alshena D'Mon avait disparu.

À sa place se trouvait une superbe adolescente, à la peau basanée et aux cheveux longs finement nattés qui cascadaient jusqu'à sa taille. Ses cheveux et le bout de ses doigts étaient teints au henné.

Darzin sourit.

— Très joli, ma douce. Tu l'as croquée récemment ?

Sans un regard pour le cadavre étendu au milieu de la salle de torture, il traversa la pièce et fit courir ses mains sur les bras de la femme, puis les posa au creux de ses reins. Il l'embrassa dans le cou, avec toute la tendresse d'un amant secret.

Serre hocha la tête en le regardant à travers ses longs cils baissés.

— Elle était si sucrée… Je devrais offrir un cadeau à ton nouveau « fils », pour le remercier de m'avoir menée jusqu'à elle.

Darzin plongea ses yeux dans les siens et rit.

— Ah, oui… Je suppose qu'il doit y avoir des avantages à travailler dans un bordel. (Il continua de rire doucement en s'écartant d'elle.) Il a bon goût, au moins.

Serre se pencha au-dessus de la table et caressa le bras de Darzin de ses doigts teints en rouge.

— Et je suis sûre qu'il aurait vraiment… bon goût. Oh, il est tellement mignon… J'ai envie de le manger tout cru. Est-ce que je peux l'avoir, trésor ? S'il te plaît ?

Darzin secoua la tête avec un ricanement.

— Ne sois pas ridicule, Serre. C'est mon fils.

Le silence s'abattit sur la pièce. D'un ongle acéré, Serre gratta le bord de la table couverte de sang, créant un long sillon dans le bois tendre.

— Si cet enfant est ton fils, moi, je suis la Duchesse Vierge d'Eamithon, maugréa-t-elle.

Darzin leva les yeux au ciel.

— D'accord, ma chère. Tu as raison. Ce gamin n'est pas mon fils… mais puisque son vrai père n'aura jamais les cailloux de l'admettre, me l'approprier me confère un pouvoir sur lui. Donc, non, tu ne peux pas le tuer.

Serre s'assit en tailleur au bord de la table.

— Il est vraiment à croquer, Darzin. Quinze ans, et blasé comme une pêche trop mûre. Son cerveau aurait un goût de gelée de gingembre[1].

— Tu ne peux pas le manger.

Serre parut réfléchir un moment.

— Tu sais…

Darzin fronça les sourcils, mi-amusé, mi-inquiet de la violence de ses pulsions.

— Ce n'est pas négociable, ma chère. Tu veux un nouvel esclave ? Je t'achèterai qui tu veux, mais pas lui.

Serre rétorqua :

— Ne m'interromps pas. Ce n'est pas ce que j'allais dire !

— Toutes mes excuses, ma douce, dit-il avec une gravité feinte.

Serre fit semblant d'être très occupée à compter ses orteils. Puis elle dit :

— Cette fille qu'il aimait tant… Celle que j'ai mangée, Morea… Elle a une sœur. Ce cher Kihrin la cherchait. Je crois qu'il voulait jouer les héros et la sauver de son méchant maître.

— Comme c'est charmant, commenta Darzin. Une reconstitution grandeur nature du Maevanos.

— Chuuuut… N'interromps pas Grand-mère pendant qu'elle explique les règles du jeu, protesta Serre. Morea est morte, mais le petit Kihrin a peut-être encore envie de jouer les héros. Et puisque cette fameuse sœur est aussi jolie que l'était

1. Les métamorphes mangent les cerveaux, et semblent absorber au passage les souvenirs et les compétences de leur victime. Mais je suppose que les récits de Serre, au fil de ces retranscriptions, ont rendu ces informations tout à fait évidentes. Il est important de noter qu'elle n'a manifestement pas besoin de dévorer quelqu'un pour accéder – partiellement, du moins – à ses souvenirs.

Morea, eh bien… Il se pourrait même que le pauvre garçon tombe amoureux d'elle. Surtout si c'était un personnage tragique, et qu'elle avait besoin d'être sauvée. Elle pourrait convaincre ce jeune homme de faire n'importe quoi pour elle…

Darzin eut un sourire cruel.

— Oui, je vois où tu veux en venir.

— Pour elle, peut-être irait-il même jusqu'à retirer la Pierre des Entraves.

Le regard plein de joie enfantine qu'elle lui adressa – et qui aurait été angélique en d'autres circonstances – était l'image parfaite du mal à l'état pur.

— La Pierre… ?

Darzin haussa les sourcils d'un air surpris.

Serre rugit, et sa voix prit une intonation démoniaque lorsqu'elle siffla :

— N'essaie pas de jouer au plus fin, humain. En dépit de mon apparence, j'ai des milliers d'années de plus que toi, et il est fort possible que je ne sois pas une imbécile.

— Je ne voulais pas dire…

De son petit doigt, elle se mit à dessiner sur la soie de la chemise de Darzin.

— Ne vous ai-je pas servi fidèlement depuis des années ? N'ai-je pas fait tout ce que vous me demandiez ? Séduit qui vous vouliez ? Couché avec qui vous vouliez ? Découpé qui vous vouliez en tout petits morceaux[1] ?

— Toujours, acquiesça-t-il en l'observant attentivement.

Serre s'approcha de lui jusqu'à ce que leurs visages se touchent presque. Elle chuchota :

---

1. Les métamorphes font des espions et des assassins si performants que les voir employés dans cette intention est presque devenu un cliché, quoique la plupart de leurs employeurs ignorent qu'ils ne sont pas humains.

— Pour ceux de mon espèce, la pierre qu'il porte autour du cou est aussi apparente qu'un éclair zébrant une nuit sans nuages le serait pour vous. Elle vibre de magie. Elle chante[1].

Darzin contempla la métamorphe, médusé.

— Je n'avais aucune idée que tu possédais cette faculté.

Serre rosit et détourna le regard, en une imitation parfaite d'une vierge effarouchée. Lorsqu'elle se retourna vers lui, elle avait repris son sérieux.

— Je suppose que c'est pour cela qu'il vous a fallu si longtemps pour le trouver ? Parce que la pierre le protège ?

Darzin haussa une épaule.

— Ce n'est que par chance que j'ai fini par croiser son chemin. Je ne peux que supposer que lorsque Lyrilyn s'est enfuie avec lui, elle a donné le bébé à cette salope de maquerelle qui a appartenu à mon père.

— Pauvre Therin. Il libère Ola, et elle le remercie en volant le fils qu'il refuse de reconnaître comme le sien. (Elle s'interrompit.) Est-ce que nous sommes sûrs que ce n'est pas Therin qui lui avait demandé de le faire ? Ce serait futé de sa part, s'il voulait garder un œil sur son fils sans avouer qu'il en était le père.

Darzin plissa le front et scruta le mur opposé de la salle avant de secouer la tête.

— Non. S'il savait où se trouvait Kihrin depuis le début, il aurait pris la peine de se déplacer quand le Premier Général a dit qu'il avait trouvé l'un de nos Ogenra dans le Cercle Inférieur. Mais tu as dévoré le gardien du gamin, ce musicien des Noceurs… Il ne savait rien ?

Elle feignit la déception.

---

1. Ce n'est pas une capacité inhérente aux métamorphes, d'après mes connaissances. Je ne peux que m'interroger : est-ce un talent spécifique à Serre, une facette de la physiologie des métamorphes que j'ignorais jusqu'à ce jour, ou bien Serre mentait-elle, tout simplement ? Je penche pour la troisième proposition.

— C'était Ola qui avait tout manigancé. Des rumeurs racontent que c'était une sorcière zheria… Elles avaient peut-être un fond de vérité[1].

— Toute cette histoire est un désastre depuis le début. Elle est parvenue on ne sait comment à obtenir de quoi racheter sa liberté, et Therin lui a permis de le faire. Qui commettrait une énormité pareille ? Il aurait dû empocher le métal et la fouetter jusqu'à ce qu'elle comprenne où était sa place. Au lieu de cela, elle a volé le gamin et l'a élevé juste sous notre nez, et aucun de nous ne l'a remarqué. C'est extrêmement embarrassant. Nous n'avons toujours pas réussi à la retrouver, d'ailleurs, malgré tous les hommes que nous avons envoyés à sa recherche. Peut-être est-elle une sorcière, tu as raison. Je vais voir si l'Académie accepterait d'envoyer un chasseur de sorcières pour nous aider.

— S'il vient, n'oublie pas de lui dire de fouiller les boulangeries et les boutiques des confiseurs.

Darzin eut un rictus sardonique.

— S'il n'y avait que moi, nous tuerions le gamin et nous te le donnerions. Cependant, d'après le peu de renseignements que nous avons pu rassembler sur la Pierre des Entraves, le collier confère à son porteur une sorte d'immortalité, aussi préférons-nous faire preuve de prudence. Et comme la plupart de ces satanés cailloux, il ne peut être retiré que librement par son porteur[2].

— Eh bien, ce ne devrait pas être bien difficile. Qui faut-il torturer ?

Darzin se rembrunit.

---

1. Vous l'aurez compris : c'était tout le contraire. Je trouve réconfortant de constater que Serre mentait à absolument tout le monde.

2. Le talent des vané pour garder un secret fait qu'aucun d'entre nous ne comprenait vraiment le fonctionnement de la Pierre des Entraves.

— Un musicien mort ou une mère maquerelle. Malheureusement, Thaena refuse de faire Revenir le musicien, et je n'arrive pas à retrouver Ola.

Elle parut déçue, ne manifestant aucun signe de sa propre culpabilité quant à la mort de Surdyeh et la disparition d'Ola.

— Peut-être quelqu'un pourrait-il lui enchanter l'esprit ?

— Cela aurait peu de chances de fonctionner, même en supposant que nous puissions mettre la main sur un enchanteur. Il serait tristement ironique qu'Ola se trouve en être un… mais cela expliquerait certaines choses. (Darzin enroula un bras autour de la taille de sa compagne et l'attira à lui.) Je suis surpris que tu parviennes à lire dans l'esprit de Kihrin, d'ailleurs.

Elle haussa les épaules.

— Je n'utilise pas la magie pour le faire. Je peux lire dans l'esprit de n'importe qui. C'est comme lire un livre par-dessus l'épaule de quelqu'un d'autre. Même s'il est plus rapide de dévorer tout le livre d'un coup.

Il s'écarta d'elle.

— N'importe qui ?

— Oh, il faut que la victime n'ait pas beaucoup de volonté. Ne crois pas que je n'ai pas remarqué que tu avais appris à me cacher tes pensées[1], dit-elle en faisant mine de le gourmander.

Il la serra de nouveau contre lui.

— Ne le prends pas mal, lui dit-il.

— Je t'en prie. J'ai encore de grands projets pour ce garçon. Mentalement, il est très perturbé, tu sais. Je vais bien m'amuser avec ça. (Elle marqua une pause.) Tu as dit

1. J'ai l'intuition que rares sont les membres de la Maison D'Mon qui n'aient pas été soumis à de profondes inspections mentales de la part de la métamorphe, au fil des ans. Darzin n'y était de toute évidence pas immunisé, en dépit des protestations hypocrites de Serre.

« s'il n'y avait que moi », et tu as parlé de « nous ». Est-ce que tu travailles avec quelqu'un que je ne connais pas ?

— Juste un groupe d'hommes partageant les mêmes objectifs. Ne t'inquiète pas de cela.

— Les autres veulent donc le garder en vie ?

Darzin lui caressa les épaules et hocha la tête.

— Du moins, jusqu'à ce que nous l'ayons convaincu de nous remettre la Pierre des Entraves.

Ses yeux ne se détachaient pas du corps de Serre, en dépit du fait qu'ils se trouvaient à quelques centimètres d'un cadavre frais.

— Après cela, je ne pense pas qu'ils se préoccupent de ce qui pourrait lui arriver. (Il s'immobilisa.) La sœur de l'esclave… Comment s'appelle-t-elle ? Je vais envoyer mes hommes l'acheter. Elle pourrait nous être très utile pour le manipuler.

À ces mots, Serre leva les bras et s'allongea sur la table à côté du mort, attirant Darzin sur son corps presque nu. Elle rit de cette hilarante plaisanterie. Paresseusement, elle déboucla, déboutonna et dénoua les vêtements du Seigneur-Héritier, indifférente au sang et à la bile qui les entouraient.

— C'est le plus drôle, chéri, murmura-t-elle. Tu la possèdes déjà.

41

Le refus

(Récit de Kihrin)

Il n'existe pas de mots pour dire à quel point je te hais.

Tu t'attends vraiment à ce que cette mascarade continue ?

Pourquoi, Serre ? Pour t'amuser ? Tu crois qu'après m'avoir tourmenté, trahi, m'avoir constamment traqué, avoir assassiné mes amis et orchestré toute cette histoire, tu mérites que je joue les conteurs avec toi ?

Reprends ton foutu caillou.

J'en ai assez.

42

Le fils puîné

(Récit de Serre)

Mon cher Kihrin, ne dis pas cela. Si je demande que tu « joues les conteurs », comme tu dis, c'est par respect pour toi.

Ta coopération est superflue. Tu crois que j'ai oublié que le collier autour de ton cou contient ton gaesh ? Je pourrais te forcer à tout me dire. Ou alors, je pourrais extraire l'information de ton esprit. Ce serait aussi facile que de commander un verre au Champ du Massacre. *Tu ne peux rien faire pour m'arrêter.*

Tu crois que si je fais cela, ce n'est que pour m'amuser ?

Regarde, regarde. Ce caillou que nous nous sommes échangé ressemble peut-être à une pierre ordinaire polie par le fleuve, mais ton père, Surdyeh, était un grand enchanteur. Il m'a appris quelques petits trucs. Toutes les paroles prononcées par la personne qui tient cette pierre y sont emmagasinées et peuvent être réentendues plus tard[1]*. Pense au fait que ton histoire, racontée avec tes mots, pourrait être entendue par l'Empereur Sandus ou par le général Milligreest. Ta vengeance s'exercerait par-delà la tombe. Je remettrai cette pierre aux personnes de ton choix. Je ferai en sorte qu'elle leur parvienne, et qu'ils entendent son contenu.*

---

1. Ce que vous lisez est la transcription résultant de cet enregistrement. Par conséquent, il semble que, dans ce cas précis, elle ait tenu parole. Inutile d'espérer qu'un tel miracle se reproduise.

Tes ennemis pensent que tu ne représentes plus un danger pour eux, mais tu pourrais devenir leur pire cauchemar… Une voix que rien ne peut obliger à se taire.

Donc… continue ou non, c'est ton choix.

Pourquoi ne pas y réfléchir un peu ? Nous allons passer ton tour pour l'instant. Continuer ne me pose aucun problème. Voyons voir…

Maintenant, je vais te parler d'un autre jeune homme, qui n'avait qu'un an de moins que notre héros au destin funeste, mais qui lui était opposé à tout point de vue…

Galen D'Mon avait quatorze ans lorsque Kihrin rejoignit la Maison D'Mon. Et bien que Galen ne puisse se rappeler chaque année de son existence, il ne se souvenait pas non plus d'un temps où il n'aurait pas eu peur. La peur était son accessoire permanent, jamais passé de mode, jamais oublié. Il vivait sa vie à la manière des soldats sur le champ de bataille, s'attendant toujours à tomber dans un piège, craignant toujours la prochaine attaque. Aucun gamin du Cercle Supérieur n'était aussi nerveux que Galen D'Mon.

C'était un joli garçon, mais il l'ignorait. Il était talentueux et intelligent, mais il l'ignorait également. Au lieu de cela, il savait qu'il était un raté. Il savait que sa mère, Alshena, le gâtait ; et que, par conséquent, il était mou, faible et efféminé. Il savait qu'il ne serait jamais assez malin, assez fort, assez cruel ou assez courageux pour contenter son père. Il savait qu'il n'était pas le genre d'enfant que Darzin avait voulu, et il était bien placé pour savoir que son père répondait à la déception par la violence. Le fait d'être son fils n'épargnait pas Galen, loin de là : ce statut signifiait qu'il était soumis à la cruauté de son père, plus que n'importe qui d'autre. Ironiquement, lorsqu'on était un D'Mon, on ne se trouvait jamais bien loin d'un guérisseur. Un homme comme Darzin n'avait donc aucune raison de retenir ses coups.

Son père pouvait se fâcher sous n'importe quel prétexte. Si Galen n'obéissait pas à ses instructions, il était battu, mais s'il y obéissait trop docilement il était frappé pour s'être montré trop soumis. Son père se moquait de lui s'il s'habillait à la dernière mode (bien que lui-même ne porte rien qui ne soit pas au goût du jour), mais il le giflait et l'envoyait se changer si Galen « se frusquait en roturier ». Il était battu quand il se montrait impertinent, battu quand il était trop timide. Les études de Galen se passaient toujours bien, mais son père ne s'intéressait pas à ses réussites dans ce domaine, et défendait qu'on envoie son « héritier » à l'Académie royale de Kirpis pour y étudier la magie[1]. Galen excellait en équitation et en escrime, mais jamais au point de récolter le moindre compliment : au lieu de cela, on affirmait que l'héritier de la Maison D'Mon se devait d'être plus habile, et que Darzin lui-même faisait montre de talents supérieurs au même âge.

Par conséquent, lorsque Galen fut informé qu'il n'était plus l'héritier, qu'il avait été remplacé par un fils jusqu'alors inconnu de Darzin, il n'éprouva pas de colère, d'amertume ou de souffrance face à la cruauté du destin.

Il ne ressentit qu'un grand soulagement.

Enfin, la responsabilité de se montrer digne du titre de D'Mon reviendrait à quelqu'un d'autre, n'importe qui, mais pas lui. Si Galen avait été un mauvais héritier, il devait bien pouvoir faire un fils puîné convenable. Les gens n'attendaient pas grand-chose d'un fils puîné.

Le matin suivant, Darzin l'invita à prendre le petit déjeuner dans le Jardin d'Hiver et le fit immédiatement déchanter.

---

1. Cela me semble ahurissant. Je ne peux comprendre cette décision, sauf peut-être en supposant que, tout au fond de lui-même, Darzin craignait que son fils ne se révèle plus doué que lui pour la magie. Après tout, il serait imprudent de maltraiter un enfant qui, un jour, risque d'apprendre à invoquer des démons.

— Essayez de devenir son ami. Gagnez sa confiance, recommanda le père de Galen en s'attaquant à un morceau de lard frit. Mais surtout, n'oubliez jamais que ce garçon est votre ennemi.

— Je croyais que c'était mon frère, répondit Galen.

L'atmosphère étouffante du Jardin d'Hiver le faisait transpirer. Il y régnait toujours une chaleur insupportable. Cette association lui était devenue si coutumière, au fil des années, que Galen ne pouvait plus mettre un seul pied en ces lieux, même par une soirée fraîche, sans être pris de nausée.

— Quel est le rapport avec ce que je viens de vous dire ? cracha son père. (Il lui donna un coup derrière la tête pour ponctuer ses paroles.) C'est un fils de putain, un bâtard, un voleur et un assassin. Ne croyez pas un seul instant qu'il éprouve pour vous le moindre soupçon d'affection fraternelle. Vous voyez cette tache ?

Il désigna le sol de la pointe de son couteau.

Galen baissa les yeux. Une tache ronde, rouge sombre, se détachait sur le sol par ailleurs rutilant. Il ne pensait pas qu'il s'agisse de sauce tomate.

— Oui, Père.

— Il a tué un homme, ici, déclara Darzin. Vite et bien. Sans hésiter. Il m'aurait infligé la même chose si je lui en avais donné l'occasion. Il en ferait autant vous concernant.

— Vous devez être fier de lui.

Les mots franchirent les lèvres de Galen avant qu'il ait pu les retenir.

Darzin s'immobilisa, sa tasse de café à la main.

— N'employez pas ce ton avec moi, petit.

— Oui, monsieur.

Les sourcils froncés, il tritura sa nourriture : il s'agissait de gâteaux de blé, de pommes importées qu'on avait cuites avec de la cannelle et de bandes de lard assaisonné et frit. La vue des aliments lui retourna l'estomac. Il ne pensait pas que les gâteaux auraient eu mauvais goût en temps normal, mais la température de la pièce était insoutenable et le porc horriblement gras. Il aurait préféré manger un morceau de pain sag frais, avec des fruits et de la menthe, peut-être un bon verre de yaourt et de lait de riz. Il était presque sûr de réussir à avaler un tel repas, mais c'était de la nourriture de gens du commun, et son père refusait qu'il mange comme s'il se fournissait chez un vendeur de rue.

— C'est un sacré sauvageon, il faut le reconnaître, poursuivit Darzin. S'il n'était pas… (Il se tut et planta son couteau dans un quartier de pomme.) Oui, c'est un sauvageon. On pourrait croire qu'un gamin élevé dans une maison de velours paraîtrait mièvre, mais ce n'est pas le cas. Il a tué ce garde comme on beurrerait une tartine de pain. Il ferait un assassin redoutable, avec un peu d'entraînement.

Pendant un instant, Darzin se contenta de mâcher, l'air pensif. Il braqua sur Galen un regard sévère.

— Mon père ne s'est jamais préoccupé de ses enfants, et c'est encore le cas aujourd'hui. Je me suis fait la promesse que je ne me conduirais jamais comme lui. Vous savez que c'est pour cela que je me montre si dur avec vous, n'est-ce pas ? Parce que c'est important pour moi. Je veux que vous soyez le meilleur.

— Oui, Père.

Au prix d'un grand effort, Galen se retint de soupirer ou de donner le moindre signe d'avoir déjà entendu ce discours. Il aurait préféré l'indifférence de son grand-père à l'attention « aimante » de son père.

— Ce garçon est d'humeur meurtrière à l'heure actuelle. Je comprends pourquoi, mais il faut qu'il se calme. Ce qui est arrivé au vieil aveugle était une erreur, rien de plus. Cela n'avait rien de personnel. Vous, vous pouvez l'aider. Vos sœurs et vos cousins sont tous trop jeunes. Vous êtes le seul membre de sa famille qui soit à peu près du même âge que lui.

Mettez-le à l'aise. Soyez gentil avec lui. Témoignez-lui de la bienveillance. Il a bien besoin de rencontrer un visage amical.

— Un visage amical qui vous répète tout ce qu'il dit ? compléta Galen.

Darzin sourit. C'était l'un des seuls sourires sincères que Galen se souvenait avoir jamais reçus de lui.

— C'est bien, mon fils.

43

Le marché du dragon

(Récit de Kihrin)

Ce caillou… Je ne peux pas nier que sa signature tenyé a été modifiée. Il a subi un changement.

Mais ça ressemble quand même à une arnaque. D'abord tu menaces mes parents, et ensuite tu prétends être de mon côté depuis le début ? Tu me prends vraiment pour un âne ?

Ne réponds pas à cette question.

D'accord, Serre. Je vais continuer. Mais seulement parce que je mise sur le fait que la petite partie de toi qui correspond à Surdyeh est toujours dans mon camp.

C'est peut-être une arnaque, mais c'est tout ce que j'ai. Où en étais-je ?

Est-ce que j'ai raconté le marché que j'ai passé avec le Vieil Homme ? Non ? Très bien.

Reprenons à ce moment-là.

Donc, puisque j'ai toujours pensé que, quand on faisait une erreur, il ne fallait pas la faire à moitié… je me dirigeai vers la plage pour voir le Vieil Homme.

Le nouveau petit îlot qu'il avait créé était une masse irrégulière de roche noire et de lave en fusion. La pierre se solidifiait et se fendait encore et encore, lorsque le Vieil Homme bougeait ou qu'il plantait ses serres dans le sol pour s'étirer longuement. Ma bouche s'asséché lorsque je m'aperçus de la taille qu'avait atteinte l'îlot. Ce n'était plus une petite protubérance rocheuse, un affleurement déplacé par la mer qui finirait par le briser de nouveau. Le Vieil Homme se construisait un nouveau lit, et il le construisait à sa mesure.

Au bord de l'île, le Vieil Homme avait bâti un étrange jardin minéral constitué de colonnes de lave, inexplicablement rassemblées par petits groupes. Leur finalité m'échappait. Elles ne pouvaient servir d'abris ni de meubles, et leurs formes semblaient trop biscornues et irrégulières pour constituer une quelconque décoration.

Alors que je m'avançais, portant la harpe qu'un aimable disciple de la Confrérie Noire m'avait rapportée de Zherias, une ombre s'abattit sur la plage. Je n'avais pas eu besoin de m'annoncer : le Vieil Homme avait dû m'entendre approcher bien avant mon apparition. L'immense dragon se redressa, les yeux luisant d'un feu ardent, la tête tournée vers moi.

Je songeai alors que c'était peut-être la dernière erreur que je commettrais jamais.

— Est-ce que vous aimez qu'on vous appelle le Vieil Homme ? lançai-je en posant la harpe près de moi.

— **J'ai porté bien des noms**, répondit le dragon. (Cette voix singulière semblait plus naturelle, sortant de sa gueule, que lorsqu'elle provenait de la bouche de Khaemezra.) **La Terreur de la Terre et le Grand Tremblement, l'Éventreur du Monde et le Feu de la Nuit. Je suis la Trahison des Fondations, le Faucheur des Villes. J'étais là quand Kharolaen s'est consumée et que la cendre brûlante a étouffé ses habitants ; j'ai ri tandis qu'Ynalra se noyait dans la lave.** (Le dragon ricana.) **Oui, tu peux m'appeler Vieil Homme.**

J'inspirai profondément.

— J'aimerais vous proposer un marché.

Le dragon s'agita. Il tendit le cou et orienta sa tête vers moi.

— **Tu veux que je t'apprenne la magie ? Que j'anéantisse tes ennemis ? Que je te montre comment devenir un dieu ?**

Je restai un instant interdit.

— Vous pouvez faire ça ?

— **Oh, oui**, susurra le dragon. **Dans l'ancien temps, les mortels venaient me voir par dizaines. Vous veniez me demander mon aide, mes connaissances, mon génie, afin que je résolve tous vos problèmes. Vous me suppliiez, vous m'imploriez, désirant plus que tout obtenir mes conseils et ma sagesse. C'est cela que tu veux ?**

Ses yeux s'étrécirent jusqu'à des fentes tandis que d'épais nuages de fumée sulfureuse se déversaient lentement de ses naseaux.

Les pires escroqueries sont celles qui sont si exagérées, si éminemment désirables qu'elles paraissent trop belles pour être vraies. Être un dieu et détruire mes ennemis semblait constituer une solution à beaucoup de mes problèmes, mais à quel prix ? Je n'étais pas assez naïf pour croire que le Vieil Homme m'offrirait un tel présent sans rien demander en retour… s'il en était même capable.

— Avec tout le respect que je vous dois… ce que j'aimerais, c'est que vous me permettiez de quitter cette île sans me faire de mal. Voici donc mon offre : je vais vous donner un récital, ce soir. Un concert particulier, rien que pour vous. Je jouerai tout ce que vous voulez. Et au matin, vous me laisserez partir. Qu'en dites-vous ?

Le dragon s'assit sur ses pattes postérieures.

— **Joue.**

Bien plus tard, je sentis la main de Teraeth se poser sur mon épaule.

— Kihrin, qu'est-ce que tu fais ? Tu ne devrais pas être ici, à cette heure.

Je levai les yeux, clignant des paupières. Les cris des mouettes cherchant leur petit déjeuner résonnaient au loin, comme un contre-chant au fracas des vagues qui s'écrasaient sur la plage. Le ciel était comme un voile d'un gris violacé, teinté de rose vif à l'ouest où le soleil se levait. L'air sentait l'eau salée, le varech en décomposition et la roche incandescente.

— Je… (Je m'éclaircis la gorge.) Quoi ?

La dernière chose dont je me souvenais, c'était que le Vieil Homme avait accepté de me libérer si je lui jouais quelques morceaux[1], mais c'était le soir précédent.

À présent, c'était l'aurore.

— **Joue**, ordonna le Vieil Homme, et je sentis mes doigts s'approcher brusquement des cordes.

Ce n'était pas comme un ordre donné à l'aide du gaesh. Les instructions d'un gaesh portaient en elle la menace d'une douleur insoutenable et d'une mort certaine, mais je pouvais tout de même refuser. Cette fois, non.

Teraeth jura en entendant parler le dragon. Je ne crois pas qu'il avait compris que cet amas de roche noire, au large de l'île, était le Vieil Homme, tant que celui-ci n'avait pas bougé.

La plupart des gens, en voyant une masse aussi énorme, supposent qu'il s'agit d'une colline. Notre esprit ne parvient pas à la considérer comme un être vivant tant qu'elle ne s'est pas mise à bouger.

Je réprimai un hurlement au contact des cordes. Le bout de mes doigts était rouge, saignant d'avoir joué si longtemps et avec tant d'ardeur que la harpe m'avait déchiré la peau et les ongles.

Et cependant, je jouais toujours.

— Teraeth, dis-je en essayant de ne pas gémir. Aide-moi. Je ne peux pas m'arrêter.

---

1. Kihrin devrait faire plus attention à ce que promettent réellement les gens, plutôt qu'à ce qu'il aimerait les entendre dire.

— Tu es à la merci de son pouvoir. Je ne suis pas assez fort pour te délivrer. Je vais aller chercher ma mère.

— Cours ! l'implorai-je.

Mais au même moment, le sable de la plage s'éleva, de la même manière que lorsque Tyentso tentait de repousser l'attaque du Vieil Homme. Un épais rempart de verre en fusion barra la route à Teraeth. Nos yeux se croisèrent, mais je ne pouvais m'arrêter de jouer et Teraeth n'avait plus nulle part où s'enfuir. Le vané regarda autour de lui, en quête de quelque chose… n'importe quoi… Mais avec quelle arme aurait-il pu affronter un tel monstre ?

— **Joue**, insista le dragon d'une voix ronronnante. **Chante et joue pour moi. Chante-moi les chansons de l'antique Kharolaen et des cités océanes de Sillythia. Chante l'histoire de Cinaval le Magnifique et la *Chevauchée de Tirrin Garde-bois*.**

Je sentis monter en moi une panique que je fis de mon mieux pour réprimer.

— Je ne connais pas ces chansons. Vous pouvez m'en fredonner quelques mesures ?

— **CHANTE !**

Je grinçai des dents. Quel que soit le sortilège qu'il m'avait lancé, le dragon n'était pas un gaesh. Je m'efforçai de puiser de la force dans cette idée, suffisamment pour lui résister.

— Ce n'est pas le marché que nous avons passé.

— **Le marché ? Le MARCHÉ ?** (Le dragon se dressa sur ses pattes et étendit les ailes pour cacher le ciel.) **Tu n'es rien d'autre qu'un pitoyable mortel. Un soldat imbécile qui suit les ordres, qui accepte le monde qui l'entoure sans esprit critique, sans curiosité. Un idiot sans instruction, dont l'unique talent est celui de me divertir. Et je ne conclus pas de marché avec les fourmis.**

Je ne pus que l'observer, sidéré. Pour une insulte, celle-ci semblait étonnamment précise. Et inexacte, puisque je n'avais pas fait mon service militaire. Je repensai à Relos Var et à la haine qu'il semblait nourrir à mon encontre, alors qu'il n'était pour moi qu'un inconnu.

Le dragon s'élança.

Il ouvrit grand la gueule en direction de Teraeth, qui se jeta sur le côté. Les mâchoires se refermèrent sur le vide. Le Vieil Homme leva le nez vers le ciel, secoua la tête, et avala…

Le vide ?

Je mis une main sur mon front pour me protéger les yeux. Teraeth était étendu sur le sol, une expression de douleur rentrée sur le visage, et il serrait l'un de ses bras contre lui. Il était vivant, cependant, et moi aussi. Même la harpe empruntée semblait intacte, encore appuyée contre mon genou.

Qu'avait donc mangé le Vieil Homme ?

Un instant plus tard, la créature finit son repas fantôme et émit un rugissement furieux. Il s'éloigna, décrivant une large spirale, avant de voler jusqu'à l'une des autres îles.

Nous le regardâmes partir sans dire un mot, osant à peine respirer, de peur qu'il ne nous entende et décide de faire demi-tour.

— Je n'aurais vraiment pas dû te dire de chanter, sur le bateau, lâcha enfin Teraeth.

Je me mis à rire faiblement, me penchant pour appuyer ma tête contre la harpe. Mes doigts me faisaient mal et j'avais l'impression d'être resté éveillé pendant au moins vingt-quatre heures… ce qui était probablement le cas.

— Ce n'est pas la meilleure idée que tu aies eue, acquiesçai-je. Mais venir ici pour lui donner un concert n'était pas très brillant de ma part, non plus.

Derrière nous, le mur de verre fondu que le dragon avait érigé se mit à noircir puis se désintégra, revenant à l'état de grains de sable.

Teraeth et moi nous levâmes péniblement, sans trop savoir à quoi nous attendre.

Lorsque le mur s'effondra, Doc se trouvait de l'autre côté. Ses traits étaient crispés de colère.

— Vous êtes en retard, m'annonça-t-il.

44

Leçons d'escrime

(Récit de Serre)

Ce fut plus tard, dans la même journée, que Galen rencontra Kihrin pour la première fois. Lorsqu'il se présenta dans la salle d'entraînement, son père s'y trouvait, accompagné de son nouveau frère. Tous deux avaient revêtu les vestes matelassées qui servaient durant les leçons, quoique celle du jeune homme parût trop étroite au niveau des épaules. Sous le regard de Galen, Darzin positionna les jambes et les bras de Kihrin, lui réexpliquant comment se placer pour commencer le combat. Le jeune homme donnait l'impression de n'avoir jamais manié une épée de sa vie.

C'était probablement le cas.

—Galen. Parfait. (Son père hocha la tête à son intention.) J'ai commencé en avance. Kihrin, voici votre frère cadet, Galen.

L'adolescent leva la main à l'adresse de Galen, le regard brumeux et le visage maussade. Les recommandations martiales de Darzin permirent à Galen d'examiner attentivement son nouveau frère. Il avait presque atteint la majorité ; ses traits étaient fins et sa peau mordorée. Ses cheveux étaient pâles – lorsqu'il s'approchait d'une fenêtre, ils brillaient d'un vif éclat doré – et attachés pour dégager son front. Galen jugea que son nouveau frère avait le genre de visage susceptible d'envoûter les femmes comme les hommes. Un visage qui ne pouvait appartenir qu'à un garçon trop beau, qui en était conscient, et qui ne pouvait donc se comporter qu'en poseur. C'était le fauteur de troubles de Darzin, son sauvageon de fils, celui à qui Galen allait désormais être comparé dans tous les domaines.

Le soulagement qu'il avait pu ressentir en apprenant qu'il avait désormais un frère pour détourner de lui l'attention de son père fut noyé par la certitude venimeuse que Kihrin ne serait jamais traité comme lui l'avait été. Que ce serait, au sens propre comme au figuré, un fils en or. Galen sentit la haine germer en lui.

Il sourit et agita la main à son tour.

— Nous allons recommencer du début, avec les placements de base des pieds et des mains. Une fois que vous les aurez intégrés d'une façon que j'estime correcte, nous pourrons en venir aux assauts.

Galen regarda son père orienter correctement les épaules de Kihrin jusqu'à ce que le jeune homme regarde par-dessus son épaule droite.

— Pas aujourd'hui, bien entendu. Il me faudra des mois pour être satisfait de vos progrès. Il vous faut comprendre que vous commencez bien tard, Kihrin. Il faut des années pour devenir un bon duelliste, et une vie entière pour atteindre le rang d'expert. Vous n'y parviendrez peut-être jamais, mais vous êtes mon fils, donc vous essaierez, quand bien même vous devriez en mourir.

— Au moins, j'aurai votre affection, rétorqua le jeune homme d'une voix aigre.

On ne lisait aucune douceur dans l'expression qu'il présentait à leur père.

Galen fut surpris lorsque Darzin frappa le garçon. Lui-même se serait attendu à une correction s'il avait parlé à son père sur ce ton, mais il avait supposé que Kihrin jouirait de davantage d'indulgence. Surtout, ce qui stupéfia Galen fut la violence et la colère avec lesquelles Darzin l'avait attaqué ;

Galen ne se souvenait pas d'avoir été la cible d'une haine aussi viscérale. Darzin assena ensuite à Kihrin un coup du pommeau de son épée en plein menton, lui fendant la lèvre.

Galen s'attendait à voir le jeune homme tomber, reculer, pleurer ; mais de nouveau, il fut surpris. Kihrin tituba sur le côté, toucha sa lèvre et en essuya le sang. Le regard qu'il lança alors à leur père aurait pu faire flétrir une plante et cailler un bol de lait. Puis il se redressa et revint à sa place, comme si de rien n'était.

— Votre première leçon, siffla Darzin, consiste à ne jamais répondre. C'est compris ?

Le jeune homme regarda fixement Darzin.

— Alors ? insista celui-ci.

— Est-ce que je dois dire quelque chose… ou est-ce que cela reviendrait à répondre de nouveau ?

Galen tressaillit lorsque son père frappa encore Kihrin, l'envoyant cette fois s'écrouler au sol. Le jeune garçon roula sur le dos et s'appuya sur ses coudes, tandis que le sang gouttait de son nez et tachait sa veste blanche. Galen affecta d'examiner le plafond carrelé. Cela lui semblait plus prudent.

— Ah, c'était un piège, reprit Kihrin. Merci d'avoir dissipé mes doutes.

— Vous êtes trop stupide pour savoir quand vous devriez abandonner, petit, gronda Darzin.

— Oui, on me l'a déjà dit…, répliqua Kihrin avant d'ajouter d'une voix enjouée : … Père.

Bien qu'il s'agisse du type de réponse que Darzin aurait pu attendre de Galen, quelque chose dans la manière dont Kihrin la prononça parut particulièrement l'agacer. Il leva la main, toujours armé de l'épée d'entraînement, comme pour l'abattre sur le jeune homme. Kihrin lui rendit son regard, dur, froid et dangereux, et ne bougea pas.

Galen se demanda sincèrement s'il allait assister à la mort de son nouveau frère… quelques heures après avoir découvert son existence. Cependant, Darzin ne tua pas Kihrin. Il ne le battit même pas.

Il jeta l'épée sur le sol.

— Je vais faire preuve de clémence, car vous n'êtes pas habitué aux règles de cette maison, mais n'essayez pas de me faire perdre patience. Vous verrez que je n'en possède que fort peu. (Darzin se tourna et darda sur Galen un regard furieux.) Rendez-vous utile, pour une fois. Faites entendre raison à votre frère.

Puis il tourna les talons et quitta vivement la pièce.

Durant un moment, les deux garçons restèrent silencieux. Kihrin s'arracha au sol et essuya son nez ensanglanté sur sa manche.

— Personnellement, je considère ça comme une victoire.

— Il faut que vous sachiez… Enfin, concernant Père…

Galen ne savait pas bien par où commencer.

— Laissez tomber, répondit le jeune homme. Je suppose que ça fait partie du jeu.

— Père n'est pas si mauvais, une fois qu'on…

Aussitôt, son frère eut un rictus moqueur.

— Ah, vraiment ? Alors, combien de fois par jour allez-vous voir les apothicaires pour qu'ils soignent vos bleus et vos blessures ? Pure curiosité.

Galen tenta de soutenir le regard de Kihrin. Il ne put s'empêcher de grimacer.

— C'est… l'escrime. Il y a des accidents.

— J'aimerais vous croire, seulement j'ai été témoin des démonstrations d'affection de votre père.

Galen se mordit la lèvre.

— C'est votre père à vous aussi.

— C'est ce qu'il prétend. (Kihrin croisa les bras.) Il m'a déjà montré à quel point il aimait me frapper. Et vous, depuis combien de temps vous bat-il ?

Le silence retomba, épais et crispé.

— Les pères ont le droit de punir leurs enfants.

— Et de les tuer, et de les vendre comme esclaves. Mais une brute reste toujours une brute, même lorsque la loi les autorise à agir. (Kihrin se mit à marcher dans la pièce, laissant traîner les semelles de ses bottes sur le parquet marqueté.) Les mêmes horreurs ont lieu ici que dans le Cercle Inférieur, sauf que dans le Cercle Supérieur personne n'oserait faire le moindre reproche à quelqu'un comme votre père. Trop riche. Trop puissant.

Il tourna la tête et cracha du sang. Galen fit un pas en arrière. C'était choquant, par contraste, de voir un jeune homme de lignée royale s'adonner à un geste si grossier.

— C'est bien votre père, insista Galen. Je peux le prouver.

Kihrin tourna vers lui des yeux brûlants de colère.

— Ah bon ?

— Suivez-moi. Je vais vous montrer.

45

Thé au riscoria

(Récit de Kihrin)

Je m'avançai, serrant la harpe de mes doigts ensanglantés.

— Je n'étais pas… Ce n'était pas…

— Pas votre faute, dit Doc. J'ai vu. Nous devrions nous estimer heureux que le Vieil Homme n'ait pas été d'humeur à cracher du feu. (Il tourna la tête vers Teraeth.) Êtes-vous gravement blessé ?

Le vané inspecta son bras et fit la grimace. Sa peau était couverte de cloques.

— Oui, sauf que nous avons des guérisseurs, sur l'île, qui pourraient soigner bien pire.

— Dans ce cas, allez vite les voir.

Teraeth voulut protester. Il me regarda, regarda Doc, puis il fit quelque chose que je n'aurais jamais imaginé le voir faire de toute ma vie : il se montra docile.

— Comme vous voudrez.

Je restai donc seul, sur la plage, avec mon nouveau « professeur ». Doc me fit signe d'approcher.

— Venez. Ne restons pas là. Au bout d'un moment, le Vieil Homme s'apercevra qu'il s'est fait berner, et il serait préférable pour nous tous que nous ne soyons pas à la merci de son courroux.

— Berner… ? (Je soulevai la harpe.) C'est à cause de vous qu'il s'est comporté de la sorte ?

— Oui. Maintenant, suivez-moi. C'est l'heure de votre première leçon.

— Je suis blessé. Je n'ai pas dormi.

Doc me lança un regard inflexible.

— Et vous n'allez pas dormir avant un bon moment. Vos ennemis n'attendront pas que vous soyez bien reposé pour frapper. Pourquoi devrions-nous observer des règles différentes en matière d'entraînement ?

— Vous plaisantez !

Il ne sourit pas.

Doc reprit le chemin des cavernes. Je le regardai s'éloigner avant de me retourner vers l'océan, et le volcan draconique que bâtissait le Vieil Homme. Doc avait raison : il reviendrait. Et il ne serait pas content du tout. Mais comment Doc était-il parvenu à le faire attaquer dans le vide ? Par quelle prouesse ? Et comment avait-il fait pour désintégrer le mur ? Était-ce un magicien ?

Il n'y avait qu'une manière de le découvrir.

Je le suivis.

Doc me fit dépasser les cavernes et continuer jusqu'à l'autre versant de la montagne, où il s'arrêta face à des lianes fraîchement coupées et une vieille porte de pierre. Je n'avais jamais vu cet endroit. Par l'Enfer, c'était peut-être même la première porte que je voyais sur cette île. J'avais cru qu'ils n'en avaient pas l'utilité.

Pour quelqu'un qui prétendait ne pas faire partie de la Confrérie Noire, Doc semblait connaître tous leurs secrets.

Il poussa le battant. Celui-ci s'ouvrit aussitôt, bien qu'il soit taillé dans un énorme bloc de basalte. Je m'attendais à voir un trou obscur de l'autre côté, mais il semblait que Doc m'ait vraiment attendu, car des lampes éclairaient l'intérieur. La pièce avait l'air apparentée au temple, plus qu'elle ne ressemblait aux grottes naturelles dans lesquelles la Confrérie avait élu domicile. Le sol était lisse comme du satin, et sur les murs des sortes d'écailles semblaient avoir été taillées directement dans la roche. On y trouvait tout l'équipement nécessaire à l'entraînement martial (une rangée d'épées émoussées, des mannequins en bois, un cercle doté de repères pour les positions), accroché au mur ou posé au sol.

Une miche de pain doré et une théière étaient posées sur une table. En sentant leur odeur, je me souvins tout à coup que je n'avais pas mangé depuis la veille.

Je posai la harpe près de la porte et désignai la nourriture.

— Vous permettez ?

Doc hocha la tête.

— Allez-y.

Je bus et mangeai. Le thé avait une saveur ordinaire et le pain était granuleux, mais à cet instant, il s'agissait du repas le plus délicieux que j'aie jamais mangé.

Je levai les yeux vers Doc.

— Vous n'êtes pas humain, si ?

Il haussa un sourcil.

— Eh bien, c'est vrai qu'on m'accuse parfois d'être très dur avec mes élèves.

— Non, je veux dire...

Je me tus, expirai longuement et recommençai. Tout me semblait un peu flou, et j'avais l'impression d'être ivre.

— Vous êtes trop grand, vous portez une pierre tsali, il y a quelque chose entre vous et Khaemezra, et vous vous comportez comme si vous détestiez le père de Teraeth depuis un millier d'années. Et j'ai l'impression que c'est peut-être le cas. Je suppose donc que ça fait de vous un genre de vané déguisé en humain. Vous vous êtes lassé du Manol, c'est ça ?

— Permettez-moi d'être surpris. Vous n'êtes pas aussi bête que vous en avez l'air. Même si votre hypothèse se fonde sur plusieurs erreurs. Par exemple, Khaemezra n'est pas vané.

Je le dévisageai, éberlué.

— Quoi ?

Il haussa les épaules.

— Il y a d'autres races dans le monde, en plus des vané et des humains. À l'origine, elles étaient quatre, toutes immortelles, mais peu à peu les races ont perdu leur immortalité. Les vané sont les seuls à l'avoir conservée. Quant aux autres… Les voras sont devenus humains. Les vordredd et les voramer sont partis vivre cachés. Khaemezra est voramer.

Je poussai un soupir.

— Elle n'est pas immortelle. C'est pour ça qu'elle a l'air si vieille !

— Khaemezra a l'air vieille parce qu'elle l'a décidé.

— Attendez. Et Teraeth, alors, qu'est-ce qu'il est ?

— Compliqué. (Il rit.) Qu'on n'essaie jamais de dire que la déesse Thaena n'a pas le sens de l'humour. Ou bien est-ce Galava que je devrais remercier pour cette farce ?

— Je ne comprends pas.

La nourriture ne parvenait pas à apaiser mes vertiges. Je me sentais encore très faible.

— L'inverse serait surprenant.

Je voulus fixer mon regard et mes pensées, mais ils ne cessaient de m'échapper.

— Pourquoi… Pourquoi est-ce que les vané sont la seule race à être restée immortelle ?

— Ah…, soupira-t-il en regardant ses mains. C'est ma faute.

— Quoi ? Vous en êtes responsable, vous ?

— Oui. Moi. Ce sont les vané qui auraient dû sacrifier leur immortalité, pas les voramer. C'était comme on dit « notre tour ». (Doc claqua une main sur la table et se leva.) Mais c'est de l'histoire ancienne. L'important pour le moment, c'est que vous avez beaucoup à apprendre. Et comme vous l'avez vu, vos ennemis ne vous feront pas de cadeaux simplement parce que vous êtes jeune et inexpérimenté. Pour cette raison, je ne peux pas vous en faire non plus.

Les contours de ma vision se brouillèrent. Je regardai la tasse de thé. J'y distinguai – cachés parmi le reste des feuilles – de petits morceaux de riscoria.

Le vin était ce qu'il y avait de mieux pour en masquer le goût, mais le thé bien fort s'y prêtait presque aussi bien.

— Je retire ce que j'ai dit sur le fait que vous étiez moins bête que vous en avez l'air. Un homme intelligent n'aurait pas été aussi prompt à boire et à manger ce qu'un inconnu lui proposait, déclara Doc.

— Vous…

Mais mon intention de me montrer aussi désobligeant que possible ne fit pas long feu. La torpeur s'empara de moi.

Ma vue floue se mua en une douce obscurité, qui m'enveloppa avant de m'attirer vers le sol de pierre.

46

La crypte

(Récit de Serre)

— Nous n'avons pas le droit d'être ici, avertit Galen.

Ils se trouvaient tous les deux, tête baissée, dans un couloir au plafond bas réservé aux domestiques, de l'autre côté du palais. Galen brandissait une clé de fer noircie d'un air digne et modeste. Il regrettait de dévoiler si vite la pièce secrète à son nouveau frère, mais il se délectait de pouvoir partager un secret si excitant. Le garçon serait dûment impressionné, cela ne faisait aucun doute.

Kihrin sourit à Galen.

— Ah, mais c'est justement ça qui est amusant.

Galen ne put s'empêcher de s'écrier :

— Oui ! N'est-ce pas ? C'est oncle Bavrin qui m'a montré cette pièce, et je crois que c'est un de ses frères – Saric ou Devios – qui la lui avait montrée, avant de mourir. Je viens ici quand je veux que personne ne puisse me trouver.

Il déverrouilla la porte et poussa le battant. Elle ne s'ouvrit pas d'un coup, quoique Galen prenne soin d'en huiler régulièrement les charnières. Le bas de la porte raclait contre le dallage inégal du sol. Galen lui donna des coups de pied jusqu'à ce que le battant s'ouvre suffisamment pour les laisser entrer tous deux. Il lui était plus facile de se glisser à l'intérieur lorsqu'il n'avait que dix ans.

À l'intérieur, le plafond était plus haut, aussi purent-ils se redresser. Même avant que Galen n'allume la lanterne qu'il laissait près de l'entrée, Kihrin émit un sifflement appréciateur. Galen se sentit immensément réconforté. Il aurait été déçu que son nouveau frère ne fasse pas preuve d'admiration envers le sanctuaire qui avait illuminé son enfance.

La lueur de la lanterne révéla le contenu du débarras. Au centre de la pièce s'élevait une statue dorée de femme, la tête couronnée de délicates roses de métal, le cou et les hanches ceints de crânes. Dans les mains, elle tenait des lames : des dizaines de couteaux, de dagues, de poignards, de kriss, et de stylets. Ils ressemblaient à des bouquets mortels. L'éclairage dansant semblait lui donner vie, et sa haute stature les dominer avec bienveillance.

— Ouah…

Galen hocha la tête.

— Thaena elle-même ! Je ne sais pas ce que cette statue fait là, bien sûr, mais… (Il haussa les épaules.) Il y a beaucoup de choses qui ont été jetées ici et que tout le monde a oubliées.

— C'est de l'or, commenta Kihrin en s'approchant de la statue.

— Oui, en effet. Même à la Porte Noire, ils n'ont pas de statue en or massif.

Kihrin arqua un sourcil.

— Nous non plus. C'est de la feuille d'or. Sinon, elle s'écroulerait sous son propre poids.

Galen parut déçu.

— En tout cas, rétorqua-t-il, il y a du sang séché sur les crânes !

— D'accord, j'avoue que ça, c'est plutôt effrayant. (Kihrin lui coula un regard de côté.) Vous devriez faire payer l'entrée.

— Personne ne connaît cette pièce. Enfin, personne sauf vous, moi, et oncle Bavrin.

Galen sourit à Kihrin et se mit à fouiller dans le désordre.

— Personne sauf vous, moi, oncle Bavrin, et la personne qui a mis tout cela ici, vous voulez dire.

— Elle est certainement morte depuis longtemps, répondit Galen en lui faisant signe de s'écarter. Ce que je voulais vous montrer se trouve ici.

— Comment est-ce qu'ils ont réussi à la faire entrer dans cet endroit ? Elle ne passerait jamais par ce tout petit couloir.

— Kihrin, par ici, insista Galen.

— Vous n'êtes pas curieux ? poursuivit Kihrin sans le regarder.

Ses yeux suivaient les contours de la statue, comparant sa taille à la petite porte qu'ils avaient franchie tête baissée. Il leva les mains pour prendre des mesures et les comparer.

— Impossible. À moins que cette statue puisse être démontée en tout petits morceaux.

— Je vous l'ai dit : ils ont jeté tout un tas de vieilleries dans cette pièce.

Kihrin se mordilla la lèvre.

— Mais comment… D'accord, d'accord. Qu'est-ce que vous vouliez me montrer ?

Galen tira sur la pièce de velours qui recouvrait un tableau.

Kihrin pâlit.

— Taja…

— Alors ? (Galen cala le tableau contre la pile d'autres cadres qui l'accompagnaient et fit quelques pas en arrière.) Vous le voyez, n'est-ce pas ? Il vous ressemble trait pour trait.

Galen ignorait quand le tableau avait été peint, mais il représentait un Grand Seigneur au faîte de sa puissance. Il était beau, avec des cheveux dorés et des yeux de saphir, du bleu caractéristique des D'Mon, touchés par les dieux. L'homme du portrait lui avait toujours fait penser à Darzin, mais la ressemblance avec son nouveau frère était encore plus saisissante. C'était comme si quelqu'un avait voyagé dans le temps pour peindre Kihrin dans la force de l'âge; nul n'aurait pu nier qu'ils étaient parents.

Il ne dit rien, mais Galen trouva son expression parfaitement explicite. Il se sentit soudain coupable. Il avait voulu lui montrer qu'il faisait partie de la famille et qu'il ne devait pas insulter la Maison D'Mon. Mais Kihrin ne paraissait pas stupéfait ou embarrassé. Il avait l'air terriblement triste. Pour la première fois, Galen comprit que Kihrin n'avait pas désiré ni cherché à prouver ses origines. Se voir révéler qu'il était bien un D'Mon n'était pas une bénédiction, mais une condamnation.

Kihrin marcha jusqu'au tableau et s'agenouilla. Il suivit du doigt le nom sur la plaque dorée, en bas du cadre.

— Pedron D'Mon, murmura le jeune homme.

— C'était notre arrière-grand-oncle. Sa mère était une esclave vané aux cheveux dorés, qui a été assassinée par un membre de la famille après avoir mis au monde la sœur de Pedron, Tishar. Beaucoup de gens pensent que c'est pour cette raison qu'il est devenu si méchant. Parce qu'il haïssait la Maison D'Mon, qui avait tué sa mère, et qu'il voulait nous détruire.

— C'est mon portrait craché. C'est… plutôt malsain. Alors, cette esclave vané a eu trois enfants, c'est cela ? Pedron, Tishar, et le père de Therin ?

— Heu, non. Le père de Therin était le demi-frère de Pedron. La grand-mère de Therin était une noble.

— Je ne comprends pas.

— Attendez, ce n'est pas tout. Ma mère dit que Pedron était le maître de votre mère. C'est-à-dire Lyrilyn. Vous savez… avant qu'elle épouse notre père.

— Dame Miya m'en a parlé, mais elle a omis de me signaler à quel point je ressemblais à Pedron.

— C'était il y a des lustres. Et figurez-vous que votre mère a trahi Pedron. Elle s'est alliée au neveu de Pedron, Therin, et l'a aidé à tuer son maître. (Galen s'appuya contre une caisse tout en parlant.) Personne ne parle jamais de ce qui s'est passé, vous savez. Ils se contentent d'échanger des murmures, les voix pleines de lettres capitales, comme si tout le monde savait parfaitement de quoi il est question ; et bien sûr, je n'en sais rien. C'est terriblement agaçant.

— Pedron…, chuchota Kihrin.

Il effleura de nouveau le bord du tableau. Son geste n'exprimait pas vraiment la déférence. Plutôt la peur.

— Qu'est-ce qui est écrit, en dessous ?

— Quoi ? (Galen battit des paupières.) C'est son nom.

— Non, il y a quelque chose en dessous. Approchez votre lanterne.

Galen s'exécuta et vit que quelqu'un avait gravé quelques mots dans le cadre de bois, sous la plaque.

— « Magicien, voleur, chevalier, roi. Les enfants ne connaîtront pas les noms de leurs pères, qui feront taire la brûlure des voix », lut Kihrin. (Un sourcil levé, il regarda Galen.) Ce n'est pas ce que j'aurais choisi de faire graver sur mon portrait, mais qui suis-je pour remettre en doute les décisions d'un Grand Seigneur défunt et malfaisant ?

— Je ne l'avais jamais remarqué. Qu'est-ce que cela signifie ?

— Qu'il avait très mauvais goût en matière de poésie ? (Face au regard de Galen, Kihrin leva les mains.) Comment le saurais-je ? Je n'arrive même pas à comprendre comme ils ont réussi à faire entrer cette statue dans la pièce.

— Cela ressemble à une prophétie, remarqua Galen en se penchant pour observer de nouveau le cadre.

— Une prophétie qui parle de… quoi ? Une famille pas très heureuse ? Une foule d'Ogenra ? Attendez… (Kihrin observa le tableau un moment, puis il gloussa.) Oh ! Oh, j'ai compris. Il était porté sur la chose, ce Pedron, non ?

— Que voulez-vous dire ? s'enquit Galen sans comprendre.

Kihrin allait lui répondre puis se ravisa.

— « Les enfants ne connaîtront pas les noms de leurs pères ». Ce n'est pas une prophétie, c'est une manière de fanfaronner. Réfléchissez. Vous m'avez amené ici pour me convaincre que Darzin était mon père, parce que je ressemblais à ce Grand Seigneur Pedron. Mais en réalité, vous m'avez prouvé que le Grand Seigneur Pedron n'était justement pas notre arrière… notre oncle éloigné.

— Attendez, je ne comprends pas.

Kihrin lui montra une mèche de ses cheveux.

— Vous voyez ça ? Je n'aurais pas ces cheveux-là si je n'étais pas relié par le sang à la mère vané de Pedron, celle dont les cheveux dorés étaient si reconnaissables. Comment s'appelait-elle, déjà ?

— Heu… Je ne m'en souviens plus. Val quelque chose ?

— Eh bien, c'est la clé. Therin est notre grand-père, n'est-ce pas ? Et moi, j'ai les yeux bleus des D'Mon, et ses cheveux dorés. Je n'aurais pas les deux si Therin n'était pas un parent de la mère de Pedron. Donc, quoi qu'on ait pu te dire, Pedron n'est pas seulement un oncle éloigné. Nous sommes ses descendants, c'est obligé.

— Mais cela voudrait dire… (Galen ouvrit de grands yeux.) Cela voudrait dire que Pedron était le père de Therin… Kihrin, Therin a tué Pedron !

— Et il ne m'a pas menti lorsqu'il m'a dit qu'il détestait son père. Apparemment, c'est bel et bien une tradition familiale, par ici. Je comprends. C'est mon cas aussi, après tout.

Kihrin se mit à examiner des bibelots et à feuilleter des livres poussiéreux et oubliés. Il y avait des boîtes et des coffres, des armoires et des étagères, des bocaux d'ingrédients ésotériques et des statues nettement plus osées que celle de la déesse au centre de la pièce.

— Il y a une partie de moi qui a envie de s'apitoyer sur mon sort, mais honnêtement, je suis heureux de ne pas avoir grandi ici. Je ne crois pas que ça m'aurait beaucoup plu.

Kihrin ramassa un petit carnet de cuir sur un bureau et Galen se figea. Il ne pouvait rien dire sans révéler à Kihrin que ce livre était important. Galen était bien placé pour ne jamais commettre cette erreur.

Kihrin feuilleta le cahier avec un intérêt croissant, lisant tandis que Galen peinait à respirer.

— Tiens donc.

— Qu'y a-t-il ? l'interrogea Galen en essayant de masquer sa nervosité.

Kihrin brandit le livre.

— D'autres poèmes. On dirait que Pedron en était vraiment passionné.

Il cala le livre sous son bras.

— Vous ne pouvez pas le prendre !

— Pourquoi ? Ce n'est pas à grand-père Pedron qu'il risque de manquer, répondit Kihrin. De bons poèmes comme ça, ça m'intéresse. Il y en a qui feront d'excellentes paroles de chansons.

Galen l'observa, médusé.

— Des paroles de chansons ? Vous croyez ?

— Absolument. La personne qui les a composés s'y entendait plutôt bien. Et ils sont manuscrits, donc je ne pense pas qu'ils aient été publiés. C'est une belle trouvaille, et…

Kihrin s'interrompit brusquement.

— Qu'y a-t-il ? demanda Galen, à la fois heureux et mal à l'aise.

Il regarda son frère rouvrir le carnet de cuir. Kihrin pinça les lèvres.

— Le papier est neuf. L'encre n'est pas passée.

— Peut-être est-ce oncle Bavrin qui l'a laissé ici ?

Le mensonge sonna faux, même aux oreilles de Galen.

Kihrin le dévisagea.

— C'est vous qui les avez écrits, pas vrai ?

— Non ! Heu…, bafouilla Galen.

— C'est cela, rétorqua Kihrin. Papa n'est pas très friand de poésie ?

— Il ne veut pas qu'on en écrive, non. Les artistes, ce sont les D'Jorax, et il les trouve vulgaires. Vous n'allez pas lui dire, si ?

Galen pesta contre sa propre stupidité. Maintenant, Kihrin avait une arme qu'il pouvait utiliser contre lui, et il n'était pas assez naïf pour croire que son frère laisserait passer une telle opportunité.

— Le dire à Darzin D'Mon ? Je ne lui dirais pas de s'essuyer la figure même si elle était pleine de merde. Il peut bien crever, je n'en ai rien à faire. (Kihrin lui tendit le carnet.) Vous les avez montrés à quelqu'un ? (Galen secoua la tête.) Vous devriez les faire publier. Sous un nom de plume, bien entendu. Il ne faudrait pas faire honte à votre paternel en exposant votre talent au monde.

— Oh, je ne suis pas si bon que ça.

Kihrin arqua un sourcil.

— Oh, mais si. Bien meilleur que je ne l'ai jamais été, ça, c'est sûr. Surdyeh disait toujours…

Il se tut et se détourna, le visage sombre. Galen fit un pas vers lui.

— Surdyeh ?

Kihrin secoua la tête comme pour essayer de chasser le chagrin qui s'était emparé de lui.

— Mon père. L'homme qui m'a élevé. C'était un musicien. Tu sais, ces gens vulgaires. Il me disait toujours qu'il ne servait à rien que je m'essaie à la poésie, parce que je n'avais rien vu qui mérite d'être écrit.

— Que lui est-il arrivé ? demanda Galen.

— Ce cher Papa ne vous l'a pas dit ?

Galen secoua la tête.

— Darzin l'a fait tuer. L'un des assassins de votre père lui a tranché la gorge.

La voix de Kihrin était dure et pleine de colère, son accusation tranchante comme un rasoir.

— Vous en êtes sûr ? osa Galen. Ou vous êtes juste…

— Darzin ne se donne même pas la peine de nier. Il a tué Surdyeh, Morea et Ventrebeurre… et s'il fallait parier là-dessus, je serais prêt à miser gros sur le fait qu'il ait tué Lyrilyn, aussi, quoi qu'il dise.

Galen baissa les yeux sur ses pieds.

— Je suis désolé.

— Ce n'est pas votre faute, dit Kihrin.

— Je suis désolé quand même. (Galen se tut un instant.) Vous savez, si vous avez envie d'utiliser mes poèmes pour vos chansons, je crois que cela me plairait. Vous êtes musicien, c'est cela ? Comme votre père ?

Son frère hocha la tête. Éclairées par la lanterne, ses joues lui parurent humides. Galen s'aperçut alors que son frère pleurait, des larmes silencieuses qui roulaient jusqu'à son menton. Comme plus tôt, lorsque Galen l'avait vu cracher, ce spectacle le choqua.

— Surtout, ne pleurez pas devant Père, se hâta-t-il de recommander. Il déteste cela. Il dit que c'est pour les faibles.

Kihrin renifla avec mépris et se frotta les yeux puis essuya sa bouche, qui s'était remise à saigner à l'endroit où Darzin l'avait frappé.

— C'est un vrai salaud, vous savez. Quelqu'un devrait lui dire que tabasser ses enfants et envoyer ses assassins tuer des vieillards et des jeunes filles… *Ça*, c'est pour les faibles. (Il marcha jusqu'à la statue de Thaena et caressa le tranchant d'un stylet de son doigt rougi.) Si j'en ai l'occasion, un jour, je jure par les dieux que je lui passerai mon épée au travers du corps… Aïe ! (Kihrin retira vivement son doigt. Un petit trait de sang frais y était apparu.) Ces saloperies sont encore bien aiguisées !

Galen s'écria :

— Dieux ! Ça va ?

— Oui, sauf si on compte ma dignité. Ce n'est qu'une petite coupure.

Galen se mordilla la lèvre. En grandissant, il n'avait eu que très peu de contacts avec la religion, quelle qu'elle soit ; cependant, cela ressemblait à un mauvais augure. La pièce était plus sombre et lugubre que jamais.

Kihrin se pencha pour examiner les lames.

— Je ne vois rien qui fasse penser à du poison. Je pense que je vais rendre visite à Dame Miya tout de même, pour plus de sûreté. (Il rit.) Et dire que je croyais que le plus grand danger, c'est que vous décidiez de me poignarder dans le dos.

— Moi ? Mais jamais je ne ferais une chose pareille !

— Oui, je le sais, maintenant. Mais tout à l'heure, je l'ignorais. Vous m'avez invité à visiter un endroit secret, rien que tous les deux… Peut-être aviez-vous envie de redevenir le fils numéro un, qui sait ? (Kihrin haussa les épaules.) Je ne pouvais pas être sûr du contraire.

— Oh, misère, gémit Galen.

Il se sentait mal. Jamais il n'aurait imaginé que ses actions puissent être interprétées de cette manière. Et si Kihrin avait décidé de se défendre en attaquant le premier ? Qui aurait pu l'en empêcher, ou même être témoin de la scène ? Il se sentit affreusement stupide. Il espérait que son père ne l'apprendrait jamais.

— Ne vous inquiétez pas, dit Kihrin. Je pense que vous êtes quelqu'un de bien, surtout pour un D'Mon. Quelqu'un capable d'écrire de tels poèmes ne peut pas être vraiment mauvais.

— Je… Enfin… Merci.

Kihrin sourit.

— Allons trouver Dame Miya avant que je m'écroule, terrassé par un poison ancestral. D'accord ?

Sans même y penser, Galen lui rendit son sourire.

— D'accord.

47

La mère des arbres

(Récit de Kihrin)

— Votre Majesté ?

Je m'éveillai en papillonnant des paupières. Puis je clignai de nouveau des yeux, plus fort, et regardai autour de moi avec une incrédulité croissante.

Je n'étais plus dans la salle d'entraînement où Doc m'avait fait boire un thé au riscoria.

D'ailleurs, je ne pouvais pas non plus le frapper en représailles : il n'était pas là. L'homme qui s'adressait à moi était un vané kirpi, doté d'une peau laiteuse qui, sur lui, paraissait élégante plutôt que maladive. Ses cheveux rose pâle, frisés comme un nuage, étaient presque entièrement cachés par un casque de bataille étincelant. Ses yeux étaient roses également. Il m'aurait fait penser à un lapin si je n'avais été conscient que les lapins ne sont en général pas lourdement armés… et qu'ils n'ont pas dans le regard une lueur indiquant qu'ils rêvent de se baigner dans le sang de leurs ennemis.

Bon, d'accord, il me faisait tout de même penser à un lapin… mais j'étais trop perturbé par ma situation pour goûter l'hilarité de la chose, à cet instant.

— Votre Majesté, répéta-t-il.

Il s'avança alors pour dérouler un long parchemin sur la table. Le parchemin représentait une carte très détaillée ;

cependant, je ne reconnaissais pas l'endroit dont il s'agissait, et je ne pouvais rien lire de ce qui y était écrit.

— Ce jour sera couronné de gloire. Nos soldats nous ont confirmé que la reine Khaevatz se trouve dans la forteresse et que la dernière barricade est en train de brûler. Le jour où nous mettrons fin à son règne sur les vané manols est arrivé.

Il me regarda, dans l'expectative. Et il attendit.

Je n'avais aucune idée de ce que je devais dire.

Je n'avais pas non plus la moindre idée d'où je me trouvais. Une sorte de tente, mais pas celle d'un roturier, ou même celle, pratique et fonctionnelle, d'un soldat. Non, c'était une magnifique construction de soie et de bois rares, avec des lampes ornées de pierreries suspendues à des fils du platine le plus pur. Des tapis somptueux recouvraient le sol et des herbes au parfum sucré se consumaient dans un brasier. Je vis également un mannequin de bois dans un coin de la pièce, qui donnait l'impression de pouvoir servir à poser une armure. Non loin de là, je découvris un râtelier d'armes où s'alignaient des épées, des lances et des arcs si délicatement sculptés que la plupart des soldats quuros ne les auraient jamais utilisés ; ils se seraient contentés de les accrocher au mur pour les admirer.

Et Sire Lapin attendait toujours ma réponse.

— Bien, répondis-je. (Ma voix n'était pas la même que d'habitude.) C'est… bien.

Il remarqua mon hésitation, mais n'en comprit pas la cause.

— J'ai envoyé un messager, comme vous l'avez ordonné. Si quelque chose tournait mal, Valathea et Valrashar seraient toutes les deux escortées en lieu sûr.

Je cillai.

— Pardon… Valathea ?

Il ne parlait tout de même pas de ma harpe, si ?

— Votre épouse, la reine ? répondit-il d'un air décontenancé.

Je m'éclaircis la gorge, fit un geste de la main, et prétendis ne pas être moi-même encore plus perdu que lui.

— Bien sûr. Merci. Oubliez ça.

J'hésitai à ajouter quelque chose. « J'ai toute confiance en vous », peut-être ; mais plus je parlais, plus je risquais de révéler que j'étais un imposteur.

Était-ce encore une vision provoquée par un dieu ? Ou alors, par la drogue que m'avait fait ingérer Doc ? Cela semblait trop cohérent pour être une hallucination, et trop concret pour une autre allégorie créée par Taja. Est-ce que cela se produirait chaque fois que je me retrouverais inconscient ?

Ma rêverie fut interrompue par Sire Lapin, qui se pencha sur le bureau et m'adressa un regard intense et déterminé.

— Je sais qu'il ne m'appartient pas de vous faire de telles remarques, Votre Majesté, mais il ne faut pas remettre en question vos décisions. La reine Khaevatz est souillée par le sang voramer ; elle n'a pas le droit de s'asseoir sur un trône vané. Elle n'a aucun respect pour ses ancêtres vané. Quels que soient vos sentiments à l'égard de Khaevatz, elle a conspiré avec les Quuros et avec leur maudit Empereur Kandor. Vous avez fait le bon choix pour le peuple de Kirpis.

Attendez… Je connaissais cette histoire. Kandor… Atrin Kandor était l'Empereur de Quur qui avait conquis Kirpis et en avait chassé les vané, avant de reporter son attention sur le Manol, au sud.

L'invasion du Manol ne s'était pas si bien déroulée que celle de Kirpis. L'Empereur avait été tué et avait laissé derrière lui l'épée Urthaenriel, comme un cadeau qu'on apporte à une fête pour s'excuser de venir sans y avoir été invité… sauf que ce cadeau-ci était sans doute le plus coûteux de tous les temps.

On disait en général que la reine vané manol, Khaevatz, était responsable de la mort de Kandor.

Mais le roi Kelindel, à la tête des vané kirpis réfugiés, avait fui Kirpis suite à l'invasion quuro pour unir ses forces à celles de la reine Khaevatz. Il l'avait aidée, unifiant ainsi les factions – jadis en guerre – kirpi et manol. Il n'avait pas essayé de la tuer. Par l'Enfer, il l'avait même épousée, ce qui avait eu pour résultat de rassembler les deux familles royales en une seule lignée. Je n'avais jamais entendu la rumeur qu'elle n'était pas vané de pure souche.

Il me parut plus sage de jouer le jeu, jusqu'à réussir à comprendre ce qui se passait. J'acquiesçai.

— Tout va bien. Allons-y.

Il me dévisagea encore un moment, sans doute parce que je n'avais employé que cinq mots alors que la plupart des vané en auraient prononcé dix. Il opina et sortit de la tente. Il s'attendait à ce que je le suive.

Je fouillai la pièce du regard en quête d'un miroir, n'en trouvai aucun. Manifestement le roi Kelindel n'avait pas de temps à perdre en frivolités. Néanmoins, un bouclier étincelant était accroché à l'un des râteliers : il ferait parfaitement l'affaire. J'observai « mon » visage.

Je ne fus pas surpris de constater de trouver un vané kirpi. Je m'y étais attendu en voyant mes vêtements, la soie qui m'entourait et le général vané aux cheveux roses et cotonneux. Cependant, mon apparence générale n'avait pas beaucoup changé.

Je paraissais plus vieux, avec des traits plus anguleux et un teint plus pâle, et je portais une armure que je n'avais jamais vue auparavant. Mais mes cheveux dorés étaient toujours les mêmes. Mes yeux bleus aussi.

Et j'avais toujours la Pierre des Entraves autour du cou.

Quel que soit le phénomène – ou la personne – qui avait déclenché cette vision, pourquoi se donner la peine de changer mon apparence sans pour autant en modifier tous les détails ?

— Votre Majesté ?

Sire Lapin passa la tête par l'ouverture de la tente.

— J'arrive, répondis-je.

À l'extérieur, la pénombre régnait. Il fallut quelques instants à mes yeux pour s'y habituer. Je fis quelques pas en avant puis m'arrêtai pour laisser à mes sens le temps de se réorienter. Nous ne nous trouvions pas sur le sol. La pénombre n'était pas due à la nuit, mais à une canopée de feuillage si épaisse qu'elle bloquait la lueur du jour. La végétation luxuriante de la jungle était constellée de merveilles : des oiseaux au plumage si éclatant qu'ils brillaient même dans l'obscurité, des papillons luminescents et des fleurs aussi belles que des joyaux. Des parfums flottaient dans l'air, si capiteux et entêtants que j'eus l'impression de respirer du vin.

La Jungle Manol. Le foyer du peuple de Teraeth… et le refuge qu'avaient trouvé les vané kirpis.

Apparemment, ils s'en étaient emparés par la force.

En contraste avec la beauté de la nature, un conflit qui n'avait rien de naturel faisait rage. Un grand nombre des ponts qui reliaient les arbres entre eux étaient en feu. Des bâtiments et des palais à l'architecture délicate flambaient ou s'écroulaient, anéantis par la violence de la bataille. De petites lueurs dansaient au loin, comme un millier de lucioles se faisant la guerre. J'entendis le vacarme des combats, un rugissement sourd constitué d'ordres lancés à pleine voix, des cris des blessés et des salves de flèches tirées dans les ténèbres.

— Levez les boucliers !

Je sursautai à cet appel, tandis qu'un groupe d'hommes et de femmes que je n'avais pas remarqués levaient leurs boucliers au-dessus de leurs têtes. Certains de ces écus étaient en métal, d'autres en bois, mais la plupart étaient auréolés d'une étrange aura d'énergie. Les champs de force se soudèrent les uns aux autres pour former un grand rempart luisant et fantomatique. La nuée de flèches qui venait d'être tirée y rebondit, inoffensive, et tomba dans l'obscurité qui régnait entre les arbres.

Une flèche manol, noire, atteignit un pont tout proche. Un sifflement s'éleva lorsque le liquide dont était enduite la lame entra en contact avec le bois.

— Préparez vos arcs !

L'ordre provenait d'une femme de haute taille aux cheveux cotonneux, jaune pissenlit, et à la peau d'un vert clair.

Personne n'attendait de moi que je fasse quoi que ce soit. Personne ne comptait sur moi pour donner des ordres, ce qui me procura un immense soulagement, puisque je n'avais aucune idée des instructions que j'aurais dû donner. Une autre femme kirpi s'élança, sa robe d'un bleu de poterie flottant comme des ailes de papillon au-dessus de son armure sharantha étincelante. Elle se mit à exécuter des gestes en direction de l'espace séparant l'arbre géant – celui où nous nous trouvions – du suivant. Alors, des plaques de métal argenté surgirent de nulle part et s'assemblèrent en une mosaïque qui forma une bande parfaitement droite. Le pont qu'elle venait de créer aurait pu passer pour une œuvre d'art très ancienne, mais il n'était pourvu ni de piliers, ni de solives, ni de mortier. La seule explication au fait qu'il ne s'effondre pas immédiatement dans l'obscurité était évidente : c'était de la magie.

— Encochez ! cria quelqu'un.

Tous ceux que je voyais possédaient une peau et des cheveux aux couleurs pâles, et ils constituaient à eux tous un véritable arc-en-ciel aux nuances fleuries, dont les combinaisons auraient été inconcevables pour des humains. Dans cette jungle ténébreuse ils semblaient presque phosphorescents, et c'était parfois vrai, lorsque leurs sorts de protection ou d'attaque se déclenchaient. Je ne distinguais pas un seul des ennemis que nous affrontions : les flèches manols semblaient surgies du néant. Les sorts se matérialisaient sans donner d'indice sur leur origine.

Un groupe de vané kirpis munis de boucliers resta en arrière, pour protéger les archers et la magicienne dont les efforts maintenaient la passerelle argentée. Le deuxième groupe s'avança, aux côtés de Sire Lapin et moi-même. Ils s'attendaient à ce que je les suive, aussi m'exécutai-je.

— En joue !

Sire Lapin posa une main sur mon torse pour me faire signe de rester immobile un moment.

— Tendez !

Le monde tout entier retint son souffle.

— Tirez !

Un mur de lumière s'éleva dans les airs. Les flèches des Manols étaient empoisonnées...

Les nôtres étaient en feu.

Sire Lapin et mes gardes se mirent à courir.

Ils utilisèrent la salve de feu pour couvrir leur avancée, espérant ainsi progresser tandis que l'autre camp était forcé de dresser ses propres boucliers. Néanmoins, la distance était encore longue, et notre ennemi n'avait pas baissé les armes.

Je ne m'en rendis pas compte sur le moment, cependant j'avais hésité trop longtemps à m'élancer. On pouvait supposer que cette manœuvre avait été maintes fois répétée, mais pas par moi. Je lambinais.

Une flèche manol à la tige noire vint se ficher dans mon épaule, transperçant aisément ma cotte de mailles. La douleur fut indescriptible, comme un feu ardent dévorant mon bras à mesure que le poison se répandait dans mes veines. Je me laissai tomber au sol avec l'impression qu'un cheval m'avait donné un coup de pied en pleine poitrine.

Un éclair aveuglant apparut alors devant mes yeux.

J'étais de nouveau face à la passerelle. Sire Lapin posa une main sur mon torse pour s'assurer que je ne me mettrais pas à courir trop tôt.

Que s'était-il passé ?

— Tendez !

Je regardai autour de moi. Personne ne semblait avoir remarqué quoi que ce soit d'étrange ou d'inhabituel.

— Tirez !

Les flèches des vané kirpis jaillirent dans la pénombre.

Ils se mirent à courir.

Cette fois, j'étais prêt. Je me mis en route au même instant que les autres, prenant soin de me maintenir à l'abri sous les boucliers. Les vané manols n'avaient pas de troupes d'archers disciplinées comme les Kirpis, qui décochaient leurs projectiles de manière savamment orchestrée. Leurs archers étaient mobiles, parcourant les arbres en silence, et n'attaquant que si l'opportunité parfaite se présentait.

Des assassins, pensai-je. *Naturellement.*

Un autre groupe de soldats kirpis nous attendait sur la plate-forme suivante, quoique leurs rangs comptent plus de morts que de vivants. Le pont de bois avait été détruit alors qu'ils venaient de remporter l'assaut, et ils avaient été contraints de tenir seuls leur position dans l'attente des renforts. Ils s'étaient battus vaillamment, et presque jusqu'au dernier homme, ou la dernière femme.

Tous ceux qui étaient encore en vie, même gravement blessés, posèrent un genou au sol lorsque je passai devant eux.

J'aurais préféré qu'ils n'en fassent rien. Si les archers manols n'avaient pas encore compris que j'étais quelqu'un d'important, maintenant ils ne pouvaient plus en douter.

Une masse de végétation déformée brûlait face à nous, déchiquetée par une arme quelconque. Sire Lapin la désigna du menton, avec un regard dont j'imaginai qu'il était censé me dire quelque chose.

C'est alors que les Manols attaquèrent.

Il me fallut un moment pour comprendre que les formes qui se mouvaient dans les ombres n'étaient pas des animaux de la forêt. Leurs couleurs sombres se confondaient, notamment grâce à leurs vêtements qui n'étaient pas de couleurs unies, mais striés de vert, de gris et d'un violet maussade. Teraeth m'avait dit un jour que les vané kirpis voulaient être vus, tandis que les vané manols ne souhaitaient apparaître que lorsqu'il était trop tard pour réagir. Je me demandai comment les Kirpis – avec leurs formations ordonnées, leurs couleurs vives… leur absence totale de discrétion – pourraient réussir à effectuer une véritable poussée jusqu'au cœur des défenses ennemies[1].

Puis je compris.

Si les Manols attaquaient avec précision et discrétion, infligeant des coups mortels de leurs armes empoisonnées, il était rare qu'ils s'approchent suffisamment pour pouvoir effectuer ces assauts. Chacun des Kirpis que comptait la plate-forme était un magicien. Lorsque les Manols attaquèrent, mes soldats se mirent à invoquer un feu violet qui prit la forme de lames dansantes ou encore des éclairs de foudre. Une silhouette courut dans ma direction, mais elle ne parvint qu'à quelques mètres de moi avant de se dissoudre en un millier de grains de pollen jaune vif, que le vent dispersa.

Toutefois je n'avais pas vu celui qui approchait derrière moi. Un cri m'alerta et je fis volte-face, mais je n'avais même pas tiré mon épée. J'en portais une, qui avait battu contre ma jambe lorsque j'avais traversé la passerelle. Les doigts gourds, je luttai pour libérer la lame avant qu'un des attaquants manols n'arrive jusqu'à moi.

Je n'y parvins pas.

Je redressai la tête à temps pour rencontrer une paire d'yeux couleur de vin et sentis le fil glacé d'une épée me trancher la gorge.

La lumière m'aveugla.

---

1. À dire vrai, c'est une question qu'auraient dû se poser les vané kirpis, eux aussi.

J'étais de nouveau sur la plate-forme, et les Manols étaient sur le point de révéler leur présence.

— Une embuscade ! lançai-je tout en dégainant mon épée.

Cette fois, j'écartai l'épée de mon attaquante et son coup mortel n'atteignit pas sa cible. Sans attendre qu'elle regagne son équilibre, j'assenai un coup maladroit en direction de son ventre, qui la fit crier. Cela ne l'empêcha pas, cependant, de m'attaquer derechef à l'aide d'une dague qui perça mon gant et ma chair. Le feu grimpa, hurlant, le long de mon bras, avant que les ténèbres et l'éclair lumineux ne viennent me tirer en arrière.

Je mourus trois fois avant de vaincre cet assassin manol, et cinq autres fois avant de survivre enfin à l'embuscade. Chaque erreur fatale était suivie d'un éclair, et je recommençais juste assez tôt pour comprendre à quel moment j'avais fait une erreur. Un coup d'épée dans l'autre direction, un pas de côté… Je compris aussi que se montrer trop timoré, dans certaines circonstances, pouvait se révéler aussi désastreux qu'une témérité excessive à d'autres moments.

J'apprenais en mourant, et chaque mort me permettait d'avancer un peu plus.

Puis nous avançâmes, courant et repoussant nos ennemis de nos sorts, de nos arcs et nos épées. Nous atteignîmes une plate-forme suspendue entre deux branches géantes.

Devant nous se trouvait la Mère des Arbres.

Je ne compris pas ce que j'avais sous les yeux. Je n'arrivais pas à l'analyser. D'abord je crus voir un gigantesque mur, où l'on avait construit des palais et des terrasses, des pavillons gracieux et des vitraux qui scintillaient tels des bijoux. Ce n'est qu'en levant les yeux que je distinguai les arches des branches, le velours lointain des feuilles vertes. C'était un arbre qui aurait pu porter le monde, le genre d'endroit où Galava devait vivre, si elle possédait un lieu consacré.

Il semblait sans âge et immortel, ayant toujours existé, devant toujours exister.

Naturellement, nous avions entrepris de l'incendier.

Un goût amer dans la bouche, je vis les flammes qui dévoraient son écorce, la violence qui consumait ses contours sublimes. La passerelle métallique se forma de nouveau face à nous, remplaçant un pont de bois détruit dans une tentative désespérée pour défendre ce bastion.

Mais il ne servait à rien de chercher à nous arrêter.

Je voulais poser des questions. Je voulais objecter. Pouvais-je leur ordonner de faire demi-tour ? Qui avait raison ? Et quelqu'un avait-il raison ? Je sentais ma compassion pencher du côté des Manols, simplement parce que je souffrais de voir leur foyer détruit. Je ne savais pas ce que la reine des Manols, Khaevatz, avait fait pour s'attirer les foudres du roi des Kirpis. D'après ce que Surdyeh m'avait appris, elle ne s'était jamais alliée à Quur ni n'avait aidé Kandor. Au contraire, elle avait tué l'Empereur quuro.

Rien n'était à sa place.

Mes compagnons ne partageaient pas mes scrupules. Ils balayaient la résistance ennemie. Il y eut d'autres éclairs lumineux, d'autres recommencements lorsque j'échouais à repousser les assauts des Manols. J'étais certain qu'ils n'auraient pas posé problème au véritable roi des vané, celui dont j'avais endossé le rôle. Je n'avais jamais été si douloureusement conscient que Darzin ne m'avait presque rien appris des techniques de combat. Six mois d'entraînement auprès de Kalindra et de Szzarus ne suffisaient pas à compenser toute une vie durant laquelle je n'avais jamais touché une épée, sauf pour la voler.

Mes gardes poussèrent les battants d'une gigantesque double porte, sculptée d'animaux de la jungle et d'oiseaux de proie, encadrant l'image d'un arbre colossal qu'il était aisé de reconnaître. Les salles étaient vides. Les vané qui auraient pu les garder étaient tous allés défendre d'autres parties du palais. Nous y entrâmes donc librement.

Enfin, nous atteignîmes une pièce située au cœur même de l'arbre. Contre le mur face à nous, ses branches avaient été sculptées et entrelacées jusqu'à former un trône. Une femme y était assise, une expression sereine sur le visage.

Sa peau était noire, si sombre que la lumière y faisait jouer des reflets bleus, et ses cheveux étaient un rideau de soie d'un vert profond qui me rappela le dessous d'une fougère. Ses yeux semblaient verts et bruns, mais ils reflétaient aussi toutes les nuances qui l'entouraient. Elle portait une robe de soie émeraude et de plumes, qui donnait l'impression d'avoir été tissée de rêves.

— Khaevatz, dis-je.

Le nom avait franchi mes lèvres sans que je l'y autorise, si bien que l'espace d'un instant je crus que quelqu'un d'autre l'avait prononcé. C'était une figure de légende, un nom que même à Quur on murmurait avec respect, crainte et émerveillement. Elle était aussi âgée que le monde et avait vu se lever toutes les nations, tous les dieux-rois, tous les monstres.

Surdyeh disait jadis que lorsque la reine Khaevatz mourut enfin, le monde entier la pleura[1].

Elle pencha la tête, altière, d'une beauté presque insoutenable.

— Terindel. L'heure serait-elle enfin venue d'en finir ?

Je faillis m'étouffer. Terindel ? Le père de Teraeth ? Ce n'était pas le nom que j'attendais…

1. C'est un peu vrai. Il y eut cette année-là un extraordinaire phénomène climatique, qui recouvrit une grande partie du continent d'une tempête géante et très spectaculaire. On peut tout à fait supposer que la tempête n'ait pas été d'origine naturelle, et que donc, « le monde la pleura ».

Près de moi, Sire Lapin émit un gargouillis ; un Manol avait jailli de l'ombre et tranché la gorge du vané à la peau blanche.

Ils nous avaient réservé un dernier piège.

Je hurlai et voulus frapper l'assassin, mais il était d'une rapidité phénoménale. M'approcher de lui aurait été suicidaire. Cependant, je parvins à le distraire en lui lançant une dague, tandis que l'un de mes hommes l'éliminait d'un sortilège. D'autres Manols apparurent, d'autres défenseurs prêts à mourir pour leur reine. Et ils moururent, mais non sans emporter autant de Kirpis qu'ils le pouvaient.

Je n'aurais pas survécu. Dix fois, je serais mort. Certes, chaque fois que je mourais, je réapparaissais sain et sauf ; cependant, mon corps, lui, avait la sensation d'avoir porté tous les coups, esquivé toutes les flèches. J'étais fatigué. Non, le mot était trop faible : j'étais épuisé.

Enfin, je me retrouvai seul, dans la salle du trône, avec Khaevatz. Celle-ci n'avait pas bougé d'un pouce depuis le début.

— Rends-toi ! criai-je.

C'était bien ce qu'il fallait demander, non ? Elle n'allait pas mourir ici. Je savais qu'elle ne mourrait pas. Il devait encore s'écouler des siècles avant qu'elle rende son dernier souffle.

— Pauvre petit roi, railla une voix masculine. Comme il doit être rageant d'avoir voyagé si loin, triomphé si brillamment pour connaître malgré tout l'amertume de la défaite !

Je cillai. L'image de Khaevatz frémit puis se brouilla, comme si une pierre avait été jetée sur son reflet dans l'eau. La pierre en question était un homme manol, qui venait de franchir la reine illusoire, et descendait les marches pour s'avancer vers moi.

C'était Teraeth.

— Ter…

Son nom mourut sur mes lèvres. Non, ce n'était pas Teraeth. Ils se ressemblaient tant qu'ils auraient pu être frères, mais sa voix, son maintien, ses mouvements étaient différents. Il avait les yeux gris-vert comme des ouragans et les cheveux aussi noirs que les tréfonds de l'océan. Il tenait une épée et sa chemise ouverte me laissa entrevoir la pierre tsali couleur d'émeraude qu'il portait au cou, la même que portait Doc.

— La reine Khaevatz vous transmet ses plus plates excuses, mais elle ne pouvait malheureusement pas être présente. Elle avait rendez-vous avec votre frère, le prince Kelindel – qu'il faudra bientôt appeler « le roi Kelindel », si je ne m'abuse – pour décider de l'attitude à adopter concernant cet Empereur Kandor. Celui-ci semble tout à fait disposé à anéantir toute la race vané, en représailles de vos crimes. (L'homme s'approcha de moi à grands pas, un sourire espiègle sur le visage.) On m'a fait l'honneur de me charger de libérer le trône au profit de Kelindel. Félicitations. Vous avez réussi à unifier nos peuples, au bout du compte, même si ce n'est pas de la manière dont vous l'avez imaginé.

Je n'avais plus le temps de protester ni de poser des questions. Quel que doive être mon rôle dans cette étrange reconstitution de l'histoire des vané, cet homme s'approchait de moi avec une arme. Il ne plaisantait pas.

Il porta un coup dans ma direction. Je me courbai tout en essayant de lever mon épée, sentis une brûlure cinglante le long de mon bras ; sa lame avait trouvé un point faible dans mon armure. En temps normal, cela aurait suffi à relancer la scène, puisque les vané manols étaient si friands d'armes empoisonnées.

Ce ne fut pas le cas.

Je m'élançai en avant, espérant le surprendre par mon attaque. Il fit un pas de côté, abattit son épée… et je repérai une ouverture.

J'y plongeai ma lame, ne comprenant la feinte qu'un instant trop tard. Son expression, lorsqu'il me transperça, était empreinte de dédain.

Ma vue s'obscurcit.

Cette fois, il n'y eut pas d'éclair lumineux.

48

Repas de famille

(Récit de Serre)

Tante Tishar – qui était en réalité l'arrière-grand-tante de Kihrin – lui adressa par-dessus la table un regard curieux.

— Darzin nous a dit que vous étiez musicien.

Elle paraissait plus jeune que Therin – entre vingt et trente ans, tout au plus – et Kihrin dut se rappeler qu'elle était assez vieille pour être la grand-mère de Surdyeh. Les traits des vané étaient chez elle très prononcés : il n'était pas difficile de croire que sa mère avait été une vané de pure souche. Ses cheveux étincelaient d'éclats dorés et ses yeux étaient d'un bleu si pur qu'ils ne paraissaient pas naturels.

Elle ressemblait beaucoup à Kihrin.

La similitude n'était pas aussi frappante qu'avec le portrait de son frère Pedron, mais elle existait bel et bien. Chez elle, Kihrin reconnaissait ses propres yeux bleus, ses propres cheveux blonds. Elle constituait, comme son frère défunt, une preuve que le fait de donner à Kihrin le nom de D'Mon était tout à fait justifié.

Le dîner était le seul repas qui rassemblait toute la famille, et il avait lieu dans une salle à manger qui aurait pu accueillir un régiment. Kihrin avait été interloqué de constater l'ampleur de son nouveau clan. Il devait y avoir plus d'une centaine de personnes dans cette pièce portant toutes le patronyme de D'Mon, et réparties en une dizaine de tables distinctes. La position de celles-ci reflétait celle de leurs occupants sur l'échelle de la faveur et du pouvoir.

Kihrin aurait préféré prendre place à l'une des tables du fond, à l'abri du regard haineux de Darzin, mais Taja ne lui souriait pas. Kihrin devait manger aux côtés de son père, de son grand-père Therin et de leur famille proche. Et cependant, il ne s'estimait pas capable de nommer la moitié des personnes attablées avec eux, pour la plupart des oncles et tantes qu'il n'avait presque jamais – voire pas du tout – rencontrés.

Kihrin opina tout en mangeant.

— Oui, madame. Je suis meilleur chanteur qu'instrumentiste, en revanche.

Il tritura les aliments disposés sur son assiette cerclée d'or. Il n'était toujours pas habitué à la manière dont les aristocrates prenaient leurs repas : le plat actuel – il y en avait en tout une demi-douzaine – était un petit morceau de saumon d'exception, nageant dans une crème à la saveur subtile. Kihrin ne trouvait pas cela mauvais mais le plat demeurait bien fade, et il regrettait qu'il ne soit pas servi avec un assortiment de condiments pimentés ou une sauce de voracresson.

— Comme c'est cocasse, commenta Alshena D'Mon avant de vider son verre de vin. Même si j'imagine que c'est le plus recommandable des talents qu'on pouvait vous enseigner dans les bas-fonds, avec une frimousse comme la vôtre !

Kihrin lui adressa un regard noir.

L'épouse de Darzin eut un rire flûté. Elle avait marqué un point.

— Mère, je vous en prie…, murmura Galen, assis à son côté.

— Oooh, mon fils me trouve indécente !

Alshena gratifia Galen d'un sourire taquin, mais le jeune homme se rembrunit et baissa les yeux.

— Et en quoi est-ce inhabituel, Alshena ? commenta oncle Bavrin.

Elle rit tout en s'éventant.

— Vous jouerez au bal masqué du Nouvel An, j'espère ? reprit Tishar sans prêter attention aux frasques avinées de la femme rousse.

— Certainement pas ! assena Darzin. Un D'Mon, se donnant en spectacle comme un vulgaire laquais ? C'est hors de question.

— Je ne suis pas si doué que ça, de toute façon, tante Tishar, renchérit Kihrin.

— D'après la lettre que m'a écrite Qoran, vous êtes le meilleur harpiste qu'il ait jamais entendu, intervint Therin.

Jusqu'à ce moment, Kihrin aurait juré que le Grand Seigneur ne prêtait pas la moindre attention à leurs bavardages.

— Le Premier Général a d'ores et déjà accepté notre invitation au bal masqué. Vous jouerez un morceau pour lui, sur cette harpe qu'il vous a offerte.

— Père…, cracha Darzin, ulcéré.

— Il jouera, Darzin. La discussion est close.

Kihrin les regarda échanger un regard assassin par-dessus la table. Darzin fut le premier à baisser les yeux.

— Oui, monsieur.

— Cela vous laisse trois mois pour vous préparer, reprit Tishar avant d'ajouter dans un murmure : Je suis sûre que toutes les filles des familles royales en auront des palpitations.

Darzin, assis suffisamment près pour l'entendre, éclata d'un rire sonore.

— Je comprends mieux votre petit manège, Tish. Vous voulez lui trouver une épouse. Un peu de patience, il n'a encore que quinze ans !

—Alshena et vous n'étiez pas beaucoup plus vieux lorsque vous vous êtes mariés, répliqua Tishar.

—Et on voit ce que cela a donné, marmotta l'oncle Devyeh dans sa barbe.

Darzin eut peut-être la bonne grâce de ne pas réagir, ou – plus probablement – il ne l'entendit pas. Alshena, en revanche, décocha à son beau-frère un regard meurtrier.

—Je préfère attendre un peu, déclara Darzin. Cela laissera aux gens le temps d'oublier que sa mère n'était qu'une vulgaire putain.

—Vous voulez dire une vulgaire traînée, monsieur, corrigea Kihrin.

La table tout entière cessa tout net de parler.

Darzin l'observa fixement.

—Qu'est-ce que vous venez de dire ?

—J'ai dit que c'était une vulgaire traînée, Père. Lyrilyn était une esclave, n'est-ce pas ? Donc, elle ne pouvait pas vraiment vendre son corps. Celui-ci ne lui appartenait pas. Elle ne pouvait par conséquent pas être une putain. Mais elle pouvait – et à dire vrai, elle y était sans doute obligée – accorder ses faveurs sexuelles à chacun. Et pour ce qui est du mot « vulgaire », eh bien, il est presque certain que ce n'était pas une aristocrate. Par conséquent, ma mère était une vulgaire traînée. (Il s'interrompit.) Mais vous avez dû la libérer avant de pouvoir l'épouser, n'est-ce pas ?

Darzin le dévisagea d'un air furieux.

—Oui…

—Dans ce cas, je vous présente mes excuses, Père. Vous aviez raison. C'était une vulgaire putain.

Il y eut un silence. La famille attablée contempla Kihrin, bouche bée. Alshena était comme paralysée sous le choc, et le visage de Darzin avait pris une teinte violacée fort peu seyante.

Dame Miya se mit à rire.

C'était un rire magique, doux et cristallin, tintant comme une clochette. Ce son suffisait à déjouer toute réplique, toute menace, toute explosion de colère qu'aurait pu prévoir Darzin. Les dîneurs se tournèrent vers elle puis se mirent à s'esclaffer à leur tour. Therin posa sur son sénéchal un regard stupéfait et la gratifia d'un de ses rares sourires.

Seul Darzin dardait toujours sur Kihrin un regard venimeux.

Bavrin sourit, regarda l'oncle Devyeh et dit :

— Je suppose qu'il n'y a plus de doute.

Devyeh hocha la tête.

— En effet.

— Plus de doute sur quoi ? s'enquit Alshena d'une voix où perçait la colère.

Bavrin montra Kihrin du pouce.

— C'est l'un des nôtres, c'est sûr.

Tishar haussa un sourcil.

— Vous en doutiez ? On jurerait pourtant que ce garçon est le frère jumeau de Pedron.

Le seigneur Therin eut un reniflement moqueur.

— Espérons qu'il ne se révélera pas aussi dépravé.

Darzin laissa tomber ses couverts sur son assiette avec fracas, et même le Grand Seigneur s'immobilisa.

— Fils, appela Darzin. Vous en avez fini pour ce soir. Montez dans votre chambre.

Le nouveau membre de la famille D'Mon l'observa avec un ahurissement manifeste.

— Quoi ? Mais qu'est-ce que j'ai…

— TOUT DE SUITE ! Dans votre chambre.

— C'est vous qui l'avez traitée de putain, protesta Kihrin.

Darzin se leva, le visage encore cramoisi.

— Très bien !

Kihrin quitta son siège et courut hors de la pièce. Personne ne chercha à l'arrêter, ni d'ailleurs ne prononça la moindre parole, que ce soit à son intention ou entre eux.

Kihrin avait traversé la moitié de la grande salle du palais lorsqu'il entendit des pas derrière lui, une série de claquements vifs et furieux sur le sol de marbre. Il se tourna à l'instant où Darzin, le visage déformé par la colère, lui envoyait son poing au visage.

— Ne vous avisez plus… jamais… (Darzin le frappa de plus belle, au bras, cette fois, lorsque Kihrin le leva pour se protéger.)… de me témoigner de l'irrespect devant ma famille. Je vous tuerai. C'est compris, gamin ? Je vous tuerai, putain.

Il voulut lui assener un nouveau coup, mais cette fois le poing de Darzin rencontra la grande potiche de cuivre que Kihrin venait de placer entre eux deux. Darzin hurla tandis que son fils s'écartait.

La lèvre de Kihrin saignait et sa joue commençait à enfler, mais il esquissa un rictus moqueur en regardant son père.

— Que m'avez-vous dit au sujet des grossièretés, Père ?

Darzin se figea et posa sur lui un regard plein de fureur et d'incrédulité.

— Vous êtes en train de me provoquer ? Vous seriez assez idiot pour ça ?

Kihrin éclata d'un rire hautain. Ses yeux étaient devenus vitreux ; il avait le regard de quelqu'un qui, poussé à bout, ne se préoccupe plus des conséquences de ses actes.

— On dirait bien. Il paraît que c'est de famille.

Pendant un instant, Darzin se contenta de l'observer d'un œil froid et détaché.

— Dans ce cas, faisons quelque chose de stupide, tous les deux. Cela va peut-être nous rapprocher. Je me demande si vous parviendrez à jouer de la harpe pour cet abruti de général, si vous n'avez plus de pouces ?

Darzin tira une dague de sa ceinture.

Toute trace d'humour, sarcastique ou non, quitta brusquement Kihrin ; il avait plongé les yeux dans le regard dément de son père, et avait vu que Darzin parlait sincèrement. Il recula, lentement, tandis que son père s'avançait.

—Le Grand Seigneur voulait que je joue…

—Mon père, rétorqua Darzin, devrait s'être habitué à ne pas obtenir ce qu'il désire, depuis le temps. De toute façon, je doute fort qu'il prenne la peine d'assister au bal.

—Si vous faites ça, vous feriez mieux de me tuer. Parce que si vous me laissez en vie, vous n'aurez pas l'occasion de le regretter longtemps.

—Des promesses, toujours des promesses…, commenta Darzin.

Il tendit la main et tenta de l'agripper, mais Kihrin se baissa pour l'éviter. Darzin le fit trébucher en tendant sa jambe, et lorsque Kihrin chancela il empoigna l'arrière de sa chemise. Celle-ci se déchira ; il le prit par les cheveux.

Kihrin hurla et lança son coude vers l'arrière, mais il n'atteignit rien d'important. Il n'était pas sans savoir que Darzin tenait une lame dénudée dans sa main libre, et qu'il était en train de décider où il l'utiliserait.

—Découpons un peu ce beau visage, dit Darzin. Cela donnera aux guérisseurs l'occasion de s'exercer.

Kihrin se jeta en avant. Il sentit des cheveux s'arracher de l'arrière de son crâne, mais ce mouvement lui permit de relever l'un de ses genoux pour frapper son père à l'entrejambe. Darzin desserra sa poigne l'espace d'une seconde. Le jeune homme en profita pour s'engouffrer dans une porte du côté de la salle, craignant pour sa vie comme s'il était encore une Clé, fuyant la Garde.

Darzin franchit la même porte quelques secondes plus tard, avant de s'arrêter, les sourcils froncés. La pièce était vide et sombre ; seule la lueur lunaire des Sœurs filtrait par la fenêtre, éclairant légèrement l'endroit. Il parcourut la pièce en tous sens avant de passer la tête par une fenêtre ouverte. Darzin D'Mon observa la distance la séparant du sol, ainsi que le treillis qui permettrait – à condition d'être rompu à l'art de l'évasion – de la franchir sans encombre. Il lâcha un juron.

— Vous ne pouvez pas le traiter comme Galen, déclara une voix sévère venue de l'entrée de la pièce.

— Il est à moi, et j'en ferai ce que je veux, répondit-il tandis que le Grand Seigneur Therin s'avançait vers lui.

— Tout comme vous m'appartenez, mon fils, et ce que vous faites est inacceptable. Si vous voulez torturer quelqu'un, achetez donc un esclave. Puisque vous avez décidé de faire entrer cet enfant dans notre maison en tant qu'héritier, vous allez le traiter comme tel.

Darzin s'immobilisa et regarda son père.

— Peut-être l'ai-je simplement imaginé, mais j'ai cru entendre un « Sinon… » à la fin de cette phrase.

— Vous avez une ouïe remarquable.

— Sinon quoi ? interrogea Darzin, l'air hargneux. Peut-être l'avez-vous oublié, mais c'est le nom et le rang de cette famille que je m'échine à protéger.

— Oh, vous protégez bien quelque chose, répliqua Therin. Mais je doute fort que ce soit l'honneur de la Maison D'Mon.

Darzin plissa les yeux.

— Ne me menacez pas. Je connais des secrets dont vous préféreriez qu'ils demeurent enfouis.

Therin sourit.

— Allez-y. Criez-le au monde entier. On parlera de moi dans les salons, et ces potins juteux réchaufferont le sang froid d'une poignée de harpies. Mes secrets ne sont qu'embarrassants… Il n'y est pas question de perfidie et de trahison.

— Pedron était votre père, riposta sèchement Darzin. Qu'en est-il de votre loyauté ?

— Pedron n'était autre qu'un scélérat, qui rendait cocu l'homme qui m'a élevé, corrigea Therin. Je n'ai témoigné à ce lâche que la loyauté qu'il méritait.

— Vous ne savez pas…

— Vous n'étiez certes qu'un enfant durant l'Affaire des Voix, et votre rôle n'a donc pas été soupçonné, mais ne croyez pas un seul instant que je n'avais pas compris où vous passiez vos nuits. Mon propre fils. J'ai dénoncé Pedron sans l'ombre d'un remords, mais pas mon propre enfant, et c'est une décision que vous m'avez fait regretter de nombreuses fois depuis.

— Vous seriez aussi coupable que moi, répondit Darzin après un long silence estomaqué. Parce que vous m'avez protégé.

— C'est possible, admit Therin. La différence, c'est qu'en me poussant à bout on finit par arriver à un point où cela ne m'importe plus. Vous, en revanche… Vous-même serez toujours la chose à laquelle vous tenez le plus en ce monde. Si nous devons nous affronter à coups de bluff, je gagnerai, pour la simple et bonne raison que je ne bluffe jamais.

Darzin serra les dents.

— J'aurais dû tuer moi-même cette traînée, lorsque j'ai compris qu'elle était enceinte.

Therin gifla son fils.

— Hors de ma vue, chuchota-t-il d'une voix vibrante de colère.

Sa fureur était, sans l'ombre d'un doute, celle des D'Mon : chargée d'une menace mortellement dangereuse. Même Darzin en fut ébranlé. Il dévisagea son père avant de tourner les talons et de quitter la pièce.

Le Grand Seigneur le regarda s'éloigner puis marcha jusqu'à une desserte. Il se servit un verre d'eau-de-vie de sasabim et l'observa une dizaine de secondes. Puis il s'assit près de la cheminée. Il ne but pas tout de suite, contemplant simplement la pile de bûches éteintes. Au bout d'un moment, il dit :

— Vous pouvez sortir, à présent. Je sais que vous êtes là.

Kihrin se leva de l'endroit où il s'était accroupi immobile, son ombre se fondant contre les rideaux situés derrière lui. Il pressa un mouchoir contre sa joue enflée, qui saignait.

— Comment l'avez-vous su ?

Le Grand Seigneur haussa les épaules.

— Quand j'étais jeune, j'avais pour ami un homme doté d'un talent similaire. J'avais appris à reconnaître la façon dont l'esprit glisse pour s'écarter d'un des recoins de la pièce. Et puis, il y a les chiens.

— Les chiens ?

— Oui, acquiesça Therin en désignant la fenêtre ouverte à l'aide de son verre d'eau-de-vie. Les chiens. Ils patrouillent dans la cour et votre arrivée est trop récente pour qu'ils se soient habitués à votre odeur. Si vous étiez sorti par la fenêtre, je les aurais entendus aboyer.

— Qu'est-ce que c'est, l'Affaire des Voix ? demanda Kihrin.

Therin soupira.

— Quelque chose qui s'est produit avant votre naissance.

— Je crois que c'est important que je le sache.

Therin l'observa un moment avant de hocher la tête.

— Les familles royales sont connues sous le nom de Cour des Gemmes. Enfin, pour être précis, nous nous qualifions de familles royales, mais nous ne sommes pas des souverains, et nous n'avons pas gouverné depuis la fondation de l'Empire. Nous avions commis… un acte. Personne n'est plus très sûr de ce que c'était. C'est un secret qui s'est perdu au fil des âges[1]. Tout ce que l'on sait, c'est que c'était quelque chose de terrible, si terrible que les Huit Immortels nous ont infligé une malédiction et imposé une destinée. Ils ont décrété qu'aucun membre d'une famille royale ne régnerait jamais sur l'Empire Quuro, à l'exception des rares individus qui gagneraient le droit d'être sacrés Empereurs. Si un seul membre d'une famille brisait ce tabou, les dieux ont promis qu'ils viendraient éradiquer cette famille tout entière jusqu'au dernier nourrisson. En conséquence, la Cour des Gemmes gouverne par procuration, par le biais des Ogenra auxquels nous conférons du pouvoir en leur confiant des terres et des titres, et celui des représentants que nous élisons pour devenir des Voix. Nous sommes des princes marchands ; nos forces sont économiques, notre politique est républicaine. Cela suffit à la plupart d'entre nous, mais certains regrettent l'ancien temps, celui où – il y a très, très longtemps – nous écrivions les lois et nous décidions nous-mêmes de qui pouvait vivre et qui devait mourir. Voilà une vingtaine d'années, une cabale secrète se forma dans l'intention de changer ce *statu quo*. Ils pensaient qu'ils étaient la faction annoncée par une prophétie, et destinée à renverser l'Empire. (La bouche de Therin se tordit.) Sans doute pour le rebâtir en une glorieuse renaissance. Les gens sont toujours prêts à labourer un champ où les cultures sont abondantes et à anéantir des nations, lorsqu'ils se sont persuadés qu'ils vont planter les graines d'un avenir meilleur.

— « Magicien, voleur, chevalier, roi. Les enfants ne connaîtront pas les noms de leurs pères, qui feront taire la brûlure des voix ». C'est de cette prophétie qu'il s'agit ?

Therin se pencha vers lui.

---

1. Il ne s'est pas vraiment perdu. Les familles royales ont assassiné l'Empereur Simillion, et les dieux ont été contrariés, car il avait commencé à faire quelque chose pour eux.

— Où avez-vous entendu cela ?

— C'était une sorte de graffiti version riche. Quel rôle avait Pedron ? Magicien ?

Therin plissa les yeux.

— Non. Voleur. Pedron n'a pas grandi dans le Cercle Supérieur. Sa mère réussit à l'emmener hors du palais avant de mourir, et il grandit dans le Cercle Inférieur. Lorsqu'il fut ramené au sein de la Maison D'Mon, il avait déjà formé les Danseurs de l'Ombre. (Il haussa une épaule.) Gadrith D'Lorus croyait que la prophétie se référait aux descendants ogenra de diverses maisons nobles, ayant été revendiqués par elles et légitimés. Des enfants qui allaient renverser les Voix et « faire taire leur brûlure ».

Kihrin siffla.

— Gadrith D'Lorus ? Gadrith le Déviant était mêlé à ça ?

— Oh, oui. C'était le « magicien ». Ils étaient quelques autres, aujourd'hui décédés. Je n'ai jamais trouvé que Gadrith avait été très habile à attribuer aux gens les rôles annoncés par la prophétie, mais la raison n'a pas vraiment de prise sur quelqu'un qui se prend pour l'Élu. (Il soupira.) Je suis écœuré de penser que Darzin a aidé cette répugnante petite cabale.

Alors qu'ils contemplaient la cheminée, les yeux de Therin étaient hantés par une émotion que Kihrin n'avait encore jamais constatée chez un D'Mon : la honte.

Mais la honte n'était pas le sentiment qui montait en lui. Il se tourna vers son grand-père.

— Alors, pendant combien de temps comptez-vous continuer à protéger Darzin ?

Le regard de Therin l'effleura.

— J'ai été très tolérant avec vous. Ne forcez pas votre chance.

— Il faut bien que quelqu'un le fasse, rétorqua Kihrin. (De nouveau, il essuya le sang de son visage à l'aide d'un mouchoir.) Je me demande : que faudra-t-il qu'il se passe pour que vous décidiez de l'arrêter ? Des preuves tangibles qu'il a enfreint les lois des dieux eux-mêmes ? Combien de personnes devra-t-il tuer ou torturer ? Je commence à avoir l'impression que lorsque les gens évoquent un sort pire que la mort, ils pensent aux gens assez infortunés pour devenir les esclaves de votre fils. Vous avez la moindre idée de ce qu'il leur fait ?

— Ils lui appartiennent. Légalement, il peut en faire ce qui lui plaît.

— Oui, et ses enfants lui « appartiennent » également, et de toute évidence, le fait qu'il s'amuse à les battre dès que l'envie lui en prend ne vous dérange pas. Il y a plein de brutes du Cercle Inférieur, des gens qui ont moins d'éducation que les dieux n'ont donné de poisson, qui auraient honte de traiter leur propre famille de cette manière. Alors, quelle est la frontière que Darzin devrait franchir pour que vous agissiez ? J'aimerais vraiment le savoir. La torture ? Le meurtre ? Le viol ?

— Assez ! cria Therin. (Il jeta son verre au sol, où il se brisa en mille morceaux comme pour ponctuer sa rage.) Je vous interdis de me parler ainsi !

Kihrin esquissa un rictus ironique.

— Qu'est-ce que vous allez faire, vieil homme ? Me frapper, vous aussi ?

Les mâchoires de Therin se contractèrent tandis qu'il observait Kihrin.

Le jeune homme secoua la tête.

— J'imagine que je tiens plus de vous que de Darzin, parce que, comme vous, il est possible, en me poussant à bout, d'arriver à un point où rien ne m'importe plus. Ce salaud m'a pris tout ce que j'aimais. Tout. Mais n'allez pas vous féliciter de m'avoir protégé, car vous l'avez laissé faire…

— C'est faux…

— Mais si ! hurla Kihrin. Il invoque des démons, il assassine des gens, il se rend coupable de trahison, et vous, vous le couvrez… Qu'est-ce que vous espérez enseigner ainsi à un homme comme Darzin, sinon qu'il peut faire tout ce qu'il désire, et que vous serez toujours là pour nettoyer sa merde ? Et vous restez là, à vous apitoyer sur votre sort, à vous gargariser de votre noblesse d'âme et la retenue dont vous faites preuve face au chien enragé qui vous sert de fils. Eh bien, vous savez quoi ? C'est vous qui en avez fait un chien enragé, et il n'y a rien de noble à refuser de l'abattre une fois pour toutes.

Therin ne répondit pas. Il semblait blessé au plus profond de son être. Lentement, il s'affaissa sur son siège, le regard rivé au sol. Kihrin s'aperçut que sa propre colère ne faisait qu'augmenter, son désir de le fustiger de plus en plus intense.

— J'espère que vous êtes fier de votre fiston, cracha-t-il en s'éloignant. Si vous voulez mon avis, vous êtes faits pour vous entendre.

Après le départ de Kihrin, Therin resta assis devant la cheminée éteinte durant plusieurs heures, ne se levant que pour aller chercher un autre verre et une seconde bouteille. Il était encore là lorsque Dame Miya, partie à sa recherche, apparut enfin et l'emmena se coucher.

49

Leçons critiques

(Récit de Kihrin)

Lorsque je m'éveillai, j'étais allongé sur le ventre et je bavais sur le sol de roche noire de la salle d'entraînement. Mon corps entier me faisait mal. Mes bras, mon cou, mes épaules, mes cuisses, mes mollets… Chacun de mes muscles me donnait l'impression d'être de nouveau l'un des rameurs du *Malheur*.

Je grognai et levai la tête. Doc était assis non loin de là. Il avait jeté le thé et l'avait remplacé par une bouteille de vin, dont il s'était servi une coupe. Il observait ma harpe empruntée, mais à en juger par son regard flou il ne la voyait pas réellement.

Lorsque j'émis un son, Doc tourna la tête vers moi et se leva. Il n'avait pas l'air content.

— C'était pitoyable, commença-t-il en s'approchant, sans m'offrir sa main pour me relever. Combien de fois êtes-vous mort ? Trente fois ? Quarante ? Qu'est-ce que vous a enseigné Darzin au juste, le meilleur moyen de vous empaler sur une épée ennemie ?

Je faillis défendre Darzin, mais m'arrêtai juste à temps. Mon soi-disant père ne m'avait entraîné au combat que pour pouvoir me punir de ne pas progresser assez vite.

— Vous m'avez drogué. Parlons un peu du fait que vous m'ayez drogué !

— Je vous ai dit que je ne vous ferais pas de cadeau.

J'inspirai profondément et réprimai mon envie de me mettre à hurler. Ce n'était pas vraiment la drogue qui m'importait, de toute façon.

— Je connais les effets des feuilles de riscoria. Ce genre de vision n'en fait pas partie. Comment vous y êtes-vous pris ?

Doc parut satisfait de ma remarque. Il tapota la pierre tsali verte qu'il portait au cou. C'était la même que celle du vané manol, l'homme qui m'avait raillé et tué à la fin de la vision.

La même pierre.

— Brise-chaînes, dit-il.

Je cillai.

— Pardon. Quoi ?

Ma perplexité le fit rire.

— Vous portez la Pierre des Entraves. Moi, je porte sa jumelle, Brise-chaînes. Vous et moi faisons partie d'un groupe extrêmement restreint, qui ne compte que huit membres à travers le monde.

Je touchai la pierre qui pendait à mon cou.

— Huit ? Il y a donc bien huit pierres comme celles-ci ?

— Oui. Et chacune a ses propres pouvoirs, ses dons et ses malédictions. (Il pinça les lèvres.) Maintenant, parlons de votre entraînement.

— Non. Je veux parler de la Pierre des Entraves et de Brise-chaînes. Je veux parler de l'illusion que vous avez introduite dans mon esprit.

Doc soupira et leva les yeux au ciel. Tout à coup, il ne fut plus là.

La pointe de son épée me piqua la peau du cou, si vite que je n'étais pas sûr de l'avoir vu bouger. Je n'avais distingué tout au plus qu'une tache mouvante.

— C'est du réel que vous voulez ? Voilà ce que c'est, le réel, jeune homme.

Une petite goutte rouge perla au niveau de ma clavicule, juste au-dessus de la Pierre des Entraves. La froideur glacée du bijou me brûla la peau, comme si j'avais pu douter de la sincérité de mon professeur.

— Le réel, c'est que vous êtes entré dans un monde qui vous déteste, et qui serait ravi de laisser votre cadavre pourrir sur le grand dépotoir de l'existence. Le réel, c'est que vous n'avez ni l'entraînement, ni les compétences nécessaires pour survivre jusqu'à votre prochain anniversaire. Le réel, c'est que se cacher dans une grotte pour échapper aux monstres comme Relos Var, ce n'est tout simplement pas une vie.

— Je ne peux pas partir, rétorquai-je sèchement.

Néanmoins, je m'abstins de me pencher vers lui comme je l'aurais fait en temps normal… étant donné la façon dont il tenait son épée.

— Vous n'avez pas pu manquer l'énorme dragon qui se trouve dehors. Il me tuera si j'essaie de partir.

Doc eut un rire dénué de chaleur.

— Le Vieil Homme ne va pas vous tuer. Vous portez la Pierre des Entraves.

— Je le sais ! Mais cela ne l'empêchera pas de…

Je m'interrompis.

— Vous ne savez même pas de quoi je vous parle, pas vrai ?

Je le dévisageai fixement.

— Ça le tuerait. Voilà ce que je sais.

Pour être franc, j'avais imaginé que le bijou ne fonctionnerait pas sur un dragon. Qu'il serait immunisé à la magie qui l'habitait. Je baissai les yeux sur la pierre. J'avais peur de me mettre à hurler si je m'apercevais que j'aurais pu quitter l'île depuis le début, mais il n'y avait qu'une seule manière de le découvrir : poser la question.

— Qu'est-ce qu'elle fait, cette pierre ?

— Si je vous tuais maintenant pendant que vous portez ce caillou, votre corps mourrait, mais la Pierre des Entraves échangerait nos âmes. Ce serait mon âme, et non la vôtre, qui irait se présenter devant Thaena, pendant que vous vous retrouveriez soudain dans un nouveau corps. Mon corps à moi, pour être exact. On ne peut pas vraiment dire qúe vous gagneriez au change, à moins que vous ne brûliez d'envie de devenir un homme entre deux âges qui commence à bedonner.

Il rit doucement. Cette idée semblait l'amuser nettement plus que moi.

J'eus l'impression que le sol de pierre venait de basculer, qu'un casse-tête constitué d'une multitude de pièces s'assemblait sous mes yeux. C'était pour cela que Serre n'avait pas voulu me tuer. Pour cela que Miya avait donné à Lyrilyn la Pierre des Entraves. Pour cela que cette même pierre n'avait pu éviter à Lyrilyn d'être assassinée.

Ce n'était pas ainsi que fonctionnait la Pierre des Entraves. Lyrilyn était morte, mais son âme avait survécu… dans le corps du métamorphe qui l'avait tuée.

Mais ce n'est pas tout ce qui m'apparut en cet instant.

Je levai la main, enroulai mes doigts autour de son épée et repoussai lentement la lame. Je tirai une chaise proche de la table et m'y assis.

Il ne s'était pas écoulé beaucoup de temps pendant que j'étais inconscient, quoique cela m'ait paru durer une éternité. Les lampes étaient encore allumées, même si le niveau d'huile avait nettement baissé. Le thé était froid, mais le pain n'avait pas séché. Une heure, tout au plus.

— Dans la vision, repris-je, je portais la Pierre des Entraves. J'étais Terindel… J'étais le roi Terindel. Je portais la Pierre des Entraves lorsque j'ai été tué par un Manol qui ressemblait de manière frappante à Teraeth…

Doc me fit signe de poursuivre.

— Vous…, dis-je en le pointant du doigt. Vous avez dit que le père de Teraeth était un fou et un imbécile.

« Doc » Terindel rit et vida son verre de vin.

— Oui… Et je suis bien placé pour le savoir, n'est-ce pas ? J'ai eu cinq cents ans pour réfléchir à la manière dont mon arrogance m'a coûté la couronne de Kirpis. Je me suis conduit en fou et en imbécile, et cela m'a coûté tout ce que j'avais. (D'une pichenette, il heurta Brise-chaînes, qui tinta comme une clochette.) Je suis devenu si doué pour me servir de cette gemme… qu'il m'arrive d'oublier que je porte une illusion.

Et celle-ci se dissipa.

Il ressemblait comme deux gouttes d'eau au vané manol que j'avais vu durant ma vision, celui qui avait porté le coup fatal en l'honneur de sa reine. Ses vêtements étaient différents, mais c'était tout. Il ne ressemblait pas du tout à Terindel, le vané kirpi, l'homme qui avait mené ses troupes dans l'attaque du Manol.

Mais je savais que c'était lui.

Terindel avait été tué par un Manol à la peau noire et, puisqu'il portait alors la Pierre des Entraves, il avait survécu… dans le corps de son meurtrier.

— Lorsqu'on m'a donné la babiole que vous portez autour du cou, expliqua Terindel, je ne voulais pas l'utiliser. Elle me sauverait la vie, mais me coûterait le trône. C'est le problème, lorsqu'on est de sang royal, voyez-vous. Tout repose sur l'idée ridicule que votre corps, votre lignée, recèle plus de valeur que vos compétences, votre intelligence, votre âme. Et la Pierre des Entraves ne se soucie pas des lignées. Je suis devenu, littéralement, ce que je haïssais le plus : l'un de ces vané manols, ces créatures impures.

— Oh. Donc, heu… Vous pensez toujours… Heu, je veux dire…

Je me raclai la gorge.

— Est-ce que je suis toujours affreusement raciste ? Non, j'aime à penser que j'ai acquis un certain discernement. (Il posa sa coupe et mit son épée au fourreau.) On n'est jamais plus vulnérable que dans l'instant où notre âme change de place avec celle de notre meurtrier. La pierre ne nous accompagne pas, et beaucoup des talents sur lesquels on se repose pour survivre – du maniement de l'épée aux sortilèges – sont liés à l'entraînement et aux dons inhérents à notre propre corps. Dès que j'ai compris ce qui s'était passé, je me suis enfui. Je n'ai pas eu le temps de ramasser la Pierre des Entraves, mais mon nouveau corps portait déjà Brise-chaînes. C'est une leçon d'une importance cruciale : on n'est pas immunisé aux effets d'une Pierre Angulaire simplement parce qu'on en porte une autre.

Je hochai la tête. Cela aussi me semblait logique. Lyrilyn non plus n'avait pas pris le temps de ramasser la Pierre des Entraves. Ou alors, si elle l'avait fait, elle n'avait eu que le temps de la glisser dans mes langes.

— Et Valathea ?

Son regard glissa sur la harpe empruntée.

— Je ne vois pas de quoi vous voulez parler.

— Votre reine. Votre femme. Ils devaient l'emmener en lieu sûr.

La joue de Terindel se crispa.

— Elle a été trahie. Ils l'ont condamnée à la Marche des Traîtres. (Il marqua un temps de silence.) Je pense que nous avons terminé. Vous devriez vous reposer.

— Je crois que je vais retourner discuter un peu avec le Vieil Homme.

Doc me regarda d'un air incrédule.

— Ce n'est pas prudent, dit-il. (Je me levai, décidé à courir en direction de la plage.) Vous ne pouvez pas partir.

— Visez un peu ça, rétorquai-je.

Puis mon corps me trahit. L'univers tout entier se mit à pencher, se retourna et me précipita sur le sol de pierre lisse.

50

L'ÉPOUSE DU SEIGNEUR-HÉRITIER

(Récit de Serre)

Kihrin regagna sa chambre, fou de rage. Toute la frustration, toute la colère qui bouillonnaient en lui depuis des mois venaient de déborder en un flot torrentiel. Comment un homme pouvait-il se montrer aussi insensible ? Therin se fichait de tout. Therin était un monstre sans cœur, qui se souciait comme d'une guigne de ce qu'il appelait sa famille. Therin lui avait dit que les D'Mon n'en étaient pas vraiment une, mais jusqu'à cet instant Kihrin avait cru qu'il s'agissait d'une hyperbole destinée à impressionner le nouveau venu. Maintenant, il en était convaincu. Tant que Therin avait Darzin à son côté pour tyranniser ceux qui les entouraient, le vieil homme n'aurait jamais besoin de se salir les mains.

Kihrin avait terriblement envie de détruire quelque chose, mais sa chambre avait été prévue pour résister à de tels actes de vandalisme. Les meubles étaient rares, et les rideaux d'étoffe constituaient des victimes peu satisfaisantes. Les pots de fleurs se brisèrent docilement, mais la réserve en fut vite épuisée.

Puis Kihrin vit la harpe.

Elle se trouvait encore là où les serviteurs l'avaient laissée, et où il avait pris soin de l'ignorer depuis son arrivée. Elle restait là, tel un vautour malveillant, à regarder défiler la mort, la douleur et la haine. Le Premier Général avait dit que son nom signifiait « chagrin ». Elle était bien nommée, car elle était la cause des plus grands chagrins qu'ait connus sa vie. Il s'avança vers la harpe, la ramassa, la souleva haut dans les airs…

— Si vous détruisez cet instrument, chéri, comment pourrez-vous jouer pour le Premier Général ? lança la voix d'Alshena D'Mon depuis la porte.

Elle entra dans la pièce tout en s'éventant. Elle ne cessait de le faire, pour empêcher son maquillage outrancier de couler.

— Ce n'est pas que cela me dérange outre mesure, mon chou, mais je pense que vous le regretteriez demain matin.

Le souffle de Kihrin se bloqua dans sa gorge, et il baissa la harpe. Sa voix sonore avait paru transpercer sa rage dévorante. Il se sentait faible.

— Je ne vous ai pas entendue frapper, madame.

Il détourna le regard, peu d'humeur à supporter l'épouse éméchée de son père et ses plaisanteries à double tranchant.

Alshena sourit.

— Je n'ai pas frappé, en effet. Je suis terriblement impolie, mais je suis à peu près sûre d'avoir entendu des pots se briser.

Kihrin regarda les tas de terreau humide et les éclats de porcelaine brisée.

— Ah oui. Heu… Je… J'ai décidé de changer la décoration. Tout va bien. Je n'ai vraiment pas envie de voir quelqu'un pour l'instant, si cela ne vous dérange pas.

Alshena arqua un sourcil peint.

— Bien sûr, répondit-elle. Je suis simplement venue vous remercier.

— Me remercier ?

Kihrin s'appuya contre l'un des troncs qui constituaient les montants de son lit. Son équilibre l'avait abandonné.

— Oui. J'étais inquiète lorsque j'ai vu Darzin vous suivre, après le dîner… (À sa grande surprise, elle parut embarrassée.) J'avoue que vos conversations avec mon époux et avec mon beau-père n'étaient pas très discrètes, et que l'on distinguait clairement vos paroles depuis l'autre bout de la grande salle. J'espère que Darzin ne vous a pas fait trop mal.

Kihrin regarda ses pieds.

— Oh. Non… Il m'a juste fendu la lèvre. J'ai un baume pour me soigner.

— Merci. (Elle articula ce mot comme si le dire lui faisait mal.) Ce n'est pas facile de tenir tête à mon époux. Je n'ai pas encore réussi à déterminer si vous étiez très courageux ou très stupide… mais j'ai décidé que je vous aimais bien.

Le vin qu'elle avait bu durant le dîner faisait briller ses yeux.

Kihrin s'assit sur le lit. Il avait l'impression que sa langue lui emplissait la bouche. Les seules réponses qui lui venaient étaient des platitudes.

Alshena hocha la tête, puis se tourna pour partir. Dans l'embrasure de la porte, elle s'arrêta et lui fit face de nouveau.

— Je ne croyais pas que vous étiez réellement le fils de Darzin, jusqu'à ce soir.

Kihrin leva les yeux vers elle, une expression horrifiée sur le visage.

— Mais maintenant, si ?

Alshena balaya la pièce du regard.

— Puis-je entrer ? Je sais que vous n'avez pas envie de voir qui que ce soit, mais pour ma part, c'est tout le contraire.

— Eh bien, il semble que quelqu'un ait, hum… renversé quelques bibelots. Ce n'est pas très bien rangé.

Il chercha un fauteuil du regard, mais la pièce n'était pas conçue pour recevoir. Il s'apprêtait à suggérer qu'ils sortent sur le patio lorsqu'elle reprit :

— Je vais m'asseoir sur le lit.

— Que vont dire les gens ?

— Rien, à moins que vous ne leur en parliez, répliqua Alshena. Et je n'ai pas l'impression que vous soyez du genre à vous adonner aux commérages.

Elle s'assit sur les draps verts et disposa son agolé sur ses jambes. Kihrin résista à l'envie de lui dire qu'il était considéré comme poli, pour une femme, de tirer son agolé vers le bas en s'asseyant, et non vers le haut… Mais en apercevant ses jambes il avait été frappé par une image mentale particulièrement réaliste du reste de son corps, et il frémit. Il luttait toujours contre les souvenirs de sa rencontre avec le démon.

— Vous avez quelque chose à boire ? s'enquit Alshena une fois qu'elle fut bien installée. J'ai vraiment besoin d'un verre.

Kihrin haussa les épaules, embarrassé.

— Je suis désolé, je l'ignore. Je suis sûr qu'il y a un placard à alcools quelque part par ici…

— Allez voir. Je peux attendre, mon chou.

Il l'observa un instant, mais Alshena ne semblait pas près de partir et se souciait fort peu de ce qu'il pouvait en penser. Elle gratta l'écorce d'un des montants du lit d'un long ongle verni de rouge.

Kihrin soupira et chercha quelque chose à lui donner pour hâter son départ. Quelques instants plus tard, il revenait avec une bouteille de vin et deux verres.

— J'ai trouvé ceci.

Il servit un verre, mais alors qu'il commençait à en verser un second, Alshena l'arrêta, si bien que le deuxième verre ne contenait qu'un doigt de liquide doré et pétillant.

— Je suis assez vieux pour boire, observa Kihrin, piqué.

Alshena eut un sourire malicieux.

— J'en suis certaine, mais voulez-vous lire l'étiquette de l'excellent vin que vous avez déniché ?

Kihrin examina la bouteille. L'écriture en pattes de mouche ne lui était pas familière.

— Je n'arrive pas à la lire.

Alshena opina :

— C'est du vané. (Elle se saisit du verre peu rempli et en étudia le contenu d'un œil critique.) Il y en a assez pour… Comment vos amis l'auraient-ils dit, dans le Cercle Inférieur ? « Me flanquer par terre », peut-être.

Kihrin observa le verre comme s'il était rempli de venin. Enfin, remarquant le petit sourire moqueur qui flottait sur les lèvres de sa belle-mère, il haussa les épaules et en but une gorgée.

C'était comme du feu, une euphorie brûlante qui le fit frissonner. Une vague d'excitation déferla sur lui, faisant naître dans chaque fibre de son corps une kyrielle de sensations délicieuses. Il sentit l'odeur du terreau renversé et le parfum de rose musquée et d'écorces de citron que portait Alshena. Puis cette sensation s'évanouit lorsque la gorgée se termina.

— Ouah…

Alshena eut un sourire radieux.

— Ce n'est pas rien, n'est-ce pas ? J'imagine qu'il faudra que je remercie Dame Miya, la prochaine fois que je la verrai.

Kihrin leva les yeux de son verre de vin.

— Dame Miya ? C'est elle qui a mis cet alcool ici ?

Alshena haussa les épaules.

— C'est ce que je suppose. Elle a vécu ici, après tout.

Il fronça les sourcils et secoua la tête.

— Ces appartements étaient ceux de l'épouse défunte du Grand Seigneur.

— Dame Norá ? Oui, en effet. (Alshena toussa.) Et Miya était la suivante de Norá. Puis Norá est morte, et Miya s'est installée dans cette chambre… et Lyrilyn est devenue sa suivante. Regardez ce lit, et osez me dire qu'il n'appartenait pas à une vané.

Le regard qu'elle lui lança suggérait qu'il était d'une naïveté extraordinaire.

— Alors, pourquoi est-elle partie ? Pourquoi ne vit-elle plus ici ?

— Cela, mon jeune beau-fils, est l'un des autres grands scandales de la Maison D'Mon. (Elle avala une minuscule gorgée de vin et frémit ouvertement de délice en ressentant ses effets.) Voyez-vous, lorsque Dame Norá est morte, Darzin devait avoir, oh… dix ans ? C'est arrivé il y a plus de vingt-cinq ans. Quoi qu'il en soit, Dame Norá est morte en donnant naissance à son frère, Devyeh, et les prêtres de Thaena ont refusé de la faire Revenir.

— Ce n'est pas très étonnant, répondit Kihrin. Ils refusent souvent de faire Revenir les gens.

— Oui, mais Therin avait été prêtre de Thaena… avant de se réveiller un jour et de constater que les huit personnes qui le précédaient dans l'ordre de succession étaient toutes mortes dans des circonstances mystérieuses[1]. C'est ainsi qu'il est devenu Grand Seigneur. Le saviez-vous ? Bref : c'était le Grand Seigneur des Médiqueurs… et sa femme est morte en donnant la vie ! Et sa déesse a refusé de lui rendre la seule femme qu'il ait jamais aimée ! Il a cessé tout contact avec les prêtres depuis ce jour, et il a noyé ses malheurs dans la boisson.

— C'était l'Affaire des Voix ?

— C'était juste après, répondit Alshena, et la Maison a été considérablement ébranlée. Les D'Mon ont bien failli disparaître.

Il émit un ricanement.

— Quelle tragédie… Et qui a sauvé la Maison ?

1. Le mystère n'était pas bien grand. Les personnes que Pedron n'avait pas sacrifiées afin d'invoquer des démons sont mortes durant l'Affaire des Voix. C'était une période sanglante.

— Eh bien… Miya. Elle s'est installée dans ces appartements, à côté de ceux de Therin, et elle s'est mise à donner des ordres en affirmant qu'ils provenaient du Grand Seigneur. La plupart des guérisseurs savaient que c'était un mensonge, mais tout le monde était si inquiet qu'ils ont préféré jouer le jeu. (Alshena marqua une pause au milieu de son histoire.) Maintenant, réfléchissez à cela, mon trésor. Dame Miya ressemble à un ange dans un corps de femme, mais elle a dirigé cette maison pendant deux ans à la manière d'un général, et nous avons grimpé au classement durant ce temps. Jamais je ne me risquerai à sous-estimer cette femme. Les saints ne prospèrent pas, dans cette ville.

— Vous m'avez dit qu'elle était aussi endurcie qu'une génisse de trois jours.

— Je mens énormément. Cela fait partie de mon charme, déclara-t-elle en lui lançant un clin d'œil.

Il rit et secoua la tête.

— C'est elle qui a choisi les décorations de ces appartements ?

— Je n'en suis pas très sûre. C'était bien avant que j'épouse Darzin. Il est possible qu'elle l'ait fait, ou bien il se peut que Therin s'en soit chargé, pour la remercier de son aide. Mais lorsque je suis arrivée, ces appartements étaient déjà vides.

— Vous savez pourquoi ?

Kihrin replia ses jambes sous lui.

— Darzin aime à dire que Therin a recouvré ses esprits et qu'il s'est aperçu qu'il laissait une esclave – et une femme – gouverner la maison… aussi aurait-il récupéré sa place et l'aurait-il remise à la sienne. En ce qui me concerne, je ne crois pas qu'elle serait encore sénéchal si

Therin avait voulu la punir d'avoir sauvé sa Maison de la ruine[1].

Kihrin plissa les yeux.

— Donc, à votre avis, il y a une autre explication.

Alshena cessa de s'éventer. Elle replia les lames d'ivoire de l'objet et le posa sur le lit à côté d'elle.

— Je crois qu'ils ont eu un différend concernant votre mère.

Kihrin sursauta, pris au dépourvu.

— Lyrilyn ?

Alshena acquiesça.

— Oui. Elles étaient amies. Miya n'aimait pas la façon dont Darzin se comportait avec Lyrilyn, et elle a demandé à Therin d'y mettre un terme, mais Therin a refusé[2].

Kihrin détourna le regard.

— Évidemment.

— Après cela, Lyrilyn s'est enfuie. Cela a provoqué une grande brouille entre Miya et Therin. Dame Miya a quitté ces appartements, qui ont été condamnés. L'année suivante, j'ai épousé Darzin, en vertu d'un accord conclu entre la Maison D'Mon et la Maison D'Aramarin. Aujourd'hui, elle dirige la maisonnée, et Therin…

— Therin dirige la Maison ?

— J'allais dire qu'il se cache du monde au fin fond de sa chambre, mais oui, c'est vrai aussi.

— Quel âge aviez-vous ? interrogea Kihrin. Quand vous avez épousé mon… quand vous avez épousé Darzin ?

Alshena pinça les lèvres.

---

1. De plus, Therin avait épousé une femme khorvesh, et toutes ses filles avaient reçu une éducation martiale et avaient combattu dans l'armée. Il est évident que Therin n'est pas affligé de la même misogynie démesurée que son fils.

2. Je ne crois pas que tout cela soit vrai, exception faite de l'amitié qui unissait Lyrilyn et Miya.

— Seize ans. (Puis elle rit.) Darzin était différent, à l'époque. Il était beau, charmant, ensorcelant. C'était… c'était un jeune débauché têtu comme une mule, qui ne se souciait pas de qui étaient les gens ou de quels titres ils étaient affublés. Il leur disait ce qu'il pensait d'eux et se fichait des conséquences. Il vous ressemblait beaucoup, mon cher.

Kihrin se rembrunit en buvant une gorgée de vin.

— Je n'ai pas envie de croire que je descends vraiment de l'un ou l'autre de ces salopards. Je ne sais pas qui je déteste le plus, Darzin ou son père.

Alshena se leva et se mit à marcher dans la pièce. Enfin, elle s'approcha de Kihrin. Elle lui lissa les cheveux, les rassembla dans ses mains et les posa sur son épaule droite. Puis elle se pencha sur son épaule gauche, et murmura tout doucement :

— Savez-vous pourquoi Darzin bat Galen ?

Kihrin voulut tourner la tête, mais s'arrêta lorsqu'il s'aperçut que son visage aurait fini scandaleusement proche de celui de sa belle-mère.

— Parce que c'est un salaud ?

— Non, dit-elle sans cesser de lui caresser les cheveux. C'est parce qu'il veut un fils qui soit comme lui. Dur. Intelligent. Implacable. Tout ce que Galen ne sera jamais. J'aime mon enfant, mais je connais ses défauts. Il ne sera jamais le fils dont rêve son père. Comment serait-ce possible ? Les coups lui ont ôté toute sa volonté.

Puis Kihrin l'entendit prendre une brusque inspiration, et lâcher un soupir étranglé. Il comprit alors qu'Alshena pleurait.

Sa réaction fut immédiate et instinctive : il se tourna et l'enlaça. Quoique son contact fasse remonter en lui des images troublantes et pénibles, il fit de son mieux pour les ignorer. Après une seconde d'hésitation, Alshena lui rendit son étreinte et pleura ouvertement sur sa chemise.

Il la laissa sangloter, lui tapotant les cheveux d'une main tout en crispant l'autre sur les draps. Le monde de Kihrin s'emplit du parfum de rose et d'agrumes de sa peau, et de son corps pressé contre lui, vêtu d'une robe qui lui semblait soudain bien fine.

Il se rappela, plusieurs fois, qu'elle était la mère de Galen, qu'elle était deux fois plus vieille que lui et qu'il ne l'aimait pas. Pourtant elle était douce et tiède, leurs corps se touchaient de façon délicieuse et Kihrin lui-même était à présent passablement ivre.

Enfin, Alshena s'écarta.

— Oh… Je suis désolée. Je suis navrée, c'est… c'est si dur, parfois…

— Je ne peux même pas imaginer ce que ça doit faire, d'être mariée à ce monstre.

— Ce n'est pas comme si on m'avait laissé le choix. Oh, ciel, vous êtes tout tremblant !

Elle renifla et sécha ses larmes à l'aide d'un pan de son agolé, ce qui eut pour effet de dévoiler des sous-vêtements sertis de pierreries qui ne cachaient pas grand-chose.

Kihrin mit cet instant à profit pour se lever et s'éloigner de sa belle-mère. Il croisa les bras sur sa poitrine et inspira profondément.

— Ce n'est pas à cause de vous, dit-il.

Alshena s'essuya le visage. Étonnamment, le maquillage la faisait paraître plus âgée, et à présent qu'il avait commencé à s'effacer elle semblait avoir rajeuni. Kihrin resta interdit : en réalité, elle était plus jeune et plus jolie que plusieurs des putains les plus demandées du *Voile Brisé*.

— Hum ! dit-elle. Laissez-moi vous donner un petit conseil, mon garçon : lorsqu'une femme voit un homme se troubler ainsi en sa présence, la dernière chose qu'elle a envie d'entendre c'est « Ce n'est pas à cause de vous ».

— J'ai rencontré… un prince démon, tenta d'expliquer Kihrin. Il m'a fait des choses… Il a mis des choses dans mon esprit… Je ne peux pas…

Elle battit des paupières.

— Vous plaisantez. Dites-moi que vous plaisantez.

— C'est…

Il détourna le regard, embarrassé.

— Je me demandais bien pourquoi vous ne couchiez pas avec les esclaves, commenta-t-elle.

Kihrin releva brusquement la tête.

— Vous m'avez surveillé ?

Elle renifla dédaigneusement.

— Bien entendu. La première étape, lorsqu'on désire vous faire rencontrer une jeune fille convenable et dotée de relations intéressantes d'un point de vue politique, c'est de déterminer si vous aimez effectivement… les jeunes filles. (Elle marqua une pause.) Tishar et moi commencions à en douter.

— Oui, eh bien… (Il se frotta les bras.) Tishar et vous pouvez dormir tranquilles. Je préfère les filles. La plupart du temps. Enfin… (Il frissonna.) Oh, malédiction…

— Cela y ressemble, en effet, rétorqua Alshena en effaçant les dernières traces de son maquillage. Quel merveilleux changement. Maintenant, au lieu de partager des moments de silence gênants tandis que nous discutons de mon époux et de ses penchants meurtriers, nous allons pouvoir les partager tandis que nous parlons de vos problèmes sexuels. (Elle haussa un sourcil.) Je suppose que vous êtes capable de… Enfin… Vous n'êtes pas…

Il lui adressa un regard noir.

— Le problème n'est pas là, non.

— Ah, très bien. C'est parfait. (Alshena sourit.) Dans ce cas, je sais exactement ce qu'il faut que vous fassiez.

— Vraiment ?

— Oh, oui.

Alshena D'Mon examina la bouteille de vin vané puis en remplit leurs deux verres.

Elle reprit :

— Il faut que vous buviez un autre verre.

51

Le jardin de pierre

(Récit de Kihrin)

Non. Arrête-toi là, Serre. Et je te préviens tout de suite : si tu essaies de décrire le reste de cette soirée, je ne jouerai plus, quelles que soient les menaces que tu m'adresseras.

C'est clair ?

Bien.

Bref… Je m'éveillai en entendant Khaemezra et Doc se disputer.

— Combien de fois vas-tu réitérer la même erreur, Khae ? lança sèchement Doc. Il faut que tu arrêtes de traiter les gens comme des soldats conscrits. Tout le monde n'acceptera pas toujours de suivre tes ordres aveuglément.

— Je ne lui demande pas de suivre mes ordres aveuglément, rectifia Khaemezra. Et à toi non plus. Tout ce que je vous demande, à vous deux, c'est de faire en sorte qu'il soit prêt.

— Il n'a rien demandé.

— En réalité, si.

Doc soupira.

— J'espère que tu es consciente de la difficulté d'une telle tâche. C'est le portrait craché de Pedron… Et tu sais ce que je pense de Pedron.

D'accord. Je ne savais pas, jusqu'à présent, s'ils parlaient de moi ou de Teraeth.

— Le portrait craché du roi Terindel, tu veux dire ? lança-t-elle d'une voix si gorgée de fiel qu'elle aurait pu faire fondre la pierre.

Le silence s'abattit sur la pièce. La remarque de Khaemezra avait atteint une corde sensible. Doc eut besoin d'un temps pour se remettre d'une telle attaque.

— Teraeth aurait dû prendre ton nom, dit-il enfin.

— Teraeth pense qu'il est possible de racheter cette lignée. (Elle se tut un instant.) Ne le traite pas d'imbécile simplement parce que tu n'es pas d'accord.

J'entendis un bruissement de tissu, qui s'éloignait peu à peu. Elle se dirigea vers la porte.

— Tout de même… Sois prudente avec lui, Khae. Ne fais pas la même erreur que la dernière fois.

Elle rit.

— Comme si je n'avais commis cette erreur qu'une fois…

Je retins mon souffle, et le silence retomba, uniquement brisé par le pas discret de la petite voramer quittant la pièce.

Je sentis un pied botté me pousser l'épaule.

— Qu'est-ce que vous avez entendu, exactement ?

Je roulai sur le côté et examinai mes mains. Les blessures qui s'y trouvaient avaient disparu. Je devinai que c'était Khaemezra qui m'avait rendu ce service.

— Donc, Valathea a été condamnée à la Marche des Traîtres. Que lui est-il arrivé ensuite ?

— Je suppose que vous avez entendu une grande partie de notre conversation, voire la totalité. (Il s'assombrit.) Allez, debout. Il est temps de reprendre vos leçons.

— Répondez-moi d'abord.

— Je ne suis pas là pour répondre à vos questions. Je suis là pour vous apprendre à vous battre.

Je fis comme si je n'avais rien entendu.

— Vous n'êtes pas là pour rendre service à Therin ou à Khaemezra. Vous êtes là parce que je suis un descendant de Terindel. Pas de vous, si l'on veut être précis, puisque vous n'avez plus le corps initial de Terindel. Mais je devine que… (Je fis la moue.) Comment s'appelait votre fille, déjà ? Valrashar ? Je devine qu'elle a fini vendue comme esclave. Elle devait être exécutée en même temps que votre femme, Valathea, mais quelqu'un a décidé de se faire un peu de métal au passage, et elle a fini par appartenir aux D'Mon, et par donner naissance à Pedron et Tishar. Je me trompe ?

Je crus qu'il n'allait pas me répondre. Il ramassa la miche de pain noir et la laissa tomber sur le sol, près de moi. Puis il s'assit en tailleur sur la pierre lisse.

— Ils m'ont dit que Valrashar était morte au combat, commença-t-il. Je ne l'ai jamais cherchée. Ma femme… (Il grimaça.) J'ai voyagé jusqu'aux tréfonds de la Balafre Korthaen, jusqu'à Kharas Gulgoth. Je suis arrivé trop tard pour la sauver.

Ma gorge se serra en discernant la douleur dans sa voix, encore vive malgré le passage des siècles.

— Je suis désolé.

— Je n'avais nulle part où aller, après cela. La rumeur de ma véritable identité se répandit. Aucun vané ne voulait plus m'approcher. J'ai rencontré une femme… (Il s'arrêta et rit comme en réponse à une plaisanterie silencieuse.) J'ai rencontré une femme à Kharas Gulgoth. Elle avait voyagé avec Valathea, et elle lui avait témoigné de la bonté ; aussi, bien qu'elle soit quuro et humaine, je l'épargnai. Je décidai de l'aider. Elle-même était veuve, enceinte de l'enfant de son mari défunt, et je crois qu'il m'a semblé naturel de la protéger. Peut-être essayais-je seulement d'agir dignement, pour une fois dans ma vie.

— Qu'est-ce… Qu'est-ce qui s'est passé ?

J'en profitai pour terminer ce qui restait de pain.

— Lorsque Elana Milligreest retourna à Khorvesh, je la suivis. Il ne se passa rien de plus durant des années : nous étions tous les deux en deuil. Mais je l'aidai à élever son fils, et finis par les considérer comme une seconde famille. Hélas, cette famille-là était mortelle. Elana mourut et partit pour le Royaume de la Paix. Je pris soin de ses enfants, puis de leurs propres enfants. Je devins ce drôle d'oncle ou de cousin, qui repasse toujours au moment des fêtes, rapportant des cadeaux de ses voyages. Je portais le nom de Nikali lorsque la mère de Qoran me demanda de garder un œil sur son gredin de fils, qui partait s'installer dans la Cité.

Je battis des paupières, éberlué.

— Nikali Milligreest ? Vous… vous êtes Nikali Milligreest, le fameux duelliste ? Mon père, Surdyeh, racontait des histoires sur vous. Celle du jour où vous avez repoussé tous ces hommes, derrière le Temple de Khored… et la fois où vous avez vaincu… (Je m'éclaircis la gorge.)… Gadrith le Déviant.

Il ricana.

— Je trouve très drôle que vous soyez impressionné à ce point. Je vous dis que je suis un roi vané de plusieurs milliers d'années… et rien. Mais un vaurien de Khorvesh qui a tué en duel quelques idiots imbibés d'alcool ? Alors là, on construit l'autel et on commence tout de suite à prier !

— Ben… C'est juste qu'il circule de chouettes histoires sur vous, c'est tout. Que s'est-il passé ? Vous en avez eu assez de vous battre, vous avez pris le nom de Doc et vous avez ouvert un bistrot ?

— On finit par se lasser d'être acclamé en héros. J'ai aussi adopté une fille.

— Tauna. Je l'ai déjà vue. C'est une khorvesh, c'est bien ça ?

— Naturellement. D'ailleurs, c'est une Milligreest, cousine de Qoran au deuxième degré. En vérité, je me suis beaucoup amusé au côté de Qoran. J'ai eu des ennuis, j'ai aussi fait quelques bonnes actions. Et puis… (Il secoua la tête.) Je n'avais jamais compris que ma Valrashar était esclave à la capitale depuis toutes ces années. Jusqu'à ce que je rencontre Therin. Dès l'instant où je l'ai vu… j'ai deviné ce qui s'était produit. Mais il était trop tard. Elle était morte depuis au moins dix ans. Je suppose qu'elle avait connu la renaissance et commencé une autre vie.

— Therin le sait-il ?

— Par les dieux, non. « Hé, mon ami, sais-tu que j'ai été ton arrière-grand-père, autrefois ? Mais je ne le suis plus, parce que j'ai changé de corps. Oh, et aussi, il se trouve que ta tante Tishar est l'héritière disparue du trône des vané kirpis, et s'il lui arrive quoi que ce soit, c'est à toi que l'honneur reviendra. » Il vaut mieux ne le dire à personne ; ce serait extrêmement gênant pour tout le monde… et surtout pour les vané kirpis.

— Oui, je suppose que celui qui occupe actuellement le trône risquerait de ne pas voir cette concurrence d'un très bon œil.

— Quelle concurrence ? Tishar est tout à fait libre de s'emparer de Kirpis. Je suis sûr que Quur n'y trouvera rien à redire, rétorqua-t-il en levant les yeux au ciel.

Je me levai, tentant d'ignorer les protestations de mon corps. Je n'arrivais pas à croire à quel point j'étais endolori.

— Si ça ne vous ennuie pas, j'ai autre chose à faire pour l'instant.

Doc croisa les bras.

— Si, ça m'ennuie. Je vous ai raconté une histoire… Maintenant, c'est l'heure de l'entraînement.

— Pardon de vous avoir donné une fausse impression, mais je ne vous demandais pas la permission.

En souriant, je me dirigeai à reculons vers la porte.

— Quand vous en aurez assez d'essayer de convaincre le Vieil Homme de vous avaler tout cru, ramenez vos fesses par ici. Nous avons du pain sur la planche.

J'inclinai la tête dans sa direction, puis me mis à courir.

Je fus un peu étonné qu'il me laisse partir aussi facilement. Je m'attendais à ce qu'il tente de me retenir, et je n'étais pas sûr de réussir à l'en empêcher. J'avais beaucoup de questions et très, très peu de réponses.

Mais au moins un plan m'était venu. En tout cas quelque chose qui ressemblait à un plan.

À condition de ne pas y regarder de trop près.

Mon cœur tambourinait dans ma poitrine tandis que je me ruais vers la plage. Était-ce une bonne idée ? Non, pas du tout. Mais j'avais envie de quitter cette île et, si Doc avait dit vrai, j'en avais la possibilité. Le Vieil Homme n'allait pas me tuer. Il n'oserait pas le faire, à moins d'avoir le fervent désir de mourir et de faire de moi un dragon au pouvoir formidablement destructeur. Donc, je pouvais le défier, et alors… Eh bien, je serais libre de partir d'ici dès que je le souhaiterais.

Lorsque je parvins à la plage, rien ne bougeait, à l'exception des vagues heurtant le rivage. On n'entendait pas le moindre oiseau : les mouettes étaient parties chasser ailleurs. Les sons de la jungle et les trilles des draconides ne portaient pas jusqu'au sable noir.

Je me sentais faible et tremblant, bien près de m'effondrer malgré mon repos. J'avais dû dormir très longtemps : le soir était tombé, et les étoiles scintillaient derrière les nuances irisées du Voile de Tya. Et oui, le Vieil Homme avait regagné son perchoir.

Le dragon bougea. Mon pouls s'accéléra.

— **Tu n'as pas apporté la harpe**, souffla le dragon. **Peu importe. Chante pour moi.**

Je perçus sa volonté, cette force d'une autorité implacable qui poussait ses paroles jusque dans mon esprit.

— Non, répondis-je. Je veux vous parler.

— **Chante pour moi !** tonna-t-il.

Je chancelai et faillis tomber en arrière.

— Je préfère parler, insistai-je.

Le dragon enroula sa queue autour de son corps et battit des ailes, envoyant des vagues heurter à contre-courant celles qui se ruaient vers la plage.

— **Parler ?**

Il pencha la tête d'une manière qui me rappela un perroquet, ou bien les draconides de chasse qu'utilisaient les Thriss.

— **Les vordredd de Malkath utilisent une méthode consistant à tapoter sur des fils de cuivre enduits, qui permettent de communiquer sur de grandes distances. Le clan Esiné des vorfelané s'exprime à l'aide de mouvements de doigts très précis. Les voramer produisent sous l'eau des chants sourds pouvant s'entendre à des centaines de kilomètres. Les vorarras enchantent des cristaux, qui transmettent à ceux qui les regardent leurs images respectives. Que veux-tu dire par « parler » ?**

Je m'éclaircis la gorge.

— Je veux parler de la Pierre des Entraves.

Le dragon remua sur les rochers, faisant glisser les anneaux de son corps gigantesque comme ceux d'un cobra enroulé sur lui-même.

— **La Gemme de Rolumar, la Pierre des Entraves, Lieuse-d'âmes, la Couronne de Kirpis. Son premier pouvoir est celui d'avertir son porteur qu'il court un danger immédiat ; le deuxième est d'échanger les âmes ; et le troisième permet de prendre des gaesh. Rien de tout cela ne m'intéresse, petit homme.**

Je me redressai.

— Mais je la porte autour du cou. Et ça signifie que vous n'allez pas pouvoir vous contenter de me tuer.

Le dragon tendit vers moi son long cou.

— **Je n'ai jamais eu l'intention de te tuer, minuscule imbécile. Maintenant, chante.**

Je secouai la tête.

— Vous ne pouvez pas m'y obliger. Ça a peut-être marché une fois, mais c'est terminé.

Le dragon se coucha de nouveau, appuya sa tête sur sa patte griffue en un geste presque humain.

— **Chante-moi *La Chevauchée de Tirrin Gardebois*. Oh ! Ou alors, chante la beauté de Sirellea, et les tragiques ambitions de Kinorath… Connais-tu *La Chute de Dimea* ? C'est un chant plus récent…**

Je secouai la tête.

— Je m'en vais, Vieil Homme, et vous ne pouvez pas m'en empêcher.

Un terrible tremblement agita alors l'île tout entière, ballottant l'eau et les vagues et dessinant sur le sable des ondes concentriques. Des pierres se détachèrent des collines rocailleuses.

Le Vieil Homme riait.

— **Ah…**, ronronna-t-il. **Tu ne connais pas ces chansons ? Il s'est donc écoulé tant de temps ? Très bien. Mon jardin, chante pour ton nouveau compagnon. Chante, qu'il puisse apprendre.**

Alors, à ma grande horreur, les piliers de son îlot se mirent à chanter.

J'imagine que j'aurais été moins choqué s'il s'était simplement agi de rochers doués de parole ; mais ce n'était pas le cas. Au centre de chaque pilier, une silhouette se débattait, comme pour essayer de s'arracher à une flaque de vase. Elles étaient couvertes de pierre, mais d'une couche plus fine que le reste du rocher ; juste assez pour les retenir prisonnières, mais pas au point de masquer les contours de leurs corps. Seul leur visage avait été libéré par la roche, ce qui leur permettait d'ouvrir leurs yeux et leurs bouches. Ils ne criaient pas, bien qu'à voir leurs yeux emplis d'horreur il était évident que c'était leur seul désir.

Chacun de ces piliers était une personne.

Je vis leurs yeux fous rouler dans leurs orbites, la panique et le désespoir qui y brûlaient, en cet instant où il leur était donné d'entrapercevoir la liberté, l'espace d'un instant… tandis qu'ils chantaient pour divertir le Vieil Homme. Le pire était la beauté incommensurable de leur chant : c'était un lever de soleil, une promenade dans un jardin bien taillé au cœur du printemps, le rire d'un être aimé. J'aurais pu les écouter pendant des heures, émerveillé, si je n'avais compris quel sort atroce leur était réservé afin de produire cette mélodie.

Et je sus, à cet instant, ce que le Vieil Homme avait l'intention de faire de moi.

— Jamais, murmurai-je, effaré.

Au-delà de cette révulsion immédiate, j'éprouvais une profonde angoisse. Ma terreur était instinctive et sans bornes, similaire à celle des êtres qui redoutent les espaces exigus. Le pire était la familiarité de ce sentiment. Je m'étais déjà senti piégé, incapable de bouger, conscient et néanmoins prisonnier de mon propre corps.

J'avais déjà traversé cela. J'ignorais où. J'ignorais quand. J'ignorais même comment. Mais je savais, avec certitude, que j'avais déjà éprouvé cette sensation.

Et j'aurais souffert mille morts plutôt que de l'éprouver de nouveau.

Je m'aperçus alors que je n'étais plus sur la plage. Sans m'en rendre compte, je m'étais mis à courir, les feuilles des arbres de la jungle me cinglant les membres. Je traversai la forêt sans m'arrêter. Je courus, courus, et courus encore.

Il fallut des heures, cependant, pour que le rire du Vieil Homme cesse de résonner à mes oreilles.

52

Un fond de cruauté

(Récit de Serre)

Très bien, sautons ce passage. C'est le matin suivant que j'ai préféré, de toute façon.

Darzin D'Mon était d'une humeur particulièrement joviale lorsqu'il monta les marches de la tour sud du Palais Bleu. Il sifflotait pour lui-même, et songeait à quelque chose qu'il ne remarquait jamais que par son absence : l'ennui.

Darzin D'Mon n'avait jamais été porté sur l'introspection. Il n'était – de son propre aveu – pas très doué lorsqu'il s'agissait d'examiner son propre esprit. Dans la majorité des cas, ce trait de caractère lui paraissait représenter un avantage et non un handicap. En effet, il n'éprouvait pas le besoin de pleurnicher ou de s'apitoyer sur son sort à la manière de son père, constamment tourmenté par le doute et la culpabilité. S'il n'aimait pas sa situation, il la changeait, et si c'était impossible il ne lui permettait pas de le ronger. Mais il était des ennemis dont même lui peinait à repousser les assauts. Des ennemis qui ne l'approchaient pas à la faveur des ombres ou par magie, mais par le biais du succès, de la richesse et de la prospérité.

Gagner était agréable, mais ensuite… que se passait-il ? Les victoires qu'il remportait – si souvent faciles, si souvent monotones – n'avaient plus la même saveur, dernièrement.

Darzin devait aller de plus en plus loin pour dénicher des distractions capables d'éveiller son intérêt. C'était pour cette raison qu'il s'était intéressé à l'organisation criminelle que dirigeait son père, les Danseurs de l'Ombre. Il avait voulu que ses nuits soient animées de nouveaux plaisirs, de nouveaux divertissements.

Mais tout ceci… ah, c'était différent. Darzin ressentit une bouffée de plaisir à la pensée de son jeune « fils » adoptif. Le défi était de taille, et particulièrement épineux. Il aurait été facile de le briser. Rares étaient les êtres capables de résister au torrent de malveillance et de cruauté que Darzin pouvait déchaîner s'il en éprouvait le désir. Non, il ne doutait pas un seul instant de pouvoir fouler aux pieds la volonté de Kihrin, avec la même violence irréversible qu'une fleur coupée sur le pavé brûlant, ne laissant derrière elle qu'une tache légèrement parfumée. Mais il n'ambitionnait pas d'anéantir l'esprit du jeune homme. En réalité, cela n'aurait fait que rendre impossible son véritable objectif. Si le garçon ne pouvait donner le bijou que de son plein gré, alors il fallait qu'il possède assez de volonté et de détermination pour effectuer un choix d'une telle stupidité.

La subtilité était donc un ingrédient indispensable, et c'était un détail auquel Darzin n'était pas habitué ; par conséquent, ce défi inattendu revêtait à ses yeux un attrait particulier. Il fallait que Kihrin soit malheureux, mais pas trop ; qu'il soit envahi de désespoir, mais pas assez pour décider d'en finir. Une fois que Darzin lui aurait montré qu'il ne trouverait ni réconfort ni bonheur au sein de la Maison D'Mon, ce n'est qu'alors qu'il pourrait lui offrir l'opportunité de s'échapper…

Au prix très raisonnable d'un collier de saphir.

Et après que l'adolescent lui aura remis son unique protection…

Darzin sourit pour lui-même. Il serait agréable de tuer l'enfant sous les yeux de son père. Il se délecterait de l'expression de Therin… juste avant que ce dernier, lui aussi, goûte au tranchant de l'épée de Darzin.

Il souriait encore lorsqu'il tourna la clé dans la serrure et entra dans la chambre de Kihrin sans s'annoncer.

Il cessa alors de sourire.

Pendant un instant, il oublia où il était, qui il était. Mais surtout, il oublia qui *elle* était. L'espace de quelques secondes – d'une poignée de battements de cœur assourdissants –, Darzin contempla la scène avec les yeux de n'importe quel homme, découvrant sa femme dans les bras d'un autre.

Ces quelques secondes suffirent presque à anéantir tous ses projets.

Darzin était entré silencieusement par la force de l'habitude. Il trouva son « fils » encore endormi dans ce lit ridicule, mais il n'était pas seul : Alshena était couchée près de lui, le drap couvrant en partie son corps dénudé. Ses cheveux roux étaient répandus sur le torse du garçon. Elle avait passé un bras possessif en travers de son ventre.

Au pied du lit, il découvrit une bouteille de vin, de même que des vêtements : l'agolé et les sous-vêtements d'Alshena, ainsi que les bottes, le kef et la chemise de Kihrin. Le collier du jeune homme, ce foutu saphir, reposait à l'air libre au creux de sa gorge. Nul n'aurait pu douter – pas une seule seconde – de ce qui s'était passé ici.

Ce petit con avait couché avec sa femme.

Ce n'est qu'en serrant les poings avec une hargne redoublée que Darzin s'aperçut qu'il avait, sans s'en rendre compte, tiré son épée. Il fit un pas en avant et leva le bras pour l'abattre sur le misérable qui avait osé commettre un tel outrage.

Puis il avisa les ecchymoses sur le corps d'Alshena.

Son corps portait les stigmates d'une violente séance : des griffures le long de son dos, des bleus sur les cuisses et même des traces de morsures. Les deux individus n'avaient pas fait l'amour : ils s'étaient livré une bataille sans merci, et Kihrin avait été un adversaire impitoyable. C'était peut-être pour cette raison qu'un lambeau de soie bleue brodée avait été enroulé autour d'un de ses poignets et attaché à un montant du lit ; la main du jeune homme en était encore prisonnière, même dans son sommeil.

Mais il est impossible de causer de véritables ecchymoses à Serre…

Et ce ne fut qu'à cet instant que le Seigneur-Héritier se souvint que ce n'était pas son épouse, étendue auprès du jeune homme. Cela n'avait jamais été son épouse. La vraie Alshena D'Mon était morte depuis des semaines, à présent ; son corps et son cerveau avaient été dévorés par l'insatiable métamorphe qui avait pris sa place, et son âme sacrifiée pour invoquer Xaltorath. Ce même Xaltorath que Darzin avait envoyé en quête de la Pierre des Entraves… et de son porteur.

Darzin savait que Serre était douée pour l'improvisation. Si elle avait entrevu une opportunité d'agir, elle n'avait pas dû attendre la permission de la saisir. Toute sa colère reflua au moment où Darzin comprenait ses intentions : Serre venait de lui faire un présent.

La métamorphe leva alors la tête pour le regarder. Elle lui sourit et ses yeux verts étincelèrent, immenses et lumineux sous les rayons matinaux. Elle hocha la tête. *Vas-y.*

Darzin ne pensait pas l'avoir jamais trouvée plus belle.

Il prit un instant pour se préparer, inspirant profondément. Puis il saisit une poignée de ses magnifiques cheveux roux et la tira, en hurlant, hors du lit.

— VOUS AVEZ OSÉ ? ESPÈCE DE PUTAIN ! vociféra Darzin en lui assenant une gifle du revers de la main, qui l'envoya valser loin de lui. Vous m'avez trompé avec mon PROPRE FILS ?

Il la frappa de nouveau, si fort que sa lèvre se fendit, faisant couler un sang rouge vif sur sa peau veloutée.

Kihrin se réveilla.

— Laissez-la tranquille ! cria son « fils ».

— Pitié, mon chéri, pitié, je peux tout expliquer…, sanglota sa « femme ».

Darzin la frappa une troisième fois, d'un coup de poing qui fit rougir ses propres doigts, et qui lui aurait sans doute brisé la mâchoire s'il s'était agi d'une simple mortelle. Alshena s'effondra au sol, secouée de sanglots et luttant pour respirer. Elle gémit, pleura, implora sa pitié.

C'était un numéro de maître.

— Arrêtez ! hurla Kihrin. Si vous voulez frapper quelqu'un, frappez-moi. Vous adorez ça !

Le jeune homme tira sur la bande de soie qui lui emprisonnait le poignet, mais ses mouvements désordonnés ne firent que resserrer l'étau de tissu. Plus il tirait, plus le nœud résistait.

— C'est l'heure de votre nouvelle leçon, mon fils, siffla Darzin. Je ne permets à personne de prendre ce qui m'appartient. Je préfère la tuer plutôt que de la voir dans les bras d'un autre homme.

Il leva son épée et espéra que Kihrin croirait à sa feinte. Faire semblant de tuer Serre n'aurait rien de très compliqué, mais il n'était pas tout à fait prêt.

— NON ! cria Kihrin. Je vous en prie, Père. Ce n'est pas sa faute, c'est la mienne. C'est moi ! Je l'ai violée.

Darzin s'immobilisa.

Kihrin répéta :

— Je l'ai violée. J'étais ivre, et je… je ne savais plus ce que je faisais.

Il y eut un long silence, et les deux hommes étudièrent de concert le poignet de Kihrin, toujours attaché à l'un des troncs d'arbre. Le Seigneur-Héritier darda sur Kihrin un regard sans équivoque.

La pièce était silencieuse ; les mains d'Alshena étouffaient le bruit de ses larmes. Kihrin soupira.

— Hum… Ç'aurait été plus crédible si je n'étais pas encore attaché, pas vrai ?

Darzin sourit froidement.

— Oui, sans doute.

— Oui. C'est bien ce que je me disais.

— Dans l'état où elle est, il y aurait eu de grandes chances pour que je vous croie, fit remarquer Darzin.

— Ah. Eh bien, c'est bon à savoir, pour le jour où je voudrai m'accuser moi-même de viol.

Dans les yeux du jeune homme, il lut un grand dégoût de lui-même et une supplique désespérée.

— Par pitié, ne la tuez pas, Père. Je ferai tout ce que vous voudrez.

Darzin regarda celui qu'il appelait son fils. Il envisagea, l'espace d'un instant, de lui demander le collier sur-le-champ. Il était possible que le garçon le lui donne, rien que pour sauver la vie d'Alshena. Et le marché n'aurait pas manqué d'ironie, puisque Kihrin ne se trouvait là que grâce au sacrifice de la véritable Alshena à Xaltorath. Mais que pouvait valoir une liaison passagère, aux yeux d'un jeune homme accoutumé au stupre et à la décadence ? Il s'était visiblement montré si brutal… Ses goûts n'étaient pas ceux d'un novice, mais d'un libertin chevronné.

Kihrin, comme Darzin lui-même, tendait à abîmer ses jouets.

Il ne pouvait prendre ce risque. Lorsque Darzin jouerait son va-tout, il ne pourrait subsister de doute ou d'hésitation dans l'esprit du garçon. Aucune échappatoire.

Darzin s'agenouilla auprès d'Alshena, qui s'écarta de lui d'un air terrifié.

— Retournez dans nos appartements, traînée. Si un jour je vous y reprends, ou si vous vous avisez d'en souffler mot à qui que ce soit, je demanderai à mes hommes de vous coudre le sexe afin de refréner enfin vos appétits.

Il la gifla une nouvelle fois, pour être sûr de s'être bien fait comprendre.

Alshena acquiesça, le visage en sang, et rampa vers la porte comme un animal blessé, gémissant et laissant derrière elle des traînées sanguinolentes. Darzin la regarda s'éloigner, un soupçon de sourire sur les lèvres, avant de se retourner vers Kihrin. Le jeune homme luttait pour dénouer la bande de soie serrée sur son poignet.

— J'ai connu un gentilhomme qui avait fait amputer les jambes de sa femme. Il disait que c'était comme couper les ailes d'un perroquet : cela l'empêchait de s'envoler. (Darzin marcha jusqu'à la table et se servit un verre d'eau.) Il ajoutait qu'elle n'avait pas besoin de marcher pour faire ce qu'il attendait d'elle, de toute façon.

— C'est atroce, siffla Kihrin.

— Non, c'était stupide, corrigea Darzin. Il est mort saigné à blanc, une nuit, lorsqu'elle lui a arraché les testicules avec les dents. Tout le monde a ses limites. Briser un esclave : d'accord. S'assurer qu'il connaisse sa place : très bien. Mais il faut être fou pour l'emmener jusqu'au point où il n'a plus rien à perdre en tuant son propriétaire… puis lui offrir l'opportunité de le faire.

— Je croyais que nous parlions d'épouses.

— Entre nous, la différence n'est pas bien significative.

Darzin rangea son épée dans son fourreau. Puis il tira une dague de sa botte et la lança. La lame vint se ficher dans le tronc d'arbre, tranchant le morceau d'étoffe qui retenait Kihrin prisonnier.

Le jeune homme se frotta le poignet, dont la peau était à vif. Il jeta sur Darzin un regard suspicieux.

— Pourquoi n'êtes-vous pas en colère contre moi ?

Darzin feignit la surprise.

— En colère ? Par les dieux, petit, je suis fier de vous !

Son « fils » le dévisagea avec horreur.

Darzin réprima l'envie d'éclater de rire et poursuivit avec un geste de la main.

— Tout cela était tout à fait remarquable, voyons. Coucher avec la femme d'un autre est une distinction, un titre de gloire… aux yeux de toute personne qui n'est pas l'époux en question, bien sûr. Vous commencez enfin à vous comporter comme un prince. S'il s'était agi d'une autre femme, je vous aurais donné une tape dans le dos et j'aurais complimenté votre façon de procéder. Vous avez évité un grand nombre d'écueils répandus : par exemple, vous ne vous trouviez pas dans ses appartements, ce qui aurait dû grandement réduire les chances que son époux ne vienne à entrer. Et les petites marques d'affection que vous avez laissées sur son corps… même si son époux ne découvrait jamais l'identité du coupable, il saurait qu'elle a été violée ou séduite. Dans les deux cas, cela représente une souillure indélébile infligée à son honneur. (Il marqua une pause.) Le fait qu'elle vous ait attaché est un détail surprenant. Est-ce ma femme qui l'a suggéré ?

Kihrin secoua la tête.

— Non, c'est moi.

— Pourquoi ?

Le jeune homme haussa les épaules.

— Ça me plaît, parfois.

— Hmm, fit Darzin. Tous les goûts sont dans la nature, je suppose, mais je vous recommande d'abandonner celui-ci. Ce n'est jamais une bonne idée de se mettre en position d'impuissance. Attachez votre partenaire. Évitez de faire l'inverse. (Darzin sirota un moment son verre d'eau, tandis que son fils se levait.) À propos, je vois que nos préférences, en matière de femmes, sont assez similaires. Ce n'est pas surprenant, mais vous devriez vous assurer de prendre certaines précautions.

Kihrin plissa les yeux.

— Je ne suis pas un imbécile, répliqua-t-il. J'ai un anneau d'une maison bleue…

Darzin leva les yeux au ciel.

— Je voulais dire, pour ne pas les tuer.

L'horreur revint emplir le regard du jeune homme.

— Les tuer… !

— J'ai vu ce que vous avez fait à Alshena. Certes, elle possède elle-même un certain goût pour la brutalité, et je suis sûr qu'elle vous a encouragé tout du long. Mais n'essayez pas de nier que vous avez en vous un fond de cruauté, que vous appréciez la douleur autant que le plaisir.

Kihrin se détourna.

— Non ! Je…

Mais ses protestations parurent se coincer dans sa gorge.

— Vous vous attirerez des ennuis, si vous allez trop loin, lui dit presque gentiment Darzin. Je sais. Je l'ai vécu. Cela peut représenter un réel dilemme. Soyez doux avec les épouses des autres et gardez vos véritables pulsions pour les esclaves. Personne ne se soucie d'elles. Je vais même vous faire une faveur. Je renvoie quelques esclaves à l'Octogone cet après-midi, afin de les revendre. La plupart sont un peu usées, mais seulement selon mes critères : ce sont des filles ravissantes et bien dressées. Je vais vous en donner une ou deux. Vous pourrez choisir.

Le jeune homme lui adressa un regard où se mêlaient l'espoir et l'angoisse, si sincère que Darzin faillit rire tout haut. Ce garçon lui rendait les choses trop faciles, parfois.

Puis ses yeux bleus se durcirent, se firent glacés, et Kihrin riposta :

— Je ne m'intéresse pas aux affaires usagées des autres hommes, Père. Seulement à leurs épouses.

Darzin fut tiraillé entre l'envie de s'esclaffer et celle de le frapper. Ce gamin se comportait vraiment comme un…

Comme un D'Mon. Si proche de Darzin lui-même qu'il avait parfois l'impression de se regarder dans un miroir. *Non*, se corrigea-t-il. *Pas comme moi. Comme Pedron. Comme si Pedron était revenu.* L'espace d'un instant, Darzin sentit son sang se glacer. Il faillit frémir et préféra écarter ces souvenirs obscurs de son esprit. Il sourit.

— Comme vous voudrez. Il semble que vous préfériez apprendre par la douleur.

Il marcha jusqu'à la porte, enjambant au passage la petite mare de sang qui s'était formée sur le sol[1].

— Oh, dit-il en s'arrêtant tout à coup. Cela va sans dire, mais je préfère être très clair : si vous touchez de nouveau Alshena, je ne vous tuerai pas. C'est elle que je tuerai. (Il sourit.) Il est grand temps que je me trouve une femme plus jeune, de toute façon. Ce serait un prétexte idéal.

Sur ces mots, il quitta son fils, qui fixait sur lui un regard aussi calme et froid que la surface d'un lac dans le lointain. Exactement comme Pedron. Il allait devoir se montrer prudent, vis-à-vis de ce garçon.

Le « fond de cruauté » ne faisait aucun doute.

---

1. Je me suis toujours demandé comment les métamorphes accomplissaient cet exploit, puisqu'ils semblent d'ordinaire ne pas saigner.

53

ENTRAÎNEMENT DE VITESSE

(Récit de Kihrin)

Je repris l'entraînement auprès de Doc. Les saisons s'enchaînèrent à un rythme effréné, tandis que je vivais et mourais mille fois de suite, au sein des illusions créées par Brise-chaînes. Tout du long, je m'efforçai – en vain – de découvrir le moyen d'échapper au Vieil Homme. J'avais compris à présent qu'il ne se proposait pas de me tuer, mais qu'il me réservait un sort pire que la mort. Quels que soient les progrès que je ferais grâce aux enseignements de Doc, l'épée n'était pas une arme susceptible de me délivrer d'un dragon[1].

— Si seulement j'étais plus doué pour la magie, gémis-je un jour à l'intention de Tyentso.

Nous étions tous deux en train de déjeuner. Je ne la voyais plus très souvent, en dehors des repas : mes leçons avec elle s'étaient raréfiées, tandis que celles de Doc se multipliaient.

— Je n'ai absolument aucun talent, complétai-je.

Tyentso eut un reniflement moqueur.

— Si c'était vrai, garnement, tu n'aurais jamais pu voir au-delà du Premier Voile. La plupart des gens en sont incapables, les pauvres.

1. C'est faux, mais il est en revanche tout à fait exact qu'aucune épée que Kihrin avait en sa possession n'aurait pu lui permettre un tel exploit.

L'année passée sur Ynisthana avait fait du bien à Tyentso. Sa peau avait perdu la texture parcheminée que lui avaient conférée ses années en mer. Ses cheveux n'étaient plus asséchés et abîmés par les embruns mais lisses et brillants. Elle avait pris du poids, grâce à la routine adoptée sur l'île qui l'encourageait à manger régulièrement, et du muscle grâce à l'exercice permanent. Son visage avait gagné des couleurs que je ne lui avais jamais connues à bord du *Malheur*.

Certes, son nez était toujours si pointu qu'on aurait pu s'y piquer, et son menton ressemblait toujours à une pointe de lance… mais les rides qui creusaient naguère son front avaient presque disparu. Je crois que personne n'avait été aussi surpris de cette transformation que Tyentso elle-même. Elle était éberluée de constater que les membres de la Confrérie recherchaient sa compagnie pour d'autres motifs que l'étude.

— Je connais un sort. Un seul ! Et il n'a aucun effet sur le Vieil Homme. J'ai essayé. Il me voit encore, rétorquai-je.

Tyentso fit tourner sa cuillère dans son bol, les sourcils froncés.

— La magie n'est pas qu'une question de mémoire, garnement. Il faut que tu changes de point de vue, de façon de penser. Tu imposes ta volonté à l'univers. Moins d'une personne sur mille est capable de jeter le sortilège le plus élémentaire. (Elle laissa sa cuillère tomber dans le récipient.) De toute façon, les dragons ne sont pas des créatures capables d'utiliser la magie : ils sont eux-mêmes magiques. Pire que cela : ce sont des tourbillons de chaos magiques. Il serait très difficile d'utiliser la magie pour les berner.

— Doc l'a fait.

— Doc se sert d'un artefact. Le tien aussi fonctionnerait sur lui… Par contre, tu n'aimerais pas beaucoup le résultat.

— Si tu essaies de me remonter le moral, Ty, tu n'y arrives pas très bien. (Je repoussai mon bol.) Comment as-tu appris la magie, toi ? Est-ce que tu as passé des années à regarder fixement une bougie, ou bien à t'efforcer de faire bouger une feuille ?

À mon grand étonnement, Tyentso blêmit et détourna le regard.

— Non.

— Ah bon ? Comment, alors ?

Elle se leva.

— Ça ne marcherait pas dans ton cas, garnement. Je te le déconseille.

Je penchai la tête, surpris. Depuis que j'avais rencontré Tyentso, elle n'avait jamais écarté une question sans y répondre. Elle ne s'était jamais fermée comme une huître, sans même m'infliger un interminable sermon sur les raisons de ma stupidité.

J'attrapai l'ourlet de sa robe.

— Ty, qu'est-ce que j'ai dit ?

Elle m'arracha son vêtement, ouvrit la bouche pour répliquer… puis la referma.

— Ne t'occupe pas de cela, finit-elle par dire d'une voix lasse.

Elle ramassa son bol et s'éclipsa.

Une semaine plus tard, Tyentso se présenta dans ma chambre après la tombée de la nuit. Rien à voir avec… ça. D'ailleurs, j'avais une femme vané nommée Lonorin avec moi, que Tyentso poussa vers la sortie d'un geste ferme et très impoli.

— Alors, tu as décidé que tu aimais bien parsemer ton lit de ces petites fleurs vané, finalement ?

Je soupirai et me drapai d'une couverture.

— Je croyais que je n'étais pas ton genre, Tyentso.

— Non seulement tu n'es pas mon genre, mais tu as l'âge d'être mon fils, ce que je trouve absolument terrifiant. Ces vané immortels n'ont peut-être pas ce genre de scrupules, mais moi si, nom de nom. (Tyentso souleva un panier recouvert d'un tissu noir.) Bref, j'ai apporté du thé. Je jure qu'il ne contient aucune drogue.

— Si tu voulais me tuer, tu en aurais eu maintes fois l'occasion avant aujourd'hui. (Je désignai la petite table et les chaises de roseau situées non loin du matelas.) Que me vaut cette visite, alors ? Il est un peu tard, et je suis un peu nu.

— Je sais ce qu'il faut faire pour éliminer ton blocage vis-à-vis de la magie.

Je penchai la tête.

— D'accord… Je t'écoute.

Elle sortit une théière et plusieurs tasses du panier.

— Le problème, c'est que c'est dangereux. Et surtout, horriblement déplaisant. En d'autres circonstances, je ne te l'aurais jamais proposé, mais… (Elle grimaça tout en servant le thé.) Je vais être honnête avec toi, garnement. Je me sens coupable de t'avoir mis ton gaesh.

J'eus un petit rire et me saisis d'une tasse de thé.

— Tu as dû mettre un millier de gaesh au cours de ta vie, Ty.

— Mais je ne savais pas que c'était irréversible. Et encore moins que, quand on finit par mourir et qu'on traverse le Second Voile, le gaesh nous entraîne alors jusqu'en Enfer.

Je me figeai, un frisson me parcourant.

— Quoi ?

Son visage s'assombrit.

— Quand tu mourras, tu n'iras pas au Royaume de la Paix. C'est la même chose pour tous les gens à qui on a mis un gaesh, apparemment. Je comprends enfin où se trouve l'intérêt des démons, dans tout cela, et pourquoi ils ont décidé de nous permettre de les invoquer.

Je la dévisageai jusqu'à ce que ses joues s'empourprent. Elle jura et détourna le regard.

— Bon sang, je l'ignorais ! Je savais que les dommages infligés à l'âme supérieure pouvaient interférer avec le passage vers le royaume de Thaena, mais je ne croyais pas qu'un gaesh pouvait causer de tels dégâts. Tu crois peut-être que les démons prennent le temps de nous donner un cours magistral pour mortels, afin de nous expliquer ce qui arrive aux âmes de ceux auxquels ils imposent les gaesh ? Qu'ils nous précisent que chacune de ces âmes est une occasion pour eux d'accroître leur pouvoir ? Bien sûr que non. Je l'ai découvert ici… On ne l'enseigne pas à l'Académie[1].

Je fis de mon mieux pour garder mon calme. Je n'avais pas réfléchi à tout cela ; je n'avais pas pensé aux conséquences possibles du gaesh. Un jour, il risquait de permettre à Xaltorath de s'emparer de moi sans la moindre difficulté. Même la mort ne me délivrerait pas. Je ressentis la même démangeaison oppressante, le même sentiment affreux d'avoir été acculé et mis en cage que j'avais éprouvé lorsque le Vieil Homme m'avait montré les pauvres âmes qu'il avait enfermées dans son « jardin ».

Je vidai d'un trait ma tasse de thé, puis la reposai devant Tyentso.

— Alors… Pourquoi penses-tu pouvoir m'enseigner la magie, à présent, bien que tu n'y sois pas parvenue jusqu'ici ?

Elle étudia ses mains pendant quelques interminables secondes. Enfin, elle leva les yeux.

— Ce qu'il y a de plus tordu dans l'apprentissage de la magie, c'est que les mots ne suffisent pas. Apprendre à lancer un sort ne revient pas à mémoriser des tableaux, à réciter des formules ou à tracer de petits symboles par terre. Pour

1. Les gaesh sont considérés comme des variantes des talismans portés par les magiciens. Le fait qu'un ennemi puisse l'utiliser pour prendre le contrôle de la personne concernée nous est présenté comme le seul danger inhérent au gaesh ; personne ne fait mention de ces séquelles infligées à l'âme. Je m'avoue choqué, moi aussi, par cette nouvelle.

apprendre la magie, il faut avant tout apprendre une manière de penser. Aucun langage, pas même les langues anciennes des voras, ne peut exprimer les motifs intellectuels, les manières d'orienter la conscience nécessaires afin de lancer les sortilèges les plus enfantins.

Je déglutis et m'appuyai sur mes coudes.

— D'accord. Donc… j'en reviens à ma première question. Comment vas-tu t'y prendre pour me l'enseigner ?

Les yeux de Tyentso s'enflammèrent et elle releva le menton.

— De la même façon que moi, j'ai appris : d'esprit à esprit. Tu vas être possédé par un fantôme, et ensuite, je…

— Attends, attends. (Je me redressai.) Je vais être… quoi ?

Elle se racla la gorge.

— Un fantôme viendra te posséder, et durant ce temps vous serez tous les deux en contact mental très proche. Cela devrait suffire pour qu'intuitivement, tu assimiles le processus consistant à lancer un sort. Ça a marché pour moi, je ne vois pas pourquoi ça ne marcherait pas pour toi.

J'avalai ma salive.

— Donc, si je comprends bien… Tu veux que je laisse un fantôme prendre possession de mon corps pour m'enseigner la magie. En supposant que cela marche bel et bien, et en supposant que je sois assez fou et assez désespéré pour accepter, où allons-nous trouver un fantôme magicien ?

Tyentso leva la main.

— Moi. Le fantôme, ce sera moi.

54

Le voyage en carrosse

(Récit de Serre)

— Je n'essaie pas de m'enfuir ! J'ai juste besoin d'un carrosse. Allez demander au Grand Seigneur si…

La voix exaspérée de Kihrin D'Mon résonnait dans la cour devant les écuries. Son teint s'était échauffé et il donnait l'impression d'être sur le point de sautiller d'énervement.

— Y a-t-il un problème ? s'enquit Tishar D'Mon en descendant les marches du palais. (Elle fit signe à l'un des laquais.) Mon carrosse, je vous prie.

Le nouveau fils du Seigneur-Héritier s'interrompit en pleine querelle avec le maître des écuries, qui contourna Kihrin pour faire la révérence à la nouvelle venue.

— Madame, j'ai reçu l'ordre exprès de ne pas laisser ce jeune homme quitter l'enceinte du palais sans escorte.

— Ah ! s'écria Tishar. Dans ce cas, nous n'avons pas de problème, finalement. Mais merci de vous être préoccupé de sa sûreté. (Elle tendit la main à Kihrin.) Je vous prie d'excuser mon retard. Êtes-vous prêt ?

Le garçon entra aussitôt dans son jeu. Il s'inclina au-dessus de sa main offerte, avant de la lâcher.

— C'est ma faute, tante Tishar. J'aurais dû préciser que je vous attendais.

— Vous voyez, Hosun ? reprit Tishar en souriant au maître des écuries.

Elle le connaissait depuis qu'il n'était qu'un petit garçon passionné par les chevaux, travaillant comme apprenti de l'ancien préposé aux écuries. Il n'était absolument pas dupe de sa comédie, mais elle savait qu'il jouerait le jeu.

— Bien sûr, madame, acquiesça Hosun avec un sourire pince-sans-rire et une nouvelle révérence. (Il se retourna vers l'écurie.) Le carrosse de madame !

Kihrin poussa un long soupir lorsque le domestique s'éloigna.

— Merci, lui murmura-t-il.

— Je vous en prie, chuchota-t-elle en retour. Et où allons-nous donc, aujourd'hui ?

— À... l'Octogone ?

Cette réponse la surprit.

— Il n'y a rien là-bas qui vaille d'être vu, mon cher. Seulement des âmes pétries de malheur, et les vautours qui tournoient au-dessus de leurs infortunes.

— S'il vous plaît...

Sa voix avait exprimé une telle émotion en si peu de mots qu'elle s'attendit presque à le voir tomber à genoux.

Elle l'observa, pensive. Il était propre et convenablement habillé, mais quelques détails trahissaient sa précipitation : la manière dont ses cheveux avaient été rassemblés à l'aide d'une barrette d'or et les bleus sur son poignet que ni guérisseur ni onguent n'avaient fait disparaître.

Son examen fut interrompu par le retour d'Hosun, amenant le carrosse.

— Où est-ce que vous avez trouvé cela ? s'exclama Kihrin, bouche bée.

Il contempla le véhicule sans dissimuler son émerveillement. Tishar sourit. Elle-même avait réagi de manière assez similaire lorsqu'elle avait découvert son carrosse, un quart de siècle plus tôt. Le véhicule, qui ressemblait autant à un bijou qu'à un moyen de transport, était composé de bois rares et sombres et artistement rehaussé de pierreries. Il suffisait d'y poser les yeux pour deviner que ses passagers étaient de sang royal. Les enchantements qui garantissaient un trajet sans heurt, quelle que soit la surface parcourue, étaient bien plus coûteux que tout l'or et les pierres précieuses qui le décoraient. Nombreux étaient ceux qui avaient tenté de l'acheter, au fil des ans, de même que ceux qui avaient élaboré des stratagèmes pour s'en emparer.

Mais il appartenait à Tishar, et à elle seule.

Hosun y avait attelé quatre chevaux assortis à la robe dorée, et fait chercher non seulement son cocher habituel, Sironno, mais aussi une demi-douzaine de gardes vêtus des couleurs de la Maison, qui avaient pris place sur le toit.

Il était d'humeur protectrice, ce jour-là. Peut-être à raison.

— C'est mon frère, Pedron, qui me l'a offert, expliqua Tishar tandis que Sironno leur ouvrait la portière. Juste avant de m'envoyer épouser le Seigneur-Héritier D'Erinwa. (Elle adressa un signe de tête au cocher.) Emmenez-nous à l'Octogone. Par la route du nord.

— Oui, madame.

L'homme s'inclina et attendit qu'ils soient tous deux installés avant de fermer la porte.

— Merci, dit Kihrin.

Encore abasourdi, il semblait avoir du mal à se concentrer, faisant courir ses doigts sur le velours des coussins.

— Je suis curieuse d'apprendre pourquoi il vous importe tant de vous rendre au marché aux esclaves. Ne me dites pas que vous désirez en acheter une, dit-elle sans chercher à masquer sa désapprobation.

Il fit la grimace et détourna la tête. Son expression fermée lui fit beaucoup penser à Pedron.

De même qu'à Therin.

— Si vous vous demandez si vous pouvez me faire confiance au point de me révéler le secret qui vous a rendu si maussade…, commença Tishar. (Sironno fit claquer son fouet, et les chevaux s'élancèrent dans les rues de la ville.) La réponse est non.

Kihrin lui lança un regard sidéré.

Elle poursuivit :

— Vous n'avez aucun moyen de savoir à qui je le répéterai, ni la façon dont je pourrais exploiter cette information. Je ne peux vous fournir de garantie qui vaille que j'use ma salive. (Elle se pencha en avant.) On n'obtient rien sans prendre de risques, jeune homme. Tôt ou tard, il faudra que vous vous hasardiez à faire confiance à quelqu'un.

Il se rembrunit et contempla ses mains.

— Peut-être qu'aucun de vous ne constitue un choix acceptable.

— Oh, nous sommes une maison de serpents, c'est vrai.

Elle baissa les stores pour cacher les fenêtres, par habitude plus que par nécessité, puis activa une lanterne de lumagie.

— Si cela peut vous consoler, j'ai été mariée à Pharoes D'Erinwa pendant presque vingt-cinq ans. Je lui ai survécu. J'ai survécu à nos fils. Malgré ma jeunesse apparente, je suis vieille et blasée, et je ne m'intéresse plus depuis bien longtemps aux intrigues de l'Empire. Ce n'est pas que je sois particulièrement digne de confiance… mais il est peu probable que vous déteniez quelque chose qui m'intéresse.

Il sourit ; Tishar ne manqua pas de remarquer, cependant, que ce sourire n'atteignait pas ses yeux.

— Il faut que j'achète une esclave que Darzin vient d'envoyer à l'Octogone. Elle s'appelle Talea.

— Ah ! Excellent. Nous avons donc un objectif. (Elle leva les mains.) Permettez-moi quelques remarques : aux yeux de la loi, vous n'êtes pas adulte, mon jeune neveu. Pas encore. Pas avant la fête du Nouvel An, et votre anniversaire. Si nous nous rendons à l'Octogone et que vous achetez cette Talea, Darzin risque de s'en emparer de nouveau, de même qu'il peut saisir tout ce que vous possédez... En effet, vous demeurez la propriété de votre père.

Kihrin écarquilla les yeux. Puis il baissa les paupières et renversa la tête jusqu'à ce qu'elle heurte le fond du carrosse.

— Je suis un imbécile.

— Ne confondez pas ignorance et stupidité, jeune homme. Vous n'êtes simplement pas habitué à avoir un père qui ne se soucie pas réellement de votre bien-être. Voici ce que je vous conseille : n'essayez pas de l'acheter par vous-même. Achetez-la au nom de votre grand-père, Therin. Il sera peut-être agacé que vous fassiez des emplettes à crédit, mais il acceptera d'établir un plan de remboursement.

— Cela pourrait fonctionner, dit-il en se mordillant la lèvre. J'ai assez de métal pour l'acheter. Le problème n'est pas là.

— Vous devez beaucoup aimer cette fille.

Kihrin secoua la tête :

— Je ne l'ai jamais rencontrée. (Tishar haussa les sourcils.) Je connaissais sa sœur. Au *Salon du Voile Brisé*. Elle a été assassinée à cause de moi. (Il grimaça.) J'ai vu Talea lorsqu'ils les ont emmenées. Il venait de me proposer de choisir parmi ses esclaves. J'aurais pu la désigner, à ce moment-là. Mais j'ai refusé. (Il lâcha un rire sans joie.) Il l'aurait tuée, s'il avait compris qu'elle avait de l'importance à mes yeux[1].

— Je salue la promptitude avec laquelle vous vous êtes accoutumé aux lois qui régissent la famille D'Mon, répliqua Tishar. Vous avez raison, je n'en doute pas une seule seconde. (Elle leva en son honneur un verre imaginaire.) Je crois qu'il ne nous reste plus qu'à aborder le sujet dont je venais vous parler lorsque je suis arrivée dans la cour.

---

1. Non, mais uniquement parce qu'elle pouvait être utilisée pour le faire chanter. Toutefois, allez savoir : Darzin aurait bien pu se montrer assez stupide pour la tuer.

Kihrin battit des paupières.

— Pardon ? Vous me cherchiez ?

— Oui. Voyez-vous, je veux vous confier mon secret. Savez-vous comment j'ai fait pour survivre si longtemps dans cette ville ? (Elle n'attendit pas qu'il lui réponde avant de poursuivre.) C'est parce que je n'ai jamais oublié que ma mère était une esclave. Sans les efforts déployés par mon frère, je le serais certainement devenue à mon tour.

Il fronça les sourcils.

— On n'hérite pas du statut d'esclave.

— Non, mais pourquoi quelqu'un qui possède des esclaves dépenserait-il son argent à élever un citoyen libre ? Officiellement, seul un parent peut vendre son enfant, mais lorsque le parent en question est un esclave, une certaine… pression peut s'exercer sur eux, afin de les convaincre de coopérer. J'ai pu voir bien des gens exploiter cette faille, lorsque je vivais au sein de la Maison D'Erinwa.

Elle s'interrompit assez longtemps pour remarquer que Kihrin semblait sur le point de vomir. *Vous n'êtes pas si blasé que vous pensiez l'être, n'est-ce pas, jeune homme ?*

— N'oubliez jamais que nous avons construit cet Empire sur le dos des esclaves et des serviteurs, et qu'ils sont – tous, jusqu'au dernier – dispensables. Les gens détestent mon frère, Pedron, car il avait essayé de changer cet état de fait… mais dites-moi : aurait-ce donc été si terrible ?

Kihrin avala sa salive.

— Il, heu… Le courroux des dieux, tout de même. Le risque de déclencher la malédiction…

Ellc haussa une épaule avec dédain.

— Il pensait pouvoir l'éviter. Il ne croyait pas être quelqu'un de malfaisant. Il pensait faire ce qu'il fallait, ce qui devait être fait pour le bien de l'Empire. Il voulait réparer ces choses-là. Sa tragédie personnelle, c'est qu'il s'est acoquiné avec des gens qui ne demandaient qu'à tirer parti de son idéalisme pour servir leurs propres objectifs, et qu'ils se sont arrangés pour qu'il soit désigné coupable si leurs projets étaient découverts.

— Vous voulez dire qu'il n'était qu'une victime, dans l'Affaire des Voix ?

Elle soupira :

— Non, probablement pas. Je ne tiens pas rigueur à Therin d'avoir agi ainsi. S'il ne l'avait pas fait, la malédiction des dieux nous aurait tous détruits. Parfois, malgré tout, je ne peux m'empêcher de me demander comment les choses auraient évolué, si Pedron avait réussi. Il voulait changer tant de choses… des choses sur lesquelles il ne pouvait agir, en raison de son rang. Qui sait à quel point le monde pourrait être différent, aujourd'hui ?

— « Différent », ce n'est pas forcément mieux, madame.

— Hmm. (Elle pinça les lèvres et secoua la tête.) J'ai appris beaucoup, grâce à lui. J'ai appris de ses erreurs comme de ses réussites. J'ai essayé d'être une bienfaitrice, autant que ma situation et mon genre me le permettaient. Dans une maison où des gens comme Darzin D'Mon rôdent dans les couloirs, les serviteurs sont très reconnaissants de trouver un refuge lorsque la tempête éclate. Donc, ils me confient des choses. Par exemple, ils disent qu'Alshena a quitté vos appartements ce matin, à quatre pattes et couverte de sang, mais qu'elle n'a pas pour autant consulté de guérisseur.

C'était un coup bas, une attaque surprise, et son regard interdit faillit atteindre le cœur de Tishar. La honte et le désespoir y luttaient, presque à armes égales, contre l'angoisse et la haine.

— Ce n'était pas… Ce n'est pas ce que…

— Je sais. Ce n'est pas vous qui l'avez maltraitée. Darzin a quitté vos appartements peu de temps après. J'imagine qu'il a soigné lui-même les blessures qu'il avait causées, pour éviter tout commérage de la part des guérisseurs. Quant à la raison pour laquelle il avait battu son épouse, d'une manière qui semble excessive même de sa part, les femmes de chambre qui ont nettoyé votre lit l'ont jugée évidente.

Tout le sang qui lui était monté aux joues, quelques instants auparavant, reflua brusquement.

— Qu'est-ce que vous voulez ? demanda-t-il enfin d'un ton résigné.

Ce garçon apprenait vite. Bien sûr, il s'attendait à ce qu'elle le fasse chanter. Tishar soupira.

— Je veux que vous répondiez à une question. (Elle leva une main.) Écoutez-la d'abord. Voyez-vous, j'ai l'intuition que je me suis déjà trouvée dans la même position que vous, mais il est possible que je me trompe. J'ai moi-même des souvenirs de soirées similaires. Elles commencent par de l'alcool, et une bonne raison de le boire. Quelqu'un en qui on a confiance, qui nous sourit et ne cesse de remplir notre verre. Et puis la nuit avance, et tout devient flou. À dire vrai, ce n'est pas déplaisant, bien au contraire. Mais cela le devient. Cela le devient lorsque cette personne n'écoute plus nos protestations, que les vêtements tombent et que les mains se retrouvent là où on ne leur a pas demandé d'aller. Voici donc ma question, cher enfant : est-ce que vous désiriez ce qui s'est passé ?

Kihrin détourna le regard.

— C'était une erreur monumentale. Les choses se sont enchaînées... Si je pouvais tout effacer, je le ferais. Il nous a trouvés le lendemain matin. J'ai cru qu'il allait la tuer. Il est encore possible qu'il le fasse.

— Kihrin, murmura Tishar.

Elle se pencha dans l'habitacle et voulut lui prendre la main, mais n'insista pas lorsqu'il tressaillit et s'écarta.

— Kihrin, répéta-t-elle. Je sais à quel point vous devez être tenté de vous en vouloir pour ce qui s'est passé, ou même de dire que ce n'était la faute de personne, mais je veux que vous vous souveniez que seule une des deux personnes qui se trouvaient dans votre chambre, hier soir, était une adulte aux yeux de la loi.

Il renifla et leva les yeux au ciel.

— J'ai presque seize ans.

— Survivre à une date sur un calendrier ne vous conférera pas miraculeusement la sagesse pour affronter une telle situation. Vous avez… presque seize ans. Elle a le double de votre âge. Vous pouvez me croire : s'il y a une discipline que nous autres princes n'omettons jamais de pratiquer avec une persévérance remarquable, c'est la boisson. Alshena pourrait battre un morgage à ce jeu-là, alors si ce qui s'est passé hier soir est arrivé parce que « les choses se sont enchaînées », c'est qu'Alshena l'avait décidé. Ce que je vous demande, c'est si vous, vous l'aviez décidé. Parce que si c'est le cas, vous n'avez qu'un mot à dire et nous n'aurons plus jamais besoin d'aborder le sujet.

Il ne put soutenir son regard. Il examina ses mains, l'ourlet de son agolé et les parois capitonnées du carrosse, où brillaient des joyaux.

Tishar attendit.

— … non, murmura-t-il. Non, je ne voulais pas. (Il s'éclaircit la gorge et haussa le ton.) Je crois qu'elle essayait de m'aider.

— A-t-elle réussi ?

Il fit la grimace.

— Non. Par les dieux… Certainement pas.

— Dans ce cas, je crois que je vais lui rendre une petite visite. Elle a un comportement étrange, depuis quelques mois. Il est grand temps que je lui demande des explications.

— Je ne veux pas lui causer d'ennuis, protesta Kihrin. Elle a déjà assez souffert.

Tishar eut un petit ricanement tandis que l'attelage s'engageait dans la rue menant à l'Octogone.

— Attendez que j'en aie fini avec elle.

55

Le jugement de la Dame Pâle

(Récit de Kihrin)

Je suis impressionné que tu aies eu le cran de dire la vérité à ce sujet, Serre.

D'un autre côté, pourquoi cela te dérangerait-il ? Tu as fait bien pire que de profiter d'un adolescent, n'est-ce pas ?

Quant au plan de Tyentso… Eh bien, il ne se déroula pas aussi bien que prévu.

Pour commencer, Khaemezra refusa de nous aider.

Nous étions allés la trouver le matin suivant. J'avoue que j'avais supposé qu'elle serait d'accord. Après tout, pourquoi pas ? C'était la Grande Prêtresse de la déesse de la mort, et ce que nous lui demandions semblait normal, comparé aux bizarreries qui constituaient l'essentiel de sa religion. Tyentso mourrait. Elle me donnerait un cours de magie. Khaemezra ramènerait Tyentso à la vie. Facile !

Sauf que c'était manifestement plus compliqué que cela.

Tyentso se racla la gorge, m'adressa un regard d'excuse et se retourna vers la Sainte Mère de la Confrérie Noire.

— Ce n'est qu'une légère variation du rituel du Maevanos. Tout ce que je demande, c'est que mon Retour intervienne quelques heures plus tôt.

— Ty pense que ça a une chance de fonctionner, renchéris-je.

La vieille femme paraissait furieuse que nous ayons osé faire cette suggestion. Elle darda sur Tyentso un regard sévère.

— C'est à cause de Phaellen, n'est-ce pas ?

Je n'avais aucune idée de qui ce pouvait être, mais Tyentso devint blême.

— Qui est Phaellen ? interrogeai-je.

La sorcière croisa les bras sur sa poitrine.

— Phaellen D'Erinwa. C'est… c'était le fantôme qui a été mon professeur. (Elle inspira profondément et reporta son regard sur Khaemezra.) Ce n'est pas important. Je ne savais pas que vous le connaissiez.

Khaemezra lui adressa un regard noir.

— Je connais tous les individus qui meurent.

— Voilà qui n'est pas dérangeant du tout, commentai-je. Je ne suis pas ravi à l'idée d'être possédé, mais je suis encore moins ravi à l'idée d'être piégé ici à cause du Vieil Homme. Donc, s'il existe une raison qui empêcherait Tyentso de mener à bien ce projet – en dehors du fait que cela revienne à enfreindre les règles habituelles du Maevanos –, j'aimerais que vous me le disiez, afin que je puisse commencer à élaborer un nouveau plan saugrenu visant à quitter cette île. (Je claquai des doigts.) J'ai trouvé ! Quelqu'un sait où je pourrais me procurer cinq caisses de hérissons ?

— Tu ne devrais pas tenter de partir, de toute façon. Tu n'as pas fini ton entraînement.

Je pris une longue inspiration et réprimai l'envie de me montrer grossier.

— Je n'aime pas les cages. Et je n'aime vraiment, vraiment pas le sort que me réserve le Vieil Homme.

Khaemezra secoua la tête.

— Un fantôme n'est pas seulement l'esprit d'un mort. Les âmes ne sont pas censées rester de ce côté du Voile, une fois séparées du corps qui les nourrissait. Lorsque quelqu'un décède, il traverse le Second Voile et passe dans l'Au-delà. Tout le monde est concerné, y compris les personnes qui subissent le Maevanos. Pour devenir un fantôme – autrement dit, quelqu'un qui s'attarde de ce côté-ci du Voile – il faut être mort, mais aussi trop faible, trop vindicatif ou trop attaché à ce monde pour effectuer la transition. C'est dangereux. L'âme inférieure commence à se désagréger, et si l'on passe trop longtemps piégé dans cet état intermédiaire, on – dans ce cas précis, Tyentso – ne pourra plus Revenir, ni accéder au Royaume de la Paix pour connaître un jour la renaissance. (Le regard dur, elle fit un geste véhément en direction de Tyentso.) Et n'oubliez pas que vous n'avez pas encore fait l'expérience du Maevanos. Rien ne garantit que vous soyez autorisée à Revenir.

— Je ne l'ai pas encore fait, parce que…

Tyentso se passa la langue sur les lèvres.

— Parce que vous craignez de ne pas être jugée digne de Revenir, termina Khaemezra. Et si vous aviez raison ? Vous n'avez pas mené une vie exemplaire, mon enfant.

— Je sais ce que j'ai fait. (Tyentso riva son regard au mien.) Mais… c'est important.

Je grimaçai. Je savais que c'était sa manière de se racheter, parce qu'elle regrettait de m'avoir infligé ce gaesh. Et je ne l'avais pas vraiment délivrée de sa culpabilité, compris-je tout à coup. Avais-je vraiment envie d'avoir sa mort définitive sur la conscience, si rien ne fonctionnait comme prévu ?

— Ty, je ne veux pas que tu meures pour moi.

— Pourtant, c'est précisément ce que nous voulons faire, garnement. Visiblement, t'infliger des discours sur les théories magiques jusqu'à ce que tes yeux se ferment tout seuls ne fonctionne pas. Alors essayons autre chose. Apprendre de cette manière a marché pour moi. Et j'espère que ça te suffira à toi aussi, parce que je n'ai pas l'intention de le faire deux fois.

— Êtes-vous certaine que c'est ce que vous voulez ? insista Khaemezra. Vous n'aurez plus de secrets, lorsque vous serez morte. Celle que vous êtes – ce que vous êtes – apparaîtra au grand jour. (Elle tourna vers moi son regard vif-argent.) Y compris à ses yeux.

— Arrêtez d'essayer de me faire peur, vieille femme. Je vais le faire.

Un sourire joua sur les lèvres de Khaemezra.

— On le dirait bien, répondit-elle.

Khaemezra saisit un couteau et le tendit à Tyentso.

— Hé, attendez… Une seconde… Quand vous dites que nous allons le faire, vous ne voulez pas dire « maintenant », si ?

Je regardai autour de moi, me demandant si deux Thriss allaient faire leur apparition, leurs tambours sous le bras.

Même Tyentso semblait avoir été prise de court.

— Si. Maintenant. Votre requête est trop déplacée pour que je souhaite l'intégrer à nos cérémonies habituelles. Et de cette façon, je vais pouvoir vous accorder toute mon attention dans l'éventualité où quelque chose tournerait mal.

À la façon dont elle avait prononcé ces mots, « l'éventualité » ressemblait davantage à une certitude. Je sentis ma bouche s'assécher.

Tyentso accepta le couteau.

— Le rituel n'a-t-il pas besoin d'être un peu plus solennel ?

— Non, rétorqua Khaemezra. Tout ce dont vous avez besoin, c'est la volonté d'affronter Thaena.

Je levai une main en signe d'apaisement.

— D'accord. Attendez un instant. Nous allons tous prendre le temps de nous préparer, et…

Tyentso se poignarda.

Son sang se répandit lentement, rouge vif, sur sa robe de lin blanc. Elle lança à Khaemezra un regard tristement accusateur avant de s'effondrer au sol. Elle paraissait très petite, très frêle – et inanimée.

Khaemezra resta immobile et silencieuse.

— Et maintenant ? demandai-je.

— Nous attendons.

— C'est tout ? Il faut juste attendre ?

La Grande Prêtresse hocha la tête.

— Elle doit trouver le chemin du retour, à travers les terres sauvages de l'Au-delà. Ce n'est pas une tâche aisée.

— Et si elle n'y arrive pas ?

— Alors ce n'est pas aujourd'hui que vous aurez un fantôme pour professeur.

— D'accord. D'accord.

Je me mis à faire les cent pas, ne sachant quoi faire d'autre. Puis je m'immobilisai.

— Et je ne peux rien faire pour l'aider ?

Khaemezra, le regard fixe, ne me répondit pas.

Je soupirai et me remis à marcher. Enfin, je m'assis en tailleur près du corps de Tyentso et je posai ma main sur son épaule. Je tentai de couler un regard de l'autre côté du Premier Voile.

Le Premier Voile était celui qui nous séparait de la magie, et le Second, de la mort. Il était logique qu'en tant que mortel, je ne puisse pas voir au-delà du Second Voile. Mais si Tyentso essayait de revenir dans notre direction, je n'en avais peut-être pas besoin. Si je pouvais regarder derrière le Premier Voile, et *presque* jusqu'au Second, il était possible que je puisse constituer un repère, comme un sémaphore, qui lui permettrait de nous retrouver.

J'avoue que ma logique était un peu spécieuse, mais qu'avais-je à y perdre, de toute façon ?

Je fis passer ma vue derrière le Premier Voile sans grande difficulté. J'y parvenais depuis l'enfance. Or ensuite j'allai plus loin, concentrant non seulement ma vue mais quelque chose de plus profond. Je luttai sans bouger, m'efforçant de dépasser les auras habituelles. C'était comme examiner une mosaïque si attentivement que les yeux se mettent à loucher, l'intensité du regard atténuant la précision de la vue.

Je me tendis vers l'extérieur. Vers l'intérieur, aussi. Le désespoir m'envahit.

Une main se posa sur mon épaule. Sans tourner la tête, je sus que c'était celle de Khaemezra, dont les doigts squelettiques aux reflets dorés se resserraient sur moi comme des griffes d'acier.

Ma vision de l'univers bascula.

Mes précédentes expériences visuelles de la magie me paraissaient soudain aussi nettes que la vue d'un chaton nouveau-né. Pour commencer, je voyais toujours le monde du quotidien avec une clarté parfaite, mais je « voyais » aussi l'énergie, de tous les côtés. J'avais aussi l'impression de l'entendre, comme si les objets que je distinguais produisaient un son audible. Chaque chose – vivante ou non – possédait son propre accompagnement musical, dont chacun avait sa pulsation, sa vibration, son accord. La musique et la lumière étaient… eh bien, elles étaient partout, et elles se répercutaient sur tout le reste, comme des vagues qui se rencontraient, s'amplifiaient et s'annulaient.

Je levai les yeux vers Khaemezra et m'aperçus alors que je m'étais trompé.

Ce n'était pas Khaemezra.

La femme qui m'avait posé la main sur l'épaule était une inconnue. Sa peau était souple et lisse, et plus noire que la terre de la Jungle Manol. Les reflets qui rehaussaient ses pommettes et dansaient sur son front luisaient d'un éclat bleu. Sa chevelure – ou ce qui lui en tenait lieu – me rappela des ailes de papillon, délicates et diaphanes, où chatoyaient des nuances opalescentes de vert, de bleu et de violet. Sa bouche était petite mais ses lèvres pleines, et son nez était plat, avec des narines particulièrement fines. Ses yeux étaient obliques, et ils n'étaient dotés ni d'iris, ni de pupille. Ils reflétaient les écailles dorées de sa robe sous forme de paillettes changeantes, et ne possédaient à eux seuls pas de couleur distincte.

Ce n'est qu'alors que je remarquai la ceinture de roses autour de ses hanches, fermée par un petit crâne, et les roses assorties qu'elle portait comme un diadème. Je compris que ce n'était pas la première fois que je la voyais.

Du moins, j'avais vu des statues la représentant, en onyx et en feuille d'or. Je me demandai, distraitement, pourquoi nous la nommions la Dame Pâle.

Thaena rencontra mon regard.

L'angoisse me transperça l'âme. Ce que j'éprouvais n'était pas le sentiment de ma propre mortalité ni le gouffre obscur de la fin, mais une sensation viscérale de nudité. Thaena ne me regardait pas, moi : elle regardait en moi, jusqu'aux derniers recoins de mon âme. Thaena me connaissait mieux que je ne me connaîtrais jamais moi-même. Elle m'avait toujours connu, avant même que je vienne au monde, et à présent elle attendait simplement que je finisse par la rejoindre.

Je détournai le regard.

Thaena resserra sa main sur mon épaule. La déesse de la mort se retourna vers l'autre femme qui se trouvait dans la pièce.

Une femme, remarquai-je, qui ne ressemblait pas à Tyentso.

Elle était jeune. Plus âgée que moi, mais pas au point de pouvoir être ma mère. Maigre comme un clou, elle possédait les traits anguleux d'une Quuro. Ses cheveux étaient comme un nuage de boucles grises tirant sur la lavande, qui couronnaient son visage comme les prémices d'une tempête. Mais le plus marquant était ses yeux, grands, noirs et écartés, où l'on devinait ces profondeurs impénétrables, touchées par les dieux, typiques de la Maison D'Lorus.

Sur le devant de sa robe, elle portait la même tache cramoisie que Tyentso. Elle paraissait réelle et tangible ; jamais je n'aurais cru, en la voyant, qu'il s'agissait d'un fantôme.

Mais je savais ce qu'il en était.

— Tyentso, dit la déesse de la mort, jadis nommée Raverí, fille de Rava[1]. J'ai observé ton âme. Tu as été jugée.

Tyentso se redressa, interloquée.

— Ne devais-je pas être mise à l'épreuve ?

— L'épreuve était ta vie, répondit Thaena. Et tu as échoué. Tu es une meurtrière et une démonologue, une menteuse arrogante ; tu as trahi ceux qui te faisaient confiance, et tu as envoyé des centaines d'âmes en Enfer. Quel sacrifice t'es-tu refusée à offrir à l'autel de la vengeance ? Ta vie n'a jamais eu la moindre valeur. Qu'as-tu fait, hormis répandre le malheur autour de toi ? Que laisseras-tu, dans le monde, qui puisse le rendre meilleur, même de façon infinitésimale ? Tu peux passer le temps que tu voudras à enseigner la magie à Kihrin, à supposer qu'il consente à t'écouter. Je ne te permettrai pas de Revenir.

Et à ces mots, la déesse quitta la pièce.

---

1. Les conventions onomastiques des vané sont observées. Je me demande si c'était intentionnel, ou bien une simple coïncidence… Il y a toujours eu des rumeurs de vané kirpis vivant encore dans l'Empire, au sein de la forêt de Kirpis, même après la diaspora. Cela n'a jamais été prouvé, bien entendu. Les citoyens quuros des colonies de Kirpis et de Kazivar continuent à présenter des traits caractéristiques des vané kirpis, cependant, tels que les cheveux ressemblant à des nuages, souvent de couleur pastel.

56

L'Octogone

(Récit de Serre)

Une fois le carrosse immobilisé, Sironno ouvrit la portière à Tishar et à son neveu tandis que les gardes s'alignaient derrière eux pour les escorter.

Elle avait craint qu'après leur conversation Kihrin soit trop perturbé pour appréhender normalement le reste de leur excursion. Elle s'était inquiétée pour rien : dès que Sironno eut ouvert la porte il bondit du véhicule, arborant l'air d'un jeune homme dont l'insouciance se teinte d'une pointe d'ennui.

Il lui tendit le bras.

— Vous êtes prête, ma tante ?

— Bien sûr. Ce ne sera pas bien long.

— Tout le monde est habillé en orange, lui chuchota Kihrin.

— C'est la couleur de la Maison D'Erinwa, expliqua-t-elle. Je n'ai jamais manqué de rien, lorsque je vivais parmi eux suite à mon mariage, mais je détestais cette couleur. J'ai toujours été hideuse en orange.

Les sections de l'Octogone ouvertes au public n'étaient pas bâties en vieille brique et en fer forgé, mais en marbre et en pierre raenan sculptée, qui les faisaient ressembler davantage à un salon du Cercle Supérieur qu'à un marché aux esclaves. Les sections d'accès plus restreint, en revanche, se trouvaient être assez différentes d'un salon. Là où l'on aurait cru, en d'autres circonstances, admirer des tableaux de maître, l'Octogone présentait des merveilles de chair à une assemblée de princes désabusés.

La galerie principale, décorée d'une profusion de plantes suspendues, d'œuvres d'art et de fontaines, était pourvue d'un simple tableau d'ardoise que les visiteurs consultaient avant de poursuivre leur chemin. Tishar s'en approcha.

— Normalement, on utilise ce tableau pour s'orienter selon ses exigences, expliqua-t-elle à Kihrin. Ils le changent tous les jours, en fonction des arrivages et des saisons. Salle 1 : travaux mineurs. Salle 3 : artistes. Salle 4 : service. Salle 7 : plaisir. Salle 8 : exotisme. La liste est longue. Pour notre part, nous avons besoin d'être guidés de façon plus précise. Par chance, je sais exactement à qui m'adresser.

Elle tourna les talons et se dirigea, avec un aplomb étudié et une détermination implacable, jusqu'à un homme que tout désignait comme le majordome. Elle lui offrit sa main et il lui sourit comme si elle était la seule personne qui comptait à ses yeux. Elle se pencha pour lui murmurer sa requête à l'oreille. Quelques instants plus tard, on ouvrit pour eux une porte sur le côté de la salle.

— Gardes, restez ici, je vous prie, ordonna Tishar à leur escorte.

Leur chef hocha la tête, habitué à ces ordres routiniers, et prit position pour les attendre.

Tishar prit Kihrin par le bras et le guida dans un couloir latéral, à peine assez grand pour qu'ils y passent de front, très exigu en comparaison avec la galerie principale. Le conduit se poursuivait sur une longue distance.

— C'est un tunnel réservé aux domestiques ? demanda Kihrin.

Elle le gratifia d'un petit sourire.

— En quelque sorte, oui.

Lorsque le couloir se termina, Tishar et Kihrin se trouvaient dans une pièce ronde. Elle était pourvue de deux portes, d'un escalier qui montait, d'un autre qui descendait, et de huit autres tunnels s'étendant dans toutes les directions, tels les rayons d'une roue. Douze gardes étaient postés autour de la pièce, entourant un petit homme ridé, assis à un bureau.

— Humthra ! lança Tishar.

Il ne leva pas la tête.

Tishar s'avança jusqu'au bureau, couvert de papiers, du gnome voûté.

— Humthra !

— Humph, fit l'homme sans cesser d'écrire dans son registre.

— J'ai une question à vous poser, insista Tishar.

— Hein ? (Le vieux marchand d'esclaves leva les yeux. Son regard s'arrêta sur Kihrin.) Ah ! Adolescent, excellente condition physique. Cheveux blonds et yeux bleus, très rare. Ascendance vané, deuxième génération. Je fixerais le début des enchères à…

— Humthra ! cria Tishar.

— Quoi ? couina le vieillard.

— J'ai besoin de consulter le registre d'aujourd'hui. (Elle désigna son neveu par-dessus son épaule.) Il n'est pas à vendre.

Le vieil homme renifla dédaigneusement.

— Et pourquoi pas, sotte que vous êtes ? Vous en tireriez une fortune… (Puis il cilla, son regard passant de Tishar à Kihrin.) Oh, c'est votre fils ? Pour vous, Tish, je suis prêt à doubler le montant initial…

Tishar se retourna vers Kihrin – qui, manifestement, ne savait plus où se mettre – et lui adressa un sourire d'excuse.

— Je suis navrée. Il peut se montrer quelque peu… obsessionnel. (Elle se retourna vers le vieillard.) Le registre, Humthra.

— Oh, oui, bien sûr. Voici.

Il retourna l'énorme livre qu'il était en train de compulser.

— Non… (Elle remonta jusqu'au début du registre, en feuilleta quelques pages.) C'est le registre de ce matin, mon cher Humthra. Ce qu'il me faut, c'est celui de cet après-midi.

— Oh ! Le voici.

Kihrin parut interdit.

— Tout ça… Ce ne sont que les ventes d'esclaves de cet après-midi ?

— Oui, répondit Tishar en se référant au nouveau registre. Ah, voilà… Un lot racheté à Darzin D'Mon… Oh, vous n'avez pas eu de mal à vous en débarrasser, Humthra.

— Elles étaient en très bon état, expliqua le vieil homme. Aucun nettoyage n'était nécessaire.

— Veinard que vous êtes, répliqua-t-elle.

Tishar fit courir un doigt ganté sur le parchemin, puis se figea. Elle ne put retenir un grognement.

— Trône, chance et calice, marmotta-t-elle. Il est déjà revenu ? Je croyais qu'il était toujours à l'Académie. Aurait-il été renvoyé ?

Humthra leva les yeux.

— Qui ?

Elle désigna le nom sur le registre.

— Oh ! (Humthra secoua la tête.) Oh, non. Il a reçu son diplôme en avance. Il est premier de sa promotion. Cela a eu le mérite de faire taire tous ceux qui doutaient qu'il soit vraiment le fils de son père. Le Grand Seigneur Cedric l'a envoyé ici avec la recommandation d'acheter tout ce qui lui faisait envie.

Tishar se mordilla la lèvre.

— Et, j'imagine, de s'assurer que ce qui lui faisait envie était une femme et qu'elle respirait encore…

— Tante Tishar ? interrogea Kihrin. Y a-t-il un problème ?

Tishar lui lança un regard plein de compassion.

— Oh, mon cher. Je suis désolée, mais… j'ai peur que nous ne puissions pas racheter Talea.

— Que voulez-vous dire ? Quelqu'un l'a déjà fait, c'est cela ?

— Pas « déjà fait ». Il est sur le point de le faire, corrigea Humthra. Il n'est pas encore parti.

— Pouvons-nous surenchérir ? De qui s'agit-il ? Pouvons-nous encore sauver Talea ?

Kihrin avait dirigé sa salve de questions précipitées vers Tishar autant que vers Humthra. Le pauvre garçon avait l'air bouleversé.

Tishar soupira. Elle n'avait pas très envie de lui expliquer tout cela.

— Ce n'est pas si simple. L'hôtel des ventes propose une option d'achat immédiat, pour les clients qui sont prêts à payer le prix fort ; en l'occurrence, le double de l'estimation initiale. D'après le registre, il a l'intention d'acquérir au moins une des esclaves que Darzin vient de revendre, mais il n'est pas encore parti. Il est possible que nous ayons de la chance et qu'il n'en achète aucune, ou qu'il n'achète pas celle qui t'intéresse. Il est également possible qu'il les achète toutes.

— Que pouvons-nous faire ?

Tishar se retourna vers Humthra.

— Mon cher, pouvons-nous nous installer pour quelque temps sur le balcon sud ? Vous savez à quel point j'apprécie ce délicieux thé qu'on sert à l'Octogone.

Humthra avait déjà reporté son attention sur le registre. Il marmonna quelque chose qui ressemblait à « Faites ce que vous voulez » et leur fit signe de partir.

Tishar et Kihrin s'engagèrent de nouveau dans l'étroit corridor.

— Ce que nous pouvons faire, c'est nous rendre sur mon balcon préféré et siroter un thé de Zherias d'une finesse incomparable. Il serait criminel de passer à côté d'une opportunité pareille.

Kihrin haussa un sourcil.

— Mais, tante Tishar…

— Je connais l'endroit idéal, mon cher neveu. Il surplombe la grande salle, aussi pourrons-nous observer tous les acheteurs qui entrent… ou qui partent, dit-elle avec un clin d'œil.

Ses yeux s'écarquillèrent lorsqu'il comprit le sous-entendu, et il opina.

— Une tasse de thé… Très bonne idée.

Elle lui tapota la main.

— Vous êtes un bon garçon.

Kihrin, assis au côté de Tishar, se redressa et souffla :

— C'est elle !

Tishar glissa un regard à travers le paravent de bois délicatement ajouré qui masquait le balcon, et vit une jeune femme qu'on tirait par une corde fixée à son collier. Tishar fut forcée d'admettre qu'elle était d'une beauté certaine. Elle ignorait qui avait pris l'initiative de lui natter les cheveux de cette manière[1], mais Tishar eut l'intuition que cette coiffure serait bientôt très à la mode.

Puis son regard se porta vers l'homme qui la guidait. Il était vêtu d'une robe noire pesante, pourvue d'un haut col et doublée de fils d'argent. Et s'il n'utilisait pas la magie pour se protéger de la chaleur, alors Tishar était à demi morgage. Le symbole de la Maison D'Lorus était brodé au niveau de son cœur. Elle s'assombrit sans cesser de l'observer

1. Moi, non. Les cheveux de Talea étaient auparavant lisses et détachés, mais Serre avait voulu s'assurer que Kihrin reconnaîtrait aussitôt la sœur de Morea, aussi fit-elle tresser la chevelure de l'esclave. Puisque c'est une coiffure typique de Zherias, je présume que c'est Ola qui en était l'instigatrice initiale.

à travers le paravent. Il ne correspondait pas à ce qu'elle s'attendait à voir.

C'était un homme de forte carrure, grand et large d'épaules, avec le crâne parfaitement lisse d'un homme chauve de nature et non par choix. Seules sa tête et ses mains aux longs doigts fuselés dépassaient de son habit sombre ; sa peau était d'un brun olivâtre qui semblait presque gris par contraste avec le noir et l'argent de l'étoffe. Il ne portait aucun bijou, à l'exception d'une broche en pierre de lune aux motifs complexes qui reposait au creux de sa gorge. Il était doté d'un visage aux traits anguleux : ses pommettes étaient hautes, son nez droit, ses lèvres fines. Elle savait qu'il était jeune – vingt ans, tout au plus – et qu'il ne s'était jamais marié. En scrutant son visage dur taillé à la serpe, elle se demanda s'il n'était pas plus vieux qu'il n'y semblait[1].

Il est si séduisant que j'envisagerais d'en faire mon amant, songea-t-elle, *en d'autres circonstances.* Il leva alors les yeux vers le balcon, et le coin de sa bouche expressive se souleva en un rictus sardonique. Bien qu'elle sache que c'était impossible, il lui sembla que, l'espace d'un instant, leurs regards s'étaient croisés. Un détail, chez lui, se révéla frappé du sceau de la Maison D'Lorus : ses yeux étaient uniformément noirs, iris comme cornée, ce qui les faisait ressembler à deux gouffres sans fond. Puis l'homme et son escorte traversèrent la grande salle, sous le balcon, et disparurent de sa vue.

Tishar se pencha en arrière sur son siège, sidérée.

---

1. Il est très étrange de lire une description de soi-même formulée par quelqu'un d'autre, quoique je doive admettre que la description de Tishar se révèle fort flatteuse. Elle possède un sens aigu du détail ; ou, plus probablement, Serre lui a conféré cette qualité en restituant ses souvenirs. Je trouve curieux que Serre ait décidé de me représenter sous un jour favorable : après tout, nous n'étions pas de grands amis.

Il n'avait pas pu savoir qu'elle était là. Ni elle, ni personne d'autre. Son imagination… Son imagination lui jouait certainement des tours…

— C'était l'homme qui l'a achetée, n'est-ce pas ?

— Oui, répondit-elle. Et il n'a acheté qu'elle.

Tishar s'enfonça dans son fauteuil et prit une gorgée de l'excellent thé de l'Octogone.

— Que faisons-nous, à présent ? interrogea Kihrin. Peut-être pourrais-je lui proposer de la lui racheter… même si, Taja ! Vous avez vu sa tenue ? Il n'y a qu'un magicien pour se prendre à ce point au sérieux…

— Je vous conseille d'oublier cette esclave.

Kihrin se tourna pour la regarder.

— Que voulez-vous dire ?

— C'était le Seigneur-Héritier D'Lorus. Si vous voulez faire preuve de sagesse, évitez-le à tout prix. Il y a des hommes qui aiment qu'on les juge dangereux, et il y en a d'autres qui le sont, tout simplement, et qui n'ont que faire de l'opinion d'autrui. Il appartient à la seconde catégorie[1].

Il plissa ses yeux bleus, et son expression se déforma.

— La Maison D'Lorus… Il est de la famille de Gadrith le Déviant ?

— On peut le dire, oui. Thurvishar D'Lorus est le fils unique de Gadrith[2].

1. À nouveau, je m'estime flatté. Cependant, c'est tout à fait faux. Je me soucie beaucoup de ce que les gens pensent de moi. Par exemple, ceux qui me jugent dangereux ont moins de chances de m'interrompre alors que je suis occupé à lire.
2. Il circule depuis toujours des rumeurs affirmant le contraire, mais je crois que tout le monde a supposé que j'étais un Ogenra, sélectionné par le Grand Seigneur Cedric D'Lorus après l'Affaire des Voix. Personne n'est jamais allé y regarder de près : la vérité, dans le Cercle Supérieur, correspond toujours à ce qu'affirme un Grand Seigneur.

57

Marche spectrale

(Récit de Kihrin)

J'observai fixement la porte par laquelle Thaena était sortie, comme si mon regard avait le pouvoir de la faire revenir. J'entendis un bruit inarticulé à côté de moi, et lorsque je me tournai je découvris le fantôme de Tyentso, immobile. Des larmes roulaient sur ses joues et son visage exprimait la même sidération chagrine que lorsqu'elle s'était donné la mort.

— Tyentso.

Je tendis la main et fus surpris de voir mes doigts traverser son bras sans le toucher, laissant une traînée luminescente à l'endroit où les deux images s'étaient croisées.

J'avais oublié qu'elle n'existait pas dans le même monde que moi. En tout cas, pas en tant qu'être vivant.

Elle tressaillit, néanmoins ; puis elle secoua la tête et s'essuya les yeux.

— Eh bien, commençons, déclara-t-elle.

Je battis des paupières. Elle ne voulait tout de même pas que nous procédions à la leçon de magie ?

— Ty, c'est exactement ce que je voulais éviter. Ton corps n'est pas mort depuis longtemps, tu sais… Peut-être y a-t-il un moyen de revenir en arrière ? De te ramener à la vie ? Je pourrais te soigner, si tu m'expliquais comment faire ?

Elle éclata d'un rire sans joie.

— Tu pourrais soigner mon corps, mais ensuite ? Tu ferais revenir mon âme sans la permission de Thaena ? Ce ne serait pas une vie, garnement. Je ne serais pas une personne, j'en serais une parodie grotesque, et mon âme inférieure finirait par se désagréger entièrement[1]. Ce qui est fait est fait. Je savais parfaitement ce que je risquais.

Je déglutis.

— Ce qu'elle a dit sur toi…

Tyentso haussa un sourcil.

— Tu me demandes si je suis innocente ?

— Dis-moi juste que tu avais de bonnes raisons d'agir.

— Je ne peux pas, garnement. Tout ce qu'elle a dit sur moi était foutrement vrai. Je suis quelqu'un d'ignoble. J'ai fait tout cela, et d'autres choses encore. Mais tu veux que je te dise ? J'ai toujours su que ce serait un aller simple. Je suis juste en colère contre moi-même, d'avoir cru qu'elle me pardonnerait peut-être. (Elle secoua la tête.) Je n'ai jamais eu cette chance-là.

— Je ne peux pas… (Je luttai pour trouver mes mots.) Tu ne peux pas être si horrible que ça.

Elle prit un air moqueur.

— Tu es d'une naïveté adorable. J'étais plus jeune que toi quand j'ai orchestré mon premier meurtre. Je ne me suis jamais fait prendre.

— Et alors ? J'ai essayé de faire assassiner quelqu'un, il y a quelques années. Contrairement à toi, je n'étais pas doué pour ça. Et j'aurais volontiers tué Darzin si j'avais été sûr qu'on ne m'attraperait pas. Et j'ai fait pire. Des gens que j'aimais sont morts à cause de moi.

Je fermai les yeux et me retins avant d'achever ma confession.

— Oh, déesse… Ferme-la.

1. Il se trouve, incidemment, que c'est exactement ce qu'est Gadrith le Déviant.

Je rouvris les yeux. Tyentso dardait sur moi un regard plein de colère.

— Ce n'est pas un putain de concours, abruti. Je ne vais pas te détailler tous mes péchés pour qu'on puisse mesurer lequel de nous deux est pire que l'autre. Ça n'a pas d'importance, de toute façon. Tu crois que la Mère Mort va laisser un de ses chers gamins élus-de-la-prophétie pourrir dans l'Au-delà ? Ça m'étonnerait. Moi, je ne suis pas indispensable. Toi, si.

Le ton de sa voix indiquait qu'il ne s'agissait pas d'un compliment. Mais si j'avais été à sa place, je n'aurais pas été plus enchanté qu'elle de la situation.

J'ouvris la bouche pour protester avant de me raviser. J'aurais pu essayer d'expliquer à Tyentso ce que la déesse de la chance m'avait dit à ce sujet. Cependant, elle risquait d'avoir du mal à croire qu'une vision envoyée par l'un des Huit Immortels prouvait que je n'avais rien de spécial. Tyentso avait consenti à un grand sacrifice pour moi – plus grand que quiconque n'aurait dû avoir à le faire – et elle avait le droit de regretter le tour qu'avaient pris les événements.

— Si tu préfères que je parte, je comprendrai, lui dis-je.

Elle avait commencé à soupirer lorsqu'une idée sembla germer dans son esprit. Elle plissa les yeux.

— Tu me vois.

— Heu, oui ?

— Est-ce toi qui fais cela, ou est-ce Thaena ? interrogea-t-elle d'une voix brûlante de curiosité.

— J'essayais de voir au-delà du Second Voile…

— Les mortels en sont incapables, coupa-t-elle.

— Dans ce cas, je suppose que c'est grâce à Thaena.

Elle pinça les lèvres, acquiesça et tendit le bras.

— Prends-moi la main.

— Je ne peux pas…

— Essaie ! insista-t-elle.

Je tendis la main vers elle, sachant déjà que mes doigts ne feraient que la traverser.

Au lieu de cela, ses doigts disparurent au contact des miens, comme s'ils se dissolvaient dans l'acide.

Puis le monde devint noir.

Noir au sens propre : je n'étais pas devenu aveugle et je n'avais pas perdu connaissance. Tyentso n'était plus là, et je me trouvais dans une grotte sombre qui ressemblait à la chambre de Khaemezra, mais qu'on aurait vidée de tous ses meubles. Les murs de basalte avaient été remplacés par une matière plus douce. Des racines descendaient du plafond et montaient du sol, et l'air était chargé d'une odeur d'humus en décomposition. Tout ce qui m'entourait était également imprégné d'une atmosphère étrange, m'évoquant la pourriture et la désintégration, les tombeaux et les cadavres que nul n'est venu déranger depuis des lustres.

Je tentai de m'avancer pour regarder à l'extérieur, mais m'aperçus que je ne pouvais pas bouger du tout.

— *Tout doux, garnement.* (J'entendis la voix de Tyentso, bien qu'elle ne soit nulle part en vue.) *Qu'est-ce que tu vois ?*

— Où es-tu ? lui demandai-je. Qu'est-ce que tu fais ? Arrête !

Ma main bougea alors sans que je le lui aie ordonné, faisant remuer mes doigts devant mon visage. On aurait dit que je ne l'avais jamais vue auparavant et que je voulais l'examiner de plus près. Je n'avais pas pensé la bouger ; je n'avais pas voulu la bouger.

Je compris alors où se trouvait Tyentso : elle était en moi. Elle contrôlait mes mouvements.

— *Tout ira bien. Ne t'inquiète pas.*

— Non. Il faut que tu arrêtes ça tout de suite. Arrête, s'il te plaît. Arrête.

Tout ce dont j'avais peur, lorsque j'imaginais le Vieil Homme s'emparant de moi, était en train de m'arriver à cet instant précis. Je me fichais de savoir que Tyentso était une amie et que je lui avais demandé son aide. Je savais ce qu'elle avait eu l'intention de faire, mais en réalité, je n'avais pas bien réfléchi à ce qu'être « possédé » signifiait, ou à ce que je ressentirais lorsque tout mon être se trouverait à la merci de quelqu'un d'autre. J'étais incapable de résister physiquement, mais mon âme, elle, se révoltait à cette idée. Je ne pouvais pas m'enfuir. Je n'avais aucun moyen de bouger, de me cacher. J'étais pris au piège.

Je me mis à paniquer.

Nul n'aurait pu le deviner rien qu'en me regardant, bien entendu. Je ne pouvais même pas écarquiller les yeux ; mais dans mon esprit, je hurlais. Une sensation dévorante de révulsion et de déni grandit en moi. Je me noyais, et mon agitation mentale me faisait sombrer de plus en plus vite. J'eus l'impression que l'univers entier me poussait vers le bas, et soudain quelque chose au fond de mon être se mit à pousser dans l'autre sens. Il y eut un moment terrifiant, durant lequel je sentis non seulement ma propre personne, mais aussi quelque chose d'autre. Quelque chose de très lointain, et cependant si proche que je percevais sa présence dans la pièce, dans mon cœur, sous ma peau ; une entité prisonnière et pleine de fureur. Terrible, haineuse, affamée.

Quelque chose se rompit en moi.

Et tout à coup, je ne me trouvai plus sur Ynisthana.

58

Le prix de la liberté

(Récit de Serre)

Une fois que Tishar fut certaine qu'ils ne pourraient pas faire l'acquisition de Talea, elle laissa Kihrin dans la grande salle avec deux de ses gardes et se rendit une nouvelle fois dans les salons privés.

La grande salle constituait le principal hôtel des ventes de l'Octogone. Des marchands déambulaient dans les allées, proposant aux clients du sag fourré de sucreries ou des verres de thé frais. En observant les préposés au nettoyage, qui n'attendaient pas que les visiteurs soient partis pour balayer les allées, Kihrin devina que la salle ne fermait jamais : il s'y trouvait toujours quelqu'un à vendre. Kihrin comprit également que les membres des familles royales ne visitaient que très rarement cette partie du bâtiment. C'était certes la salle la plus divertissante, mais cela revenait presque à s'aventurer dans les bas-fonds. Les marchands d'esclaves qui y exerçaient ne se conduisaient pas avec la même retenue et le même professionnalisme que leurs collègues des salons, sans doute parce qu'ils ne traitaient qu'avec des bourgeois et des roturiers.

L'un de ces vendeurs obséquieux remarqua Kihrin et ses gardes, et il entreprit de suivre le jeune homme à la manière d'un guide touristique indésirable.

— Votre Altesse désire-t-elle visiter les enclos d'inspection ? Examiner les esclaves avant qu'ils ne soient mis en vente, voilà une opportunité qui ne se présente pas tous les jours, n'est-ce pas ?

— Je ne cherche rien de particulier, répliqua Kihrin.

— Ah ? Mais Votre Altesse, nous avons tout ce qu'il vous faut ! Auriez-vous besoin d'une fille d'oreiller ? D'un petit serviteur ? Si vous aimez l'exotisme, c'est notre spécialité… Les Zherias, les Doltaris, les vieux, les jeunes, des cheveux-de-feu de Marakor et des tachetés du lac Jorat. J'ai même une vierge à demi morgage de Khorvesh, d'apparence délicieusement étrange, et néanmoins ravissante…

Kihrin s'arrêta de marcher et regarda le marchand d'esclaves.

— Et des fauteurs de troubles ?

— Des fauteurs de troubles ? répéta l'homme.

— Oui. Des délinquants. Des voleurs, par exemple. Des gens que la justice a condamnés à l'esclavage pour les punir de leurs crimes.

Le marchand haussa un sourcil, et le regard qu'il posait sur Kihrin changea du tout au tout.

— Oh… C'est des gladiateurs que vous cherchez ?

— Je veux des esclaves bon marché, qu'il est facile de remplacer, rectifia Kihrin.

Le marchand claqua des doigts.

— Alors ça, c'est mon rayon. Je vous en prie, suivez-moi, messire.

Merit soupira et changea la position de ses jambes ; du moins, autant que ses chaînes le lui permettaient.

Il n'y avait pas grand-chose d'autre à faire. Il passa la minute suivante à maudire le sort qui l'avait conduit jusqu'ici et toutes les personnes qui l'y avaient aidé. Il implora les dieux de faire subir toute une série de sévices détaillés à leurs parties génitales, puis cracha sur le côté.

Son compagnon de cellule, assis face à lui, le gratifia d'un petit ricanement affectueux. Ses réactions permettaient désormais à Merit de mesurer l'inventivité dont il faisait preuve en matière d'imprécations. S'il dénichait quelque chose de particulièrement malin, Étoile se fendrait même d'un vrai rire.

Merit n'avait jamais su le véritable nom de son compagnon, mais il avait pris l'habitude de l'appeler « Étoile ». Son front était marqué d'une tache blanche en forme de losange, un peu comme celui d'un cheval. Les motifs qui mouchetaient son corps rappelaient plus la robe d'un animal que des tatouages. Ce nom semblait amuser Étoile, et Merit avait assez fréquenté la rue pour savoir qu'il préférait le voir de bonne humeur. Merit n'avait pas envie de découvrir ce qu'il faisait quand il n'était pas content. Inutile de sortir d'une grande école de nobles pour deviner qu'Étoile était destiné à l'arène des gladiateurs, et qu'il n'aurait aucun mal à se défendre.

Pour un temps, du moins.

Merit était moins optimiste quant à ses propres chances. Il en venait à regretter qu'ils ne lui aient pas plutôt coupé la main.

La porte, au bout du couloir, s'ouvrit dans un fracas métallique. Tout au long de la rangée, on entendit les prisonniers et les futurs esclaves se pencher pour voir qui allait procéder à l'inspection. C'était la seule explication possible à cette visite, puisque ce n'était pas encore l'heure du repas. Merit, en se tordant le cou, vit que Venaragi faisait entrer un gentilhomme. Il grogna et se rassit dans l'ombre. Un prince qui descendait jusqu'ici, ce n'était jamais une bonne nouvelle : ils ne cherchaient pas de gladiateurs, et ils n'allaient pas prendre des prisonniers comme eux pour leur servir de soldats ou de gardes. Merit se tassa pour éviter d'être remarqué. Toutefois, il vit du coin de l'œil qu'Étoile ne réagissait pas à l'entrée de Venaragi et de son hôte ; il ne semblait même pas les avoir vus. *Tant pis pour lui*, supposa Merit.

Si cet endroit avait été une prison, on aurait entendu s'élever des sifflets ou des moqueries, mais ici personne n'était assez fou pour cela. Attirer l'attention de cette manière, c'était comme demander Thaena en mariage : cela ne pouvait vous valoir qu'une mort rapide et pénible. Les pas s'arrêtèrent près de sa cellule et il s'arrêta presque de respirer.

— Salut, Merit, lança une voix familière. Comment va ton bras ?

Merit leva les yeux, surpris. L'homme qui se tenait de l'autre côté des barreaux était vêtu de soie bleue, avec assez de broderies pour lui mettre l'eau à la bouche. L'espace d'un instant, ces atours sophistiqués l'éblouirent à tel point qu'il oublia de regarder le visage de l'inconnu ; mais enfin, il y parvint.

— Vol ?

Merit se leva et s'approcha de cinquante centimètres du couloir avant d'être retenu par ses chaînes.

— Par les mamelles de Thaena… C'est bien toi !

Vol laissa s'étirer un coin de sa bouche en une sorte de sourire.

— J'espérais trouver un visage amical dans cet endroit. Au lieu de cela, c'est sur toi que je tombe…

— Merde alors, souffla Merit. Moi, je suis plutôt content de le voir, ton visage. Faris m'a dit que tu servais de jouet à une espèce de minet des beaux quartiers, mais je nc l'avais pas cru ! Vise un peu ça…

Vol tourna la tête.

— Dites, Barus. (Il fit signe à l'un des gardes vêtus de bleu qui l'accompagnaient.) Suis-je le jouet d'une espèce de minet des beaux quartiers ?

Le garde secoua la tête.

— Non, messire. Vous êtes Kihrin D'Mon, fils aîné du Seigneur-Héritier D'Mon.

Kihrin se retourna vers Merit et haussa les épaules.

— Qui l'eût cru ?

Merit cligna des yeux.

— Putain de veinard.

Kihrin émit un rire moqueur.

— J'imagine que c'est l'impression que ça donne. (Puis il se rembrunit.) Tu traînes toujours avec la bande de Faris ?

Merit se détourna et cracha au sol.

— C'est à cause de cette sale fouine que je suis là. Ce salaud m'a fait prendre à sa place… Il a dit que moi, j'avais encore deux mains à perdre.

— Hmm.

Kihrin l'examina de haut en bas, puis se tourna pour lancer :

— Monsieur, combien pour celui-là ?

Venaragi, qui faisait jusque-là semblant de ne pas écouter leur conversation, se hâta d'approcher.

— Oh, celui-là, messire ? Il est destiné à l'Arène… Ils vont sans doute lui faire combattre des léopards. On en tirera au moins 5 000 trônes, au marché.

— Cinq mille trônes pour ce déchet sans valeur ? Il n'a même pas l'air fichu de tenir une épée !

— Oh, mais il est futé, voyez-vous. Je suis sûr qu'ils lui apprendront à…

Kihrin soupira, exaspéré.

— Et l'autre ? Je puise dans mon argent de poche, vous comprenez. Je ne suis pas venu acheter une fille d'oreiller vierge.

— Lui, je vous le cède pour 500 trônes, proposa Venaragi.

Merit et Kihrin cillèrent à l'unisson.

Merit regarda Étoile. L'homme était en train de mâcher un bâtonnet de bois sans prêter attention à la conversation, bien qu'elle ait pour sujet sa propre vente.

— Pourquoi le bradez-vous ? interrogea Kihrin.

— Messire ne souhaitait pas payer cher, non ? répliqua Venaragi. Nous n'avons pas réussi à le vendre, le prix a donc baissé. Bientôt, nous allons devoir payer quelqu'un pour qu'il nous en débarrasse.

Kihrin regarda Étoile.

— Qu'est-ce que vous faites là ?

Étoile leva les yeux et son regard sombre scintilla à la lueur des torches. Il fit rouler le bâtonnet de bois entre ses dents avant de l'immobiliser.

— Ce que je fais là ?

— Oui. Ce que vous faites là. Comment êtes-vous arrivé ici ?

— Messire, c'est inutile…

Kihrin leva deux doigts en l'air. Le marchand d'esclaves se tut.

Merit ouvrit de grands yeux.

Voyez-vous ça… Il n'a pas tardé à s'acclimater, on dirait.

Kihrin se retourna vers Étoile.

— Alors ? Je vous écoute.

Le bâtonnet de bois remua de haut en bas contre la lèvre du prisonnier.

— Vol de chevaux.

— C'est tout ? Votre prix est descendu jusqu'à 500 trônes et l'Octogone supplie quasiment les gens de vous emmener, parce que vous êtes un voleur de chevaux ? Pourquoi ne vous ont-ils pas vendu comme gladiateur ?

— Ils l'ont fait. (Un ricanement râpeux lui échappa.) Deux fois.

Kihrin le dévisagea. Puisque Étoile n'offrait aucune explication supplémentaire, il se tourna vers Venaragi d'un air interrogateur.

Le marchand se renfrogna.

— Il s'échappe. Il est doué pour ça. Vous avez dit que vous vouliez des fauteurs de troubles…

— Vous alliez me vendre un esclave qui a réussi à s'échapper des fosses ? Deux fois ?

Une nuance menaçante perçait désormais dans la voix de Kihrin. Merit s'adossa contre le mur gluant de mousse et observa la scène, l'air impassible.

Il pouvait être très distrayant d'observer un professionnel à l'œuvre.

— Pas du tout, j'allais vous prévenir…

— À d'autres ! Vous alliez me laisser acheter cet homme, sans dire un mot de ses frasques, et vous débarrasser de lui définitivement. Quand ma tante Tishar l'apprendra, elle le dira à Humthra, et alors…

— Non, non ! s'exclama Venaragi, les yeux soudain écarquillés. Je vais vous trouver d'autres hommes, d'accord ? Forts, bien entraînés… J'ai des troglodytes. Vous n'en avez jamais vu de tels…

— Non, déclara Kihrin. Je vais prendre celui-là. (Il montra Étoile du doigt.) Pour le double du prix. Et vous allez ajouter l'autre gratuitement, pour vous excuser d'avoir tenté de me berner. C'est un évadé en puissance lui aussi, et vous le savez. Je vous rends service en vous le prenant tout de suite.

Venaragi considéra un moment Merit et son compagnon, puis acquiesça.

— Très bien, messire. Adjugé.

Les marchands d'esclaves de l'Octogone n'étaient que trop contents de se débarrasser d'eux, et ils se hâtèrent de sortir Merit et Étoile de leur cellule. Tandis qu'ils sortaient par la porte des esclaves, Merit sourit et se tourna vers Kihrin.

— Putain, je n'arrive pas à croire que tu aies fait ça ! Vol…

Kihrin l'attrapa par le bras à l'endroit précis où Ventrebeurre l'avait transpercé d'un carreau d'arbalète quelques mois auparavant, et le poussa dans une alcôve. Son bras était encore endolori et Merit se mordit la joue.

— Comprenons-nous bien, siffla Kihrin. La seule raison pour laquelle je ne t'ai pas acheté pour te jeter aux crocodiles du fleuve, c'est parce que tu n'as commencé à fréquenter Faris que l'année dernière. Tu peux remercier Taja, car si tu faisais partie de ses vieux copains je t'aurais acheté rien que pour le plaisir de regarder mes gardes t'éviscérer.

— Si je faisais partie de ses vieux copains, rétorqua Merit entre ses dents serrées, Faris ne m'aurait pas vendu aux Gardes.

Kihrin desserra sa main. Par-dessus son épaule, il lança un regard aux deux gardes des D'Mon, puis revint à Merit.

— J'ai besoin que tu me rendes un service.

— Je me demandais ce que ça allait me coûter, toutes ces gentillesses.

Kihrin eut un rictus moqueur.

— On n'a rien sans rien, pas vrai ? Je veux que tu ailles au *Salon du Voile Brisé*, à la Ville-Velours. Tu vois où c'est ?

— Oui, mais c'est fermé. Personne ne sait trop pourquoi…

— Peu importe, coupa Kihrin. Va dans le bâtiment du fond. Prends l'escalier, monte à l'étage, et tu verras une petite pièce. Je veux que tu me rapportes tout ce que tu y trouveras. Tout. Fouille les moindres recoins. Je te paierai pour ce que tu trouveras. Mieux que ne le ferait un de nos receleurs.

— Hé, Vol, murmura Merit. On raconte que tu as tué Ventrebeurre. Si les gens apprennent que je travaille pour toi…

— Ça me permet d'être sûr que tu ne diras rien. Si tu vas raconter où je suis à qui que ce soit, je ferai en sorte que les gens apprennent qui a racheté ta liberté. Fourreau ne se montrera pas compréhensif. Pas compréhensif du tout.

Merit déglutit. Il imaginait sans peine le danger que cela représentait.

— D'accord. Je joue le jeu. Si je trouve quelque chose, où est-ce que je l'apporte ? Je ne crois pas pouvoir me présenter devant ton palais avec une lettre, tu vois.

— Non, je…

Kihrin se mordilla la lèvre.

— Le *Champ du Massacre* ? proposa Merit. On peut tous les deux y aller facilement, et je peux confier des colis à un videur qui me doit une faveur.

Kihrin réfléchit, puis hocha la tête.

— D'accord. Comment s'appelle le videur ?

— Tauna. Elle est mignonne.

Kihrin cligna des yeux.

— C'est une femme, le videur ?

Merit sourit.

— Ouais. J'adore ce bistrot. Ça va me prendre quelques jours… Je te dépose ça à la fin de la semaine ?

Kihrin l'aida alors à sortir de l'alcôve.

— Ça roule. Voilà 100 trônes pour te racheter des vêtements, et tout ce qu'il faut. Et, Merit…

— Oui ?

— Quoi qu'il arrive, je te retrouverai. Il n'y a pas un seul endroit dans cette ville où tu puisses te cacher. Je connais tous les refuges. Et personne n'a envie de me voir débarquer à la tête d'une troupe de soldats.

Merit ouvrit la bouche pour le railler d'avoir suggéré quelque chose d'aussi aberrant, mais le regard froid de la Clé le coupa dans son élan. Kihrin ne se souciait plus des règles des Danseurs de l'Ombre ou des lieux qui leur appartenaient. Il se croyait au-dessus de ça, à présent, trop puissant. Il avait laissé toute cette histoire de sang royal lui monter à la tête.

Ou peut-être, murmura une petite voix dans l'esprit de Merit, avait-il simplement étudié la situation comme il aurait naguère étudié une maison. Peut-être qu'il avait deviné sur quelle face les dés allaient tomber. Les familles royales ne jouaient pas au même jeu que les autres. Ils n'observaient pas les mêmes règles.

Merit préféra donc serrer les lèvres et reconnaître :

— C'est toi le patron.

Kihrin regarda Merit s'éloigner en courant en espérant qu'il n'avait pas commis une erreur. Il ne connaissait pas ce garçon : tout ce qu'il savait, c'est qu'il avait été choisi par Faris pour faire partie de sa bande de caïds. Il ignorait s'il pouvait lui faire confiance.

Cette mission n'était sans doute qu'un coup d'épée dans l'eau, de toute façon. Il ne savait pas si son père, Surdyeh, avait laissé derrière lui quelque chose qui vaille la peine d'être trouvé. Si c'était le cas, on pouvait s'attendre à ce que les hommes de Darzin – ou de Therin – l'aient récupéré.

Il reporta son attention sur l'autre esclave.

— Vous avez un nom ?

L'homme lui sourit, dévoilant des dents qui avaient bien besoin d'un coup de brosse.

— Bien sûr.

Kihrin attendit, puis leva les yeux au ciel.

— Qu'est-ce que c'est ? demanda-t-il.

L'homme resta un instant silencieux, faisant jouer son cure-dents entre ses lèvres.

— Étoile.

— Étoile ?

L'esclave haussa les épaules.

— Oui. Pourquoi pas ?

Kihrin l'étudia attentivement. Étoile était manifestement issu des pays de l'Est ; il était bien plus grand que les habitants de la région, sans compter les exceptions comme Kihrin. Son teint tacheté ne pouvait être décrit poliment que comme « bizarre ». Cependant, son apparence lui rappelait quelque chose.

— Vous êtes jorat, non ? Un Jorat des plaines ?

Étoile inclina la tête en un geste qui exprimait sans doute l'assentiment. Avec désinvolture, il regarda Kihrin, puis ses deux gardes, et Kihrin de nouveau.

Kihrin comprit qu'il évaluait ses chances d'arriver à s'enfuir. Il se souvint des conseils de Morea, sur la bêtise qu'il y avait à essayer de faire un esclave d'un Jorat.

Puis Étoile regarda les portes de l'Octogone en fronçant les sourcils et déclara :

— Ce n'est pas moi que vous vouliez. Vous vouliez le voleur. Alors qu'est-ce qu'on fait, maintenant ?

— Je ne sais pas. Que savez-vous faire ?

— Eh bien…, dit lentement Étoile. Je peux vous voler un cheval, si vous voulez.

59

Kharas Gulgoth

(Récit de Kihrin)

Tu as tué Merit ? Merit fait partie de ta collection ?
Quand est-ce que… Non, attends, laisse tomber.
Je reprends.

Nous nous trouvions à l'extérieur. Des nuages teintés de violet tournoyaient en spirale au-dessus de nos têtes, comme un équivalent céleste de la Gueule. L'air était humide et sulfureux, mêlé d'une pointe acide qui me grattait la gorge à chaque inspiration.

Non, ce n'était pas Ynisthana.

— Par l'Enfer, qu'est-ce que tu as fait, garnement ? Je n'ai jamais rien éprouvé de pareil !

— Je n'y suis pour rien, me récriai-je.

— Eh bien moi non plus, bon sang ! Je n'ai jamais été douée pour les portails. Qui d'autre a pu faire ça ?

Tyentso flottait dans les airs, les pieds à quelques centimètres du sol, juste à côté de moi. Je ne l'avais pas sentie quitter mon corps.

Nous étions entourés des vestiges d'une cité en ruine. Les blocs de pierre et de métal n'auraient pu cacher leur âge ; ils s'étaient affaissés sous le poids des ans, et l'atmosphère corrosive les avait criblés de trous. Un fin grillage de lumière argentée ourlait les contours des bâtiments, terminant les lignes qu'auraient dû suivre les murs s'ils ne s'étaient pas effondrés. C'était comme si la cité avait été protégée par un bouclier magique et que ce bouclier avait subsisté, bien après que les structures elles-mêmes s'étaient désagrégées.

Cette cité avait dû être splendide, autrefois. Partout, on pouvait voir des ébauches de vastes balcons et de places décorées, de hautes colonnades, d'élégantes fontaines. Mais à présent... c'était un squelette corrompu, qui ne s'était pas encore décomposé au point de disparaître entièrement.

— Où sommes-nous ? demanda Tyentso d'une voix moins forte qu'auparavant. (Je ne crois pas qu'elle s'attendait à ce que je réponde à sa question.) C'est la Balafre Korthaen.

— Quoi ? Non !

— J'en ai bien l'impression, garnement. (Elle croisa les bras.) De tous les endroits que tu pouvais imaginer, bravo d'avoir choisi le pays des morgages. Au moins, je suis déjà morte, commenta-t-elle.

— Je n'ai rien fait, protestai-je de nouveau.

J'examinai l'endroit, m'attendant à découvrir des bandes de morgages derrière le moindre rocher. Au moins, je pourrais me rendre invisible.

Face à nous se dressait un bâtiment qui n'était pas tombé en poussière. Ses pierres demeuraient entières. Ses murs lisses n'étaient ni troués ni fendus. Je ne pus deviner à quoi il servait à l'origine. Peut-être un temple ou un palais, une grande université ou le siège d'un gouvernement.

Ce n'était sans doute pas l'écurie.

Huit faisceaux lumineux, de couleurs différentes, se dirigeaient vers le sommet de l'édifice depuis les points cardinaux dans le ciel ; la lumière se poursuivait si loin que je ne pouvais distinguer l'autre extrémité des rayons. Ces derniers, en se rejoignant, auréolaient d'une douce lueur une flèche en cristal, avant de ruisseler vers l'intérieur du bâtiment. C'était un spectacle magnifique, ou du moins l'aurait-il été s'il n'avait pas fait naître en moi un tel effroi.

— Je suis déjà venu ici, murmurai-je.

Tyentso me dévisagea.

— Quand ?

Je secouai la tête en m'approchant du bâtiment.

— Je ne m'en souviens pas.

Je luttai contre la peur. Tyentso ne me possédait plus : c'était déjà un énorme progrès par rapport à l'instant précédent. De plus, je n'étais plus piégé sur une île : encore une bonne nouvelle. Certes, si nous nous trouvions bien au beau milieu de la Balafre où régnaient les morgages, c'était un problème. Cependant je savais encore me rendre invisible, et ils ne pouvaient faire de mal à Tyentso. Donc, les choses étaient loin d'être aussi dramatiques qu'elles l'avaient semblé de prime abord. Tout était question de point de vue.

Tout irait bien.

J'entrai dans la bâtisse et m'arrêtai net.

Comme le reste de la cité, cet endroit avait dû être admirable, avec ses incrustations de pierre et ses statues aux lignes épurées. Le tout était très différent du style quuro, en matière d'ornements.

Au centre de la salle, quelqu'un avait ôté une sphère à ce palais… ou à ce temple, ou à ce siège du gouvernement. Les murs, le plafond, les sols, les colonnes avaient été coupés, comme si tout ce qui se trouvait à moins de quinze mètres du centre de ce vaste édifice avait été simplement anéanti.

Un homme flottait au milieu de cet espace vide.

Je frémis tout en avançant. Je ne pus m'empêcher d'approcher pour mieux le voir, malgré les avertissements que Tyentso m'adressait d'une voix sifflante. Il fallait que je sache. Il fallait que je le voie.

Je ne distinguais aucun détail. C'était une silhouette, plus noire que tout ce que j'avais pu voir dans ma vie. Il n'avait ni traits, ni vêtements, ni reflet permettant d'estimer sa profondeur, sa forme. La silhouette n'était pas très grande – elle était plus petite que moi – et l'homme n'était ni gros ni très musclé. Mais je connaissais cette silhouette, je connaissais ce corps. J'avais l'impression de regarder quelque chose qui m'était si familier que si je parvenais à me concentrer suffisamment, je me souviendrais comment je le connaissais, et pourquoi il m'avait fait venir jusqu'ici.

Il ouvrit les yeux et me regarda.

Je sais ce que vous allez me dire. Il était l'obscurité incarnée. D'une noirceur absolue. À l'opposé de la lumière qui coulait par pulsations du toit, pour former la cage où il était suspendu. Comment aurais-je su qu'il possédait des yeux, et à plus forte raison, qu'il les avait ouverts ? Tout ce que je peux dire, c'est que je le savais. Sa haine déferlait sur moi avec plus d'intensité que le feu du Vieil Homme. Il me connaissait. Je le connaissais. La peur panique que me procurait son regard était la plus terrible qu'il m'ait jamais été donné de ressentir. Rien ni personne n'avait jamais provoqué en moi une telle terreur, et rien ne l'a jamais fait depuis.

Puis je sentis sa volonté se mesurer à la mienne et m'attirer à lui. Je fus submergé par le désir de le rejoindre, de m'unir à lui, de faire partie de lui.

Nous serions entiers. Nous serions libres.

Rien ne pourrait plus nous enchaîner. Rien.

— Ty… J'ai besoin de ton aide.

— Par ma déesse, chuchota Tyentso. Je crois que je sais qui c'est. Je le sais…

Elle resta silencieuse un moment, paralysée par le choc. Puis elle secoua la tête.

— Kihrin, il faut qu'on s'en aille.

— Possède-moi, lui demandai-je en serrant les dents. (Je fis un pas en avant.) Fais-le, tout de suite.

À sa décharge, Tyentso n'exigea pas de savoir ce qui avait changé depuis la première fois qu'elle m'avait possédé, quelques minutes plus tôt. Elle se contenta de prendre le contrôle.

Les quelques secondes qui suivirent furent assez floues. Je crois que je hurlai, ou du moins, j'essayai. Je pleurai, peut-être. Je sais que je luttai pour courir vers cette silhouette qui m'attendait.

Heureusement, je ne pouvais rien y faire.

Tyentso me fit courir à toutes jambes hors de la prison, et continua à courir jusqu'à ce que nous atteignions les confins de la ville. Je la sentis relâcher son emprise, juste assez pour me permettre de parler et de me déplacer seul, mais pas assez pour l'empêcher de reprendre les rênes s'il s'avérait que j'étais encore sous la domination de cette monstruosité.

Je me penchai et vomis copieusement sur la rue pavée.

— *Garnement*, dit Tyentso. *Je crois que c'était Vol Karath.* (Elle paraissait encore hébétée.) *Tu nous as amenés au beau milieu de Kharas Gulgoth.*

Je frémis et vomis de nouveau, jusqu'à ce que mes haut-le-cœur ne fassent plus remonter que de l'air. Intellectuellement, j'ignorais ce qu'étaient Vol Karath et Kharas Gulgoth. Pourtant, en tant que fils de ménestrel, on aurait pu s'attendre à ce que je connaisse un peu mieux les histoires racontant la destruction d'une race tout entière. Mais cela n'avait pas d'importance : je connaissais cet endroit. Je connaissais cette créature. Je la connaissais au fond de mon âme. Tyentso avait raison.

— *Gadrith ne cessait de parler de cet endroit*, continua-t-elle. *C'est à Kharas Gulgoth que le Roi des Démons, Vol Karath, est emprisonné, reclus par les dieux en personne. Gadrith voulait l'utiliser. Ce salaud malfaisant rêvait de venir ici, mais il n'en a jamais eu l'audace.*

Des images se formaient en marge de mon champ de vision. Il s'agissait de spectres issus non pas du monde des vivants, mais des souvenirs de Tyentso. L'un de ces spectres, un grand homme en robe noire, arpentait les allées, le visage caché dans l'ombre.

Puis le sens de ses paroles finit par s'imposer pleinement à mon esprit.

—Gadrith ? m'exclamai-je. Tu connais Gadrith le Déviant ?

Je sentis la surprise de Tyentso. Le magicien spectral de la Maison D'Lorus parut se faire l'écho de cette surprise : il tourna la tête pour me regarder.

C'est alors que je le reconnus. C'était Cadavre.

—*Si je connais...* (Tyentso rit.) *Je croyais que tu l'avais compris, garnement. C'était mon époux.*

—Cadavre...

J'aurais vomi de plus belle si mon estomac n'avait pas été vide. Et brusquement, tout me revint. Thaena avait dit que le vrai nom de Tyentso était Raverí, ce qui signifiait qu'elle était Raverí D'Lorus, la mère officielle de Thurvishar, qui n'avait apparemment pas été exécutée pour sa participation à l'Affaire des Voix. Elle en savait sans doute plus long sur les méthodes et les motivations de Gadrith que tout autre être vivant, à l'exception de son fils adoptif à gaesh.

Quelle était la probabilité pour que je la rencontre par hasard à bord du *Malheur* ?

J'en savais assez, à ce stade, pour reconnaître les interventions de Taja lorsqu'elles se présentaient à moi. Pour une fois, néanmoins, je n'en fus pas contrarié.

—Il n'est pas mort ?

Tyentso avait suivi le cours de mes pensées comme s'il s'agissait des siennes. Je sentis sa consternation, son dégoût, sa stupeur. Tyentso haïssait Gadrith, avec une intensité si pure que mes propres émotions ne pouvaient s'y mesurer. Je pense qu'elle aurait été prête à ouvrir séance tenante une sorte de portail magique pour me ramener à lui à l'instant même, et en débarrasser le monde une bonne fois pour toutes. Une seule chose l'en empêchait, un seul détail minuscule et néanmoins gênant : elle-même était toujours morte.

Par ailleurs, elle n'avait jamais été douée pour les portails.

— Il faut qu'on retourne chez Khaemezra.

Je me levai et m'appuyai contre un mur pour rassembler mes forces. Je me sentais épuisé, comme si le simple fait de m'être trouvé dans la même pièce que Vol Karath avait drainé une partie de mon essence. Puis je sentis une forme étrange sous mes doigts, et je m'aperçus qu'il s'agissait d'un bas-relief.

Quelqu'un avait taillé la pierre au ciseau, créant une image lisse et magnifique qui ne correspondait pas au style du reste de la cité. Curieux, j'examinai le reste de la scène. Une histoire se déroulait sur toute la longueur de l'avenue, et l'on y distinguait des silhouettes en plein combat. Huit personnes, quatre hommes et quatre femmes, étaient réunies autour d'un cristal luisant, qui projetait des faisceaux luminescents. On retrouvait ensuite ces huit silhouettes, mais cette fois, chacune portait un symbole : un crâne, une pièce, une épée, un voile, un orbe, une roue, un ruisseau, une feuille et une étoile. Je continuai à avancer, et effleurai du doigt de nouveaux motifs : les huit silhouettes luttaient contre des monstres à têtes de taureaux, et d'autres créatures dont les mains avaient été remplacées par des serres, les jambes par des queues de serpent, ou bien les bras par des tentacules. Dans la scène suivante, l'un des huit personnages – celui qui portait l'étoile – quittait la bataille, escorté par une neuvième personne. Les huit personnes revenaient ensuite, chacune portant un cristal ; cette fois, sept d'entre elles formaient un cercle autour de l'homme à l'étoile. Le neuvième homme était là également ; seulement cette fois, il portait une épée. Sur l'image suivante, on voyait le neuvième homme pourfendre l'homme à l'étoile de son épée.

Sur la scène suivante… Je déglutis en la retraçant du doigt. L'homme à l'étoile avait disparu : il ne restait plus de lui qu'une silhouette gravée dans la pierre, un contour vide, entouré de lignes hérissées vers l'extérieur. Il n'y avait plus signe des neuf hommes et femmes qui s'étaient trouvés là : seulement neuf formes ondulées, dont chacune rampait dans une direction différente. Il y avait huit morceaux de cristal brisé et une épée déformée. Après cela, les images montraient des gens en train de mourir, des démons arrivant de tous côtés, des flammes tombant du ciel.

Ce n'était pas l'une de ces histoires qui finissent bien.

— Qui a gravé tout cela ? demandai-je en caressant le bas-relief.

Je regardai autour de moi. Ce n'était pas par hasard que j'avais découvert ces motifs, car ils avaient été reproduits sur tous les murs de pierre qui bordaient l'avenue, encore et encore, comme si des générations entières avaient passé leurs vies à retracer les étapes d'un terrible événement.

Des tambours se mirent à résonner dans les ruines.

— *J'ai entendu dire que les morgages vivant dans la Balafre considèrent cette cité comme sacrée*, avertit Tyentso. *Il faut que tu te caches, et tout de suite.*

J'entendis des pas s'approcher à toute allure.

Je me plaquai contre le mur et me mis à répéter mon sort d'invisibilité. Une seconde plus tard, une dizaine de guerriers morgages arrivèrent au pas de course sur l'avenue. Il s'agissait d'hommes géants, sans nul doute les plus grands que j'aie jamais vus, mais leur caractère inhumain était évident. Leur peau était mouchetée de jaune, de brun et de noir, et leurs nez se terminaient par des vrilles au-dessus de chaque narine ; ces vrilles tombaient de part et d'autre de leurs bouches d'une manière qui, de loin, donnait l'impression qu'ils portaient la moustache. Leurs yeux étaient emplis de vif-argent, sans iris ni cornée. Et bien sûr, ils arboraient leurs fameuses épines sur les avant-bras. Les mêmes pointes empoisonnées dont Roarin, au *Voile Brisé*, aimait tant faire la démonstration. Tous les métis n'en étaient pas pourvus, aussi en était-il très fier.

Ceux-là n'étaient pas des demi-sang, cependant, mais de véritables morgages, ces mêmes guerriers qui terrorisaient jadis la colonie de Khorvesh. Quur n'était devenu cette grande puissance militaire, aujourd'hui redoutée de par le monde, que parce qu'il était urgent de les repousser.

Les morgages sont les seuls ennemis dont les forces d'invasion s'attaquent encore régulièrement à Quur.

Ils trottèrent le long de l'avenue, tournant la tête d'un côté et de l'autre pour balayer les environs.

Ils chassaient.

J'étais sûr qu'ils ne pourraient pas me voir, mais c'est alors que je vis frémir leurs vrilles nasales. Ils firent halte. Les vrilles remuèrent de plus belle. L'un d'eux se pencha sur l'endroit où j'avais rendu mon petit déjeuner.

— *Cours*, me murmura Tyentso.

Je ne bougeai pas.

— *Si je cours*, lui répondis-je en pensée, *ils me trouveront, c'est sûr.*

Je les entendis s'agiter, puis parler entre eux. Ils employaient une langue que je ne comprenais pas, mais le timbre de leurs voix m'évoqua irrésistiblement celle de Khaemezra.

— *Dans ce cas, je te suggère de prier, garnement*, rétorqua Tyentso.

Ce n'était pas une si mauvaise idée. Il se pourrait même que Taja me réponde. Je continuai à psalmodier mon sortilège au fond de mon esprit, mais pour ce qui était de ma prière, je ne savais pas si je devais la prononcer à voix haute. Taja entendrait-elle mes pensées ? Je n'en étais pas sûr. Je pensai à elle et à mon besoin d'être secouru, aussi fort que je pouvais me le permettre sans briser le charme.

Rien ne se passa.

Une autre silhouette s'avança sur la grand-rue. Les guerriers s'écartèrent sur son passage. La silhouette était plus petite, vêtue d'une robe jaune décorée de rayures de tigre. L'un des guerriers l'interpella et lui montra la flaque que j'avais laissée sur les pavés.

— *Laaka*…, jura Tyentso. *C'est une femme.*

— Heu, oui ?

Je ne comprenais pas. Oui, c'était une femme. Je ne pouvais pas voir son corps sous sa robe, mais au vu de sa taille je supposais qu'il ne pouvait s'agir que d'une femme ou d'un enfant.

— Et alors ?

Je sentis son exaspération dans mon esprit.

— *Tu as déjà vu une femme morgage ? Une seule ? J'ai connu un professeur, à l'Académie, qui était convaincu que les morgages n'avaient pas de femmes et qu'ils se reproduisaient grâce à une sorte de bourgeonnement asexué. Étant donné la haine que les morgages semblent porter aux femmes humaines, j'ai pensé que les leurs devaient être prisonnières, qu'ils les gardaient enfermées quelque part.*

— Ce n'est pas une prisonnière. C'est elle qui donne les ordres.

En effet, tandis que Tyentso parlait, la nouvelle venue repoussa son capuchon. Je découvris une femme morgage, sans doute d'âge moyen. Elle avait les mêmes yeux et le même nez à tentacules que ses congénères, mais sa peau était noire, à l'exception d'une bande d'écailles argentée qui descendait le long d'un côté de son visage. Cette bande prenait naissance dans une chevelure bien éloignée des rubans iridescents de la déesse Thaena : elle était constituée de pointes acérées. Les hommes inclinèrent la tête devant elle en signe de respect, tandis que l'un d'entre eux gesticulait, indiquant clairement qu'ils désiraient son aide afin de retrouver l'intrus.

Je fis passer ma vue derrière le Premier Voile.

— Ty, c'est une magicienne.

— *Oh, évidemment*, soupira-t-elle. *Nous avons besoin d'une diversion.*

Comme pour nous répondre, un dragon passa au-dessus de nos têtes.

La réaction des morgages ne se fit pas attendre. Ils n'étaient pas heureux de recevoir une telle visite, et je ne pouvais le leur reprocher : moi-même je n'en étais pas ravi. Je fus d'abord incrédule à l'idée que le Vieil Homme ait pu nous rejoindre si vite. Puis je m'aperçus que ce dragon-là n'était pas de la bonne couleur : il était blanc mais luisait d'un éclat métallique aux couleurs de l'arc-en-ciel, comme si on avait renversé de l'huile sur du marbre.

Ce n'était pas le Vieil Homme.

Les morgages crièrent, le montrèrent du doigt et se mirent à courir, se préparant manifestement à se défendre.

— *Maintenant !* cria Tyentso dans ma tête.

Je m'élançai.

Aussitôt, j'entendis des cris derrière moi. Je ne pensais pas qu'ils me voyaient, mais le bruit que je faisais, mon odeur ou que sais-je encore avait dû me trahir. Je tirai une dague de ma ceinture tout en courant et en fendis l'air derrière moi, entendant les pas de mes poursuivants se rapprocher. Je sautai de côté et l'un des morgages se rua sur l'endroit où je me trouvais une seconde auparavant. J'abattis de nouveau mon arme d'un mouvement transversal, et cette fois je l'atteignis au dos tandis qu'il courait. Il rugit. Malheureusement, je ne pense pas que ce geste ait servi à grand-chose, sinon à confirmer ma présence et à le mettre en colère. En tout cas, je ne l'avais pas ralenti.

— Si tu veux m'aider, surtout ne te gêne pas !

Tyentso riposta :

— *Tu ne vas pas te mettre à paniquer cette fois ?*

— Non !

En tout cas, j'espère…

J'étais poursuivi par cinq morgages au moins. Je frémis lorsque Tyentso reprit possession de mon corps. Son intervention n'eut pas que des avantages. Par exemple, je cessai d'être invisible. Les morgages poussèrent un cri de triomphe en découvrant leur proie. La Pierre des Entraves, autour de mon cou, devint glacée.

Tyentso entonna un chant bas aux sonorités imprononçables. Pourtant je sentis mon esprit frémir durant son incantation, et je sus ce qu'elle faisait. En moins de deux secondes, cette leçon de magie se révéla plus efficace que toutes celles que j'avais reçues auparavant.

Le morgage le plus proche s'écroula, une main sur la gorge et les yeux exorbités, luttant pour respirer. Tyentso avait extrait toute l'eau de ses poumons, et sans humidité pour les lubrifier les parois de ses bronches collaient les unes aux autres, bloquant le passage de l'air… En pratique, elle venait de lui provoquer une crise d'asthme. L'un de ses congénères s'arrêta pour lui porter assistance tandis que les autres continuaient à courir vers nous, quoiqu'un peu plus prudemment.

Puis je sentis une douleur brûlante me transpercer la jambe. L'un des morgages avait envoyé sa lance se ficher dans ma cuisse droite, me clouant au sol. Emporté par mon élan, j'agrandis moi-même la blessure avant de pouvoir m'arrêter, ce qui ne fit que l'aggraver. Il y avait du sang partout, et il n'appartenait qu'à moi.

— Tyentso ! hurlai-je.

— *J'y travaille !*

La lance suivante heurta un mur d'air invisible qui la brisa en mille morceaux. Je sentis que sous la direction de Tyentso j'érigeais un rempart – de feu, cette fois-ci – pour barrer la route à nos poursuivants.

Cependant, même à travers les flammes, je voyais cette magicienne morgage s'approcher de nous, et je ne pensais pas que le feu la retarderait bien longtemps.

— *Concentre-toi sur le présent*, m'admonesta Tyentso.

Elle avait raison, bien sûr. J'avais d'autres problèmes, plus immédiats.

— *D'abord, la lance*, reprit Tyentso.

Elle posa ma main sur la hampe, et je la sentis changer le tenyé du bois jusqu'à le rendre sec et cassant.

— Ty, si une artère a été touchée et que tu retires la lance…

— *Tu crois peut-être que je n'ai jamais vu une blessure de ma vie, garnement ? Attention, ça va faire mal.*

Je ravalai un hurlement tandis que les bords de la plaie se mettaient à griller. Elle la brûlait pour la cautériser. Les coins de mon champ de vision devinrent noirs ; j'étais sur le point de m'évanouir.

— *Reste avec moi, garnement ! On n'est pas encore tirés d'affaire.*

Je clignai des yeux pour chasser l'obscurité. J'avais dû perdre connaissance quelques secondes, cependant, car j'avais déjà arraché la lance. J'étais presque sûr que cette saleté m'avait fêlé un os. En tout cas, elle avait causé bien des dégâts. Il me fallait une attelle et un bandage. Il fallait nettoyer la plaie. La traiter pour endiguer le poison ou les toxines dont les morgages enduisaient très certainement leurs armes.

Je n'avais pas une seconde devant moi pour le faire.

— Tu ne sais pas voler, si ? demandai-je en continuant à fuir tant bien que mal.

— *Tu n'apprécierais pas beaucoup l'atterrissage…*

— Je ne suis pas loin d'accepter de prendre le risque.

Je m'enveloppai de nouveau d'invisibilité, bien que cela n'ait aucune chance d'empêcher quiconque de me suivre : je laissais derrière moi une traînée de mon propre sang.

J'entendis les morgages derrière nous, le chant sourd de la magicienne faisant son office, les cris des guerriers. Je me mis à regarder autour de moi, en quête de ruines susceptibles de faire de bonnes cachettes.

Puis le grillage luisant qui couvrait tous les murs et le sol de la cité s'éleva brusquement et forma une cage autour de moi. Je m'écrasai contre cet entrelacs d'énergie en tentant de m'enfuir, et des pointes de douleur me lacérèrent le corps.

Une boule de fumée vola dans ma direction ; elle ne provenait pas du centre de la cité, où se trouvaient les morgages, mais de sa périphérie. La sphère s'allongea et s'assombrit, puis tournoya pour prendre la forme d'un homme.

Une voix, à l'intérieur de la fumée, déclara :

— Tu es bien loin de chez toi, petit frère.

Un accès de panique s'empara de moi, et je crus, pendant un instant d'effroi, qu'il s'agissait de Darzin. *Darzin… est parvenu à me retrouver.*

Mais ce n'était pas le cas.

L'homme qui émergea de la fumée était Relos Var.

60

L'INVITATION

(Récit de Serre)

Les deux demi-frères étaient assis en tailleur sur une couverture improvisée, étalée sur le sol de pierre de la cachette de Galen. Une unique chandelle de suif, calée contre la base de la statue de Thaena, éclairait leur repas.

— Aller au *Champ du Massacre* ? s'exclama Galen. Mais pourquoi ?

Kihrin avait volé un panier de sag tout frais, de coulis de fruits et de viandes épicées initialement destiné aux domestiques. Il avait proposé à Galen de prendre ce repas dans cette pièce, afin que leur père ne les surprenne pas à manger « comme les gens du commun ». Galen avait bondi sur l'occasion pour différentes raisons, mais surtout parce que leur père était d'humeur plus sombre encore qu'à l'ordinaire. Galen jugeait préférable qu'il ait le plus de mal possible à mettre la main sur ses deux fils.

Il ne faisait jamais chaud dans ce petit débarras, pourtant exigu ; et ce, quelle que soit la température extérieure. Galen devinait que la pièce était enfouie sous une grande quantité de pierre sèche, qui l'isolait des rayons ardents du soleil. L'endroit ne possédait aucune fenêtre, et il n'avait qu'une vague idée d'où ils se trouvaient, en réalité. Le tunnel menant à cette pièce décrivait de nombreux tournants que Galen n'avait jamais retranscrits sur une carte. Il aimait à s'imaginer qu'ils ne se trouvaient plus sur les terres des D'Mon.

Son frère étala du coulis de mangue sur un morceau de pain sag.

— Pourquoi pas ? répliqua-t-il. Cet endroit est une véritable légende. Je n'ai jamais eu assez de métal pour me permettre d'y aller. J'ai envie d'assister à un duel.

— Mais nous sommes trop jeunes. Père ne sera jamais d'accord.

Kihrin sourit :

— Il a déjà dit oui.

Galen ouvrit la bouche.

— Il a… Non ! Comment avez-vous fait ?

— Je lui ai fait un cadeau.

— Quoi ?

— Vous voyez sa jument flammesang de Jorat, qu'il voulait faire monter par ses étalons ?

Galen opina. Il voyait très bien, en effet, et il la soupçonnait d'être à l'origine de la mauvaise humeur de leur père. Darzin s'était donné la peine de faire venir cet animal depuis Jorat, où il l'avait achetée pour une bouchée de pain à une vieille ferme dont les affaires déclinaient. Puis Darzin avait découvert que la jument était si grande, si fougueuse et si méchante qu'elle attaquait tous ceux qui passaient à sa portée. La jument, qui n'était arrivée au domaine que depuis une semaine, avait déjà tué plusieurs valets et s'était échappée deux fois de sa stalle. Darzin lui-même n'osait pas l'approcher. Galen avait la sensation qu'il ne s'écoulerait plus que quelques jours avant que son père considère toute cette histoire comme une erreur et fasse abattre l'animal.

— Eh bien, j'ai trouvé un dresseur jorat. Je l'ai acheté à l'Octogone. S'il ne parvient pas à faire entendre raison à ce cheval, personne d'autre n'y arrivera, à mon avis.

(Kihrin mordit dans son pain avec enthousiasme.) Darzin était si reconnaissant qu'il a accepté de nous laisser y aller.

— Ça alors… (Galen ouvrit de grands yeux, puis son expression devint grave.) Mais vous savez, si votre esclave échoue, Darzin le fera exécuter.

— Ce n'est pas mon esclave. Je l'ai donné au Grand Seigneur Therin. Si Darzin a envie de faire tuer un esclave du Grand Seigneur…

Kihrin haussa les épaules, comme si l'affaire ne le concernait pas.

— Ha, ha ! C'est bien pensé. (Galen sourit.) Il faudra que je raconte cela à ma mère.

L'expression de son compagnon s'assombrit lorsque Galen évoqua sa mère.

— Ah. Oui, dit-il avant d'ajouter : Elle… elle va bien ? Cela fait quelques jours que je ne l'ai pas vue, au dîner.

— Quoi ? Oui, elle va bien. Elle a eu la fièvre, répondit Galen.

Il ne laissa en rien paraître qu'il s'agissait d'une piètre excuse… pour la famille royale spécialiste des remèdes magiques.

— Ah…

Après un silence gênant, Kihrin reprit :

— Donc, vous voulez y aller ?

Galen leva les yeux au ciel.

— Bien sûr que je veux y aller ! Père ne me laisse jamais sortir.

À ces mots, son frère s'étonna :

— Jamais ?

Galen secoua la tête.

— Il dit que je lui ferais honte.

— Mais, objecta Kihrin, vous devez bien avoir des amis…

Galen ne put s'empêcher de rougir d'embarras.

— Oui, j'ai des amis. Je les vois plusieurs fois par an, lors des réceptions. Il y a Kavik D'Laakar, et mon cousin Dorman D'Aramarin[1]. Je vais les voir aux fêtes du Nouvel An. Et puis, j'ai des professeurs, et je peux parfois discuter avec les enfants des domestiques, du moment que Père ne s'en aperçoit pas.

Son frère aîné se leva d'un bond et lui offrit sa main.

— Venez, alors. Allons voir cette taverne dont mon père disait tant de bien.

— Maintenant ?

Kihrin acquiesça.

— Absolument, maintenant. Avant qu'il change d'avis...

Un grand choc métallique résonna dans la pièce, et les deux garçons se figèrent. Kihrin gesticula frénétiquement en direction de la chandelle de suif et Galen la moucha, plongeant la pièce dans l'obscurité la plus totale.

Puis il sentit une main se plaquer sur sa bouche et faillit hurler, avant de comprendre que Kihrin l'avait trouvé. Son aîné tira sur sa chemise et murmura :

— Regardez la lumière !

Un rai de lumière très fin, presque caché derrière l'amas de caisses empilées et de vieilles chaises cassées. La lumière commença derrière eux, près du sol, puis monta vers le plafond, qu'elle longea, avant de redescendre. Galen, en retraçant son chemin des yeux, s'aperçut qu'elle avait dessiné le contour d'une porte. Il ne l'avait jamais remarquée, mais elle devait être assez grande pour y faire passer la statue de Thaena, ainsi que tous les autres objets.

---

1. Il est fréquent que les princes, en grandissant, souffrent atrocement de la solitude, surtout s'ils sont destinés à hériter. Chaque enfant issu d'une famille rivale est considéré comme un saboteur ou un espion, et chaque enfant de sa propre famille est un rival potentiel. Certaines familles achètent des esclaves pour tenir compagnie à leurs rejetons, mais ces relations ne peuvent que demeurer fondamentalement inégales.

Puis il entendit les voix.

— Il faudrait faire la poussière, ici, dit quelqu'un.

Quelque chose dans le ton de la voix lui donna la chair de poule. Il sentit la main de Kihrin se resserrer sur son épaule, soit pour l'avertir, soit parce qu'il avait peur.

— Vous ne voulez tout de même pas que j'y fasse venir un domestique, si ?

Galen connaissait cette voix : c'était celle de son père, Darzin. Il posa sa propre main sur celle de son frère et la serra à son tour.

Une troisième voix s'éleva alors. C'était une voix de baryton, profonde et veloutée.

— Vous pourriez le faire. Seulement, vous finiriez par manquer de domestiques.

Puis la même voix ajouta :

— Où sommes-nous, exactement ?

— Il s'agissait à l'origine d'un mausolée, expliqua le premier homme de sa voix terne et comme morte. Ce tombeau fut construit pour Saric D'Mon VIII, et les quarante-huit concubines dont il avait ordonné qu'elles soient exécutées lorsqu'il viendrait à mourir[1]. Il fut converti en une salle d'invocation démoniaque par le Grand Seigneur Pedron, il y a vingt-cinq ans de cela. Les portes dans les alcôves et au bout de ces couloirs mènent aux chambres funéraires des épouses de Saric ; Pedron, lui, y enfermait les prisonniers attendant d'être sacrifiés. Durant une brève période, l'endroit

1. La mode consistant à tuer des personnes de son entourage afin qu'elles gardent son tombeau fut de courte durée. En effet, les gens s'aperçurent que ces innocents assassinés ne tendaient pas à devenir des gardiens très efficaces, même si Thaena permettait à leurs âmes de subsister sous forme de morts-vivants. On raconte que les quarante-huit concubines de Saric D'Mon VIII s'animèrent, s'échappèrent de leur tombeau et commirent une succession de meurtres, à commencer par celui du Grand Seigneur successeur qui avait autorisé leur exécution. Lorsque plus de vingt soldats et cinq membres de la famille eurent été assassinés, les concubines s'effondrèrent, mortes à nouveau.

devint ensuite une chapelle de Thaena dirigée par Therin, mais celui-ci l'abandonna après s'être détourné de l'Église.

— Et à présent, je l'utilise pour mes expériences en matière de poison, ajouta le père de Galen.

— Voilà qui est conforme à votre réputation, commenta le troisième homme.

Le ton de sa voix indiquait qu'il ne s'agissait pas d'un compliment. Il y eut un moment de silence, puis Darzin reprit :

— Vous devriez surveiller votre élève. Il semble déterminé à se faire tuer avant que vous soyez prêt à l'exécuter vous-même.

La première voix, la plus horrible, éclata d'un rire froid.

— Il est parfaitement capable de se défendre seul.

— D'Mon, lança la troisième voix d'un ton hostile. Je comprends en quoi vous êtes nécessaire, mais ne croyez pas pour autant que je sois tenu de vous témoigner de l'amabilité. Vous êtes une brute mesquine et bornée, incapable d'appréhender la nature véritable du pouvoir. Si mon maître n'avait pas besoin de vous, j'aurais grand plaisir à inverser votre croissance jusqu'à ce qu'il ne reste de vos os que le lait maternel qui les a façonnés, et j'estimerais alors avoir rendu un immense service à la société.

Il y eut, de nouveau, un long silence.

— Merci de m'avoir informé de vos sentiments à mon égard, dit enfin Darzin.

— Tout le plaisir est pour moi, lui répondit l'autre homme. Même si j'espérais que vous seriez assez stupide pour m'attaquer.

— Assez de badinages, intervint sèchement la voix au timbre mort. Savez-vous que c'est ici que vos parents se sont rencontrés, petit ? dit-il à l'intention de la troisième voix. Pedron gardait votre mère prisonnière en prévision du jour où il devrait sacrifier une vierge, dans cette cellule que vous voyez là, avant que votre père Sandus vienne la délivrer.

— Cette cellule-ci ?

Galen eut beaucoup de mal à retenir un hoquet de surprise lorsque la lumière, tout autour de la porte, s'atténua. Il ne pouvait y avoir à cela qu'une explication : le troisième homme se tenait à présent juste en face du battant ; à quelques mètres seulement, peut-être. Si Galen pouvait entendre jusqu'au moindre mot que prononçaient ces hommes, l'inverse devait également être vrai.

— Si mes souvenirs sont bons, oui.

— Donc, c'est l'endroit où son propre démon s'est emparé de Pedron ? Je ne m'étonne plus que vous ayez souhaité me le montrer.

Darzin intervint :

— Oui, oui, tout cela est formidablement émouvant. La question est : cela conviendra-t-il pour le rituel ?

— Bien sûr, répondit la troisième voix. C'est parfait. Les vibrations sont presque impossibles à ignorer. Cet endroit est si proche de l'Enfer qu'il serait peut-être même possible d'attirer l'attention de Xaltorath sans effectuer de sacrifice.

— Vous aurez votre sacrifice, répliqua Darzin. J'insiste.

— Oh, nous sommes d'accord. J'ai dit que vous n'en auriez pas besoin pour attirer son attention. Je n'ai pas évoqué les mesures nécessaires pour en conserver le contrôle. Cette créature ne laisse aucune place à l'amateurisme. Notre petit démon mettrait cette ville à feu et à sang s'il en avait l'opportunité, en commençant par nous.

— C'est bien ce que nous avons constaté, reprit la première voix. Le dernier sacrifice ne convenait pas du tout. Il a failli nous échapper. Cette fois, ce doit être du sang.

— Je n'aurai aucun mal à m'en procurer, répondit Darzin.

— Très bien. Je vous laisse vous en charger, répondit la voix lugubre. (Galen entendit marcher, comme s'il faisait les cent pas.) Par ailleurs, je vous prie de nettoyer cet endroit vous-même, ou bien de confier cette tâche à quelqu'un dont vous vous débarrasserez ensuite. Ces cachots empestent la sueur et la peur.

— Oui, messire, répondit Darzin du ton le plus déférent que Galen l'ait jamais entendu employer.

Ils entendirent alors les pas des hommes s'éloigner, et la lumière s'éteignit. Galen voulut bouger, et sa botte en cuir craqua lorsqu'il tenta de se lever, mais la main de Kihrin sur son épaule l'en empêcha. Trop tard, Galen comprit qu'ils n'étaient pas hors de danger, et il faillit hurler lorsque la troisième voix s'éleva de nouveau.

— Ne revenez pas. La prochaine fois, il vous trouvera.

Cette voix au timbre profond s'était exprimée si bas – de manière presque inaudible – que Galen eut l'impression qu'il avait parlé directement dans son esprit. L'homme avait dû presser sa bouche tout contre la porte. Kihrin serra encore la main sur son épaule, si fort que Galen se mordit la lèvre pour s'empêcher de crier.

— Qu'attendez-vous ? entendit-il son père lancer, d'une voix forte qui résonna dans le lointain. Auriez-vous l'habitude de vous divertir seul dans le noir ?

— Il ne fait noir que pour les gens comme vous, corrigea la voix de baryton.

Cette fois, Galen entendit les chaussures de l'homme racler le sol d'ardoise tandis qu'il s'éloignait. Il y eut aussi un bruissement de tissu : une robe, sans doute, ou bien une lourde cape. Au bout d'un moment, ils entendirent un grand bruit métallique que Galen parvint, cette fois, à identifier : celui d'une épaisse barre de fer que l'on enclenchait pour fermer une porte.

Il entendit un mouvement proche : Kihrin venait de réussir à rassembler les restes de leur repas dans la couverture, formant une grosse boule dans le noir.

— Vite, prenez ma main, murmura Kihrin.

Galen sursauta au moindre bruit, tandis qu'ils s'empressaient de parcourir le long tunnel en sens inverse. Sa terreur était telle qu'il était tout près de pleurer. Lorsqu'ils atteignirent l'office des serviteurs, Kihrin empêcha Galen de continuer à courir. Il posa la couverture pleine de bocaux renversés sur un chariot de service. Sans lâcher la main de Galen, il marcha d'un pas vif jusqu'à l'entrée de la Première Cour et demanda qu'on lui amène une escorte de gardes et un carrosse.

Au moins parvenait-il à conserver un calme apparent. Seul Galen savait, au contact de ses doigts mêlés aux siens, que Kihrin tremblait.

D'ailleurs, Galen aussi.

61

Les gardiens de la cage

(Récit de Kihrin)

Relos Var n'avait pas changé depuis la dernière fois que je l'avais vu. Le temps n'avait pas semblé agir sur lui, même si bien des saisons s'étaient écoulées depuis notre dernière – et fâcheuse – rencontre. Il était toujours habillé simplement et ne paraissait pas particulièrement important, pour qui ne distinguait pas son aura.

Mais… « petit frère » ?

Je ne l'étais pas, loin de là. Peut-être se plaisait-il à m'appeler ainsi, tout comme Darzin aimait à m'appeler « petit[1] ».

— Raverí ? (Relos Var m'observa d'un air curieux.) Qu'est-ce que vous faites là-dedans ?

— Oh, merde. Il peut…

Relos Var agita deux doigts.

— Sortez donc.

J'éprouvai une sorte de déchirement et Tyentso apparut à mon côté. Elle scruta ses mains, puis les rubans d'énergie scintillante qui nous entouraient, avant de marmonner un juron qui, étonnamment, ne s'avéra pas assez ordurier pour

1. Il est presque certain que Darzin a emprunté cette mauvaise habitude à Gadrith.

faire fondre les pierres qui nous entouraient, quoiqu'il n'en passe pas très loin.

Relos Var esquissa un sourire ravi.

— Je suis si heureux que vous ayez survécu au fâcheux incident qui a frappé la Cité, Raverí. J'espère que vous ne travaillez plus avec votre père. Il n'existe qu'une seule chose plus détestable qu'un imbécile assoiffé de pouvoir : c'est un imbécile assoiffé de pouvoir qui se croit plus malin que tous les autres[1].

Tyentso darda sur lui un regard glacial.

— Je suppose que cela confirme qu'il est encore en vie.

— Oh, je n'appellerais pas cela une « vie », répliqua Relos Var.

— Tyentso, de qui parlez-vous ?

J'aurais cru qu'ils se référaient à Gadrith, s'ils n'avaient pas précisé qu'il était son père.

— Gadrith, répondit Tyentso. C'est de Gadrith qu'il parle.

— Heu… non ? Gadrith, c'est ton mari, protestai-je.

— Oui, aussi. (Elle se renfrogna.) Ne me regarde pas comme ça, garnement. Je ne l'aurais pas épousé s'il avait manifesté le moindre désir de coucher avec moi. D'ailleurs, je n'aurais épousé personne dans ces conditions.

— Ne vous voilez pas la face, Raverí. Bien sûr que vous l'auriez épousé, dit Relos Var. Savez-vous à quel point j'admire les femmes qui sont prêtes à tout sacrifier pour obtenir ce qu'elles souhaitent ? Peut-être vous et moi pourrions parvenir à un accord… Votre vie, contre la promesse de me servir ?

— Vous n'en êtes pas capable, dit Tyentso en secouant la tête. Vous ne pouvez pas me faire Revenir à la vie.

Relos Var ne parut pas vexé de son scepticisme.

---

1. On pourrait dire la même chose de Relos Var, du reste.

— Figurez-vous qu'il y a très peu de chose dont je sois incapable.

Je glissai un regard de côté vers le fantôme de Tyentso.

— Est-ce que tu peux nous sortir de là ?

— Seulement en te possédant, répondit-elle. Et je ne peux pas le faire pour l'instant. Regarde tes mains.

Je m'exécutai. Mes deux mains étaient couvertes du même motif grillagé que la cage, et que les ruines. Je pouvais tout de même bouger, mais je supposai que la grille empêcherait Tyentso de me posséder.

— Si vous avez l'intention de me tuer, crachai-je à Relos Var, faites-le, qu'on en finisse.

Il ricana.

— Vous tuer ? Bonté divine, pourquoi ferais-je une chose pareille ? Vous allez tous nous sauver. Qu'est-ce qu'on vous a donc enseigné ?

Je ne pus déterminer s'il plaisantait.

— Je regrette que, bien que vous vous trouviez au bon endroit, reprit-il, ce ne soit pas le bon moment, et mes préparatifs vous concernant ne sont pas terminés. À présent, nous allons pouvoir vous faire sortir d'ici et commencer à soigner votre blessure, avant que cette bande de morgages sans gêne revienne nous gâcher l'existence…

Une lance atteignit le mur d'énergie et se brisa. Une autre atterrit aux pieds de Relos Var.

— Trop tard, dit-il.

Il agita la main et les éclats de bois se mirent à voler en arrière, vers l'endroit dont provenait la lance.

Les morgages étaient prêts. Ils levèrent leurs boucliers, et – dans le cas de la femme – un champ d'énergie magique pour contrer l'attaque du magicien.

— J'espère que vous êtes conscients que la situation ne peut avoir qu'une seule issue, lança Relos Var. (Il serra le poing, et l'un des guerriers morgages s'enflamma d'un coup dans un hurlement.) Laissez-nous partir afin de pouvoir vous consacrer de nouveau aux tâches importantes qui sont les vôtres.

La femme lui répondit, et à ma grande surprise, elle parlait guarem.

— Pas question, traître. Vous n'êtes pas le bienvenu ici, dans les terres que vous avez détruites, et nous ne vous laisserons pas prendre ce qui nous appartient.

J'avais le sentiment que lorsqu'elle disait « ce qui nous appartient », c'était de moi qu'elle parlait. Pour être honnête, je commençais à en avoir assez de passer de mains en mains comme un plat demandé lors d'un dîner de fête.

— Oh, par le Voile déchiré…, soupira Relos Var. Une expérience qui tourne mal, et les gens vous en reparlent jusqu'à la fin des temps.

Il leva de nouveau le poing, le serra, et un autre morgage s'embrasa.

Ils ne battirent pas en retraite. Bien que deux de leurs compagnons soient très certainement morts et que le tour des autres ne tarderait pas, les morgages ne firent pas un seul pas en arrière.

Je regardai autour de moi, cherchant un moyen d'agir, quel qu'il soit. Ma jambe me faisait horriblement mal et la pierre autour de mon cou était froide contre ma peau : je n'étais pas en sécurité, loin de là. Même si Relos Var était absorbé par un duel magique de plus en plus intense avec la magicienne morgage, la prison magique qu'il avait créée autour de moi ne donnait aucun signe de faiblesse. Tyentso ne pouvait pas réintégrer mon corps, où elle aurait pu me montrer comment lancer un sort.

Si je voulais faire quelque chose, je devais le faire vite.

— Chère Taja, murmurai-je, espérant que mes paroles passeraient inaperçues au milieu du vacarme. Écoute ma prière. J'ai un énorme problème, et j'ai besoin de ton aide. Relos Var est ici, et…

Je perdis la voix.

— Arrête ça, cracha Relos Var. (Il fit un autre geste et mes bras se collèrent le long de mon corps.) J'essaie de t'aider, mais l'endroit est mal choisi pour en discuter.

— Très mal choisi, en effet, lança une femme.

Mon cœur bondit en entendant sa voix, bien que je ne l'aie entendue qu'une fois auparavant, en rêve.

— Et l'idée que tu essaies de l'aider est tout aussi risible.

Taja apparut au milieu de la rue. Il semblait qu'elle m'ait écouté, finalement.

Elle ne ressemblait pas à une enfant, cette fois, mais ses cheveux argentés, ses yeux et sa peau blanche étaient demeurés les mêmes. Je la reconnus immédiatement.

Elle esquissa un geste : la prison qui m'entourait s'évapora. Son attention, cependant, était fixée sur le magicien.

— Pars immédiatement, ou je me verrai forcée de t'y obliger.

Relos Var pencha la tête et dévisagea la déesse.

— Ici ? Dans mon sanctuaire ? Il n'existe aucun endroit, sur cette planète, où je suis plus puissant et où tu es plus faible. Tu n'oserais pas y livrer un véritable duel contre moi.

Je me figeai.

Mon plan se fondait en bonne partie sur l'idée qu'une déesse – et pas n'importe quelle déesse, mais l'une des Trois Sœurs – représenterait un adversaire auquel aucun mage n'aurait la folie de se mesurer. Il n'avait pas voulu lutter contre Khaemezra ; donc, il était logique qu'il batte en retraite s'il faisait face à une authentique déesse.

Il y serait obligé. Non ?

Cependant, il ne semblait pas vouloir se conformer à cette idée. En fait, tout dans son attitude indiquait qu'il ne se jugeait pas en position de faiblesse. Une confrontation directe ne lui faisait pas peur, bien qu'il soit impossible que son pouvoir soit suffisant. Néanmoins...

— Seules, tu parviendrais peut-être à nous vaincre... mais pas si nous sommes au complet, intervint une autre voix de femme.

Elle m'était plus familière que celle de Taja, en quelque sorte, puisque je l'avais entendue si souvent.

Thaena apparut au milieu de l'avenue, mais la déesse de la mort n'était pas seule. Une troisième femme l'accompagnait, et à sa vue je faillis pousser un cri... car je ne m'attendais pas à la reconnaître. Et pourtant, c'était le cas.

La troisième déesse avait une peau rougeâtre et des cheveux couleur de flamme, les lèvres pleines et les pommettes hautes : son visage était l'un des plus parfaits qu'il m'ait été donné de voir. Elle n'était pas jorate – elle n'avait pas la bonne coiffure, ni des marques évoquant celles d'un cheval – mais elle ressemblait tout de même à la jeune femme jorate que Xaltorath m'avait montrée. La ressemblance était trop frappante pour qu'il s'agisse d'une coïncidence. Elle portait un châle sur les épaules, constitué d'une étoffe de lumière rouge, verte et violette.

Il s'agissait donc de Tya, déesse de la magie.

Tous les morgages qui n'étaient pas occupés à essayer d'éteindre leurs congénères se prosternèrent au sol. Je supposai que leur révérence s'adressait à Thaena, mais qui sait ? Peut-être qu'une divinité, quelle qu'elle soit, y aurait suffi, et c'est somme toute une règle très raisonnable. De plus, nous ne nous trouvions pas face à n'importe quelles divinités. L'apparition des Trois Sœurs constituait un présage capable de condamner des empereurs et de maudire des pays entiers. Cela était déjà arrivé.

— Au complet ? Peut-être. (Relos Var secoua la tête.) Mais vous n'êtes pas au complet. Tandis que nous sommes là, tous les neuf.

Les trois femmes se regardèrent.

— Tu mens, dit Taja.

— Peut-être. C'est possible. Mais même si je mentais, quelle est la chance qu'un combat entre nous quatre – ici, à cet endroit – ne finisse par le réveiller, *lui* ? (Relos Var laissa échapper un soupir, long et douloureux.) Je vous ai créés, tous autant que vous êtes. Me croyez-vous incapable de vous détruire, si je le décidais ?

Thaena renifla dédaigneusement.

— Tu t'y essaies depuis des millénaires. Si nous sommes si faciles à éliminer, pourquoi ne l'as-tu pas encore fait ?

Je remarquai aussitôt qu'elle ne l'avait pas contredit. Relos Var aurait créé les dieux ? C'était une idée ridicule. Comment aurait-ce été possible ? Comment, concrètement ?

Mes yeux retombèrent sur l'un des bas-reliefs qui couvraient les murs. Huit silhouettes. Huit symboles. Celui de Thaena était le crâne. Celui de Taja, la pièce. Celui de Tya, son voile irisé… Je savais que je pouvais associer les huit symboles à l'un des Huit Immortels, les véritables dieux, qui n'en toléraient aucun autre. Et ce neuvième homme…

Mon regard revint à Relos Var.

Tya me désigna d'un mouvement du menton. Je sus, même sans parler, que le sort qui m'empêchait d'émettre un son avait été levé. La douleur dans ma jambe diminua.

— Tu ne le prendras pas, dit Taja. Nous ne te laisserons pas faire.

— Vous n'auriez pas dû le ramener, répliqua Relos Var. C'était cruel.

— Bien moins que ce que tu as fait, rétorqua Thaena.

— Je ne suis pas votre ennemi, affirma Relos Var.

— Mais si, dit la déesse de la magie. Et nous avons tous péché en manquant de nous en apercevoir plus tôt.

Leurs regards – celui de Tya et celui de Relos Var – se rivèrent alors l'un à l'autre, et quelque chose passa entre eux.

Tya le regardait de la manière dont on regarde une personne qu'on a aimée, quelqu'un qui nous a profondément blessé : avec regret, avec chagrin… avec haine, aussi. Ils n'étaient pas amis, mais peut-être l'avaient-ils été, autrefois. Peut-être n'avaient-ils pas seulement été amis.

Ayant toujours été quelque peu téméraire, je les interrompis.

— Tout ce que je veux savoir, c'est qui vous retenez prisonnier, au cœur de la cité.

Taja marcha jusqu'à moi et me posa une main sur l'épaule.

— Ce n'est pas important. Partons d'ici.

— Moi, je crois que c'est important, contrai-je. Il a ouvert les yeux.

Tout le monde se figea. Même Relos Var me regardait fixement, le teint pâle. Certains des guerriers morgages ne semblaient pas parler le guarem, et ils étaient trop occupés à se prosterner devant les divinités pour écouter nos paroles. Mais Relos Var, Tya, Taja et Thaena me dévisagèrent tous, une même expression sur le visage.

L'angoisse.

— Il dit vrai, dit la prêtresse morgage en se levant. L'affamé s'agite, tourmenté. Bientôt, il se réveillera de nouveau.

— L'affamé ? C'est ainsi que vous l'appelez ? Qu'est-ce que c'est ? insistai-je.

Relos Var pencha la tête de côté et me scruta.

— Personne ne te l'a dit ?

— Me dire quoi ?

Il esquissa un sourire ironique.

— Je suis sûr qu'elle pense que tu n'as pas besoin de le savoir.

Il rajusta son misha et inclina la tête en direction des trois femmes d'une manière qui ressemblait à un salut, avant de se retourner vers moi.

— Lorsque tu en auras assez de leurs faux-fuyants, et de l'habile manière dont elles manipulent la vérité de façon à tromper plus sûrement que par le mensonge, viens me trouver. Je ne te mentirai pas.

Taja émit un ricanement. Il lui adressa un regard dur, à la fois réprobateur et condescendant.

C'est alors que je faillis le poignarder. J'avais le couteau dans la main, le contact léger de la poignée sur ma paume. En cet instant, le voyant distrait, je pensai l'attaquer. J'avais appris, voyez-vous, que les talismans seuls ne protègent pas les magiciens de la morsure de l'acier. Lorsqu'on prend un mage au dépourvu, il est tout aussi vulnérable que n'importe qui.

Mais je n'en fis rien. L'appât qu'il m'avait lancé avait rempli son rôle ; je n'avais pu m'empêcher de mordre à l'hameçon. Et je n'étais pas assez bête pour ignorer que les Trois Sœurs ne m'avaient pas révélé le centième de la vérité. Je restai immobile.

Il se retourna vers moi et ses yeux se posèrent, très brièvement, sur l'acier de ma dague.

— Nous nous reverrons.

Sans plus de cérémonie, Relos Var disparut.

Thaena s'avança vers les morgages et leur parla dans leur propre langue. Au son de sa voix, je devinai qu'elle leur donnait des ordres auxquels ils obéirent immédiatement. Tya abaissa son voile sur son visage et se mit à marcher lentement le long de l'avenue, les bras tendus. Les rubans argentés qui retraçaient les murs en ruine se renforcèrent sur son passage.

— Qui es-tu, garnement ?

Je me retournai vers Tyentso.

— Allez, Ty… Tu sais bien qui je suis.

Elle secoua la tête.

— Non. Je n'en ai aucune idée. Et j'ai bien l'impression que toi non plus. (Elle désigna ce qui nous entourait.)

Ce genre de choses, ça n'arrive pas aux putains de fils perdus de Maisons du quatrième rang.

Taja s'éclaircit la gorge, nous faisant tressaillir. Nous étions en train d'ignorer une déesse.

— Je pense qu'il serait préférable que je vous fasse tous deux sortir d'ici. Cet endroit n'est pas sûr.

Elle lança un regard vers le centre de la cité, et je me demandai, en mon for intérieur, pour qui elle estimait que cet endroit n'était pas sûr.

— Taja, comment est-ce que Relos Var m'a retrouvé ? Comment savait-il que j'étais là ? Pourquoi m'a-t-il appelé son petit frère ? Et que voulait-il dire quand il a dit qu'il vous avait créées ? Il était prêt à se battre contre toi… Comment pouvait-il espérer se battre contre une déesse, et…

Elle posa un doigt sur mes lèvres.

— Ce n'est pas le moment.

— Oh, mais il va bientôt falloir que ça soit le moment, hein. Très bientôt. (Tyentso leva les paumes lorsque la déesse lui adressa un regard noir.) Qu'est-ce que tu pourrais me faire de plus ? Je suis déjà morte.

— Non. Tu reprenais simplement ton souffle, répondit Taja en posant une main sur mon épaule.

Elle plaça son autre main sur l'un des bras fantomatiques de Tyentso. Bien qu'elle soit incorporelle, la déesse de la chance la toucha sans difficulté.

L'univers bascula.

62

L'anneau du griffon

(Récit de Serre)

— Je ne sais pas à qui je peux faire confiance, avoua Kihrin à Galen. (Ils se trouvaient dans le carrosse qui les emmenait au Parc de l'Arène.) Therin va me réclamer des preuves concernant Darzin, et que pourrais-je lui dire ? Que je l'ai entendu parler à quelqu'un dont je pense qu'il a invoqué un démon ? J'ignore qui est le partenaire de Darzin, mais maintenant il y a une troisième personne en jeu. Et je ne sais pas qui elle est non plus ; tout ce que je sais, c'est qu'il savait que nous étions en train de l'épier et qu'il ne nous a pas dénoncés, ce qui n'a aucun sens. (Kihrin s'arrêta de parler pour se ronger l'ongle du pouce.) Je ne comprends pas. Qui que cela puisse être, il fait manifestement partie de leurs complices. Pourquoi ne pas leur dire que nous les écoutions ?

— Peut-être veut-il simplement leur faire croire qu'il les aide, suggéra Galen. Peut-être est-ce un agent double. Ou peut-être… Oh, il n'avait pas l'air de beaucoup apprécier Père, pas vrai ? Peut-être espère-t-il que nous allons lui causer des ennuis.

Les yeux de Galen s'écarquillèrent à mesure qu'il se laissait enthousiasmer par son idée.

— Peut-être. Mais il courrait un grand danger si son maître découvrait la vérité. Moi, en tout cas, je ne voudrais pas que Cadavre ait une dent contre moi.

— Cadavre ?

— Oui. C'est le surnom que je donne au type à la voix effrayante. Croyez-moi, il est encore pire à voir qu'à entendre. C'est un mage, et pas un mage comme Darzin, qui a simplement acquis quelques charmes pratiques qui lui facilitent la vie. Cadavre, c'est un de ces magiciens qui sont vraiment dangereux. Je l'ai vu tuer un homme en arrachant son âme à son corps, puis en détachant sa peau et ses muscles de son squelette.

— Vous l'avez rencontré ?

— « Rencontré », c'est beaucoup dire, admit Kihrin. Disons plutôt « espionné ». Mais il ne faut pas s'attirer les foudres de quelqu'un comme lui. Je sais que vous ne pensez pas cela possible, mais croyez-moi : il est plus effroyable que Darzin.

— Oh, misère… Il faudra bien que nous en parlions à quelqu'un, tout de même…

— À qui ?

— Vous pourriez le dire à Miya. Elle vous croirait. Elle vous aime bien, dit Galen d'un ton rêveur.

La vané qui occupait le poste de sénéchal était très belle et douce, mais jamais elle n'avait accordé à Galen la sollicitude dont elle faisait preuve à l'égard de Kihrin.

— Excellente idée ! répliqua celui-ci. Et qu'est-ce qu'une esclave à gaesh va pouvoir y faire, dites-moi ?

— Oh. (Galen se mordilla la lèvre.) Je vois ce que vous voulez dire.

— Je pourrais le raconter au général Milligreest, mais alors il voudrait savoir pourquoi je ne lui ai rien dit il y a des mois, lorsque je lui ai rendu visite chez lui. Il croirait sans doute que j'ai inventé tout ça parce que je ne veux plus vivre chez les D'Mon. Il se déchargerait de cette histoire sur le Grand Seigneur, et nous savons qu'il y a de grandes chances que Therin s'emploie à couvrir l'affaire au lieu d'intervenir.

— Tante Tishar, peut-être ?

Pendant un instant, Kihrin eut l'air très intéressé par cette idée, puis son expression s'assombrit de nouveau.

— Non, il ne vaut mieux pas. Enfin, je pense qu'elle nous croirait, mais je ne suis pas sûr qu'elle pourrait y faire grand-chose, hormis mettre sa vie en danger. Si elle commence à poser les mauvaises questions, Darzin se contentera de la tuer. Et même s'il ne va pas jusque-là, les gens la croiront-ils ? C'est tout de même la sœur de Pedron.

— Mère dit qu'elle n'était pas que sa sœur…

Kihrin regarda Galen d'un air incrédule.

— Vous plaisantez !

— Pas du tout ! C'est ce que raconte Mère. Qu'ils étaient… Vous voyez bien… et qu'il n'arrêtait pas de lui donner des cadeaux pour qu'elle n'en parle à personne. Mère dit que Maître Lorgrin a dû lancer un charme spécial pour s'assurer qu'elle soit vierge lors de sa nuit de noces[1].

Kihrin avait l'air écœuré.

— Pas étonnant qu'elle… (Il secoua la tête.) Si c'est vrai, je suis sûr qu'elle n'était pas d'accord.

Galen haussa les épaules.

— Je ne sais pas. Et si elle était d'accord ? Cela avait dû être dur, pour eux, le fait d'être à demi vané et qu'on le leur reproche en permanence, le fait que leur mère ait été tuée à cause de cela… Pourquoi ne se seraient-ils pas tournés l'un vers l'autre ? Je trouve cela romantique, moi.

— Alors, vous seriez prêt à vous mettre sur une natte avec votre petite sœur, Saerá, et à la sauter ? Cela ne vous poserait pas de problème ?

— NON ! Par les dieux, non. Ce n'est pas du tout pareil.

---

1. Les vané n'ayant aucun tabou particulier vis-à-vis de l'inceste, c'est tout à fait possible, mais je juge plus que probable qu'il ne s'agisse que de méchantes rumeurs.

Kihrin s'esclaffa.

— Hmm. Pas pareil, bien sûr.

Pendant une minute, le silence régna dans le carrosse. Puis Kihrin donna un coup de poing dans la banquette, l'air excédé.

— Oh, si seulement j'avais un moyen de contacter l'Empereur Sandus ! Lui, il prendrait cela au sérieux.

— L'Empereur ? Vous avez perdu la tête ?

— Non. (Kihrin plongea son regard dans celui de Galen.) Vous vous souvenez de ce qu'a dit Cadavre, « votre père Sandus » ? La troisième personne est le fils de l'Empereur. Je suis sûr que Sandus nous écouterait. Et puis, c'est lui qui a banni le démon, la première fois, et qui m'a soigné. Il est très remonté contre les démons. Il voudrait savoir ce qui se passe, et il me croirait, j'en suis persuadé. Mais je ne peux pas débarquer tranquillement au palais et demander une audience, si ?

— Oh, non, confirma Galen. Le palais, c'est simplement l'endroit où se déroulent les fêtes. Ça, je le sais. Il ne vit pas là-bas. J'ai entendu dire qu'en réalité, il habitait une immense demeure tout en diamant au milieu du Lac Arc-en-ciel, sur une île gardée par deux dragons géants.

— Galen, l'admonesta Kihrin. Tout le monde sait qu'il n'y a pas d'île, au centre du Lac Arc-en-ciel.

— Je sais, répliqua Galen. (L'air solennel, il adressa à son frère un clin d'œil entendu.) Elle est invisible.

Kihrin haussa un sourcil.

— Ça, je le croirai quand je le verrai.

Ils riaient encore lorsque le carrosse s'arrêta face au *Champ du Massacre.*

Toute son enfance, Kihrin avait entendu les histoires de la taverne du *Champ du Massacre*, quoiqu'il n'y soit jamais allé lui-même. Surdyeh refusait de l'y emmener, affirmant que les clients y étaient trop agressifs et que Kihrin aurait trop d'occasions de s'attirer des ennuis. Kihrin comprenait à présent que par « s'attirer des ennuis », il voulait dire « être reconnu comme un membre de la famille D'Mon ». Kihrin avait, naturellement, mis cette visite en tête de sa liste de choses à faire, mais il n'en avait jamais trouvé le temps, pour deux raisons. D'une part, il fallait, pour s'y rendre, se déplacer jusqu'au Cercle Supérieur ; et d'autre part, la taverne se trouvait dans l'ombre de la citadelle. Les Gardes la fréquentaient lorsqu'ils n'étaient pas occupés à patrouiller. La taverne regorgeait donc de soldats au repos, à toute heure du jour et de la nuit. La plupart des Danseurs de l'Ombre évitaient le *Champ du Massacre* comme la peste. Kihrin comprenait aisément pourquoi Merit avait choisi cet endroit. Il ne devait pas exister de lieu, dans toute la Cité, moins susceptible de dissimuler un Danseur de l'Ombre qui serait alors témoin de leur échange.

Kihrin se rendit compte, en aidant son frère à descendre du carrosse, que le *Champ du Massacre* n'était pas tant une taverne qu'une véritable auberge. Pourvue de deux étages, elle était si vaste que les niveaux supérieurs étaient disponibles à la location. Elle faisait sans doute le double de la taille du *Salon du Voile Brisé*. À la différence de celui-ci, et d'ailleurs de tous les établissements de la Ville-Velours, le *Champ du Massacre* trônait, seul, en marge d'un vaste espace verdoyant constitué de champs et de bois. L'allée pavée passait devant l'auberge puis se divisait pour former un cercle autour de cette partie du Parc.

Kihrin savait que ce cercle renfermait la fameuse Arène, où les aspirants au titre d'Empereur se battaient pour le droit de régner. L'endroit était assez différent de ce à quoi Kihrin s'attendait. Ce n'était pas un colisée mais simplement un espace à ciel ouvert, comprenant des bois, une ronceraie et une prairie. L'Arène était bordée de quelques petits bâtiments en ruine, si vieux qu'ils menaçaient de s'écrouler à tout moment. Sur le pourtour de l'Arène poussaient aussi des arbres dont les branches s'arrêtaient brusquement, comme coupées, dessinant la forme d'un dôme au-dessus de l'endroit. Beaucoup d'entre eux étaient biscornus et semblaient avoir été frappés par la foudre ; il y avait quelque chose d'étrange et de corrompu dans leurs formes et leurs couleurs. De nombreux débris – armes, armures et crânes blanchis – jonchaient le tapis d'herbe et de feuilles.

C'était ici que l'Empereur était couronné, à la suite d'un combat à mort, depuis la fondation même de l'Empire. C'était là que Lyrilyn, la mère de Kihrin – s'il s'agissait bien d'elle –, avait trouvé la mort, et c'était là qu'Ola l'avait recueilli alors qu'il n'était encore qu'un nourrisson. Il ne se demandait plus quelle histoire – de celle d'Ola ou de celle de Surdyeh – était la vraie. Pourquoi s'étaient-ils tous deux mis d'accord pour désigner cette histoire comme fictive ? C'était là que résidait le véritable mystère.

Kihrin fit volte-face lorsque Galen le tira par la manche.

— Venez. L'entrée est de ce côté. Il n'y a pas de duels pour le moment ; sinon, la foule se serait attroupée.

— Je croyais que vous n'étiez jamais venu ici.

— C'est vrai, admit Galen, mais j'ai entendu Père raconter des histoires. Il se bat souvent en duel, ici.

— J'avoue que ça ne me surprend pas.

Les portes étaient grandes ouvertes et un homme à forte carrure qui aurait aussi bien pu porter un écriteau « VIDEUR » leur adressa un signe de tête lorsqu'ils entrèrent. Kihrin comprit immédiatement que cette taverne n'était pas comme les autres : les grandes vitres qui ouvraient la vue sur la zone réservée aux duels n'auraient pas duré quinze minutes dans un troquet ordinaire. Par ailleurs, Kihrin ne connaissait aucun établissement capable de se payer un tel nombre – et une telle variété – de lumagies.

La taverne était aussi incroyablement bondée. Des gens de tous âges, sexes, races et conditions s'y côtoyaient, sans pour autant paraître s'offusquer des différences de leurs voisins. Kihrin supposait, cependant, qu'il leur arrivait de s'en souvenir, et que cela dégénérait jusqu'à mener à l'un des célèbres duels de l'Arène.

— Nous recherchons un videur de sexe féminin qui s'appelle Tauna, murmura Kihrin à Galen.

— Ah bon ? demanda Galen, surpris.

— Contentez-vous de m'imiter.

Kihrin entra dans la grande salle comme s'il la connaissait déjà et devina sans tarder où se trouvaient les meilleurs emplacements. Un homme d'aspect banal servait les boissons au comptoir : il était grand et chauve, maigre mais un peu bedonnant. Il haussa un sourcil en les regardant passer.

— Vous avez remarqué que nous étions les plus jeunes clients ? souffla Galen.

— Notre métal, lui, est assez vieux.

Kihrin leur trouva des sièges à une table, commanda à la fille de salle deux bières au piment et prit le temps d'examiner attentivement l'assemblée. De nombreuses femmes étaient présentes, mais la plupart d'entre elles ressemblaient soit à des serveuses, soit à des accessoires scintillants pour buveurs. Aucune d'entre elles ne paraissait prétendre au titre de « videur ».

— Kihrin. (Galen se mit à lui tirer la manche avec insistance.) Qu'est-ce que c'est ?

— Hmm ? Quoi ? Qui ?

— Là-bas, dans le coin. Regardez-le ! Il n'est pas humain.

Kihrin chercha du regard l'individu qui avait retenu l'attention de Galen. Il n'était pas facile à voir car il se confondait avec le mur derrière lui. Dépourvue de cheveux, sa tête était hérissée d'épines acérées comme celles d'un porc-épic. Quant à son nez, c'était à peine s'il était possible de le désigner sous ce terme. Là où il aurait dû se terminer, il se transformait en deux appendices semblables à des tentacules, qui remuaient et bougeaient indépendamment de son visage. Il avait d'autres épines sur les bras et des serres à la place des ongles, mais le pire était ses yeux, rendus presque lumineux par la lueur reflétée de la cheminée. Il était énorme et musculeux.

— Oh, ils ont un morgage. C'est très rare d'en voir un de pure souche.

— Ça, c'est un morgage ? (Galen chuchotait presque, à présent.) Pas étonnant qu'ils posent autant de problèmes.

— En général, on ne voit que des métis qui sont le résultat des attaques des morgages. Les seuls boulots qu'ils arrivent à trouver consistent à distribuer des claques. Je suis sûr qu'il fait partie des videurs, ici.

— Je vous crois sans peine. Qui oserait s'attaquer à ça ?

— Vous seriez surpris de le découvrir. Ils emploient certainement des mages, aussi.

Alors qu'il prononçait ces mots, Kihrin remarqua une partie de cartes animée à une table voisine. L'un des joueurs était une femme, vêtue d'un pantalon kef et d'une tunique misha d'homme, les pieds chaussés de bottes et posés sur un tabouret. Un sourire narquois se dessina sur son visage lorsqu'elle présenta une main gagnante à ses adversaires, qui émirent des grognements.

— C'est sûrement elle, affirma Kihrin en la désignant du menton.

Il s'empressa de faire signe à une serveuse et posa une chance d'argent sur son plateau.

— Une boisson pour la femme assise à cette table, là-bas. Dites-lui que c'est de la part de son vieil ami Merit.

La femme prit l'argent, hocha la tête et s'éloigna en direction des joueurs.

— Qui est cette femme ? interrogea Galen. Que faisons-nous ici ?

— J'essaie de dénicher des informations. (Kihrin gratifia son jeune frère d'un sourire radieux.) Faites-moi confiance.

Galen rougit et se détourna.

— Je croyais que nous étions venus nous amuser.

— Vous l'avez regardée ? Croyez-moi, ça va être amusant.

Kihrin se laissa aller contre le dossier de son siège et tenta d'affecter un air nonchalant, tout en regardant la serveuse déposer la boisson et transmettre son message. Un moment plus tard, la femme aux vêtements d'homme s'excusa auprès de son groupe de joueurs et se fraya un chemin parmi la foule. Prenant soin de ne pas s'approcher de leur table, elle se dirigea vers l'escalier au fond de la salle et disparut.

— Hé ! Attendez, elle était censée…

— Votre verre, messire, dit la serveuse en posant la bière sur leur table.

— Nous n'avons pas encore fini nos bières au piment…, commença à protester Galen.

Kihrin lui lança un regard noir et secoua la tête.

— Merci, dit-il en tendant un pourboire à la serveuse.

Dès qu'elle eut tourné les talons, il sortit une clé du verre de bière et sourit.

— M'avez-vous amené ici rien que pour retrouver une fille ? s'exclama Galen sans masquer son indignation.

Kihrin lança un regard curieux à son frère.

— Pourquoi, vous êtes jaloux ?

— Quoi ? Non. Ce serait idiot. (Galen était de plus en plus rouge.) Pourquoi serais-je jaloux, alors que je n'ai jamais vu cette servante de ma vie ?

Kihrin se pencha vers lui.

— Nous sommes là parce que ce que je fais n'est peut-être pas entièrement légal. Et que je ne veux surtout pas que Darzin l'apprenne. Vous êtes toujours avec moi ? Parce que dans le cas contraire, vous pouvez rester ici pendant que je termine ce que j'ai à faire.

Galen déglutit.

— Je suis avec vous. Bien sûr.

— Très bien. (Kihrin agita la clé.) Dans ce cas, allons retrouver cette jeune fille.

La porte était verrouillée, mais c'était précisément pour cela qu'ils avaient récupéré la clé. Kihrin fit entrer Galen puis referma la porte derrière eux.

— Si vous vous attendez à des services dignes de la Ville-Velours, vous allez être très déçus, leur dit Tauna.

Elle était assise dans un coin de la chambre et contemplait le Parc de l'Arène par la fenêtre.

— Je ne touche pas aux enfants, à aucun prix.

Galen croisa les bras sur sa poitrine, l'air irrité d'être qualifié d'« enfant ».

Kihrin se contenta d'acquiescer, et se tira une chaise.

— Merit m'a dit qu'il vous confierait le cadeau qu'il m'a promis.

La femme leva un sourcil.

— Un cadeau ? C'est comme ça que vous appelez ça, vous ?

— Oui, pourquoi pas ? (Kihrin marqua une pause.) À moins qu'il n'ait rien trouvé… ?

Elle glissa une main sous le matelas et en tira une besace de taille modeste, qu'elle jeta sur le lit.

— Je n'ai pas dit ça.

Lorsque Kihrin tendit la main vers le sac, Tauna fit claquer sa langue et remua un doigt.

— Ah, ah ! On paie d'abord, messire. Merit a dit que ses services n'étaient pas gratuits.

— Combien ? demanda Kihrin.

— Mille trônes, déclara-t-elle comme si elle annonçait le prix d'un verre de liqueur.

— Quoi ? s'exclama Galen.

Même le jeune noble semblait stupéfait. La femme sourit.

— Je vais vous dire une chose ; c'est juste entre vous, moi, et ce petit mignon-là. Votre ami ne sait pas ce qu'il a trouvé, ou bien il demanderait dix fois plus. Mille trônes, c'est cadeau.

Kihrin pencha la tête et l'observa d'un œil critique. Elle était calme, pleine d'assurance, et elle se débrouillait bien pour donner l'impression qu'elle se fichait de l'issue de la négociation.

— Et si je vous offrais 2 000 trônes et que vous me disiez ce que vous n'avez pas dit à Merit ?

— Disons 1 500, pour que je ne me sente pas trop coupable de détrousser deux nourrissons.

Tauna se saisit elle-même de la besace et la posa sur ses genoux. Lorsque Kihrin lui tendit la liasse de billets à ordre du Temple de Tavris, elle ouvrit le sac et en sortit un rouleau de parchemin, plusieurs écheveaux de cordes de soie pour la harpe, quelques vieux vêtements et une bague d'or sertie d'un rubis gravé.

Kihrin cessa de respirer en voyant l'anneau. Elle surprit son expression.

— Ah, vous en avez déjà vu un, peut-être ?

Kihrin s'approcha du rubis.

— Oui, en effet.

Galen se pencha et examina à son tour le bijou, mais il ne parut pas aussi intrigué que son frère.

— C'est juste un joyau, dit-il.

— Non. Laissez-moi un instant. (Kihrin prit l'anneau à Tauna et l'étudia durant quelques minutes.) Ce n'est pas la bague que j'ai vue auparavant. C'est seulement le même modèle. Mon père possédait cet anneau… ?

Tauna écarquilla les yeux.

— Oh, mon chou, je ne connais pas les détails. Merit m'a dit que vous le payiez pour faire un boulot. Le boulot a donné ça. C'est tout ce que je sais. (Elle se pencha en avant.) Mais j'ai déjà vu ce genre d'anneau, et pas toujours sur des doigts où je m'attendais à en voir. Ils sont tous gravés de ces symboles, une couronne et un griffon. C'est une sorte de cercle, j'ai l'impression, un cercle très confidentiel, qui ne se préoccupe ni de la race, ni du sexe, ni de la classe sociale de ses membres[1]. J'ai vu des Seigneurs du Conseil arborer cet anneau, et j'ai vu aussi des esclaves le porter, caché, autour du cou. Du moins, ces personnes se présentaient comme des esclaves.

Kihrin resta immobile un moment, l'air sombre, faisant passer la bague entre ses mains. Galen était peiné de le voir si malheureux.

— C'est... Cela concerne votre père ? Surdyeh ?

Kihrin hocha la tête. Il se retourna vers Tauna.

— Accepteriez-vous de chercher d'autres renseignements à leur sujet pour moi ?

Elle se leva.

— Hors de question. Je suis désolée, mais j'en sais trop sur la manière de rester en vie dans cette ville pour me mêler de certaines choses. Mais voilà ce que je vous propose : je vais transmettre votre demande à mon père. Peut-être pourra-t-il vous aider.

— Qui est votre père ? demanda Galen.

— Doc[2], répondit Tauna. La taverne lui appartient. (Elle se dirigea vers la porte.) Maintenant, si cela ne vous ennuie pas, j'ai une salle pleine de pigeons à finir de plumer.

---

1. Les Hommes du Griffon. Du moins, c'est ainsi que je les appelle : je n'ai aucune idée du nom sous lequel eux-mêmes se désignent. Il existe bien des groupes s'intéressant de près aux prophéties pour des raisons diverses, mais je commence à penser que j'ai sous-estimé cette cabale-ci, en particulier. Leurs objectifs me sont encore inconnus, mais à en juger par les preuves à notre disposition, nous pouvons de toute évidence compter le père adoptif de Kihrin, Surdyeh, parmi leurs rangs. De même qu'au moins un Empereur.

2. Elle a été adoptée. J'ai vérifié.

63

Un thé avec la mort

(Récit de Kihrin)

Les choses devinrent floues durant un moment. J'étais conscient des événements, mais j'en étais comme déconnecté. Une quinte de toux, Tyentso qui haletait tout en Revenant à la vie. Des voix, des gens qui parlaient d'elle, et sans doute aussi de moi. L'une de ces voix était celle de Doc, et une autre celle de Teraeth. Au bout d'un certain temps, la voix de Tyentso les rejoignit. Il y eut des cris. Tout le monde paraissait enthousiaste : j'imagine que c'était à prévoir.

Puis, le silence.

Une main se posa sur mon épaule. Un instant plus tard, Khaemezra s'assit près de moi.

— Que s'est-il passé, Kihrin ? Comment avez-vous atterri à Kharas Gulgoth ?

Je l'observai fixement. Son apparence était un mensonge, un leurre, tout autant que le déguisement qu'elle s'était créé lors de notre première rencontre, à Kishna-Farriga. Son nom était faux. Tout était faux. Elle n'était pas Khaemezra, Grande Prêtresse de Thaena.

C'était Thaena. La vérité m'apparaissait clairement, désormais.

Je me demandai si Kalindra le savait, lorsqu'elle m'avait affirmé que Thaena ne vivait que dans l'Au-delà.

Kalindra m'avait-elle menti, ou bien Khaemezra avait-elle menti à Kalindra ?

— Kihrin ?

Je serrai les dents et détournai les yeux.

Une seconde plus tard, je me tournai vers elle et soutins son regard, même si c'était stupide, même si elle me terrifiait.

— Comment est-il possible que Relos Var ait créé les Huit Immortels ? Les Huit ont créé le monde. Tu… (Ma voix se brisa.) Tu as créé le monde. Mais quand il a dit qu'il vous avait créés, aucune de vous n'a protesté…

Khaemezra soupira.

— Si mes parents étaient encore en vie, ils contesteraient à la fois l'idée que Relos Var m'ait créée et celle que j'aie participé à fonder le monde. Les Huit n'ont pas créé l'univers. On nous a conféré nos pouvoirs.

— Par « on », vous voulez dire Relos Var ?

Ma voix s'étrangla de nouveau.

Sa réticence à parler de tout ceci était palpable, mais cela m'était complètement égal à présent.

— Il ne s'appelait pas ainsi à l'époque. Mais oui, c'est de lui que je parle.

Sans même y penser, je me levai.

— Je vénère les Huit depuis l'enfance ! Je vénère Taja ! Tu… (Je pointai un doigt vers elle.) Tu m'as infligé un sermon sur l'importance de la foi ! Et en fin de compte… vous n'avez jamais été des dieux ?

— Assieds-toi, Kihrin.

— Non. La seule raison pour laquelle les Huit ont combattu les dieux-rois, c'est parce que ces derniers étaient de fausses divinités. Et maintenant, vous êtes en train de me dire que vous n'êtes pas mieux que les dieux-rois qui ont réduit en esclavage…

— Pas un mot de plus ! me coupa-t-elle.

Cette fois, sa voix était celle de Thaena et non d'une vieille femme. Dans sa colère elle avait abandonné l'illusion et repris les traits de la Mort, avec sa peau d'ébène aux reflets bleutés.

—*Assieds-toi*, martela-t-elle.

J'obéis.

—Si tu étais n'importe qui d'autre, pauvre insolent, je te tuerais pour m'avoir parlé de cette manière. (Elle se leva, si bien que nos positions se retrouvèrent inversées.) Si nous avions pu en décider, il n'y aurait ni temples ni autels, et on ne nous donnerait pas le nom de « dieux ». Nous n'avons jamais voulu être des dieux. Et nous n'avons nullement l'intention de réduire en esclavage les peuples que nous avons sauvés, alors même que nous devions tout sacrifier pour cela.

—Tout sacrifier ? Quel sacrifice ? Il a fait de vous des DIEUX !

Elle leva un doigt. Je me tus.

—Imagine que tu sois un soldat, Kihrin. Imagine que tu doives livrer une guerre sans fin contre un ennemi que tu es littéralement incapable de voir. C'était ainsi que nous combattions les démons… que nous tentions de les combattre. En vain. Maintenant, imagine que quelqu'un se présente – un homme rusé, très rusé – et qu'il te dise qu'il peut te donner ce dont tu as besoin pour repousser ces hordes, afin que des millions de gens de ton peuple puissent survivre. Tout ce que tu dois faire, c'est te laisser rattacher à une force cosmique. Tu deviendras plus puissant que tu n'aurais jamais pu l'imaginer. Mais tu devras quitter ton peuple, ta famille, tes amis, tous ceux que tu aimes. Et ce n'est pas le pire. Le pire, c'est que ton travail ne sera jamais terminé. Tu resteras un soldat, posté sur le rempart, pour l'éternité ; tu seras le gardien de ceux qui ne peuvent se protéger seuls. Tu ne peux pas mourir, et tu seras soumis à tes devoirs jusqu'à la fin des temps. Tu ne pourras jamais déposer ton fardeau, le transmettre à quelqu'un d'autre et retourner à la vie civile. Te porterais-tu volontaire ?

Quelque chose en moi me fit envisager sérieusement sa question. Je ressentais comme une étrange démangeaison, l'impression que sa question n'était pas tout à fait hypothétique. Je me mordis la lèvre.

— Je crois que… oui. Oui. Si je savais dans quoi je m'engageais. Si c'était mon choix.

Thaena hocha la tête et détourna le regard. Elle marmonna quelque chose.

— Pardon ? demandai-je.

Elle se retourna vers moi.

— C'est ce que tu as dit la dernière fois, aussi.

Je la dévisageai. Ma bouche devint sèche. Je ne savais pas vraiment quoi lui répondre. En tout cas, je n'avais pas envie de tirer des conclusions hâtives de ce qu'elle semblait sous-entendre.

— Tu… (Je m'éclaircis la gorge.) Est-ce que tu veux dire que…

— Oui ?

Une fugace lueur amusée ralluma ses yeux.

— D'accord… Donc, si jamais on m'accuse d'être présomptueux, je comprendrai pourquoi, mais… Est-ce que tu sous-entends que j'ai occupé cette fonction ? (J'eus un rire nerveux.) Enfin, ce serait impossible. Parce que, pour commencer, vous n'avez pas de place vacante dans votre groupe. Nous savons qui sont les Huit Immortels. Et deuxièmement, si j'avais été un dieu, je m'en souviendrais, tout de même ! Toute cette histoire avec Darzin et Cadavre aurait été beaucoup plus simple, même si j'imagine que Relos Var, lui, m'aurait quand même posé problème. Et aussi, parce que… vous venez de dire que les Huit ne pouvaient être tués. Enfin, sauf si c'était une façon de parler, bien sûr.

— Aucun des Huit n'a jamais été tué, répondit Thaena. Nous sommes reliés à des forces élémentaires. Il faudrait détruire ces forces – la chance, la mort, la magie, la nature… – pour nous détruire.

Je poussai un soupir.

— D'accord.

— Toutefois, poursuivit-elle, et afin que Relos Var ne puisse m'accuser de mensonge… (Sa voix était emplie de fiel et d'amertume.) Je dois te dire que nous ne sommes plus huit depuis bien des années.

— Quoi ?

— À la capitale, si tu demandes à quelqu'un qui est le huitième membre des Immortels, ils te diront que c'est Grizzst. À Eamithon, ils te jugeront bien sot de ne pas savoir qu'il s'agit de Dana. À Jorat, on l'appelle le Sans-Nom ; sa statue est dépourvue de traits et couverte d'un linceul. Les Vishai le vénèrent en tant que Selanol, le dieu du soleil, et affirment qu'il est mort. Aucune de ces versions n'est la bonne, mais c'est peut-être les Vishai qui se rapprochent le plus de la vérité, quoique le nom de leur déité ait varié au fil des ans. Ce qu'ils ne comprennent pas, c'est que S'arric n'est jamais véritablement mort.

— Alors, où est-il ?

— Tu l'as rencontré, ce soir. Il était enfermé au cœur de Kharas Gulgoth. Il a ouvert les yeux à ton approche.

J'inspirai, tremblant, pour convaincre mon cœur de recommencer à battre.

— Donc c'était un dieu ?

Je dois admettre qu'une partie de moi était soulagée, consolée. Voyez-vous, si ce personnage était le huitième dieu, eh bien cela signifiait que la question de Thaena était hypothétique, finalement.

À dire vrai, je ne suis pas sûr de savoir pourquoi cela me semblait préférable.

— Oui, répondit Thaena, le regard hanté. Les démons lui ont donné le nom de Vol Karath.

Je tentai d'ignorer le fait que ce seul nom me faisait frissonner.

— Mais pourquoi est-ce que moi, j'y suis allé ? Je n'avais aucune idée de l'existence de cet endroit…

— Veux-tu vraiment le savoir ? me lança-t-elle d'un ton acerbe.

— Je viens de poser la question. J'en ai assez que les gens me mentent.

— Je ne t'ai jamais menti.

— Mais vous ne me dites pas non plus toute la vérité ! Et les prophéties ? Est-ce qu'elles sont réelles… Ou est-ce que ce n'est qu'une affaire de propagande, inventée par un camp pour nuire à l'autre ?

Elle vint se poster derrière moi et rassembla mes cheveux pour les poser sur l'une de mes épaules.

— Pendant longtemps, nous avons présumé qu'il s'agissait d'une tactique élaborée par les démons pour nous déstabiliser sur le long terme. Puis, de plus en plus de prophéties se sont réalisées, de façon très précise. À présent, nous essayons surtout de découvrir s'il s'agit de prédictions d'événements inévitables, venant d'une race dotée d'une perception du temps différente de la nôtre, ou bien si ce sont des instructions destinées à produire un résultat spécifique. Sont-elles des fables colorées sur l'histoire à venir, ou bien des feuilles de route exprimées de manière symbolique ?

— Vers quelle éventualité penchez-vous ?

— Nous croyons davantage aux feuilles de route, admit Thaena. De plus, Relos Var semble les interpréter de cette manière ; par conséquent, nous ne pouvons nous permettre de ne pas en faire autant.

— Donc, vous essayez de truquer les cartes. Tout comme eux. Vous aurez tous les atouts en main une fois que vous aurez réussi.

Je tentai de la regarder, mais elle se tenait juste derrière moi, si proche que je sentais le froid de sa robe scintillante contre ma peau.

— Oui. Et puisqu'il est très difficile de reproduire certaines variables, il est possible que nous n'en ayons plus jamais l'occasion par la suite. Même à l'heure actuelle, il est des cartes importantes que nous ne possédons pas. Avant que Xaltorath ne te trouve, il a causé des dégâts plus terribles ailleurs, et tu as vu toi-même en quoi Gadrith a transformé son « fils » adoptif, Thurvishar. Il est fort possible que nous ne soyons plus en mesure de l'aider[1].

Je me souvins du Seigneur-Héritier de la Maison D'Lorus et je frémis malgré moi.

— Il est mêlé à tout cela, lui aussi ?

Elle hocha la tête.

— Hélas, oui.

— Et dire que j'espérais que quelqu'un d'autre devrait s'occuper de son cas.

— Non, j'ai bien peur que cette tâche te revienne. Un jour.

Je tressaillis en sentant ses doigts sur ma nuque, ses ongles triturant la chaîne de mon gaesh.

— J'ai toujours la sensation que tu ne m'as pas tout révélé.

— Et tu as raison, répondit-elle en ouvrant le fermoir. Tu es jeune, et ce que tu n'es pas encore prêt à apprendre pourrait remplir toute la Grande Bibliothèque de Quur. J'ai mes raisons. Je pense qu'elles sont bonnes. De toute évidence, tu n'es pas en mesure d'en juger ; mais te connaissant,

1. Disons seulement que je suis heureux de ne pas avoir été désigné comme irrécupérable. Ce « il est fort possible » me semble très rassurant.

je crois que tu continuerais à lutter jusqu'à tout découvrir. Peut-être Relos Var va-t-il chercher à nous séparer, et je ne peux l'accepter. Donc, souviens-toi que c'est toi qui as voulu connaître tout cela. (Elle soupira.) Je ne suis pas sûre de savoir pourquoi tu es apparu à Kharas Gulgoth, ce soir, mais je ne crois pas qu'une force extérieure ait été responsable. C'est toi qui l'as fait, et il s'agissait d'une réponse instinctive au fait d'être possédé par Tyentso.

J'entendais sa voix, mais je ne la voyais pas, et cela provoquait en moi une grande nervosité.

— Oui, j'imagine que c'est possible. J'ai juste… paniqué.

— C'est ma faute. Il ne m'était pas venu à l'esprit qu'en raison de ton passé, il serait parfaitement compréhensible que tu réagisses ainsi à un tel stimulus. J'aurais aussi dû m'attendre à la résonance sympathique qui t'a transporté au milieu de la Balafre Korthaen.

Je fronçai les sourcils. J'ignorais ce qui, dans mon passé, pouvait constituer une explication à ma réaction. Et j'en savais assez sur la magie pour savoir que le terme de « résonance sympathique » désignait, dans le jargon des mages, une notion de base : qui se ressemble, s'assemble. À ma connaissance, je n'avais pas la moindre raison de « m'assembler » avec un dieu déchu et emprisonné.

Je fermai les yeux. Je le savais, en réalité. Je pouvais continuer à me mentir durant un millier d'années, mais au fond de moi, je le savais. Simplement, je n'arrivais pas à l'exprimer. Je ne pouvais pas aller jusqu'à admettre la vérité à voix haute.

— J'ai un cousin qui s'appelle Saric, fis-je remarquer. (Puis je secouai la tête.) Donc, c'est S'arric que j'ai vu sur les murs de Kharas Gulgoth. Un homme – Relos Var, je suppose – emmenait l'un des huit à l'écart des autres et procédait à une sorte de rituel. Après cela, plus rien n'était comme avant, et S'arric n'était plus qu'un contour sombre.

Ça doit donc être la façon dont les morgages expliquent comment S'arric est devenu Vol Karath, c'est ça ?

— Oui.

— Pourquoi S'arric, d'ailleurs ? Je suppose que Relos Var vous a menti sur l'issue de son rituel, à l'époque. Vous donnez tous l'impression qu'il vous a trahis et a tué votre petit chien adoré. Je présume que S'arric, c'était le petit chien : courageux, loyal, pas très futé. J'ai vu les regards qu'échangeaient Tya et Relos Var, aussi. Vous le connaissiez tous. Il aurait pu convaincre n'importe lequel d'entre vous de se prêter à son petit jeu. Pourquoi a-t-il choisi S'arric ?

— Kihrin…, dit-elle d'un ton apaisant et légèrement réprobateur.

— Non, rétorquai-je. Il faut que je sache.

— N'est-ce pas évident ? Lorsque Relos Var a inventé le rituel pour créer les Huit Dieux, il s'imaginait qu'il en ferait lui aussi partie. Quand il s'est aperçu que ce n'était pas le cas, nous avons tous supposé qu'il se satisferait du jugement de notre gouvernement. Et nous nous sommes tous trompés… (Elle marqua une pause.) S'il a choisi S'arric, c'est qu'il était en proie à la plus intense et la plus mesquine des émotions : la jalousie. S'arric était son frère cadet.

« Tu es bien loin de chez toi, petit frère », avait dit Relos Var. *« Vous n'auriez pas dû le ramener. C'était cruel. »*

Elle dut sentir que mon corps entier se crispait.

— Il t'a appelé « petit frère », c'est cela ?

— Et tu n'allais rien me dire ! (Je m'écartai d'elle et frappai du poing la natte de roseau en me retournant.) Tu vois ? C'est pour cela que je n'arrive pas à faire confiance aux gens. Tu es sérieuse ? Il me déteste parce que, dans une autre vie, j'ai été le frère qu'il a assassiné ?

Lorsque je m'éloignai, le collier où pendait mon gaesh resta entre ses mains. Mais ce n'était pas tout : je vis qu'elle portait aussi un bijou que je n'avais pas vu depuis des années. Le collier de larmes étoilées.

Ma bouche s'asséchа.

Elle rassembla les colliers dans l'une de ses paumes.

— Tu ne m'as donc pas écoutée ? Il ne t'a pas assassiné. S'il s'était contenté de te tuer, j'aurais pu y remédier. Ce qu'il a fait était bien pire. (Thaena secoua la tête.) Var aime à prétendre qu'il ne voulait pas que les choses tournent de cette manière, mais je ne l'ai jamais cru. Il était jaloux de toi comme les ruisseaux sont jaloux de la mer. D'abord, nous avons cru qu'il t'avait assassiné. Ce n'est qu'après que Vol Karath nous a traqués les uns après les autres, comme un requin chasse le poisson, que nous avons compris la vérité.

— C'est-à-dire... ? murmurai-je.

— Relos Var n'a pas détruit ton ancien corps ; il l'a changé. Et le monstre qu'il a créé à partir de ta chair n'avait pas besoin de nous tuer. Il pouvait se nourrir de nous, indéfiniment. Il pouvait ronger notre énergie, et par ce biais, les forces qui nous conféraient notre pouvoir. Il finira par détruire le monde, bien entendu, mais... Il a commencé par S'arric, et le pouvoir de S'arric était celui du soleil. Le soleil recèle énormément d'énergie. Lorsqu'il est libre, Vol Karath s'en repaît. Il a déjà transformé le soleil en une masse rouge et gonflée, bien plus vieille qu'elle ne devrait l'être, mais il lui faudra très longtemps pour le dévorer entièrement. Le soleil et les étoiles existent encore ; par conséquent, tu ne peux pas être entièrement mort. Au lieu de cela, ton âme est restée là, toujours enfermée, prise au piège, dans le corps qu'on t'a volé. Et aucun d'entre nous n'osait affronter Vol Karath pour te libérer.

Ce qui me tua – sans mauvais jeu de mots – fut que chacun de ses mots sonnait vrai à mes oreilles. Le casse-tête s'assemblait à la perfection. Je devais lutter pour ne pas penser à ce que cela me ferait d'être ainsi emmuré, séquestré dans un corps qui se trouvait sous le contrôle absolu de quelqu'un d'autre. D'y rester cloîtré durant des siècles, des millénaires, sentant le passage ineffable du temps éroder peu à peu mon esprit, jusqu'à réduire mon identité à une masse informe et balbutiante. Qui parviendrait, dans ces conditions, à rester sain d'esprit ?

— Eh bien, quelqu'un a bien dû l'affronter, objectai-je. Sinon, je ne serais pas là.

Elle sourit.

— Lorsque l'Empereur Atrin Kandor décida de faire la guerre aux vané manols et entraîna une grande partie des hommes de Khorvesh avec lui dans la mort, sa femme, Elana, entreprit pour sa part de s'aventurer dans la Balafre. Elle avait pour objectif de négocier avec les Mères de Sécheresse. Pour ce qui est de conclure la paix avec les morgages, sa victoire ne fut que partielle ; mais elle délivra ton âme, en une prouesse à laquelle personne ne s'était attendu.

— Attends… Elana Milligreest ? L'Elana de Doc ?

Elle eut un sourire désabusé.

— En effet.

— J'espère que tu l'as remerciée.

— Bien sûr, répondit Thaena. Et ensuite, j'ai fait ce que fait tout bon général engagé dans une guerre sans fin contre un ennemi invincible : je l'ai renvoyée au front.

Je méditai un instant.

— C'est aussi ce que tu m'as fait, à moi ?

— Si cela peut te consoler, tu t'es porté volontaire, dit-elle.

Je soupirai.

— Oui… J'imagine que c'est vrai. (Je tirai une mèche de mes cheveux dans sa direction.) J'ai une autre question…

— Oui ?

Ses sourcils obliques m'indiquaient que sa patience, en matière de questions, était presque épuisée pour la soirée.

— Est-ce que tu aurais fait Revenir Tyentso, si tout ça n'était pas arrivé ? Est-ce que tu mentais lorsque tu as dit qu'elle n'avait pas réussi l'épreuve ?

Elle ne s'attendait pas à cette question. Un peu de son ancienne malice vint lui plisser les yeux.

— La vraie épreuve consistait à voir comment elle réagirait, sachant qu'elle avait été jugée et qu'elle n'avait pas été retenue. Même dans son heure la plus noire, elle n'a pas perdu de vue la raison pour laquelle elle se trouvait dans cette position.

— Donc, tu as menti.

— Oui. (Elle remua la main qui tenait les colliers.) J'ai menti. Cela m'arrive souvent. Je mens, et parfois, j'envoie des enfants qui n'y ont pas été préparés combattre des démons. Le monde n'est pas parfait, loin de là.

Son mouvement me rappela ce qu'elle tenait à la main. Je ne pus détacher mes yeux du gaesh et des larmes étoilées. Elle croisa mon regard et son sourire s'adoucit. Puis, elle…

Tu sais quoi ? Très bien. Je vais te le dire. Mais seulement parce que je sais que je n'arriverai pas à te le cacher, de toute façon. Inutile d'essayer de garder le secret.

Elle attrapa un collier dans sa main gauche et garda l'autre dans la droite. Le pendentif orné d'un faucon se mit à briller. La lueur, d'abord subtile, s'intensifiait de plus en plus. La lumière coulait des doigts de Thaena et ruisselait jusqu'à s'amasser dans sa paume ; on aurait pu croire qu'elle y avait capturé une centaine de lucioles. Sous mes yeux, la boule lumineuse se détacha tout à fait du collier argenté et flotta de sa main gauche à la droite, qui tenait le collier de larmes étoilées. Enfin, les diamants absorbèrent le halo, qui ne fit que décupler la brillance stellaire des joyaux. Puis elle leva les mains, rattacha le collier autour de mon cou et me donna un baiser sur la joue. Un frisson me parcourut ; j'eus l'impression d'être entré dans une crypte, ou de respirer l'odeur viciée d'un tombeau[1].

— Pourquoi… ? parvins-je à peine à demander.

— Les gaesh des marchands d'esclaves sont des objets grossiers, et ceux qui en sont coutumiers n'ont aucun mal à les reconnaître. Il est préférable que le bijou qui contient ton gaesh soit d'une valeur indiscutable. Ainsi, personne ne se demandera pourquoi tu le conserves toujours sur toi, et la cupidité dissuadera quiconque de le détruire par ignorance. Ce collier pourrait acheter un royaume. Il te va bien.

— Mais si tu… (Je pris une brusque inspiration.) Tu pourrais l'annuler. Si tu as le pouvoir de…

— Oh, Kihrin… J'ai transporté une fleur coupée d'un vase à un autre. Cela ne signifie pas que je puisse la rattacher à son rosier. Cette plaie guérira lorsque tu mourras, et pas avant. Je pourrais te tuer et te faire Revenir après avoir réparé ton âme, mais je suis certaine que Xaltorath attend que je le fasse pour s'emparer de toi, et le jeu n'en vaut pas la chandelle.

— Pourquoi voudrait-il me prendre ? Ce n'est pas lui qui m'a mis mon gaesh.

Elle renifla dédaigneusement.

— Oh, mais si, c'est bien lui. Je reconnaîtrais sa puanteur psychique entre mille. Il représente un élément imprévisible dont je n'ai pas encore compris le rôle dans cette histoire. Mais en attendant, je ne veux surtout pas lui donner, malgré moi, ce qu'il désire. Donc, je ne te tuerai pas.

Je secouai la tête.

---

1. J'aurais été bien incapable d'accomplir l'exploit dont Thaena vient de faire la démonstration. Même Gadrith, qui possède une affinité particulière avec les pierres tsali et leur création, ne m'avait jamais paru capable de déplacer l'énergie spirituelle d'un contenant vers un autre, après leur fabrication initiale.

— Je n'aurais jamais cru entendre un jour quelqu'un s'excuser de ne pas vouloir m'assassiner.

— Ce n'est pas moi qui édicte les règles, malheureusement. Cela n'a jamais été le cas. Bien longtemps avant ma naissance, les gens sont morts, ont voyagé vers l'Au-delà et ont fini par connaître la renaissance. Ainsi va le cycle de la vie. Je ne suis qu'un des soldats postés sur les remparts, rien de plus. (Thaena tendit la main et tapota le collier de larmes étoilées.) « Et l'âme du prince des épées reposera dans les étoiles. » (Elle haussa les épaules.) Je ne sais pas si c'est ce que voulaient dire les prophéties, mais mieux vaut ne pas prendre le risque.

Elle désigna la sortie.

— Maintenant, va-t'en. J'ai beaucoup à faire, et toi aussi.

64

La réception des D'Lorus

(Récit de Serre)

Darzin resserra la main sur le bras de Kihrin lorsqu'ils descendirent du carrosse, dans la cour du palais D'Lorus qui accueillait les invités.

— Ne me faites pas honte, chuchota-t-il.

Kihrin tenta de lui reprendre son bras, en vain.

— Si vous pensez que je risque de vous faire honte, pourquoi m'avez-vous emmené ?

Darzin eut un rictus hautain sans répondre.

Les gardes s'alignèrent derrière eux, mais les livrées bleues de la Maison D'Mon paraissaient déplacées face à la majesté du Sombre Manoir.

Kihrin fut surpris de découvrir que le palais des D'Lorus ne s'ornait pas que d'une seule couleur (le noir, bien entendu). Certes, les marches de marbre menant à la grande salle étaient noires, de même que l'encadrement d'ébène des fenêtres. Cependant, quelqu'un avait décidé que si la demeure était uniformément obscure, elle ne tarderait pas à plonger ses occupants dans la folie ; aussi, toutes les surfaces disponibles étaient décorées d'œuvres d'art. Des croquis, des fresques et des peintures sophistiquées aux sujets et aux styles extrêmement variés recouvraient les murs, à tel point qu'elles dissimulaient presque entièrement leur couleur d'origine.

Tandis que Darzin l'entraînait à l'intérieur, Kihrin se remémora ses leçons. La Maison D'Lorus contrôlait les Relieurs, dont la couleur était le noir, et le symbole une fleur. Les D'Lorus eux-mêmes n'étaient pas très nombreux, et avaient pour Seigneur Cedric, et pour Seigneur-Héritier son petit-fils, Thurvishar. Ils contrôlaient l'Académie de magie d'Alavel, et les mages – qui leur devaient leur éducation – leur témoignaient tous une allégeance plus ou moins prononcée. La Maison était petite et sur le déclin ; néanmoins, seuls les fous oseraient la sous-estimer.

À l'intérieur du Sombre Manoir, le tourbillon bariolé des tableaux, des lumières et des atours des autres convives, reprenant toutes les nuances de l'arc-en-ciel, attirèrent le regard de Kihrin dans toutes les directions. Il aurait pu rester là, immobile et bouche bée, s'il n'avait pas été rappelé à l'ordre d'un coup sec sur le bras.

— Qu'est-ce que je viens de vous dire ? cracha Darzin.

La repartie imprudente qu'allait lancer Kihrin n'avait pas encore quitté ses lèvres lorsqu'une voix de baryton cultivée les salua.

— Seigneur-Héritier D'Mon, je présume ? Ravi que vous me fassiez l'honneur d'assister à ma fête.

Kihrin reconnut sa voix sur-le-champ : c'était le troisième homme. Celui qui avait accompagné Cadavre et Joli-Cœur dans les cryptes. Celui qui avait surpris Galen et Kihrin à les épier mais qui ne les avait pas dénoncés. Kihrin réprima l'envie de se trémousser sur place.

C'était aussi l'homme qu'il avait aperçu à l'Octogone.

Thurvishar D'Lorus descendit les marches menant de l'étage à la grande salle où se pressaient les invités. Il portait les mêmes vêtements ou presque que lorsque Kihrin l'avait vu depuis le balcon, en prenant le thé avec sa tante Tishar. Cette fois, le Seigneur-Héritier D'Lorus s'essuyait les mains sur un chiffon blanc, comme s'il sortait des commodités ou qu'il venait de finir son repas. Il lança le chiffon à un serviteur avant de parvenir au niveau de Kihrin et Darzin.

Le chiffon était taché de sang.

— Un problème ? interrogea Darzin.

Lui non plus n'avait pas manqué de remarquer les mains rougies de leur hôte.

— Non, aucun, répondit Thurvishar. (S'interrompant, il regarda ses mains et haussa les épaules.) Ah, oui. L'un des hommes de mon grand-père a tenté de voler quelque chose qui m'appartenait. Je ferai suspendre son corps pour l'exemple, tout à l'heure, lorsque la fête se terminera[1]. (Il les gratifia d'un sourire désolé.) Vous me pardonnez, bien sûr, de ne pas vous serrer la main.

Le visage de Darzin exprimait une sorte de respect mêlé d'inimitié.

— Bien entendu. Une sanction appropriée est toujours justifiée à mes yeux, surtout lorsqu'elle prend la forme d'une leçon de choses. Puis-je vous présenter mon fils aîné ? Voici Kihrin D'Mon. Kihrin, permettez-moi de vous présenter Thurvishar, Seigneur-Héritier de la Maison D'Lorus. Il nous revient tout juste de l'Académie.

Kihrin s'inclina comme on le lui avait appris.

— C'est un honneur, Seigneur-Héritier.

— Vous êtes grand, dites-moi, lança Thurvishar en guise de salutation. Appelez-moi Thurvishar. « Seigneur-Héritier » est le nom de mon père.

Il sourit, comme pour défier les deux D'Mon de faire un faux pas en mentionnant son traître de père, Gadrith le Déviant.

Sauf que Kihrin savait que c'était un mensonge. Gadrith n'était pas le vrai père de Thurvishar.

Il lui rendit donc son sourire.

---

1. Oui, c'est vraiment arrivé. J'avais mes raisons.

— Vous voulez dire que *c'était* le nom de votre père.

Darzin toussa pour masquer son rire, tout en serrant le bras de Kihrin en un message contradictoire, intimant au jeune homme de ne pas réitérer ce genre de plaisanterie.

Le Seigneur-Héritier D'Lorus se contenta de sourire.

— Oui, tout à fait. Eh bien, j'espère que la fête vous plaira. Il me semble que mon grand-père se promène parmi la foule, en esquivant les questions des convives curieux qui souhaitent déterminer mon degré précis de malfaisance. À présent, si vous voulez bien m'excuser… Ah ! Grand Seigneur Kallin. Ravi que vous me fassiez cet honneur…

Il disparut dans un tourbillon de velours noir, partant à la rencontre du chef en cape rouge de la Maison D'Talus.

Darzin serra de nouveau le bras de Kihrin.

— Surtout, ne vous attirez pas d'ennuis pendant mon absence.

— Vous me laissez seul ? s'étonna le jeune homme.

— J'ai des gens à qui parler, répliqua Darzin. Les vins sont là-bas.

Il désigna un endroit particulièrement fréquenté, où des jeunes hommes et femmes élégamment vêtus de noir versaient du vin dans des flûtes en cristal. Sur cette invitation, le Seigneur-Héritier D'Mon tourna les talons et s'engagea dans la foule. Souriant, il salua un visage amical.

Kihrin ne fut pas fâché de le voir partir. L'effervescence qui régnait dans le Sombre Manoir semblait suffisamment intéressante pour conserver son attention. Les femmes étaient ensorcelantes de beauté, ce qui n'était guère surprenant. Les Maisons Royales étaient assez riches et puissantes pour bannir toute disgrâce de leurs jardins parfaitement entretenus.

Cependant, c'était une chose que d'y réfléchir objectivement et une autre de voir une brune aux courbes pulpeuses passer devant lui… dans des vêtements qui auraient fait rougir une fille de velours du *Voile Brisé*. Elle croisa son regard, sourit et l'examina d'un œil franc.

Être un prince ne comportait peut-être pas que des inconvénients, finalement.

— Kihrin ? Kihrin, c'est vous ?

Il se tourna vers la voix familière.

Jarith Milligreest se tenait face à lui, un verre de vin à la main. Il n'était pas vêtu de sa tenue de militaire ce soir-là, mais d'un misha blanc, d'une veste rouge brodée et d'un kef noir rentré dans ses bottes. Il aurait pu passer lui-même pour un noble s'il avait pris soin de ne porter qu'une seule couleur.

L'homme sourit et lui tapa sur l'épaule.

— Mon père m'a dit que vous étiez un D'Mon, et j'avoue que je n'arrivais pas à y croire… mais vous voilà ! (Il baissa la voix.) Mes condoléances, pour votre père. La mort de Surdyeh est une tragédie.

Kihrin faillit perdre le contrôle à cet instant. C'était la première fois que quelqu'un lui présentait ses condoléances sans se croire obligé de nuancer ses propos, en précisant que Surdyeh avait mérité son sort et que c'était un criminel. Pour la première fois, il savait que son interlocuteur le comprenait. Jarith avait rencontré Surdyeh. Il avait lu l'inquiétude sur le visage de son père, et celle de Kihrin, aussi, juste après l'attaque du démon. Sa gorge se noua et il sentit perler les larmes au coin de ses yeux. Il parvint à bafouiller un remerciement.

— Vous savez, on attend de moi que je parade dans toute la salle et que je fasse bonne impression, et je ne vous ferai pas l'affront de vous traîner après moi. Mais tout à l'heure, des amis et moi allons nous réunir dans une pièce à l'étage pour jouer aux cartes. Cherchez la porte à côté de laquelle se trouve un vase plein de plumes de paon. N'hésitez pas à nous rejoindre.

Le jeune homme baissa la tête.

— Merci. C'est très gentil.

Jarith s'esclaffa et serra brièvement la main de Kihrin.

— Gentil ? J'essaie seulement de dénicher des gens qui ne soient pas trop dépravés. Nous autres intrus, nous devons nous serrer les coudes. L'union fait la force, voyez-vous.

Il lança un clin d'œil amical à Kihrin avant de disparaître à son tour dans la foule.

Kihrin regarda autour de lui. La brune aux yeux violets n'était plus nulle part en vue, mais c'était probablement mieux ainsi. Il préférait éviter à tout prix de provoquer un incident.

Rares étaient les convives qui n'avaient pas atteint leur majorité depuis plus d'une décennie. Il repéra un groupe d'adolescents dans un coin, mais il savait reconnaître un groupe fermé lorsqu'il en voyait un. Ils n'hésiteraient pas à lui dire sans détour ce qu'ils pensaient de lui… s'ils acceptaient même de lui parler, au vu de son enfance scandaleuse.

Son entraînement de Clé resurgit tout à coup. Tout le monde était là, dans la grande salle où se trouvaient la nourriture, le vin et les divertissements. Certains s'éloignaient pour honorer des rendez-vous clandestins ou bien pour se réunir à l'étage. Cependant, la salle était dotée de sorties qui ne semblaient mener ni aux cuisines, ni aux couloirs des domestiques.

Kihrin s'assura que personne – et surtout pas Darzin – ne faisait attention à lui, et se dirigea silencieusement vers les pièces désertes du Sombre Manoir.

Il ne fut pas surpris de découvrir, chez les D'Lorus, une magnifique bibliothèque. La pièce n'était pas fermée à clé ; l'usure des sols et des portes d'acajou sculpté indiquaient que l'endroit était régulièrement fréquenté. Une fois entré, Kihrin avait pris quelques minutes pour admirer la pièce, presque aussi grande que la salle à manger du Palais Bleu…

mais entièrement consacrée aux livres, aux parchemins, aux tablettes et aux cartes.

La salle en elle-même s'étendait sur trois niveaux, et était dotée d'une ouverture au centre, si bien qu'on accédait aux deux étages supérieurs par le biais d'échelles et de passerelles. Chaque centimètre des parois, et chaque section des étagères, étaient couverts de livres. Kihrin n'était pas un amoureux des livres – il en était venu à haïr l'énorme manuel de médecine que Dame Miya l'obligeait à apprendre par cœur –, mais la quantité d'ouvrages qu'il avait sous les yeux forçait l'admiration. Certains d'entre eux étaient conservés dans des vitrines, et d'autres présentés sur des piédestaux dédiés ; d'autres encore étaient reliés aux bureaux par des chaînes afin qu'ils ne puissent être emportés. Il découvrit aussi des cartes, disposées sur des tables ou suspendues au mur dans de grands cadres dorés.

Un tableau ornait l'une des rares parois qui n'étaient pas pourvues d'étagères : il représentait une femme élégante, aux longs cheveux lustrés et aux yeux noirs et ardents. Elle n'était pas aussi jolie que la plupart de celles que Kihrin avait vues durant son bref séjour dans le Cercle Supérieur. Cependant, elle avait de beaux traits décidés et une allure rebelle. Sa pose insolente, une main sur la hanche, et la courbe fière de son menton indiquaient qu'elle n'était pas femme à faire ce qu'on lui ordonnait. Kihrin l'apprécia d'emblée.

— Ma mère, Raverí, déclara Thurvishar D'Lorus. Elle a été condamnée à l'Ajournement pour son rôle dans l'Affaire des Voix.

Kihrin ne bondit que de trente centimètres, et se retint de justesse de crier. Il se retourna et affecta, avec autant de naturel que possible, d'avoir été conscient de la présence du Seigneur-Héritier depuis le début.

— Condamnée à l'Ajournement ? Comment cela ?

Il n'avait pas entendu Thurvishar approcher ; à aucun moment l'idée qu'il n'était pas seul ne l'avait effleuré. Cette pensée le décontenança[1].

— Oh, vous n'avez pas dû en entendre parler dans le Cercle Inférieur, c'est vrai. Lorsqu'une femme issue d'une famille royale, dont on attend qu'elle engendre un héritier, est condamnée à la peine capitale… elle demeure en prison jusqu'à mettre un enfant au monde, puis elle est exécutée. De cette manière, la lignée perdure[2].

Un frisson parcourut Kihrin.

— C'est, heu…

— Je crois que le mot que vous cherchez est « ignoble », répliqua Thurvishar. Quoi qu'il en soit, je suis surpris de vous trouver ici. La plupart des gens se seraient plutôt mis en quête de la cave à vins.

Kihrin resta silencieux un instant. Il n'avait pas eu conscience de pénétrer dans un endroit interdit. Il fit un pas en direction de la porte.

— Oh, heu… Je n'avais pas compris que les invités n'étaient pas autorisés à entrer là. J'étais… (Il décrivit un cercle de l'index.) Je n'ai rien touché.

— Vous vous intéressez aux livres ? demanda Thurvishar.

Il y avait dans sa voix une sorte de ronronnement que Kihrin ne put s'empêcher de trouver menaçant.

— Bien sûr. Pourquoi pas ? (Kihrin croisa les bras sur sa poitrine et continua de s'approcher lentement de la sortie.) Je sais lire.

---

1. J'ai employé la magie. Je ne possède aucun talent inné pour la discrétion.

2. Il me semble que le Grand Seigneur D'Lorus dépensa une véritable fortune en pots-de-vin pour que tout le monde continue à croire que Raverí était morte en captivité après avoir accouché. Nous savions tous que c'était faux, mais il valait mieux répandre l'idée que l'épouse du Seigneur-Héritier avait été exécutée plutôt que d'admettre que les chasseurs de sorcières n'avaient jamais pu mener à bien leur mission.

— À la grande surprise de votre nouvelle famille, j'imagine, acquiesça Thurvishar. Cherchiez-vous quelque chose en particulier ?

— Non. Je suis navré d'être entré sans permission. Je ferais mieux de retourner au bal.

Lorsque Kihrin tendit la main vers la poignée de la porte, celle-ci s'ouvrit toute seule.

Morea entra alors dans la pièce.

Kihrin eut un instant de vertige. Il savait qu'elle n'était pas Morea ; c'était impossible. Il s'agissait de Talea, sa sœur jumelle acquise par Thurvishar. Néanmoins, la ressemblance était palpable, telle une dague posée sur la gorge de Kihrin. Une dague qui vint se presser sur son cœur, lorsqu'elle tressaillit en le voyant. Elle recula, les yeux écarquillés, et parut sur le point de céder à la panique.

Thurvishar tendit la main dans sa direction.

— Ne t'inquiète pas, Talea. Je suis là.

La jeune femme contourna Kihrin comme un chat sauvage évitant un chien de chasse, et se précipita vers Thurvishar D'Lorus. Celui-ci passa un bras autour de sa taille et serra Talea contre lui, prenant le temps d'embrasser son crâne.

— Veuillez excuser mon esclave. Son précédent maître ne l'a pas bien traitée, et elle ne s'en est pas encore tout à fait remise.

Kihrin avala sa salive.

— Bien entendu.

Talea leva les yeux vers Thurvishar.

— Messire, vous m'avez demandé…

Elle lança alors un coup d'œil à Kihrin, l'air incertain, se demandant peut-être si elle pouvait parler en sa présence.

— Ne crains rien, ma chère, la rassura Thurvishar.

— Vous m'avez demandé de venir vous chercher avant le début de la partie de cartes, lui rappela-t-elle.

— Ah, oui ! En effet. (Thurvishar claqua des doigts et sourit, avant de se retourner vers Kihrin.) En tant que bibliophile, je m'en voudrais de ne pas assouvir la curiosité d'un autre amateur. Restez donc lire ici, si tel est votre désir. Malheureusement, je suis attendu ailleurs.

Kihrin se mordilla la lèvre.

— S'agit-il de la partie de cartes de Jarith Milligreest ?

Thurvishar resta silencieux, les sourcils froncés. Il eut un lent hochement de tête.

— On m'y a invité, admit Kihrin. La porte avec le vase de plumes de paon, c'est bien cela ?

— Absolument, confirma Thurvishar. Suivez-moi. Je vais vous montrer le chemin.

65

Remèdes à la gueule de bois

(Récit de Kihrin)

— Attendez ! Gadrith ! dis-je en me redressant brusquement.

Trop brusquement. La tête me tourna et je réprimai une nausée.

— Arrête de crier, marmonna Tyentso, étendue à deux ou trois mètres de là. Ce n'est pas un nom que je souhaite entendre quand j'ai la gueule de bois. Ni jamais, en fait. Jamais, ce serait mieux.

Teraeth grogna et se plaqua un oreiller sur la tête.

Nous nous étions retrouvés sur le patio cerclé d'un muret de briques, près des grands feux. Je voulais simplement vérifier que Tyentso se portait bien après le rituel ; mais lorsque je l'avais trouvée, Teraeth se trouvait déjà à son côté. Il avait sorti plusieurs bouteilles de vin vané de sa réserve, car « un Retour de Maevanos réussi, cela mérite une petite fête ». Puis Doc nous avait retrouvés, et il avait apporté tout un tonneau du puissant rhum de coco que distillaient les Thriss.

Après cela, tout était devenu très flou.

— Aïe ! Ma tête… (Je me frottai les pouces contre les tempes.) Non, je voulais dire… Avec tout ce qui s'est passé… Aïe ! J'ai mal aux yeux.

Qu'est-ce que je racontais, en me réveillant ? J'étais presque sûr que c'était quelque chose d'important.

Quelqu'un fit tomber toute une pile de cymbales à côté de ma tête. Du moins, c'est l'impression que j'eus lorsque le plateau heurta le sol avec fracas. J'aurais juré en ressentir les vibrations jusque dans mes os. À entendre les cris de protestation de Tyentso et Teraeth, je n'étais pas le seul à le penser.

— Pathétique…, commenta Doc, bien que son sourire trahisse son amusement. J'aurais cru qu'un D'Mon tiendrait un peu mieux l'alcool. Il n'y a pas de sortilège, pour ça ?

— Six mois ! me récriai-je. J'ai passé six mois au Palais Bleu. Miya n'a pas eu le temps de m'apprendre comment soigner les gueules de bois. C'est du thé, ça ?

— Il y a de la bouillie de riz, aussi, précisa Doc. Réveillez-vous, les tourtereaux ! Venez prendre votre petit déjeuner. Ça vous fera du bien.

Je regardai autour de moi. Nous nous étions tous écroulés autour du feu dans diverses positions, à la faveur des grands oreillers que la Confrérie réservait justement à cet usage. Il est important de préciser, cependant, que nous étions tous habillés, et que nos vêtements étaient les mêmes que ceux que nous portions la veille au soir. Par conséquent, il était peu probable qu'il se soit passé quoi que ce soit de sexuel.

Bien.

— Ha, ha, lançai-je en prenant la main qu'il m'offrait. Combien d'alcool on a bu ?

— Tout ce qu'il y avait, répliqua Doc. C'était un spectacle fascinant.

— Vous ne voulez pas la fermer ? grogna Tyentso. Je vous déteste, mais à un point…

Je titubai dans sa direction, puis m'assis malgré moi sur le muret. Je poussai un long soupir et luttai pour empêcher le monde de tourner.

— Ah, tu crois souffrir ? marmonna Tyentso. Attends d'avoir mon âge. Mon corps n'endure plus les beuveries comme autrefois. (Elle s'interrompit pour jeter à Doc un regard furibond.) Pourquoi tu es sobre, toi ? Tu as bu tout autant que nous, espèce de vieux salaud.

— Je tiens un bistrot depuis vingt ans. Je sais me modérer.

— Gadrith..., répétai-je.

Teraeth soupira et ôta l'oreiller de son visage.

— Oui, qu'est-ce qu'il a ?

— Il s'est passé tellement de choses... (Je grimaçai. Tout ce qui m'entourait était trop vif, trop insupportable.) Note pour moi-même : le rhum et le vin vané ne font pas bon ménage.

— La *vie* et le vin vané ne font pas bon ménage, rectifia Teraeth. (Il se leva, lentement, l'air de peiner à garder son équilibre.) Essaie de te concentrer, reprit-il. Qu'est-ce que tu disais, à propos de Gadrith ?

— Il n'est pas mort.

— Bien sûr que si, assura Doc. Tu es encore soûl. Allez. Bois donc un peu de thé et mange quelque chose, si tu en es capable. Tu te sentiras beaucoup mieux après.

— Non, le gosse a raison, intervint Tyentso. Gadrith a berné tout le monde, Nikali.

Donc, elle avait bien connu Doc pendant qu'il se faisait appeler Nikali Milligreest. Je rangeai cette information dans un coin de mon esprit.

Doc/Terindel/Nikali haussa un sourcil.

— J'ai laissé ce nom-là derrière moi, tout comme bien d'autres. Je m'appelle Doc, maintenant. (Il se renfrogna.) Et qu'est-ce que tu racontes ? J'ai tué Gadrith de mes propres mains. Il est mort, et son âme est bien gardée par Thaena.

— Non, il n'est pas mort, insista-t-elle. Ce sale rat nous a embobinés. Elle me tente bien, cette bouillie de riz...

— Je veux une explication.

— Tu auras ta foutue explication, rétorqua-t-elle, quand j'aurai eu mon putain de petit déjeuner.

Il rit.

— D'accord, Votre Majesté.

Doc aida Tyentso à se lever et la guida jusqu'à la table où il avait disposé des bols.

Il y en avait un pour chacun de nous, remarquai-je, Teraeth y compris. Cependant, je n'étais pas assez naïf pour croire que Doc avait changé d'avis sur son « arrogant » fils.

Et Teraeth, savait-il qu'il était le fils de Doc ? Je fouillai dans ma mémoire, ne sachant plus si le sujet avait été abordé au cours de nos libations. Je n'arrivais pas à m'en souvenir. Nous avions parlé de beaucoup de choses. Confusément, je me rappelais avoir entendu Teraeth palabrer pendant des heures sur Atrin Kandor, et le fait qu'il ait fait construire un barrage sur le fleuve Zaibur pour créer le lac Jorat… ce qui, apparemment, était une preuve de son génie stratégique.

Teraeth ramassa l'un des bols et l'examina.

— Oui, déclara Doc. Tous les bols sont empoisonnés ; j'y ai mis mon remède personnel contre la gueule de bois. Au moins, vous n'aurez plus à souffrir de la migraine.

Il attrapa l'un des bols et le remplit de bouillie, puis y ajouta du gingembre, des œufs de tortue hachés, de petits morceaux de canard des îles et des champignons sauvages. Je dus admettre que l'odeur était délicieuse. Le parfum du gingembre émanait également de la théière bleue de Kirpis, posée sur le plateau.

— Ça ne m'étonnerait pas de toi, bougonna Teraeth.

Cependant, le vané entreprit d'ajouter diverses garnitures à son bol.

Je me traînai jusqu'à un siège. Pendant un moment, nous fûmes tous absorbés par notre repas, nos efforts pour ne pas rendre aussitôt ledit repas, et notre accord tacite consistant à faire le moins de bruit possible durant ce temps.

Teraeth remua une cuillère dans sa bouillie.

— Tu y as ajouté quelque chose, non ?

— Je te l'ai dit : un remède contre la gueule de bois. Tu te sens mieux ?

— Étonnamment, oui.

Teraeth avala une bonne lampée de thé et se remit à manger avec un enthousiasme croissant.

Je me concentrai sur mon bol. En réalité, le goût du petit déjeuner n'avait pas grande importance, mais le fait que Doc ait réussi en prime à le rendre succulent était très agréable. Enfin, lorsque Doc se remit à darder sur Tyentso et moi des regards impatients, je dis :

— Donc, à la capitale, il y a un magicien qui travaille avec Darzin pour retrouver la Pierre des Entraves. C'est sans doute lui qui a montré à Darzin comment invoquer Xaltorath. Et puisque je ne connaissais pas son nom et qu'il était terriblement bizarre et effrayant, je l'ai toujours appelé « Cadavre ». À présent, grâce à Tyentso, je sais qui c'est : il s'agit de Gadrith D'Lorus.

— Gadrith D'Lorus est mort, insista Doc de nouveau.

— Eh bien, tu n'as pas tout à fait tort, reprit Tyentso. (En voyant l'expression de Doc, elle remua la main.) Écoute, personne ne connaît Gadrith mieux que moi[1].

— Ah oui, à ce sujet…, commençai-je.

Elle pointa un doigt vers moi.

— Ne me juge pas, jeune homme ! Aucun de nous n'a mené une vie irréprochable.

— Ah bon ? Moi je n'ai pas épousé mon père !

— Oui, eh bien, si je l'ai fait, c'était pour la raison la plus banale du monde.

— La cupidité ? suggéra Teraeth, l'air incrédule.

Tyentso se renfrogna.

— Non. La vengeance. (Elle eut alors un petit rire.) Ce qui est drôle, c'est que ce n'était même pas pour me venger

1. Malgré tout mon respect, je ne suis pas de cet avis.

moi. J'avais trouvé un fantôme qui était prêt à m'enseigner la magie. Je voulais me venger du doyen de l'Académie, qui avait fait exécuter ma mère pour sorcellerie, et lui, il voulait venger sa propre mort aux mains de Gadrith D'Lorus. Nous avons passé un marché. Une sorte d'échange de vengeances, en quelque sorte. Quoi qu'il en soit, mon plan s'est déroulé sans accroc, mais ensuite je me suis aperçue que j'étais obligée de garder ce fantôme jusqu'à ce que j'aie rempli ma part du marché, moi aussi, en punissant son assassin.

J'émis un bruit compatissant. Je savais mieux que quiconque qu'être possédé par un fantôme n'était pas une partie de plaisir. Alors, le rester pendant des années…

— Mais quand même, Ty… L'épouser? (Doc paraissait amusé.) Vous, les humains, vous êtes assez tatillons sur le sujet, il me semble.

— Oh, pitié. Je vous dis que j'ai tué quelqu'un et vous vous en fichez, et vous ne retenez que ça? (Elle leva les yeux au ciel.) Il faut que vous compreniez que, pour le tuer, il fallait que j'arrive à m'approcher suffisamment de Gadrith. Il ne quittait jamais sa bibliothèque, sauf pour se rendre dans ses chambres d'invocation. La plupart de ses serviteurs étaient des cadavres réanimés. J'ai pensé que son père, le Grand Seigneur, voudrait peut-être de moi comme Ogenra, et que cela me permettrait de franchir les barrières magiques et les sentinelles pour parvenir jusqu'à lui. (Elle poussa un soupir.) Je ne m'attendais pas à ce que ce salopard de Cedric m'ordonne d'épouser son fils. Et si j'avais refusé… Disons simplement que je n'avais vraiment pas le choix. Bref, tout cela pour dire que j'ai beaucoup observé Gadrith. Son don de sorcière – le tout premier sortilège qu'il ait appris – consistait à arracher la totalité des âmes supérieure et inférieure de quelqu'un et à les transformer en pierre tsali.

Teraeth émit un sifflement. J'écarquillai les yeux.

— Hé, mais je l'ai vu le faire!

— Je ne pense pas qu'il y ait une bien grande différence, reprit Tyentso, entre utiliser les gens pour faire une collection de pierres et voler uniquement l'âme inférieure afin de l'absorber. Lorsqu'il a assassiné l'Empereur Gendal, il ne s'est pas contenté de tuer le malheureux. Gadrith s'est emparé du pouvoir magique de cet homme et il l'a ajouté au sien. Il en a fait une habitude, et je me souviens… (Elle s'interrompit pour boire une gorgée de thé.) Je me souviens que Gadrith affirmait que cette technique lui permettrait de vivre éternellement, de duper Thaena en personne. Je pensais qu'il se vantait, mais s'il avait eu raison ?

— Impossible, décréta Doc.

— Non, riposta Tyentso. Il était doué pour manipuler les âmes. Et s'il s'était préparé à sa propre mort ? Et s'il avait tout planifié, de manière que, quand tu le tuerais, il aurait déjà caché la plus grande partie de son âme supérieure dans un endroit sûr ? Il aurait pu envoyer une petite portion de son âme – presque comme un gaesh – ainsi que la totalité de son âme inférieure dans l'Au-delà. Thaena penserait peut-être – au moins pour un temps – qu'il était mort. Et si Thaena l'avait cru, il est logique que Therin l'ait cru aussi.

Je levai la main.

— Mais dans ce cas-là, ne serait-il pas vraiment mort ? On ne peut pas vivre sans son âme inférieure…

Je n'achevai pas ma phrase.

J'étais à peu près sûr qu'une bonne partie de ma propre âme inférieure se trouvait, en cet instant même, à l'intérieur d'un Roi des Démons emprisonné au beau milieu de Kharas Gulgoth.

— On peut, si on a un moyen de continuer à voler et à se nourrir de l'âme inférieure d'autres personnes, expliqua Tyentso. Et si tu as bien écouté ce que j'ai dit, tu sauras que Gadrith en est capable.

— Mince..., souffla Teraeth. Ça pourrait bien fonctionner.

— Et son cadavre, alors ? argua sèchement Doc.

Tyentso haussa les épaules.

— Comment cela ? C'est le Seigneur-Héritier de la Maison D'Lorus. Je te fiche mon dernier trône que son corps a été soigneusement préservé et confié à son père, le Grand Seigneur Cedric, en vue d'être enterré dans les cryptes familiales. Il suffisait à Gadrith de posséder son propre corps, et hop ! Les affaires reprennent. Il n'est peut-être pas en grande forme – parce que si nous avons raison, il est coincé à mi-chemin entre la vie et la mort – mais l'important, c'est qu'il *existe* toujours.

— Taja ! (Je posai ma tasse et agrippai la pierre bleue qui pendait à mon cou.) Vous avez compris ? C'est ça ! C'est pour ça qu'il recherche la Pierre des Entraves. S'il arrive à s'en emparer, il n'aura qu'à convaincre n'importe quel abruti de le tuer, et hop ! Il récupérera son corps comme s'il lui avait toujours appartenu. Il n'existera plus sous la forme d'un cadavre réanimé. C'est pour ça qu'il veut s'en emparer !

J'étais euphorique. Même les vestiges de la gueule de bois ne pouvaient ternir ma toute nouvelle belle humeur. Quel bonheur d'obtenir enfin une réponse, avoir enfin l'impression que je comprenais ce qui se passait autour de moi ! J'adressai à mes compagnons un sourire radieux.

Naturellement, il fallut que Teraeth vienne tout gâcher.

— Ça ne marche pas, dit-il. Si c'était vrai, Gadrith aurait su comment te voler le collier. Le fait que tu sois encore ici, vivant et dans le corps où tu es né, signifie qu'il ne comprend pas comment la pierre fonctionne réellement.

— Pas forcément, objecta Doc. Gadrith a facilement pu apprendre que le collier faisait prendre à la victime le corps de son assassin, mais je serais très surpris qu'il sache que la Pierre des Entraves demeure au cou du corps initial, après l'échange. Après tout, lorsque Therin est arrivé avec Khaeriel, elle portait toujours le collier, alors qu'elle était désormais piégée dans le corps de la femme qui l'avait assassinée : Miya. Gadrith doit penser que le bijou se transmet en même temps que l'âme.

Ma gorge se noua.

— Qu'est-ce que tu dis ?

— Khaeriel ? s'étonna Tyentso. La reine Khaeriel ? La reine vané ? Elle est morte depuis des décennies !

— Eh bien, tu n'as pas tout à fait tort, reprit Doc. (Il sourit à Tyentso en lui renvoyant sa propre formule.) Le corps de Khaeriel est mort, certes, mais son âme n'est jamais arrivée dans l'Au-delà.

J'observai fixement Doc.

— Ma mère… (J'inspirai profondément.) Tu en es sûr ?

— Aussi sûr que de la Mort. Ne me dis pas que tu ne l'as jamais soupçonné.

— Je n'avais pas envie de croire que…

À l'instar de beaucoup de choses, je l'avais su, mais je n'avais pas voulu franchir la dernière étape : m'avouer que c'était la vérité. Bien sûr que Miya était ma mère. Cependant…

— Attends. Khaeriel ? Tu dis que Miya est la reine Khaeriel ?

Doc soupira :

— Utilise un peu ton cerveau. C'est dur, je sais, mais fais un effort.

Teraeth ricana. Je me rembrunis.

— Je vous déteste autant l'un que l'autre. Réponds-moi, s'il te plaît.

— Tu sais que Miya possédait la Pierre des Entraves et qu'elle te l'a donnée lorsqu'elle a essayé de te faire sortir de Quur. Mais comment crois-tu qu'elle-même l'ait obtenue ?

Je m'enfonçai dans mon siège. Il y a bien longtemps, lorsque j'avais croisé pour la première fois le chemin de Gadrith et Darzin, Cadavre et Joli-Cœur… Ils étaient en train de poser ces questions-là, n'est-ce pas ? Sur la Pierre des Entraves… *« Sa servante s'est enfuie avec »*, avait dit Gadrith.

« Personne n'a vu Miyathreall depuis des années. »

Miya.

— Miya était la suivante de la reine Khaeriel, dis-je. Sauf qu'elle n'était pas vraiment sa suivante, c'est ça ? C'est la femme qui l'a assassinée.

Doc m'adressa un hochement de tête.

— Exactement. Mais comme Khaeriel portait la Pierre des Entraves, elle a été transférée dans le corps de Miya. Il lui est arrivé la même chose qu'à moi. L'histoire ne fait que se répéter.

Teraeth posa ses coudes sur la table, sa tasse de thé entre les mains.

— Elle a dû être extrêmement vulnérable, après le transfert. La magie est une force physique autant que spirituelle. Lorsqu'on se trouve dans un nouveau corps, on doit réapprendre à lancer des sortilèges.

Doc le gratifia d'un rictus mauvais.

— Tu es bien placé pour le savoir.

Teraeth le dévisagea, les yeux plissés.

— Et c'est toi qui me dis ça ? contra-t-il.

— Je comprends que Doc ait fait l'expérience de ce phénomène, repris-je. Mais pourquoi serait-ce ton cas, Teraeth ? Tu n'as jamais porté la Pierre des Entraves, si ?

Teraeth ne répondit pas.

— Demande-lui qui il était, dans sa vie précédente, lança Doc d'un ton joyeux. Vas-y, demande-lui.

— Personnellement, ça m'est égal, coupa Tyentso. Concentrons-nous, s'il vous plaît.

Je me raclai la gorge.

— Mais Tyentso a lancé des sorts lorsqu'elle a pris possession de mon corps, hier. Ça ne lui a pas posé de problème.

— Oh, c'est parce que je t'ai donné l'impression que c'était facile, corrigea Tyentso. (En voyant nos mines étonnées, elle s'expliqua.) Ce n'est pas aussi facile que de traire un éléphant mâle, mais quand on sait quoi faire pour compenser, et quand on a passé un certain temps à étudier la façon de réfléchir de la personne concernée, on peut s'adapter. J'ai attentivement observé Kihrin depuis notre arrivée ici, afin d'essayer de comprendre de quoi il avait besoin pour apprendre la magie.

Doc fit un geste en direction de Tyentso.

— La plupart des gens n'ont pas l'occasion d'analyser leur assassin pendant des années, avant que l'échange d'âmes se produise. Dans le cas de Khaeriel, elle est devenue Miya… et elle n'avait aucun moyen de se défendre, pour éviter de recevoir un gaesh et d'être vendue comme esclave. Bien sûr, c'était il y a vingt-cinq ans, alors elle a sûrement eu le temps de s'adapter.

— Ma mère est vraiment la reine vané ?

J'avais du mal à dépasser ce détail.

— Non, ta mère est une suivante vané possédée par l'âme d'une reine vané, corrigea Doc. Ou alors, Miya était une traîtresse et un assassin – puisqu'elle a essayé de tuer la reine – et tu es son fils à elle. D'un autre côté, puisque c'est sûrement le roi Kelanis – le frère de Khaeriel – qui a ordonné à Miya de tuer sa sœur, je suppose que tu serais aussi le fils d'une patriote. La politique vané, c'est très compliqué. Je te conseille de faire un schéma.

— Bon sang, Doc, l'accusa Tyentso. Tu t'amuses à voler des bonbons aux enfants, à tes heures perdues ? Laisse-le un peu tranquille. Il a traversé un tas de choses au cours des dernières vingt-quatre heures.

Je levai une main.

— Je vais bien, ne t'inquiète pas, Ty.

— Garnement, tu ne vas pas « bien ». Personne ne boit comme ça, jusqu'à l'inconscience, quand tout va bien. Je suis bien placée pour le savoir. J'ai bu encore plus que toi, parce que je ne vais pas bien. (Elle finit son thé et posa sa tasse à l'envers sur la table.) Et pour Gadrith alors, qu'allons-nous faire ?

— Rien ? suggéra Teraeth. Kihrin ne peut pas quitter l'île, et tant que nous ferons en sorte que la Pierre des Entraves reste bien loin de Gadrith, il sera condamné à une existence atroce et malheureuse. Laissons-le mariner un peu. C'est tout ce qu'il mérite.

— Sauf qu'il a besoin de tuer des gens pour survivre, fis-je remarquer. Il a besoin de dévorer les âmes inférieures de gens innocents pour subsister. (Je me rembrunis face au regard que me lançait Teraeth.) Tu te souviens de ce que « gens innocents » signifie, n'est-ce pas ?

— Innocent… c'est un synonyme de « naïf », non ? Ce n'est pas ton problème. Laisse la Cour des Gemmes se débrouiller avec leur nécromancien rebelle. Ce sont eux qui l'ont créé.

Je secouai la tête.

— Ils ne vont pas tarder à invoquer de nouveau Xaltorath et à me le renvoyer. (Je frémis.) Je ne sais pas ce que je ferai, à ce moment.

— Ça n'arrivera pas. Ils ont déjà essayé, déclara Teraeth.

Je sentis mon univers basculer.

— Quoi ? Quand ?

— Gadrith et Darzin ont invoqué Xaltorath pour retrouver la Pierre des Entraves, il y a environ un an. C'est Mère qui me l'a dit. Tu as – ou plutôt tu avais – un cousin ogenra au deuxième degré qui a disparu du jour au lendemain, et ils ont pu effectuer leur sacrifice. Ça n'a pas marché. Xaltorath ne peut pas s'approcher de cette île. Ils ne savent pas où se trouve la pierre, et par conséquent ils ne savent pas non plus où tu es.

— Et en attendant, je suis… coincé ici. (Je les désignai du menton.) Coincé sur cette île, coincé avec vous tous. Sans vouloir vous offenser.

— Pas de problème, répondit Teraeth.

— Je ne peux rien faire, maugréai-je.

Je tapai du pied sur le sol et sentis la colère me brûler les entrailles. Je détestais cette sensation d'être piégé. Je détestais Gadrith, parce qu'il arrivait à faire ce qu'il voulait à qui il voulait et à s'en tirer comme une fleur, au point d'embobiner la déesse de la mort en personne. Je le détestais à cause de tout le mal que sa foutue obsession pour ce foutu caillou avait fait à ma vie. Je détestais Darzin d'être Darzin, d'avoir assassiné tant de gens – dont mon père, Surdyeh – souvent sans raison, simplement parce qu'il en avait la possibilité. Je détestais ce qu'il avait fait à tous ceux qui l'entouraient, ce qu'il avait fait à Galen, ce qu'il m'avait fait à moi. Je détestais savoir que des gens allaient mourir pour assouvir l'appétit de Gadrith, et je détestais entendre Teraeth affirmer que ce n'était pas mon problème.

… Attendez une seconde…

Je levai les yeux et m'aperçus que Teraeth me regardait fixement. Il m'observait depuis un moment déjà, une expression insondable sur le visage. D'ailleurs, elle n'était pas si insondable que cela. Je commençais à connaître l'éventail de ses étranges humeurs. Parfois, il défendait un point de vue simplement pour voir si je le contredirais. Souvent, il argumentait dans un sens non parce qu'il en était convaincu, mais pour voir si j'étais capable d'argumenter dans l'autre.

— Que cherche Gadrith ? demandai-je tout haut.

— Il me semble que nous l'avons établi, répondit Doc. La Pierre des Entraves…

Teraeth sourit comme pour lui-même et détourna le regard.

— Non, dis-je. Enfin, oui. Il veut la Pierre des Entraves. D'accord. Qui aimerait rester sous la forme d'un cadavre réanimé ? Mais il avait commencé à manigancer bien avant de feindre sa propre mort. L'Affaire des Voix. Il a tué l'Empereur Gendal, mais il n'a pas essayé de prendre sa place. Il a laissé Sandus s'emparer du trône…

— « Laissé » ? Le terme est un peu faible, protesta Doc.

— Mais qu'est-ce qu'il veut ? insistai-je. La quête de la Pierre des Entraves, c'est un détour qu'il fait avant de revenir à ses véritables objectifs. Qu'est-ce que c'est, alors ?

— Les prophéties, répondit Tyentso. Il veut réaliser les prophéties. Éliminer les dieux et obtenir le pouvoir ultime. Bâtir un univers qui fonctionne selon ses désirs. Refaire le monde. Le rendre meilleur, selon l'idée qu'il se fait d'un monde « meilleur ».

— D'accord. Alors qu'est-ce qui doit se passer ensuite, selon les prophéties ?

Il y eut un silence. Je les observai, tous les trois.

Tyentso soupira.

— « Et la cendre tombera du ciel sur la Grande Cité en flammes, et aux hurlements des pécheurs répondront les cris des justes, car le Voleur d'Âmes sera venu. Lorsque les démons seront délivrés, nul homme ne portera la couronne s'il n'a point connu la mort. » (Elle s'éclaircit la gorge.) C'est un extrait des Sentences de Sephis. Je pourrais aussi citer les Prophéties devoranes, mais c'est plus ou moins la même chose.

— Eh bien, c'est gai, commenta Doc. Mais cela pourrait signifier tout un tas de choses.

Teraeth ricana.

— Oui, tant que ces « choses » sont violentes, atroces et provoquent l'incendie de la capitale.

Je me levai, ignorai l'avertissement que m'adressait un début de migraine, et m'éloignai.

— Kihrin…, commença Tyentso.

— Avant d'être enlevé, dis-je en me retournant brusquement vers eux, je n'ai jamais vécu ailleurs que dans la Cité. Et je la détestais. Je détestais cette ville et tout ce qu'elle contenait. Je voulais partir, plus que tout au monde. Je voulais être libre de quitter mon père, Surdyeh, de quitter Ola, libre de cette vie-là. Je voulais m'enfuir ailleurs, n'importe où. Sauf que maintenant que je *suis* n'importe où…

Ma poitrine se comprima. Je pensai à Miya et à Galen, Tishar et Lorgrin, ou encore Étoile. Peut-être, dans ses bons jours, Therin. Des gens que j'aimais vivaient toujours dans cette ville. Des gens que j'aimais, à qui il était encore possible de faire du mal.

— Est-ce que cette prophétie veut dire ce que je pense ? Gadrith va détruire la Cité ?

— Il va probablement déclencher une Marche Infernale, expliqua Tyentso. La capitale n'en a jamais connu, pas à l'intérieur de l'enceinte. Ça correspond à la partie « les démons seront délivrés ». Et puisqu'il s'est désigné lui-même comme le Voleur d'Âmes, ça ne peut que dégénérer, à partir de là… Mais ! (Elle agita un doigt.) Si tu as raison, il ne fera rien de tout cela tant qu'il n'aura pas mis la main sur la Pierre des Entraves.

— Rien n'empêche les événements décrits dans ta citation de se produire, fit remarquer Teraeth.

— Oui, mais lui, il attend, répliquai-je. Ça fait longtemps qu'il attend. Tout cela a commencé il y a, quoi… un peu plus de dix-huit ans ? Qu'est-ce qu'il attendrait, sinon la Pierre ? Il aurait pu mettre ses projets à exécution il y a des années. Nous savons ce qu'il veut. Profitons de cette information.

Teraeth se pencha en avant.

— Est-ce que tu es en train de dire que tu voudrais servir d'appât ?

— Pourquoi pas ? Je suis la personne sur laquelle Gadrith dirigera toute son attention, et la seule qu'il ne peut pas se contenter de tuer. La Pierre des Entraves ne laissera pas mourir son porteur s'il est tué par quelqu'un qui ne possède pas d'enveloppe corporelle viable, et Gadrith est un cadavre. Il ne peut pas me voler mon âme, il ne peut pas arracher ma chair de mes os. Il ne peut littéralement pas me tuer.

— Oh, garnement, il pourrait te faire beaucoup de choses qui ne te seraient pas fatales. (Tyentso fit la grimace.) Crois-moi, personne n'a envie de faire payer Gadrith autant que moi, mais tu n'as pas fini ton entraînement…

— En fait, son entraînement est quasiment terminé, coupa Doc. Je ne dirais pas non à quelques siècles supplémentaires, mais il a déjà fait d'énormes progrès.

— De toute façon, je ne serais qu'une diversion, arguai-je. L'idée, ce n'est pas que je tue Gadrith. C'est que nous persuadions Gadrith de sortir de sa cachette pour que l'Empereur Sandus le tue. Je suis sûr qu'il nous aidera volontiers, si nous lui expliquons la situation.

— Vous oubliez que Kihrin est toujours prisonnier de cette île, intervint Teraeth. Et le reste n'a pas d'importance tant que nous n'aurons pas trouvé de solution à ce problème-là.

Doc émit un ricanement dédaigneux.

— Si tu as une idée, surtout, ne te gêne pas.

Je m'étirai, croisai les mains derrière la tête et regardai autour de moi. Ynisthana était magnifique. Il était impossible de le nier : l'île était d'une beauté éblouissante. Grâce aux fermes des Thriss, aux eaux poissonneuses et au ravitaillement venu de Zherias, la nourriture ne manquait jamais. Les habitants étaient sublimes, les tabous sexuels n'existaient pas. Beaucoup de gens n'auraient jamais voulu quitter un tel endroit, et je ne pouvais le leur reprocher. Mais moi, je ne pouvais pas rester.

Je fis face aux autres.

— Quand un gardien de prison cesse-t-il de rechercher un détenu évadé ?

Doc réfléchit.

— Quand le détenu a été retrouvé ?

— Ou qu'il est mort, compléta Tyentso. C'est ce qu'a fait Gadrith.

— C'est ça. Les gardes ne poursuivent pas un prisonnier qu'ils ont déjà tué.

— Qu'est-ce que tu as en tête, garnement ?

Je souris.

— Le Vieil Homme ne continuera pas à me chercher s'il pense qu'il sait déjà pourquoi je ne suis pas là. Surtout s'il pense que c'est sa faute. (Je me tournai vers Teraeth.) Du coup, que penses-tu que ta mère dirait si on lui proposait de détruire cette île ?

66

La partie de cartes

(Récit de Serre)

— La voie des ténèbres au grand complet, déclara Morvos D'Erinwa en posant la Dame Pâle, la Porte Noire, le Chasseur et le Calice de Sang. Regardez cela et pleurez pour vos pauvres enfants, ruinés et condamnés à mendier dans les rues.

— Pas si vite, rétorqua Kihrin. (Il retourna ses cartes, révélant la Couronne de Quur, le Sceptre de Quur, l'Arène et l'Empereur.) Il me semble que je bats votre main.

Des grognements s'élevèrent autour de la table et le jeune homme sourit.

Jarith Milligreest se frotta la tempe en observant Kihrin. Très peu de temps s'était écoulé depuis que Jarith l'avait rencontré, en tant que fils de ménestrel ; et le voir soudain devenu membre de la Maison D'Mon – et cousin au deuxième degré de Jarith – était quelque peu perturbant. Il était heureux de voir Kihrin ; seulement, il était éberlué de son changement de condition, et de la vitesse à laquelle il s'était produit. Il avait failli ne pas le reconnaître, et il peinait encore à croire qu'il puisse être le fils de Darzin.

— Serait-ce le deuxième flush impérial que vous piochez ce soir ?

Kihrin acquiesça, faisant glisser à lui l'argent du centre de la table.

— Je crois bien, oui.

Thurvishar repoussa ses cartes d'un air écœuré.

— Une chance pareille, cela n'existe pas, déclara-t-il.

Le Seigneur-Héritier de la Maison D'Lorus buvait un verre de vin et Talea lui massait les épaules.

Il avait perdu beaucoup d'argent.

— Allons, allons, personne n'aime les mauvais perdants, dit Kihrin. Vous allez tout récupérer plus tard, j'en suis sûr.

Jarith secoua la tête.

— C'est vrai que c'est troublant, Kihrin. Vous devriez peut-être vous arrêter avant de commencer à perdre.

Il n'aimait pas ce qu'il lisait sur le visage de Thurvishar, et encore moins la lueur avide qui brillait dans les yeux de Kihrin.

Jarith n'était pas un imbécile. Il avait reconnu Talea lorsqu'elle était entrée dans la pièce. Il savait qu'elle ne pouvait être que la jeune esclave dont il avait retrouvé la trace chez Darzin D'Mon, et qui appartenait désormais à Thurvishar. Elle ne voulait surtout pas avoir affaire au jeune D'Mon, cependant. Elle l'avait évité toute la soirée, comme si elle nourrissait une aversion spontanée mais irréversible pour la couleur bleue. Elle n'avait d'yeux que pour Thurvishar et Kihrin n'avait d'yeux que pour elle. Et tous les paris insensés auxquels se risquait Kihrin ne semblaient dirigés que vers un but : placer Thurvishar dans une position où il serait forcé de la miser, elle.

Jarith était certain que cela ne pouvait mener qu'au désastre.

Le capitaine soupira intérieurement lorsque Kihrin ignora le bon conseil qu'il venait de lui donner.

— Et retirer à ces chers seigneurs l'opportunité de regagner leur mise ? Quel genre d'ami cela ferait-il de moi[1] ?

---

1. Je vous le dis le plus sérieusement du monde : ne pariez jamais contre Kihrin D'Mon aux cartes. Ni aux dés. Ni à aucun jeu de hasard. Ce bougre a la chance de Taja, littéralement.

— J'ai une idée, lança Thurvishar d'une voix veloutée, mais à la nuance menaçante.

Il prit les cartes au gentilhomme qui allait les distribuer et les mélangea. Puis il tendit le paquet à Jarith.

— Choisissez une carte.

Jarith haussa les épaules et piocha Bertok, dieu de la guerre.

— Voulez-vous que je la dévoile ?

— S'il vous plaît.

Jarith retourna sa carte. Thurvishar proposa alors le paquet à Kihrin.

— Maintenant, à votre tour.

— Qu'essayez-vous de prouver ? s'enquit Kihrin, les sourcils froncés.

— Si vous voulez bien jouer le jeu…

Kihrin prit une carte et la retourna. C'était Khored, dieu de la destruction ; sa carte était plus puissante que Bertok.

— Recommençons, dit Thurvishar.

Jarith piocha un deux de pièces, et Kihrin la Tueuse de Dieux. À présent, tous les visages s'étaient assombris.

Thurvishar se mit à retourner une carte du paquet devant chaque joueur à tour de rôle.

— Une pour vous, une pour vous, et vous, et vous, et vous et Kihrin… (Il se tut.) Kihrin l'emporte. (Il recommença.) Vous, et vous, et vous, et vous, et vous, et Kihrin… a la plus haute carte. Encore une fois… (Il distribua de nouveau les cartes.) Kihrin gagne. (Thurvishar riva son regard sur l'adolescent.) Vous trichez.

Jarith se leva.

— Ne nous emportons pas. J'admets qu'il a de la chance, mais cela ne signifie pas pour autant qu'il triche.

Kihrin s'étouffait d'indignation.

— C'est vous qui avez mélangé et retourné les cartes ! Comment auriez-vous voulu que je triche ?

Les cartes se soulevèrent de la table et s'envolèrent en spirale avant d'atterrir dans la main tendue de Thurvishar. Il les poussa en direction de Jarith.

— Il existe des manières de manipuler la chance. De truquer le hasard. Peut-être le caniche blond de la Maison D'Mon a-t-il trouvé son don de sorcière, et fait-il pencher la balance en sa faveur sans même s'en apercevoir ? Mais voici ce que je sais : même un grand chanceux ne gagne pas chaque fois.

— Alors, que proposez-vous ? demanda Jarith, s'efforçant de jouer les conciliateurs.

— Je propose qu'il rende l'argent qu'il a pris et qu'il s'en aille, déclara Thurvishar.

Kihrin secoua la tête.

— Il n'en est pas question. Thurvishar, je vous donne ma parole que je n'ai pas triché.

Thurvishar haussa les épaules, le visage fermé, et se frotta un pouce sur la tempe comme pour chasser une migraine.

— Et que vaut la parole du fils d'une putain, je vous le demande[1] ?

Il y eut un silence.

Le regard de Jarith balaya la pièce, glissant sur une mer de regards médusés et d'yeux exorbités, quoique certains aient déjà esquissé des sourires sardoniques. Ils étaient ravis de voir le nouveau rejeton des D'Mon, avec sa chance insolente, se faire mettre à l'amende par le fils prodigue des D'Lorus.

Jarith secoua la tête.

— Les règles sont les mêmes qu'à l'ordinaire, je suppose ?

Thurvishar dévisagea Jarith.

— Je vous demande pardon ?

---

1. Oui, je l'ai vraiment dit. Mais, si vous permettez, me comporter comme une ordure était précisément mon but.

— Veuillez m'excuser. Je vais vous exposer mon point de vue avec davantage de clarté. (Jarith lui assena une gifle en plein visage.) Vous venez de traiter mon cousin de fils de putain, et il est trop jeune pour se battre en duel contre vous.

Thurvishar semblait avoir été totalement pris au dépourvu. Il ne put que regarder fixement Jarith, portant une main à sa joue.

Kihrin attrapa Jarith par le bras.

— Mais qu'est-ce que vous faites ? C'est inutile, voyons. En matière d'injures j'ai connu bien pire, vous savez.

Jarith fronça les sourcils.

— C'est une question d'honneur. Je suis désolé. Un jour, vous comprendrez.

— Que se passe-t-il donc ici, par l'Enfer ? lança Darzin à l'entrée de la pièce.

Jarith n'était pas foncièrement surpris de le voir, mais il fut étonné de la célérité avec laquelle il les avait rejoints. Il était possible que quelqu'un soit allé chercher le père de Kihrin dès que Thurvishar avait émis des doutes quant à la chance du jeune homme.

— Eh bien…, dit Thurvishar d'un ton stupéfait. Il semble que j'aie été défié en duel par le fils du Premier Général[1].

Le jour suivant, Galen prit place au côté de Kihrin sur l'allée pavée qui entourait l'Arène, en compagnie de leur père Darzin, de leur mère et belle-mère Alshena et d'un nombre impressionnant de membres de leur clan. Parmi eux se trouvaient leur oncle Bavrin, leur grand-tante Tishar et leur grand-père, le Grand Seigneur Therin. Même Dame Miya, qui ne quittait jamais le Palais Bleu, était présente au côté du Grand Seigneur.

1. Non, cela ne faisait absolument pas partie du plan.

— Je ne croyais pas que nous reviendrions ici si vite, glissa Galen à Kihrin.

Bien sûr, la raison pour laquelle ils étaient revenus au *Champ du Massacre* était d'une clarté douloureuse pour quiconque observait le reste de l'assemblée : le Premier Général Qoran Milligreest, son fils Jarith, Thurvishar D'Lorus, le Grand Seigneur Cedric D'Lorus et une foule de spectateurs. Personne n'avait voulu manquer un tel duel.

Kihrin, lui, paraissait mécontent.

— Ce duel n'aurait jamais dû avoir lieu.

— Pour une fois, répliqua Darzin D'Mon, nous sommes d'accord.

Il darda sur Kihrin un regard plein d'inimitié, puis dit à Galen :

— N'oubliez pas : l'honneur de la Maison doit être défendu par la Maison, pas par un étranger, même s'il se trouve être un parent éloigné. Quelle que soit l'issue de ce duel, notre réputation en pâtira.

Il parut sur le point de gratifier Kihrin d'une claque sur l'oreille, mais retint son geste en se souvenant qu'ils étaient observés.

— Qui est-ce ? interrogea Kihrin.

Il désigna un petit homme vêtu d'un misha beige uni et d'un kef, qui détonnait par la simplicité de sa tenue. Sa tête était rasée, à l'exception d'une mèche au-dessus de sa tempe droite, tressée en une longue natte qui lui descendait sous les épaules.

— Caerowan, expliqua Darzin. C'est une Voix du Conseil. Il est présent pour arbitrer et se porter témoin du duel.

— N'y a-t-il aucun moyen d'arrêter tout cela ? se plaignit Kihrin.

— Non, répondit Darzin.

Galen regarda son frère inspirer longuement, empli de frustration. Cependant, il se résigna ; pour le moment, du moins. Galen lui tira sur la manche.

— Je suis sûr que Jarith va s'en sortir. Ce doit être un excellent duelliste, non ? Tandis qu'à l'inverse, je serais étonné que le Seigneur-Héritier D'Lorus ait passé beaucoup de temps à pratiquer l'épée.

Leur père émit un ricanement sarcastique et les deux garçons le regardèrent.

— Certes, je m'avoue tiraillé quant à la personne que j'aimerais voir remporter ce petit duel ; cependant, je crains que Thurvishar D'Lorus ne possède un avantage de taille. N'oubliez pas que l'épée ne vaut rien contre un magicien de haut vol.

Kihrin fronça les sourcils.

— Mais… ils vont se battre en duel. Ils n'utiliseront pas la magie.

Darzin considéra les duellistes prendre place devant la Voix et entamer la description traditionnelle des querelles, des affronts et des réparations. Il ricana de nouveau.

— Il n'y a pas de lois, à l'intérieur de l'Arène. Pas de règles. Pas de conséquences. Ils peuvent promettre tout ce qu'ils veulent tant qu'ils n'y sont pas entrés. Cela n'a plus d'importance dès l'instant où ils franchiront ses portes.

Galen vit Kihrin sursauter et se redresser, observant les préparatifs du duel avec une inquiétude grandissante. Galen se demanda comment Kihrin avait pu devenir si proche du fils Milligreest alors qu'en principe, il ne l'avait rencontré qu'à la fête, le soir précédent. Jarith semblait néanmoins très aimable, et c'était leur cousin. Le frère de Kihrin savait, par ailleurs, que si Darzin obtenait gain de cause, Galen finirait marié à la sœur cadette de Jarith.

La plupart des clients du *Champ du Massacre* étaient sortis de la taverne pour assister au spectacle, et les filles de salle effectuaient des allers et retours incessants pour servir les boissons et prendre les commandes. Les plus riches bavardaient, assis à des tables extérieures. L'Arène en elle-même ressemblait à un parc, mais un parc couvert d'une herbe étrange, et émaillé de petits bosquets d'arbres biscornus. Il s'y trouvait quelques bâtiments, également : des ruines d'anciens édifices percées de bouches béantes plutôt que de portes et de fenêtres. On racontait que ces ouvertures étaient enchantées et qu'elles tueraient quiconque oserait les franchir. L'herbe était une sorte d'illusion, un tapis bucolique qui cachait des crânes et des os : les corps de générations de magiciens et de guerriers avec leurs armes et leurs secrets. On pouvait encore distinguer, par endroits, leurs restes décomposés : ici un crâne, là un fémur, ou bien une vieille épée rouillée qui saillait de la terre, comme pour avertir tous ceux qui voudraient s'essayer aux combats de l'Arène.

Kihrin se tourna vers Darzin.

— Que voulez-vous dire ? Il n'y a pas de loi à l'intérieur de l'Arène… ?

Darzin haussa les épaules.

— Les duels sont illégaux. Certains types de magie le sont également, ainsi que l'acte d'assassiner son prochain pour pouvoir être l'homme qui s'emparera de la Couronne et du Sceptre, et sera sacré Empereur. Sur ces terres se dressait autrefois le Palais Impérial – on dit que c'est là que le dieu-roi Ghauras passa de vie à trépas – et depuis cette époque, l'endroit est considéré comme échappant à l'emprise de la loi. Aucun crime ne peut être commis dans son enceinte, car rien n'y constitue un crime. Tous les actes – même les plus abominables – sont permis. (Il sourit.) Donc, théoriquement, un homme pourrait promettre d'observer certaines restrictions au cours du duel – par exemple, « oui, nous nous arrêterons au premier sang » – et changer d'avis à l'instant où il pénètre dans l'Arène.

Kihrin était horrifié.

— Et personne ne peut intervenir ?

— Il y a des conséquences, intervint Therin. (Le Grand Seigneur avait surpris leur conversation.) Si vous vous faites connaître comme un homme habitué à revenir sur sa parole durant les duels, plus personne ne sera disposé à vous croire, même dans d'autres domaines. Et certains se donneront pour objectif de vous nuire.

— Oui, confirma Darzin en prenant un verre de vin sur le plateau d'une serveuse. En effet. Même moi, je préfère respecter les accords passés avant un duel. (Il marqua une pause.) La plupart du temps. Mais regardez : le duel en défense de votre honneur est en train de commencer.

Galen regarda les deux combattants terminer leur discussion, et la Voix du Conseil agita un médaillon. En réponse, une ligne d'énergie dorée traça dans les airs les contours d'une porte, puis le dessin s'emplit d'une lueur de la même teinte. Jarith et Thurvishar traversèrent les battants de lumière, qui s'évanouirent derrière eux.

Galen tira sur la manche de son frère.

— Vous avez vu ? Thurvishar n'a pas d'épée.

Kihrin braqua son regard sur les deux hommes, les yeux plissés. Jarith portait une épée : un long cimeterre khorvesh à la lame incurvée. Thurvishar, lui, ne semblait pas armé du tout.

— Jarith n'a pas pu accepter de le laisser utiliser la magie. Il n'a pas pu être stupide à ce point…, marmonna Kihrin en se mordillant nerveusement la lèvre.

Galen, lui, n'en était pas si sûr.

Dès que les deux hommes avaient franchi la porte, le duel avait officiellement commencé. Thurvishar, cependant, n'avait pas l'air de s'en être aperçu ; il se contentait de rester immobile, grand et orgueilleux, ses traits exprimant un léger ennui.

— Vous avez dit que vous invoqueriez une arme ! cria Jarith. Faites-le, magicien, ou ramassez cette lame rouillée qui dépasse du sol derrière vous. Je n'attaquerai pas un homme désarmé.

Thurvishar sourit.

— J'ai déjà invoqué une arme. Si vous n'êtes pas capable de la voir, je n'y suis pour rien.

— Vous commencez à me taper sur les nerfs. Je ne suis pas…

Tandis que Jarith avançait en direction de Thurvishar, il trébucha et s'écroula face contre terre. Son épée se planta dans le sol meuble, comme beaucoup des armes éparpillées dans la clairière.

— Mon arme, aujourd'hui… c'est vous, déclara Thurvishar.

Il esquissa son sourire caractéristique, lent et terriblement exaspérant.

Près de Galen, Darzin émit un sifflement qui exprimait l'approbation plus que la surprise.

— Mais ! Vous…

Le pied de Jarith dérapa sur le sol humide, et cette fois il tomba en arrière, criant lorsqu'une lame cachée dans l'herbe lui entailla l'épaule. Une rumeur de surprise s'éleva de la foule.

— La chance n'est pas seulement le domaine de Taja, déclara Thurvishar. Elle peut être aisément manipulée. Déformée. Utilisée comme une arme.

Jarith prenait garde de ne plus bouger.

— Je ne vous ai pas défié parce que vous aviez dit que ce jeune homme avait de la chance, ni même parce que vous aviez dit qu'il trichait. Je l'ai fait parce que…

Sa voix s'éteignit.

Galen se pencha en avant.

— Que s'est-il passé ? Pourquoi ne pouvons-nous plus les entendre ?

Darzin fronça les sourcils.

— Le magicien a étouffé les sons… Intéressant.

Kihrin se fraya brusquement un chemin à travers la foule, ignorant Darzin qui tentait de le retenir. Plus petit et plus rapide, Galen le suivit sans peine, se baissant pour passer sous les bras des spectateurs captivés ou les contournant. Lorsqu'ils atteignirent l'endroit où se trouvait la Voix, Galen s'aperçut que le Premier Général était aussi présent, et qu'il ressemblait à un volcan bouillonnant sous l'effet d'une éruption continuelle.

Le général adressa un signe de tête aux deux fils D'Mon en les voyant approcher. Son attention, cependant, restait fixée ailleurs : sur le petit homme sobrement vêtu, Caerowan, sur le Seigneur-Héritier D'Lorus, et surtout, sur son fils unique.

Ils regardèrent les deux duellistes terminer leur échange, et l'homme en robe noire offrit sa main à Jarith pour l'aider à se relever. Jarith la prit, et les deux hommes marchèrent, de conserve, jusqu'au bord de l'Arène. Ils n'eurent pas besoin de franchir une porte : traverser le périmètre semblait suffire.

L'expression de Jarith n'était pas celle d'un homme vaincu et humilié. Il s'inclina face à la Voix Caerowan, et déclara :

— Si vous l'acceptez, ce duel est terminé, et toutes les parties sont satisfaites.

— Toutes les parties ne sont pas satisfaites, intervint le Premier Général.

Jarith leva les yeux, surpris. L'expression de Thurvishar, elle, ne changea pas.

— Ce duel, expliqua Qoran Milligreest, était inapproprié et irréfléchi. Vous n'êtes pas un prince. Il ne sied pas à notre famille que vous en adoptiez les coutumes.

Jarith battit des paupières.

— Père…

— Mon général, corrigea Milligreest.

Le jeune homme s'empourpra et se redressa, droit comme la justice.

— Oui, mon général.

— Votre poste a changé. Vous vous présenterez au col de Portepierre afin d'y recevoir vos ordres, et ce, dans les plus brefs délais. Rompez.

Le général écumait, habité d'une colère brûlante. Il se tourna vers Thurvishar et s'inclina avec raideur devant lui.

— Toutes mes excuses pour ce fâcheux incident, Seigneur-Héritier. J'espère que ce duel s'est achevé de manière à vous satisfaire.

— Oh, oui, répondit Thurvishar. Maintenant, si vous voulez bien m'excuser…

Il s'inclina à son tour et disparut dans la foule, peut-être pour profiter des félicitations de l'assemblée ou même commander un verre.

Le Premier Général se tourna vers Kihrin, et l'espace d'un instant celui-ci crut qu'il allait déchaîner sur lui une ire similaire à celle qu'il avait dirigée vers son fils.

— Kihrin.

Le garçon déglutit.

— Premier Général.

— J'aimerais dire que je suis content de vous revoir, mais je n'aime pas mentir. Au lieu de cela, permettez-moi de vous demander une faveur : si vous pouviez laisser ma famille en dehors de vos querelles de cour, je vous en serais reconnaissant. Ou alors, encore mieux : apprenez à livrer vos duels vous-même.

Kihrin acquiesça et jeta un regard dans la direction où était parti Thurvishar.

— Je n'ai pas… Oui, Premier Général. Merci. Je vais suivre vos conseils. (Il se retourna vers Milligreest.) Il essayait seulement de m'aider, vous savez.

— Vous pouvez partir, dit le Premier Général.

Son visage était de nouveau de marbre.

Galen vit leur père et leur grand-père traverser la foule pour les rejoindre.

— Venez, Kihrin, commença-t-il. Kihrin ? Où donc…

Galen D'Mon regarda autour de lui. Kihrin n'était nulle part en vue.

67

La destruction d'Ynisthana

(Récit de Kihrin)

Nous n'agîmes pas immédiatement. En fait, il nous fallut deux années supplémentaires pour mettre mon plan à exécution. Cela peut sembler très long, mais contrairement à ce qu'avait craint Khaemezra j'avais décidé de poursuivre mon entraînement. J'avais beaucoup de magie à apprendre de Tyentso, des techniques d'épée sous la houlette de Doc, et je devais aussi apprendre à jouer du saymisso[1] auprès d'un des musiciens thriss.

J'avais besoin d'un instrument à cordes, voyez-vous, qui soit plus aisé à porter qu'une petite harpe.

Une fois que je me révélai capable de terminer les leçons de Doc sans « recommencer », et lorsque Tyentso admit à contrecœur que j'avais probablement appris tout ce qu'elle pouvait m'enseigner et qui soit compatible avec mes talents naturels… je me décidai enfin à aller demander son autorisation à Khaemezra.

À ma grande surprise, elle accepta, qualifiant l'événement d'« inévitable ». Nous pouvions donc passer à la partie amusante du projet.

1. Instrument de musique thriss comportant trois cordes de soie, tendues sur un long manche et une courte chambre de résonance, dont on joue à l'aide d'un archet à tension variable. Le violon à pointe khorvesh représente probablement une évolution de cet instrument originel.

Nous choisîmes un matin ensoleillé, juste après un Maevanos, durant lequel il semblerait normal que les résidents d'Ynisthana ne soient nulle part en vue. En effet, on pouvait supposer qu'ils dormaient pour se remettre de leurs libations et ébats de la nuit précédente. Aucun draconide ne chassait dans la jungle, aucun pêcheur ne lançait ses filets ; cependant, il était facile de passer à côté de tels détails lorsqu'on était un énorme dragon à l'ego surdimensionné.

Je revêtis un kef noir et des sandales, et attachai mes cheveux à l'aide d'une bande de tissu blanc que j'avais récupéré sur une robe de novice. Mon gaesh était bien à l'abri dans ma poche. Je portais la Pierre des Entraves autour du cou, et elle brillait comme un morceau de notre ciel disparu.

Je voulais qu'il soit impossible d'ignorer sa présence.

Je n'emportai pas d'armes. Elles ne m'auraient servi à rien, de toute façon. Les larmes étoilées de mon gaesh constituaient des talismans faciles et efficaces, dotant mon tenyé de boucliers contre la magie et le feu ; ce dernier ajout était un charme que Tyentso et moi avions élaboré ensemble. J'étais à peu près sûr qu'elles ne suffiraient pas à me protéger de la fureur du Vieil Homme (je n'étais pas si puissant que cela), mais j'espérais que ces charmes me conféreraient quelques précieuses secondes supplémentaires, si je me trouvais dans une position délicate. Les seuls objets que je transportais étaient mon saymisso et mon archet, coincés sous l'un de mes bras.

Je marchai jusqu'à la plage, dénuée du moindre signe de vie. Je ne voyais pas le Vieil Homme, mais son îlot était là, au large du rivage, avec son « jardin de pierre » aux chanteurs prisonniers. J'en comptai trente-six en tout, et ma gorge se serra.

— Je suis désolé, murmurai-je en m'asseyant en tailleur sur la plage. (J'enfonçai la pointe de mon saymisso dans le sable.) Vraiment désolé.

Je frottai l'archet contre les cordes.

J'entendis un rugissement. Quelques secondes plus tard, la silhouette monstrueuse de la créature s'éleva d'une île voisine et étendit les ailes, masquant le ciel. Rester assis là à jouer, au lieu de m'enfuir, fut l'une des choses les plus difficiles que j'aie jamais faites. Mon instinct me criait de me sauver à toutes jambes. À la place, je jouai une berceuse. Tendant la mèche de l'archet de la main, je produisis une longue note plaintive et la laissai résonner dans l'atmosphère. Des bourrasques brûlantes me cinglèrent mais je n'y prêtai pas attention.

Le dragon atterrit sur son îlot et émit un grondement qui ressemblait à un tremblement de terre. Il était toujours magnifique, terrifiant et profondément mauvais : une perversion de l'ordre naturel des choses, dont l'ampleur même avait quelque chose de transcendant.

— Tu as décidé de mourir ? De t'offrir à moi ? De te rendre ?

— Non, dis-je au dragon. Pas cette fois. J'étais simplement curieux. À quel prix avez-vous accepté de trahir votre mère ? Était-ce par jalousie ? Votre mère a été choisie pour faire partie des Huit, et vous non. Pensiez-vous que vous auriez été plus compétent qu'elle ? Ou votre trahison était-elle une tentative malavisée de la rendre fière de son petit garçon ?

Le Vieil Homme déploya ses ailes et siffla :

— Tu es un imbécile.

— Il paraît, oui. C'est peut-être même vrai. Mais il y a quelque temps, je me suis éclipsé alors que vous ne faisiez pas attention à moi, et je suis passé à Kharas Gulgoth. Vous vous en souvenez peut-être : c'est une grande cité, un peu délabrée, avec beaucoup de magie et un dieu démon géant qui dort au milieu. Ça vous rappelle quelque chose ?

— Donc, tu te souviens.

Sa voix vibrait de menace, pire encore que ses accès de folie.

— Non, avouai-je. Mais je suis capable de lire un livre, à force de persévérance. Il y avait des dessins, dans la cité, et ils racontaient tous la même histoire encore et encore. Il m'a fallu un certain temps, mais j'ai fini par comprendre que les petites lignes ondulées, à la fin, n'étaient pas des rayons d'énergie ou une manière d'indiquer le chaos : c'était des dragons[1]. Huit hommes et femmes qui pensaient pouvoir devenir des dieux… sont devenus des monstres. (Je le montrai du doigt.) Vous étiez l'un d'eux, Sharanakal. Vous étiez humain.

— **Nous ne voulions que rétablir l'équilibre du pouvoir, sachant que tôt ou tard les Huit Gardiens finiraient par être corrompus. Ces idiots avaient choisi des guerriers, des soldats, des guérisseurs… les charognards du champ de bataille. Des gens qui suivaient les ordres aveuglément, des gens qu'ils pouvaient contrôler, à qui ils pouvaient conférer une puissance inégalable.**

Le dragon se redressa, trop grand pour l'îlot sur lequel il s'était perché. Il se leva sur ses pattes arrière et hurla vers les cieux ; le tonnerre de sa voix fit trembler l'océan et les rochers, et fit taire jusqu'au dernier animal que comptait Ynisthana. Sa tête ophidienne, noire comme la nuit, pivota pour m'observer de ses yeux volcaniques.

— À vous entendre, vous étiez animé de bonnes intentions. À vous entendre, ce n'était pas vraiment votre faute.

— **Non. C'était ta faute. TA FAUTE !** (Sans crier gare, il tendit le cou vers moi.) **Toi… Tu étais un imbécile, un naïf. Comment as-tu pu croire à ses mensonges ?**

J'avais anticipé cette accusation ; je m'y étais préparé. Pour autant, elle ne fut pas facile à endurer.

— C'était la faute de Relos Var, corrigeai-je.

J'inspirai profondément pour me dissuader de m'enfuir alors que la gueule du dragon se rapprochait à toute allure.

1. Ces concepts ne sont pas incompatibles.

Il s'arrêta tout près… Si près qu'il contrevenait aux ordres de Khaemezra en s'avançant sur l'île à proprement parler, si près que je sentis mes boucliers contre le feu se déclencher pour m'épargner d'être brûlé. Je ne pouvais regarder ses deux yeux à la fois, mais je plongeai mon regard dans l'un d'eux et j'y regardai flamber le cœur d'un millier de fournaises.

—**Nous qui étions purs pensions que notre pureté présenterait une résistance au mal. Mais c'était de la folie, car le soldat comprend que la pureté est impossible, que le mal ne peut être détruit; qu'il ne peut qu'être modéré, canalisé. Le soldat sait qu'il est un outil, et il ne souffrira pas d'être manipulé par ses ennemis. Nous, dans notre orgueil, croyions que nous étions au-dessus d'un tel usage. Quelle arrogance!**

—C'est Relos Var qui a créé le rituel, dis-je. C'est lui qui vous a convaincu qu'ils s'étaient trompés, lorsqu'ils ont choisi huit autres personnes pour combattre les démons et non vous. Ce devait être vous depuis le début, c'est bien cela? Vous avez cru que vous deviendriez un dieu, mais Relos Var vous a transformé en monstre. Vous m'accusez, moi, mais il m'a menti aussi. Il nous a utilisés tous les deux. Nous sommes semblables, vous et moi. Nous sommes tous les deux ses victimes.

Son œil s'élargit.

—**Nous ne sommes pas semblables. Tu es bien pire que ma propre existence, toute misérable soit-elle. Tu es la Pierre Angulaire de Vol Karath[1], l'enveloppe qui demeure**

1. Comment serait-ce possible? S'emparer d'une âme et s'en servir pour fabriquer une pierre tsali est une chose. Une pierre tsali peut ensuite être transformée, à son tour, en l'un des artefacts que nous appelons des Pierres Angulaires, comme la Pierre des Entraves et Brise-chaînes. Mais l'âme de Kihrin n'est évidemment pas l'une des huit Pierres Angulaires que nous connaissons. Néanmoins, même en supposant que le dragon emploie ici une métaphore, cela implique dans tous les cas un lien puissant entre Kihrin et Vol Karath, ce qui est tout à fait terrifiant.

après ce déchirement, un immense appétit insatiable et perpétuel qui dévore éternellement, comme une étoile qui s'effondre sous son propre poids et qui consume sans jamais être rassasiée. Tu es le seul morceau qui reste de son âme, et lorsqu'il se réveillera, il reprendra ses droits sur toi. Laisse-moi te sauver. Dans mon jardin, tu n'auras pas à subir ce sort-là.

Je frémis. Je n'osais pas réfléchir trop longtemps à ses paroles : j'aurais pu me mettre à hurler.

— C'est très noble de votre part, mais je vais devoir décliner votre généreuse proposition. Ne croyez pas que je ne sois pas reconnaissant, cela dit. En fait, j'ai même écrit une chanson pour vous. Voulez-vous l'écouter ?

Le Vieil Homme replia ses ailes et m'observa, durant un très long moment de silence. Je craignis sincèrement qu'il refuse ou qu'il s'envole.

— **Oui.**

Je poussai un soupir de soulagement.

— C'est ce que j'espérais vous entendre dire.

Je courbai la nuque et caressai les cordes de mon archet. Le chant en lui-même était un bourdonnement sans paroles, grave et monotone, et l'accompagnement musical ondulait autour de la voix, alternant les grandes arches et les longues notes tenues. Il ne fallut pas longtemps au Vieil Homme pour ordonner à son jardin de chanter en chœur.

C'était splendide. Impossible de le nier.

Je prolongeai les notes, les laissant gagner en intensité. Je n'avais pas l'impression que le Vieil Homme avait deviné que mon talent n'était pas que musical. Je ne faisais pas que jouer un morceau. Je lançais un sort.

Il m'avait fallu des mois pour comprendre comment procéder. Tyentso ne pensait pas qu'un sort comme celui-ci ait déjà existé. Nous nous étions entraînés en utilisant le portail du temple pour quitter subrepticement l'île, jamais plus d'une heure à la fois, et je m'étais exercé sur tous les types de roches qui passaient à ma portée… jusqu'à trouver la sorte d'onyx qui correspondait parfaitement à mes désirs.

Les statues du jardin émettaient une mélodie si harmonieuse que j'eus la sensation qu'elles savaient ce qui était sur le point de se passer et qu'elles s'en réjouissaient. Sous les notes entrelacées, une onde plus grave se mit à résonner. Le sable dansait, formant des cercles qui s'éloignaient de moi. Les vagues de l'océan cessèrent leur va-et-vient et retombèrent. Je continuai à amplifier le son, note après note, et l'aura de cacophonie du dragon ne suffit pas à arrêter cette vibration implacable, ce motif que j'érigeais, de plus en plus haut, à chaque instant…

L'harmonie cessa brusquement et les statues du jardin se craquelèrent et s'écroulèrent, ne laissant derrière elles que des morceaux de pierre pas plus gros que mon poing.

Trente-six hommes et femmes moururent en un instant, enfin libres de retourner dans l'Au-delà. J'éprouvai une profonde culpabilité, même en cet instant. Il m'était impossible d'être absolument certain que c'était là l'issue qu'ils désiraient. S'ils auraient choisi la mort suivie d'une renaissance, plutôt que l'immortalité sans fin de leur prison de pierre.

Tout ce dont je pouvais être sûr, c'est que c'était ce que j'aurais voulu, moi. Je me demandai si Elana Milligreest, qui m'avait délivré de Vol Karath dans une autre vie, s'était interrogée sur le bien-fondé de son acte.

J'aurais aimé pouvoir la rencontrer, rien qu'une fois, pour lui dire qu'elle avait eu raison.

Au même instant, le Vieil Homme parut statufié à son tour, paralysé qu'il était par sa propre fureur.

J'avais déjà commencé à courir.

Le rugissement qui s'éleva derrière moi fit trembler le sol, si fort que je perdis l'équilibre. Un autre tremblement lui répondit, et au-dessus de ma tête la montagne au centre d'Ynisthana entra en éruption, crachant un énorme nuage de fumée, de cendres et de bombes volcaniques.

— **Comment as-tu osé… !** hurla le Vieil Homme. **La montagne t'ensevelira sous la lave, les roches en fusion seront ton tombeau. Tu passeras l'éternité à hurler de désespoir et de douleur. Tu ne connaîtras jamais la paix !**

Ça, c'est ce que j'appelle une ovation, songeai-je en me relevant pour me remettre à courir.

J'étais parvenu à mi-chemin de la pente lorsqu'une grande crevasse s'ouvrit dans le sol devant moi. La lave s'éleva dans les airs comme une fontaine, un mur de feu menaçant de me réduire en cendres.

— Kihrin !

Teraeth se jeta sur moi et me plaqua au sol tandis qu'une des bombes de lave passait tout près de mettre prématurément fin à nos projets. Le danger était bien réel ; la Pierre des Entraves me donnait l'impression de porter une flamme autour du cou et se préparait à me garder en vie coûte que coûte. Après tout, personne n'était directement responsable de la menace qui me guettait.

Ce n'est pas ce que voyait le Vieil Homme, cependant.

— **Non !** hurla-t-il.

Ce que vit le dragon, ce fut Teraeth se jetant sur moi pour me sauver de la bombe de lave. À cause du geste de Teraeth, il me vit trébucher et tomber en direction de la crevasse qui venait de s'ouvrir. Puis tenter de m'agripper au bord de la fissure, et hurler lorsque ma main se posa sur la roche volcanique assez chaude pour décoller ma chair de mes os. Je chutai. Il était probable que je serais mort instantanément en heurtant la surface de la lave, mais l'éruption ne s'était pas arrêtée pour autant. Mon hurlement se tut d'un coup et mon corps disparut sous les remous de la rivière de feu.

Teraeth, pour sa part, tituba… comme on s'y attendrait de la part d'une personne qui vient de tuer quelqu'un accidentellement, et qui se retrouve possédé par l'âme de sa victime. Il posa sa main sur sa poitrine mais n'y trouva que son collier à pointe de flèche noire, et aucune trace de la Pierre des Entraves. Teraeth contempla ses mains, puis son corps, une expression horrifiée sur le visage.

— Je ne suis pas mélodramatique à ce point-là, protestai-je.

— Chut, siffla Teraeth. Et si, tu l'es.

Nous devions rester discrets. L'air se faisait de plus en plus irrespirable, et à tout instant un torrent de boue ou de cendres pouvait dévaler la montagne.

Nous regardâmes le faux Teraeth se retourner et se mettre à courir, tandis qu'un flot de scories tout aussi fausses que lui ruisselaient du volcan. Il fut recouvert en un instant, et cette fois, sans air à respirer ni Pierre des Entraves pour le garder en vie, le résultat était tristement prévisible. Kihrin – devenu Teraeth – allait s'embraser, étouffer sous les cendres et connaître une mort rapide et douloureuse.

— **Maudit sois-tu, imbécile.** (La voix du dragon était si forte que je l'entendais malgré le vacarme de l'éruption.) **Viens là, que je te sauve.**

— C'est le moment, dis-je en attrapant la main de Teraeth. Allons-y.

Le dragon se mit à déchirer de ses griffes le versant du volcan, non loin de là ; il s'efforçait certainement de récupérer l'illusion, désormais disparue, de Teraeth. Puisque le volcan, lui, était réellement en éruption, il ne tarda pas à déplacer sous ses serres d'énormes lambeaux de magma, les envoyant ensuite valser tout autour de lui. Des larmes de lave coulaient sur sa tête, si bien qu'on aurait dit que le Vieil Homme pleurait.

Peut-être était-ce le cas.

Nous fûmes forcés de faire un bond de côté lorsqu'un gigantesque bloc de basalte atterrit à l'endroit de notre cachette. La roche s'allongea et se tordit, puis se mit à couler de part et d'autre de nous. Je regardai autour de moi.

Tyentso se trouvait plus loin sur la plage, et gesticulait à notre intention.

— Allez, allez ! Qu'est-ce que vous attendez ? La montagne tout entière est sur le point de s'écrouler sur nous !

— Trop tard, déclara Teraeth en scrutant le centre de l'île.

Je suivis son regard et poussai un hoquet de surprise. Un véritable fleuve de cendres se déversait du volcan ; il aurait semblé aussi léger qu'un nuage pour qui n'aurait pas su de quoi il s'agissait réellement.

— Courez ! hurla Tyentso.

Conseil pour le moins avisé : le portail qui devait permettre notre évasion se trouvait au cœur de l'ancien Temple d'Ynis, à présent consacré à Thaena.

Cela signifiait que nous allions devoir nous enfuir… en direction de ce nuage mortel, afin de nous échapper pour de bon.

— Impossible, rétorqua Teraeth. Nous n'y arriverons jamais à temps.

Je savais de quoi il parlait. J'avais bien observé les nuages similaires qu'avait créés le Vieil Homme par le passé. Il n'y avait aucune chance que nous parvenions à courir plus vite que ne se déplaçait cet air chargé de cendres. Je ne m'inquiétais pas pour Doc : il était avec Khaemezra, qui n'aurait aucun mal à les protéger tous les deux.

Mais nous ? Je n'étais sûr de rien. Même si ce nuage brûlant ne nous tuait pas, la montagne crachait de nombreux rochers incandescents qui s'écrasaient au sol. Il suffirait d'un seul…

Tyentso se mit à courir tout de même, et la lueur déterminée qui brillait dans ses yeux me souffla qu'elle était sur le point de tenter quelque chose d'insensé. Elle avait sans doute l'intention de retenir ce nuage par la seule force de sa volonté, et bien que je tienne ses talents de mage en haute estime je ne pensais pas qu'elle soit dotée d'un tel pouvoir.

Je ne crois pas que Relos Var lui-même détienne un tel pouvoir.

— Il faut arrêter Ty ! criai-je à Teraeth, quoiqu'il se soit lui aussi mis à courir.

Teraeth ne courait pas plus vite que moi, mais il pouvait se servir d'une de ses illusions pour attirer son attention.

— Garnement, il faut y aller ! s'égosilla Tyentso.

— Nous ne pouvons pas courir plus vite que le nuage, lançai-je, mais nous pourrions peut-être le détourner. (Je tirai mon saymisso et frottai l'archet sur les cordes.) La montagne est composée en majorité de basalte, non ?

Je regardai Teraeth pour obtenir sa confirmation mais il haussa les épaules, désormais immobile. De toute évidence, il ne m'avait pas écouté.

— Basalte et obsidienne, précisa Tyentso. Le nuage, lui, est constitué de pierre ponce.

— Je n'ai pas besoin d'imiter sa composition de façon exacte, juste assez pour provoquer un éboulement.

Je réfléchis frénétiquement à ce que je savais de la géographie d'Ynisthana. Le meilleur endroit où réorienter le flot de cendres serait les grottes, qui avaient l'avantage d'être déjà creuses (en espérant qu'elles ne s'étaient pas déjà remplies de magma). L'essentiel était de nous garder tous en vie assez longtemps pour lancer le sort.

Comme pour appuyer cette dernière pensée, la Pierre des Entraves devint brûlante. Je levai les yeux à temps pour découvrir une énorme sphère de roche incandescente, que Tyentso écarta d'un geste.

— Que puis-je faire ? demanda Teraeth.

Je ne l'avais jamais vu si nerveux et si incertain… mais il était vrai que ses illusions étaient inutiles contre un tel adversaire, et celui-ci ne pouvait pas davantage être empoisonné ou poignardé.

— Guide-nous, répondis-je. Moi, je joue. Ty nous gardera tous les deux en vie. Ni elle ni moi ne ferons attention où nous allons. Nous avons besoin de nous approcher juste assez pour voir les grottes, et pas d'un centimètre de plus.

Le nuage semblait à quelques secondes de nous engloutir, mais je savais qu'il lui faudrait un certain temps pour gravir le versant ; de plus, l'ampleur de la nuée m'empêchait de jauger les distances correctement.

À voix haute, je marmonnai une prière à Taja, car j'avais besoin de toute la chance qu'elle voudrait bien m'accorder.

Trois fois au cours du trajet, Teraeth nous tira sur le côté, ou bien Tyentso utilisa sa magie pour nous protéger des geysers de lave et des projectiles mortels qui s'abattaient au sol. Je n'avais pas encore ma cible en vue. Ce n'était pas le genre de choses que je venais de passer des années à apprendre, mais en théorie mon plan devait marcher. Si j'arrivais à faire s'écrouler le bord de la falaise à l'opposé du temple, le nuage suivrait la voie la plus aisée, et nous serions bientôt à l'abri.

À la moindre erreur de calcul, je nous condamnerais à une mort plus prompte encore, ou bien j'ensevelirais le temple sous la cendre ardente, bloquant notre seule issue.

Enfin, Teraeth nous fit nous immobiliser. Devant nous s'élevaient la montagne et l'immense falaise contenant à la fois les grottes qui servaient d'abri à la Confrérie Noire et, un peu plus loin, le grand temple creusé dans la roche. L'avalanche volcanique atteindrait ce temple – et juste après, nous-mêmes – en quelques secondes.

Le sort que je lançai à cet instant fut bien moins subtil que le premier. Je n'avais pas de temps à perdre en un rituel discret, qui ne produirait son effet qu'une fois qu'il serait trop tard. Tandis que je jouais, j'espérai que Doc utilisait toujours Brise-chaînes pour brouiller l'esprit du Vieil Homme, car si le dragon me sentait procéder au même sortilège une seconde fois ailleurs sur l'île, toute cette opération n'aurait plus de raison d'être. Il saurait que j'étais encore en vie.

Je frottai violemment mon archet sur les cordes, cherchant à produire la dissonance et la puissance de vibration dont j'avais besoin. Il faut comprendre que ce que je faisais n'avait pour but que d'encourager la roche à faire ce qu'elle tendait à faire, de toute façon. La roche aspire à s'effriter. La pierre veut revenir à l'état de sable. On pourrait croire que le sol lutterait contre un tel processus, mais ce serait faux.

Tout finit par tomber.

À côté de moi, Teraeth jura.

Tyentso, elle, ne dit rien. Elle était concentrée sur sa tâche, qui consistait à éloigner les gaz dangereux de l'air que nous respirions et les cailloux incandescents de notre peau.

Le bruit de l'éruption volcanique était si assourdissant que nous n'entendîmes pas l'avalanche, mais une énorme section de l'à-pic se détacha, comme découpée, et tomba au sol. Elle se mit alors à rouler en direction de la jungle. Le nuage ardent se comporta comme une rivière changeant son cours : il se détourna vers la droite, s'engouffrant dans son nouveau lit, sans cesser de tout dévaster sur son passage.

Nous courûmes vers le temple.

68

La tanière du lion

(Récit de Serre)

Thurvishar D'Lorus haussa un sourcil lorsque Kihrin D'Mon entra dans le compartiment privé entouré de rideaux qui lui était réservé au *Champ de Massacre.*

— Vous n'étiez pas obligé de l'humilier, vous savez, lui lança Kihrin en prenant place à sa table. Je suis heureux que vous ne l'ayez pas tué, mais il n'était pas utile de le faire passer pour un imbécile.

Le coin de la bouche de Thurvishar tressauta et il posa sur Kihrin un regard non dénué d'affection.

— Mais c'est un imbécile. Cela ne fait pas le moindre doute. Je ne dis pas qu'il n'est pas quelqu'un de bien… Il semble loyal, courageux et dévoué à ses amis. Cependant, seul un imbécile défierait quelqu'un comme moi en duel à l'Arène, sans se préparer à l'éventualité que je fasse fondre sa colonne vertébrale.

Il se saisit de la bouteille de vin de Raenena qu'on lui avait réservée dans un seau de glace et se servit un verre du liquide bleu pâle.

— Estimez-vous heureux que je sois moi-même quelqu'un de bien et que je me sois contenté de lui administrer une leçon de choses.

— C'est vrai. Vous les appréciez particulièrement, n'est-ce pas ?

Kihrin se souvenait du sang qui rougissait les mains de l'homme le soir précédent.

Thurvishar fit tourner le liquide bleu dans son verre. Puis il reporta son attention sur Kihrin.

— Tout à fait. En d'autres circonstances, je pense que j'aurais fait un excellent professeur. À présent, voulez-vous me dire ce que vous faites ici ?

— Vous souhaitiez que toute l'assemblée pense que vous aviez manipulé le hasard… Mais si vous l'aviez fait, si vous en étiez réellement capable, vous n'auriez pas dû perdre hier soir. (Kihrin marqua une pause.) À moins que votre objectif n'ait justement été de perdre. Je vénère Taja depuis longtemps, mais je n'ai jamais été aussi chanceux. Jamais. Je n'ai pas gagné aux cartes parce que je trichais. J'ai gagné parce que vous, vous avez triché. Vous vouliez provoquer un duel… mais ce n'était pas Jarith que vous visiez.

Thurvishar sourit.

— Vous êtes plus malin que vous en avez l'air, petit.

— Qui pensiez-vous combattre, alors ? Darzin ?

— Si j'avais affronté Darzin, admit Thurvishar, notre duel se serait fini de façon très différente. Darzin mérite bien des noms, mais « imbécile » n'en fait pas partie.

Il esquissa un petit sourire et secoua la tête en se levant.

— Pourquoi détestez-vous mon père à ce point ?

Thurvishar s'immobilisa, une main sur le rideau.

— Je ne déteste pas votre père. Pas du tout. Je le tiens en haute estime. Après tout, il s'agissait d'un des plus proches amis du mien.

— Mais vous venez de dire…

Kihrin fronça les sourcils. Il savait que Thurvishar haïssait Darzin. Il se souvenait des menaces qu'ils avaient échangées, de leur colère manifeste. Comment pouvait-il regarder Kihrin droit dans les yeux et affirmer…

— Mon père, répéta Kihrin.

Il y avait une astuce. Il jouait sur les mots. Le père de Thurvishar n'était pas Gadrith, mais Sandus. *Son père.*

—Attendez… Est-ce que vous haïssez Darzin D'Mon ?

—Avec passion, répondit Thurvishar. Je vais vous laisser sur cette pensée, jeune D'Mon : l'une des caractéristiques les plus saugrenues de l'Arène, c'est qu'elle est imperméable à toute divination, toute clairvoyance. Si un magicien empêchait le son de s'en échapper – ce qui n'a rien de bien compliqué, je vous assure –, aucune puissance dans l'univers ne pourrait épier la conversation qui s'y tiendrait alors. Il est vraiment dommage que je n'aie pu vous persuader de me défier en duel, et que vous soyez trop jeune pour être considéré comme un adversaire honorable. Que de choses intéressantes aurions-nous pu nous dire…

Le mage posa son verre, laissa assez d'argent sur la table pour financer plusieurs nuits au *Salon du Voile Brisé* et sortit de l'alcôve. Kihrin ne put que le regarder s'éloigner, bouche bée.

Kihrin se cacha dans l'écurie.

On aurait pu croire ce lieu mal choisi, puisque l'objectif était d'échapper à Darzin et que le Seigneur-Héritier était connu pour son amour des chevaux. Cependant, Darzin s'aventurait rarement à l'intérieur du bâtiment. Les valets se chargeaient de panser et de nourrir les bêtes tandis qu'il se contentait de les monter ou de les prêter à ses invités lorsque l'envie lui en prenait. De plus, quand Darzin faisait justement préparer un cheval, Kihrin pouvait compter sur le fait qu'il ne reparaîtrait pas à l'écurie avant plusieurs heures. L'emplacement constituait donc un refuge plutôt sûr, à condition de ne pas attirer l'attention.

Par exemple, en jouant de Valathea… ce qui était précisément ce qu'il faisait.

À sa décharge, il ne disposait d'aucun endroit commode pour s'exercer. S'il essayait de le faire dans sa chambre, le Grand Seigneur se plaignait du bruit, bien que Kihrin ait l'impression que ses appartements étaient assez bien isolés pour que personne ne l'entende. S'il allait jouer ailleurs, Darzin finissait inévitablement par le trouver, et Darzin détestait l'idée que Kihrin se produise au bal du Nouvel An. Après le duel de Thurvishar et Jarith, Darzin tenait à ce que Kihrin évite de se faire remarquer jusqu'à ce que le Premier Général ait oublié son existence.

Kihrin ne savait pas ce qu'en pensait le seigneur Therin, sinon que s'il ne lui reparlait pas de la harpe ou de sa promesse, le Grand Seigneur ne déciderait pas de l'empêcher de jouer au bal. Par conséquent, c'était surtout de Therin que Kihrin se cachait.

Il s'était construit une forteresse de balles de foin pour éviter que le son ne résonne jusque dans la partie principale de l'écurie. Derrière ce mur végétal, il répétait ses morceaux, serrant les dents pour oublier à quel point chaque refrain lui rappelait ceux qu'il avait perdus. Il aurait voulu que Morea soit encore en vie. Il aurait voulu que Surdyeh soit encore en vie. Il avait tant de questions… et aucune réponse, à l'exception d'un étrange anneau surmonté d'un rubis gravé.

La rêverie de Kihrin fut interrompue par le hennissement d'un cheval. Il s'immobilisa, les doigts au-dessus des cordes. C'était une écurie, après tout : il s'y trouvait des chevaux. Cependant, le bruit ne parvenait pas de l'une des stalles ; il était bien plus proche. Il glissa un regard derrière une balle de foin, et par-dessus le bord des combles où il se trouvait, vers l'écurie en contrebas.

—Ah, dit-il en souriant. C'est toi, Scandale. Tu t'es encore échappée de ta cellule, c'est ça ?

La flammesang jorate, dont Darzin était si fier bien qu'il ne l'ait jamais montée, observait fixement Kihrin.

C'était une jument d'une taille impressionnante à la robe gris-bleu, dotée de balzanes blanches et d'une crinière et d'une queue de même couleur. On avait dit à Kihrin que sa taille était normale pour sa race, néanmoins elle semblait trop grande pour être enfourchée par un être humain. Non qu'elle accepte d'être montée par quiconque, de toute façon : sa réaction habituelle, envers tous ceux qui s'y essayaient, était le meurtre. Elle se montrait aussi très douée pour l'évasion, quoiqu'elle s'y emploie avec moins de ferveur depuis l'arrivée d'Étoile, l'esclave jorat.

Elle s'ébroua et souffla d'une manière qui semblait exprimer l'assentiment, puis frappa plusieurs fois le sol du sabot. Kihrin sourit. Il aimait à penser qu'elle l'applaudissait.

— Elle apprécie de vous écouter. On ne peut pas la garder dans sa stalle, quand elle vous entend, déclara Étoile en apparaissant au bout du couloir.

Galen avait été surpris que Darzin ne fasse pas abattre la jument, mais Kihrin comprenait bien pourquoi. Tant que Darzin en était propriétaire, il pouvait se vanter de son agressivité, de sa taille et de sa lignée divine. (N'était-elle pas, après tout, l'équivalent équin d'un noble touché par les dieux ?) Il pouvait rire si quelqu'un affirmait qu'elle devrait être montée ou saillie, tout en gardant pour lui le secret de sa frustration. S'il la tuait, en revanche... il ne pourrait qu'avouer son échec. Les morts avaient cessé, depuis l'arrivée d'Étoile ; mais elle demeurait un spécimen sublime, digne de susciter l'envie et l'admiration. Darzin avait décidé que le privilège de s'en vanter valait bien les efforts occasionnés.

Kihrin fouilla dans sa besace et en tira une pomme, qu'il lança à la jument. Il avait appris, avec le temps, qu'elle en était friande. Ces fruits étaient une friandise chère et exotique – elles ne poussaient pas dans la région de la capitale –, mais pourquoi se priver de dépenser le métal des D'Mon ?

— Pour vous, madame, lui dit-il avec une révérence. Souhaitez-vous que je recommence à jouer ?

La jument attrapa habilement la pomme avec ses dents et hocha vigoureusement la tête.

Il s'assit sur l'une des balles de foin et se remit à jouer. C'était risqué : Darzin l'entendrait certainement, s'il entrait dans l'écurie. Mais Darzin prenait grand soin de ne jamais s'approcher de la flammesang, et Kihrin espéra que cela suffirait à l'en dissuader. Il joua une chanson vané, celle qu'il préparait pour le bal du Nouvel An, et laissa le son argentin de la harpe l'envelopper de nouveau.

Étoile s'appuya contre l'encadrement de l'entrée de la grange. Un brin de paille avait détrôné son bâtonnet de bois, devenant son cure-dents favori. Il écouta, les yeux mi-clos. La jument flammesang remuait doucement la tête, à la manière dont un être humain aurait pu agiter les mains en rythme.

— Que sont les flammesangs ? demanda Kihrin après avoir terminé son morceau.

— Des chevaux, répondit Étoile.

Kihrin soupira.

— Ils sont différents des autres chevaux[1], insista-t-il.

— En effet, acquiesça Étoile en haussant les épaules. Ils sont différents. Allez viens, Scandale. On a assez traîné, tu ne crois pas ? Il faut que tu rentres chez toi avant que les petits hommes paniquent et se mettent à courir dans tous les sens.

Il émit à cette pensée un petit rire que la jument grise reprit comme en écho.

---

1. Ils sont aussi différents des chevaux ordinaires que les Thriss des humains ordinaires. Les flammesangs, créés par le dieu-roi qui régnait autrefois sur Jorat, sont si éloignés des autres chevaux qu'il convient en réalité de les considérer comme une espèce distincte. Ils sont intelligents et parfaitement capables de comprendre le guarem, quoiqu'ils ne puissent le parler eux-mêmes.

— Pourquoi l'appelez-vous Scandale ? interrogea Kihrin en regardant le cheval géant se retourner et trotter hors de la pièce.

Étoile fit passer son brin de paille d'un côté à l'autre de sa bouche.

— Parce que vous, vous l'appelez Scandale.

— Ce n'est pas son vrai nom, s'esclaffa Kihrin.

Étoile haussa de nouveau les épaules.

— Elle l'aime bien.

Il lança un clin d'œil à l'adolescent et ressortit de la pièce à la suite de sa protégée. Kihrin sourit et rangea Valathea dans son étui.

— Ah, vous voilà, dit alors Dame Miya.

Kihrin baissa les yeux. Le sénéchal se tenait à l'endroit qu'Étoile venait juste de quitter.

— Dame Miya ? Y a-t-il un problème ?

L'élégante vané leva le menton.

— Le Grand Seigneur désire vous parler.

— Vous m'évitez, depuis un moment, lança Therin D'Mon à Kihrin une fois que Dame Miya les eut laissés seuls.

Kihrin croisa les bras sur sa poitrine.

— Comment avez-vous fait pour vous en apercevoir, messire ?

Therin haussa les sourcils et Kihrin réprima l'envie de se trémousser, ou pire : de s'excuser. Au lieu de cela, il balaya du regard le bureau du Grand Seigneur, remarquant peu de changements depuis sa dernière visite, abstraction faite des nouveaux papiers sur lesquels était penché son grand-père.

Si « grand-père » était bien le mot qu'il fallait employer.

— Nous avons le privilège d'entretenir des relations amicales avec le Premier Général et sa famille…, reprit Therin. (Il trempa sa plume dans l'encre et signa un document.)… parce que nous n'abusons pas de ce privilège.

Que nous nous abstenons de faire sentir aux autres que ces relations nous valent des faveurs particulières. Le fait que son fils se batte en duel pour vous… Que pensez-vous que cela signifie, quant à l'image de notre famille ?

La pièce devint très silencieuse, à l'exception du grattement de la plume sur le papier. Therin leva les yeux.

— Eh bien ?

— Que nous avons de l'influence et qu'il serait dangereux de s'opposer à nous ? suggéra Kihrin.

— Jarith Milligreest est passé pour un imbécile en raison de ses rapports avec nous. Pourquoi les gens présumeraient-ils que Milligreest accourrait volontiers à notre secours, après avoir subi une telle humiliation ?

Kihrin inspira profondément.

— Ce n'était pas ma faute. Je ne lui ai pas demandé de se battre pour moi.

Therin s'adossa dans son fauteuil et scruta attentivement le jeune homme.

— Je pense que vous êtes en train de me confondre avec quelqu'un que ce type de distinctions intéresse. Ce n'est pas le cas. Peu importe à qui revient la faute. Ce qui compte, c'est que cette affaire a fait très mauvais effet et qu'elle a entaché la réputation de notre famille. Me suis-je fait comprendre ?

Kihrin lutta pour ne pas lever les yeux au ciel.

— Oui, messire.

Therin pencha la tête sur le côté.

— Vous n'êtes pas d'accord.

— Vous êtes très perspicace, n'est-ce pas, messire ?

— Alors, qu'y a-t-il ? Que n'ai-je pas compris dans cette histoire ?

— Que Darzin y est mêlé. Il manigance quelque chose.

— Je sais très bien qu'il « manigance quelque chose ». Je vous ai demandé de découvrir de quoi il retournait, pas de l'utiliser comme un prétexte pour faire honte à cette Maison.

Vous allez devoir trouver une meilleure excuse. (Il agita la main.) Vous resterez confiné dans vos appartements jusqu'à la fin des festivités du Nouvel An.

Kihrin ouvrit de grands yeux.

— Vous ne pouvez pas faire cela !

— C'est fait. Si je ne peux compter sur vous pour vous conduire correctement, je ne vous laisserai pas l'occasion de me décevoir une deuxième fois.

Kihrin se mordilla la lèvre puis poussa un profond soupir.

— Darzin et Thurvishar travaillent ensemble. Je les ai entendus parler. Ils étaient en compagnie d'une troisième personne, un homme que j'ai surnommé Cadavre. Je ne connais pas son vrai nom. Ils préparent quelque chose. Une nouvelle invocation, même si j'ignore pourquoi. Ils exploraient une chambre au sous-sol. Pedron s'en servait pour torturer des gens, et j'ai entendu l'un d'eux dire que vous en aviez fait par la suite un Temple de Thaena. Je les ai aussi entendus dire que la mère de Thurvishar avait été emprisonnée là-bas, en vue d'un sacrifice.

Therin le dévisagea, incrédule, et Kihrin réprima une colère montante.

— Je les ai vus. Enfin, entendus. Mais c'était Thurvishar D'Lorus. J'en suis sûr. J'ai reconnu sa voix.

Therin jeta violemment sa plume dans la bouteille d'encre, faisant jaillir des gouttes bleues qui mouchetèrent le papier posé face à lui.

— Vous ne devez jamais me mentir, ni croire qu'avoir été éduqué comme le fils d'un ménestrel vous confère le droit d'enjoliver la vérité.

— Je ne mens pas !

Therin se leva et se dirigea vers l'unique fenêtre pour contempler les toits du Palais Bleu.

— Ce que vous dites est en partie vrai, déclara-t-il avec un regard vers Kihrin. Une jeune femme a été retrouvée dans une chambre utilisée par mon oncle Pedron. Un ami à moi l'épousa, ensuite…

— Sandus. Cet ami était l'Empereur Sandus, c'est bien cela ?

— … avant qu'elle soit assassinée, de même que leur fils. Je ne pense pas que Sandus apprécierait l'hypothèse qui ferait de Thurvishar D'Lorus le fils qu'il a perdu il y a bien longtemps.

— Mais Thurvishar a dit…

— Quel âge a Thurvishar D'Lorus ? Vingt ans ? Cimillion serait plus jeune que vous s'il avait survécu. Thurvishar est bien trop vieux. En outre, il ne ressemble pas le moins du monde à Sandus. (Therin haussa les épaules.) Mais il est vrai qu'il ne ressemble pas non plus à Gadrith. Voilà bien longtemps que nous soupçonnons tous Cedric D'Lorus d'avoir tiré un quelconque Ogenra de l'anonymat afin de le présenter comme son petit-fils. Thurvishar est un D'Lorus. Il suffit de regarder ses yeux pour le voir.

— Mais il pourrait s'agir d'une illusion. Si les quatre Maisons qui ont été ajoutées au cercle des familles royales peuvent utiliser la magie pour changer la couleur de leurs yeux, pourquoi ne pas l'employer pour donner à quelqu'un l'apparence d'un D'Lorus ?

— On a trouvé les corps, Kihrin.

Pendant une minute, Kihrin s'avoua ébranlé… mais cela ne dura pas.

— Vous êtes-vous assuré qu'il s'agissait des bons corps ? Avez-vous posé la question à Thaena ?

Therin tressaillit.

— Non. (Il parut troublé.) Mais pour quelle raison Gadrith voudrait-il garder le fils de Sandus en vie ? Et si c'était le cas, pourquoi le Grand Seigneur Cedric continuerait-il à mentir après la mort de son propre fils[1] ?

Une colère mêlée de défi se peignit sur les traits de Kihrin.

— Je ne sais pas. D'accord. Mais Thurvishar a tout de même vu Darzin en secret. Ils complotent quelque chose ensemble. Vous vouliez que je découvre ce que manigançait Darzin, vous vous souvenez ?

— Eh bien, découvrez-le, ordonna Therin. Et rapportez-moi autre chose que des suppositions et des sous-entendus.

— Décidez-vous. Je ne peux pas faire cela si je suis cloîtré dans ma chambre.

Therin fronça les sourcils et réfléchit un instant avant d'agiter la main.

— Très bien. Votre punition est levée. Pour le moment.

— Il faut que vous en parliez à l'Empereur Sandus pour qu'il puisse intervenir… avant qu'ils invoquent leur démon.

Kihrin ne parvenait pas à croire que tout allait tourner au vinaigre juste parce que Therin ne voulait pas remuer des souvenirs enfouis concernant les cachots de Pedron.

— Peut-être le ferai-je si vous m'apportez quelque chose de plus convaincant, répliqua Therin. Vous ne vous en pensez pas capable ?

— Si, répondit Kihrin, avant d'ajouter : Mais il va me falloir plus de métal.

---

1. Oh, c'est tout simplement parce que Cedric D'Lorus avait une peur panique de Gadrith. Oui, Cedric était tout à fait conscient que son fils subsistait encore. D'après moi, le Grand Seigneur pensait que, s'il se contentait d'ignorer la situation, elle finirait par disparaître.

69

Le fils rebelle

(Récit de Kihrin)

Une lourde pluie de cendres tombait sur le port, s'amoncelant sur les caisses et recouvrant les quais comme un tapis de neige grisâtre. À l'est, le ciel était rougi par l'éruption continuelle du volcan d'Ynisthana. La nuit était chargée d'éclairs, jaillis des gros nuages noirs qui se bousculaient dans le ciel.

Le portail situé sur Ynisthana menait à un petit port de Zherias, un drôle d'endroit un peu délabré qui servait d'étape aux pêcheurs, aux marchands et aux pirates cherchant à se délester de leurs marchandises. Seule une poignée de gens y avaient élu domicile définitivement ; les autres étaient des voyageurs et s'y attardaient quelques semaines avant de se diriger vers d'autres ports d'escale.

Par conséquent, il était merveilleusement facile pour la Confrérie d'y transiter sans se faire remarquer. La plupart des membres de la secte s'étaient réfugiés dans des habitations de la petite ville, attendant de gagner l'endroit où Khaemezra établirait leur nouveau camp d'entraînement.

Assis sur une caisse, je regardais des gens monter des paquets à bord d'un vaisseau aux voiles noires qui m'était familier. Je l'avais vu s'arrêter sur Ynisthana une demi-douzaine de fois. Cependant, ce soir-là, le spectacle était différent. Plus beau, à plus d'un titre.

Cette fois, le vaisseau allait me ramener à Quur.

— Tu es conscient que ce que tu fais est complètement idiot, hein ?

Par-dessus mon épaule, j'adressai un regard noir à Teraeth.

— Tu es conscient que personne ne t'a demandé ton avis ?

Sans broncher, il s'assit sur une caisse en face de la mienne.

— Pourquoi as-tu décidé que tu étais la seule personne à pouvoir arrêter Gadrith et Darzin ? Tu crois que les hommes comme eux sont rares ? Crois-moi, ce n'est pas le cas. La seule chose qui met ces deux-là à part du reste, c'est le fait que tu connaisses leurs noms. La Cour des Gemmes regorge d'hommes et de femmes tout aussi détestables et malfaisants. Le système dans son entier est conçu – truqué, même – pour leur faciliter la vie. Tu as l'intention de tous les arrêter ? De renverser les Cours Royales, le Grand Conseil ?

— Bien sûr que non…

— Et pourquoi pas ? Après tout, ce serait la meilleure chose à faire.

Je restai muet, pris de court. Il m'avait tendu un piège.

Il se pencha vers moi, appuyant ses coudes sur ses genoux.

— Ce n'est pas que tu sois stupide. Tu ne l'es pas. Mais tu crois que le mal, c'est comme le Vieil Homme, comme Relos Var, comme cette chose qui dort au milieu de Kharas Gulgoth. Tu crois que le mal, c'est quelque chose qu'il te suffit de tuer.

Je reniflai.

— Tu sais qu'aucun de tes trois exemples n'est « quelque chose qu'il me suffit de tuer » ?

— Oh, mais tu voudrais bien essayer, pas vrai ? Sauf que le mal, le vrai, ce n'est pas un démon ou un sorcier dévoyé. Le vrai mal, c'est un empire comme Quur, une société qui dévore ses pauvres et ses opprimés comme une mère mangeant ses propres enfants. Les démons et les monstres sont faciles à repérer ; nous arriverons toujours à nous rassembler pour les combattre. Mais le vrai mal, le mal insidieux, c'est ce qui nous pousse à nous détourner de la souffrance d'autrui en disant que ce ne sont pas nos affaires.

J'eus soudain l'image de ce jour-là, des années plus tôt, lorsque j'avais pénétré dans la Maison Kazivar et que je m'étais dit que la torture dont j'étais témoin n'était pas mon problème. Je la chassai de mon esprit.

— Qu'est-ce qui ne va pas chez toi, Teraeth ? Tu veux que je retourne à Quur, oui ou non ? D'abord tu m'accuses d'être un idiot de vouloir retourner dans la Cité, et juste après tu m'annonces qu'il faudrait que je fomente une révolution pour renverser le gouvernement. Tu n'as pas beaucoup de suite dans les idées.

— Ce sont tes idées à toi qui m'inquiètent. J'aimerais m'assurer que tu n'agis pas ainsi simplement parce que tu te sens coupable d'avoir quitté ta famille depuis quatre ans. Entre l'esclavage et le Vieil Homme, tu avais de bonnes excuses, mais aujourd'hui tu as le choix. Je t'assure que Gadrith n'est pas ton problème…

— Mais si ! C'est…

— Non, martela Teraeth. Absolument pas. Oui, il est maléfique, et oui, des gens vont souffrir et mourir s'il continue à agir librement, mais il n'a aucune raison de s'attaquer aux D'Mon. Est-ce que c'est Darzin que tu veux ? Parce que si c'est le cas, je peux m'arranger pour qu'il soit éliminé. Sans problème. On ne retrouvera jamais son corps, et nous, nous pourrons nous concentrer sur notre véritable ennemi : Relos Var.

— On ne peut pas tuer Darzin, marmonnai-je. J'adorerais, mais nous avons besoin de lui pour nous mener jusqu'à la cachette de Gadrith.

— Thurvishar…

— … n'est pas assez stupide pour commettre ce genre d'erreur. (Je le gratifiai d'un regard furieux.) Et j'ai bien étudié les rapports des espions. Après cette dernière tentative d'assassinat, as-tu la moindre idée d'où Thurvishar passe ses nuits, à présent ?

Teraeth porta la main à sa poitrine.

— Ce n'était pas nous. La famille D'Lorus a ses propres ennemis. Le fait que quelqu'un soit prêt à prendre des risques pour se débarrasser du Seigneur-Héritier D'Lorus ne devrait pas te surprendre. Et tu essaies de changer de sujet.

— Pourquoi est-ce que c'est moi qui dois affronter Gadrith ? (Je me levai.) Tu m'as écouté ou non ? Ce ne sera pas le cas, justement. Moi, je vais servir d'appât. C'est toi qui vas suivre Darzin jusqu'à la cachette de Gadrith, pour pouvoir le dire à Tyentso. Et c'est elle qui va contacter l'Empereur Sandus et lui indiquer dans quelle direction orienter la colère de l'Empire. Et c'est Sandus qui va abattre définitivement ce salopard. Tu vois ? C'est un travail d'équipe.

— Ce n'est pas ce que je voulais dire.

Il se leva à son tour, les sourcils froncés, et je repris.

— Je sais ce que tu voulais dire. Pourquoi est-ce que je fais tout cela ? Parce qu'il faut bien que quelqu'un le fasse, bon sang. Parce qu'il y a quatre ans, quand j'ai vu Gadrith et Darzin torturer ce vané, j'aurais pu mettre un terme à toute cette histoire si j'avais su à qui m'adresser. Maintenant je le sais, et je préfère mourir que de laisser ces salauds gâcher d'autres vies, alors que j'ai la possibilité de les arrêter. Ça n'a rien à voir avec Relos Var, ou Vol Karath, ou une prophétie démoniaque quelconque. C'est pour Galen. C'est pour Talea. C'est pour Thurvishar.

D'autres noms me venaient en tête, bien sûr. Celui de Miya, surtout. Je sus, à cet instant, que quoi qu'il se passe concernant les autres, Therin et moi allions avoir une sérieuse discussion portant sur la liberté de ma mère.

Teraeth leva un sourcil, surpris, en entendant le dernier nom que j'avais prononcé à voix haute.

— Thurvishar ? Je ne crois pas qu'il faille le compter comme…

Je désignai le gaesh autour de mon cou.

— Je sais comment se comportent les gens qui ont un gaesh. Je serais prêt à te parier tout ce que tu veux que Gadrith a un bijou, quelque part sur lui, qui contient un fragment de l'âme de Thurvishar. C'est pour cela que Gadrith ne s'est pas donné la peine de lui mentir sur ses véritables origines : il savait qu'il ne pourrait jamais révéler son secret à quiconque. Thurvishar est peut-être le Seigneur-Héritier D'Lorus et c'est peut-être un magicien d'exception, mais il reste un esclave. Tout autant que les autres personnes dont je viens de parler. (Je secouai la tête.) Supprimer Gadrith et Darzin ne sauvera peut-être pas des milliers de personnes. Peut-être pas des centaines. Mais au moins, ça délivrera ces gens-là. Alors pourquoi est-ce que je le fais ? Parce que je peux le faire, déclarai-je passionnément.

Teraeth cilla face à une telle véhémence, puis se mit à rire. Je sentis la colère m'envahir. *Qu'il aille en Enfer !*

Comme je me retournais pour partir, Teraeth m'attrapa la main.

— Attends, attends. Excuse-moi. Je te jure que je ne me moquais pas de toi.

Il lâcha ma main et se rassit sur une caisse, souriant toujours, mais l'air un peu embarrassé.

— Est-ce que Khaemezra ou Doc t'ont révélé qui j'étais, avant ? Dans ma vie antérieure ?

Je m'immobilisai, sentant qu'une opportunité peu commune venait de se présenter.

— Non.

Il hocha la tête.

— J'ai commencé à m'en souvenir à l'époque de ma puberté. Tout m'est revenu. Pas seulement ma vie antérieure, d'ailleurs. Je me souviens aussi de mon séjour dans le Royaume de la Paix. (Il me glissa un regard oblique.) On y est bien.

— Qu'est-ce que ça a à voir avec…

Il ignora mon interruption.

— Donc, naturellement, je me souviens quand les Huit Immortels sont venus chercher des volontaires. Quatre âmes prêtes à les aider à réaliser les prophéties. Mais il y avait un prix à payer. Elles devaient être prêtes à quitter le paradis ; à renaître et à retrouver la douleur, les peines et les épreuves du monde des vivants. Et tu sais qui s'est porté volontaire le premier ? Sans même une seconde d'hésitation ?

— Toi ?

Il rit doucement.

— Non. Toi.

Mon estomac fit un bond.

— Teraeth…

— Tu es arrivé dans le Royaume de la Paix peu de temps après moi. Et pendant cinq cents ans environ, tu n'as rien dit. Pas un seul mot. À personne. Tu regardais dans le vague, c'est tout, comme si pour toi le Royaume de la Paix n'était pas un endroit très intéressant. Et les dieux ne s'attendaient pas à ce que toi, tu te portes volontaire. Je me souviens de leurs visages interloqués, quand tu l'as fait. L'un d'eux a demandé pourquoi tu voulais y retourner, et tu as dit…

Il fit un geste dans ma direction, m'invitant à terminer sa phrase.

Ma gorge se serra du mieux qu'elle pouvait, mais je parvins tout de même à articuler ces mots :

— Parce que je peux le faire.

— Parce que tu pouvais le faire. Et c'est à ce moment-là que j'ai su…

Il s'interrompit.

— Oui ? Que tu as su quoi ?

Il ne répondit pas durant un long moment. Le silence commençait à se faire pesant lorsqu'il parla enfin.

— Que je ne pouvais pas te laisser rafler tous les honneurs, évidemment, dit-il en détournant le regard. De quoi aurais-je eu l'air, sinon ?

— Par pitié, dis-moi que tu ne t'es pas porté volontaire pour renaître afin de protéger ton ego ?

— Oh, si, acquiesça-t-il. C'est tout moi. L'orgueil avant tout. En plus, ma femme a levé la main dès qu'elle t'a vu le faire, et je n'avais pas la moindre envie de vous laisser seuls tous les deux pendant une vie entière.

Je le dévisageai.

— Je te jure sur les dieux, Teraeth, que je ne sais pas si tu plaisantes ou non.

Il sourit et chassa la cendre qui lui était tombée sur le nez.

— Prêts pour le départ, les garçons ? lança Tyentso derrière nous. J'ai préparé tous les sorts climatiques dont nous aurons besoin pour être sûrs d'arriver à la capitale au bon moment.

Je soupirai intérieurement en regardant l'opportunité d'arracher d'autres informations à Teraeth se lever, épousseter sa chemise et se bâillonner elle-même.

Tant pis.

— Pour moi c'est bon, lui dis-je en me redressant. On est encore dans les temps ?

— Tous les pions sont sur l'échiquier, dit-elle en désignant le vaisseau aux voiles noires. Le dernier à choisir un lit paie la première tournée au *Champ du Massacre*.

70

Le retour du corbeau

(Récit de Serre)

Faris contempla la foule qui grouillait dans les rues du Cercle Inférieur. La majorité des habitants de la capitale disparaissait au moment de la mousson. Ils quittaient la ville pour retrouver leurs fermes et leurs champs, où ils gagnaient un peu de métal en aidant à planter ; ou alors ils s'y réfugiaient simplement pour échapper aux crues de la saison des pluies. Le Nouvel An marquait officiellement la fin de la mousson, et la population de la Cité remontait d'un coup à presque un million de personnes avec le retour des travailleurs saisonniers. Tout le monde sortait dans les rues pour célébrer durant une semaine la fête du Nouvel An et remercier les dieux. Les nobles exprimaient leur humilité et leur prospérité en faisant des cadeaux et des bonnes actions. Les marchands s'assuraient de revenir à cette période pour exposer leurs nouvelles marchandises. Dans l'ensemble, l'événement était intense et surpeuplé, puisque des gens en trop grand nombre essayaient de se rassembler dans un endroit trop petit pour les accueillir.

Pour un voyou comme Faris, c'était le paradis, un vrai marché pour voleurs lui permettant de détrousser sans se fatiguer les cibles les plus alléchantes et de dépasser les quotas imposés par les Danseurs de l'Ombre. Il regardait le peuple déambuler comme une chouette effraie observerait un océan de souris : l'abondance lui permettait de prendre son temps pour sélectionner la proie idéale.

Un éclat doré attira son regard. Faris se pencha du toit où il s'était perché avec le reste de ses hommes.

— Hé ! marmotta-t-il dans sa barbe, avant de tourner la tête pour frapper Dovis au bras. Hé !

— Quoi ?

Le garçon, plus jeune que lui, se frotta l'avant-bras.

— Regarde le gars en bleu, intima Faris. Celui qui a des gardes et un autre garçon avec lui.

— Ouais. On dirait un prince.

Le jeune homme haussa les épaules, avec toutefois un regard appréciateur pour les vêtements brodés de leur cible potentielle.

— C'est Vol, s'écria Faris. Par les dieux ! C'est Vol. Je n'arrive pas à y croire. Vol !

— Quoi ? Non…, rétorquèrent les autres, incrédules.

— C'est l'occasion. Allons-y !

Dovis posa une main sur le bras de Faris.

— T'es sûr, patron ? C'est des soldats armés, quand même. On fait mieux, comme proie.

De la main qui lui restait, Faris lui donna une claque.

— Tais-toi, le rat. C'est ma bande. On fait ce que je dis. (Il désigna la foule en contrebas.) On le suit. On le suit, et on attend le moment de foncer. Il y aura une occasion… Il y en a toujours.

Kihrin brandit un bijou sophistiqué, décoré d'hématite et d'argent.

— Vous pouvez faire la même chose en plus grand ? demanda-t-il au marchand.

— Mais bien sûr, messire. Quelle taille désirez-vous ?

L'homme se pencha en avant, débordant de courtoisie. Il avait flairé la vente.

— Oh, hmm… (Kihrin leva les mains à environ soixante centimètres d'écart.) C'est pour un cheval, expliqua-t-il à l'homme éberlué, dont les yeux ne firent que s'arrondir en l'écoutant.

Galen, au côté de Kihrin, battit des paupières.

— Quoi ?

Le jeune homme aux cheveux dorés opina.

— Je suis sûr qu'elle aime les bijoux.

Il avait conservé un visage parfaitement impassible, quoiqu'on puisse voir ses yeux bleus pétiller de malice. Kihrin se retourna vers le bijoutier.

— Prévenez-moi lorsque vous l'aurez. Livrez-moi cela dès que possible. Au Palais Bleu, voulez-vous ?

— Oui, messire. Heu… Pour un cheval ?

Le marchand ne s'était toujours pas remis de sa surprise.

— C'est une jument très particulière, répliqua Kihrin avec un clin d'œil.

Le jeune homme s'esclaffa intérieurement, songeant que ses propos seraient sans doute mal interprétés[1]. En vérité, cela ne faisait que l'amuser davantage.

Il continua à faire mine d'admirer les bijoux, posant des broches contre son agolé ou celui de Galen, observant les boucles de ceinture et les châles brodés de pierreries. Il vit les gardes se rapprocher petit à petit de la sortie pour finir par se poster à l'extérieur de la tente, un peu trop exiguë pour accueillir autant de monde.

Il donna à Galen une tape sur l'épaule et, du doigt, fit signe au jeune homme de le suivre vers le fond de la tente. Lorsqu'ils eurent atteint le pan opposé à l'entrée, il laissa un pourboire de plusieurs trônes au marchand, en plus du prix

1. Ce ne serait pas la première fois – loin de là – qu'une telle rumeur courrait sur le compte d'un noble, même si, dans le cas de Kihrin, son caractère exceptionnel tiendrait au fait qu'elle ne recèle pas même un fond de vérité.

de deux capes sallí marron foncé destinées à vêtir de riches bourgeois ; et ils se glissèrent au-dehors. Kihrin donna l'une des capes à son frère et plaça l'autre sur ses épaules, masquant le bleu caractéristique de la Maison D'Mon.

— Courez, murmura Kihrin à son frère.

Galen hésita, mais un instant plus tard Kihrin avait agrippé son agolé et l'entraînait à travers la foule, et les deux garçons riaient en courant loin de leurs gardiens, s'enfonçant au cœur des rues en fête. Ils s'arrêtèrent, hilares et les mains sur les flancs, pour reprendre leur souffle.

— Vous croyez qu'on les a semés ? demanda Galen.

Kihrin hocha la tête.

— Pour un moment, en tout cas. Je pense que ça nous laissera le temps de nous am…

Il s'interrompit et leva vivement les yeux.

La foule s'était écartée, ménageant un cercle vide autour d'eux, comme si les passants avaient été dotés d'un instinct inné leur suggérant que Kihrin et Galen étaient en danger. Dans cet espace s'avança un visage familier, et Kihrin émit un grognement.

— Ah, regardez-moi ça, dit Faris. Si c'est pas Vol, tout bien pomponné. Tu emmènes ta fiancée faire un tour à la foire ?

— Je crois que tu viens de faire la pire erreur de ta vie, Faris. Et venant de toi, c'est beaucoup dire[1].

Faris n'avait pas l'air d'accord.

— Oh, non. Je sens que je vais beaucoup m'amuser, avec vous.

Kihrin regarda autour d'eux. Aucun signe de leurs gardes qui seraient parvenus à les suivre à la trace, pas plus que des gardes d'autres Maisons qui pourraient être tentés

1. Selon moi, la pire erreur de Faris remonte à ce qu'il a fait au professeur de Kihrin, Souris. À partir de là, son sablier n'a fait que couler dans le mauvais sens.

d'intervenir ; ni de Gardes de la ville dont ils pourraient réclamer la protection. Faris esquissa un sourire malveillant, et Kihrin vit qu'il était accompagné de toute sa bande. Ils étaient armés de couteaux, de matraques et de petits gourdins qu'il était possible de dissimuler sous une cape.

— Qu'est-ce qu'on fait ? demanda Galen, la main sur son épée.

— La même chose que la dernière fois, avoua Kihrin. Courez !

Il tira un couteau de sa ceinture, le retourna et le lança. La poignée alla heurter la main d'un des voyous, mais plusieurs d'entre eux s'étaient baissés pour éviter la dague, offrant à Kihrin et à Galen l'instant dont ils avaient besoin pour prendre la fuite.

Kihrin courut vers le côté d'une échoppe, là où des caisses donnaient accès à un chariot sur lequel on pouvait grimper pour atteindre un treillis, qui, à son tour, menait jusqu'au toit. Il s'arrêta en s'apercevant que son frère n'était pas derrière lui.

— Galen !

Le jeune homme tenait sa nouvelle cape sallí brune dans une main et son épée dans l'autre. Voyant la bande s'élancer aux trousses de Kihrin, Galen leur jeta sa cape, qui atterrit sur les têtes de plusieurs garçons, et en transperça un autre de son épée. Galen fit un pas de côté, puis donna un nouveau coup d'épée dans l'entrejambe d'un second adolescent. Il y eut un instant de silence stupéfait ; les voleurs venaient de comprendre qu'ils s'en étaient pris à un véritable duelliste, et que plusieurs d'entre eux l'avaient déjà payé cher.

— Oubliez-le, cria Faris. C'est Vol que je veux !

— Tu devrais avoir l'habitude d'être déçu, maintenant ! riposta Kihrin.

Il ne lui restait que quelques dagues, mais cela lui suffirait pour faire réfléchir les voyous sur la façon dont ils choisissaient leurs proies. Il en lança une en direction de l'un d'eux, puis vers un autre aussitôt après, et celle-là atteignit sa cible.

Faris regarda autour de lui et s'aperçut que sa réserve de sous-fifres était en train de s'épuiser. De plus, Galen se dirigeait droit sur lui.

— C'est pas fini, Vol ! cria Faris avant de disparaître au milieu de la foule.

Lorsque Kihrin redescendit du toit, Galen essuyait son épée sur la cape qu'il avait jetée.

— Nous devrions attendre les gardes, lui dit-il.

— Vous êtes fou ? s'exclama Kihrin. On file d'ici, et vite. Venez. Vous êtes déjà entré dans un bordel ? Parce que vous pouvez me croire, ce n'est pas le moment de rester à traîner dans la rue.

— Mais nous n'avons pas le temps d'aller jusqu'à la Ville-Velours…

Kihrin sourit et s'efforça de donner l'impression qu'il n'avait pas été ébranlé par l'apparition de Faris. La vérité, c'est qu'il avait presque réussi à oublier que certains membres des Danseurs de l'Ombre seraient ravis de le suriner à la moindre opportunité. Et il y en avait d'autres, comme Faris, qui n'avaient pas besoin du prétexte que constituait le meurtre de Ventrebeurre. Il n'aimait pas savoir qu'il avait mis Galen en danger, même si en toute franchise son cadet avait sauvé la situation.

Il repéra le tableau peint d'un salon de massage et se glissa dans la tente, tirant Galen par le poignet. Son frère paraissait un peu paniqué, aussi Kihrin lui murmura-t-il :

— Détendez-vous. C'est juste un massage. Personne ne vous fera quoi que ce soit dont vous n'auriez pas envie.

— Ah. Bien.

Le jeune garçon parut se décrisper un peu.

Un petit homme corpulent leur lança un bref regard, décida immédiatement que leurs bourses étaient emplies du bon métal et les fit entrer dans deux pièces distinctes, qui n'étaient en fait que des espaces séparés par des pans de tissu. Kihrin n'avait pas l'intention de se faire masser ni de profiter d'aucun des services – sûrement très agréables – que devaient proposer les lieux. Il craignait trop que Faris ne les retrouve, accompagné de renforts. Kihrin avait simplement voulu leur offrir une petite protection supplémentaire.

Il s'apprêtait à le dire à la femme vêtue d'une cape qui venait d'entrer dans la pièce – qu'il allait lui donner du métal et qu'elle n'aurait rien à faire pour le gagner – lorsqu'elle repoussa son capuchon.

— Ola ! (Il voulut s'élancer vers elle, mais s'immobilisa.) Ola ?

Elle avait perdu du poids. Tellement de poids qu'elle était presque méconnaissable, quoique son teint et ses cheveux soient restés les mêmes. Sa peau semblait plissée suite à ce changement brutal. Son regard paraissait hanté.

— Oui, dit Ola. C'est moi.

Mais Kihrin ne franchit pas l'espace qui les séparait.

— Il y a une métamorphe…, dit-il.

La femme hocha la tête.

— Oui, je sais qui elle est. J'ai réussi à lui échapper, même si ça n'a pas été facile. Oh, Prunelles… Mon petit…

Elle tendit les mains vers Kihrin et s'avança vers lui.

Il ne la laissa pas s'approcher outre mesure.

— Comment m'as-tu trouvé ?

— J'attendais que tu quittes le palais. Je te connais assez pour savoir que tu t'éclipserais par le fond de la tente d'un marchand. Ensuite, je n'ai eu qu'à suivre les cris et les imprécations… Tu restes doué pour t'attirer des ennuis, hein ?

Il fronça les sourcils. L'histoire était plausible. Le fait qu'ils aient semé les gardes ne voulait pas dire qu'ils auraient pu semer un Danseur de l'Ombre comme Ola.

— Ola… que t'est-il arrivé ?

Ola grimaça.

— Eh bien, c'est évident, non ? J'essaie de fuir les Danseurs de l'Ombre. J'essaie de fuir tout le monde. Avec tout ça, va te trouver à manger ! Et ça n'a pas été facile de te trouver, non plus…

Kihrin baissa les yeux, ce qui lui rappela que son kef était magnifiquement brodé et cousu dans l'étoffe la plus fine, que tous ses vêtements étaient sertis de pierreries et valaient une fortune. Il releva la tête vers la femme qu'il considérait naguère comme sa mère.

— Pourquoi ne m'as-tu rien dit ? Quand avais-tu l'intention de le faire ? Si j'avais connu ma famille…

La femme zheria secoua la tête.

— J'ai fait ce que j'estimais préférable pour toi, mon enfant…

— Ça n'a jamais été ton genre, argua-t-il.

Ola ferma les yeux puis opina.

— Tu n'as pas tout à fait tort, mon petit. Mais cela ne change rien à notre situation actuelle, pas vrai ? Il faut que je sorte de la Cité. (Elle pointa un doigt – osseux, à présent – vers Kihrin.) Tu ferais bien de venir avec moi. Toi et moi, on sait qu'il n'y a rien d'autre que de la peine pour toi, dans cette ville.

Kihrin lança un regard de côté, en direction de l'endroit où Galen devait profiter de faveurs qu'il espérait désirées.

— Je ne peux pas…

— Tu veux l'emmener avec toi ? interrompit Ola. Ça ne me dérange pas, mais il faudra s'assurer qu'il est prêt à laisser derrière lui la richesse et l'abondance, parce qu'une fois qu'on sera partis il ne pourra plus changer d'avis.

— Quelle région avais-tu en tête ? demanda Kihrin.

— Doltar, répondit-elle. Si loin au sud que les Quuros ne nous retrouveront jamais. Nous pourrions nous poser, vivre nos vies, ne pas toujours avoir à regarder par-dessus notre épaule.

— Quand ? Maintenant ?

— Non, pas avant la fin de la fête, déclara Ola. Aucun vaisseau ne quittera le port avant. Tu viendras avec moi, alors ?

Kihrin pensait à Galen, mais aussi à quelqu'un d'autre.

— Tu veux bien prendre deux personnes. Que dirais-tu de trois ?

Ola lui posa une main sur l'épaule.

— D'accord.

71

Le voyage du retour

(Récit de Kihrin)

Rien d'important ni de notable ne se produisit durant notre trajet maritime jusqu'à la capitale. Le temps nous était favorable, grâce à Tyentso. Nous ne fûmes pas attaqués.

J'avais donc tout mon temps pour m'inquiéter.

Les premiers jours, nous échafaudâmes des plans dont nous nous accordions à dire qu'ils n'auraient guère ou pas d'importance, en raison des changements potentiels du climat politique. Nous n'avancions pas les yeux bandés, cependant : grâce au réseau de renseignements de la Confrérie, nous savions que Therin était toujours en vie, de même que ma mère Miya et ma grand-tante Tishar. La Maison D'Mon avait perdu deux rangs et se trouvait désormais en sixième position. Jarith Milligreest était revenu en ville après son passage au col de Portepierre, mais il prenait seulement le temps de régler quelques affaires mineures avant de rejoindre son père, le Premier Général. En effet, celui-ci était en visite chez des parents à Khorvesh, en compagnie de la toute nouvelle épouse et du bébé de Jarith. Thurvishar et Darzin, malheureusement, étaient toujours dans les parages.

Nous ignorions ce que Gadrith et Darzin avaient prévu – ou les préparatifs qu'ils avaient mis en place – durant mes quatre années d'absence, mais nous savions qu'ils étaient toujours à ma recherche. Au fil des ans, la Confrérie avait envoyé plusieurs agents – Teraeth s'en était même chargé, une fois – déguisés de manière à correspondre à ma description, afin de voir si quelqu'un semblait s'y intéresser.

Et la réponse était... que quelqu'un s'y intéressait de très près. Si les agents de la Confrérie Noire n'étaient pas arrêtés sous des prétextes spécieux par les Gardes, des espions du port – certainement aux ordres des Danseurs de l'Ombre – les dénonçaient. Dans tous les cas, il ne fallait jamais plus d'une heure pour que Darzin se déplace en personne, afin de vérifier si j'étais bien revenu dans la Cité.

Je m'étais donc de nouveau déguisé.

Nous l'étions tous. Tyentso avait encore plus de raisons que moi de ne pas vouloir être reconnue : Raverí D'Lorus, condamnée pour trahison et sorcellerie, ne pouvait remettre un pied à la capitale. Quant à Teraeth...

Eh bien, les vané manols n'étaient jamais les bienvenus dans cette ville, même en temps normal.

J'eus le temps, durant le voyage, de réfléchir à ma situation, à ce que je laissais derrière moi et ce vers quoi je me dirigeais. J'eus le temps de penser à mes parents et à leur identité potentielle. Grâce à Doc/Terindel, le rôle de Miya n'était plus sujet à débat, mais mon père ? Qui était mon père ?

Ah... Il ne pouvait s'agir que d'une seule personne. Pas Darzin, non... Quelqu'un de si honteux, et cependant si attaché à sa relation avec Miya qu'il exigeait que tous l'appellent « Dame », comme si elle était son épouse officielle. Cela expliquerait également pourquoi je ressemblais autant à Pedron D'Mon, qui n'était pas, en réalité, mon arrière-grand-oncle, ni même mon arrière-grand-père, mais simplement mon grand-père. Kihrin, fils de Therin, fils de Pedron. Les cheveux dorés avaient sauté une génération, renforcés par une mère vané de pure souche. Les yeux bleus étaient demeurés tout du long.

Comme Therin lui-même me l'avait un jour assuré, le fait que je sois un D'Mon n'avait jamais fait aucun doute.

Je sentis mon cœur se serrer lorsque le vaisseau entra dans l'anse naturelle menant à la capitale. D'abord, la cause de cette sensation me resta mystérieuse, se contentant de danser devant mes yeux. Puis je compris qu'il s'agissait d'une sorte de nostalgie à retardement. Avant d'avoir été enlevé et vendu comme esclave, je n'avais jamais quitté l'enceinte de la Cité. Je fus surpris de m'apercevoir que la capitale m'avait manqué.

Les tours en spirale qui, de loin, donnaient à la Cité un air de conte de dieux-rois ; les foules qui se bousculaient ; la façon dont le soleil, en plein midi, se reflétait sur l'eau du fleuve Senlay, créant une clarté aveuglante… La chaleur étouffante qui se répercutait sur les rues de pierre blanche avec une fureur meurtrière, l'odeur des khilins où l'on cuisait le pain et rôtissait la viande, et les cris des marchands à travers les rues… Tout cela m'avait manqué.

J'avais le mal du pays depuis quatre ans, mais je ne m'en rendais compte que le jour de mon retour.

Le port de pierre de la capitale formait un demi-cercle ; les brise-lames s'avançaient sur la baie telles les griffes avides d'un démon. C'était le début de l'été ; des mois s'écouleraient avant que la mousson automnale plonge la Cité dans le sommeil. Le port grouillait d'activité. Des navires marchands de Kazivar venaient déposer vins et céréales. Les gros transporteurs apportaient du bois de feuillus et de cèdre. Les petits commerçants khorvesh déchargeaient leurs tapis, textiles, herbes et teintures. Des vaisseaux de Zherias et de Doltar ajoutaient à tout cela leurs propres marchandises importées et en achetaient pour les rapporter chez eux dans le brouhaha incessant des quais. Mais surtout, mon regard fut attiré par les gros vaisseaux des trafiquants d'esclaves, amassés sur un côté du port, où ils faisaient descendre leur terrible cargaison humaine. Je desserrai ma main lorsque je m'aperçus qu'elle était crispée sur la balustrade.

Les mesures de sécurité, sur les docks, avaient considérablement changé durant mes années d'absence. L'énorme Porte de Jade avec son dragon sculpté, considérée comme l'une des merveilles du monde connu, était fermée ; c'était la première fois de ma vie que je la voyais dans cette position. Quelqu'un avait pris la peine de bâtir un poste de garde et une plus petite porte près d'elle, et cette entrée était désormais le seul point de passage entre le port et la ville. Il y avait plus de Gardes, sur les quais, que je n'en avais jamais vu ; et le plus triste était que leur nombre paraissait routinier. La plupart des gardes se concentraient sur les vaisseaux de transport d'esclaves dont ils contrôlaient attentivement la cargaison vivante. L'atmosphère, sur les quais, était tendue et oppressante, chargée de soupçon et de rancœur.

— Quand est-ce que tout cela a commencé ? demandai-je au capitaine du vaisseau, Norrano, alors que nous approchions des docks.

Le capitaine haussa les épaules.

— Il y a quelques années. Un prince a été enlevé, et depuis, les Quuros sont très méfiants à l'égard des étrangers. Ils ont aboli les anciennes lois qui garantissaient l'ouverture des murs de la Cité.

Je réprimai un soupir nerveux.

— Ah…

Norrano émit un petit rire.

— Ah, ça se tassera en quelques années, j'en suis sûr. Dans l'intervalle, ils ne laissent entrer les étrangers que dans le Quartier Commerçant et dans les sections adjacentes du Cercle Inférieur.

— Bien sûr, acquiesçai-je. Ils ne pouvaient pas refuser aux visiteurs l'entrée de la Ville-Velours, pas vrai ?

— Ça déclencherait une émeute, jeune homme ! approuva le capitaine en tirant sur sa boucle d'oreille en diamant. Maintenant, si vous voulez bien m'excuser, j'ai beaucoup à faire, nous allons accoster. Ces foutus douaniers sont deux fois plus durs à soudoyer, maintenant, avec les nouvelles lois sur le commerce.

Il s'éloigna en bougonnant dans sa barbe.

Je retrouvai Teraeth alors que les marins lançaient des amarres aux débardeurs qui attendaient sur le quai. Il ne ressemblait plus du tout à un vané manol. Il avait troqué son apparence habituelle contre celle d'un Quuro ; un Quuro de Khorvesh, pour être précis. La façon dont il portait son misha, l'écharpe nouée autour de sa taille, et ses bottes était si criante de vérité qu'à plus d'une occasion, durant le voyage, je m'étais demandé comment Jarith Milligreest avait réussi à s'infiltrer à bord.

Il observait la silhouette étincelante de la ville avec une colère à peine voilée.

— Pourquoi détestes-tu Quur à ce point ?

Depuis des années que je le connaissais, sa haine à l'égard de mon pays n'avait jamais faibli. Ola n'éprouvait pas le dixième de son animosité envers Quur, et elle y avait littéralement été esclave.

Teraeth renifla.

— Parce que je possède des facultés d'observation ? Demande aux Marakoris s'ils apprécient la domination quuro. Demande aux Yorans. Demande à n'importe quel esclave. Le cadavre a l'air sain et entier à la surface, mais en dessous il est bourré de vers.

— Charmante image, commentai-je. (Je secouai la tête.) Mais chez toi, c'est une affaire personnelle.

Il eut un petit rire.

— Peut-être un peu, oui.

— Avoue tout de même que nous disposons d'un magnifique système de tout-à-l'égout. (Je me penchai sur la rambarde.) Alors, tu es prêt ?

— Pas le moins du monde, déclara Tyentso en passant près de nous.

Comme elle l'avait elle-même suggéré, elle était habillée en servante. Aucune illusion, qui aurait risqué de la trahir, ne venait altérer son apparence : de toute façon, elle était déjà bien différente du déguisement magique qu'elle arborait lorsqu'elle était Raverí D'Lorus. Elle portait des lunettes cerclées de fer et ses cheveux étaient tirés en un chignon sévère. Elle paraissait compétente, efficace et à mille lieues d'une femme dont un noble exigerait des faveurs particulières. Elle avait abandonné son bâton et ne portait aucun talisman. Nous avions tous convenu qu'il était préférable que son aura ne révèle pas ses talents de mage.

— Tout ira bien, leur assurai-je.

C'était surtout moi-même que je souhaitais convaincre.

Quatre ans d'absence… Bien des choses peuvent changer, en quatre ans.

Le choc de la passerelle qu'on abaissait, suivi d'un bruit de pas, nous fit nous retourner d'un même mouvement. Un homme à l'allure autoritaire et au visage pincé se présenta, suivi de plusieurs soldats impériaux de Quur.

— Capitaine… (L'homme examina son parchemin d'un œil critique.)… Norrino ?

Il avait prononcé ce mot comme s'il s'agissait d'une obscénité.

— Norrano, corrigea le capitaine par réflexe.

— C'est ce que j'ai dit, rétorqua sèchement l'inconnu. Je suis Maître Mivoli, de la capitainerie. Je vais avoir besoin de contrôler la liste complète de vos marchandises et de vos passagers.

— Si ça vous chante…, accepta le capitaine aux cheveux frisés en lui tendant plusieurs feuilles de papier.

L'inspecteur consulta la liste de noms et les appela un à un, cochant rapidement le document. Il prononça les faux noms de Tyentso et de Teraeth sans sourciller, mais ensuite, quelque chose sur la liste le fit blêmir en battant des paupières. J'avais ma petite idée de ce dont il s'agissait.

Maître Mivoli leva la tête et balaya du regard l'équipage et les passagers, jusqu'à s'arrêter net en posant les yeux sur moi. Il déglutit.

Je souris, mais il ne pouvait le savoir, car mon visage était recouvert d'un masque.

— Chasseur de sorcières Piété ?

En toute honnêteté, je ne suis pas sûr de savoir pourquoi il avait jugé bon de me poser la question. C'était sans doute dû à la nervosité. Mon identité, en effet, n'avait rien d'ambigu. Je portais le noir de la Maison D'Lorus, avec un grand capuchon et – au cas où quelqu'un aurait nourri le moindre doute – le masque de bois sculpté, représentant un crâne, des chasseurs de sorcières professionnels. Une gaze très fine recouvrait les trous placés devant mes yeux, si bien qu'il était impossible de distinguer leur couleur. Le reste de la tenue était tout aussi conforme à ma fausse profession : un manteau de talismans, si soigneusement recouvert de pièces octogonales qu'il ressemblait à une armure d'écailles (et en revêtait aussi l'utilité), et une ceinture de dagues constituées de différents métaux et alliages[1].

— Oui, répondis-je en faisant un pas en avant.

D'instinct, l'homme recula.

---

1. En principe, il n'est pas nécessaire pour un chasseur de sorcières de porter tout un éventail d'armes de métaux différents (une mesure antimagie pratiquée par l'armée quuro). Les dagues qu'ils utilisent restent plaquées contre leur corps, afin d'être recouvertes par le champ de force que constitue leur aura protectrice. Cependant, je suppose qu'il s'agit désormais d'une tradition.

Les chasseurs de sorcières n'avaient qu'un seul objectif, après tout. Même si Mivoli respectait la loi, disposait de tous les permis nécessaires et payait rubis sur l'ongle ses taxes à la Maison D'Laakar, mon apparence aurait suffi à lui donner des sueurs froides. Je le vis adopter une expression déterminée tout en reprenant son sang-froid. Son regard se troubla, et je sus qu'il regardait de l'autre côté du Premier Voile.

Et… mon aura était parfaite. J'en étais certain. J'avais passé des semaines à enchanter tous ces satanés talismans, si nombreux qu'il ne me restait même plus assez de pouvoir pour regarder moi-même derrière le Premier Voile ou lancer le moindre sort, pas même mon don de sorcière : l'invisibilité. Mivoli devait avoir sous les yeux une aura superposée si forte et si nette que Relos Var lui-même aurait été impressionné.

Enfin, sauf par le fait que je ne pouvais pas lancer de sorts.

— Je vais avoir besoin de vérifier votre identité, dit-il en me tendant une main étonnamment calme.

J'étais également prêt pour cette éventualité. Je lui remis un disque frappé d'un sceau spécial et constitué d'un mélange d'alliages, dont on disait qu'il était impossible de le contrefaire.

Nous ne nous étions pas donné la peine d'essayer. Le vrai chasseur de sorcières Piété faisait aussi partie de la Confrérie Noire. (Il se trouvait alors à Zherias, où il passait des vacances bien méritées.)

Maître Mivoli vérifia le disque à l'aide de son registre, constata qu'il était authentique et fit un geste en direction des quais, m'indiquant que j'étais libre de partir. Il ne demanda pas ce que je venais faire dans la Cité. Il ne me demanda même pas où j'allais.

Il connaissait déjà les réponses : je ferais ce que je voulais et j'irais où bon me semblerait. En principe, les chasseurs de sorcières n'étaient pas au-dessus des lois, mais la frontière était plutôt mince.

En descendant à terre, je découvris qu'un carrosse de la Confrérie Noire nous attendait déjà (à vrai dire, je fus presque déçu qu'il ne soit pas d'une extravagante couleur ébène), et Teraeth et moi y montâmes. Tyentso partit seule : si tout se déroulait comme prévu, elle retrouverait son propre véhicule un peu plus loin. Nous ne perdîmes pas de temps à donner une adresse que n'importe qui aurait pu surprendre. Notre cocher savait déjà où aller.

Dès que nous fûmes à l'intérieur, je retirai le masque et le capuchon et les lançai sur la banquette où s'était installé Teraeth.

— Tu crois que quelqu'un nous a remarqués ?

Teraeth sortit un agolé de soie d'un de ses sacs et me le tendit. Il était doré d'un côté et bleu de l'autre.

— Probablement pas. Nos hommes nous feront signe s'ils repèrent quelque chose de suspect.

Je me saisis d'une des dagues de ma ceinture et entrepris de couper les pièces de mon manteau, les observant une à une pour en extraire l'énergie talismanique avant de les jeter par la fenêtre du carrosse. Il y avait quelque part un gamin des rues qui passerait une très bonne journée. Être chasseur de sorcières avait l'air amusant, mais cela n'immunisait pas réellement contre la magie : seulement contre certains types de magies affectant le corps. Si je portais assez de talismans, un mage comme Gadrith ne pourrait faire fondre ma chair ou me transformer en poisson, mais il pourrait tout de même m'électrocuter ou mettre le feu à l'air qui m'entourait. Les chasseurs de sorcières que la Maison D'Lorus avait envoyés à Tyentso n'avaient pas survécu bien longtemps.

Tout bien considéré, je préférais pouvoir utiliser moi-même la magie.

— Tu sais, je pense toujours qu'il vaudrait mieux que nous expliquions tout au Premier Général, déclara Teraeth.

Son déguisement n'avait pas besoin d'être modifié, mais les dagues étaient son arme de prédilection. Il me fit signe de les lui donner.

— Peut-être. (Je cessai de couper les talismans, le temps de me défaire de ma ceinture de dagues.) Mais je ne peux pas être sûr que le général Milligreest ne déciderait pas de me déposer au Palais Bleu tel un cochon farci. J'ai la sensation qu'il me considère encore comme le fils agité de Therin, celui dont on ne s'attend pas à ce qu'il dise la vérité et qu'il ne faut pas laisser seul avec l'argenterie. (Je marquai une pause.) Enfin, le deuxième plus agité. Tant que Darzin sera dans les parages, en tout cas.

Teraeth m'échangea les dagues contre son épée et son fourreau.

— Tu penses que le Premier Général sait que Therin est ton vrai père ?

Je levai les yeux au ciel.

— Ils le savaient tous. Qoran, Sandus… Doc, si j'avais commencé à le fréquenter alors que j'étais encore à la capitale. L'Empereur Sandus m'a dit un jour que mon père était un bon ami à lui. Il ne parlait pas de Surdyeh.

Je bouclai ma nouvelle ceinture et me drapai dans l'agolé, le côté doré vers l'extérieur, avant de me remettre à détacher les talismans. J'allais en garder quelques-uns, car je n'étais pas complètement inconscient.

— Je pourrais quand même venir avec…, commença Teraeth.

— Non. On s'en tient au plan. (Je regardai par la fenêtre tandis que le carrosse faisait halte. C'était là que je descendais.) Va rejoindre Tyentso. Je vous retrouverai dès que j'aurai fini ce que j'ai à faire ici.

Il tira une longue pointe argentée de sa ceinture, la retourna dans sa paume et la remit en place.

— Très bien. Que la fête commence.

72

La fête du Nouvel An

(Récit de Serre)

Galen se regarda dans le miroir et émit un grognement.

— Qu'est-ce que je suis censé être ?

Kihrin leva les yeux au ciel et s'approcha pour rajuster le masque de cuir, doré et serti de pierres précieuses, sur le visage de son frère.

— Le soleil. Vous voyez ? Vous, vous êtes la moitié du blason des D'Mon, et moi je suis l'autre moitié, le faucon. (Ce fut alors au tour de Kihrin de froncer les sourcils en examinant son reflet.) Soyez sincère : je ressemble à un poulet, n'est-ce pas ?

— Oh non, pas du tout, assura Galen.

Il posa une main sur l'épaule de son frère, sans détacher son regard du miroir. Il garda son sérieux aussi longtemps qu'il en était capable, puis marmonna dans un souffle :

— Cot, cot, codêêêc…

Kihrin voulut lui donner un coup de coude, mais son geste ne fit que mettre en évidence les plumes qui avaient été cousues le long de ses manches. Galen rit en se dérobant.

— Bon, d'accord, peut-être un peu, avoua-t-il. (Il ramassa le masque de son frère sur une table et le lui lança.) Heureusement, on ne pourra pas nous reconnaître.

— Vous n'êtes toujours pas prêts ? lança la voix de Darzin.

Un instant plus tard, il apparaissait dans l'embrasure de la porte. Darzin n'était pas grimé en faucon ou en soleil, mais vêtu d'une tenue sombre, aux teintes vertes et noires et à l'allure farouche, que complétait un casque à bois de cerf. Le tout donnait une impression de sauvagerie et de cruauté[1].

Darzin étudia ses deux fils et claqua des doigts.

— Allez, nous allons faire notre entrée ensemble, puis nous nous alignerons pour saluer les convives. Une fois que tout le monde sera assis, vous vous débrouillerez seuls.

Les garçons hochèrent la tête, sachant qu'il valait mieux ne pas discuter. Tandis qu'ils passaient d'un pas traînant devant leur père, Darzin regarda Kihrin et secoua la tête.

— Faites-moi penser à faire fouetter notre tailleur, marmotta-t-il. Vous ressemblez à un poulet.

Chacune des Maisons donnait sa propre réception en l'honneur du Nouvel An. Les Maisons étant au nombre de douze, pour seulement six soirées disponibles (car personne n'osait organiser sa fête le Jour de la Mort, et le Jour des Étoiles était réservé au bal impérial), les dates et les heures des différents bals étaient tirées au sort. Les perdants étaient relégués aux créneaux de l'après-midi, qui attiraient moins de monde, puisque la majorité des invités se reposaient encore des festivités de la nuit précédente. Dans l'idéal, chaque Maison espérait que sa fête aurait lieu soit au début des réjouissances – et ainsi apparaître comme l'exemple que les autres Maisons se devaient d'égaler – soit à la fin. Alors, elle produirait peut-être l'impression la plus durable sur les esprits grisés et malléables de la foule, avant le début de l'élection des Voix du Conseil.

1. Il a assisté au bal des D'Mon déguisé en chasseur de la déesse Thaena ? Il possède vraiment un talent inimitable pour irriter ceux qui l'entourent. Je ne peux qu'imaginer la réaction de Therin, en particulier, face à cette hérésie.

La fête des D'Mon avait lieu l'avant-dernier soir, et il s'agissait d'un grand bal masqué. Therin avait ordonné que toute la Troisième Cour soit entièrement débarrassée et que les allées extérieures soient illuminées de lumagies bleues. Les pelouses, soigneusement entretenues, s'étaient mises à grouiller d'activité. Des ouvriers avaient passé des semaines à y installer des plantes spécialement importées de la Jungle Manol ; des spécialistes, employés par la Maison, les avaient fait grandir jusqu'à des tailles démesurées, et adopter des formes et des couleurs qui n'existaient nulle part dans la nature. Le parfum des orchidées bleues et des oiseaux de paradis aux pétales éclatants se mêlait à celui des liqueurs exotiques et des vins d'épices rares. Des saltimbanques professionnels dansaient sur la corde raide et exécutaient des acrobaties complexes à des hauteurs vertigineuses.

Le cérémonial des salutations était d'un ennui mortel, et Kihrin eut bien du mal à rester éveillé. Les poignées de main et les révérences s'enchaînaient inlassablement.

C'est alors qu'il la vit.

Son cœur faillit s'arrêter de battre. Une émotion qu'il n'aurait pas su nommer le prit à la gorge. Elle portait une robe d'écailles en métal rouge, juxtaposées de manière à imiter la peau d'un dragon ; la queue de la créature traînait sur le sol et ses ailes de chauve-souris, en métal délicatement façonné, s'étendaient dans son dos. Ses cheveux étaient noirs, mais ils avaient été lavés à l'aide d'une teinture quelconque qui leur conférait des reflets cramoisis. Et ses yeux, sous son loup imitant la gueule d'un dragon, étaient rouges.

— Qui êtes-vous ?

Les mots avaient franchi ses lèvres avant qu'il puisse les retenir.

Elle eut un petit rire et tourna la tête.

— Allons ! Il ne faut pas poser ce genre de questions, nigaud… C'est un bal masqué.

Kihrin sut aussitôt qu'il s'était trompé. Ses cheveux lui couvraient toute la tête plutôt que de se limiter à une bande allant du front à la nuque. Sa peau était trop pâle et ses yeux n'avaient qu'une seule couleur. On n'y distinguait pas le scintillement jaune, orange et rouge d'un feu ardent.

Néanmoins, ce qu'il voyait d'elle était ravissant, de ses lèvres pleines à sa poitrine généreuse, mise en valeur par son raisigi ajusté. Kihrin se pencha vers elle pour murmurer :

— Et à quoi servirait un bal masqué, si l'on n'en profitait pas pour découvrir quelques secrets ?

Quelqu'un s'éclaircit la gorge et il s'aperçut qu'il était en train de bloquer le défilé des convives.

— Sheloran, lui murmura Galen. Elle portait déjà cette robe lors du dernier bal masqué.

— Pardon ?

— Sheloran D'Talus, expliqua Galen. C'est ainsi qu'elle s'appelle. C'est la plus jeune fille du Grand Seigneur D'Talus.

Kihrin sourit.

— Ah. C'est bon à savoir.

Une ombre passa sur eux deux, et Kihrin leva les yeux pour découvrir Therin D'Mon, dont la tenue de cuir avait été méticuleusement ouvragée pour ressembler à une armure de métal. Il avait l'allure d'un chevalier ou d'un général, et arborait également le cercle à huit sections et le dragon du blason impérial.

— Suivez-moi, ordonna le Grand Seigneur. C'est l'heure de votre récital.

L'estomac de Kihrin se noua. Jusqu'à cet instant, il n'était pas sûr que Therin s'en souviendrait ni s'il souhaitait toujours le faire jouer.

— Bonne chance ! lui glissa Galen.

Il ne put qu'adresser un signe de tête à son frère avant que Therin l'attrape par le bras pour le guider vers la scène. Sa harpe, Valathea, l'y attendait près d'un petit tabouret.

Tandis que Therin l'entraînait tel un prisonnier qu'on emmène à la potence, il vit que la foule comptait de nombreux nobles parmi les plus importants. Il remarqua notamment le Premier Général et la Voix du Conseil Caerowan, qui avait supervisé le duel de Thurvishar et Jarith. Dame Miya, elle, les contemplait depuis l'ombre d'un arbre de la jungle, dont les branches avaient été mêlées à des lianes en fleur pour former un banc.

En somme, tout le monde aurait les yeux fixés sur lui.

Lorsque les musiciens des Noceurs annoncèrent l'arrivée d'un invité surprise, il monta sur scène. Il s'efforça de se convaincre qu'il n'était encore qu'un musicien travaillant avec son père, et qu'il s'agissait d'un concert semblable à ceux qu'on leur commandait habituellement.

Il posa ses mains sur les cordes, se demandant s'il allait se retrouver tétanisé, s'évanouir ou pire : mal jouer. Mais non, Valathea ne l'aurait pas laissé faire. Il joua de tout son cœur. La magie des Noceurs fit en sorte qu'on l'entende aux quatre coins de la Troisième Cour. Les Noceurs eux-mêmes, remarqua-t-il, l'applaudirent à contrecœur à la fin du morceau, forcés d'admettre qu'il était de taille à rivaliser avec eux. Il confia ensuite Valathea aux serviteurs pour qu'ils la rapportent dans sa chambre, et quitta la scène – toujours masqué – pour rejoindre les autres.

La bienséance et l'honneur de la Maison D'Jorax comme de la Maison D'Mon avaient été préservés par le fait que rien n'indique formellement son identité. Tout le monde savait qui il était, bien entendu, mais on pouvait néanmoins prétendre que le mystère restait entier. Peut-être la Maison D'Jorax irait-elle jusqu'à affirmer que son déguisement cachait en réalité l'un de ses musiciens.

Therin tourna les talons et s'éloigna sans un mot ; quant à Darzin, il était absent depuis le début. Le jeune homme savait qu'il n'aurait pas dû être surpris, mais il sentit néanmoins sa gorge se serrer. Il avait cru que Therin lui accorderait au moins un mot approbateur…

— Il me semble que le seigneur D'Mon a beaucoup apprécié votre récital, déclara Dame Miya en s'approchant. (Sa voix se fit plus basse.) Mais il n'ira jamais jusqu'à l'avouer.

La vané se pencha et embrassa la joue de Kihrin, à l'endroit où son masque la dévoilait. Puis Miya regarda par-dessus son épaule, et dit :

— Premier Général, j'applaudis votre choix de présent. Elle est entre de bonnes mains, puisque celles-ci sont dotées d'un tel talent.

À la surprise de Kihrin, Qoran Milligreest s'inclina devant Dame Miya.

— Je suis ravi de l'entendre. Caerowan, qu'en dites-vous ?

Il regarda la Voix, ce petit homme étrange vêtu en paysan.

— C'était très bien joué, approuva Caerowan. Cette harpe est particulièrement intéressante. Connaissez-vous son histoire ?

Sa question s'adressait à Kihrin. Ce dernier déglutit et se demanda comment battre en retraite.

— Ah… Non. Elle appartenait au patrimoine de la famille Milligreest, n'est-ce pas ? (Il désigna l'officier.) C'est au général que vous devriez poser la question.

— Et le costume de faucon que vous portez… (Caerowan se tourna vers Milligreest.) Le faucon joue un rôle prépondérant dans les prophéties ayant trait au Guerrier de l'Enfer.

Kihrin regarda le Premier Général fournir de gros efforts pour ne pas lever les yeux au ciel, et commenter :

— C'est un faucon, ça ? Je n'accorde pas beaucoup de foi à toutes ces histoires.

— Qu'est-ce qu'un Guerrier de l'Enfer ? demanda Kihrin.

Il ne prêta pas attention au regard noir que lui lançait le général. Sa question parut perturber la Voix un instant et il fronça les sourcils, comme s'il craignait que Kihrin ne soit en train de se moquer de lui. Il esquissa ensuite un petit rictus.

— Ah… Ce sont des prophéties, voyez-vous.

— Par les dieux, je ne crois pas que ce jeune homme mérite d'être ennuyé avec ces bêtises, intervint sèchement Qoran.

— Mais cela m'intéresse grandement ! insista Kihrin, non parce que c'était vrai, mais parce qu'il était clair que cela agaçait beaucoup le Premier Général.

— Il existe un ensemble de prophéties, murmura Dame Miya à l'oreille de Kihrin, qui annoncent la fin du monde, apportée par un individu appelé l'Enfant de Guerre, ou le Guerrier de l'Enfer, ou encore le Roi Démon ou le Tueur de Dieux. Il s'agit du Héraut de la Fin, celui qui apporte l'annihilation de notre monde.

— Des fables, gronda Milligreest. Des contes de dieux-rois. Les délires fantaisistes d'hommes et de femmes dérangés et superstitieux, qui se cachent des réalités de la vie. Des prophètes, des voyants et des moines désaxés annoncent la fin des temps depuis la fondation de l'Empire, et il semble toujours que le danger soit sur le point de frapper. Qu'il faille agir immédiatement.

Kihrin se tourna vers le Premier Général.

— Alors, c'est juste une manière de vendre quelque chose ?

Le Premier Général eut un éclat de rire.

— Une manière de vendre quelque chose ? Ça, oui. Oh, oui !

Il s'esclaffa, administra à Kihrin une claque sur l'épaule qui le fit tituber et braqua un regard dramatique sur sa coupe.

— Mon verre est vide, comme l'avait annoncé la prophétie. Il faut agir immédiatement.

À ces mots, il s'enfonça brusquement dans la foule des convives. Caerowan n'avait pas bougé et fixait sur Kihrin un regard intense.

— Pouvons-nous faire quelque chose pour vous, Voix ? demanda Dame Miya.

— J'ai encore quelques questions à poser à ce jeune homme, expliqua Caerowan.

— Vous n'êtes pas quuro, si ? demanda Kihrin, qui commençait à s'agacer d'être le centre de l'attention.

Le petit homme le regarda en cillant comme une chouette.

— Je suis un prêtre devoran, révéla-t-il. Devors fait partie de l'Empire, quoiqu'il ne s'agisse pas d'une colonie. (Il marqua un instant de silence.) Je suis donc quuro.

— Comment peut-on être prêtre d'un lieu ? Je croyais que les prêtres étaient fidèles à un dieu avant tout, l'interrogea Kihrin.

— Nous sommes des prêtres d'une autre sorte, expliqua Caerowan d'une voix tranquille. Savez-vous ce qu'est un griffon ?

La question était assez inattendue pour que Kihrin reste muet un instant. Il se tourna vers Dame Miya et vit qu'elle dardait sur la Voix un regard chargé de colère. Kihrin se retourna vers Caerowan.

— Oui, dit-il. J'ai entendu des histoires sur eux. Ce sont des monstres, mi-aigles mi-lions. Ils n'existent pas vraiment, vous savez, ajouta-t-il[1].

Le petit homme sourit.

— Saviez-vous que le nom « Therin » signifie « lion[2] » ?

---

1. Ils existent bel et bien, et vivent dans les hauteurs du massif des Pics-Dragons. Cependant, je présume que leur présence au sein des prophéties doit être interprétée de façon purement métaphorique.

2. « Therin » est effectivement dérivé d'un mot signifiant « lion » en ancien guarem, mais c'est aussi un nom très répandu. Mon propre nom en est une variante. C'est ce qui me fait détester les prophéties : la moindre vieillerie y acquiert tout à coup un sens capital.

Dame Miya posa une main protectrice sur l'épaule de Kihrin.

— Vos questions ont-elles un but, Voix ?

— Le Premier Général – que je tiens en très haute estime, au demeurant – ne voit parfois que ce qu'il désire voir, et non les vérités qui pourraient s'avérer terriblement dangereuses pour l'Empire, expliqua Caerowan. Nous avons observé les signes, madame. Et bien qu'il soit plus agréable de croire que ces menaces n'existent que dans l'imagination des conteurs, il se trouve néanmoins que l'heure a sonné.

— Kihrin D'Mon, déclara fermement Miya, n'est concerné par aucune prophétie, pas plus qu'il n'est lié à un quelconque griffon ou un prétendu Guerrier de l'Enfer. Votre cher Voleur d'Âmes est mort lorsque Nikali a tué Gadrith D'Lorus.

Elle s'était exprimée avec une dignité et une autorité qui ne laissaient aucune place au débat.

Le Voleur d'Âmes...

Kihrin se souvint que Xaltorath l'avait justement appelé par ce titre. Il masqua le frisson qui le parcourut.

La Voix semblait sur le point d'ajouter quelque chose, mais l'homme préféra porter sa main à son cœur et s'incliner.

— Oui, bien sûr, madame. Pardonnez-moi.

Lorsque la Voix posa la main sur sa poitrine, Kihrin remarqua la bague qu'il portait : un rubis gravé sur un anneau d'or. Il faillit laisser échapper un cri de surprise, mais au lieu de cela il s'obligea à sourire et à baisser la tête, tandis que le prêtre devoran prenait congé.

— Quel étrange petit homme, dit Kihrin à Dame Miya. Pourquoi donc m'a-t-il demandé si je savais ce qu'était un griffon ?

— Je l'ignore, répondit Dame Miya alors qu'ils regardaient l'homme disparaître dans la foule.

Mais Kihrin sentit qu'elle mentait.

73

Retour à la Lame Rouge

(Récit de Kihrin)

Le commandant Jarith émergea sur le patio du manoir Milligreest, l'air mécontent. La cour n'avait pas changé depuis la dernière fois que je l'avais vue, à quinze ans, avec sa fresque de l'Empereur Kandor mourant au Manol. Jarith, en revanche, paraissait plus vieux. Il n'acquerrait jamais la carrure impressionnante de son père, mais il ressemblait à quelqu'un pour qui il était naturel de donner des ordres, et que ces ordres soient respectés.

— Darzin, je suis un homme occupé et je n'ai pas le temps de… (Il se figea en comprenant qui était l'homme qui l'attendait.) Kihrin ? s'exclama-t-il.

Je me levai.

— Vous ai-je manqué ?

Le commandant de la citadelle franchit l'espace qui nous séparait et me donna une accolade, suivie d'une tape dans le dos.

— Kihrin ! Mon vieux ! Ça alors… Où étiez-vous ? Avez-vous la moindre idée du nombre de personnes qui vous ont cherché ?

— Le port a bien changé.

Jarith soupira en s'écartant de moi.

— Oui. Nous avons tout mis sens dessus dessous. Mes excuses pour la manière dont je vous ai accueilli. Les gardes m'ont dit qu'un D'Mon m'attendait, j'ai cru que votre père essayait de me causer des problèmes. (Il me fit signe de le suivre.) Comment saviez-vous que j'étais ici ? En général je séjourne à la citadelle, mais je me prépare à partir pour Khorvesh…

— Ah ! J'ai de la chance, alors, n'est-ce pas ? Je suis bien tombé.

— Tout à fait ! Je finissais simplement de régler quelques papiers. Vous voulez bien entrer dans mon bureau ? Quelque chose à boire ? Je n'ai que du maridon noir, mais je peux aller chercher quelque chose de plus fort à la cuisine si vous préférez.

— Non, non, ce ne sera pas nécessaire, assurai-je. Du thé, c'est parfait.

Jarith me guida dans des couloirs qui me parurent familiers, bien que je ne sois entré qu'une fois dans le domaine. Son bureau était encombré d'ordres et de parchemins, et de cartes épinglées au mur où il avait griffonné des notes. Il débarrassa un fauteuil de la pile de documents qui l'encombraient afin de me permettre de m'asseoir. De toute évidence, c'était un homme qui se plaisait à rapporter du travail à la maison. Il balaya la pièce du regard.

— Mince. J'étais sûr d'avoir du thé… Ne bougez pas. Je reviens tout de suite.

Jarith quitta le bureau, me laissant seul.

— Où voulez-vous que j'aille ? répondis-je dans le vide.

Je réprimai l'envie de m'enfuir qui me démangeait, la sensation paranoïaque que Jarith avait inventé un prétexte pour aller chercher une troupe de soldats armés de hallebardes. *Concentre-toi*, m'admonestai-je. Jarith n'était pas de mèche avec Darzin, et le père de Jarith était à Khorvesh. Le commandant était heureux de me revoir.

Pour oublier mon anxiété, j'étudiai les murs. La grande carte représentait principalement la colonie de Jorat, de l'autre côté des Pics-Dragons. De petites épingles désignaient divers villages, quoique je ne puisse déterminer leur raison d'être. D'autres épingles retenaient des morceaux de papier et de parchemin, tous des croquis représentant un même sujet.

Un dragon.

Ce n'était pas le Vieil Homme, compris-je avec un léger soulagement, mais c'était tout de même un dragon. Je compris que les villages devaient être les lieux de ses massacres, et je sentis un frisson me parcourir. *Pauvres gens…*

Je découvris un dernier morceau de papier, niché au milieu de tous ces dessins : c'était un avis de recherche, dont les mots avaient été tracés dans une écriture particulièrement nette et précise. Le duc de Yor, Azhen Kaen, était prêt à offrir une somme de métal absolument indécente à quiconque tuerait un individu de Jorat appelé « le Chevalier Noir », qui apparemment, n'avait pas besoin d'être décrit plus précisément. Le portrait du chevalier en question évoquait un personnage de cauchemar, même si je connaissais une guilde d'assassins qui auraient apprécié son style vestimentaire.

Quel rapport y avait-il entre ce Chevalier Noir et le dragon ? Je l'ignorais, mais je savais une chose : toute personne que Kaen – l'âme damnée de Relos Var – désirait à ce point éliminer se voyait aussitôt propulsée en tête de ma liste de personnalités intéressantes.

J'arrachai l'avis de recherche au mur et le glissai dans mon manteau.

— Je suis navré, s'excusa Jarith en revenant quelques minutes plus tard, muni d'une théière et de deux tasses sur un plateau.

Il servit le thé, qui, comme annoncé, ressemblait à une variété de maridon.

— Eh bien, il faut dire que je ne vous avais pas prévenu, répondis-je en regagnant mon fauteuil avec ma tasse. Je ne méritais pas une telle hospitalité.

Jarith repoussa un monceau de documents et appuya sa hanche contre le bord de son bureau.

— Par Khored… Que vous est-il arrivé ?

— Oh… la routine. J'ai été enlevé, vendu comme esclave, retenu en otage par un dragon. Rien de neuf.

Jarith rit en secouant la tête d'étonnement, persuadé que je plaisantais.

— Vous n'imaginez pas à quel point je suis heureux de vous retrouver. Nous avons failli déclencher des guerres, à force de fouiller tous les bateaux à la recherche de prisonniers aux cheveux dorés. Je demandais à mes agents d'explorer la moindre piste, même les plus absurdes.

— Vous avez des agents, maintenant ? Vous êtes sacrément monté en grade.

— Ah, le col Portepierre n'est pas un poste très agréable, mais en matière d'avancement il n'a pas son pareil. (Il se saisit de sa tasse et en but quelques gorgées tout en me regardant.) Votre famille sait-elle que vous êtes revenu ?

— Pas encore, avouai-je. Ma priorité, c'était de vous parler.

Jarith se rembrunit et posa sa tasse.

— Votre priorité ? Que se passe-t-il ?

Je m'éclaircis la gorge et tirai une liasse de lettres de mon manteau.

— J'ai pensé que vous voudriez être au courant de ceci. Cela concerne Thurvishar D'Lorus.

Son visage ne s'adoucit pas ; au contraire, il s'assombrit.

— Ce n'est pas mon meilleur ami, mais nous parvenons à ne pas nous marcher sur les pieds. Je ne suis pas rancunier.

— Moi, si, confessai-je. Il était mêlé à mon enlèvement.

Je n'avais pas vraiment menti, même si j'étais certain que Thurvishar n'en était pas réellement responsable. Avant que Jarith ait pu me répondre, je déposai l'un des parchemins pliés face à lui.

— C'est une lettre de Raverí D'Lorus, attestant qu'elle n'a jamais porté d'enfant. Ni celui de Gadrith D'Lorus, ni aucun autre. Thurvishar D'Lorus n'est pas son fils, annonçai-je en accentuant ces derniers mots.

Il ramassa la lettre et l'ouvrit. Son expression était fermée, à présent.

— Je suis sûr que c'était vrai à une certaine époque, mais je doute que la Maison D'Lorus l'ait autorisée à écrire des lettres durant son Ajournement...

— Sauf que son Ajournement ne s'est jamais produit.

Il me regarda, interdit.

— Quoi ?

— Elle n'est pas morte. (Je me penchai en avant.) Durant le temps qu'il m'a fallu pour échapper aux trafiquants d'esclaves et revenir ici, je l'ai retrouvée, Jarith. Le Grand Seigneur Cedric D'Lorus a menti lorsqu'il a dit qu'il la retenait chez lui, mais aussi concernant son Ajournement et le fait qu'il l'ait exécutée au terme de celui-ci. Raverí avait un complice au sein du Conseil, qui l'a avertie à temps pour qu'elle quitte la ville avant d'être attrapée par les chasseurs de sorcières.

Jarith parut incrédule.

— Quel imbécile aurait risqué de détruire toute sa carrière afin d'aider une traîtresse avérée à échapper à la justice ?

Je toussai.

— Hum, votre père. Pourquoi croyez-vous que c'est ici que je suis venu en premier ?

Le spectacle du sang refluant de son visage était assez impressionnant. En même temps, je venais de suggérer que Qoran Milligreest avait commis un crime dont la sentence la plus clémente serait l'esclavage à vie.

— Pourquoi mon père aurait-il…

— Parce que votre père est quelqu'un de bien, et qu'il savait parfaitement qu'elle ne méritait pas ce que le Conseil et la Maison D'Lorus avaient l'intention de lui faire subir. (Je désignai le verso de la lettre.) Ah, et aussi, ils étaient amants. Tout est dans la lettre.

Il me dévisagea fixement. Cependant, il s'abstint de me dire que tout cela était impossible, ou que son père n'aurait jamais fait une chose pareille. Il était sans doute conscient du contraire. La liaison en elle-même n'était même pas particulièrement scandaleuse, au vu de la façon très décontractée dont les Khorvesh abordaient la polygamie (ce dont se délectait avec réprobation tout le reste de l'Empire). Aider une femme à échapper aux chasseurs de sorcières, en revanche…

Jarith s'assit. Puis il termina son thé en lisant la lettre, de la première à la dernière ligne.

— Bien. (Il se tut un instant.) Bien, répéta-t-il.

Je lui arrachai la lettre des mains et, par magie, la fis s'embraser et se consumer entièrement.

— Attendez, qu'est-ce que…

Il se releva.

— Je n'essaie pas de vous faire chanter, Jarith. Ce que je me dis, c'est que vous avez deux réactions possibles. La première – celle des princes – consiste à me tuer, à tenter de découvrir où j'ai caché Raverí et à tout faire pour étouffer l'affaire. Mais à mon avis, vous allez choisir la solution numéro deux.

Jarith pencha la tête de côté.

— Et quelle est la solution numéro deux ?

— Si j'ai raison, un autre problème bien plus important se prépare, et une fois que nous l'aurons révélé au grand jour… plus personne n'aura grand-chose à faire de qui a aidé une dame à quitter la ville, à l'insu de tous, il y a vingt ans.

— D'accord, je vous écoute.

Jarith n'avait pas l'air paniqué, ce dont je me félicitai. J'avais besoin qu'il conserve ses facultés de réflexion.

— Donc, le mensonge du Grand Seigneur Cedric au Conseil concernant Raverí représenterait un gros problème pour lui ainsi que pour votre père, mais soyons réalistes : c'est arrivé il y a vingt ans. J'ai l'intuition que le Conseil, depuis le temps, serait prêt à passer l'éponge. Cependant, Thurvishar n'est pas ogenra. Il n'est pas touché par les dieux. Ses yeux sont faux, de même que les résultats des vérifications magiques. Si quelqu'un contrôlait Thurvishar, aujourd'hui, il s'apercevrait qu'il n'a pas en lui une seule goutte de sang royal. Au lieu de cela, il découvrirait que c'est un demi-vordreth avec un sacré talent pour la magie.

— Pourquoi… (Jarith cilla.) Où donc le Grand Seigneur Cedric aurait-il déniché un demi-vordreth ? La seule vordreth dont j'aie jamais entendu parler, c'est…

De soucieux, il devint horrifié. J'imagine qu'il passait en revue les histoires que son père avait dû lui raconter sur l'Empereur Sandus et sa femme, Dyana… Sa femme vordreth.

— Ce qui m'amène à ma deuxième lettre, repris-je en posant celle-ci – encore cachetée – sur le bureau. Afin de ne pas vous faire perdre votre temps, je vais vous expliquer de quoi il s'agit : elle provient de la Grande Prêtresse de Thaena en personne, attestant qu'elle ne peut confirmer la mort de l'épouse et du fils de l'Empereur Sandus, parce que ni l'une ni l'autre de leurs âmes n'ont traversé le Second Voile. Et vous savez qui d'autre n'est jamais entièrement passé de l'autre côté du Second Voile ? Gadrith D'Lorus. Et je peux vous l'assurer personnellement, parce que je l'ai vu de mes propres yeux.

— Quoi ?

— Gadrith D'Lorus a mis en scène sa propre mort. Une bonne partie du comportement insensé et inexplicable du Grand Seigneur Cedric devient bien plus claire une fois qu'on a compris qu'il agit sous les ordres de son fils Gadrith. Mais Gadrith n'est pas infaillible, et cette fois, il a commis une erreur.

— Gadrith ne peut pas être encore en…

Je levai une main.

— Écoutez-moi jusqu'au bout. Thurvishar n'est pas le fils de Gadrith. C'est le fils de l'Empereur Sandus. Pourquoi Gadrith a-t-il menti ? Honnêtement, je n'en sais rien. Peut-être à cause des prophéties qui semblent les obséder, lui et Relos Var… ou peut-être Gadrith a-t-il simplement trouvé que Thurvishar était trop jeune pour être dévoré, à l'époque[1]. Heureusement, il ne sera pas difficile de prouver la vérité parce que, si j'ai raison, Thurvishar est à la fois un esclave à gaesh et à moitié vordreth. Les deux sont très faciles à démontrer.

Jarith plissa les yeux et m'examina. Puis il marcha jusqu'à un placard à alcools ; je sus alors qu'il m'avait menti, un peu plus tôt, car il en sortit une bouteille de liqueur.

— Et comment savez-vous à quoi ressemblait Gadrith ?

— Raverí me l'a montré.

Il s'en servit un dé à coudre sans m'en proposer.

— Et comment savez-vous qu'il s'agit bien de Raverí D'Lorus ? (Il fronça le nez.) Même si j'imagine que peu de gens se porteraient volontaires pour être accusés de sorcellerie et de trahison.

Je souris et brandis une troisième lettre.

— Celle-ci est de votre oncle Nikali. (Je la lançai de façon qu'elle glisse jusqu'à s'arrêter près de la deuxième lettre, sur

---

1. Ses hypothèses sont tirées par les cheveux. D'après les indices que j'ai pu récolter au fil du temps, Gadrith m'avait d'abord gardé en prévision d'un rituel futur ; puis il décida que mon corps constituerait un hôte idéal, une fois qu'il aurait obtenu la Pierre des Entraves. C'est pourquoi il m'a nommé Seigneur-Héritier : afin de récupérer son rang lorsqu'il aurait remplacé mon âme par la sienne.

son bureau.) Il a dit que vous sauriez qu'elle est vraiment de lui.

Il engloutit d'un trait le reste de son verre et retourna à son bureau.

— Je ne vais pas vous mentir, Kihrin, vous commencez à me faire peur. Qu'est-ce que vous êtes donc allé trafiquer, pendant tout ce temps ?

— Oh, nous n'avons pas le temps d'en parler, soupirai-je. (Je désignai les papiers que je venais de lui remettre.) Est-ce que vous me croyez ? Assez pour contrôler l'identité de Thurvishar ? Attention, il ne s'y prêtera pas de bonne grâce s'il comprend ce que vous avez en tête. Je suis sûr qu'il a reçu l'ordre de protéger les secrets de Gadrith par tous les moyens.

Jarith ne répondit pas tout de suite. Il brisa le cachet de cire de la dernière lettre et la lut. Je n'ai aucune idée des mots employés par Doc, mais il avait dû se montrer convaincant. Il reposa la lettre et acquiesça.

— Je vais m'en occuper.

74

Vols et meurtres

(Récit de Serre)

— Que faisons-nous ? demanda Sheloran D'Talus à Kihrin un peu plus tard.

Depuis le sommet de la tour, Kihrin désigna le sol.

— Cet endroit est l'un des meilleurs points d'observation de tout le Palais Bleu, lui révéla-t-il en regardant par l'une des longues-vues que les gardes y avaient laissées. Nous surveillons un espion.

— Un espion ? (Ses yeux rouges s'arrondirent.) Comme c'est dangereux ! Qui est donc cet homme ?

— Un homme ? Ce pourrait être une femme…, fit remarquer Kihrin.

Ils avaient déposé leurs deux paires d'ailes dans un coin de la tour où elles ne gêneraient pas leurs mouvements, et Kihrin avait ôté sa lourde chemise à plumes.

— Ah ! Est-ce une femme, alors ? susurra Sheloran. Et est-elle d'une sensualité envoûtante ?

Il secoua la tête.

— Hélas, non. (Il pointa le doigt.) C'est le petit homme aux vilains vêtements, là-bas. Celui qui a la tête rasée.

Sheloran regarda à son tour par la longue-vue.

— Ne serait-ce pas une Voix du Conseil ?

— Cela ne le rend que plus dangereux, répliqua Kihrin en hochant la tête.

— Eh bien, il s'en va, annonça la jeune femme.

Elle semblait déçue que la soirée n'évolue pas vers d'autres aventures secrètes, dangereuses et émoustillantes.

Kihrin lui reprit la longue-vue. Caerowan s'entretint brièvement avec plusieurs nobles, les uns après les autres, puis la Voix du Conseil rejoignit un groupe de serviteurs, qu'il mena à l'écart de la fête.

Il se dirigeait vers la Cour Privée, interdite à tous sauf aux membres de la famille.

Kihrin replia la longue-vue.

— Je crains que notre jeu ne vienne de prendre un tour plus sérieux. Voudriez-vous me rendre un service et aller trouver les gardes ?

La femme leva le menton.

— Que dois-je leur dire ?

— Que des intrus sont entrés dans la Cour Privée.

Lorsque Kihrin atteignit la cour, il n'y trouva aucun signe de Caerowan ni des hommes qu'il avait vus en sa compagnie. Le jeune prince D'Mon s'enveloppa d'un manteau d'ombres puis se mit en quête des contrevenants. Quelle que soit l'autorité dont pensait jouir la Voix, il n'était certainement pas autorisé à pénétrer dans cette partie du palais.

Il entendit un bruit et un juron étouffé et se dirigea aussitôt vers leur origine. En tournant au coin du bâtiment, il vit qu'un des murs de l'Aile des Fleurs avait été percé d'un portail magique. Sur le mur se dessinait à présent un cercle d'énergie verte luminescente, représentant des glyphes et des symboles, et au centre duquel apparaissait un couloir de briques nues au sol pavé.

Deux hommes transportaient un paquet triangulaire par l'ouverture, tandis qu'un troisième les dirigeait. Une lueur verte s'échappait du bout de ses doigts : il travaillait à maintenir le portail ouvert. Caerowan fermait la marche.

Ce paquet… Le cœur de Kihrin manqua un battement lorsqu'il comprit de quoi il s'agissait. C'était une harpe. Sa harpe.

Ils étaient en train de voler Valathea.

— Hé !

Lorsque le cri quitta ses lèvres, il courait déjà vers eux. Les deux hommes portant la harpe disparurent en un instant par le portail.

— Restez là, intima Caerowan au Garde-Portes.

Le prêtre devoran attendit que le jeune homme les ait rejoints.

— Espèce de salaud ! Elle n'est pas à vous !

Toute velléité de discrétion avait quitté son esprit en un instant.

Caerowan tendit une main, agrippa le poignet armé d'une épée de Kihrin et le tordit. Kihrin s'envola par-dessus la tête de Caerowan et atterrit sur le sol dallé. Caerowan posa un genou sur le torse du jeune homme et se pencha sur lui.

— Elle vous sera rendue, Votre Majesté[1]. Je vous en fais le serment.

— Vous êtes cinglé, parvint à articuler Kihrin tout en luttant pour respirer.

— Malheureusement, non.

La pression sur son torse s'envola et Caerowan courut à travers le portail, suivi un instant plus tard par le mage qui l'avait créé.

Kihrin se leva d'un bond et s'élança à leur poursuite, mais l'ouverture avait disparu. Il se retourna en entendant des pas s'approcher de lui à vive allure.

— Gardes ! Gardes, des voleurs ont…

---

1. Caerowan aurait su que le terme adéquat était « Votre Altesse ». On peut donc supposer qu'il n'avait pas cru Dame Miya, lorsqu'elle lui avait assuré que Kihrin n'était en rien concerné par une quelconque prophétie.

Les soldats s'arrêtèrent et lui lancèrent des regards curieux. Leur chef s'inclina.

— Messire, votre présence est requise immédiatement. C'est votre mère.

Kihrin resta interdit. De qui parlait-il ? D'Ola ? Puis il comprit qu'il faisait référence à sa belle-mère, Alshena D'Mon.

— Je vous suis, dit-il.

Elle avait été empoisonnée.

C'est du moins ce que tous supposèrent dans l'immédiat, puisque la femme du Seigneur-Héritier était en train de boire un vin d'origine inconnue lorsqu'elle avait été prise de convulsions. La mort n'avait alors pas tardé à l'emporter. Le poison avait fait d'elle un cadavre à la peau rougie et à la bouche tordue. Son corps fut emporté par les médiqueurs de la Maison, qui s'avouèrent impuissants à réparer de tels dommages.

Tout le monde présuma que ni Therin ni Darzin n'iraient adresser leurs prières à la Porte Noire pour la faire Revenir.

Galen avait posé un instant les yeux sur elle puis avait été envoyé dans sa chambre, car il ne seyait pas à un membre de la Maison de pleurer si amèrement en public. Darzin ne semblait pas particulièrement joyeux, mais Kihrin trouva son expression trop ambivalente pour être honnête, après le meurtre de son épouse. Qu'il l'ait aimée ou pas, l'assassinat d'Alshena aurait dû blesser son orgueil.

L'expression de Tishar n'aurait pas déparé une statue.

Galen se séchait encore les yeux lorsque Kihrin le trouva. Sans dire un mot, il s'approcha de son petit frère, l'entoura de ses bras et le laissa pleurer.

— Je hais cet endroit, je le hais, je le hais, je le hais ! ne cessait de répéter Galen. Il l'a tuée. Il a tué ma mère !

— Vous n'en sav…

—Qui d'autre aurait pu le faire ? Elle n'était pas importante. Maintenant que vous êtes là, je ne suis plus l'héritier, elle ne serait donc jamais devenue mère de Seigneur-Héritier, et encore moins mère de Grand Seigneur… (Il renifla et essuya son nez sur sa manche.) Qui d'autre, sinon Darzin ? Qui d'autre que mon père ? Je sais bien qu'il la battait, qu'il la détestait. Il la détestait parce qu'il la tenait pour responsable de ma faiblesse.

—Vous n'êtes pas faible, lui dit Kihrin.

—Mais si, rétorqua Galen, les larmes roulant toujours sur ses joues. Je suis faible, et pas comme il faudrait, et je voudrais être autrement. Je n'aime pas les choses que notre père souhaiterait que j'aime, malgré tous mes efforts.

—Vous êtes un excellent duelliste, contra Kihrin, cherchant les mots susceptibles de réconforter son frère.

—Pas assez bon, on dirait. (Galen secoua la tête.) Je ne suis jamais assez bon, ni assez fort, ni assez cruel pour le contenter. Il ne va pas tarder à me battre pour avoir osé pleurer face au cadavre de ma mère.

—Galen, vous avez quatorze ans. Quoi qu'il en dise, je suis sûr que Darzin n'était pas meilleur que vous à cet âge.

Kihrin prit la main de son frère et la serra dans la sienne. Galen resta immobile un moment, les larmes faisant ressortir l'éclat de ses yeux bleus. Puis il rencontra le regard de Kihrin.

—Je n'aime pas les filles, confessa-t-il.

Kihrin se mordit la lèvre.

—Je sais.

—Ah bon ?

Galen fronça les sourcils, l'air perplexe.

—Je suis sûr que tout le monde le sait, avoua Kihrin. Ce n'est pas très difficile à deviner, quand on voit que vous ne regardez jamais les filles, même quand elles ne portent presque rien. Tante Tishar et…

Il s'interrompit, ne voulant pas mentionner Alshena. Mais si les deux femmes avaient pris la peine de s'intéresser aux préférences sexuelles de Kihrin, il était sûr qu'elles avaient fait de même pour Galen.

— Vous savez, ce n'est pas grave. Il y avait aussi des hommes au *Salon du Voile Brisé*, et ils avaient toujours beaucoup de clients. Certains hommes aiment les hommes.

— C'est de la faiblesse, marmonna Galen.

— C'est de la merde de dragon, ce que vous racontez. Ça alimente les potins pendant un moment, et ensuite tout le monde s'en fiche.

— Ce n'est pas vrai, dit Galen. (Il s'essuya les yeux.) Vous savez que ce n'est pas vrai.

Kihrin soupira.

— Oui, vous avez raison. Ce n'est pas vrai. Mais ça devrait l'être.

Un silence gêné s'installa entre les deux garçons.

— Avez-vous déjà…, commença Galen.

Il se tut d'un coup et se détourna, le visage empourpré.

— Oui, dit Kihrin à voix basse.

Galen leva les yeux.

— Ah bon ? Vraiment ?

— Cela ne m'a pas plu, confessa Kihrin. Et je crois que… (Il haussa les épaules.) Je n'aime que les filles, apparemment.

— Oh. (Galen se racla la gorge.) Je veux dire, bien sûr. Je comprends.

Le silence s'abattit de nouveau, pesant.

— Je vais m'enfuir, avoua Kihrin. Vous pourriez venir avec moi. Là où je vais, les gens s'en ficheront.

Cette idée lui semblait plausible. Si personne ne savait qui ils étaient vraiment, le fait qu'ils décident ou non de se marier ou d'avoir des enfants n'intéresserait personne.

— Vous voulez partir ? Vous n'y arriverez jamais…

— Si. J'y arriverai. J'ai un plan. (Kihrin étreignit de nouveau la main de son frère.) Vous venez avec moi ?

Galen le dévisagea, puis hocha la tête.

75

Confrontations

(Récit de Kihrin)

Depuis le Quartier de Rubis, je me rendis au *Champ du Massacre* sous couvert d'invisibilité, mais je baissai également mon capuchon sur mon visage pour plus de sûreté.

À mon entrée dans la taverne, la première chose que je remarquai est qu'elle était aussi bondée qu'à ma dernière visite. La deuxième, c'est que Teraeth était accoudé au comptoir et qu'il contait fleurette à Tauna Milligreest. Doc nous avait indiqué qu'il lui avait confié un moyen de contacter Sandus en cas d'urgence. Nous étions tous tombés d'accord pour dire que la situation s'y prêtait.

Je savais que Teraeth avait un faible pour les femmes khorvesh, mais je ne pouvais m'empêcher de me demander s'il savait qu'il était en train de draguer sa sœur adoptive.

Je m'apprêtais à les rejoindre lorsque je remarquai Tyentso. Elle s'était installée à l'une des grandes tables rondes, débarrassée de ce qui s'y trouvait habituellement, et l'avait recouverte intégralement de petits verres remplis d'eau. Ou du moins, d'un liquide ressemblant à de l'eau.

À côté d'elle, je découvris un Marakori vêtu d'une cape sallí en patchwork. Un diadème de cuivre enserrait son front, et bien que je ne la voie pas en cet instant, j'étais sûr qu'il portait une baguette assortie quelque part sur lui. Personne, dans la taverne, ne semblait particulièrement étonné ou curieux de sa présence ; mais à dire vrai, il ne ressemblait toujours pas à quelqu'un d'important. Il semblait aussi très jeune. À la différence de ses amis Qoran, Therin et Nikali, il ne vieillirait jamais tant qu'il possédait la Couronne et le Sceptre.

Pourquoi quiconque l'aurait-il soupçonné d'être l'Empereur de Quur ?

Ma bouche me parut soudain très sèche. Je me dirigeai vers leur table et tirai une chaise. Tyentso m'adressa un signe de tête, restant concentrée sur les verres.

— Je ferais bien les présentations, mais…

— Nous nous sommes déjà rencontrés, déclara l'Empereur Sandus. Même si cela date d'il y a déjà plusieurs années. Tyentso a commencé à m'expliquer la situation.

Il n'avait guère l'air ravi ; je ne pouvais pas vraiment lui en vouloir.

Si je venais de découvrir que mon ennemi mortel faisait passer mon fils pour le sien depuis des années, je n'aurais sans doute pas été très content non plus.

Je baissai les yeux vers la table. En examinant attentivement les verres, ou plutôt le liquide qu'ils contenaient, on pouvait remarquer que les images qui s'y reflétaient ne correspondaient pas à l'intérieur de la taverne. Je suis sûr que la plupart des gens pensaient que Ty s'adonnait à un jeu à boire particulièrement intense. En réalité, elle était en train de surveiller la Cité afin de déceler tout signe de Marche Infernale en préparation. Elle avait affirmé en être capable : cela avait quelque chose à voir avec la façon dont les démons absorbaient la chaleur, affectant la température ambiante de façon mesurable, comme un phénomène climatique.

— Bien, répondis-je. Je suppose que cela signifie que vous acceptez de nous aider ? (Je croisai son regard sombre.) Oui, vous avez raison… C'était une question stupide. Si vous voulez bien nous accompagner, Teraeth et moi…

L'Empereur Sandus esquissa un sourire pincé.

— Je suppose que vous avez l'intention d'utiliser une illusion, ou un sort d'invisibilité, ou quelque chose d'approchant. J'ai une idée qui pourrait s'avérer meilleure, si cela vous intéresse.

J'écartai les mains et fis de mon mieux pour cacher à quel point il me rendait nerveux.

— Bien sûr.

Il posa trois bagues sur la table.

— Que chacun d'entre vous prenne l'un de ces anneaux. Ils sont enchantés. Concentrez-vous sur eux et vous pourrez communiquer directement avec moi. De cette façon, il n'y aura aucune chance que quelqu'un me remarque prématurément et décide de tenter quelque chose de stupide. Je vous garantis que Gadrith et Darzin savent tous les deux très bien à quoi je ressemble. Malheureusement, je n'ai jamais rencontré... (Ses lèvres se crispèrent.)... Thurvishar.

D'une main tremblante, je ramassai l'un des anneaux.

Voyez-vous, il était serti d'un rubis gravé.

Confusément, j'entendis Tyentso émettre un commentaire satisfait, car la communication était l'une des faiblesses de notre plan initial. Dans la taverne, les gens continuaient à boire, rire et se disputer avant de se battre en duel. Ils faisaient tinter leurs verres, buvaient à la santé de tous et échangeaient des insultes plus ou moins fielleuses. Tout cela me parvenait comme étouffé, noyé, insignifiant.

Je pensai au vané que Gadrith et Darzin avaient torturé et assassiné, qui possédait une bague comme celle-ci. Je pensai à mon père, Surdyeh, qui possédait une bague comme celle-ci. Je pensai à Caerowan, qui m'avait volé Valathea, et qui possédait une bague comme celle-ci.

Je rencontrai le regard de Sandus.

— Lorsque notre mission sera terminée, annonçai-je, vous et moi aurons une longue conversation, Votre Majesté.

Il sourit tristement.

— Oui, je l'imagine sans peine.

Je ramassai une deuxième bague pour Teraeth et pris congé sans un mot de plus.

Jusqu'ici, tout s'était déroulé exactement comme prévu. À présent, la partie la plus difficile… rentrer chez moi.

Dame Miya descendit en courant les marches de marbre pour se jeter dans mes bras.

— Kihrin !

Elle enfouit son visage dans les plis de mon agolé, étouffant le son de ses pleurs. Je lui caressai les cheveux et lui touchai la joue.

Ses larmes cessèrent dans un sanglot stupéfait, et ma mère écarta un pan de mon misha afin de contempler le collier de larmes étoilées que je portais en dessous.

— C'est une longue histoire, dis-je. Je vous promets que je vous l'expliquerai plus tard.

Ma mère arracha son regard au bijou pour le plonger dans le mien.

— Où étiez-vous passé ? Nous avons reçu un message nous indiquant que vous étiez en sécurité, mais nous ne pouvions être sûrs de sa provenance.

— Je sais, répondis-je. J'espère que cela vous a quelque peu réconfortés, et je suis désolé de n'avoir pu revenir plus tôt. Je pense que nous devrions aller à l'intérieur, qu'en pensez-vous ?

Je regardai en haut des marches de la Première Cour et y découvris Therin qui m'observait, une expression indéchiffrable sur le visage.

— Grand-père, mentis-je en saluant mon père d'un signe de tête.

— Kihrin, répondit-il. (Il hocha la tête à son tour. Sa voix était tendue.) Je m'attendais à ce qu'on vous ramène en petits morceaux.

— Moi aussi, répliquai-je avec un sourire moqueur. Mais c'est un plaisir de voir que votre confiance en moi n'a pas évolué depuis mon départ.

Je le frôlai en passant, le bras toujours serré sur les épaules de ma mère. L'expression d'une colère rentrée traversa ses traits.

— Avez-vous été enlevé, ou vous êtes-vous enfui ?

— Je m'apprêtais à m'enfuir, avouai-je. Je ne peux pas nier que j'avais prévu de le faire. Mais il se trouve que mon enlèvement a précédé ma fugue.

Je voyais que mon père avait bien des questions à me poser. Je le lisais dans le pli de son front et l'éclat perçant de ses yeux bleus. Je vis aussi que sa colère, quoique violente, était dirigée contre lui-même.

Cela ne voulait pas dire que j'allais lui pardonner.

— Venez dans mon bureau, ordonna le Grand Seigneur. Je veux vous parler en tête à tête. Une fois que la rumeur de votre retour se répandra, ce ne seront que fêtes et réjouissances pendant au moins une semaine.

— Therin, lança Darzin en sortant dans la cour. Kalovis m'a dit que vous attendiez quelqu'un, et je…

Ses yeux se posèrent sur moi et m'enserrèrent comme des entraves.

— Bonsoir, Darzin.

Mon sourire était sincère, car je me réjouissais réellement à l'idée que le reste de la soirée se déroule comme je l'avais prévu. Elle avait plutôt bien commencé.

Pendant deux longues secondes, le visage de Darzin n'exprima qu'une forme particulièrement pure de surprise. Puis il se fendit d'un large sourire.

— Ça alors, espèce de petit salaud ! J'étais sûr que j'allais finir par vous revoir.

Il semblait authentiquement heureux, ce qui, pour un tordu dans son genre, était assez logique. Maintenant que j'étais revenu, ses plans pouvaient reprendre leur cours, n'est-ce pas ?

Darzin s'avança vers moi comme pour m'enlacer. Je fis un pas en arrière, nonchalamment, me tenant hors de portée.

Son sourire s'évanouit face à mon regard froid et inexpressif.

— Attention, mon fils. Si vous continuez à me regarder de cette manière, je vais finir par penser que vous ne m'aimez plus.

— Que je ne vous aimais plus ? Pour cela, il faudrait que je vous aie aimé un jour. Pourquoi commencerais-je aujourd'hui ?

Je posai la main sur la poignée de mon épée. Darzin remarqua mon geste.

— Je suis prêt à parier que vous ne savez toujours pas vous en servir.

Je plantai mes yeux dans les siens.

— Pari tenu, déclarai-je.

Le sourire suffisant de Darzin se figea. La haine qui brûlait dans ses yeux était nue et brute. En quatre ans, elle ne s'était pas atténuée le moins du monde. À mon cou, la Pierre des Entraves était glacée.

Je bougeai le premier. Et il me semble même que je bougeai plus vite… mais tuer Darzin n'était pas mon but.

De plus, j'avais oublié la présence de Dame Miya.

À l'instant où je tirais mon épée pour attaquer mon frère et qu'il dégainait à son tour, un grand mur d'air s'éleva entre nous, nous propulsant tous deux en arrière. Mon arme m'échappa et tomba bruyamment sur le sol de marbre. La sienne s'envola et alla se planter dans un mur.

Dame Miya baissa la main.

— Si vous voulez vous battre, vous feriez mieux de le faire en mon absence.

Je ris. Le gaesh. Bien sûr… En privé, il n'y avait pas de limites à la violence que pouvait déchaîner un D'Mon contre un membre de sa famille, mais si Miya était présente, elle était contrainte d'intervenir.

Et moi qui craignais de ne pas réussir à le repousser de façon crédible…

Darzin se mit à faire les cent pas, un sourire carnassier sur le visage.

— J'avoue que je ne pensais pas que vous auriez les cailloux de m'attaquer… Heureusement pour vous, Miya est là pour vous protéger.

— Ce n'est pas moi qu'elle protégeait. Pourquoi ne pas la congédier, afin de pouvoir terminer cette conversation comme il se doit ?

— Cela suffit, tous les deux, assena Therin. Je refuse que vous vous battiez en duel dans ma Maison.

Darzin ne détacha pas son regard du mien.

— Ce n'est plus votre Maison depuis des années, vieil homme.

Il se dirigea vers l'endroit où son épée tremblait encore, fichée dans le mur, et l'en arracha. Il allait partir. Je voulais qu'il s'en aille, mais je devais aussi faire en sorte que Teraeth ait le temps de se mettre en place. Puisque je ne pouvais pas le voir, je décidai qu'un petit délai supplémentaire serait toujours le bienvenu.

— Vous vous sauvez si vite, grand frère ?

À ces mots, il s'immobilisa.

— « Grand frère » ? (Darzin semblait surpris.) Notre père vous a donc révélé la vérité ? Je suis étonné qu'il en ait eu le courage.

— J'ai fini par comprendre tout seul.

Je tendis la main et ma propre épée vint se poser dans ma paume. Darzin se renfrogna à cette démonstration de pouvoir, n'appréciant sans doute guère l'idée que j'aie été formé en la matière.

— J'ai compris que vous n'étiez qu'un imbécile imbu de lui-même, dont l'intellect limité ne le rendait bon qu'à servir de laquais à un nécromancien. Dites-moi, qu'est-ce que Gadrith vous a promis ? De faire de vous le chef de la Maison D'Mon ? Ou le Chef du Conseil, peut-être ? Ou alors, ne le faites-vous que parce que vous savez à quel point cela contrariera votre père ?

Il commença presque à me répondre. Puis il se contenta de sourire.

— Vous feriez mieux de surveiller ce cher petit, Therin. Il semble qu'il ait perdu l'esprit.

— Non… Arrêtez-le !

Je tentai de rendre ma véhémence réaliste, autant que possible. Darzin rentra en courant dans le palais. Therin n'essaya pas de le poursuivre.

— Mais enfin, que se passe-t-il ? Kihrin, vous avez bien des explications à me fournir.

Je l'ignorai.

À présent, il suffisait d'espérer que Darzin serait assez bête pour courir tout droit chez Gadrith. Parce que, dès l'instant où il le ferait, tout serait terminé.

La question ébahie de Darzin, me demandant si Therin m'avait raconté la vérité, flottait encore tout autour de nous. Mon père n'en avait cure. Il ne me demanda pas ce que j'avais voulu dire. Il n'essaya pas de nier que Darzin et moi étions frères.

Car il savait que c'était la vérité.

— Que se passe-t-il exactement ? demanda sèchement Therin.

— J'imagine que vous n'accepteriez pas de libérer Dame Miya de son gaesh ? (Je croisai le regard de Therin et levai la main.) Oubliez cela. Nous n'avons pas beaucoup de temps devant nous. Sans doute pas plus d'une demi-heure. Darzin est parti avertir Gadrith de mon retour. J'ignore sincèrement ce que fera Gadrith lorsqu'il l'apprendra, mais quoi qu'il arrive nous serons prêts.

— Gadrith est mort, réfuta Miya.

Elle ne s'était pas exprimée avec beaucoup de conviction.

— Il n'est pas mort, assurai-je.

Je tirai sur le col de mon misha, révélant à la fois la Pierre des Entraves et le collier de diamants étoilés. Elle avait déjà découvert ce dernier, mais ce n'était pas le cas de mon père.

Il tressaillit.

— Où donc… ?

— Vous vous souvenez d'où ces diamants ont atterri, après vous avoir servi à acheter Miya, non ? Entre les mains d'une vieillarde vané qui se trouvait être une Grande Prêtresse de Thaena ? (Je laissai retomber le col de mon misha.) Vous allez devoir me croire sur parole, quand je vous dis que je sais de source sûre que Gadrith n'a pas traversé le Second Voile. Il a trouvé le moyen de vous berner et de berner Thaena.

Therin me dévisagea. Après un instant, il parut émerger de la paralysie qui s'était saisie de lui.

— Je veux vous parler en privé. Tout de suite.

— Non, rétorquai-je. Nous n'avons pas le temps. Je viens de pousser Darzin à faire quelque chose de stupide, et une métamorphe a infiltré cette demeure. Il faut que je la trouve avant qu'il ne revienne.

— Une métamorphe ? répéta Therin, sidéré.

Quelles que soient les paroles qu'il s'attendait à m'entendre prononcer, celles-là n'en faisaient pas partie.

Je me tournai vers Dame Miya.

— Lyrilyn a été assassinée par un métamorphe alors qu'elle portait la Pierre des Entraves. Votre ancienne suivante n'a jamais quitté la maison, mais sa loyauté a changé de camp. Elle travaille pour Darzin, à présent.

J'étais en train de leur transmettre beaucoup trop d'informations d'un coup, mais je ne pouvais pas laisser à mon père le temps d'exiger des preuves. J'avais besoin qu'ils agissent vite. Les preuves se présenteraient bien assez tôt.

— Oh, la pauvre petite…, murmura Dame Miya.

Therin donnait l'impression d'avoir reçu une gifle. Le réseau qui lui prodiguait ses renseignements était peut-être très efficace, mais je venais de lui révéler que Darzin était bien mieux informé, et pourquoi.

— Quelqu'un s'est-il comporté de façon étrange ou inhabituelle, récemment ?

— Une métamorphe ne se trahirait pas si facilement, argua Therin. Il pourrait s'agir de n'importe qui.

Il posa sur moi un regard pensif, voire soupçonneux.

— Votre paranoïa s'exprime un peu tard. Je vous prie de vous souvenir que c'est moi qui viens de vous prévenir de la présence de la métamorphe !

— Non, ce n'est pas Kihrin…, dit Dame Miya. Et ce ne peut être n'importe qui… Ola. Ce doit être Ola.

Je sursautai.

— Quoi ? Ola est ici ?

— Oui, répondit Therin. Nous l'avons capturée. J'éprouvais une telle colère, lorsque vous avez disparu, que j'allais permettre à Darzin de la tuer… Cependant, Dame Miya m'a dit que vous ne me pardonneriez jamais – si toutefois vous nous reveniez un jour – d'avoir fait exécuter la femme qui vous avait élevé. Elle est donc devenue notre… « invitée ».

— C'est la métamorphe, acquiesçai-je. Où est-elle ?

— Dans vos appartements, répondit Dame Miya.

Therin fronça les sourcils.

— Nous ne pouvons toujours pas être sûrs qu'il s'agit bien de la métamorphe.

Je soupirai.

— Si, parce qu'Ola est morte. Ola Nathera est au Royaume de la Paix. Je le tiens de la bouche même de Thaena. Ce qui signifie que celle que vous connaissez est une imposture. (Je fouillai dans mon agolé pour en tirer une autre lettre, glissée dans un pli.) Dame Miya, s'il vous plaît, allez trouver tante Tishar. C'est pour elle. Cette lettre explique ce qui se passe et ce que j'attends d'elle.

Miya prit la lettre et partit sans un mot de protestation.

— Kihrin, il faut que vous me disiez…

— Il faut que vous fassiez ce que je vous dis, pour une fois, l'interrompis-je en me retournant vers lui. Donnez l'ordre d'évacuer le palais. La seule chose que je n'ai pas pu prévoir, c'est ce que Gadrith va faire lorsqu'il comprendra que je suis revenu, et les duels de magiciens ont tendance à dégénérer. Faites sortir tout le monde.

— Réfléchissez, Kihrin. Où Gadrith D'Lorus aurait-il pu se cacher durant toutes ces années ?

Je haussai un sourcil.

— Il existe une guilde entière de magiciens qui se consacre à l'art d'ouvrir des portails entre des lieux éloignés. J'ignore pourquoi tout le monde est convaincu que se cacher doit être si difficile.

Je commençai à marcher.

— Est-ce que Khaemezra vous a tout dit ? Enfin, concernant…

Therin ne parvint pas à terminer sa phrase. Je m'arrêtai.

— Concernant quoi ? Le fait que vous soyez mon père ?

Il fixa sur moi un regard hanté.

— Non, dit-il. Non, absolument pas. C'est Darzin, votre père.

J'eus un haussement d'épaules amer.

— C'est faux et vous le savez.

— Non, c'est la vérité. C'est la vérité, et je refuse que vous prétendiez le contraire.

Je plissai les yeux.

— Vous voulez que je vous dise comment je sais que vous mentez ? Enfin, il y aurait beaucoup à raconter à ce sujet, mais pour commencer je dirais que je le sais parce que je sais que Miya est ma mère. Et la haine que Miya éprouve à l'égard de Darzin n'a rien de personnel. Elle le déteste par principe, elle déteste ce qu'il fait aux gens qui l'entourent, mais elle ne le déteste pas comme elle le ferait s'il s'était imposé à elle. Et très franchement, s'il l'avait fait, vous l'auriez tué. Le fait qu'il soit votre fils ne vous aurait pas arrêté. Mais les sentiments de Miya envers vous… (Je le pointai du doigt.)… sont plus complexes. Et puis, soyons francs : vous détenez son gaesh, elle n'est donc pas en mesure de vous refuser le moindre caprice. Si vous voulez bien, j'aimerais que vous satisfassiez ma curiosité une fois pour toutes : c'était bien un viol, n'est-ce pas ?

Therin me frappa.

L'espace d'une seconde, ni lui ni moi ne bougeâmes. Je sentis une brûlure à l'endroit où sa chevalière m'avait fendu la lèvre. Therin refusait de croiser mon regard.

De nouveau, je commençai à m'éloigner.

— Où allez-vous ? me lança mon père.

— Les autres ont leurs rôles à jouer. Moi… je dois tuer une métamorphe.

Honnêtement, je ne sais toujours pas quelle a été mon erreur.

Mille fois, depuis, j'ai rejoué les événements dans ma tête, me demandant ce qui se serait passé si j'avais été un peu plus malin, ou si tout ça n'avait été qu'un entraînement simulé par Brise-chaînes. Si j'avais demandé à un serviteur d'emporter sa lettre à Tishar et que Miya était restée auprès de nous. Si je ne m'étais pas disputé avec Therin, et qu'il avait décidé de m'accompagner pour que nous t'affrontions ensemble. Si Tyentso était venue avec nous au lieu de rester au Champ du Massacre *afin de s'assurer qu'aucune Marche Infernale ne se préparait. Si j'avais insisté pour que l'Empereur Sandus se déplace en personne, au lieu d'attendre un signal transmis par sa satanée bague magique.*

Quoi qu'il en soit, rien de tout cela n'est arrivé.

Je me suis rendu seul dans la chambre d'Ola.

76

Trahison

(Récit de Serre)

Tiens bon, mon cœur. C'est presque terminé, Kihrin… Du moins, si tant est que mon histoire puisse avoir une fin.

S'évader du Palais Bleu se révéla d'une facilité désarmante. À présent que Kihrin avait compris que son talent pour la discrétion était d'origine magique, il pouvait l'utiliser pour les recouvrir tous les deux et leur permettre de se glisser hors du Cercle Supérieur. Sans cela, ils n'auraient jamais pu s'échapper : suite au meurtre d'Alshena, le Grand Seigneur avait fait fermer la totalité du domaine pour que la famille puisse faire son deuil.

— Où allons-nous ? murmura Galen.

— Au *Tonneau Debout*. C'est une taverne dans le Quartier de Cuivre.

Ils étaient partis en capes sallí et kefs bruns, sans le moindre vêtement bleu. Ils avaient également abandonné tout objet de valeur reconnaissable et ne s'étaient arrêtés que pour récupérer les billets à ordre de Kihrin au Temple de Tavris, avant de se diriger vers le Quartier de Cuivre.

Kihrin n'avait pas besoin de la Maison D'Mon. Il avait assez d'économies pour vivre confortablement le restant de ses jours. Et pour Galen, aussi.

Le *Tonneau Debout* était quasiment vide, les clients préférant déambuler entre les étals et les jardins-buvettes de la fête du Nouvel An. Rien, dans l'attitude de Kihrin, ne suggéra qu'il reconnaissait cette Zheria vieillissante qui servait les boissons et qui n'était autre qu'Ola. Galen et lui prirent place à une table et il s'autorisa à se détendre légèrement. La première étape était achevée.

— Qui attendons-nous ? interrogea Galen.

— Vous allez voir…

Kihrin s'interrompit lorsque la porte s'ouvrit pour laisser place à Thurvishar, accompagné de son esclave, Talea.

Kihrin leur fit signe d'approcher.

L'entrée de Thurvishar fut remarquée : ce n'était pas le genre d'homme à passer inaperçu. Il dominait les deux garçons de sa haute taille jusqu'à ce qu'il tire une chaise et s'assoie.

— Tout ceci n'est pas très orthodoxe, dit-il. Mais j'avoue que je suis intrigué. Mes condoléances pour votre mère, ajouta-t-il à l'intention de Galen.

— Merci, répondit celui-ci d'une voix contractée.

— C'est simple, annonça Kihrin. J'ai une proposition très sérieuse à vous faire.

Puis il se tut alors que la vieille serveuse zheria traversait la taverne. Kihrin fit semblant de ne pas connaître Ola et lui indiqua d'approcher.

— Oh, heu… J'imagine que nous ferions mieux de commander quelque chose.

Il regarda Thurvishar.

L'homme au crâne chauve haussa un sourcil. Il balaya l'endroit du regard comme si un tel établissement n'avait aucune chance de satisfaire un palais aussi raffiné que le sien.

— Quelle est votre meilleure bouteille ? demanda-t-il.

— Du vin de raisin kirpi, messire, du vignoble du Lac Arc-en-ciel, répondit Ola. Il est tout frais de cette année.

Il soupira.

— Une bouteille, et quatre verres.

La serveuse contempla les trois hommes.

— Quatre ?

Thurvishar parut amusé.

— Regardez mieux, femme. Nous sommes bien quatre, dit-il en désignant Talea d'un signe de tête.

Ola s'éclaircit la gorge.

— Ah oui. Mes excuses, messire. Je vous apporte votre vin tout de suite, dit-elle avant de s'éloigner.

— Est-ce que votre séjour chez Thurvishar D'Lorus se passe bien ? demanda Kihrin à Talea.

La jeune esclave regarda Kihrin comme si elle essayait de décider s'il était ou non un serpent.

— Oui, très bien, répondit-elle.

— Mais vous préféreriez être libre, non ?

L'esclave ouvrit de grands yeux, manifestement choquée.

— Voilà qui est extrêmement inconvenant, murmura Thurvishar.

Kihrin se retourna vers lui.

— Je sais que vous n'appréciez pas beaucoup Darzin D'Mon. Et je sais que vous, lui et un troisième homme êtes en train de manigancer quelque chose. C'est vous qui nous avez lancé un avertissement. Vous saviez que nous étions en train d'écouter, de l'autre côté de la porte. (Il se pencha en avant.) Tout ce que je veux, c'est que Talea soit libre. Je l'ai promis à sa sœur…

— Ma sœur ? Que savez-vous sur ma sœur ? l'interrompit Talea.

— Quelle tristesse…, murmura Thurvishar. Souhaitez-vous lui expliquer ce qui s'est passé ou préférez-vous que je m'en charge ?

Kihrin inspira profondément avant de s'adresser à Talea.

— Je connaissais votre sœur avant qu'elle soit assassinée. Je suis désolé… Vraiment désolé.

Talea le dévisagea comme une femme qui venait d'être poignardée, ébranlée par la douleur, en état de choc.

Personne ne lui avait dit que sa sœur était morte.

Kihrin s'adressa à Thurvishar :

— Je sais que mon argent ne signifie pas grand-chose à vos yeux, mais vous contrarierez Darzin si vous la relâchez, et je pense que ça, ça ne vous laisse pas indifférent.

Ola revint et déboucha la bouteille devant Thurvishar, puis remplit quatre coupes d'étain de vin rouge sombre. Thurvishar la remercia mais ne but pas.

Kihrin leva les yeux au ciel.

— Vous êtes un peu paranoïaque, non ?

Lui-même but à longs traits dans sa propre coupe, et fit signe à Galen de l'imiter.

— J'ai des ennemis qui me tueraient volontiers rien que pour mon potentiel, déclara Thurvishar. Mais je veux m'assurer d'avoir bien compris. Vous voulez que je libère Talea et que je la remette entre vos mains… pourquoi ? Parce qu'il est possible que cela agace Darzin ? (Il émit un ricanement et but une gorgée de vin, puis grimaça.) Talea, ma chère, n'en buvez pas. Ce vin n'est pas digne de toucher vos lèvres.

L'expression dégoûtée de l'esclave indiquait que son avertissement était arrivé trop tard.

— J'ai du métal, je peux vous payer. Je sais combien vous l'avez achetée. Vous ne perdriez pas d'argent.

Kihrin ignora le regard venimeux que lui lançait Talea. Elle pouvait le détester si elle voulait ; l'essentiel était qu'il la libère, ne serait-ce qu'en l'honneur de Morea.

— Comme vous l'avez dit, le métal m'importe peu. (Thurvishar marqua une pause.) Et cette harpe dont vous avez si bien joué, hier soir ? Il était impossible d'ignorer l'aura magique qui l'entourait comme du fil de soie.

Kihrin sentit son cœur se serrer.

— Elle a été volée la nuit dernière.

Thurvishar secoua la tête en reprenant du vin.

— C'est bien ennuyeux, pour vous comme pour moi. (Il regarda Talea de ses yeux sombres, entièrement noirs, avant de reporter son attention sur Kihrin.) Votre collier, alors.

Kihrin posa une main sur son cou.

— Je ne peux pas vous donner…

— Mais si, coupa Thurvishar. (Il glissa une main dans un pli de sa robe et en sortit deux pendentifs, des dragons en argent émaillé.) Ces bijoux vous protégeront des tentatives de divination[1]. Ils ne sont pas aussi puissants que celui que vous portez, mais cela suffira à empêcher votre famille de vous retrouver. Je suis prêt à vous donner Talea, ces colliers, et la promesse de me taire… en échange de la pierre tsali.

L'expression de Kihrin se durcit.

— Je ne peux pas vous la donner… et comment saviez-vous… ?

Thurvishar sourit.

— Peut-être m'avez-vous mal compris. Vous n'avez plus la possibilité de refuser ce marché. Vous n'avez pas l'intention de retourner au Palais Bleu, ayant envoyé cette jeune femme vivre sa vie avec un sourire et un peu d'argent de poche, et de reprendre votre petite vie de noble privilégié. Vous avez l'intention de fuguer. Et pour ce faire, vous êtes contraint d'acheter mon silence, car même si je ne peux vous retrouver par divination je peux le retrouver, lui.

Il désigna Galen, qui s'empourpra et parut sur le point de pleurer.

— Vous n'oseriez pas…, dit Kihrin.

---

1. Ils auraient fonctionné, d'ailleurs, contre toute autre personne que moi. C'est-à-dire qu'ils auraient fonctionné contre toute autre personne que moi et Gadrith.

Thurvishar haussa un sourcil.

— En êtes-vous sûr ?

Kihrin l'observa fixement.

— Pourquoi la voulez-vous à ce point ?

— Parce que vous n'avez aucune idée de ce que vous avez autour du cou, répondit Thurvishar d'une voix triste[1].

Kihrin porta les mains au fermoir qui reposait sur sa nuque et qui n'avait jamais été ouvert de toute sa vie. Il ignorait s'il fonctionnait encore, et tandis qu'il triturait le mécanisme, ses doigts lui semblèrent gourds, épais et maladroits. Il devait fournir de gros efforts rien que pour garder les bras en l'air.

Il se leva alors.

— Je ne peux pas, marmonna-t-il en chancelant.

— Vous voulez dire que vous ne voulez pas le faire, corrigea Thurvishar.

— Non, je veux dire…

C'est alors que Galen s'effondra, lâchant sa coupe dans une gerbe de vin. Sa tête heurta la table de bois. Kihrin, lui, tomba à genoux. Il hoqueta en regardant Ola.

— Tu… Tu…

— Je suis désolée, Prunelles, murmura Ola. Il l'aurait remarqué si je n'avais pas drogué toutes les coupes. (Sa confession fut ponctuée par le bruit que fit Talea en s'écroulant à son tour, inconsciente.) Je suis vraiment désolée.

Tandis que les ténèbres enveloppaient Kihrin, Thurvishar cria :

— Mensonges !

Puis il y eut un craquement sonore, une lumière aveuglante et une odeur d'ozone[2].

Et ce fut le silence.

---

1. Bien sûr que j'étais triste. Le plan semblait sur le point de marcher.
2. À mon grand regret, je crains d'avoir été responsable du décès d'Ola.

Talea ouvrit les yeux… ou, plus exactement, Serre ouvrit les yeux. Une partie de la taverne avait pris feu. Les gens paniquaient, hurlaient, mais tout ce qui importait à Serre était l'odeur douceâtre de la chair brûlée.

Elle courut jusqu'à l'endroit où Ola gisait au sol, électrocutée.

Thurvishar n'avait pas voulu frapper Ola, mais l'éclair qu'il avait lancé à l'aveugle l'avait pourtant atteinte. Le mage était resté éveillé plus longtemps que Serre ne l'aurait imaginé : la drogue avait mis bien plus de temps à agir sur lui que sur les autres[1]. Serre dut réprimer l'envie de le tuer, la pulsion sanguinaire qui lui dictait de lui faire payer le meurtre d'Ola, mais elle savait qu'elle ne pouvait y céder.

Au lieu de cela, Serre pleura sur le corps inerte.

— Tu ne vas pas mourir, murmura-t-elle à son ancienne amante. Nous allons vivre ensemble pour l'éternité, toi et moi. Tu manques à Surdyeh. Nous allons nous retrouver. Tu verras. Je n'ai qu'une chose à faire, avant. Une dernière chose.

Serre retourna auprès de Kihrin, changeant d'apparence au passage. Lorsqu'elle parvint auprès de lui, elle ressemblait à son ancien ennemi, Faris, avec sa main en moins et son air renfrogné. Ce serait mieux ainsi. Les témoins se souviendraient d'avoir vu Faris ; il était le genre d'individu dont Serre pourrait prétendre qu'il s'était battu avec trop de hargne pour être ramené vivant… à supposer que son corps soit retrouvé.

Ce ne serait pas le cas[2].

---

1. Parce que je ne suis qu'à demi humain, et que les vordreth disposent d'une résistance considérable aux effets de la plupart des alcools et des drogues. Je suppose que Serre l'aurait su si elle avait lu dans mes pensées, mais il n'est pas aisé de s'infiltrer dans mon esprit, même pour une métamorphe.
2. Sa capture fait l'objet d'une récompense, encore à ce jour. Elle n'a jamais été réclamée.

Serre effleura le visage de Kihrin.

— Mon chou, ton père Surdyeh et moi avons beaucoup parlé, lui dit-elle. (Elle savait pourtant qu'il ne pouvait l'entendre.) Tu sais, c'est lui qui a déclenché toute cette histoire. En te confiant à Ola. En s'assurant que tu apprennes certaines compétences. Certes, il ne t'a pas envoyé cambrioler la Maison Kazivar, là où tu as vu Darzin pour la première fois. Si je devais parier du métal là-dessus, je dirai que c'est la déesse de la chance qui s'en est chargée. Mais il travaille pour l'Empereur Sandus, et il a réussi à me convaincre qu'il avait raison. Nous avons décidé que ceci… était la meilleure solution. Je sais que ce ne sera pas une partie de plaisir, mais il n'est jamais facile d'envoyer son enfant à l'école, après tout. Fais-nous confiance : nous allons en souffrir bien plus que toi. (Elle s'interrompit.) Même si, pour être franche, tu vas tout de même beaucoup souffrir.

Elle fouilla le corps de Kihrin jusqu'à trouver une bague sertie d'un rubis gravé. Serre sourit devant le bijou.

— Le griffon doit voler, récita-t-elle d'une voix affectueuse.

Elle fit passer l'anneau sur une chaînette et l'accrocha autour de son cou[1].

Puis elle hissa Kihrin sur son épaule et quitta la taverne, prenant la direction du port et des vaisseaux de transport d'esclaves.

---

1. Savoir que Therin alla jusqu'à consulter l'Église de Thaena nous indique avec quelle ferveur il désirait retrouver Kihrin. Malheureusement, étant donné que la déesse de la mort elle-même était mêlée à cette affaire, je comprends que ses réponses se soient révélées peu concluantes. De son côté, Darzin employa ses propres méthodes pour tenter de découvrir l'emplacement de Kihrin… et ces méthodes reposaient sur la faculté de Serre à aspirer les souvenirs de ceux qu'elle dévore. Serre ne lui fournit cependant aucune information utile, et brouilla également les pistes par les explications qu'elle donnait à cet échec. Je crois pouvoir affirmer avec une certaine conviction, cependant, que les Hommes du Griffon comptent désormais une métamorphe parmi leurs rangs. Je ne suis pas sûr de savoir si c'est une bonne nouvelle ou si cela m'horrifie au plus haut point.

77

La méthode de Gadrith

(Récit de Kihrin)

Je suppose que ce sera mon tour jusqu'à la fin, maintenant… N'est-ce pas, Serre ?

Allez. Finissons-en.

La porte de mes anciens appartements était désormais pourvue d'un énorme cadenas de fer. Un cadenas face auquel une Clé du Cercle Inférieur aurait pâli, marmonné des imprécations et serait allée conseiller à ses comparses de trouver une cible moins laborieuse. Il m'aurait sans doute fallu vingt minutes, au minimum, pour crocheter cette fichue serrure.

Heureusement, j'avais la clé.

La pièce où j'entrai était presque identique à mes souvenirs. J'avais du mal à croire qu'elle et moi étions plus vieux de quatre ans. Je m'approchai du lit d'un pas feutré, ne voulant pas réveiller son occupante, et ne sachant pas si mon invisibilité suffirait à dissimuler ma présence. J'avais une fine pointe de métal dans une main et mon épée dans l'autre.

Le lit était vide. Serre ne s'y trouvait pas. Je touchai les draps et lâchai un juron. Le tissu était encore chaud. Je ne l'avais manquée que de quelques minutes, tout au plus.

— Kihrin ?

Je me retournai et découvris Galen dans l'embrasure, bouche bée.

Je n'avais pas laissé retomber le Voile sur mes yeux. J'examinai Galen, espérant que les métamorphes ne pouvaient cacher leur tenyé[1]. Sur la base de cette hypothèse, je déterminai qu'il s'agissait bien de Galen et non de Serre déguisée. Je rangeai la pointe à ma ceinture et portai un doigt à mes lèvres. Ayant franchi la porte dans l'autre sens, je la fermai derrière moi et réenclenchai le cadenas.

Je posai les mains sur les épaules de mon frère… ou plutôt de mon neveu.

— Galen…

Il paraissait plus vieux, bien au-delà de sa majorité. Les reflets de ses cheveux rappelaient la chevelure rousse de sa mère, mais il ressemblait aussi énormément à son père. Il était vêtu selon ce que je supposai être la dernière mode, un misha bleu dont les manches et l'ourlet avaient été teintés d'un dégradé de noir et d'un kef dont la couleur noire, à l'inverse, se muait en bleu au-dessus de ses bottes. Il portait une épée au côté et l'emblème du faucon et du soleil brodé au-dessus du cœur.

Pendant quelques instants, il continua de m'observer avec stupeur, puis il m'enlaça.

— Kihrin ! C'est vraiment vous… L'espace d'une seconde, j'ai cru que vous étiez un fantôme !

— Je l'ai cru moi-même à bien des reprises, et je m'en suis tiré plus difficilement que je n'aime à l'avouer. Mais pour le moment, je suis encore en vie, répondis-je en riant.

Mon rire, cependant, ne trouva pas écho dans les yeux de Galen, et ses bras retombèrent.

---

1. Il se trompe. Les métamorphes en sont capables ; en revanche, je ne suis pas certain qu'ils puissent échapper à l'examen très intense que Kihrin a appris à effectuer durant son séjour sur Ynisthana.

— On dirait que vous avez vécu des aventures bien palpitantes, commenta-t-il sans chercher à masquer son amertume.

— Ce n'est pas ce que je voulais dire…

— Vraiment ? rétorqua Galen. Vous voulez dire que vous ne m'avez pas promis que nous partirions tous les deux, avant de m'abandonner ? Parce que cela y ressemble beaucoup.

Je pris une brusque inspiration et dus fournir de gros efforts pour ne pas élever la voix.

— Vous voudriez que je vous raconte les fois où les marchands d'esclaves m'ont fouetté jusqu'au sang ? Que j'ai porté des fers aux chevilles, si longtemps qu'ils ont fini par m'entailler la chair ? Vous dites que je vous ai abandonné… mais vous savez que ce n'est pas ce qui s'est passé.

Le Galen que j'avais connu aurait tressailli, reculé, baissé les yeux. Mais ce garçon-là était devenu plus dur. Ses yeux se plissèrent.

— Il faudrait que je pleure sur votre sort ? Vous voulez que nous comparions nos blessures ?

— Ce n'est pas une compétition, lui lançai-je sèchement.

— Tout n'est que compétition, rectifia-t-il. J'ai mis du temps à l'apprendre, mais j'ai fini par retenir la leçon.

Mon cœur se fit lourd tandis que je l'observais, le menton levé.

— Je suis désolé, Galen. Je ne voulais pas vous laisser seul.

— Vous dites cela comme si vous excuser allait y changer quoi que ce soit.

Je soupirai.

— Je ne suis pas là pour essayer de…

Je me tus lorsqu'un hurlement résonna dans le couloir. Nous nous figeâmes tous les deux.

Les cris n'étaient pas inhabituels au sein du Palais Bleu. On y fouettait des esclaves, et parfois on y torturait des gens, en quête d'informations ou simplement pour se distraire ;

mais surtout, les médiqueurs y traitaient des patients. Toutes ces activités constituaient des raisons tout à fait logiques de crier.

Or, un autre hurlement succéda au premier, puis un autre encore. Galen et moi nous ruâmes vers une fenêtre, au bout du corridor. En baissant les yeux sur la Cour Privée, nous découvrîmes plusieurs serviteurs en livrée bleue de la Maison que des soldats avaient entrepris de tailler en pièces. Mais ces derniers étaient des soldats de la Maison D'Mon… Les gardes avançaient d'un pas lent et d'une démarche étrangement saccadée, pourtant leurs coups ne manquaient jamais leurs cibles.

— Qu'est-ce que…, articula Galen, médusé.

Une terrible angoisse m'envahit.

— Non…, dis-je. C'est trop rapide. Beaucoup trop rapide. Comment a-t-il pu arriver si vite ?

J'avais vu Darzin quelques minutes plus tôt tout au plus. J'avais pensé – nous avions tous pensé – que nous avions davantage de temps devant nous. Gadrith s'était montré si prudent, durant tout le temps que j'avais passé dans le Cercle Supérieur… Il était patient, pondéré, et surtout il prenait toujours soin de rester dans l'ombre.

Je me concentrai sur la bague de rubis. Rien ne se passa.

Je n'avais pas le temps de me demander si je m'y prenais mal ou si l'Empereur Sandus m'avait confié une bague défectueuse.

— Galen, il faut que vous partiez d'ici. Quittez le palais et rendez-vous à la citadelle. (Je secouai la tête.) Je suis un imbécile. Je n'aurais jamais cru qu'il réagirait si vite.

— Qui ? Quoi ? (Galen plissa les yeux.) C'est votre faute, c'est ça ?

Je lui attrapai le bras.

— Galen… Ces gardes sont morts. Morts, vous comprenez ? Mais ils bougent encore. C'est l'œuvre de Cadavre. Vous vous souvenez de lui ?

J'aurais pu utiliser le nom de Gadrith, mais cela n'aurait fait que lui embrouiller l'esprit.

Galen cilla et hocha la tête.

— Thaena…

— S'il a décidé d'attaquer ainsi, au grand jour, nous n'avons pas le temps d'en discuter, insistai-je.

Quelqu'un applaudit, lentement, à l'autre extrémité du couloir. Mon sang se glaça. En me retournant, je saisis la Pierre des Entraves qui pendait à mon cou : elle était tiède car l'homme qui me faisait face n'avait pas l'intention de me tuer.

Gadrith D'Lorus se tenait à l'autre bout du couloir, le bas de sa robe noire s'étalant comme une flaque sur le sol de marbre.

— Bien parlé, jeune homme. Vous n'avez pas le temps de discuter. En fait, vous n'avez le temps de rien. (Il esquissa un sourire effroyable.) Je ne crois pas avoir déjà eu le plaisir de vous rencontrer, Votre Altesse, mais il était grand temps que nous nous trouvions enfin face à face.

— Cours, lançai-je à Galen en tirant mon épée.

Gadrith pencha la tête de côté et me dévisagea. L'épée que je tenais devint brusquement incandescente. La couche d'acier qui recouvrait le cœur de drussien fondit et se mit à couler, et je me félicitai de porter des protections contre le feu. L'épée elle-même était presque intacte, car… eh bien… je m'attendais à ce qu'il fasse quelque chose dans ce goût-là. C'était précisément pour cela que j'avais pris le temps d'acquérir une arme qui n'avait que l'apparence de l'acier quuro.

— Je…

Galen se tourna pour s'enfuir.

Ses jambes se soudèrent, comme ligotées, et il fut tiré brutalement en arrière. Il heurta le sol avec un choc sourd.

Je me souviens d'avoir pensé : *Je suppose que maintenant je peux être sûr que ce n'est pas Serre*, mais cette pensée ne me réconforta pas beaucoup.

— Restez, lui lança Gadrith. J'insiste.

Combattre Gadrith seul n'avait jamais fait partie de mes projets. De près et en personne, la ressemblance de Gadrith avec son « fils », Thurvishar, était le plus ténu et le moins convaincant des mirages. Sa peau était pâle et les poches sous ses yeux lui donnaient l'air d'un squelette. Ses cheveux noirs tombaient en boucles sales autour de son visage, tels des filaments de mousse morte et racornie. Il ressemblait à un pendu, et l'impression que j'avais eue de lui en le voyant pour la première fois, plus de quatre ans plus tôt, n'avait pas changé d'un pouce.

Je l'observai en me demandant si je serais capable de l'affronter. Mais je portais encore assez de talismans pour être plus proche du chasseur de sorcières que du magicien, ce qui réduisait mon répertoire de sortilèges à des charmes mineurs, comme celui que j'avais utilisé pour ramasser mon épée dans la cour.

Je n'aurais sans doute pas pu le battre[1]. C'était d'ailleurs pour cela que nous avions tous insisté pour réserver à l'Empereur Sandus l'honneur d'abattre Gadrith.

Néanmoins, je n'avais pas vraiment le choix. Au moins portais-je toujours la Pierre des Entraves : Gadrith ne pouvait se contenter de me tuer.

Mais lorsque je m'élançai vers lui, le sol sous mes pieds se déforma et se mit à ruisseler : le marbre était devenu liquide, et il ne durcit de nouveau qu'une fois que je m'y fus enfoncé jusqu'aux mollets. Le couloir tout entier se souleva alors,

1. Au moins envisageait-il la situation avec réalisme.

emprisonnant mes bras et mon épée, et me clouant sur place. Et puisque la magie ne m'avait pas affecté directement, les talismans n'avaient pu m'être d'aucun secours.

Thurvishar s'avança dans le couloir derrière son père adoptif.

—Amenez les deux, ordonna Gadrith à Thurvishar. Nous avons bien des choses à nous dire.

Notre petit groupe n'était pas des plus enjoués. Galen était inconscient ou faisait semblait de l'être et Gadrith n'avait pas l'air de vouloir nous faire la conversation. Thurvishar sortit de petites épingles de sa robe et se mit à leur adresser des murmures tout en marchant, avant de les enfoncer une à une dans mon misha.

Des talismans, compris-je. Il me fabriquait des talismans, bien plus puissants que mes propres pouvoirs, de manière à s'assurer que je ne puisse lancer le moindre sort.

—Comment êtes-vous arrivés si vite ? lui demandai-je.

Il fallait que je trouve un moyen de les retarder. Teraeth était là, quelque part. Sandus ne devait pas être loin non plus. J'ajoutai :

—Il n'a pas dû s'écouler plus de cinq minutes après que Darzin est allé vous trouver.

Il m'adressa un regard compatissant mais ne répondit pas.

Thurvishar nous porta tous les deux jusqu'à la salle de bal où l'on rassemblait peu à peu le reste de la famille. Bon nombre d'entre eux n'avaient aucune idée de mon retour, avant que je sois jeté au sol à leurs côtés. Un morceau de roche me couvrait les bras et les jambes. Je ne pouvais ni bouger, ni courir, ni combattre. Je ne pouvais que lutter contre ces entraves de marbre dont la magie avait enserré mon corps.

Des soldats morts-vivants, portant toujours la livrée de la Maison, montaient la garde le long des murs. Leurs yeux vitreux étaient fixés sur leurs prisonniers. Je repérai mes oncles Bavrin et Devyeh – ou plutôt, mes frères Bavrin et Devyeh – de même que ma grand-tante Tishar. Je vis aussi tous mes cousins, qui étaient en réalité mes neveux et mes nièces. Aucun signe de Teraeth, cependant, ce qui signifiait qu'il n'avait pas été découvert. Une boule douloureuse se forma dans ma gorge lorsque j'aperçus Dame Miya, inanimée, gisant au sol près d'un Therin D'Mon inconscient.

— Salauds ! Si vous…

— Ils dorment, coupa Gadrith. Je ne suis pas d'humeur à affronter des magiciens.

Darzin pénétra dans la salle et y fit entrer plusieurs jeunes femmes. L'une d'elles, remarquai-je distraitement, était Sheloran D'Talus, à présent vêtue de bleu[1]. Elle courut jusqu'à Galen et se pencha sur lui, puis écarquilla les yeux à ma vue.

— Tout le monde est là ? s'enquit Gadrith.

Darzin haussa les épaules.

— À peu de chose près. L'un des garçons d'écurie nous donne du fil à retordre, mais cela ne devrait pas perturber nos projets.

— Darzin, espèce d'ordure. C'est de votre famille qu'il s'agit ! lui criai-je.

Il me regarda et sourit.

— Je serai à la tête de ma propre famille lorsque nous en aurons terminé. (Il inclina la tête en direction de Gadrith.) Avez-vous tout ce qu'il vous faut ?

— Pas tout à fait. (Gadrith claqua des doigts à l'intention de deux zombies.) Amenez-moi cette table, là-bas.

En regardant les morts-vivants s'exécuter, j'étudiai les possibilités qui s'offraient à moi. Teraeth se trouvait toujours

1. Elle avait épousé Galen lorsque celui-ci avait atteint l'âge de seize ans. Le mariage avait été somptueux, bien que dénué de tout sentiment véritable. Cela n'a rien d'inhabituel en ce qui concerne les mariages royaux, au demeurant.

quelque part dans les environs. J'étais presque sûr que, s'ils l'avaient déjà repéré et tué, Darzin n'aurait pas hésité à s'en vanter auprès de moi. Dès que Teraeth ou Tyentso comprendraient que quelque chose n'allait pas, ils feraient venir l'Empereur Sandus.

Malheureusement, j'ignorais combien de temps tout cela prendrait. Et quel que soit l'événement qui se préparait dans cette salle, j'étais sûr d'une chose : cela n'allait pas me plaire. Il fallait à tout prix que je trouve un moyen de l'empêcher. Mes pouvoirs étaient, pour le moment, neutralisés ; de plus, même si je n'avais pas porté tous ces talismans, j'avais peu de chances de l'emporter contre deux magiciens aussi puissants que les D'Lorus. En outre, ma famille tout entière était rassemblée dans cette salle, et le risque de dégâts collatéraux était majeur.

Une partie de moi se réjouit qu'au moins, Tyentso et Teraeth n'aient pas été capturés. Il était d'ailleurs probable que mes ennemis n'aient aucune idée de leur existence.

Cette idée me parut presque réconfortante.

— Celui-là a l'air fort, dit Gadrith en montrant du doigt mon frère Bavrin. Amenez-le-moi.

Bavrin lutta et se débattit contre les cadavres qui le soulevaient, puis le poussaient en direction de la table. Lui aussi avait décidé que ces préparatifs ne lui disaient rien qui vaille. Devyeh s'élança au secours de son frère.

Gadrith lui adressa un regard agacé et pointa un doigt sur lui. Je reconnus son geste et poussai un cri d'alarme, trop tard.

Le squelette de mon frère s'effondra au sol et sa chair fondit en un tas abject, de l'autre côté de la table.

Après cela, une cacophonie de cris et de sanglots emplit la salle. La voix de Gadrith résonna alors, couvrant le tumulte.

— Silence ! À présent, vous connaissez le prix de la rébellion. *Taisez-vous*, martela-t-il. (Le nécromancien se tourna vers Thurvishar, une expression exaspérée sur le visage.) Faites quelque chose.

Thurvishar hocha la tête, carra les épaules et baissa le menton, concentré. Le silence retomba sur le groupe de prisonniers.

Thurvishar ne les avait pas apaisés, compris-je. Il avait empêché le moindre son de quitter leur environnement immédiat. C'était le même charme qu'il avait employé durant son duel contre Jarith, des années auparavant.

Gadrith reprit sa tâche tandis que j'examinais tous ceux qui m'entouraient. Je ne vis aucune arme, et je ne pensais pas qu'il puisse y avoir des exceptions à cette règle : il était trop facile, pour un magicien, de découvrir si quelqu'un était porteur d'un objet en métal.

Un cri, qui avait cessé brusquement, attira de nouveau mon attention vers Gadrith, qui avait plaqué Bavrin contre la table. L'une de ses mains était crispée comme une griffe sur la poitrine de Bavrin. Je me souvenais aussi de ce geste, que j'avais surpris la première fois que j'avais épié les agissements de Gadrith. Je regardai de minces filaments de lumière s'élever du torse de Bavrin et se rassembler en boule dans la paume tendue du mage. Bavrin se mit à convulser, puis se figea pour toujours.

Gadrith poussa le corps inanimé, qui tomba de la table, et posa sur celle-ci un beau cristal bleu, non taillé, sur un carré de velours noir. Une pierre tsali.

— Non…, lâchai-je. Non…

— Amenez-moi celui-là, ordonna Gadrith en désignant Maître Lorgrin.

Je me souvins de ce qu'avait dit Tyentso sur le don de sorcière de Gadrith : il était en mesure d'extraire l'âme du corps de quelqu'un et l'ajouter à son propre pouvoir.

— Vous ne pouvez pas tuer tous les gens qui se trouvent ici, bon sang. Vous ne croyez pas que l'Empereur s'apercevra de ce que vous faites ?

Darzin marcha jusqu'à moi et me donna un coup de pied au visage. La douleur fut si forte que mon champ de vision s'emplit d'un éclat aveuglant, puis je tournai la tête et crachai du sang. Lorsque je relevai les yeux, je découvris que Gadrith avait déjà tué Lorgrin et posait une pierre jaune à côté de la bleue.

— Il a raison, vous savez, dit Gadrith à Thurvishar du ton de la conversation.

Son fils adoptif observait son père avec une expression si impénétrable qu'il aurait aussi bien pu l'écouter parler des types de graines à planter au printemps.

— Tout le monde, ici, ne ferait pas une bonne pierre tsali. (Après un instant, il leva le charme de silence qui enveloppait Tishar.) Bonsoir, ma chère Tishar. Avez-vous aimé votre carrosse ? C'est moi qui l'ai fabriqué à la demande de votre frère, spécialement pour vous.

La femme au sang vané parut frappée d'horreur.

— Je l'aime beaucoup moins, maintenant que je sais que vous l'avez touché de vos mains répugnantes.

— Ah, vous me faites de la peine. (Il la désigna du doigt.) Ce sera la prochaine.

— Gadrith, de grâce… ! implora Tishar lorsque les morts-vivants l'empoignèrent.

— Hélas, les suppliques de ce genre m'importent peu, lui répondit-il.

— Gadrith, arrêtez, dis-je.

Darzin me frappa de nouveau.

— La ferme.

Tishar cracha sur Gadrith lorsque les zombies la traînèrent jusqu'à la table. Elle fouilla la salle du regard, cherchant désespérément une issue, un moyen de s'échapper. Ses yeux croisèrent les miens.

— Pitié..., articula-t-elle silencieusement, sans que je ne puisse savoir si elle s'adressait à Gadrith ou à moi.

Je souffre en y repensant. Je souffre de revoir cette scène. Je l'ai regardée mourir. J'ai regardé ce salaud arracher son âme de son corps.

Elle devint une magnifique pierre bleue. Bien sûr.

— Arrêtez ! vociférai-je.

Darzin pouvait bien me frapper, ou pire. Je savais qu'il n'allait pas essayer de me tuer ; pas alors que je portais la Pierre des Entraves.

— Qu'est-ce que vous voulez ? demandai-je.

Gadrith s'immobilisa et se tourna vers moi.

— Ah ! J'attendais justement que vous me le demandiez, même si, jeune homme, vous ne devriez pas poser de questions dont vous connaissez déjà les réponses. Vous savez ce que je veux.

Je baissai les yeux sur la Pierre des Entraves, dont on devinait les contours sous ma chemise.

— C'est ça que vous voulez.

— En effet, acquiesça Gadrith.

— Kihrin ! cria Galen. Si c'est ça qu'il veut, donnez-le-lui !

— Votre fils est d'une grande sagesse, lança Gadrith à Darzin d'un ton flatteur.

La bouche de Darzin se tordit en une sorte de sourire.

— Merci.

— Celui-là, maintenant, ordonna Gadrith en désignant Galen à ses morts-vivants.

Le sourire de Darzin s'évanouit.

— Quoi ? Tuer mon héritier ne faisait pas partie de notre accord.

Gadrith ne répondit pas ; il se contenta de lever un sourcil.

— C'est mon fils, insista Darzin.

Il traversa la pièce pour aller se placer près de Galen, que le soutien de son père semblait prendre de court, bien davantage que les morts auxquelles nous venions d'assister.

— Faites-en un autre, suggéra Gadrith. Vous m'avez dit que Kihrin était attaché à celui-ci.

— Allez-y, dis-je.

Oh, comme ces mots me furent douloureux… parce que je savais que Gadrith ne bluffait pas ; mais moi, si. Évidemment.

Gadrith pencha la tête de côté. Je haussai les épaules.

— Tuez-le. Tuez-les tous, si ça vous chante. Tout ce que vous êtes en train de faire, c'est de détruire petit à petit votre seul moyen de me faire chanter. Vous ne pouvez pas m'éliminer. Je le sais. Vous pouvez me défigurer, me torturer, me violer, *et cætera* ; nous savons tous les deux que ce n'est pas permanent. Demandez à l'un de vos zombies de le faire, et la pierre ne me laissera pas mourir. Je ne vous donnerai pas la Pierre des Entraves, et rien de ce que vous m'infligerez ne me fera changer d'avis. Combien de temps souhaitez-vous poursuivre ce petit jeu ? Jusqu'à ce que le Premier Général arrive ? Ou bien l'Empereur ? Je l'ai déjà prévenu, donc tout effet de surprise est déjà éventé.

— Vous faites référence à l'une de ses vulgaires bagues ? (Gadrith fit un geste en direction de mes mains encastrées.) Cela m'étonnerait.

— Je lui ai dit que vous étiez vivant bien avant cela, rétorquai-je d'un air moqueur. Il est en chemin en ce moment même.

Gadrith sourit.

— C'est très gentil de votre part. Je n'avais pas besoin de votre aide, mais je ne suis pas trop orgueilleux pour l'accepter.

Je luttai pour ne pas me départir de mon air railleur, pour ne pas regarder Galen, ne pas leur donner le moindre signe que ce qui lui arriverait avait de l'importance pour moi.

Gadrith se tourna vers Thurvishar.

— Dit-il la vérité, en ce qui concerne ses proches ? N'y a-t-il personne ici dont la mort l'affecterait ?

Thurvishar tressaillit, comme s'il s'agissait précisément de la question dont il espérait que Gadrith ne la lui poserait pas[1]. Il darda sur son père un regard ouvertement furieux.

— Dites-le-moi, insista Gadrith. Tout de suite !

Je reconnus alors l'expression peinée de Thurvishar : il venait d'être puni pour avoir presque désobéi à son gaesh. Il soupira, et pointa une silhouette du doigt.

— Elle.

Thurvishar avait désigné Dame Miya[2].

— Elle ? Je m'en fiche, protestai-je. (Je m'efforçai de garder une voix égale et pleine de dédain.) Pourquoi me serais-je attaché à une esclave vané ? Elle n'est rien pour moi.

Darzin soupira et se frotta le menton.

— Mon garçon, même moi je n'y aurais pas cru.

— Amenez-la, ordonna Gadrith.

C'est à peine si je parvins à respirer lorsque je les vis la soulever, encore inconsciente, et la traîner jusqu'à la table.

— Écoutez, ça ne sert à rien…

Gadrith posa une main en griffe sur son cœur.

— Arrêtez ! criai-je. Arrêtez. Je vous en prie. Si je vous donne la pierre, est-ce que vous épargnerez tous les autres ?

Je le savais. Même à cet instant, je savais qu'il ne me laisserait pas en vie.

Gadrith se tut un moment, laissant les quelques filaments apparus sous ses doigts retomber dans le corps de Miya.

---

1. C'est assez bien vu. Voyez-vous, j'étais dans l'incapacité de mentir.

2. Comment le savais-je ? Pour la même raison que je connais tant de secrets. C'est mon don de sorcière, et c'est pour cela que Gadrith m'avait gardé auprès de lui si longtemps. C'est tout ce que j'estime devoir dire à ce sujet pour le moment.

— Ils ne m'intéressent pas, jeune homme. Ce que vous portez, voilà tout ce que je désire. Leurs morts ne sont nécessaires que si elles me permettent d'obtenir la pierre.

Je me passai la langue sur les lèvres.

— Relâchez-moi. Relâchez-moi, que je puisse vous donner ce que vous voulez.

Gadrith me scruta du regard, puis fit signe à Thurvishar.

— Allez-y, lui dit-il.

Darzin marcha jusqu'à moi et me souleva pour me mettre debout.

— Pas d'entourloupe, me cracha-t-il.

Je sentis les entraves de marbre de Thurvishar glisser de mes membres.

D'un geste vif, je repris mon bras à Darzin et manipulai lentement le fermoir du collier. Il fallait que je gagne du temps. Il fallait que je fasse traîner les choses, assez longtemps pour...

Gadrith posa de nouveau sa main crispée sur la poitrine de Miya.

— Je vais compter jusqu'à trois.

Je retirai la Pierre des Entraves.

Je n'avais eu aucun mal à le faire, cette fois. Je tendis le bijou à Gadrith.

— Elle est à vous.

Thurvishar secoua la tête et se détourna, comme s'il ne pouvait supporter ce spectacle.

Les doigts tremblants, Gadrith s'écarta de ma mère et s'empara de la pierre.

— Vous êtes courageux, dit-il.

Son ton était neutre, et je ne sus pas s'il faisait montre de sarcasme ou de sincérité.

Il attacha la Pierre des Entraves autour de son cou.

La pièce était plongée dans le silence. Bien que leurs sanglots ne parviennent pas jusqu'à moi, je savais que ceux qui m'entouraient pleuraient leurs morts. Néanmoins, il me sembla que tout le monde retenait son souffle, comme attendant de voir si Gadrith tiendrait sa promesse.

—Alors ? demanda Darzin.

Gadrith porta sa main à son cou, et sourit.

—C'est tout ce que j'espérais.

Puis il leva une main.

—Amenez Kihrin. Laissez les autres ici.

Il fit volte-face et sortit de la pièce, ses morts-vivants s'alignant pour le suivre.

Et c'est la fin de mon histoire.

J'ai perdu. Vous autres, vous avez gagné.

Et nous savons tous ce qui se passe ensuite.

78

Le phare de Shadrag Gor

(Récit de Serre)

C'est tout ? C'est là que tu as décidé de t'arrêter ?

Oh, Kihrin, je ne t'en ai pas voulu de ne jamais avoir raconté le temps que tu as passé en tant qu'esclave, à bord du Malheur*… Mais tu ne peux tout de même pas arrêter ton récit maintenant.*

Très bien. C'est moi qui ai commencé, d'une certaine manière, alors c'est moi qui vais finir.

Kihrin ne résista que très mollement lorsque Thurvishar D'Lorus le prit par le bras. Il se mouvait avec la lenteur d'un homme drogué ou blessé. Cependant, il chercha les yeux du magicien.

— J'aurais mieux fait de vous donner la pierre il y a des années, pas vrai ? Avant de me faire enlever ?

Sa voix était morne et atone.

— Probablement, acquiesça Thurvishar. Je ne prétendrai pas en être absolument sûr.

— Où allons-nous ? Dans la chambre d'invocation de ce bon vieux Pedron, là-bas, dans les cryptes ?

Kihrin n'avait pas oublié les conversations qu'il avait surprises, bien des années auparavant.

— Pas encore, répondit Thurvishar.

Le mage s'immobilisa et regarda une partie du mur où ondoyaient des runes luminescentes aux couleurs de l'arc-en-ciel. Le mur se brouilla, devenant diaphane ; Kihrin découvrit alors, de l'autre côté du portail, une énorme pièce aux murs de pierre brute, dotée de grandes fenêtres fermées par des volets. La salle était éclairée par lumagie. Elle aurait pu se trouver n'importe où.

— Attendez, dit Serre. (Elle ressemblait à Talea ; ou, plus exactement, à Morea.) Je viens avec vous.

Thurvishar lui lança un regard irrité.

— Pourriez-vous prendre l'apparence de quelqu'un d'autre ?

Elle haussa les épaules et se changea en Lyrilyn.

— Où est Talea, d'ailleurs ?

— En lieu sûr, et très loin de vous, répliqua Thurvishar. Je n'ai pas l'intention de vous permettre de compléter votre collection. Où étiez-vous ?

— Je me faisais passer pour le Grand Seigneur, au cas où quelqu'un serait arrivé avec des questions. Ne vous inquiétez pas, je retournerai à mes devoirs de sentinelle une fois que nous en aurons fini. (Elle gratifia Kihrin d'un clin d'œil avant de reporter son attention sur Thurvishar.) Qu'attendons-nous ?

Il lui barra la route.

— Nous n'avons pas besoin de vos talents, ici.

Elle sourit.

— Ah ! Chéri, ne soyez pas désagréable. Et puis, il faut bien que quelqu'un se charge de surveiller ce cher ange, pendant que vous et Gadrith préparez vos petits sortilèges. Vous préféreriez que ce soit Darzin ? Je ne pense pas que cela tournerait très bien.

Thurvishar l'étudia du regard.

— D'accord. Allez-y.

Maintenant le portail magique ouvert, il fit passer Serre et Kihrin devant lui.

Ils débouchèrent dans une tour de pierre grossière, aux murs inclinés vers l'intérieur. Un bruit étrange leur parvenait de l'extérieur, comme un bourdonnement sourd. Thurvishar fit disparaître le portail. Il se figea et fronça les sourcils en regardant autour de lui. Il avait dressé des protections destinées à lui indiquer si quelqu'un parvenait à déjouer les défenses du phare. Elles s'étaient déclenchées. Quelqu'un était entré, puis reparti.

Il le révélerait à Gadrith plus tard, mais seulement si le nécromancien le lui demandait.

— Quelque chose ne va pas ? demanda Serre.

Thurvishar secoua la tête.

— Rien qui vous concerne. Emmenez-le à l'étage. Et faites attention. Il envisage de s'échapper.

Kihrin lança à Thurvishar un coup d'œil incrédule.

— Comment… ?

Serre haussa un sourcil et ajouta :

— Oui, comment ?

— Ne vous occupez pas de cela, dit Thurvishar. Amenez-le par ici.

Serre tendit la main vers Kihrin, mais il se déroba.

— Ne me touche pas, siffla-t-il.

— Oh, mon chou… Tu me fais de la peine.

— Parfait, répliqua-t-il. (Kihrin se tourna vers Thurvishar.) Ça ne va pas marcher, vous savez. Je suis venu avec des amis. Ils vont nous retrouver.

Thurvishar fit signe à Kihrin de s'engager dans un escalier en colimaçon qui descendait le long de la tour.

— Oui, je sais. Teraeth et Tyentso. Ou plutôt, Teraeth et Raverí D'Lorus. Leurs retrouvailles risquent d'être spectaculaires, lorsque Gadrith l'apprendra. (Il haussa les épaules.) Je suis désolé, mais ils n'arriveront pas ici à temps.

— Vous avez l'air bien sûr de vous.

— En effet.

Thurvishar déverrouilla une porte de fer située sous un palier, entre un segment d'escalier et le suivant. Il l'ouvrit pour y faire entrer Kihrin.

— Vous allez rester là jusqu'à ce que nous ayons besoin de vous. Et… ça vaut ce que ça vaut, mais sachez que je suis désolé que les choses en soient arrivées là.

Kihrin jeta un regard dans la pièce. C'était un cachot, et pas des plus spacieux, mais il semblait plus propre que la moyenne.

— Pourquoi êtes-vous si certain de ce que vous dites ?

— Nous sommes à Shadrag Gor, s'exclama alors Serre d'une voix emplie de stupeur et d'émerveillement. C'est le phare de Shadrag Gor. Je croyais que ce n'était qu'un mythe… Est-il réellement hors du temps ?

Thurvishar ignora sa question.

— Ne le tuez pas. Ne lui faites aucun mal. Ne le mangez pas, martela-t-il. Je n'ai pas besoin de vous dire quelles seront les conséquences si vous êtes victime d'un coup de folie, pas vrai ?

Serre haussa les épaules.

— Je sais ce que vous voulez faire de lui. Gadrith n'a pas tué toute la famille de Darzin. Vous pourriez utiliser quelqu'un d'autre…

Elle émit un gargouillis lorsqu'un champ d'énergie verte jaillit des mains de Thurvishar et la plaqua contre le mur, si fort que son corps se déforma, gonflant sous la pression. Serre tenta de se transformer, mais le champ de force épousait les reliefs de son corps et elle ne put le repousser.

— J'ai eu le temps de faire des recherches sur les manières de vous combattre, lui révéla Thurvishar. J'en ai un peu profité. Faites ce que je vous dis, ou je vous éliminerai. C'est compris ?

— J'aurais dû vous tuer dans la taverne quand j'en avais l'occasion, marmonna Serre. Mais bon sang, ce que vous êtes excitant[1]…

Kihrin s'assit sur un petit tabouret, seul meuble de la cellule. Il l'inclina sur deux pieds et s'adossa au mur, en équilibre.

— Ne vous laissez pas distraire par Serre. Pourquoi allons-nous échouer ? L'Empereur est prêt à intervenir, Thurvishar. Il sait. Même si vous tentez de m'utiliser comme otage, il va tout de même arrêter Gadrith.

— Vous vous demandiez comment nous avons fait pour réagir si vite. La raison est la même. Le temps ne s'écoule pas de la même manière, ici, à Shadrag Gor, expliqua Thurvishar. Il ne faudra peut-être pas longtemps à vos amis pour s'apercevoir que quelque chose ne va pas. Mais le temps qu'ils comprennent que le plan ne s'est pas déroulé comme prévu, plusieurs semaines auront passé, ici. Et vous serez déjà mort.

Puis Thurvishar est parti. Et… la boucle est bouclée, n'est-ce pas ? Nous y voilà. Plusieurs semaines se sont écoulées, nous avons passé de très bons moments, et… Ah, oui… J'entends des pas dans l'escalier.

Maintenant, c'est terminé.

Merci pour le caillou, mon chou. J'en prendrai grand soin.

1. Je ne peux qu'implorer votre indulgence : elle a vraiment dit ceci. Croyez-moi, mon ego n'est pas si fragile que je ne juge nécessaire de m'inventer des compliments.

Deuxième partie

Le déchirement

(Parenthèse de Thurvishar)

La majorité des êtres vivants s'accorde à dire que si l'on nous proposait de choisir entre la vie et la mort, nous choisirions la vie. La Vie, accompagnée de son amante l'Espérance, recèle bien plus de potentialités que sa sœur la Mort. Les gens évoquent celle-ci sous le nom de Reine du Royaume de la Paix, mais tressaillent lorsque son nom est prononcé en vain. Nous sommes toujours habités de ce soupçon tenace, qui nous souffle que la Mort est un piège et que le Royaume de la Paix n'a rien de paisible. Que la Mort n'offre aucun réconfort. Ou pire encore, qu'elle est conforme à ce qu'en disent les prêtres : un lieu de justice où nous sommes traités comme nous l'avons mérité.

Et à la vérité, rares sont ceux d'entre nous qui acceptent de se confronter à cet aveuglant miroir et à contempler leur reflet. Car nous entretenons tous cette culpabilité secrète, ce sentiment que nous serons refusés à la porte, qualifiés d'indignes. La Mort est le dernier et le plus absolu des examens… et la plupart d'entre nous, je le crains, souhaiteraient disposer de quelques années supplémentaires pour s'y préparer.

Pas déjà. Chère déesse, pas déjà.

Ces réflexions me vinrent à l'esprit lorsque je vis un jeune homme de vingt ans faire don de sa vie pour protéger sa famille de la mort et de l'oubli. Rares sont ceux, dans cette salle, qui se seraient portés volontaires à sa place. Aux yeux de Darzin, c'était un imbécile, sans doute. Et Gadrith l'admirait de la façon dont on admire une créature étrange et inconnue, qu'on ne peut qu'étudier mais jamais comprendre. J'ignore ce que j'aurais fait, personnellement, si j'avais eu à faire le même choix que Kihrin.

Mais bien sûr, cette histoire n'est pas la mienne.

79

Introduction à la démonologie

Kihrin se tut un moment après avoir terminé de raconter son histoire à la métamorphe. Il secoua la tête.

— D'après la description de Juval, mon vendeur ressemblait à Faris, dit Kihrin. J'étais sûr que c'était lui. Son dernier acte de vengeance. Il n'arrêtait pas de droguer des gens au *Tonneau Debout*. Mais c'était toi, pas vrai ? Tu ne m'aurais jamais permis de m'échapper.

— Pardon ? As-tu passé les quatre dernières années sous la coupe de Darzin ? J'ai orchestré ton évasion avec un tel brio que j'ai même réussi à te berner, toi. (Serre secoua la tête.) Je suppose que je n'ai pas le droit d'attendre un soupçon de gratitude de la part de mon propre fils.

— Je ne suis pas ton fils !

— Tu étais le fils de Surdyeh et d'Ola. Et maintenant, ils font partie de moi. C'est presque pareil.

Kihrin s'élança vers elle, mais les barreaux l'arrêtèrent.

— On m'a mis un gaesh à cause de toi…

— Chut, rétorqua Serre. Tais-toi. Faisons en sorte que cela reste une surprise pour les autres, d'accord ?

Ils s'interrompirent en entendant des pas dans l'escalier, au-dessus d'eux. Quelqu'un sifflotait joyeusement. Kihrin sentit son estomac se nouer, comprenant de qui il s'agissait.

— Bonjour, Darzin, dit-il.

Le Seigneur-Héritier de la Maison D'Mon lui sourit.

— Bonjour, petit frère. Prêt à mourir ?

Kihrin secoua la tête.

— Je ne sais pas… Combien de temps ai-je passé ici ?

— Trois semaines, environ. (Darzin sourit à Serre, lui prit la main et embrassa le dos de ses doigts.) Il ne t'a pas causé de difficultés ?

— Il a été très sage, assura Serre.

— Non, reprit Kihrin. Ça y est, j'ai pris ma décision. Je n'ai pas envie de mourir maintenant. Vous pouvez revenir… jamais, par exemple ?

— Amène-le, ordonna Darzin. (Il plissa alors le nez.) Hum, il sent un peu, non ?

— Vous voyez une baignoire dans cette cellule, vous ? contra sèchement Kihrin.

— Je lui ai proposé de le laver avec ma langue, mais il a refusé, se plaignit Serre.

Elle ouvrit la porte de la prison et forma un grand tentacule violet qui alla s'enrouler autour du bras de Kihrin.

Darzin sourit.

— Ah… On se demande pourquoi.

Darzin empoigna l'autre bras de Kihrin, et tandis que Serre le maintenait immobile il lui attacha les poignets.

— Allons-y. Nous avons rendez-vous avec un vieil ami.

Kihrin lui adressa un regard désorienté et Darzin ricana.

— Vous vous souvenez de Xaltorath, n'est-ce pas ? (Il se mit à rire franchement.) Oh, par les dieux, vous devriez voir votre tête, gamin ! Rien que pour cela, je ne regrette pas d'être venu.

Serre arracha le collier de larmes étoilées du cou de Kihrin.

— Je suis surpris que tu ne l'aies pas fait il y a trois semaines, lui fit remarquer Darzin.

— J'espérais que vous me laisseriez le manger, avoua-t-elle. (Elle haussa les épaules.) Mais puisque cela n'arrivera pas, je me contenterai d'une babiole.

Elle fit un clin d'œil à Kihrin et emboîta le pas à Darzin. Ils se dirigèrent alors vers l'endroit où les attendait Thurvishar, près du portail ouvert.

— Thurvishar ? l'interpella Serre.

Le mage regarda la métamorphe, un sourcil levé.

— Oui ?

— Attrapez ça.

Serre lui lança une petite pierre, lisse et banale.

Kihrin écarquilla les yeux. Il riva sur Serre un regard plein d'amertume et de colère mais n'explicita pas pourquoi le « cadeau » de Serre à Thurvishar le contrariait à ce point.

Thurvishar attrapa la pierre et l'observa.

— De quoi s'agit-il ?

— Juste un petit quelque chose pour vous souvenir de lui. (Serre fit un autre clin d'œil, cette fois au magicien.) Je suis sûre que vous saurez en faire bon usage.

— Serre, espèce de garce ! cracha Kihrin.

— Tu avais raison, répondit-elle. C'était bien une arnaque.

Elle riait toujours lorsqu'ils traversèrent ensemble le portail, que Thurvishar referma derrière eux.

Kihrin n'avait jamais vu l'autre côté de la cachette de Galen, ces tombeaux souterrains construits pour un Grand Seigneur D'Mon. Ils avaient été investis par Pedron, par son fils Therin et plus tard, par Darzin. Cependant, il sut tout de suite où ils se trouvaient. Il le sentait au fond de lui, à la froidure qui lui mordait les os. La puanteur de la décomposition et du poison, plus récent, trahissaient également la nature de l'endroit. Le tenyé de la pièce vibrait, laid et malfaisant. Chaque centimètre des pierres qui le constituaient avait été décoré de minuscules symboles, formant des sillons et des tourbillons de peinture rouge sang.

Non, pas de peinture. Bien sûr, c'était du sang véritable.

Gadrith attendait devant un autel de pierre noire, éclairé par des bougies. Les coins de l'autel étaient munis de fers. Quant à Gadrith, il était armé d'un couteau aiguisé, qui se séparait en plusieurs lames hérissées de pointes et donnait l'impression d'avoir été conçu pour lacérer et déchiqueter grossièrement la chair.

Darzin siffla en traînant Kihrin vers le lieu où les préparatifs du rituel avaient été effectués.

— C'est encore plus impressionnant que la dernière fois.

Gadrith parut amusé par la flatterie de Darzin.

— C'est plus important que la dernière fois, répondit-il.

Thurvishar regarda Kihrin.

— Nous avons peint les symboles à Shadrag Gor, dans une pièce de la même taille que celle-ci, et nous avons utilisé la magie pour les transférer ici. Par conséquent, nous avons pu prendre tout notre temps.

Darzin haussa un sourcil.

— Il ne vous avait pas demandé de lui expliquer.

Thurvishar l'ignora et marcha jusqu'au fond de la pièce pour prendre place derrière l'autel.

— N'oubliez pas votre texte, Darzin. Vous savez que, puisqu'il est de votre famille, c'est à vous d'effectuer ce rituel.

— Oh, c'est donc pour ça qu'ils ne vous ont pas encore tué. Je me posais la question. (Kihrin se tourna vers lui.) Profitez-en, Darzin : vous n'allez plus demeurer utile bien longtemps.

— Ferme-la, lança Darzin d'un ton sec. (Il traîna Kihrin jusqu'à l'autel et l'y souleva.) Aidez-moi, dit-il à Thurvishar.

Ensemble, ils parvinrent à plaquer Kihrin sur la surface lisse et refermèrent les entraves sur ses poignets et ses chevilles.

D'un sortilège, Thurvishar le réduisit ensuite au silence, car Kihrin refusait de s'arrêter de jurer.

— Il faudra que je me souvienne de celui-là, avec le morgage et la chèvre, commenta Darzin. Très original.

— Dois-je vous rappeler que le temps s'écoule normalement, ici ? intervint Gadrith. Ce n'est pas dans cette pièce que je désire voir arriver Sandus.

— Non, Maître, je suis désolé.

Darzin s'inclina, mal à l'aise, et s'empressa de se poster derrière l'autel. Il se mit alors à psalmodier[1].

D'abord, rien ne se produisit. Cependant l'arche qui menait aux tombes, aux cellules et aux cryptes se fit plus sombre que les lumagies n'auraient dû le permettre. Cette obscurité ressemblait moins à un défaut de lumière qu'à un abysse palpable, une absence si profonde qu'elle s'était dotée d'une substance propre.

De ces ténèbres émergea Xaltorath.

Il était plus petit que lorsque Kihrin l'avait vu, quatre ans plus tôt. Il portait aussi une armure délicatement ouvragée, qui n'offrait presque aucune protection. En réalité, elle ne faisait que mettre en relief le fait qu'il était presque nu, et la bizarrerie de sa mise.

— Xaltorath, je t'ai appelé de la façon dont l'exigent les anciennes coutumes, lui dit Darzin.

JE VOIS CELA. ET TE VOILÀ SUR LE POINT DE SACRIFIER TON FRÈRE CADET, DONT LA MORT NE REPRÉSENTE PAS UN BIEN GRAND SACRIFICE POUR TOI.

Thurvishar et Gadrith échangèrent un regard incertain.

---

1. Puisque je ne souhaite surtout pas rendre publique une invocation aussi terrible que celle de Xaltorath, le rituel lui-même ne sera pas décrit ici. Il est préférable de laisser certaines choses se perdre à jamais dans les méandres de l'histoire.

— Rien, dans ton invocation, ne dit que ce doit être quelqu'un dont la mort me chagrine, protesta Darzin. Le même sang coule dans nos veines. N'est-ce pas suffisant ?

PEUT-ÊTRE. NOUS VERRONS BIEN.

L'apparence de Xaltorath se mit alors à ondoyer, à couler comme de l'eau ; lorsqu'elle s'immobilisa, il était devenu une parodie grotesque de Tya, la déesse de la magie. Il avait pris l'aspect d'une belle femme à la peau rougie, qui semblait aussi dure que le bronze et aussi lisse que le verre. Ses yeux brillaient, rougeoyants, et ses membres ne semblaient plus trempés dans le sang, mais dans l'encre noire. Ses cheveux étaient comme enflammés. Son armure dorée révélait encore davantage son corps, et ressemblait plus à un bijou suggestif qu'à un vêtement.

Kihrin se débattit. Il aurait voulu parler, mais le sort le bâillonnait.

Xaltorath écarta le silence magique d'un geste de la main, s'avançant vers l'autel d'une démarche sensuelle. Elle y appuya sa hanche.

SALUT, BEAU GOSSE. JE T'AI MANQUÉ ?

Kihrin tira sur ses entraves.

— Laissez-moi tranquille !

Xaltorath fit courir ses doigts sur le ventre de Kihrin.

HMMM… PAUVRE PETIT CHAT. CE N'EST PAS TA JOURNÉE… (Elle fit un clin d'œil à Kihrin, partageant sa plaisanterie avec lui, sans prêter attention aux autres hommes qui se trouvaient dans la pièce.) ***TU VEUX QU'ON S'AMUSE UN PEU ?***

— Je ne pense pas que je m'amuserais beaucoup, rétorqua Kihrin.

Xaltorath secoua la tête.

***OH, MAIS SI. TOI ET MOI POURRIONS PASSER L'ÉTERNITÉ À PROFITER DE NOTRE IDYLLE. NOUS NOUS AMUSERIONS TANT,

TOUS LES DEUX… JE TE DONNERAIS TOUT CE QUE TU DÉSIRES.***

Kihrin secoua la tête.

—Non, merci.

Xaltorath changea de nouveau, cette fois par petites touches. De rouge sang, sa peau devint brun cannelle, et son corps perdit un peu de ses courbes pulpeuses. Ses traits se modifièrent si légèrement qu'ils auraient aussi bien pu rester les mêmes, mais ses cheveux passèrent d'un roux de flamme à une teinte plus sombre, un rouge si profond qu'on l'aurait cru presque noir, et formèrent une bande courant de son front à sa nuque.

TU ES SÛR ? demanda-t-elle de nouveau, dans un ronronnement voilé.

Kihrin émit un bruit qui ressemblait à un geignement.

—Non, dit-il. Pas même pour elle.

UN HÉROS. PRÊT À SE SACRIFIER… (Xaltorath se redressa et regarda Darzin.) ***TU AS RAISON : IL EST PARFAIT. DONNE-LE-MOI TOUT ENTIER, SON CŒUR COMME SON ÂME, ET JE FERAI TOUT CE QUE TU ME DEMANDERAS.

Darzin sourit.

—Avec plaisir.

Il s'empara du couteau, et sans plus de cérémonie l'enfonça violemment dans la poitrine de Kihrin.

Kame détestait le Nouvel An. Les affaires marchaient bien, et Kame ne manquait jamais de clients prêts à se glisser dans une ruelle sombre ou à l'accompagner jusqu'à son boudoir, dans la maison de plaisir. Cependant, elle avait la sensation que la ville tout entière s'étirait sous forme de fils d'énergie malveillante, prêts à céder. Elle gagnait plus de métal, mais elle subissait plus d'abus, aussi. Certaines années, elle avait l'impression de donner plus d'argent aux maisons bleues qu'elle n'en gagnait par son travail.

Elle se mit à attendre au coin d'un entrepôt, près des docks, regardant les marins charger leurs vaisseaux tant que le temps était beau, afin de repartir sans tarder vers des contrées lointaines. Kame cherchait du regard les désœuvrés, les errants, les hommes qui avaient quelques heures de temps libre devant eux. Ou même quelques minutes, d'ailleurs. La plupart des marins se trouvaient déjà au port, à boire dans les tavernes ou à transpirer dans le boudoir d'une autre. Elle se retourna en entendant un bruit d'éclaboussure.

Une parodie géante d'être humain marcha jusqu'au rivage. Il faisait trois fois la taille d'un homme particulièrement grand, et sa couleur n'était pas naturelle. Sa peau était blanche, et – par endroits – verte ou violacée, et ses mains semblaient avoir été trempées dans le sang. Le monstre était pourvu d'une grande queue qui frappait le sol derrière lui, comme celle d'un crocodile. Le démon sourit lorsque les quelques personnes qui se trouvaient sur les quais le remarquèrent. Ils crièrent de terreur.

Kame était tétanisée. Il était énorme, gigantesque, atroce. Il était…

Le démon la vit, lui adressa un rictus d'une obscénité inimaginable et tendit la main vers elle. Elle hurla, et hurla encore.

Le sang aspergea les pavés et macula le mur de l'entrepôt, mais Xaltorath ne prit pas le temps de se délecter de ce meurtre.

Il avait un programme à tenir.

80

Le Palais Bleu

Teraeth se lança à la poursuite de Darzin dès que celui-ci quitta la cour pour rentrer dans le Palais Bleu.

Il devait reconnaître une qualité au Seigneur-Héritier : il n'était pas homme à traîner des pieds. Darzin se mit à courir dès qu'il fut hors de vue de la Première Cour comme s'il avait un démon à ses trousses.

D'ailleurs, il avait justement quelqu'un à ses trousses… mais Teraeth était certain qu'il l'ignorait.

Cette poursuite eut le mérite de rappeler à Teraeth à quel point les palais royaux étaient grands. Darzin ne semblait pas se diriger vers les ailes réservées à l'usage de la famille royale, mais plutôt vers un couloir étroit, voisin des appartements des domestiques, qui servait de garde-manger.

Teraeth émergea dans le passage une seconde après Darzin et s'arrêta.

Le corridor était vide.

Teraeth resta immobile un moment. Il n'entendit ni bruit de pas, ni les halètements saccadés de quelqu'un qui reprend son souffle après avoir couru. Rien.

Il glissa sa vue de l'autre côté du Premier Voile, au cas où Darzin aurait utilisé une sorte d'illusion ou d'occultation magique. Rien.

Teraeth se concentra sur la bague au rubis gravé.

— Votre Majesté, nous avons un problème. J'ai besoin de votre… (Il y eut un claquement et une bouffée d'air.)… aide.

L'Empereur Sandus se tenait près de lui.

— Quel est le problème ?

Teraeth ne perdit pas de temps en politesses.

— Il est possible que Darzin ait employé un moyen de déplacement magique. J'étais juste derrière lui, et il a disparu.

Sandus parut pensif.

— D'accord. Voyons s'il a laissé des traces derrière lui.

L'Empereur bougea les mains de façon singulière, tournant les poignets. De fines traînées d'énergie suivirent les lignes du sol et des murs, avant de se rejoindre sur un pan particulier de la paroi, sous la forme d'une masse de runes et de symboles luminescents.

— Un portail, dit Teraeth en reconnaissant ces indices. Un portail caché.

— Un portail caché et verrouillé, corrigea l'Empereur Sandus. Mais il mène très certainement à l'endroit où se cachait Gadrith.

— Pouvez-vous le déverrouiller ?

L'Empereur eut un sourire sans joie.

— Avec plaisir, dit-il.

Assise à sa table du *Champ du Massacre*, Tyentso surveillait ses verres, et regrettait que personne d'autre qu'elle – personne ! – n'ait inventé une méthode pour détecter les incursions démoniaques. Elle aurait préféré se trouver aux côtés de Teraeth et Kihrin, et faire enfin payer ce salaud de Gadrith.

Bien sûr, le plaisir qu'elle tirait à effectuer un sort de divination magique d'une telle ampleur en public – comme pour dire « allez tous vous faire foutre ! » – compensait presque sa frustration.

Sa méthode de surveillance était assez simple : les démons étaient des êtres d'énergie, et par conséquent ils étaient attirés par les autres sources d'énergie, dont ils se nourrissaient. Ils ne déclenchaient pas des incendies par simple goût de la destruction ; ils se repaissaient également de la chaleur qui en résultait. Toute zone que des démons en liberté avaient commencé à saccager tendait donc à osciller entre le chaud et le froid de façon aisément reconnaissable, à condition de savoir ce qu'on cherchait.

Les verres posés devant elle formaient une carte thermique en temps réel de la cité tout entière. D'un seul regard, elle pouvait savoir quelles rues étaient pourvues de khilins en fonctionnement et quelles maisons étaient assez riches pour se payer les visites des Hommes de Glace.

Quelqu'un posa une tasse de thé vert brûlant sur le siège vide près de Tyentso, qui leva les yeux sur une femme khorvesh qui lui souriait.

— Vous n'avez pas voulu de bière, dit Tauna, alors je me suis dit que vous aimeriez peut-être boire autre chose.

— Merci, murmura Tyentso. (Elle commençait à se pencher sur la tasse lorsqu'un éclair bleu attira son attention.) Ah ! Qu'est-ce que…

Elle se concentra. Une vague de froid venait de survenir dans le Cercle Supérieur, mais elle n'était pas associée aux pics de chaleur indiquant la présence de démons en liberté. Elle examina la carte, puis ses yeux s'écarquillèrent. Elle venait de comprendre quelle autre sorte de magie aspirerait la chaleur sans rien produire en retour.

— De la nécromancie…, chuchota-t-elle.

Le phénomène s'était produit à l'emplacement du Palais Bleu.

Tyentso se concentra sur la bague à son doigt, activant la connexion qui lui permettrait de parler à l'Empereur.

Rien ne se produisit.

— Oh, merde…

Il n'y avait pas de gardes devant la porte principale du domaine des D'Mon, et personne ne protesta lorsque Tyentso utilisa son pouvoir pour lever la barre qui fermait la porte et entrer.

Quelque chose n'allait pas.

Tyentso balaya la Première Cour du regard. Les traces de combat étaient évidentes, mais le plus frappant était évidemment les corps qu'on avait entassés près de l'entrée de l'écurie royale. Un énorme cheval gris et blanc se tenait à côté des cadavres, comme s'il avait décidé de se faire soldat et protecteur des morts. La bête secoua la tête et hennit à l'intention de Tyentso, la mettant au défi de s'approcher jusqu'à se mettre à portée de ses sabots affilés.

— Qui que vous soyez, partez d'ici, ordonna une voix.

Le Grand Seigneur Therin se tenait devant les grandes portes qui séparaient la Première Cour du reste du palais. On aurait dit qu'il venait juste de livrer bataille ; d'ailleurs, il avait une épée dégainée à la main.

— Therin ? dit Tyentso. Que s'est-il passé, ici ? Où sont vos gardes ?

— Morts, pour la plupart. (Il brandit son épée d'un geste menaçant.) Nous avons subi un assaut, mais l'Empereur est là, à présent. Je vous suggère de vous mettre à l'abri jusqu'à ce que tout soit terminé. (Il eut un rictus grave.) Et ce n'est pas un conseil.

Tyentso le dévisagea un moment.

— Oui, bien sûr, Grand Seigneur. Vous avez sûrement raison.

Ils restèrent tous deux immobiles.

— Je ne peux m'empêcher de remarquer que vous n'avez pas bougé, lança Therin.

— C'est drôle. Je ne peux m'empêcher de remarquer que vous n'êtes pas Therin, riposta Tyentso.

Serre plissa les yeux.

— Comment l'avez-vous su ?

— En vérité, je disais cela un peu au hasard, mais merci d'avoir confirmé mon hypothèse. (Tyentso sourit et inclina la tête de côté, regardant par-dessus l'épaule de Therin.) Où étais-tu ?

Teraeth descendit dans la cour. Comme Therin, il donnait l'impression d'avoir bataillé pour arriver jusqu'aux portes du palais.

— De l'autre côté du continent, apparemment. Je vais m'occuper d'elle, dit-il à Tyentso. Va voir si tu trouves des survivants.

Serre soupira.

— C'est trop tard pour les survivants, mes petits choux. Vous devriez partir tant que vous le pouvez encore.

Tyentso se mit à avancer par petits pas de côté, contournant Serre (qui avait toujours la forme d'un Therin presque parfaitement imité).

— Où est l'Empereur ? demanda-t-elle à Teraeth sans détacher ses yeux de la métamorphe.

— Au port. Il y a un problème là-bas, apparemment.

— M'est avis que c'est Xaltorath, révéla Serre. Ne partez pas. Il y a tant de choses dont j'aimerais discuter avec vous deux !

Tyentso leva la main et une partie du sol se souleva, formant un mur entre elle-même et Serre. La métamorphe gronda et s'élança en avant, mais le mur l'empêchait de suivre Tyentso.

— Tu n'as pas l'impression d'oublier quelqu'un ? demanda Teraeth en tirant plusieurs dagues de sa ceinture.

Serre se retourna vers lui.

— Ah, oui… Le joli petit assassin de Kihrin. C'est dommage que tu n'aies pas pu passer plus de temps avec lui. Tu aurais peut-être fini par réussir à le séduire.

Le visage de Teraeth se ferma.

— Kihrin n'est pas mort.

— Oh, j'ai bien peur que si, malheureusement… mais il y a une bonne nouvelle : je crois que Darzin va me laisser manger son corps. (Serre sourit.) Hé ! Tu as peut-être encore une chance de le sauter, finalement…

Teraeth attaqua.

Tandis qu'il fendait l'air de sa dague, Serre tendit un bras, si vite que son mouvement parut flou. Ce bras s'étira et se transforma jusqu'à ne plus rien avoir d'humain. Il s'agissait maintenant d'un long tentacule mouvant, doté de lames tranchantes là où un poulpe aurait été pourvu de ventouses[1]. Un coup mortel traversa l'endroit où se tenait l'illusion de Teraeth à l'instant précédent.

Serre éclata de rire.

— Aha ! Oh, c'est un vrai défi !

Alors qu'elle finissait de parler, elle sentit une lame aiguisée lui trancher la peau du dos. De ses muscles, elle forma un nouveau tentacule qu'elle lança en avant. Cette fois, son coup fut récompensé par un sifflement de douleur et une giclée de sang sur les pavés.

Serre fit volte-face et des yeux apparurent sur la peau de ses épaules, de son dos et de ses cuisses, tandis qu'elle se déplaçait pour retrouver l'assassin.

— Tu devrais t'enfuir, petit vané.

— Et rater l'occasion de tuer une métamorphe ? rétorqua Teraeth. Je ne me pardonnerais jamais d'avoir laissé passer une telle opportunité.

— Et pourtant, elle te passera bel et bien sous le nez, répliqua-t-elle en riant. Il est déconcertant de ne pas pouvoir sentir ton esprit, mais pas assez pour me dissuader de dévorer ton cerveau.

---

1. C'est à se demander s'il existe un lien entre les métamorphes et les Filles de Laaka.

— Essaie donc.

Teraeth réapparut pour fondre sur elle, brandissant deux dagues. Lorsqu'elle lança ses tentacules, Teraeth lui entailla les jambes. Mais ces dernières, à leur tour, se hérissèrent de pointes tranchantes pour lui rendre la pareille.

— Que vas-tu donc faire ? s'enquit-elle d'un air pensif.

À ce moment-là, elle ne ressemblait plus vraiment à une femme, ni à un être humain, ou à une quelconque créature qui ne soit pas surgie des cauchemars d'un fou furieux. Elle reprit :

— Tu ne peux pas me couper les bras. Tu ne peux pas me décapiter. Je n'ai pas d'organes que tu pourrais blesser. Je n'ai pas de veines que tu pourrais saigner. En revanche… Ce sont autant de choses que moi, je peux te faire subir… (Elle tourna sur elle-même, riant tout en frappant l'air au hasard.) Oh, ne te cache pas, mon chou. Je voudrais vraiment apprendre à te connaître. Tu as l'air tellement amusant.

Il garda le silence.

Serre attendit un instant, mais voyant que Teraeth ne l'attaquait pas et ne répondait pas à ses provocations, elle songea qu'il était possible qu'il ait réussi à s'enfuir. Elle forma tentacule après tentacule et leur fit lacérer le vide, s'agitant dans l'espace comme dans l'espoir de le retrouver par tâtonnements. Un de ses bras heurta quelque chose ; il y eut un hoquet de douleur, du sang, et l'espace d'une seconde, les illusions de Teraeth se dissipèrent… C'était assez pour lui révéler sa position.

Serre n'hésita pas. Elle dirigea tous ses bras contre lui comme un étrange monstre marin, enroulant ses tentacules autour de l'assassin. Elle s'abandonna à la joie du massacre en déchiquetant le vané, se délectant de chaque plaie comme d'une caresse amoureuse.

Puis elle sentit quelque chose s'enfoncer dans ce qui pouvait être considéré comme son dos – au moins parce qu'il s'agissait du côté opposé à l'endroit où était concentrée son attention – et le mirage qu'elle serrait dans ses bras se dispersa en nuées de fumée magique. Elle s'effondra au sol, incapable de bouger, de remuer, ou de transformer ne serait-ce qu'un seul muscle. Une grande pointe d'argent dépassait de son corps.

Teraeth redevint visible. Il était indemne.

Le vané contourna la masse de tentacules et de chair qui gisait, immobile et silencieuse, sur le sol.

— Kihrin savait que tu étais ici, lança Teraeth. Il le sait depuis des années. Cela lui a donné beaucoup de temps pour se préparer à t'affronter[1].

Il plongea la main dans l'amas de chair déformée et en tira un collier de larmes étoilées. Il scruta le bijou, une expression d'effroi sur le visage.

Puis il fit volte-face pour s'élancer à la suite de Tyentso[2].

Tyentso trouva les membres survivants de la famille D'Mon, une foule de nobles serrés les uns contre les autres, pleurant silencieusement sur les corps de leurs proches. Une jeune femme aux cheveux roux cherchait à réveiller le Grand Seigneur.

Lorsqu'elle entra dans la salle de bal, les soldats inanimés qui étaient censés surveiller la famille D'Mon tressautèrent

1. J'imagine que cette pointe est la jumelle de celle dont s'était armé Kihrin, lorsqu'il pensait surprendre Serre dans ses appartements. Vaincre la métamorphe dut être une expérience grisante. Je leur tire mon chapeau.

2. Les spéculations, quant à ce qu'il advint finalement de la métamorphe Serre, sont légion. À ma connaissance, c'est la dernière fois que quiconque dit avoir vu la créature. Teraeth déclarerait plus tard qu'il était trop inquiet du sort réservé à Kihrin pour prendre le temps – considérable – de la détruire. Et la pointe magique qui la paralysait n'aurait pas neutralisé la métamorphe de façon permanente. Puisque son corps ne fut pas retrouvé par la suite, nous sommes forcés de supposer qu'elle court toujours.

et parurent se réveiller mollement, avant de tituber dans sa direction.

Tyentso leva les yeux au ciel.

— Oh, je ne crois pas, non.

Elle récita mentalement les formules, et rassembla l'énergie nécessaire. Puis, lorsqu'elle tendit les bras, une vague de pouvoir violette s'échappa de chaque soldat. Ils s'écroulèrent, comme des marionnettes dont on aurait coupé les fils.

Elle marcha jusqu'à la jeune fille, et s'aperçut en s'approchant qu'un adolescent – aussi vêtu des couleurs des D'Mon – se tenait près d'elle. Tous les regards étaient fixés sur elle, et pourtant, personne ne parlait.

— Vous êtes très discrets, pour des D'Mon, fit-elle remarquer. Oh ! Je comprends.

Elle leva le charme de silence que Thurvishar avait lancé plus tôt.

Tout le monde se mit alors à discourir d'un seul coup, mais Tyentso, remarquant la pile de corps qu'on avait rassemblés sur le côté, agita la main d'un geste agacé. Les survivants se turent de nouveau.

— Je reconnaîtrais la patte de Gadrith entre mille, dit-elle.

— Qui êtes-vous ? demanda Sheloran.

Elle adressa un signe à la jeune femme qui essayait de réveiller le Grand Seigneur Therin.

— Une amie. Écartez-vous. Je vais m'en occuper.

— Vous pouvez le faire sans risquer de le blesser ? demanda le jeune homme. Et j'insiste : qui êtes-vous ?

Elle haussa un sourcil dans sa direction avant de se retourner vers le Grand Seigneur.

— Quelqu'un qui ne veut pas faire le moindre mal à Therin D'Mon.

— Je suis Galen D'Mon, et bien que j'apprécie que vous nous ayez débarrassés de ces monstres, j'aimerais savoir…

Sans lui prêter attention, elle posa la main sur le front de Therin.

— Ce n'est pas un charme bien compliqué. En pratique, ce n'est qu'un sommeil profond.

Ses doigts se crispèrent, prenant quasiment l'aspect de serres écartées.

Therin haleta et ouvrit les yeux, puis regarda autour de lui, paniqué, lorsqu'il comprit où il se trouvait. Découvrant Tyentso penchée sur lui, il cracha :

— Laissez-moi, femme... Que faites-vous ici ?

— Elle n'a pas voulu me dire son nom, expliqua Galen.

Tyentso se redressa en position accroupie et sourit.

— Laissez-moi vous expliquer.

Elle couvrit sa forme natale d'une illusion, susceptible d'être reconnue. Therin la scruta en battant des paupières.

— Raverí ? Raverí D'Lorus ?

— Je croyais... ! (L'expression de Galen se fit perplexe.) Mais... J'ai vu votre portrait au Sombre Manoir.

— Que faites-vous ici ? interrogea Therin.

— Je cherche à tuer mon mari... une deuxième fois, expliqua la magicienne. Alors, seigneur Therin, si vous voulez bien venir vous placer ici pendant que je réveille votre sénéchal... Je veux que votre visage soit la première chose qu'elle verra en ouvrant les yeux.

— Pourquoi ? s'étonna Therin en se levant avec effort.

Tyentso ricana.

— Parce que comme ça, je vivrai plus longtemps. Je la crois capable d'anéantir le premier D'Lorus qu'elle verra, en cet instant. (Elle s'interrompit.) Avez-vous la moindre idée de l'étendue de son pouvoir magique ? (Tyentso secoua la tête.) Peu importe. Mettez-vous là et soyez beau. Cela ne devrait pas vous poser problème.

Therin se plaça face à Miya.

Galen se leva à son tour.

— Qu'est-ce qui se passe ?

— J'allais vous le demander…, dit Therin. Qu'est-il arrivé à Kihrin ?

Puis l'attention de Therin fut détournée par le réveil de Miya, et il ne vit pas la honte se peindre sur les traits de son petit-fils.

— Therin ? (Miya lui tendit la main.) Que s'est-il passé ? Gadrith ?

— Apparemment, répondit Tyentso.

Miya se tourna pour la regarder, et ses sourcils se rejoignirent.

— Pourquoi est-ce que… Raverí ? C'est vous ?

— Eh bien, au moins ne m'avez-vous pas oubliée, commenta la magicienne. (Elle se tourna vers Galen.) Qu'est-il arrivé à Kihrin ? J'ai vu votre expression lorsque Therin vous a posé la question.

Galen tenta d'avaler la boule qui s'était formée dans sa gorge.

— Ils voulaient un collier qu'il portait. Une pierre vané. Et quand il a refusé de le leur donner, Gadrith s'est mis à tuer des gens, en leur arrachant leur âme.

Il lança un regard vers la pile de cadavres. Therin ne les avait pas encore remarqués ; à leur vue, il devint livide.

— Bavrin. Mon fils…, murmura-t-il. Et Lorgrin, et Tishar… Où est Devyeh ?

Les traits de Galen se tordirent.

— Les os… ce sont les siens.

Therin se tourna vers son petit-fils.

— Vous avez dit qu'il arrachait des âmes. En faisait-il des pierres tsali ? Où sont-elles ?

— Il les a emportées, indiqua Galen.

— Il va s'en nourrir, expliqua Tyentso, mais si nous arrivons à retrouver Gadrith avant qu'il le fasse, et que nous détruisons ces gemmes, leurs âmes seront délivrées. Ils pourront Revenir, ou au moins se rendre au Royaume de la Paix.

— D'accord, mais…, interrompit Miya. Et Kihrin ? Que lui est-il arrivé ? Et la pierre qu'il portait ?

L'expression de Galen se crispa.

— Je ne sais pas pourquoi Gadrith désirait à ce point cette gemme, puisqu'il pouvait en faire d'autres quand il voulait.

Miya regardait Galen comme si elle se retenait de le secouer pour obtenir des réponses.

— Lui a-t-il donné sa pierre ? Dites-le-moi, vite !

Lorsque Galen tarda à répondre, ce fut sa femme Sheloran qui le fit pour lui.

— Oui, dit-elle. Il la lui a donnée. Gadrith s'apprêtait à vous tuer, Dame Miya. Et Kihrin ne pouvait le laisser faire. Il leur a donc donné ce qu'ils demandaient.

La vané chancela. Therin se rembrunit.

— Je ne comprends pas. Pourquoi une pierre tsali vané serait-elle si importante ? (Il secoua la tête.) J'avais pris l'habitude de les acheter pour les détruire et libérer les âmes qu'elles contenaient, mais ce n'est certainement pas pour cela que Gadrith en veut une.

Tyentso adressa à Miya un sourire froid.

— Vous voulez le lui dire, ou dois-je m'en charger ?

La femme vané avait l'air désarmée et hébétée. L'horreur qui se peignait sur son visage semblait avoir remplacé toute autre émotion. Enfin, elle parut s'apercevoir que Therin attendait sa réponse.

— Il portait la Pierre des Entraves de Kirpis. (Elle secoua la tête.) Elle est très puissante. Je le sais mieux que quiconque. Mais aller jusqu'à faire des choses pareilles…

— Ils ont emmené Kihrin, avoua Galen. Ils ont dit qu'ils avaient besoin de lui pour invoquer un démon.

La pièce se fit silencieuse, à l'exception des sanglots étouffés des survivants. Galen observa le Grand Seigneur,

Dame Miya et Tyentso : leurs trois visages lui indiquèrent, plus clairement qu'un long discours, que les nouvelles qu'il venait de leur révéler étaient extrêmement graves.

— Je vois que j'arrive après la bataille, dit Teraeth en entrant dans la pièce.

Il avait dissipé toutes ses illusions, et repris son apparence de vané manol.

Dame Miya, en le voyant, leva la main pour lancer un sort.

— Tout doux, tout doux, s'écria Tyentso. C'est un ami.

Miya baissa le bras.

— Toutes mes excuses. Cette journée a été… (Elle ne finit pas sa phrase, mais regarda Therin.) Nous devons retrouver Kihrin.

— Plus facile à dire qu'à faire, commenta Teraeth. (Il leur montra le collier de larmes étoilées.) La métamorphe qui gardait l'entrée avait ce bijou sur elle. Cela me paraît très mauvais signe. (Il hocha la tête en direction de Tyentso.) La pointe a très bien fonctionné.

— Au moins, quelque chose s'est passé comme prévu, murmura-t-elle avant d'ajouter avec rage : Nous n'avons aucune idée d'où ils ont pu l'emmener.

Galen leva la main, comme un enfant répondant aux questions d'un précepteur.

— … Je crois que je le sais.

Therin s'engagea le premier dans la chambre souterraine, par le biais d'une porte secrète percée dans le sol, qu'il avait cru inutilisée depuis plus de dix ans. Il comprit son erreur en voyant les runes de sang peintes qui couvraient la pierre, et les lumagies qui tournoyaient toujours au plafond.

Miya hoqueta en découvrant le corps de Kihrin sur l'autel. Ils ne l'avaient pas déplacé. Ils ne lui avaient même pas ôté ses fers. Kihrin avait simplement été abandonné ici.

Le sang qui coulait lentement de son torse, troué d'une plaie béante, suffisait à leur révéler le sort qu'il avait connu.

Il était mort.

— Ah, bon sang, marmonna Tyentso. Pourquoi n'a-t-il pas rejoint la Confrérie Noire quand il en a eu l'occasion ?

Teraeth paraissait bouleversé.

— Puisqu'il s'agit d'un sacrifice démoniaque, cela n'aurait rien changé, souffla-t-il.

Tyentso et Teraeth s'avancèrent tous deux vers le corps, laissant derrière eux Therin, Miya, Galen et Sheloran. Therin était immobile, le visage fermé, les poings serrés et les mâchoires si contractées que ses joues étaient devenues blêmes. Miya respirait par brefs à-coups, incapable de détourner les yeux de l'autel.

Elle murmura :

— C'est votre faute.

Les tendons saillirent sur le cou de Therin, mais il ne répondit pas.

Tyentso prit le collier des mains de Teraeth et examina les gemmes d'un œil critique.

— Nous pourrions tout de même essayer.

— C'est risqué, répondit Teraeth d'une voix blanche.

— Il vaut mieux quelque chose qui pourrait marcher que quelque chose qui ne marchera pas parce que nous n'aurons pas essayé, argua-t-elle. (Elle se tourna vers Therin et Miya.) Vous allez devoir nous aider. Il faut que nous transportions son corps jusqu'au quartier des temples.

Therin secoua la tête, arraché à son hébétude.

— Il a été sacrifié à un démon. On ne peut pas ressusciter quelqu'un qui n'a plus d'âme.

Teraeth avait l'air à deux doigts de trancher la gorge à quelqu'un.

— Il a reçu un gaesh lorsqu'il était esclave. (Il désigna le collier dans la main de Tyentso.) Ce bijou contient son gaesh.

— Il a reçu… quoi ? (Miya se raidit.) Quoi ?

— Un gaesh. Vous devriez connaître le principe, lui rétorqua Teraeth.

— Je vois que tu es toujours aussi doué pour la diplomatie, marmonna Tyentso. (Elle brandit la chaîne étincelante de gemmes.) Ce bijou contient un éclat de son âme. Pas beaucoup, juste un petit morceau. Le reste de son âme se promène en compagnie d'un prince démon, mais si nous parvenons à envoyer cette partie-ci au Royaume de la Paix, il y a une chance que Thaena puisse réparer les dégâts.

Miya se rua vers le corps.

— Je vais vous aider, dit-elle.

Elle se concentra, utilisant la magie pour briser les entraves et soulever le corps de Kihrin. Therin acquiesça et la suivit.

— Il y a quelque chose que je ne comprends pas, intervint Galen.

— Ce n'est pas le moment, dit sèchement Therin.

— Non, insista Galen en secouant la tête. Je crois que c'est important. Si le démon n'a pas pris son âme… qu'il n'a pas eu son âme dans sa totalité[1]… cela veut dire que le rituel a échoué, non ? Que le démon n'est pas lié ?

Tout le monde se tut un moment.

Therin regarda Tyentso et demanda :

— Est-ce que quelqu'un sait qui ils souhaitaient invoquer ?

Tyentso examina les runes et les symboles peints sur les murs.

— Xaltorath, dit-elle en cillant. La métamorphe disait vrai. Xaltorath… Jamais il ne se serait contenté de sourire et d'avaler une âme fragmentaire. Ce qui signifie…

---

1. Cela n'aurait jamais fonctionné de toute façon, voyez-vous. C'est amusant, vous ne trouvez pas ? Ni Gadrith ni Darzin n'avaient jamais vraiment compris qui était Kihrin. S'ils l'avaient su, ils n'auraient jamais fait une telle tentative… car Xaltorath avait demandé un prix qu'ils ne seraient jamais en mesure de payer. Selon moi, l'âme de Kihrin n'est plus entière depuis plusieurs siècles.

— Qu'il n'est pas sous leur contrôle, complétèrent Miya et Teraeth à l'unisson.

— Et c'est une bonne chose ? s'enquit Galen.

Tyentso secoua la tête, l'air sidéré.

— Je n'en ai aucune idée. À mon avis, la seule personne qui le sait, c'est Xaltorath.

Ils formaient un groupe saugrenu, courant à toute allure dans les rues du Cercle Supérieur. Ils auraient probablement été soumis à plus de curiosité de la part des gardes (ne serait-ce que pour leur servir d'escorte) sans la présence des panaches de fumée qui s'élevaient dans la nuit, à l'ouest, près des docks. Quelques gardes tentèrent de les arrêter et de les interroger, mais la présence d'un Grand Seigneur les dissuada d'insister bien longtemps.

La cathédrale de Thaena était l'un des plus grands temples du Quartier d'Ivoire ; seule l'église de Khored la surpassait dans ce domaine. La cathédrale avait été financée presque entièrement par la famille D'Lorus, en guise d'excuse suite aux agissements de leur Seigneur-Héritier dévoyé. Plus le groupe s'en rapprochait, plus les pieds de Therin lui semblaient lourds, jusqu'à ce que le moindre pas lui demande un effort considérable.

D'autres habitants avaient eu la même idée qu'eux : lorsqu'ils arrivèrent, l'église était déjà encombrée de corps. Des prêtres en robes blanches déambulaient dans les minces espaces qui séparaient les cadavres, effectuant les derniers sacrements. Un homme grand et mince, aux cheveux noirs et clairsemés, marqua un temps d'arrêt en les voyant arriver, manifestement éberlué. Il courut à leur rencontre.

— Therin, c'est vous ?

— Kerris, salua le Grand Seigneur en lui serrant la main. Cela fait longtemps.

— Trop longtemps, ajouta le prêtre. Qu'est-ce que…

Son regard tomba sur le corps de Kihrin.

— C'est mon fils, dit Therin. (Il se tut un instant.) Mon fils unique. Devyeh et Bavrin sont morts tous les deux.

Galen lança un regard stupéfait à Therin lorsqu'il omit de mentionner Darzin, mais il fut le seul à s'en étonner.

— Je comprends. Je vais voir ce que nous… (Le prêtre balbutia et s'interrompit une deuxième fois en découvrant l'affreuse blessure sur le torse du mort.) Je ne peux pas…

Teraeth lui tendit le collier.

— Il avait un gaesh. Ce bijou contient tout ce qui nous reste de son âme. Cela suffira-t-il ?

Le prêtre secoua la tête tout en examinant le collier.

— Il faudrait un miracle.

Tyentso sourit.

— Ça alors, ça tombe bien…

81

Les confins

Le jeune homme courut. Il n'avait rien d'autre à l'esprit. Il n'avait plus de souvenirs d'avant sa course, aucune idée de ce qui l'avait amené jusqu'ici. Aucun souvenir de qui il était ou de ce qu'il avait laissé derrière lui.

Il n'était qu'un fragment de lui-même.

Son existence ne subsistait que sous la forme de brefs instants présents, au rythme affolé de son cœur et de sa respiration étranglée. C'était ce qui animait son allure titubante, faisait bouger ses pieds qui s'empêtraient dans les tiges de belladone et couler la sueur sur son front moite. Au moins savait-il pourquoi il courait, quoique cela ne lui procure aucun réconfort.

Il courait parce qu'il y avait des chiens.

La forêt, noire et lugubre, ne pouvait lui offrir ni abri ni chaleur. Les bois étaient plongés dans une obscurité glacée et prisonniers d'une gangue perpétuelle de gel et de boue visqueuse en raison de la bruine qui s'y abattait sans relâche. La glace se brisait sous ses pas, produisant des traces lisibles pour qui voudrait le poursuivre. Le vent hurlait, agitant les branches des saules et des ifs qui lui accrochaient les vêtements et les cheveux avec une rage meurtrière. Les racines des arbres, les enchevêtrements de lotus noirs vénéneux et les herbes mortelles le faisaient trébucher, tandis que les ronces et les buissons épineux formaient des murs infranchissables pour le bloquer dans sa fuite.

Il ignorait qui il était, mais il n'avait besoin de personne pour savoir qu'il était mort.

Il portait toujours sa blessure, la terrible plaie béante dans sa poitrine, là où aurait dû se trouver son cœur. À la place de celui-ci, il n'avait plus qu'une immense sensation de deuil et de solitude. Une pensée, froide et hagarde, s'imposa à lui : bien qu'il se trouve dans le Royaume des Morts, il n'avait pas la moindre idée d'où il était censé aller. Rien dans ces bois ne semblait vouloir lui être amical.

La forêt n'était pas vraiment dénuée de toute vie : il s'y trouvait des limaces, des vers, des serpents, toutes sortes de rats, des hyènes, des loups et pire encore. Des corbeaux et des chouettes l'interpellaient, railleurs, depuis les branches. D'autres choses encore, qu'il ne pouvait identifier – et qu'il priait pour ne jamais voir de plus près – ondulaient et rampaient en marge de son champ de vision. Elles disparaissaient dans le cours d'un ruisseau ou bien dans la noirceur d'une ombre impénétrable, juste avant qu'il ne distingue leur silhouette. Toutes les créatures paraissaient sur le point de mourir de faim, comme si aucun des animaux de cette affreuse forêt n'avait jamais connu de véritable repas depuis sa naissance. Ils l'observaient tous comme s'il constituait le remède à tous leurs maux.

Cependant, ce qui l'inquiétait le plus était les chiens.

Il entendait les dogues se lancer des appels derrière lui. Il ne savait pas pourquoi il supposait qu'ils étaient lancés à ses trousses, mais la sueur froide qui coulait le long de son dos ne lui permettait pas d'en douter. Il savait que leurs crocs acérés n'auraient aucun mal à le déchiqueter, quand ils le rattraperaient. « Quand », pas « si ».

Sous l'effet de la fatigue, sa course se fit plus lente, plus désespérée. Devant lui, les arbres devinrent plus clairsemés et il eut un hoquet de panique. Le sol s'arrêtait quelques pas plus loin, passant d'une boue marécageuse à l'eau noire et épaisse d'un lac stagnant. Ses profondeurs disparaissaient dans un abîme ténébreux et sans fin, et on aurait pu les croire constituées de goudron plutôt que d'eau.

Une brume d'un jaune écœurant serpentait à la surface du lac, comme animée d'un dessein maléfique. Sous ses yeux, l'eau se mit à remuer et à s'agiter, et une énorme silhouette sinueuse se retourna sous la surface. Il regarda autour de lui, horrifié ; mais à l'exception des créatures sauvages tapies dans l'ombre, les yeux rivés sur lui, il était seul. Il n'y avait aucune issue.

Il était pris au piège.

Les dogues firent irruption dans la clairière en un tourbillon de flamme et de joie prédatrice.

Il ne s'agissait pas vraiment de chiens. Ils donnaient l'impression d'avoir été, autrefois, des êtres humains, avant qu'une puissance inconnue et cruelle leur torde les membres et s'amuse à les modeler comme de l'argile. Malgré leurs dents pointues et la façon dont ils claquaient des mâchoires, leurs faces étaient suffisamment humaines pour trahir leur abominable nature. Ils hurlèrent, grondèrent et humèrent l'air en quête de leur proie, courant jusqu'au bord de l'eau puis décrivant des cercles dépités dans la clairière.

L'un des dogues, trop avide de continuer la chasse, entra dans le lac noir, aboyant et reniflant comme pour suivre la piste à la surface même de l'eau. Les remous s'intensifièrent et le chien fut happé et entraîné sous les flots dans un jappement terrifié.

Après cela, les chiens se gardèrent de pénétrer l'onde ténébreuse et se contentèrent d'aboyer sur la rive.

Le groupe des chasseurs rejoignit les chiens dans un tonnerre de sabots. Il y avait une dizaine de cavaliers, dont aucun n'était humain. Quelques-uns avaient repoussé leur capuchon, révélant des têtes d'animaux ou de monstres, et parfois des crânes animés. Certains chasseurs étaient dotés de cornes, et celui qu'on ne pouvait qu'identifier comme leur chef était une ombre noire, coiffé des bois d'un cerf gigantesque. Ses yeux, hideux et luisants, étaient les mêmes que ceux de ses chiens.

Leurs chevaux étaient tout aussi effroyables. Certains ressemblaient à des cadavres ambulants dont le sang gouttait encore de leur chair en putréfaction. D'autres se rapprochaient de squelettes aux yeux éclairés d'une lueur spectrale et aux sabots auréolés d'un feu glacial. Certains avaient des peaux de serpent et d'autres étaient constitués d'ombres et de ténèbres ; leurs origines surnaturelles ne faisaient pas de doute. Le sol se couvrait de givre sur leur passage, des stalactites se formant à l'extrémité des branchages.

Le maître de chasse agita son épée avec colère en découvrant les traces qui menaient droit vers le lac. Il cria des mots étranges, qui brûlèrent et sifflèrent dans l'atmosphère, puis fit tourner son cheval d'ombre et repartit au galop vers la forêt. Les autres se retournèrent et le suivirent, et les dogues s'élancèrent en aboyant dans leur sillage.

Le fugitif, agrippé aux branches frêles de la cime d'un arbre souffreteux de la mangrove, s'autorisa seulement alors à respirer. Il ne savait pas combien de temps s'écoulerait avant que le maître de chasse comprenne qu'il avait été dupé et fasse demi-tour. Son inquiétude ne fit qu'empirer lorsqu'en commençant à descendre de sa cachette, il perçut des bruits de sabots.

Il n'avait pas le temps de remonter se percher ; il se retrouva piégé sur une branche plus basse, où seules les ombres avaient une chance de le dérober aux regards.

Un démon séparé du groupe, porteur d'une armure de métal ouvragé et d'une longue cape noire, entra à cheval dans la clairière. Sous son capuchon, un casque achevait de masquer son visage. Dans sa main droite, le chasseur tenait une longue lance, et dans la gauche les rênes de sa monture. Cette dernière était une créature magnifique, un immense étalon de guerre à la robe noir charbon, et dont les sabots lustrés jetaient des éclats de feu. Le cheval était habité d'une énergie élémentaire, aussi brûlante qu'une fournaise, et le sol gelé fondait sous ses pas.

Le fugitif ne put s'empêcher de penser que son destrier était bien supérieur à ceux de tous les autres démons, mais cette pensée ne le réconforta pas outre mesure. Le chasseur traversa la clairière sans faire montre de la même précipitation impatiente que le reste du groupe. Il mit pied à terre et se pencha pour étudier les traces qui menaient jusqu'à l'eau. Puis, alors que le jeune homme l'observait, n'osant faire un geste, le démon leva la tête et le repéra.

Le fugitif bondit sur le chasseur démoniaque. Il frappa violemment la silhouette encapuchonnée, la projetant à terre et lui faisant lâcher sa lance. Le cheval géant poussa un hennissement de rage.

Mais le jeune homme avait mal calculé son attaque, et ils roulèrent au sol jusque dans l'eau mortelle du lac noir.

Terrifié, le fugitif frappa encore, atteignant le chasseur à l'abdomen et à la mâchoire. Il aurait aussi bien pu donner des coups de poing à un arbre ; le démon s'écarta mais le jeune homme était certain qu'il ne l'avait pas réellement blessé. Il s'efforça d'atteindre la lance tombée, puis sentit une main lui enserrer la gorge comme un étau et le tirer sous l'eau. Il ne put s'empêcher de grogner en luttant pour échapper au chasseur. Il tenta d'arracher son cou à la main du démon, mais immergé comme il l'était dans le liquide infâme de l'étang, il n'en eut pas la force. Il se tourna à demi, espérant que l'eau huileuse parviendrait à faire lâcher prise à son adversaire, et lui assena un coup de coude. Il sentit qu'il avait atteint sa cible, et l'étau sur son cou se desserra. Il se propulsa jusqu'à la surface et respira à grandes goulées.

Quelque chose bougea derrière lui. De toutes ses forces, il lança son pied vers l'arrière, mais le chasseur lui agrippa la jambe. Son adversaire était plus fort que lui… plus fort que quatre comme lui. Le démon tira brusquement sur la cheville de sa proie, qui alla s'écraser à la frontière entre l'eau et la terre. Comprenant la chance qui se présentait à lui, il se leva tant bien que mal et attrapa la lance, tout en esquivant les sabots luisants du cheval démoniaque.

Il referma la main sur l'arme et sentit l'énergie affluer le long de son bras. Il avait l'impression de tenir une forge, une fournaise, le soleil lui-même. C'était la première vraie chaleur qu'il se souvenait d'avoir ressentie, et cependant elle lui paraissait étrangement familière.

Armé, il se retourna vers le démon dans l'eau. Face à lui, la surface sombre du lac s'ouvrit et une créature s'éleva des profondeurs. Avec un hoquet de surprise, il fit un pas en arrière.

Un dragon émergea des flots.

La bête était longue et sinueuse, son corps constitué d'anneaux à demi plongés dans l'eau. Elle paraissait noire, ou peut-être bleu nuit. Sa silhouette, ses écailles, ses dents et le fond de ses yeux étaient rehaussés d'un halo pâle. Cette lueur lui donnait un air immatériel et éthéré, n'évoquant pas tant un dragon que le fantôme d'un dragon. Un spectre, dans un monde de spectres.

— Cours ! lui cria le démon.

Sa voix était celle d'une femme.

Cette dernière n'eut que le temps de se tourner vers le dragon avant que le monstre l'attaque. Il se saisit de la démone en armure de chevalier et enfonça ses griffes tranchantes dans sa cuirasse noire, produisant un craquement écœurant.

Le dragon secoua sa proie puis jeta son corps de côté. Elle émit un hurlement, aigu et terrible, puis se tut.

Le fugitif eut à peine le temps de voir le dragon l'attaquer, tendant son long cou vers lui pour le dévorer. Il parvint à peine à lever sa lance. Il savait, cependant, qu'il ne s'agirait que d'un geste de défi et non de réel combat. Deux sensations l'envahirent simultanément : le flot d'énergie ruisselant en lui lorsqu'il planta sa lance dans le palais du dragon, et la douleur provoquée par les dents de la créature qui broyaient la peau, les muscles et les os de sa jambe droite. Cette sensation vint s'ajouter à la douleur continue causée par son cœur manquant et s'accompagna d'une souffrance d'une autre sorte : le retour de ses souvenirs.

Tous ses souvenirs.

Tous les souvenirs de toutes ses vies passées.

Il hurla, en un cri aussi primitif et violent que celui de la démone, et se sentit soulevé dans les airs par le dragon qui levait la tête pour terminer de le dévorer.

Il y eut un instant de flottement, tandis que le dragon s'apercevait que quelque chose n'allait pas.

La créature leva ses pattes griffues pour retirer ce qui lui obstruait la gueule, mais c'était trop tard. La lumière, la clarté jaune et aveuglante d'un soleil qui n'avait pas été vu dans le monde des vivants depuis des millénaires – et dans cet endroit, jamais –, brillait, chaude et radieuse, entre ses dents. Le feu liquide de l'étoile fit fondre la chair environnante, à travers les entailles qui s'ouvraient sur la peau du dragon.

Cette lumière singulière et le râle d'agonie du dragon voyagèrent sur des kilomètres dans toutes les directions. Les eaux sombres du lac allèrent s'écraser en vagues visqueuses contre la berge, propulsées par le poids colossal du corps qui retombait sous la surface. Les ondes de choc s'atténuèrent, puis cessèrent.

Les bois étaient plongés dans un silence médusé. Enfin, l'homme se hissa sur la rive. Il tenait la lance dans une main et tirait le corps de la démone de l'autre ; il le laissa tomber une fois qu'il fut sorti de l'eau.

Marcher représentait un effort de volonté que seule la magie de la lance avait rendu possible. S'il avait été en vie, une blessure comme celle qui affligeait sa jambe tordue et broyée aurait certainement provoqué sa mort. Le destrier infernal tenta de nouveau de l'attaquer, et il dut le menacer de sa lance pour le tenir à distance. Il retira le casque de chevalier que portait la démone inanimée et contempla son visage.

Sa peau était rouge, et ses cheveux formaient une bande d'un noir rougeâtre de son front à sa nuque. Si ses yeux avaient été ouverts, il savait qu'ils auraient été emplis de toutes les couleurs du brasier. Ici, dans l'Au-delà, il voyait son âme, souillée par la corruption démoniaque, noire et gluante. Mais le pire était qu'il la reconnaissait. Il savait qui elle était, même si son apparence avait changé après sa renaissance, même si elle ne ressemblait plus à la femme qui l'avait sauvé, autrefois, d'un sort bien pire que la mort.

Il sut, à cet instant, quelle plaisanterie cruelle Xaltorath lui avait infligée.

— Elana…

Il enfouit sa tête dans ses mains et pleura.

82

Rencontre de magiciens

Xaltorath s'amusait énormément.

Il tuait tous ceux qu'il rencontrait, souvent de manière spectaculaire, arrachant des membres, dévorant les enfants d'une seule bouchée et utilisant les crânes des hommes pour fracasser ceux de leurs femmes. Il laissait un vaste sillage de destruction derrière lui, se délectant du carnage tout en appelant ses congénères de l'Enfer pour leur permettre de jouer à leur tour. Ils violèrent, démolirent et dévorèrent les âmes de leurs victimes.

Il adorait les humains. Ils étaient emplis d'une chaleur si savoureuse… Ils ressentaient tant de souffrance… Il lui était impossible de leur faire assez mal pour assouvir son appétit.

Devant lui, au milieu de la rue, l'attendait un homme d'aspect inoffensif, vêtu d'une cape sallí en patchwork abîmée. On aurait pu ne pas le remarquer, s'il n'avait eu le front cerclé d'une simple bande de bronze et une longue baguette à la main.

On n'aurait jamais reconnu Sandus l'Empereur, portant deux des artefacts les plus puissants du monde, si « on » n'était pas plus malin que cela.

Xaltorath sourit.

JE T'ATTENDAIS !

L'Empereur Sandus n'eut pas l'air égayé.

— Rentre chez toi. Rappelle tes semblables.

Xaltorath s'arrêta pour tirer un petit morceau de jambe coincé entre ses dents.

PAS CETTE FOIS.

Sandus hocha la tête comme pour accepter sa réponse et plia le coude en arrière. Un faisceau d'énergie écarlate fusa vers Xaltorath ; il ressemblait moins à du feu qu'à un jet de gaz brûlant. Au dernier moment, le rayon fut détourné et atteignit une série d'appartements adjacents, qui s'embrasèrent.

— Il a raison, dit Gadrith, tandis que Sandus cherchait du regard la source de cette intervention. Le démon et moi avons un accord. Il m'aide, et en retour il peut brûler toute la Cité. N'essayez pas de me dire qu'ils ne l'ont pas cherché. Cette Cité mérite de disparaître.

Sandus prit une longue inspiration.

— Alors, le garçon avait raison. Vous êtes toujours en vie.

— Pour être exact… Non. Je ne suis pas en vie. (Gadrith leva les deux mains, laissant les longues manches de sa robe noire retomber sur ses coudes.) Vous êtes prêt à en finir ? Une bonne fois, et pour l'éternité ?

Sandus scruta le démon, puis Gadrith.

— La dernière fois que nous nous sommes battus, vous avez perdu. Avez-vous oublié que je suis Empereur, à présent ?

— Oh, je n'ai jamais oublié. Vous êtes ce que j'ai fait de vous.

Xaltorath se détourna et s'éloigna en direction du cœur de la Cité. Il s'empara d'un marchand isolé et le tua d'un geste, en lui écrasant le crâne contre un mur de briques.

— Alors, qui allez-vous poursuivre en premier, Majesté ? s'enquit Gadrith. Le prince démon ou l'homme qui a anéanti votre famille ? Voudriez-vous savoir ce que j'ai fait de l'âme de votre épouse ? Je n'hésiterai pas à entrer dans les détails.

Sandus se redressa et se mit à psalmodier dans une langue étrangère. Des sphères d'énergie dévastatrice se formèrent au creux de ses mains. Pour toute réponse, il les projeta en avant vers Gadrith le Déviant.

Il s'attendait à ce que son attaque ne soit que la première salve d'un duel de magiciens aux proportions légendaires, le début d'un combat que lui seul pouvait mener, car Gadrith était un homme terriblement dangereux.

Au lieu de cela, Gadrith reçut son attaque en pleine poitrine et esquissa un atroce sourire. Il tomba à genoux, tandis que l'énergie lui brûlait la peau et consumait son corps.

Gadrith rit, tout en mourant.

Lorsque l'Empereur Sandus comprit quelle terrible erreur il venait de commettre, il était trop tard.

— Nous ne pouvons pas rester là alors que la Cité est en train de brûler, dit Tyentso à Teraeth.

Le vané restait immobile tandis que l'église consacrée à sa déesse[1] se remplissait de corps, vivants et morts. Les réfugiés affluaient vers le temple, persuadés qu'ils y seraient à l'abri des démons qui ravageaient la Cité.

Mais même la cathédrale de Thaena ne pouvait les protéger. Les démons finiraient par l'investir, elle aussi.

— Je ne suis pas capable d'affronter un prince démon, admit Teraeth. Même mon arrogance a ses limites.

— Dégagez le passage, tonna une voix sonore.

Le petit groupe assemblé autour de Kihrin leva les yeux. Ils découvrirent Qoran Milligreest accompagné d'une troupe de soldats. Ils portaient quelqu'un étendu sur une cape.

Tyentso ouvrit de grands yeux.

— Je croyais qu'il était à Khorvesh !

---

1. Et sa mère.

— C'est le Premier Général, chuchota Teraeth. Quelqu'un a dû le faire revenir à l'aide d'un portail.

Therin arracha son regard au cadavre de son fils en entendant la voix de Milligreest. Il eut un halètement surpris.

— Est-ce que c'est… Jarith ?

Les soldats déposèrent Jarith au sol, sur l'un des rares espaces demeurant libres. L'homme ne portait pas de blessure apparente, et pourtant, il était mort. Son visage était figé au milieu d'un cri.

Milligreest demanda à Therin :

— Pourra-t-il Revenir ?

Sa voix était blanche et tendue, aussi dure que l'acier.

— Je n'en suis pas sûr…

Therin se pencha pour examiner Jarith. On aurait dit qu'il n'avait jamais cessé d'être un prêtre et que tout lui revenait naturellement.

— Si un démon lui a arraché son âme, il n'y a rien à faire, dit Tyentso. Je suis désolée, Qoran.

En l'entendant, le Premier Général leva brusquement la tête. Il l'observa, les sourcils froncés, luttant pour identifier cette voix qu'il n'avait pas entendue depuis vingt ans. Il la reconnut et secoua la tête.

— Raverí, vous n'auriez pas dû revenir.

— Je n'ai jamais su faire ce qu'il y avait de mieux pour moi, rétorqua Tyentso. (Elle se tourna vers Teraeth.) Tu veux bien nous laisser un instant ?

Assombri, Teraeth les regarda tous deux puis hocha la tête et retourna auprès de Dame Miya. Therin le suivit, peut-être pour que Tyentso et le Premier Général puissent s'entretenir en tête à tête, ou peut-être parce qu'il n'aimait pas laisser Miya seule avec des mâles de sa propre race.

— C'est grave ? demanda Tyentso.

Qoran se rembrunit.

— Je n'ai jamais vu pire. Pourquoi êtes-vous…

Elle posa une main sur son bras.

— Les explications peuvent attendre. D'abord, je dois m'occuper de Gadrith.

— Vous n'en aurez pas besoin, répondit Qoran. C'est bien la seule chose qui ait tourné en notre faveur, aujourd'hui.

Le visage de Tyentso se crispa.

— Quoi ?

Qoran haussa les épaules.

— Sandus l'a tué. Au moins, nous n'avons plus à nous soucier que de Xaltorath.

— Sandus a tué… (Tyentso poussa un grondement rageur.) Le salaud. Le putain de suceur de morgages ! Le violeur de chèvres ! L'abominable sac à merde[1] !

Le Premier Général ouvrit des yeux ronds, sidéré par la violence de ses propos. Tyentso se mit sur la pointe des pieds pour embrasser Qoran sur la joue.

— Vous m'avez manqué, Qoran. Mais Sandus est mort, et Gadrith est bel et bien vivant. Vous et les autres, occupez-vous de Xaltorath. Je me charge de mon… mari.

Elle se détourna et sortit en courant dans la nuit embrasée.

---

1. Toutes mes excuses, mais j'ai dû raccourcir cette litanie de jurons. Bien que la version originale soit particulièrement… inventive.

83

La fille de Xaltorath

Les chasseurs démoniaques revinrent une deuxième fois. Ils restaient silencieux ; les seuls bruits étaient ceux des chiens, qui laissaient parfois échapper un grondement sourd. S'approcher du domaine lacustre du dragon était sans doute plus délicat lorsqu'on craignait que la créature ne soit blessée, furieuse… et affamée.

Lorsqu'ils furent certains, après avoir inspecté la berge, qu'un dragon ne s'apprêtait pas à fondre sur eux, ils reprirent leurs recherches. Les démons poussèrent des cris de triomphe en découvrant le corps d'une femme inconsciente.

Le maître de chasse mit pied à terre et fit signe à deux de ses hommes de prendre la femme par les bras et de la soulever du sol. Il l'attrapa par le menton et fit tourner sa tête d'un côté, puis de l'autre. Elle était grande et mince. Une bande de cheveux courait de son front à sa nuque, noire ou cramoisie, selon l'angle de la lumière. La peau de son visage était d'un brun rougeâtre, mais ses mains étaient noires.

Le démon ricana et dit quelques mots. Puis il tira un couteau de sa ceinture et s'apprêta à trancher la gorge de la femme.

Kihrin sortit de sa cachette et siffla pour attirer leur attention. Il fit tournoyer la lance dans sa main droite avec une aisance née de l'entraînement.

— Pourquoi tu fais ça, tête de cerf ? Elle est des vôtres, non ?

Le démon cornu se tourna vers lui, surpris et enchanté.

C'est touchant. Tu crois donc que nous sommes tous amis ? Les forts se repaissent des faibles. C'est la seule loi.

— Vraiment ? (Kihrin ricana.) Eh bien, c'est… stupide. Incroyablement stupide. Je sais que les démons ne sont pas très malins, mais ça ne m'étonne pas que vous ayez perdu la dernière guerre. Écarte-toi d'elle. Si je l'ai laissée là, ce n'est pas pour que tu la tues.

Le démon lécha son couteau avant de le presser de nouveau contre la gorge de la femme.

Lâche ton arme et rends-toi, ou je dévore son âme.

— De nouveau, tu te comportes comme un idiot, soupira Kihrin. Tu ne peux pas t'en empêcher, hein ? Je ne suis pas en train d'essayer de la protéger. Je vous laisse une chance de décamper et de rejoindre vos maîtres, avant qu'il ne soit trop tard. Tu ferais mieux de la saisir.

Le démon rit.

Tu serais prêt à tous nous affronter ? Seul ?

Kihrin esquissa un sourire empreint de la confiance d'un homme qui se sait dominant.

— Tu dois être jeune. Dis-moi, tes maîtres se sont-ils donné la peine de te dire qui vous deviez chasser, ce soir ?

L'expression du démon était voilée par la pénombre, mais son grondement, lui, était clairement audible.

Un jeune homme. Un jeune homme qui n'a pas encore atteint le quart de siècle, malgré le sang vané qui coule dans ses veines mortes. Un jeune homme nommé Kihrin.

— Cette vie-là, d'accord. Mais Xaltorath ne t'a pas dit qui j'étais, avant ? Il devait bien le savoir. Je te laisse une dernière chance…

Le démon s'écarta de la femme.

Arrachez-lui son âme inférieure. Amenez-moi la lance et le reste.

Les dogues, les démons et les destriers infernaux s'avancèrent.

Kihrin claqua des doigts. Rien ne se produisit. Quelques démons s'esclaffèrent, puis firent prendre le galop à leurs chevaux afin de le piétiner.

Les démons à qui le chef avait ordonné de soulever la femme afin de la torturer à son aise, n'eurent pas même une seconde pour s'apercevoir que leur victime s'était éveillée. D'un coup de pied, elle envoya valser l'une des deux créatures. Elle attrapa l'autre par les tentacules qui saillaient au-dessus de ses oreilles et lui tordit le cou dans un craquement, faisant décrire à sa tête un cercle parfait. Le second démon revint vers elle armé d'une épée qui luisait d'un feu glacé, absorbant la chaleur qui l'entourait. Elle esquiva sa lame, serra le poing et frappa le démon.

Sa main traversa son armure puis sa poitrine, avant de ressortir dans son dos dans une gerbe de sang. D'une torsion, elle lui brisa la colonne vertébrale en deux, puis laissa le cadavre s'effondrer. Elle se mouvait avec une grâce fluide, comme si la barbarie était une danse à laquelle elle s'était exercée depuis l'enfance.

Dans ses yeux brillaient toutes les nuances d'une fournaise.

Elle arracha l'épée à la main de son propriétaire avant que l'arme ait pu se dissoudre. De bleue, la lame devint rouge[1].

Son vrai carnage pouvait alors commencer.

Pendant ce temps, Kihrin planta l'extrémité de la lance dans le sol et se prépara à accueillir la charge des démons.

---

1. Les démons sont liés au froid, et dévorent le feu et la chaleur. Le fait que cette femme en soit à l'opposé – en une inversion parfaite – me semble étrange, et mériterait d'être étudié plus avant.

Le premier destrier, s'empalant sur son arme, se volatilisa instantanément, revenant à l'état d'énergie et de chaos. Cette énergie afflua le long de la lance et s'ajouta à celle de Kihrin, qu'il utilisa pour repousser ses attaquants et les faire s'écraser les uns contre les autres. Pour le plaisir, il éteignit jusqu'à la dernière flamme de feu glacé dans un rayon de cinquante mètres. Les torches s'éteignirent. Les sabots cessèrent de brûler. Il transperça plusieurs dogues, qui s'évanouirent à leur tour. Quelques-uns périrent les yeux brillants, le regard suppliant ; ils n'auraient pu lui être plus reconnaissants de les plonger dans le néant.

Le maître de chasse décida qu'il ferait mieux de tourner bride, et vite. Comme il s'éloignait au grand galop, ses congénères perdirent la volonté de se battre. Quelques secondes plus tard, la clairière était déserte à l'exception de l'homme, de la femme, et des âmes en déliquescence des démons annihilés. Il invoqua une boule de lumagie.

Les deux survivants s'observèrent fixement.

La femme leva une main et récupéra sa cape, accrochée aux branches abîmées d'un arbre. Lorsqu'elle l'eut drapée sur ses épaules elle se retourna vers lui.

— Cette arme m'appartient, dit-elle en montrant la lance.

Kihrin sourit.

— Je ne crois pas qu'il soit dans mon intérêt de vous rendre Khoreval avant que vous m'ayez promis que je ne serai pas sa prochaine victime.

La femme se figea, étonnée.

— Vous connaissez son nom ?

— Bien sûr. Qui le lui a donné, à votre avis ?

La femme le regarda en cillant, de ses yeux féroces et enflammés.

— Ce n'est pas possible.

— Ah ! Une sceptique. Et pourtant, c'est la vérité.

La femme contempla la surface du lac en se frottant le sternum à travers sa cuirasse.

— Je croyais que ce dragon avait eu raison de moi...

— Xaloma, dit-il dans un sourire. C'était Xaloma. Elle est morte... pour l'instant.

— Et pourquoi ne le suis-je pas, moi ?

Il parut réticent à lui répondre.

— Parce que je vous ai soignée. Je nous ai soignés tous les deux.

— Vous m'avez attaquée, poursuivit-elle en fronçant les sourcils. Puis vous m'avez soignée, pour me laisser ensuite ici, à la merci des démons... avant de me sauver de nouveau. Êtes-vous toujours aussi indécis ?

Kihrin soupira.

— Je suppose que cela dépend à qui on pose la question. Je ne pensais pas qu'ils vous feraient du mal.

— Ce sont des démons, fit-elle remarquer.

— Vous aussi.

Le visage de Kihrin était empreint de tristesse. Elle détourna le regard mais ne le contredit pas.

Kihrin désigna du doigt les profondeurs les plus obscures de la forêt.

— Nous ne pouvons pas rester ici. Le démon qui s'est échappé va faire son rapport. Et tôt ou tard – tôt, sans doute – ils nous enverront une troupe de véritables guerriers.

— Ils ne me font pas peur, se défendit-elle.

— Je le vois bien, mais il faut partir tout de même. Savez-vous comment aller jusqu'au Gouffre ?

Elle pencha la tête et un sourire mélancolique flotta sur ses lèvres.

— Comme vous êtes étrange. Vous venez de dire vous-même que j'étais un démon, et pourtant vous vous attendez à ce que je vous aide ? Ne serait-ce pas étonnant, de la part d'un démon ?

— Normalement, oui, acquiesça Kihrin. Mais vous essayiez de m'aider, tout à l'heure. Je ne l'ai pas compris et j'ai fait n'importe quoi, parce que je croyais que vous étiez des leurs… Mais vous n'étiez pas en train de me traquer. C'est eux que vous poursuiviez.

— Ce n'est pas parce que je suis leur ennemie que je suis forcément votre amie, répliqua-t-elle.

Il mit un genou à terre devant elle.

— Dans ce cas, quel est votre bon plaisir ? S'il est en mon pouvoir de vous le donner, je le ferai. Dites-moi ce que votre cœur désire et j'en ferai une réalité.

Elle s'écarta de lui comme s'il risquait de la brûler.

— Vous ne devriez pas faire de telles propositions. Vous ressemblez à un démon, avec vos belles paroles.

Elle porta deux doigts à ses lèvres et émit un sifflement. Quelques instants plus tard, le grand cheval de feu arrivait au trot dans la clairière, la saluant d'un hennissement. Elle récupéra les morceaux de son armure, grimaçant devant leur état, et les accrocha à sa selle avant de se hisser sur sa monture géante.

Alors que des cors de chasse résonnaient dans le lointain, la femme se tourna vers Kihrin et lui offrit sa main.

— Très bien. J'attends toujours que vous m'expliquiez pourquoi je devrais vous aider, mais je suis disposée à nous emmener d'abord en lieu sûr.

84

Le duel des D'Lorus

Au milieu de la Cité en flammes, personne ne remarqua que le champ de force entourant l'Arène venait de disparaître.

— Vous êtes sûr que ça va marcher ? demanda Darzin pour la troisième fois, avant de pester contre lui-même.

Il savait que sa peur était manifeste, mais il ne parvenait pas à se contrôler. Il était déjà entré dans l'Arène de nombreuses fois, en tant que duelliste.

Cette fois, c'était différent.

Le trio s'avança dans l'Arène, sans personne pour les en empêcher ni même remarquer leur passage. Ils n'avaient pas besoin qu'une Voix du Conseil leur érige une porte : l'homme qui portait la Couronne et le Sceptre détenait lui-même le pouvoir de lever la barrière d'énergie magique.

— Gardez les yeux ouverts, intima Gadrith.

Car il s'agissait bien de lui, quoiqu'il ait l'apparence d'un Marakori aux traits banals portant une cape sallí en patchwork. La Pierre des Entraves brillait à son cou ; il avait pris le temps de la récupérer sur son ancien corps, de même que le gaesh de Thurvishar.

— Thurvishar et vous allez faire le guet tandis que je fouille les ruines. Ni lui ni vous ne pouvez faire un pas à l'intérieur : vous en mourriez. (Il sourit.) Il semble que seul l'Empereur puisse y entrer sans connaître une fin atroce.

— Est-ce bien vous, mon époux ? Je vous ai à peine reconnu, sans votre uniforme de D'Lorus, lança Tyentso derrière eux.

L'agolé qui enveloppait son corps était semblable à un nuage noir fouetté par le vent.

Gadrith se retourna vers elle. Il mit un moment à la reconnaître, mais alors ses yeux s'écarquillèrent.

— Raverí. Quelle surprise… mais « mon époux » n'est pas le mot qui convient pour décrire notre relation.

— Oh, vous vouliez me révéler que vous étiez mon père ? (Elle pencha la tête.) Je le sais depuis des années. (Elle posa une main sur sa poitrine.) Phaellen me l'a dit, bien avant notre rencontre.

— Phaellen ? Qui est-ce donc ?

Tyentso leva les yeux au ciel.

— Vraiment, Gadrith ? Vous l'avez assassiné !

Gadrith fit un geste lui indiquant qu'il avait besoin de plus d'informations.

— Et… ?

— Un D'Erinwa ? Votre camarade de chambrée ? Vous l'avez attiré jusque dans les bois et fait une tentative ratée de le transformer en pierre tsali, laissant son âme supérieure hanter la forêt sous forme de spectre maudit pour l'éternité. Ça vous dit quelque chose ?

— Oh ! répliqua Gadrith d'un air offensé. Je n'ai rien « raté ». Ce jour-là, j'ai compris quelque chose de très important sur la manière de séparer les âmes supérieure et inférieure.

— Donc, vous vous souvenez de lui ?

— Oui, dit Gadrith. Il ronflait[1].

Tyentso le dévisagea un moment.

— Je vous hais plus que tout, déclara-t-elle.

— Tandis que moi, je n'ai jamais beaucoup pensé à vous, avoua Gadrith. J'ai seulement été déçu que vous vous soyez enfuie avant que j'aie pu vous condamner à l'Ajournement. Cela n'a pas été très commode. Heureusement, Sandus m'a fourni une solution de remplacement. (Il baissa les yeux sur son corps volé, puis regarda Thurvishar.) Oh ! Je viens de me rendre compte que vous étiez vraiment mon fils, à présent. N'est-ce pas fascinant ?

Des éclairs coururent sur le corps de Gadrith. L'électrocution lui provoqua quelques spasmes, puis il écarta l'assaut d'énergie d'un geste de la main, faisant plonger l'arc électrique dans la terre à ses pieds.

— Restez concentré, l'admonesta Tyentso. C'est de moi que nous parlons, pour l'instant.

Elle leva les mains en une position qui aurait pu être celle d'un duelliste, à condition que le duel se joue à coups de paroles et de sorts plutôt qu'à l'épée et au bouclier.

— Au cas où je ne me serais pas bien fait comprendre, vieillard… C'est un combat à mort.

— Laissez-moi m'en charger, intervint Thurvishar.

Gadrith le fit taire.

— Non. Je veux en profiter. Surveillez les environs, au cas où Milligreest arriverait avec sa petite coterie.

Thurvishar grinça des dents, excédé, mais il obéit et se retourna. Il fit signe à Darzin de le suivre et ils quittèrent le centre de l'Arène pour aller se poster sur sa bordure.

1. Je doute que ç'ait été la seule raison de son inimitié. Phaellen D'Erinwa était aussi le meilleur étudiant de sa promotion ; après sa disparition, cet honneur revint à Gadrith.

Gadrith se tourna vers sa fille et attaqua, psalmodiant tout en canalisant un rayon d'énergie violette qui aurait dû faire fondre la chair de Tyentso. Elle l'arrêta, une expression incrédule sur le visage.

Gadrith sourit.

— Pensiez-vous que je serais vulnérable ? Qu'il me faudrait des mois pour apprendre à me servir du corps de Sandus ? Navré de vous décevoir, ma fille, mais je me prépare à cet instant depuis des dizaines d'années. Sandus lui-même ne connaissait pas sa propre manière de lancer des sorts aussi bien que moi[1].

Tyentso se redressa.

— Peu importe. Moi, j'attends ce moment depuis trente ans. Montrez-moi donc ce que vous savez faire.

Des nuages noirs se bousculèrent dans le ciel tels des chiens accourant au son d'une trompette. Les arbres penchaient, projetant leurs ombres sur la lueur rougeoyante de la Cité en flammes. Il était difficile de deviner si ces nuages étaient constitués de vapeur d'eau ou de cendre agglomérée.

— Vraiment ? (Gadrith haussa un sourcil.) Des sorts de foudre ?

— Vous avez toujours été terriblement snob, rétorqua-t-elle.

Au même moment, un épais zigzag lumineux jaillit d'un des nuages pour frapper son adversaire.

L'éclair se détourna vers une épaisse lance de fer rouillée, que Gadrith avait arrachée au sol d'un sortilège. L'électricité parcourut le métal et alla exploser sous la terre.

---

1. C'est la vérité. Il saisissait la moindre opportunité d'observer Sandus. Il ne me laissait jamais l'aider, même si j'aurais pu lui faciliter la tâche. J'imagine qu'il souhaitait s'assurer que je ne trouverais pas une faille me permettant de le trahir. À sa décharge, je n'aurais pas hésité à le faire.

— Il n'y a aucune honte à avoir, assura Gadrith. Mais en ce qui me concerne, je préfère porter des coups précis.

Il pointa un doigt vers elle et entonna une incantation.

Tyentso tituba, sentant son cœur bondir dans sa poitrine. Le coup l'atteignit malgré les talismans qu'elle avait pris soin de récupérer, malgré tous ses boucliers, aussi violent que la ruade d'un monstrueux destrier. Elle avait été touchée comme une vulgaire novice, et les larmes lui montèrent aux yeux.

Gadrith lui sourit, la voix empreinte de condescendance.

— Et vous avez cru pouvoir vous mesurer à moi... N'oubliez pas que je porte la Pierre des Entraves. Comment aviez-vous l'intention de déjouer son pouvoir ?

Tyentso serra sa main gauche en poing pour masquer le fait qu'elle était engourdie. L'attaque de Gadrith avait été hélas très efficace.

— Le combat n'est pas fini, cracha-t-elle.

Gadrith voulait dire quelque chose lorsqu'un énorme bloc de glace s'abattit sur son épaule, le projetant vers l'avant. D'autres morceaux de glace se mirent à tomber ; il ne s'agissait pas simplement de grêlons mais de gros éclats tranchants aux bords dentelés ; Gadrith fut contraint d'ériger un mur d'énergie au-dessus de sa tête pour se protéger. Au même moment, une violente bourrasque le heurta au flanc, là où il était vulnérable, et le propulsa dans les airs. Il atterrit au-delà de sa protection magique. La grêle le pilonna de plus belle, tandis que plusieurs éclairs jaillissaient autour de lui.

La fumée et la vapeur échappée de la glace fondue brouillèrent la vue de Tyentso. Elle resta campée sur place, attendant d'avoir à se défendre, et se concentra pour empêcher son cœur d'exploser.

Elle n'était pas naïve au point de croire qu'elle avait gagné.

— Vous êtes au maximum de vos capacités, ma fille ?

Gadrith émergea de la fumée, indemne. Non, ce n'était pas tout à fait vrai : ses vêtements étaient un peu roussis et un pan de sa cape sallí avait pris feu, mais lui-même n'était pas assez blessé pour qu'elle puisse s'en féliciter.

Tyentso leva le menton.

— Le maximum qui ait une chance de fonctionner contre vos protections… (Elle s'interrompit et scruta son père.) Quelle puissance, murmura-t-elle.

— Il est temps d'en finir, déclara Gadrith.

Tyentso ouvrit de grands yeux. Elle tendit un doigt rageur en direction de Gadrith.

— Vous n'avez pas de protections… aucun talisman. Ceux que vous possédiez ne sont plus efficaces sur ce nouveau corps !

Elle plissa les yeux et concentra toute sa volonté en un dernier sortilège.

Gadrith siffla lorsque sa main se changea en eau et coula sur l'herbe.

— Non…, lâcha Gadrith. Pourquoi est-ce que je sens encore ma main[1]… ? (Tendant l'autre – encore intacte – vers Tyentso, il serra le poing.) Assez plaisanté. Maintenant, mourez !

Sa voix avait pris un accent désespéré, et peu à peu son bras continuait à se désagréger. L'effet se propageait vers le reste de son corps.

Tyentso serra les dents pour retenir son hurlement et s'arc-bouta, blême de douleur. Le sang ralentit dans ses veines et battit dans ses oreilles. Tyentso était un torrent qui se jetait contre un barrage.

---

1. Mon hypothèse, qui pourrait s'avérer erronée, est que ce sortilège transformerait Gadrith en eau sans pour autant briser les liens unissant son corps à son âme. Donc, en tant qu'eau vivante incapable de penser ou d'agir, Gadrith demeurerait « en vie », ce qui éviterait à la Pierre des Entraves de s'activer. Jolie ruse.

Le charme qui transformait Gadrith faiblit, puis cessa, Tyentso ayant perdu la faculté de se concentrer. Ses yeux roulèrent dans leurs orbites et les éclairs tombèrent autour d'eux, créant d'étranges couleurs pastel.

Puis la foudre cessa. L'orage se décomposa.

Tyentso mourut.

Le duel avait été serré. Quelques secondes de plus et elle l'emportait. Gadrith se concentra, les yeux rivés sur son bras incomplet, et lui ordonna de repousser. Le membre lui obéit, mais il était malformé, irrégulier, la peau brillante comme celle d'une cicatrice. Il le glissa sous un pan de son sallí.

Gadrith resta immobile un instant, contemplant le corps de Tyentso. L'expression de la sorcière semblait paisible, malgré la mort douloureuse qu'il lui avait infligée ; elle avait l'air de faire une sieste après une très longue journée.

— Votre maximum était impressionnant, ma fille.

Il regretta de ne pas avoir le temps de faire une pierre tsali de son âme.

85

Les portes de la mort

Kihrin distingua le Gouffre dans le lointain et ressentit une bouffée de désespoir.

— La frontière a-t-elle pu grandir à ce point ? s'exclama-t-il. Il nous faudra plusieurs jours pour franchir une telle distance…

La jeune femme tourna la tête.

— Grandir… Peu de gens sont au courant que la frontière change de taille… (Elle marqua une pause.) Vous êtes déjà venu ici ?

— Tout le monde est déjà venu ici, répliqua Kihrin. Simplement, la plupart d'entre nous l'oublient après leur renaissance. Il faut que je trouve un moyen plus rapide d'atteindre le Gouffre.

— Il semble que moi aussi. Je n'ai pas plusieurs jours devant moi. Bientôt, je vais m'éveiller.

Les arbres se firent plus clairsemés à l'approche d'une colline, où ils découvrirent un petit fort de pierre qui semblait tombé en décrépitude. Personne ne patrouillait sur les remparts et on n'apercevait aucune lumière de l'autre côté des meurtrières. Kihrin n'avait discerné sa présence que grâce à sa silhouette qui se découpait sur le ciel gris, traversé d'éclairs multicolores.

— Que voulez-vous dire par « vous éveiller » ? interrogea-t-il.

Leur monture secoua vivement la tête et émit un son qui ressemblait à un ricanement, tout en s'avançant vers les murs du bastion. La femme s'empara de la lance que Kihrin tenait toujours à la main.

— Je veux dire que je suis endormie. Au matin, je franchirai le Second Voile dans l'autre sens, et je me réveillerai dans le monde des vivants.

Elle pressa l'extrémité de la lance contre la porte. Au lieu de se désintégrer, le lourd battant de bois et de fer s'ouvrit en grand.

— C'est l'abri le plus sûr dont nous disposions avant d'atteindre le Gouffre, annonça-t-elle. Vous allez donc pouvoir m'expliquer en quoi vous méritez mon aide.

— Elana…

Elle lui adressa un regard courroucé, fit de nouveau avancer son cheval, et ils entrèrent tous trois dans l'enceinte du fort.

L'endroit, abandonné depuis bien longtemps, avait été investi par les araignées, les rats et les autres créatures des confins. Tout était poussiéreux, mais rien n'indiquait que le fort avait été détruit délibérément : les démons n'avaient pas créé de brèche dans ses murs ni pillé ce qu'il contenait.

— À quoi servait cet endroit ? demanda Kihrin en se laissant glisser à bas du cheval.

— Vous ne le savez pas ? Vous avez dit être vieux, pourtant.

— Plus vieux que cet endroit, répliqua-t-il.

Elle l'observa fixement.

— Alors, vous êtes vraiment très vieux. (Elle fit un geste de sa main noire.) C'était un fort frontalier. Il protégeait les ponts traversant le Gouffre, mais ce dernier s'est éloigné et ce fort est resté là.

À son tour, elle posa pied à terre puis conduisit son cheval à l'intérieur d'une tour voisine. Kihrin ne put réprimer l'impression que l'animal le surveillait d'un œil soupçonneux.

—Si le Gouffre bouge… (Il secoua la tête.) Ce n'est pas bon signe.

—Ah, et je ne m'appelle pas Elana, lança la femme d'un ton irrité. Et je n'aime pas votre façon de me regarder. Je veux connaître le prix des soins que vous m'avez prodigués et savoir comment vous vous y êtes pris.

Elle se frotta les mains et une pluie de particules rouges s'en échappa : c'était le sang des démons qu'elle avait massacrés.

—Je suis désolé, répondit Kihrin. Elana est le nom que vous portiez quand je vous ai connue, il y a bien longtemps.

—Cela n'a jamais été mon nom, réfuta-t-elle.

Il décida de ne pas insister.

—D'accord. Dans ce cas, comment vous appelez-vous ?

—Répondez d'abord à mes questions.

Elle resserra la main sur la lance… puis décida de la poser de côté.

Kihrin poussa un soupir et tira sur sa chemise, grimaçant face au trou énorme qui se découpait dans le tissu et non plus sur sa peau.

—Vous n'avez pas à me payer pour vous avoir soignée. Au contraire, c'était une manière de vous dédommager. Si vous avez été blessée, c'est par ma faute, et ce ne serait jamais arrivé si j'avais compris que vous n'étiez pas mon ennemie.

—Mais comment avez-vous fait ? Une blessure d'une telle gravité… C'était un dragon ! J'aurais dû être anéantie. Vous n'êtes pas un dieu ; si vous l'étiez, vous n'auriez pas de gaesh et vous n'auriez pas le cœur arraché. (Elle se tut un instant.) Mais ce n'est plus le cas. Je me souviens bien que, lorsque nous nous sommes battus, votre torse s'ouvrait sur une plaie béante. Comment est-il possible que vous soyez guéri, vous aussi ?

Kihrin fit passer la chemise par-dessus sa tête, la roula en boule et la jeta sur une chaise. Elle se dissipa en plein vol, comme pour souligner le caractère immatériel de son existence actuelle.

— Puisque je n'avais plus de cœur, il m'en fallait un pour le remplacer. Alors, j'ai utilisé le cœur de Xaloma. (Il se racla la gorge.) Hum, en fait… Je m'en suis servi sur nous deux.

— Vous avez… quoi[1] ?

Face à son air stupéfait, il s'expliqua.

— Cela ne marcherait jamais dans le monde des vivants, mais ici la réalité est malléable. Et non, je ne sais pas quels seront les effets sur le long terme. À ce que je sache, cela n'a jamais été fait auparavant, et n'a peut-être été possible que parce qu'il s'agissait du Dragon des Âmes, tué dans le Royaume de la Mort. (Il haussa les épaules.) Je n'ai pas su quoi faire d'autre.

— Vous avez partagé un cœur de dragon entre nous deux, répéta-t-elle. Un dragon. Un monstre chaotique et malfaisant.

Kihrin croisa les bras sur sa poitrine et hocha la tête.

— Mais la bonne nouvelle, c'est qu'on dirait que cela a marché.

Elle cligna des yeux, comme en proie à l'incrédulité, puis marcha jusqu'à l'autre côté de la pièce avant de se retourner.

— Un cœur de dragon ? dit-elle dans un souffle.

— Oui, faites-vous à l'idée. De toute façon, il n'y a aucun moyen de revenir en arrière. (Il sourit.) De rien, au fait.

— « De rien » ? répéta-t-elle d'un ton étranglé. Espèce d'insensé ! Le seul avantage dont je dispose vis-à-vis de

1. C'est précisément ce que j'aurais dit. Kihrin, espèce d'imbécile désaxé ! Ne me demandez pas quel effet peut avoir une telle manœuvre : je n'en ai aucune idée.

mes ennemis, c'est qu'ils n'ont pas compris que mon âme était détachée de mon corps et qu'elle arpentait cet endroit durant mon sommeil. Mais vous… (La rage la fit balbutier.) Vous venez de tout gâcher ! Il est impossible que la présence d'un *cœur de dragon* ne souille pas mon aura, et une fois qu'ils le remarqueront, ils poseront des questions auxquelles je ne souhaite pas répondre !

Kihrin leva les mains.

— Hé, du calme. Essayez de vous souvenir que sinon, vous seriez morte. Vous vous seriez dématérialisée… Enfin, il vous serait arrivé ce qu'il arrive aux démons quand ils meurent. Au fait, comment Xaltorath s'y est-il pris, dans votre cas ?

Une seconde plus tard, elle serrait la gorge de Kihrin dans un étau. Elle le souleva du sol, lui plaquant le dos contre les tapisseries poussiéreuses encore accrochées aux murs.

COMMENT CONNAISSEZ-VOUS L'EXISTENCE DE XALTORATH ?

Elle referma ses doigts sur le vide : Kihrin s'était volatilisé. Elle poussa un grognement et se retourna, mais la tour était vide.

— Montrez-vous ! cria-t-elle.

Tandis qu'elle balayait la pièce du regard, ses yeux se posèrent sur la lance et elle bondit en direction de l'arme. Avant qu'elle ait pu refermer la main sur Khoreval, celle-ci vola vers l'autre extrémité de la pièce, et Kihrin redevint visible. Cette fois, il pointait la lance vers elle. Elle parvint de justesse à se contrôler : elle n'avait pas envie de se retrouver empalée.

— Calmez-vous, ordonna-t-il. (Il ne souriait plus.) Parce que cette lance fonctionnerait parfaitement sur vous, et je ne me le pardonnerais jamais.

Elle resta immobile, les dents toujours serrées, et le scruta à la manière d'un taureau furieux prêt à charger.

— Dans ma dernière vie, celle que je viens de quitter…, reprit Kihrin. Alors que j'avais quinze ans, Xaltorath m'a chassé dans les rues de la Cité capitale, et il a violé mon esprit.

La femme prit une brusque inspiration. Lorsqu'elle expira, sa colère reflua.

— Il m'a montré des choses terribles. Pour être honnête, je n'ai toujours pas compris dans quelle intention. Peut-être n'avait-il d'autre objectif que de me torturer, mais il m'a montré une femme. Une femme à laquelle je n'aurais jamais pu faire de mal. (Gardant une main sur la lance, il tendit l'autre vers elle.) C'était vous.

La surprise finit de doucher sa colère.

— Moi ? C'est moi qu'il vous a montrée ? Mais pourquoi ?

Kihrin se mordilla la lèvre.

— Je ne sais pas. Pour que je vous fasse confiance ? Pour que je ne vous fasse surtout pas confiance ? Je pense qu'il essaie de réaliser une prophétie, mais j'ignore s'il cherchait à nous rapprocher, ou au contraire à nous tenir à distance l'un de l'autre.

Elle leva les yeux au ciel.

— J'en ai plus qu'assez des prophéties.

— Oh, là-dessus nous sommes d'accord. (Il releva la lance et s'approcha de l'une des meurtrières.) Nous pourrons en discuter un autre jour. Pour l'instant… Si je n'avais pas de cœur quand nous nous sommes rencontrés, c'est parce qu'il m'a été arraché afin d'invoquer Xaltorath. Et en ce moment même, il est en train de saccager la Cité capitale. Si je n'arrive pas à retourner au royaume des vivants…

La jeune fille le dévisagea.

— Et si vous y arrivez ? Vous ne ferez que mourir une deuxième fois, non ? Vous avez tué un dragon : vous êtes donc un excellent combattant, mais Xaltorath est la reine démone de la guerre. Et ici, vous disposiez de Khoreval pour vous aider. Vous n'aurez plus cet avantage, après votre Retour.

— Attendez… Xaltorath est-il un mâle ou une femelle ?

— Xaltorath est un démon. Elle choisit le genre qui l'amuse sur le moment. (Elle leva le menton.) Je l'ai toujours connue sous une forme féminine.

— Je vois.

— Ce que je cherche à vous dire, c'est : qu'est-ce que vous voudriez tenter, pour arrêter Xaltorath, que l'Empereur ne ferait pas mieux à votre place ?

— Ce qui me dérange, c'est le fait que Gadrith ait dit qu'il voulait que l'Empereur le retrouve. Je crois que le seul rôle de Xaltorath dans tout cela était d'attirer l'attention de l'Empereur. Ils manigancent quelque chose, quelque chose de très grave.

— Gadrith ? (Elle plissa les yeux.) Gadrith, le suppôt de Relos Var ?

— Ne l'appelez pas comme ça devant lui. Je suis sûr que Gadrith ne pense pas être le suppôt de Relos Var.

Elle eut un petit rire dédaigneux.

— Relos Var est très doué pour tirer les ficelles de diverses marionnettes, même celles qui le détestent cordialement.

Kihrin ricana à son tour. Mais surtout, il contempla le Gouffre qui s'étendait au loin, les yeux rougis et le cœur gros.

— Il faut que j'arrête Gadrith. Tout ça est ma faute.

— J'en doute fortement, dit-elle. Ne vous accusez pas injustement d'un crime dont vous n'avez pu vous rendre coupable.

— Je ne crois pas que ce soit injuste, répliqua Kihrin sans cesser de contempler l'horizon. (Il se retourna vers elle.) Acceptez-vous de m'aider ? S'il vous plaît ?

— Qui est Elana ? demanda-t-elle au lieu de lui répondre. Épouse ? Maîtresse ?

— Non, ni l'un ni l'autre, révéla-t-il. Pas pour moi, du moins. Nous devrions nous dépêcher.

— Racontez-moi son histoire. Et je vous dirai comment je m'appelle.

Il hésita un instant avant de lui répondre.

— J'ai été… emprisonné. Ça s'est passé il y a très longtemps ; dans une autre vie, littéralement. J'étais… mort. Mais enfermé. Et Elana m'a délivré. (Il rit.) J'ai l'impression que je ne vous croise jamais au bon moment, pas vrai ?

— Vous ne m'avez jamais…, protesta-t-elle. Qui que soit la femme pour qui vous me prenez… cette Elana… Vous allez devoir réussir à vous détacher d'elle. Elle n'existe pas. Je ne suis pas du genre à accourir parce que vous claquez des doigts ou que vous m'adressez votre beau sourire. (Elle marqua une pause.) Vous savez à quel point cette idée est insultante ? Celle qui veut que Xaltorath essaie d'influer sur les prophéties – dans un sens ou dans l'autre – en vous montrant mon image ? Pour ma part, personne ne m'a envoyé la vôtre… comme si tout ce qui importait, pour décider si nous allions ou non tomber amoureux ou que sais-je, c'était votre décision à vous. Tant que vous, vous en avez envie, parfait ! Il est évident que je vais me plier à vos désirs, sans le moindre égard pour mes propres sentiments !

— Hé ! Il n'a jamais été question de tomber amoureux !

Son expression se ferma.

— Ne jouez pas l'innocent. Je vois bien la façon dont vous me regardez.

— Et qui vient de dire que j'avais un beau sourire ?

Tandis qu'elle rougissait, il reprit :

— Peut-être qu'il – pardon, elle – voulait s'assurer que la prophétie allait échouer, et qu'elle savait que vous réagiriez ainsi. Peut-être désirait-elle faire en sorte que nous ne nous entendions pas. (Kihrin s'éclaircit la gorge.) Et ce n'est pas que je n'apprécie pas cette conversation, mais il faut vraiment que nous partions.

L'inconnue traversa la pièce vers la cheminée à l'abandon, couverte de poussière. Elle était immense, de même que la tour où elle se trouvait ; une colonne de soldats aurait pu s'y engouffrer sans difficulté. La femme l'observa tandis qu'il s'approchait.

— Qu'est-ce que vous faites ?

— J'allume un feu.

— Vous n'avez pas besoin de combustible ?

Au moment où il posait cette question, des flammes apparurent dans le foyer, bleues, violettes et constellées de particules vertes. Elles ne ressemblaient en rien à un véritable feu.

— Ah, d'accord. Excusez-moi. Et maintenant, que faisons-nous ?

La femme se hissa sur son cheval et tendit la main à Kihrin.

— Maintenant, nous partons. (Lorsqu'il saisit ses doigts, elle ajouta.) Je m'appelle Janel Theranon.

Il s'installa derrière elle et lui rendit sa lance.

— Merci. Si seulement je pouvais m'en souvenir…

— Vous en souvenir ?

— J'aurai tout oublié, lorsque je me réveillerai. Vous aussi[1].

Elle voulut répondre quelque chose, peut-être pour le contredire, mais se contenta finalement de secouer la tête.

— Alors… Pourquoi avons-nous allumé ce feu ?

Elle sourit et resserra ses doigts sur les rênes.

— Je vais vous le montrer.

Le cheval s'ébroua d'excitation lorsqu'elle le talonna, et avec un grand cri sauvage, elle fit bondir sa monture dans les flammes.

---

1. Je sais : puisque Kihrin ne se souvient pas de ce qui lui est arrivé alors qu'il était mort, comment ai-je pu le retranscrire ? Comment pourrais-je imaginer ce qu'il a vécu dans l'Au-delà ? Il s'agit, comme je l'ai mentionné, d'un avantage de mon don de sorcière. Même si les connaissances et les souvenirs ne lui sont pas directement accessibles, Kihrin, tout au fond de lui, s'en souvient tout de même.

Le cheval atterrit sur le versant d'un monticule d'os, laissant derrière lui les flammes du foyer. Ils se trouvaient dans un endroit tout à fait différent.

Ils étaient arrivés, comprit Kihrin, en haut du Gouffre.

Il peinait à entendre quoi que ce soit d'autre que le rugissement d'une avalanche de rochers et de débris qui coulait à l'envers, s'envolant de la gigantesque crevasse et montant vers le ciel. Le rideau minéral ainsi créé semblait s'étirer à l'infini, et Kihrin ignorait où il allait et comment il se formait. Mais dans l'immédiat, il eut pour effet de déclencher en lui une sensation de vertige, comme si le monde entier était sens dessus dessous.

— Baissez-vous !

Janel l'agrippa et les fit tous deux pencher sur le côté de la selle, tandis qu'une grande sphère de foudre traversait l'espace où ils se trouvaient à l'instant précédent. Le vacarme d'une bataille leur parvenait de trois côtés : des démons galopaient, piétinaient, rampaient et dansaient face à des humains armés de lances, d'épées, de massues et d'arcs.

L'instinct de Kihrin lui hurlait de descendre du cheval et de se jeter dans la bataille comme s'il se glissait dans un bain chaud, mais Janel le tenait toujours par le bras.

— Non ! (Elle devait s'époumoner pour couvrir le tumulte.) Traversez le Gouffre !

Le regard de Kihrin se posa sur elle, puis sur l'énorme crevasse qui défigurait la terre. Il la voyait bouger : de l'autre côté du ravin, des arbres tombaient du sommet à mesure que le Gouffre s'élargissait.

Non, il ne s'élargissait pas, comprit-il. Il se déplaçait. Comme si la crevasse elle-même s'approchait de plus en plus du Royaume de la Paix.

— Je n'arriverai jamais à le traverser ! cria-t-il à son tour.

Janel transperça un démon qu'elle laissa se transformer en lumière sur sa lance, avant de regarder Kihrin par-dessus son épaule.

— Il y a un pont. Vous ne le voyez pas ?

— Quoi ? Quel pont… ?

Il plissa les yeux, scrutant le Gouffre. Il y avait bien un pont, minuscule et délabré, qui se balançait au vent comme un jouet pris dans un ouragan.

— Ça ? Vous voulez rire ?

— Non !

Janel se retourna sur sa selle, posa les mains sur la taille de Kihrin et le fit descendre de sa monture.

— Si vous pouvez le voir, vous pouvez le traverser. Mais c'est ici que nous devons nous séparer, car j'en suis incapable.

Le cheval hennit en guise d'avertissement. En tournant la tête, ils découvrirent une horde de démons qui chevauchaient dans leur direction. À la façon dont ils se ruaient vers eux, il était clair qu'ils n'étaient pas venus attaquer les soldats ordinaires qui défendaient le Gouffre.

— Allez-y ! insista-t-elle.

— Venez avec moi, dit Kihrin.

— Je ne peux pas…, protesta Janel. Je ne vois pas le pont. Aucun démon n'en est capable !

Il posa une main sur sa cheville, au-dessus de l'étrier.

— Vous êtes contaminée, mais votre transformation est incomplète. Quelque chose l'empêche de se terminer. Vous n'êtes pas réellement un démon.

Elle pencha la tête et lui lança un regard triste.

— Si, j'en suis un.

Elle talonna son cheval pour lui faire prendre le galop, et l'animal poussa un cri en s'élançant au-devant de la charge des démons.

Tandis que Kihrin se dirigeait péniblement vers le Gouffre, il entendit le rire de Janel flotter dans sa direction.

Elle empala un démon sur sa lance, qu'elle tenait droite devant elle à la manière d'un chevalier, tout en arrachant négligemment le bras d'un autre monstre pour l'utiliser comme une massue. Quelque chose, dans la façon dont elle se délectait de ces actes cruels et barbares, lui rappelait Xaltorath. Elles se ressemblaient, toutes les deux.

Mais il y avait tant de démons… Beaucoup trop, même pour la fille d'une reine démone.

Kihrin regarda Janel, puis le pont.

— Oh… Je suis déjà mort, marmonna-t-il en s'élançant dans la mêlée.

— Vous deviez traverser le pont ! hurla Janel lorsqu'elle le vit, un peu plus tard.

— Pas sans vous ! cria-t-il.

— Je ne vois pas ce pont. En quoi est-ce difficile à comprendre ?

Elle arracha sa lance au corps d'un démon mort, ne s'attardant pas pour le regarder se désintégrer.

— Mais moi, je le vois ! Je peux vous guider.

— Pourquoi voudrais-je me rendre dans le Royaume de la Paix ? cria-t-elle, manifestement exaspérée. Je ne suis pas morte.

Le vacarme ambiant diminua lorsque les démons reculèrent, afin de se rassembler pour lancer un nouvel assaut.

— Vous en êtes sûre ? (À la faveur de cette accalmie, ils pouvaient de nouveau s'exprimer normalement.) N'auriez-vous pas dû vous réveiller, à présent ?

Janel resta muette. Une expression horrifiée se peignit lentement sur son visage. Elle porta sa main à sa poitrine, où s'étaient enfoncés les crocs du dragon.

— Je suis presque sûr que lorsqu'on meurt ici, on meurt aussi dans le monde réel, reprit Kihrin. Ce n'est pas parce que j'ai pu vous soigner dans ce monde que votre vrai corps a été guéri. (Il lui tendit la main, tandis qu'un puissant rugissement faisait vibrer le sol sous ses pieds.) Venez. Je vais vous faire traverser.

— Cela me détruira…, protesta-t-elle.

— Non ! Non, j'en suis certain, assura Kihrin.

Elle lui prit la main et glissa à bas de sa monture.

— Je vous serais très reconnaissante de ne pas me tuer davantage que je ne l'ai peut-être déjà été.

— Je vous le promets, ma dame.

À l'instant où un gigantesque démon apparaissait en haut de la colline, ils se mirent tous deux à courir vers le mince pont de corde.

86

Le Retour

Kihrin se redressa brusquement, haletant. Teraeth se pencha sur lui.

— Eh bien, il t'en a fallu, du temps. Tu t'es arrêté pour cueillir des fleurs, ou quoi ?

Kihrin le gratifia d'un regard agacé.

— Tout le monde n'est pas déjà mort par le passé, figure-toi. (Il secoua la tête.) Je ne me souviens pas de ce qui s'est passé pendant que j'étais mort. Je me souviens de ma mort, en revanche.

— Personne ne se souvient de ce qui arrive dans l'Au-delà, confirma Teraeth.

— Vraiment ? Tu ne t'en souviens pas, toi ?

— Bon, d'accord, admit le vané. La plupart des gens ne s'en souviennent pas. Inutile de m'en vouloir… C'est toi qui n'as pas voulu rejoindre la Confrérie. (Il offrit sa main à Kihrin.) Allez, viens. Nous avons du pain sur la planche.

— Attends !

Kihrin fit courir son regard sur l'église, la grande statue de Thaena et tous les morts et les endeuillés qui encombraient les allées.

— Comment suis-je arrivé ici ? Que se passe-t-il ? Où sont les autres ?

Teraeth lui répondit en baissant les doigts un à un.

— Tu as été sacrifié à Xaltorath, mais puisque Xaltorath n'a pas pu recevoir ton âme dans son ensemble, il n'est pas réellement sous le contrôle de qui que ce soit. Donc, Xaltorath est en train de déclencher une Marche Infernale[1], en invoquant autant de démons que possible. Le Grand Seigneur Therin, Dame Miya et le général Milligreest sont allés le renvoyer en Enfer. Galen est retourné au Palais Bleu pour superviser l'évacuation des membres survivants de votre famille. Par ailleurs, Gadrith portait la Pierre des Entraves lorsque Sandus l'a tué ; l'Empereur est donc mort, et Gadrith porte son corps comme s'il s'agissait d'une cape toute neuve. Tyentso est partie l'arrêter.

Kihrin battit des paupières.

— On avait un plan, bon sang !

— Un plan qui a très bien marché pendant un moment… et puis plus du tout, soupira Teraeth. Ainsi vont les plans. Personne n'aurait pu prédire que Gadrith réagirait avec une telle rapidité.

Le visage de Kihrin s'assombrit.

— Est-ce que Tyentso est assez forte pour le tuer ?

Une expression tourmentée traversa le visage de Teraeth.

— Elle compte sur le fait qu'il ne soit pas capable de lancer des sorts pendant qu'il s'accoutume à son nouveau corps.

— Tu te souviens de ce que Tyentso a dit, après avoir pris possession du mien ? Il s'y prépare depuis des années, Teraeth. Il sait comment lancer des sorts avec le corps de Sandus.

Teraeth grimaça.

— Ça revient au même, de toute façon. Il ne sera pas seul.

— Thurvishar, dit Kihrin.

---

1. La dernière Marche Infernale est survenue il y a douze ans ; elle avait commencé à Marakor, et d'innombrables personnes y perdirent la vie. À ce jour, Jorat est encore dépeuplée.

Sa gorge se serra. Quelles étaient les chances pour que Jarith ait réussi à l'arrêter ? Elles semblaient si minces que même Kihrin n'aurait pas misé là-dessus.

— De plus, nous n'avons aucune idée des pouvoirs que la Couronne et le Sceptre pourraient lui conférer, ajouta Teraeth.

Kihrin hocha la tête.

— Bien. Allons aider Tyentso.

Il fit un pas en avant, trébucha et faillit s'effondrer. Teraeth jura à mi-voix.

— Il faut que tu te reposes. Tu peux à peine marcher.

Kihrin secoua la tête.

— Je me suis assez reposé quand j'étais mort. Attends, il va me falloir une épée…

Il balaya la pièce du regard. Lorsque ses yeux se posèrent sur le corps de Jarith, il se décomposa.

— C'est le Premier Général qui l'a amené, expliqua Teraeth en voyant son expression. Il n'avait plus d'âme. Il a sans doute été tué par un démon.

— Bordel…

Kihrin marcha jusqu'au corps, se pencha et tira l'arme de Jarith de son fourreau. C'était un redoutable sabre khorvesh, incurvé et à simple tranchant. Il ne ressemblait pas du tout à une épée de duel quuro, et quatre ans auparavant Kihrin aurait été bien incapable de le manier. Mais les choses avaient beaucoup changé.

Son ancien maître d'armes, le Thriss appelé Szzarus, aurait été fier de lui.

Kihrin posa le côté non tranchant de l'arme sur son épaule, tenant la poignée de l'autre main.

— Bien. Allons-y.

Teraeth ouvrit les mains.

— Où donc ? Je ne sais pas où Tyentso est allée.

Il n'avait pas l'air ravi de cet état de fait.

— Nous verrons bien.

Kihrin s'avança d'un pas chancelant à travers l'église et parvint à ne pas jurer en butant sur les cadavres.

Teraeth lui prit le bras pour l'aider à garder son équilibre.

— Tu n'arriverais pas à combattre un lapin lépreux dans cet état, maugréa-t-il.

— Donne-moi juste une minute. Je sens que mon second souffle ne va pas tarder.

Les deux hommes s'arrêtèrent sur les marches de la cathédrale. La majeure partie de la Cité semblait en feu, et les bourrasques du vent faisaient s'élever des tourbillons de cendres et de fumée, comme dans une cheminée. Le vacarme des gens qui hurlaient, se battaient, fuyaient et succombaient se confondait en une clameur inintelligible.

Une tache violette apparut dans le lointain. Kihrin la pointa du doigt :

— Tu as vu ça ? De la magie… Ça venait du Champ du Massacre.

— Tu en es sûr… ?

Mais alors même que Teraeth prononçait ces mots, ils distinguèrent une lueur rouge, puis violette, et un éclair zébra le ciel.

Ils échangèrent un regard.

— C'est un sacré tour de passe-passe que vous venez de faire, gamin, lança Darzin en s'écartant de l'arbre flétri auquel il s'adossait.

Derrière lui, le ciel était teinté de lueurs multicolores.

— Pourtant, j'avais entendu dire que quelqu'un qu'on a sacrifié à un démon ne pouvait pas Revenir.

Kihrin repoussa Teraeth sur le côté de manière à se tenir debout sans aide.

— C'est drôle, n'est-ce pas ? Vous devriez peut-être aller demander à Xaltorath si le sacrifice l'a vraiment contenté.

J'ai comme l'impression qu'il vous a menti, lorsqu'il a promis de vous obéir.

Darzin tira son épée de son fourreau.

— Peu importe. Nous avons déjà obtenu ce que nous voulions. Mais qui est donc votre ami ?

— Peu importe, le singea Kihrin. Que diriez-vous d'en finir ?

Il abaissa le sabre appuyé contre son épaule.

Thurvishar, lui, avait les yeux fixés derrière Darzin, sur le centre de l'Arène. Il ne prêtait aucune attention à Kihrin et à Teraeth, demeurant absorbé par les taches de lumière colorées. L'angoisse envahit Kihrin. Si Thurvishar était encore là, cela signifiait que Tyentso s'était trompée quant aux facultés magiques de Gadrith. C'était bien contre lui qu'elle se battait.

Ce n'était pas bon signe.

— En finir ? (Darzin éclata de rire.) Oh, gamin… Vous arrivez à peine à tenir debout. Vous croyez vraiment pouvoir m'affronter ?

De son épée, il décrivit quelques moulinets.

— Vous avez peur de le découvrir, peut-être ? riposta Kihrin.

Darzin s'avança, évitant d'un pied léger les branches tombées et les os blanchis qui jonchaient le Champ du Massacre, et donna un premier coup rapide.

Kihrin le para aisément et fit un pas de côté.

— Vous devriez travailler votre posture, critiqua-t-il.

Darzin écarquilla les yeux, surpris, mais ne perdit pas de temps à répliquer. Il attaqua de nouveau, abattant son arme en direction du flanc gauche de Kihrin ; mais il s'agissait d'une feinte, et il se déplaça au dernier moment vers la droite du jeune homme pour lui porter un coup d'estoc à la cuisse.

Kihrin réagit de nouveau, déplaçant son sabre pour parer la feinte puis se penchant en arrière, juste assez pour que la lame de Darzin traverse son kef sans atteindre sa peau. Darzin et Kihrin se mirent à se tourner autour, jusqu'à ce que le second se retrouve dos au centre du Parc. Darzin s'élança vers lui. Kihrin arrêta son épée de sa propre lame, et tandis que leurs deux armes se trouvaient ainsi bloquées, Darzin lui donna un coup de poing en plein visage.

Kihrin recula en chancelant et essuya le sang qui coulait de son nez. Darzin secoua la tête.

— Quelle déception… Le moins que vous puissiez faire serait de vous appliquer un peu.

Kihrin brandit de nouveau sa lame.

Non loin d'eux, Thurvishar soupira en regardant les lueurs s'éteindre, au centre de l'Arène.

— Quelle tragédie… Elle était incroyable.

— Quoi ?

Horrifié, Kihrin détourna son regard vers Thurvishar, et Darzin saisit cette occasion pour agir.

D'ailleurs, il ne fut pas le seul. Au moment où Darzin frappait Kihrin, un mur d'énergie – un redoutable lacis de filaments bleutés – se déploya autour de Thurvishar. Teraeth se volatilisa et réapparut aussitôt, presque assez proche de Thurvishar pour lui entailler le dos de ses lames empoisonnées. Presque, mais pas tout à fait.

Teraeth vola en arrière comme s'il avait heurté une paroi.

Kihrin ne s'était pas laissé distraire. Trop tard, Darzin chercha à s'arrêter, mais il avait déjà amorcé son coup d'épée. Le jeune homme fit un pas vers lui, tenant son sabre le long de son corps, une main serrée sur la poignée et l'autre guidant le dos de la lame. Il sectionna le poignet de son adversaire ; puis, d'un seul geste fluide et rapide comme l'éclair, il releva son sabre et trancha la gorge de Darzin.

Il fit un pas en arrière lorsque Darzin porta la main à son cou ruisselant de sang, les yeux écarquillés. Kihrin n'avait pas besoin de voir au-delà du Premier Voile pour savoir ce qu'il faisait.

Il était en train de se soigner.

— Pas cette fois.

Rassemblant toutes les forces qui lui restaient, il décrivit un arc fulgurant de son sabre.

La tête et quelques-uns des doigts de Darzin tombèrent au sol.

— Je suis désolé, murmura Thurvishar. Je n'ai pas le choix. Pas le choix.

Kihrin se retourna vers lui, juste à temps pour voir les branches et les racines des arbres environnants se soulever pour s'enrouler autour de Teraeth… le vrai Teraeth. Celui-ci lutta pour se libérer, sans succès.

Kihrin brandit son sabre en s'approchant de Thurvishar.

— Vous avez un gaesh.

Le mage sourit.

— Si seulement je pouvais vous répondre !

— Vous remarquerez que je ne vous ai pas posé la question.

— Oui… C'est peut-être mieux ainsi.

Kihrin déglutit et regarda derrière lui, vers le centre de l'Arène. L'obscurité qui y régnait, à présent, était bien plus effrayante que les lueurs colorées qui y dansaient quelques instants plus tôt.

— Vous voulez bien satisfaire ma curiosité ? Je sais que vous ne ressemblez pas à Sandus parce que vous êtes à demi vordreth, mais j'avoue que la question de votre âge me turlupinait. Cependant, je pense que j'ai compris : c'est parce que vous avez passé du temps dans le phare, à Shadrag Gor, n'est-ce pas ? Le temps s'y écoule plus lentement qu'ici, et c'est pour cela que tout le monde pense que vous êtes trop vieux pour être le fils de Sandus, alors que vous l'êtes bel et bien. En réalité, vous n'êtes pas plus vieux que moi.

— Oh si, je suis plus vieux que vous, corrigea Thurvishar.

Il semblait impressionné, et ne rechigna pas à lui révéler les détails que le gaesh lui permettait de communiquer.

— J'ai vécu toutes ces années, précisa-t-il. Simplement, je ne les ai pas vécues ici.

— Kihrin ! cria Teraeth. Cours ! Va-t'en ! Tu ne peux pas les affronter tous les deux !

— Et je ne peux pas courir assez vite pour leur échapper, compléta Kihrin en regardant par-dessus l'épaule de Thurvishar. Il est déjà là.

Comme pour ponctuer ses paroles, Gadrith émergea de la pénombre.

87

Les serments trahis

Gadrith s'avança en souriant. Cette expression n'aurait pas eu sa place sur le visage de Cadavre, mais elle correspondait à l'allure enjouée de Sandus, et cette fausse joie ne faisait qu'ajouter au caractère macabre de la scène.

On aurait dit une terrible plaisanterie, songea Kihrin en le voyant s'approcher du groupe. Gadrith, qui s'était fait passer pour le père de Thurvishar, avait pris possession du corps de son véritable père comme pour railler sa mémoire. Kihrin surprit le regard de haine brûlante de Thurvishar, et il sut que s'il en avait eu la possibilité il aurait tué Gadrith il y a bien longtemps.

— Je serais curieux d'apprendre comment vous êtes Revenu, lança Gadrith à Kihrin. Cependant, je ne vous reprocherai pas d'avoir tué Darzin. Vous aviez raison, dans la crypte : il a cessé d'être utile à l'instant où il vous a sacrifié à Xaltorath.

— Je suppose que vous avez tué Tyentso, dit Kihrin, les traits empreints de tristesse.

Gadrith arqua un sourcil.

— Vous allez devoir être plus précis, jeune homme.

— Raverí, corrigea Kihrin. Votre femme.

—Ah ! fit Gadrith en souriant de plus belle. Oui. Elle s'en est admirablement bien tirée. Je regrette presque d'avoir dû l'éliminer.

—Vraiment ? demanda Thurvishar d'une voix où perçait l'étonnement.

—Non. Je disais cela par politesse.

—Que se passe-t-il, à présent ? demanda Thurvishar. Voulez-vous que je me charge de ces deux-là, tandis que vous fouillez les tombes pour retrouver Urthaenriel ?

Gadrith pencha la tête et lança à Thurvishar un regard de profond mécontentement.

—… Oui.

Kihrin s'avança en s'efforçant de ne pas tituber. Il se concentra afin de puiser autant de force que possible dans la terre, les arbres, l'herbe environnante.

—C'était donc cela, votre objectif ? Récupérer l'épée de Kandor, Tueuse de Dieux ? (Kihrin se tut un instant et plissa les yeux.) Je me suis trompé, n'est-ce pas ? Nous nous sommes tous trompés. Vous n'essayiez pas de devenir Empereur. Vous auriez pu le devenir il y a des années. Vous pouviez vous faire Empereur n'importe quand… mais cette couronne ne vous intéressait pas. Jusqu'à ce que vous compreniez que c'était la seule manière pour vous d'entrer dans ces ruines sans être pulvérisé par la magie de l'Empire. Ce n'est pas un coup d'État, c'est… c'est… (Kihrin s'esclaffa avec amertume.) C'est un cambriolage.

—Oui, confirma Gadrith d'un ton sec et impassible. (Il lança un regard à son fils.) Il est plus malin que son frère.

Il se dirigea vers les ruines.

—Tuez-le. J'ai une épée à récupérer, et ensuite bien des dieux à assassiner. Je crois que je vais commencer par Thaena.

Les épaules de Thurvishar s'affaissèrent. La formule qu'il avait employée plus tôt, en proposant de « se charger » de

Kihrin et Teraeth, lui aurait permis de les faire prisonniers. Ce n'était pas le cas du nouvel ordre de Gadrith.

Kihrin lut le désespoir dans ses yeux lorsque Thurvishar leva les paumes vers le ciel.

— Je suis désolé, répéta-t-il.

— Vous avez le choix, rétorqua Kihrin.

— Non.

— J'ai vécu la même chose. On a toujours le choix.

Thurvishar lui répondit d'un geste, et le sabre khorvesh de Kihrin vira au rouge incandescent, puis se mit à fondre. L'arme aurait pu le brûler, mais Kihrin était doué pour se protéger du feu. Il ne ressentit qu'une légère douleur lorsque le métal en fusion s'écoula sur ses doigts.

— Je ne veux pas vous tuer, reprit Thurvishar, cependant je ne vois vraiment pas comment ma propre mort vous permettrait de supprimer Gadrith. Ce serait différent si vous étiez un magicien chevronné. Je crois même que vous en avez le talent, mais vous ne comptez pas les années d'entraînement nécessaires pour vous mesurer à un mage de son calibre. Et même si c'était le cas, il porte la Couronne, le Sceptre et la Pierre des Entraves. Il vous dominerait… et si par le plus grand des hasards vous l'assassiniez, vous perdriez tout de même.

— Laissez-moi une chance de…

Thurvishar secoua la tête.

— Vous savez comment tout cela fonctionne. Je ne peux pas.

Il leva la main.

Lorsque Kihrin recula, il trébucha sur une vieille épée rouillée : droite, mince et d'ancienne facture. Elle ne lui servirait à rien. La lame, émoussée et criblée de trous, donnait l'impression qu'elle se briserait au moindre coup. Mais Kihrin était un duelliste. Il avait le désir irrationnel de périr l'épée à la main cette fois, si le destin voulait qu'il meure deux fois dans la même journée.

Il enroula sa main autour de la poignée et tira l'épée de la terre noire et infestée de vers.

Thurvishar lui lança un éclair, or Kihrin s'en aperçut à peine. D'un geste, il écarta le sort, qui termina sa course dans les bois de l'Arène. Un feu vermeil y naquit, mais les branches biscornues des arbres, déformées par les mutations magiques, l'éteignirent aussitôt. L'attention de Kihrin était entièrement concentrée sur l'arme qu'il tenait, et dont l'apparence était à présent celle d'une lame argentée tel un ruban de métal étincelant, fin et élégant.

L'épée chantait dans son esprit.

Les harmonies qu'elle produisait étaient si belles qu'il sentit des larmes perler au coin de ses yeux. La voix, douce et intense, semblait porter en elle la promesse du bonheur et un avant-goût du Paradis. En maniant cette épée, il courait le risque de se laisser consumer par elle. Il aurait pu s'abandonner à la splendeur de ce son merveilleux jusqu'à ne plus rien entendre d'autre, ne plus rien connaître. La lame avait également quelque chose d'étrangement familier. Kihrin se souvint de ce qu'il éprouvait lorsqu'il se concentrait sur le collier qui contenait son gaesh. Il tenait un objet auquel il était lié, quelque chose qui avait fait partie de lui, qui le complétait et dont il était désormais séparé.

— Putain de veinard, souffla Thurvishar d'un ton teinté d'admiration.

Malgré le chant de l'épée, Kihrin parvint à répondre :

— Oui, en effet. Appelez Gadrith, je vous prie.

Thurvishar invoqua une boule de feu qu'il lança à Kihrin ; il s'agissait surtout de gagner du temps, en obéissant à l'ordre que son gaesh refusait de le laisser oublier. Kihrin écarta sans difficulté la sphère enflammée.

— Gadrith ! cria Thurvishar. J'ai besoin de vous. J'ai besoin de vous tout de suite !

Kihrin sentit sa force lui revenir. Il avait l'impression qu'il pourrait participer à une course, traverser le Senlay à la nage, accomplir n'importe quelle prouesse. Il se dirigea vers Teraeth, inconscient. Il ne pensait pas que les branchages qui enserraient l'assassin soient encore animés par la magie, mais il avait l'intuition que celle-ci, en cet endroit, se cachait au fond de toute chose. Il tenta de glisser un regard de l'autre côté du Premier Voile pour s'en assurer, mais en fut incapable ; le chant de l'épée l'empêchait de se concentrer.

— Qu'y a-t-il ? aboya Gadrith en sortant par la porte de l'une des tours en ruine.

Il s'immobilisa et fronça les sourcils, voyant que Kihrin était toujours en vie.

— Je vous ai dit de le tuer.

— Je ne peux pas, avoua Thurvishar entre ses dents serrées.

Il se pencha en avant, terrassé par la douleur.

Kihrin connaissait bien ces symptômes. Le contrecoup du gaesh ne tarderait pas à l'achever, si Kihrin n'agissait pas rapidement.

— Vous ne pouvez pas ? Pourquoi…

Gadrith s'interrompit brusquement en voyant Kihrin avancer vers lui, et l'épée qu'il tenait à la main.

— Elle n'était pas dans les bâtiments ? s'exclama Gadrith, stupéfait. Depuis tout ce temps… elle n'a jamais été à l'intérieur des bâtiments ?

On aurait dit que son univers entier venait de basculer. Et c'était peut-être le cas.

— Oui, sacré retournement, pas vrai ? Vous avez passé trente ans à comploter pour vous emparer de quelque chose que n'importe qui pouvait ramasser, au cours d'un duel dans l'Arène, renchérit Kihrin. Elle était là, enchevêtrée dans les racines, bien visible, à la portée du premier venu. (Il eut un sourire cruel.) Vous avez assez de jouets en votre possession. Celui-là n'est pas pour vous.

— Impossible, protesta Gadrith. Je suis le Voleur d'Âmes. Je suis le Roi Démon. J'ai tué l'Empereur… Je vais libérer les démons… détruire l'Empire et façonner le monde selon mes désirs… C'est ma destinée. C'est MOI. PAS KAEN. PAS RELOS VAR. MOI !

Il rugit et tendit les bras vers Kihrin, mais quelles qu'aient été ses intentions celui-ci n'eut qu'à lever son épée pour écarter le sortilège, qui se dissipa dans le vide.

Que devait-il faire de Gadrith ? Kihrin ne pouvait le tuer. Sinon son âme changerait de place avec celle du nécromancien, lui prodiguant exactement ce qu'il désirait depuis le début : Urthaenriel. Gadrith était contrarié et troublé pour le moment, mais si Kihrin lui laissait le temps de réfléchir, il parviendrait aux mêmes conclusions que Tyentso, bien des années auparavant. Être immunisé à la magie ne signifiait pas qu'on n'avait plus besoin d'air pour respirer, ni de terre ferme sous ses pieds.

Puis Kihrin se souvint qu'il tenait une épée capable de briser la magie des dieux.

Gadrith n'était donc pas sa cible.

La Pierre des Entraves brillait sur sa poitrine, vacillant insolemment et luisant d'un éclat malveillant. Kihrin visa la gemme et s'avança, l'épée brandie. Gadrith voulut parer son coup. Il avait dû utiliser un sort, mais Urthaenriel n'avait que faire des sortilèges. Le cours du temps parut ralentir, et Urthaenriel brisa d'abord la Pierre des Entraves en mille éclats bleus, puis poursuivit sa course en plongeant dans le torse de celui qui la portait, transperçant son cœur.

Le mage noir lança à Kihrin un regard immensément surpris. Puis le diadème disparut de son front, la baguette de sa main. Ceux qui le regardaient n'eurent que le temps de s'en rendre compte avant de ressentir une immense pression qui les souleva, déchira les racines qui retenaient Teraeth et les repoussa tous en dehors de l'Arène. Ils atterrirent sur l'herbe humide, juste devant la taverne du *Champ du Massacre*.

Le corps que Gadrith avait volé, encore empalé sur l'épée de Kihrin, les accompagna.

L'Arène se recouvrit aussitôt du dôme irisé, semblable à une bulle de savon, qui constituait son champ de force. Celui-ci la protégerait dans l'attente du concours qui devait décider de son nouveau propriétaire.

Gadrith le Déviant, ayant brièvement régné en tant qu'Empereur de Quur, était mort.

88

Le présent de Miya

La Cité brûla.

Des démons de toutes tailles, de toutes couleurs et de tous aspects imaginables saccagèrent ce qui passait à leur portée. Ils absorbèrent avec délice la chaleur des incendies qui dévoraient la ville. Ils tuèrent avec cruauté des milliers de personnes ; et de façon tout aussi inexplicable, ils en épargnèrent autant, laissant à tous ces témoins indemnes le souvenir de leurs atrocités. Ils dînèrent d'un festin de peur et leurs appétits furent satisfaits.

Même si Xaltorath avait été banni, il faudrait des mois, des années peut-être, pour réparer les dommages causés par son passage.

— Tout le monde est là ? demanda Therin à Galen, qui s'approchait en compagnie de Dame Miya.

Le Grand Seigneur et son sénéchal étaient tous deux sales et roussis ; les brûlures et les lacérations de leurs vêtements trahissaient les blessures récoltées en combattant les démons.

— J'ai rassemblé tous ceux que je trouvais, répondit Galen. Mais il en reste quelques-uns dans la Cité, qui supervisent le travail des maisons bleues.

La famille rassemblée dans la grande salle semblait réduite. La veille encore, les D'Mon auraient été plus nombreux. Il était trop douloureux de songer à certains des absents…

Galen serra les dents et refusa de penser à son père.

— Bien, dit Therin. Je vous envoie, vous, votre épouse et un petit groupe de guérisseurs, au palais d'été à Kirpis. Je vous charge de ne pas vous mettre en danger, est-ce compris ?

— Et qu'arrivera-t-il à…

Galen ravala sa question.

Le visage de Therin était inexpressif. Quelqu'un qui ne connaîtrait pas les D'Mon aurait peut-être fait l'erreur de le croire insensible. Galen, lui, savait que ce n'était pas vrai.

— Terminez votre question.

Il voulait demander ce qu'il adviendrait de Kihrin. Il en avait envie, mais il ne le fit pas. Galen était triste et troublé. À peine quelques heures plus tôt, il avait vu mourir des membres de sa famille ; et en plus de cela, il se souvenait que Kihrin n'avait pas voulu mourir pour lui. Kihrin était prêt à le faire pour Dame Miya – d'ailleurs, il était mort pour elle – mais pas pour Galen.

Galen demanda donc :

— Et mon père ?

— Votre père est mort, ou il mourra bientôt, répondit Therin. Il sera oublié, et son nom ne sera plus jamais prononcé dans cette Maison. Je l'ai désavoué. Je ne peux qu'espérer que cela suffise à apaiser les dieux.

Il n'est peut-être pas encore mort, songea Galen, mais il n'eut pas l'impudence de le formuler à haute voix.

Derrière le Seigneur Therin, Dame Miya émit un petit cri.

— Vous m'avez compris, Seigneur-Héritier ?

Galen ne comprit pas tout de suite l'usage du titre. Il faillit chercher son père des yeux. Même alors que Therin contemplait Galen en fronçant les sourcils, il n'arrivait pas à appréhender le sens de ses propos.

— Messire ?

— Vous étiez son fils aîné. Cela fait de vous le Seigneur-Héritier. C'est pourquoi vous et Sheloran devez partir. La Maison va connaître des temps difficiles. J'ai besoin de m'assurer que vous êtes en sûreté.

Galen ne put que ciller. Il n'avait donc pas mal entendu, dans le temple, lorsque Therin avait affirmé que Kihrin était son fils. Pas celui de Darzin. Ce n'était pas le fils de Darzin, et ce n'était pas le frère de Galen.

C'était son oncle.

— Oui, messire. Je comprends.

— Bien. À présent…

— Therin… (L'expression de Dame Miya était à la fois interloquée et radieuse.) Therin, le gaesh… s'est dissipé.

— Quoi ?

Therin la dévisagea comme s'il n'avait pas réellement compris le sens de ses paroles. Il leva la main pour examiner la fine chaîne d'argent terni, enroulée plusieurs fois autour de son poignet, où pendait un médaillon représentant un arbre.

Le bijou tomba en poussière et se dispersa dans l'air. Dame Miya porta une main à son cou.

— Je respire. Cela fait si longtemps… Je respire de nouveau !

— Comment est-ce possible ? demanda Therin.

— Je l'ignore. Je ne peux l'imaginer, et pourtant, Therin, je sens que le gaesh n'est plus !

Toutes les conversations, dans la grande salle, s'arrêtèrent brusquement.

— Dame Miya…, murmura Galen en s'avançant pour lui apporter son soutien, sous quelque forme que ce soit.

Son élan dut attirer l'attention de Miya, car elle se tourna pour le dévisager. Galen se figea sur place. Ce regard n'avait rien d'amical. Il n'y distingua pas l'indifférence à laquelle il était habitué de la part du sénéchal de la Maison. Non… Ce regard-là était empreint de malveillance.

— Ce n'est pas mon nom, corrigea-t-elle.

Galen se sentit soulevé dans les airs. Un étau invisible, aussi dur que l'acier, s'enroula autour de son cou. Il suffoqua, haleta, et sa vue s'obscurcit ; il lutta pour respirer, en vain. Quelque chose céda dans son cou avec un craquement sonore.

Galen D'Mon s'effondra au sol, mort.

L'espace de quelques interminables secondes, nul ne bougea. Nombreux étaient ceux, dans cette salle, qui n'avaient jamais connu l'époque où Dame Miya ne servait pas la Maison, et ne protégeait pas ses membres. Même alors qu'ils venaient de la voir tuer le nouveau Seigneur-Héritier, les témoins se demandèrent si elle avait été remplacée par la fameuse métamorphe ou si quelqu'un avait pris le contrôle de son esprit.

Puis ils hurlèrent et se mirent à courir, mais les grandes portes de la salle se fermèrent brusquement à leur approche. Pour la deuxième fois, un mage les retenait prisonniers dans leur propre demeure.

— Vous n'êtes pas Dame Miya, souffla Therin. C'est impossible…

Elle ne lui sourit pas. Ni haine ni indignation ne se lisaient dans ses yeux. Elle inclina la tête comme pour reconnaître la véracité de ses paroles.

— Pour être tout à fait franche, je n'ai jamais été Miya. La vraie Miya est morte avant notre rencontre. (Un léger sourire amer flotta aux coins de ses lèvres tandis qu'elle enjambait le corps de Galen.) Je ne pouvais pas vous dire qui j'étais réellement. Le gaesh m'en empêchait.

— Alors, qui êtes-vous ?

Le regard de Therin se posa sur le cadavre de Galen, puis revint à Miya. D'après son expérience en tant que prêtre de

Thaena, l'état de Galen n'était pas inévitablement permanent, aussi s'interdit-il de paniquer.

— Khaeriel. (Elle sourit lorsque les yeux de Therin s'écarquillèrent.) Khaeriel, reine de tous les vané, fille de Khaevatz, reine des vané manols, fille de Khaemezra, des Huit Gardiens[1].

Therin ferma les yeux.

— Laissez-les partir. C'est moi que vous voulez. Laissez-les…

— Vous avez à demi raison. C'est bien vous que je veux, mais pas pour une raison aussi mesquine que le désir de vengeance. Toutefois, je n'ai pas non plus l'intention de libérer votre famille. Ils sont les chaînes qui vous lient à cette Maison et à ce titre aussi sûrement que j'étais moi-même enchaînée par ce gaesh.

Elle fit un nouveau geste de la main. À l'autre extrémité de la pièce, où la jeune veuve de Galen tambourinait à la porte, Sheloran tressaillit et son cou céda dans un craquement. Elle s'effondra au sol en un tas désarticulé.

Therin attaqua Khaeriel.

Celle-ci écarta d'un geste le sort qu'il tentait de lancer – sans doute un enchantement destiné à l'étourdir et à la neutraliser – avant de plisser les yeux en direction de Therin. Il fut projeté en arrière, contre le mur, les bras et les jambes tendus tel un papillon épinglé.

---

1. Cela explique pourquoi le roi Terindel, des vané kirpis, jugeait la reine Khaevatz indigne de régner sur tous les vané : à cause de sa mère voramer. Il est probable que depuis, la famille royale ait fini par accepter que cette branche soit venue se greffer sur son arbre généalogique… surtout s'ils savent – et je présume que c'est le cas – que Khaemezra n'est autre que la déesse Thaena. Par ailleurs, il est intéressant de noter que Kihrin et Teraeth ne sont pas réellement parents : en effet, la mère biologique de Kihrin est Miya (même si le corps de Miya est désormais sous le contrôle de la petite-fille de Khaemezra, Khaeriel). Si cela n'avait pas été le cas, Teraeth, qui est le demi-frère de Khaevatz, aurait été le grand-oncle de Kihrin. Oui, c'est compliqué.

Therin grinça des dents et se libéra. Il tomba au sol sur ses pieds, évitant au dernier moment de s'écrouler en avant. Il fit quelques signes et parla à voix basse.

L'air, autour de Khaeriel, se fit épais et oppressant. Les nuages se fendirent autour d'elle et se dissipèrent en nuées vaporeuses.

— Excellente stratégie, commenta-t-elle. Aucun talisman ne m'aurait empêchée de respirer des fumées empoisonnées, mais vous avez mal choisi votre angle d'attaque, car l'air est mon élément. Vous devriez chercher à embraser mes vêtements, à transformer le sol sous mes pieds en acide ou à faire s'écrouler le toit au-dessus de ma tête. Vos efforts se révéleraient peut-être plus fructueux.

— Je vous arrêterai, siffla Therin.

— Non, répondit Khaeriel. Et à dire vrai, ce n'est pas ce que vous voulez, au fond de votre cœur. Savez-vous que vous êtes l'arrière-petit-fils du roi usurpateur, Terindel, des vané kirpis ? La mère de votre père, Pedron…

— Pedron n'était pas mon père…

Elle balaya d'un geste sa protestation.

— Bien sûr que si. Nous le savons tous les deux. Votre sang vané trahit votre véritable lignée. Car la mère de Pedron était la princesse Valrashar, la fille du roi Terindel. Elle fut soumise à un gaesh et vendue aux D'Mon par mon propre père, le roi Kelindel. Mon père s'empara alors du trône de Kirpis. Par conséquent, votre père Pedron – et votre tante Tishar – étaient, en principe, les souverains légitimes des vané kirpis. Puisqu'ils sont morts, à présent… cet honneur vous revient. Vous êtes l'héritier d'un trône qui semblait si lointain… que personne n'aurait pu imaginer vous voir un jour y monter. Laissez derrière vous les chaînes de votre humanité, Therin. Abandonnez-les et rejoignez-moi.

Plutôt que de lui répondre, il se concentra.

Khaeriel hurla lorsque le sang se mit à couler de ses yeux. Elle tomba à genoux.

— Je suis désolé, dit Therin. Vos yeux guériront, mais je ne peux pas vous laisser faire cela. (Il marcha jusqu'à elle, encore chancelant de l'attaque qu'elle lui avait fait subir.) Nous allons vous cacher jusqu'à ce que vous vous portiez mieux… Vous aider, même si j'ignore comment. Je ne laisserai pas le Conseil…

Therin s'écroula au sol, agité de tressautements, les yeux grands ouverts sous la surprise.

Khaeriel se releva, essuyant le sang de son visage.

— J'ai ciblé plusieurs terminaisons nerveuses bien spécifiques. Le phénomène est indolore, mais vous ne pourrez ni bouger, ni réfléchir assez clairement pour utiliser la magie. C'est Lorgrin qui me l'a appris, dit-elle. Oh, comme il va me manquer… Ses compétences en matière de médecine et d'anatomie étaient extraordinaires. (Elle se pencha près du Grand Seigneur, encore agité de spasmes.) Je n'ai pas besoin de votre protection, Therin. Et lorsque je m'attaquerai au Conseil, ce sont les Voix elles-mêmes qui chercheront à m'échapper, et non l'inverse. (Elle tendit la main pour lui caresser les cheveux.) Je vous laisse ce présent : la seule chose que vous avez toujours souhaitée, la seule chose dont vous n'avez jamais eu le courage d'admettre qu'elle était votre unique désir. (Elle se redressa.) Je vais vous libérer des D'Mon.

Elle se retourna vers l'assemblée.

Certains luttèrent. D'autres supplièrent. Les deux, parfois ; d'autres coururent ou tentèrent de se cacher, mais le résultat fut le même.

Il n'y eut bientôt plus que deux personnes encore en vie dans la grande salle.

Khaeriel revint le voir lorsqu'elle eut terminé, enjambant le corps du dernier fils de Bavrin D'Mon, Thallis. Les yeux de l'enfant étaient fixes, ouverts mais aveugles.

—Je sais que vous pensez ne jamais réussir à me pardonner, mais avec le temps vous y viendrez. (Khaeriel leva une main et le corps de Therin se mit à flotter dans les airs.) Votre rancœur envers moi ne sera rien comparée à votre propre culpabilité. Une partie de vous – une partie non négligeable – pense que vous méritez d'être puni pour vos crimes. (Khaeriel sourit.) Et m'avez-vous déjà vue désobéir à l'une de vos demandes, messire ?

Therin ne put se débattre. Il ne put ni hurler, ni crier, ni même murmurer. Il était pris au piège, prisonnier de son propre corps. Il ne put que regarder, impuissant, l'ancienne reine vané ouvrir un portail et le franchir avec lui.

89

Séparation

Kihrin aurait aimé rire, crier et effectuer une petite danse sur le corps de Gadrith, mais il n'oubliait pas que Thurvishar se noyait dans le cercle vicieux du gaesh. Il arracha Urthaenriel au corps de Gadrith et se retourna vers lui, ne sachant pas vraiment ce qu'il pouvait faire pour l'aider.

Cependant, Thurvishar se portait comme un charme.

Le mage s'était redressé ; il haletait et se massait la gorge mais ne donnait aucun autre signe de malaise. Il n'était pas en train de mourir.

Thurvishar contempla le corps de Gadrith, ou plutôt celui de Sandus. L'expression de son visage était indéchiffrable.

— Je… (Kihrin poussa un soupir.) Je suis désolé. J'ai tué votre père. Enfin, non, je ne suis pas vraiment désolé…

— Vous n'avez pas tué mon père, corrigea Thurvishar. Vous avez tué l'assassin de mon père. Et je vous en suis redevable.

Il se retourna vers Teraeth, encore inconscient et enroulé dans les segments de racines qui s'étaient détachés lorsque l'Arène les avait expulsés.

Kihrin posa un regard tendre sur le vané inconscient.

— Ça ne serait pas bien de retourner le couteau dans la plaie, dit-il. Mais on a bien le droit de s'amuser de temps en temps, non ?

Il marcha jusqu'à Teraeth et fronça les sourcils.

— Vous ne pouvez pas être affecté par la magie, expliqua Thurvishar, mais vous ne pouvez pas davantage la voir ni l'utiliser.

Il posa les yeux sur l'assassin inconscient et se concentra.

Teraeth ouvrit les yeux et se leva d'un bond, une dague dans chaque main.

— Tu as manqué la meilleure partie, annonça Kihrin. On a gagné.

Teraeth regarda autour de lui, et ses yeux se posèrent sur le cadavre du nécromancien.

— On a gagné ?

Kihrin gratifia Thurvishar d'une claque sur l'épaule.

— Vous étiez soumis à un gaesh, et en vertu de la loi quuro, l'homme possédant votre gaesh est responsable de vos crimes. Cet homme est mort, à présent. Je suis sûr qu'une fois que j'aurai expliqué la situation au Premier Général…

Thurvishar s'écarta de Kihrin.

— Non. Non, c'est moi qui m'expliquerai auprès du Premier Général. Je me rendrai à son jugement. Il utilisera la magie, et la vérité lui apparaîtra. Comme vous l'avez dit, ils ne me tiendront pas responsable des crimes de Gadrith. Vous, en revanche, vous devez partir. Quitter la Cité, et tout de suite.

Kihrin battit des paupières.

— Hein ? Pourquoi ?

Thurvishar se rembrunit.

— Vous n'avez aucune idée de ce que vous venez de faire, pas vrai ?

Kihrin désigna le cadavre.

— Si ! J'ai sauvé tout le monde, voilà ce que j'ai fait !

Thurvishar adressa à Teraeth un regard las.

— Qu'a-t-il fait ? demanda Teraeth d'un ton plus prudent.

— Il a tué l'Empereur…

— Ce n'était pas le vrai Empereur ! protesta Kihrin.

Thurvishar soupira.

— Gadrith portait la Couronne et le Sceptre. Il avait pris possession du corps de mon père. C'était bien l'Empereur. (Thurvishar se tourna de nouveau vers Teraeth.) Kihrin a tué l'Empereur. Il s'est emparé d'Urthaenriel. Et ensuite… il a détruit la Pierre des Entraves. Il l'a fracassée en mille morceaux.

La surprise figea les traits de Teraeth.

— Attendez. Attendez, pourquoi… (Kihrin marqua une pause.) J'avoue que ce n'était pas idéal, mais c'était la seule manière dont je pouvais l'achever sans échanger nos âmes…

— Et c'était une solution habile au problème, admit Thurvishar. Si vous ne l'aviez pas fait, il aurait été transféré dans votre corps et il aurait récupéré Urthaenriel. Mais… (Il grimaça.) Les huit artefacts, les Pierres Angulaires, sont intimement liées à l'élément qui leur correspond. La Pierre des Entraves est connectée aux gaesh.

Kihrin eut soudain le vertige.

— C'est pour ça que vous n'êtes pas mort. Vous n'êtes pas mort, même si vous n'aviez pas obéi au dernier ordre de Gadrith. Vous n'avez plus de gaesh.

— Plus personne n'a de gaesh, confirma Thurvishar. Plus personne, dans le monde entier. Vous les avez tous libérés.

Kihrin se retourna vers la Cité.

— Miya…

— Non. (Teraeth posa la main sur l'épaule de Kihrin.) N'y va pas. Elle va bien. Ta mère est une puissante magicienne. Crois-moi, il ne lui arrivera rien. Mais il a raison… Toi, tu ne peux pas rester ici. Cette épée ne te protège que de la magie, pas des lames ni des flèches.

— Il y a pire, ajouta Thurvishar.

— Vraiment ? lança Kihrin. Parce que j'ai déjà envie de vomir.

— Faites-le plus tard, répondit Thurvishar. Les pactes qui permettent l'invocation de démons reposent sur leur capacité à puiser dans le pouvoir de la Pierre des Entraves pour créer des gaesh. S'ils n'en sont plus capables, les contrats ne sont plus valides. Donc, quelqu'un a libéré les démons, comme le prévoyait la prophétie… Mais ce n'était ni Gadrith ni Kaen.

Kihrin l'observait fixement.

— Vous êtes en train de dire… (Il secoua la tête.) Non…

— Donnez l'épée à Teraeth, conseilla Thurvishar. Ou à moi. Nous la remettrons à Milligreest pour qu'il puisse l'enfermer de nouveau dans un coffre-fort, en attendant le choix du nouvel Empereur. Nous sommes les seuls témoins de la mort de Gadrith et nous pouvons inventer n'importe quelle histoire pour l'expliquer. Personne n'a besoin de savoir que c'est vous qui teniez le Fléau des Rois.

— J'aime votre façon de penser, dit Teraeth d'un ton approbateur. (Il approcha la main de celle de Kihrin, qui tenait l'épée.) Allez, donne-moi…

Il s'interrompit lorsqu'une lame argentée se pressa contre sa gorge, aussi fine et précise qu'un rasoir.

— Je ne peux pas, souffla Kihrin. (Sa gorge se contracta en silence et ses yeux se mouillèrent.) S'il te plaît, recule, Teraeth. Tu es mon ami.

Un accent suppliant perçait dans sa voix. Leurs regards se rencontrèrent.

— Je m'en souviens, dit Teraeth. Sa voix est magnifique, n'est-ce pas ? C'est difficile d'entendre quoi que ce soit d'autre.

Il recula et laissa retomber ses mains. Kihrin inclina son arme et resta immobile, frissonnant.

— Je comprends que l'épée refuse de vous laisser l'abandonner, finit par dire Thurvishar, mais quoi qu'il en soit, vous devez partir tout de suite. Le Premier Général a prêté serment, et l'une de ses promesses est de protéger l'Empire de toute menace. Vous venez d'en devenir une.

— Milligreest ne croit pas aux prophéties, rétorqua Kihrin d'une voix faible et tendue.

Teraeth secoua la tête. Il était de nouveau alerte, prêt à agir ; il surveillait attentivement les environs.

— Je crois qu'il risque de changer d'avis, après ce qui s'est passé aujourd'hui. Viens. Nous pouvons nous glisser discrètement sur un vaisseau ce soir, et partir en mer à la prochaine marée.

— Non, dit Kihrin. (Il inspira profondément, et parut recouvrer un peu de son sang-froid.) Toi, vas-y. Pars en bateau. Plus nous leur rendrons la poursuite difficile, mieux ce sera. Moi, je pars à pied.

Il se dirigea vers le corps de Gadrith et se pencha, puis tira une bague du doigt du mort : un rubis gravé. Il le montra à Thurvishar.

— C'était l'anneau de Gadrith, ou celui de Sandus ?

Thurvishar l'inspecta.

— Je pense que c'était celui de Sandus.

Kihrin le lui tendit.

— Vous méritez de garder un souvenir de votre véritable père. (Il se tourna vers le centre de l'Arène.) Et Tyentso ?

— Laisse-la, intima Teraeth d'un ton brusque.

— Elle va Revenir, n'est-ce pas ? Thaena va la ramener ?

Le visage de Teraeth était sombre.

— Je ne sais pas. Dans l'enceinte de l'Arène, les règles ne sont pas les mêmes.

— À ma connaissance, Thaena n'a jamais permis à quelqu'un qui était mort dans l'Arène de Revenir, compléta Thurvishar.

Lorsque Kihrin se dirigea vers la dépouille de la magicienne, Teraeth lui barra le chemin.

— Va-t'en, Kihrin. Si elle ne Revient pas, Thurvishar enverra quelqu'un chercher son corps. Elle sera inhumée dans les cryptes des D'Lorus.

— Je suis à peu près sûr qu'elle aurait détesté l'idée d'être enterrée dans ces cryptes, rétorqua sèchement Kihrin.

Mais il n'essaya pas de contourner le vané.

— Finalement, reprit Thurvishar, la famille D'Lorus est morte ce soir. Le seul vrai D'Lorus qui a survécu est le Grand Seigneur Cedric, et ce n'est qu'un vieillard, triste et brisé.

Il avait l'air d'avoir du mal à décider de ses sentiments à cet égard.

— Je ne dirai rien si vous ne dites rien non plus, déclara Kihrin. (Il regarda autour de lui, et s'aperçut qu'il n'avait rien à sa disposition pour ranger son épée.) Je vous souhaite bonne chance. À tous les deux.

— Où vas-tu ? interrogea Teraeth.

— À Jorat. Il paraît qu'il y a un chevalier qui fait des siennes, là-bas. Je vais aller le trouver.

L'Arène était silencieuse. Les batailles contre les démons, qui venaient à peine de trouver leur fin, n'avaient pas endommagé ces champs paisibles et verdoyants. Le vent ne traversait pas le champ de force pour agiter les branches biscornues ; aucun oiseau ne s'attardait dans cette enceinte, aucun écureuil ne venait s'y repaître de noix et de baies. Si un animal y était entré durant la courte période où le dôme d'énergie avait disparu, il avait également été projeté hors de l'Arène lorsque Gadrith avait rendu son dernier souffle.

Aucune créature vivante, bipède ou non, ne pouvait demeurer à l'intérieur de l'Arène jusqu'au prochain concours… la bataille qui prendrait fin lorsqu'un homme aurait vaincu tous les autres. Le vainqueur porterait la Couronne et le Sceptre lorsqu'il quitterait l'enceinte. Le rituel serait conforme à ce qu'il avait toujours été : ceux qui souhaitaient y participer se rassembleraient. Les Voix abaisseraient le champ de force. Les combats commenceraient.

Normalement.

Tyentso, qu'on appelait autrefois Raverí, inspira profondément pour profiter de cet air délicieux, après son Retour. Elle n'était pas encore tout à fait consciente de l'endroit où elle se trouvait ni de ce qui s'y était passé. Elle savait seulement qu'elle avait perdu, et qu'elle avait payé le prix de cette défaite… un prix qui n'était pas aussi permanent qu'il aurait pu l'être, si elle avait été quelqu'un d'autre. Étendue dans un champ au centre de l'Arène, le regard levé vers un dôme magique qui ressemblait à une bulle de savon, elle sentait la bruine qui tombait doucement sur son visage.

Au-dessus de sa tête flottait un cercle de lumière traversé d'une ligne blanche. Elle les contempla un moment, perplexe, avant de comprendre ce qu'elle avait sous les yeux.

Tyentso se mit à rire.

Aucun être vivant ne pouvait demeurer dans l'Arène après la mort de l'Empereur, mais Tyentso – à cet instant précis – n'était pas en vie. Son corps n'avait donc pas bougé.

Elle tendit les deux mains pour se saisir de la Couronne et du Sceptre de Quur.

90

Dernières remarques

Impératrice Tyentso,

Il me faut ajouter quelques remarques à ce compte-rendu.

Le nombre de personnes ayant perdu la vie, dans la Cité capitale, est effarant. Nous pensons qu'au moins cinq mille personnes sont décédées à la suite des attaques démoniaques de cette nuit-là. Environ trente mille autres périrent dans les incendies qui s'étaient déclenchés à la faveur du chaos. D'autres succomberont dans les mois à venir, de faim ou de maladie, si des mesures ne sont pas mises en place dans les plus brefs délais.

Le corps de l'Empereur Sandus a été retiré du Champ du Massacre. Il a été placé dans la Salle des Héros du Palais Impérial au cours d'une grande cérémonie nationale, et repose auprès du corps préservé de son épouse. L'histoire officielle veut qu'il ait été tué par un assaillant inconnu – peut-être de nature démoniaque – après avoir exécuté le criminel Gadrith D'Lorus.

Xaltorath fut « banni » par Qoran Milligreest, Therin D'Mon et Miya, « esclave » de Therin. Mais la chronologie des événements semble indiquer que la plupart des démons de Xaltorath regagnèrent l'Enfer de leur propre chef, peu de temps après la destruction de la Pierre des Entraves. Il ne s'agit que d'un bref répit : à présent que leurs chaînes ont été brisées, les démons sont libres de repartir en guerre contre les races tangibles, sans restriction aucune.

Qoran a ensuite regagné la citadelle, et nous supposons que Therin D'Mon et Dame Miya se sont rendus au Palais Bleu.

Cependant, c'est la dernière fois que quiconque déclare avoir vu le Grand Seigneur Therin et Dame Miya. Peu de temps après que l'essentiel des combats eut pris fin, un médiqueur découvrit le lieu du massacre des D'Mon. Presque tous les membres restants du clan y avaient péri. Nous ne pouvons que supposer qu'il s'agit de l'œuvre de Miya, libérée du gaesh et redevenue Khaeriel, la reine en exil. Elle a sans doute voulu se venger de la famille qui la retenait prisonnière.

Nous ignorons ce qu'il advint du Grand Seigneur Therin.

La famille D'Mon a été décimée, réduite à une poignée de membres. Et aucun de ces derniers n'est aisément accessible, afin d'implorer Thaena de faire Revenir les autres. Therin ayant disparu et Darzin étant mort, l'avenir de la Maison est incertain. L'emplacement de Kihrin D'Mon l'est également : la dernière fois que quiconque l'a aperçu, il quittait les portes nord de la Cité en compagnie de plusieurs chevaux D'Mon, d'un valet d'écurie jorat et d'une flammesang jorate grise.

Urthaenriel est de retour au monde. Nul ne peut invoquer de démon sans courir le risque d'être soi-même attaqué, ce qui signifie qu'aucun esclave ne peut recevoir de gaesh.

Les gens affirment que c'est la fin du monde.

Mon Impératrice, vous et moi savons que ce n'est que le commencement.

Annexe I

Glossaire

A

Agolé : morceau d'étoffe drapé autour des épaules et des hanches, porté par les hommes et les femmes de l'ouest de Quur.

Ajournement : sentence pratiquée au sein des familles royales, et consistant à reporter l'exécution d'une femme appartenant à une Maison jusqu'à ce qu'elle mette au monde un enfant. Elle survient en général lorsque la Maison ne possède pas d'héritier mâle.

Alavel : cité accueillant l'école des magiciens, l'Académie.

Arène : parc situé au cœur de la Cité capitale, et où se déroule le concours désignant les nouveaux Empereurs.

Ariala : métal connu pour ses variations de couleur, dont les gisements se trouvent à Kirpis.

Attuleema, Landril : marchand du Quartier de Cuivre.

Au-delà (l') : miroir obscur du monde des vivants. Les âmes s'y rendent après leur mort, espérant voyager ensuite jusqu'au Royaume de la Paix.

B

Baelosh : dragon réputé pour son immense trésor.

Bertok : dieu de la guerre.

Brise-chaînes : artefact magique lié aux vané manols, dont le pouvoir a trait aux illusions.

C

Caless : déesse de l'amour charnel.

Camarnith : dieu guérisseur, vénéré à Zherias.

Cercle Inférieur : zone de la Cité capitale située en contrebas du plateau constitué par le Cercle Supérieur. Elle est moins sûre que ce dernier, car plus vulnérable aux inondations.

Cercle Supérieur : plateau situé au centre de la Cité capitale, accueillant les demeures des Maisons Royales, les temples, les bâtiments gouvernementaux et l'Arène.

Champ du Massacre (le) : taverne et auberge située aux abords de l'Arène Impériale. C'est aussi le surnom de l'Arène elle-même.

Cherthog : dieu de l'hiver et de la glace, surtout vénéré à Yor.

Cimillion : fils de l'Empereur Sandus, dont on pense qu'il fut tué peu après sa naissance par Gadrith le Déviant.

Citadelle (la) : quartier général de l'armée impériale de Quur.

Cité (la) : aussi appelée « Cité capitale ». Il s'agissait à l'origine d'une cité-État gouvernée par le dieu-roi Qhuaras, et son nom initial (Quur) s'applique désormais à l'ensemble de l'Empire.

Clé : cambrioleur spécialisé travaillant pour les Danseurs de l'Ombre, et formé pour déjouer les protections magiques et les enchantements. Considéré comme une sorcière. Cf. sorcière.

Confrérie Noire : société de tueurs à gages.

Corbeau : cf. Nathera, Ola.

Cour des Gemmes (la) : terme d'argot désignant les familles royales du Cercle Supérieur, représentées sous la forme de douze types de joyaux différents.

Couronne et le Sceptre (la) : célèbres artefacts ne pouvant être détenus que par l'Empereur de Quur.

D

D'Aramarin, Dorman : noble appartenant à la Maison D'Aramarin, cousin et ami de Galen D'Mon.

D'Erinwa, Morvos : noble de la Maison D'Erinwa, friand de jeux de cartes.

D'Erinwa, Phaellen : noble de la Maison D'Erinwa, assassiné par Gadrith D'Lorus.

D'Lorus, Cedric : Grand Seigneur de la Maison D'Lorus et père de Gadrith.

D'Lorus, Gadrith : Seigneur-Héritier de la Maison D'Lorus, condamné pour trahison et exécuté à la fin de l'Affaire des Voix. Également appelé Gadrith le Déviant.

D'Lorus, Raverí : épouse de Gadrith D'Lorus, et officiellement présentée comme la mère de Thurvishar D'Lorus. On la crut morte exécutée après la naissance de ce dernier, pour sorcellerie et trahison.

D'Lorus, Thurvishar : fils de Gadrith et Raverí D'Lorus, Seigneur-Héritier de la Maison D'Lorus après l'exécution de son père, Gadrith.

D'Mon, Alshena : épouse de Darzin D'Mon, née D'Aramarin.

D'Mon, Bavrin : deuxième des fils survivants du Grand Seigneur Therin D'Mon.

D'Mon, Darzin : Seigneur-Héritier et aîné des fils survivants du Grand Seigneur Therin D'Mon.

D'Mon, Devyeh : troisième des fils survivants du Grand Seigneur Therin D'Mon.

D'Mon, Galen : fils puîné du Seigneur-Héritier Darzin D'Mon.

D'Mon, Kihrin : fils aîné du Seigneur-Héritier Darzin D'Mon et d'une esclave, Lyrilyn. Cf. Vol.

D'Mon, Saerá : fille aînée de Darzin D'Mon.

D'Mon, Therin : Grand Seigneur de la Maison D'Mon.

D'Mon, Tishar : sœur cadette de Pedron D'Mon, et à demi vané.

Daakis : dieu du sport, de l'escrime et des jeux.

Dana : déesse-reine d'Eamithon. Elle fait toujours l'objet d'un culte, en tant que déesse de la sagesse et de la vertu.

Danseurs de l'Ombre (les) : organisation criminelle opérant dans le Cercle Inférieur de la Cité capitale.

Dellon : second à bord du vaisseau de transport d'esclaves le *Malheur*.

Démons : race provenant d'une autre dimension, et pouvant, quoique difficilement, pénétrer dans le monde physique. Connus pour leur puissance et leur cruauté. Cf. Marche Infernale.

Désolation (la) : archipel situé entre Zherias et Khorvesh, et gênant la navigation et le transport de marchandises, en raison d'un manque de courants au nord et d'un phénomène appelé « la Gueule » au sud.

Dethic : un marchand d'esclaves eunuque exerçant à Kishna-Farriga.

Devors : archipel situé au sud de la Cité capitale, connu surtout en tant que foyer des prêtres devorans et de leurs prophéties.

Doc : tenancier et principal serveur de la taverne du *Champ du Massacre*.

Doltar : pays très éloigné de Quur.

Dreth : cf. vordreth.

Drussien : métal rare supérieur au fer, ne pouvant être fabriqué qu'à l'aide de feux magiques d'une chaleur surnaturelle.

Dyana : femme vordreth, mariée à l'Empereur Sandus, assassinée par Gadrith le Déviant.

E

Eamithon : colonie située au nord de la Cité capitale. Première région colonisée par l'Empire de Quur, elle est considérée comme la plus paisible.

Empire de Quur : cf. Quur.

Enfer : ne pas confondre avec le Royaume de la Paix. Lieu dont proviennent les démons.

Esiné : clan vané manol communiquant par signes.

Étoile : dresseur de chevaux jorat, réduit en esclavage pour vol de chevaux.

F

Faris : membre de l'organisation criminelle des Danseurs de l'Ombre, portant le nom de code « Furet ».

Fille de Laaka (kraken) : créature des océans, gigantesque et immortelle.

Flammesangs : race parente des chevaux, mais modifiée par le dieu-roi Khorsal afin de lui conférer une taille, une puissance, une endurance, une loyauté et une intelligence extraordinaires. Les flammesangs sont omnivores, et quoiqu'ils ne soient pas dotés de pouces opposables, sont capables de manipuler le tenyé. Leur espérance de vie est de quatre-vingts ans ou plus.

G

Gaesh : enchantement obligeant sa victime à suivre tous les ordres donnés par la personne qui détient le totem associé au sortilège, y compris celui de se suicider. Une victime qui ne peut pas ou ne veut pas obéir à un ordre sera mise à mort par le gaesh.

Galava : une des Huit Immortels. Déesse de la vie et de la nature.

Gallthis : décharge située à l'extérieur de la Cité capitale, utilisée de façon officieuse par les personnes qui ne souhaitent pas s'acquitter du paiement exigé par les Éboueurs.

Garde (la) : ensemble de gardes chargés de maintenir l'ordre dans la Cité capitale.

Gendal : ancien Empereur de Quur, assassiné par Gadrith D'Lorus.

Grizzst : considéré, à tort, comme faisant partie des Huit Immortels. Magicien célèbre, parfois vénéré comme dieu de la magie, et en particulier de la démonologie. On le pense à l'origine de l'asservissement des démons.

Guarem : langue principale de Quur.

Gueule (la) : maelström situé au sud de la Désolation, non loin de Zherias.

J

Jorat : colonie située au centre de Quur, au climat variable et aux vastes plaines herbeuses, connue pour ses chevaux.

Juval (capitaine) : capitaine zheria du vaisseau de transport d'esclaves le *Malheur*.

K

Kalindra : membre de la Confrérie Noire, d'origine khorvesh et zheria.

Kame : prostituée travaillant dans le quartier du port de la Cité.

Kandor, Atrin : Empereur de Quur ayant étendu de façon significative les frontières de l'Empire, et connu pour avoir décidé d'envahir le Manol. Cela eut pour effet d'anéantir presque entièrement l'armée quuro, laissant Quur sans défense contre l'invasion morgage qui s'ensuivit. C'est également le dernier porteur connu de l'Épée de l'Empire, Urthaenriel.

Kandor, Elana : femme d'Atrin Kandor. Après la mort de son mari, elle reprit son nom de jeune fille, Milligreest.

Kazivar : l'une des colonies de Quur, au nord d'Eamithon.

Kelanis : fils de Khaevatz et de Kelindel, désormais roi des vané.

Kelindel : roi vané kirpi qui épousa la reine manol Khaevatz, et unifia le peuple vané.

Khaemezra : aussi appelée « Mère ». Grande Prêtresse de Thaena, chef de la Confrérie Noire, et mère de Teraeth.

Khaeriel : reine vané, décédée.

Khaevatz : reine vané manol, célèbre pour avoir repoussé l'invasion d'Atrin Kandor. Elle épousa par la suite le roi vané kirpi, Kelindel.

Kharas Gulgoth : ruine située au milieu de la Balafre Korthaen. On la pense consacrée (et maudite) par les morgages.

Kharolaen : ancien nom de Kharas Gulgoth.

Khored : l'un des Huit Immortels, dieu de la destruction.

Khoreval : lance magique portée par Janel Theranon, particulièrement efficace contre les démons.

Khorvesh : colonie située au sud de la Cité capitale, à la frontière nord de la Jungle Manol.

Kirpis : colonie située au nord de Kazivar, presque entièrement recouverte de forêt. Connue pour avoir été le foyer d'une des races vané, ainsi que pour son Académie de magie. On y trouve également de nombreux vignobles de renom.

Kishna-Farriga : un des États Libres, groupe de cités-États situées au sud de Quur, de l'autre côté de la Jungle Manol. Kishna-Farriga est utilisée comme entrepôt intermédiaire par de nombreux pays environnants.

Khorsal : dieu-roi ayant régné sur Jorat. Il faisait montre d'une obsession singulière pour les chevaux, et modifia beaucoup des personnes et des animaux qui se trouvaient en son pouvoir. Responsable de la création de la race de chevaux flammesangs et des centaures.

L

Laaka : déesse des tempêtes, des naufrages et des serpents de mer.

Larme étoilée : type de diamant bleu extrêmement rare.

Linceul (le) : maison de velours dont la spécialité est de proposer des distractions macabres en échange de fortes sommes d'argent.

Lorgrin : médiqueur en chef de la Maison D'Mon.

Lotus noir : plante originaire de la Jungle Manol, et source d'un poison mortel du même nom.

Lyrilyn : jeune esclave appartenant à Pedron D'Mon.

M

Maevanos : 1. danse érotique ; 2. rituel sacré de la Porte Noire, l'Église de Thaena.

Magoq : individu chargé de superviser les rameurs, à bord du *Malheur*.

Malheur (le) : vaisseau de transport d'esclaves.

Manol (le) : région recouverte d'une jungle très dense, dans la partie équatoriale du monde connu. Foyer des vané manols.

Marche Infernale : événement se produisant lorsqu'un démon puissant, ayant réussi à accéder au monde physique, entreprend d'invoquer des démons et de posséder des cadavres. Il en résulte en général un vaste massacre et d'importants dégâts.

Mataris (baron) : noble d'Eamithon préférant résider dans la Cité capitale.

Mer Galla : mer séparant l'archipel de Devors et la Désolation.

Merit : voleur, acolyte de Faris et membre des Danseurs de l'Ombre.

Métamorphes : race mystérieuse de changeformes qui se dissimule parmi les humains, proposant généralement leurs services en tant qu'espions et assassins, contre rémunération. Tristement célèbres en raison de leur goût prononcé pour la cervelle humaine.

Milligreest, Elana : épouse d'Atrin Kandor ayant mis fin à l'invasion de Khorvesh par les morgages.

Milligreest, Jarith : seul fils de Qoran Milligreest. Comme la plupart des Milligreest, il s'agit d'un soldat de métier.

Milligreest, Nikali : cousin de Qoran Milligreest, réputé pour son maniement virtuose de l'épée. Cf. Terindel.

Milligreest, Qoran : Premier Général de l'armée quuro, considéré comme l'un des personnages les plus puissants de l'Empire.

Misha : chemise à manches longues portée par les hommes à Quur.

Miyathreall : également appelée « Miya ». Suivante de la reine Khaeriel, esclave à gaesh de Therin D'Mon.

Morea : jeune esclave appartenant à Ola Nathera. Sœur de Talea.

Morgages : race sauvage et féroce vivant dans la Balafre Korthaen et livrant une guerre sans répit à ses voisins, en particulier à Khorvesh.

Mystères Vishai : religion secrète répandue dans certaines régions d'Eamithon, de Jorat et de Marakor. On sait peu de chose sur leurs pratiques, mais leur religion semble s'articuler autour d'une divinité solaire, et ses fidèles semblent pacifistes.

N

Nathera, Ola : également appelée « Corbeau ». Ancienne esclave, devenue propriétaire du *Salon du Voile Brisé*, dans la Ville-Velours.

O

Octogone : principal marché aux esclaves de la Cité capitale.

Ogenra : bâtard non légitimé d'une des familles royales. Loin d'être méprisés, les Ogenras sont considérés comme un élément important du système politique, en raison de leur faculté à contourner la malédiction des dieux.

Orde : principale unité monétaire de Kishna-Farriga.

P

Pics-Dragons (les) : chaîne de montagnes traversant Quur du nord au sud, séparant les colonies de Kirpis, Kazivar,

Eamithon et Khorvesh, à l'ouest, de Raenena, Jorat, Marakor et Yor, à l'est.

Pierre des Entraves (la) : l'une des huit Pierres Angulaires, des artefacts ancestraux d'origine inconnue.

Pierre tsali : cristal créé en condensant l'âme d'un individu.

Pierres Angulaires (les) : huit artefacts magiques. La Pierre des Entraves et Brise-chaînes en font partie.

Port de Calay : nom du port de la Cité capitale.

Prophéties devoranes (les) : série d'ouvrages regroupant des prophéties dont on dit qu'elles annoncent la fin du monde.

Q

Quartier d'Ivoire (le) : quartier des temples, situé dans le Cercle Supérieur de la Cité capitale.

Quartier de Cuivre (le) : quartier marchand du Cercle Inférieur, au sein de la capitale.

Quatre Races (les) : quatre races immortelles et très puissantes remontant à des temps anciens. Seuls les vané conservent à ce jour leur forme d'origine et leur immortalité ; les autres, quant à elles, ont dégénéré jusqu'à former les morgages, les dreth, et les races humaines.

Quur (Grand et Saint Empire de) : vaste empire s'étant développé autour d'une cité-État originelle (portant aussi le nom de Quur), devenue sa capitale.

R

Raenena : colonie de Quur, nichée dans la partie nord des Pics-Dragons.

Raisigi : corsage ajusté, porté par les femmes.

Rava : mère de Raverí, exécutée pour sorcellerie.

Roarin : videur du *Salon du Voile Brisé*, possédant du sang de morgage.

Royaume de la Paix (le) : Paradis. Lieu où sont envoyées les âmes méritantes après avoir été jugées par Thaena.

S

S'arric : l'un des Huit Immortels, peu connu (et décédé) ; dieu du soleil, des étoiles et du ciel.

Sallí : cape pourvue d'un capuchon, destinée à protéger son porteur de la chaleur intense de la Cité capitale.

Salon du Voile Brisé (le) : maison de velours et salle de spectacle appartenant à Ola Nathera.

Sandus : fermier de Marakor, devenu Empereur de Quur.

Scandale : jument flammesang de Jorat.

Serre : métamorphe, assassin et espionne travaillant pour Darzin D'Mon.

Sharanakal : dragon, lié au feu. Également appelé « le Vieil Homme ».

Simillion : premier Empereur de Quur.

Sorcière : toute personne utilisant la magie sans y avoir été officiellement formée et avoir reçu les autorisations nécessaires. Il s'agit d'un terme générique, mais « sorcier » est parfois employé pour les hommes.

Souris : Clé faisant partie des Danseurs de l'Ombre, décédée.

Suless : déesse-reine de Yor, liée à la sorcellerie, au mensonge, aux subterfuges et à la trahison.

Surdyeh : musicien aveugle vivant et travaillant dans le Quartier de Cuivre, dans le Cercle Inférieur de la capitale.

T

Taja : l'une des Huit Immortels, déesse de la chance.

Talea : sœur de Morea, esclave ayant appartenu au baron Mataris.

Talisman : objet d'apparence normale, dont le tenyé a été modifié pour vibrer sur la même fréquence que son propriétaire. Cela a pour effet de renforcer le tenyé contre les ennemis cherchant à l'altérer. Cela signifie aussi qu'il est extrêmement dangereux de laisser l'un de ses talismans tomber entre les mains de ses adversaires. Puisque les talismans agissent sur les pouvoirs magiques, chacun d'entre eux diminue la puissance du magicien qui le porte.

Tenyé : essence véritable d'un objet, élément fondamental de toute pratique de la magie.

Teraeth : chasseur de Thaena ; vané manol assassin et membre de la Confrérie Noire ; fils de Khaemezra.

Terindel : vané kirpi de sinistre mémoire, qui tenta d'assassiner la reine Khaevatz et d'usurper le trône de son frère.

Thaena : l'une des Huit Immortels, déesse de la mort.

Theranon, Janel : guerrière contaminée par la souillure démoniaque, qui se rend dans l'Au-delà pendant son sommeil.

Tonneau Debout (le) : taverne située dans le Cercle Inférieur.

Touché par les dieux : bénédiction ou malédiction (selon la personne à qui l'on pose la question) prodiguée par les Huit Immortels aux huit Maisons Royales de Quur. Il est interdit aux membres des Maisons Royales d'édicter des lois, sous peine de mort. L'action des dieux a également eu pour effet de conférer à chaque Maison une couleur d'yeux caractéristique.

Trois Sœurs (les) : peut désigner Taja, Tya et Thaena, ou bien Galava, Tya et Thaena ; se rapporte aussi aux trois lunes visibles dans le ciel durant la nuit.

Tya : l'une des Huit Immortels, déesse de la magie.

Tyentso : sorcière des mers naviguant à bord du vaisseau de transport d'esclaves le *Malheur*.

U

Urthaenriel : Tueuse de Dieux, le Fléau des Rois, l'Épée de l'Empereur. Puissant artefact dont on pense qu'il immunise son porteur contre la magie, et lui permet par conséquent de tuer des dieux.

Usigi : sous-vêtements, en particulier les caleçons et les pagnes cache-sexe.

V

Valathea : harpe transmise par les Milligreest de génération en génération. Il s'agit également d'une reine décédée des vané kirpis.

Valrashar : princesse vané, fille du roi kirpi Terindel et de la reine Valathea.

Valrazi : capitaine des gardes de la Maison D'Mon.

Vané : également appelés vorfelané. Race immortelle, particulièrement douée pour la magie et réputée pour sa beauté.

Vané kirpis : race immortelle à la peau pâle, qui vivait autrefois dans la forêt de Kirpis, avant d'être repoussée vers le sud et d'élire domicile dans la Jungle Manol.

Ventrebeurre : prêteur sur gages et receleur des Danseurs de l'Ombre.

Vieil Homme (le) : cf. Sharanakal.

Ville-Velours : quartier de plaisir du Cercle Inférieur. Ceux qui font commerce de leurs charmes sont qualifiés de « garçons de velours » ou « filles de velours ».

Voile : 1. lueurs irisées apparaissant parfois dans le ciel durant la nuit ; 2. séparation entre deux types de perceptions : celle qui permet de voir le monde de façon ordinaire, et celle qui permet de déceler sa véritable essence, ou tenyé. Cette dernière est indispensable à la magie.

Voile de Tya : lueurs irisées apparaissant dans le ciel durant la nuit.

Vol : cf. D'Mon, Kihrin.

Vol Karath : également appelé l'Enfant de Guerre. Rejeton démoniaque créé par les démons afin de combattre les Huit Gardiens.

Voramer : également appelés vormer. Race disparue de créatures aquatiques, dont on pense qu'elle donna naissance aux morgages et aux ithlakors. De ces deux races, seule la seconde vit toujours sous l'eau.

Voras : également appelés vorarras. Race disparue dont on pense qu'elle donna naissance à l'humanité, et qui perdit son immortalité lorsque Kharolaen fut détruite.

Vordreth : également appelés vordredd, dreth, dredd et nains. Race vivant sous la terre, connue pour sa force et son intelligence. En dépit de leur surnom, ils ne sont pas plus petits que la moyenne. On suppose qu'ils furent éradiqués lorsque Atrin Kandor conquit Raenena.

X

Xaloma : dragon, lié aux âmes.

Xaltorath : prince démon, ne pouvant être invoqué que suite au sacrifice d'un membre de la famille de l'invocateur. Lié, selon ses propres paroles, à la luxure et à la guerre.

Ynis : dieu-roi ayant régné sur la région portant aujourd'hui le nom de Khorvesh, lié à la mort et aux serpents.

Ynisthana : île de l'archipel de la Désolation, utilisée comme terrain d'entraînement par la Confrérie Noire.

Y

Yor : l'une des colonies de Quur, et la plus récente.

Z

Zherias : grande île située au sud-ouest de Quur. Indépendante de l'Empire, elle tient à le rester. Les Zherias sont connus pour leurs talents de pirates et de commerçants.

Annexe II

Les Maisons Royales

Maison D'Aramarin

Gemme : émeraude
Emblème héraldique : kraken
Yeux : verts
Monopole : les Garde-Portes. Transport et téléportation.

Maison D'Evelin

Gemme : améthyste
Emblème héraldique : cyclone
Yeux : violets
Monopole : les Collectionneurs, les Éboueurs. Égouts, ordures, traitement des eaux, distillerie.

Maison D'Erinwa

Gemme : hyacinthe
Emblème héraldique : éléphant

Yeux : ambrés
Monopole : l'Octogone. Esclavage, mercenaires.

Maison D'Jorax

Gemme : opale
Emblème héraldique : éclairs
Yeux : multicolores (vert et violet, ou rouge et bleu – artificiels)
Monopole : les Noceurs. Ménestrels et saltimbanques, courtisanes, velours.

Maison D'Kaje

Gemme : topaze
Emblème héraldique : crocodile
Yeux : jaunes
Monopole : allumeurs de lampes, chandeliers, gastronomie.

Maison D'Kard

Gemme : jade
Emblème héraldique : araignée
Yeux : vert foncé (artificiel)
Monopole : maçons, bâtisseurs, charpentiers, artisanats.

Maison D'Laakar

Gemme : aigue-marine
Emblème héraldique : deux poissons
Yeux : turquoise
Monopole : les Hommes de Glace. Réfrigération, préservation de la nourriture, rafraîchissement de l'air.

Maison D'Lorus

Gemme : onyx
Emblème héraldique : fleur
Yeux : noirs
Monopole : les Relieurs. Magie, éducation, recherche scientifique, confection des livres et des cartes.

Maison D'Moló

Gemme : chrysobéryl
Emblème héraldique : jaguar
Yeux : félins (artificiels)
Monopole : élevage, travail du cuir, tissage, couture.

Maison D'Mon

Gemme : saphir bleu
Emblème héraldique : faucon
Yeux : bleus
Monopole : maisons bleues. Guérison et médecine.

Maison D'Nofra

Gemme : cornaline
Emblème héraldique : tour
Yeux : lupins (artificiels)
Monopole : agriculture, herbes aromatiques, épices, thés, café.

Maison D'Talus

Gemme : rubis
Emblème héraldique : lion
Yeux : rouges
Monopole : les Hommes Rouges. Fonderies, mines et travail du métal.

Familles régnantes des Vané

Dans le contexte de cet arbre généalogique, le corps biologique encore en vie est considéré comme le « survivant », et sert à déterminer la nature des relations entre les individus.

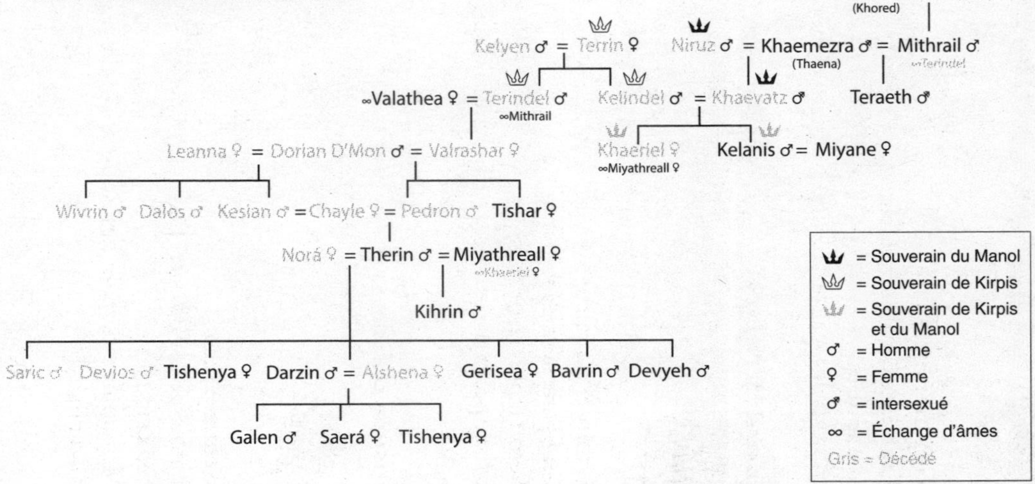

* Tous les voramers naissent mâles, et deviennent femelles durant la deuxième partie de leur cycle vital. Ils sont capables de reproduction dans un cas comme dans l'autre.

Achevé d'imprimer en mai 2023
Par CPI Brodard & Taupin à La Flèche
N° d'impression : 3053273
Dépôt légal : juin 2023
Imprimé en France
2812112-1